COLLINS COBUILD 英語語法大全

ENGLISH GRAMMAR

全新版

NEW EDITION

商務印書館

Collins Cobuild English Grammar (New Edition)

Managing Editor: Penny Hands
Editorial Consultant: Roger Berry
Project Manager: Lisa Sutherland
Senior Corpus Researcher: Kate Wild
Corpus Researchers: George Davidson, Kate Mohideen, Elizabeth Potter, Elspeth Summers, Laura Wedgeworth
American English Consultant: Orin Hargraves
The Grammar of Academic English: University of Glasgow Language Centre, Dr Esther Daborn, Anneli Williams, Louis Harrison
The Grammar of Business English: Simon Clarke
For the Publishers: Lucy Cooper, Kerry Ferguson, Elaine Higgleton
Computing Support: Thomas Callan
Founding Editor-in-Chief: John Sinclair

Collins 英語語法大全（全新版）

編　　寫：Penny Hands, Lisa Sutherland,
　　　　　University of Glasgow Language Centre
翻　　譯：李明一
責任編輯：黃家麗
出　　版：商務印書館（香港）有限公司
　　　　　香港筲箕灣耀興道 3 號東滙廣場 8 樓
　　　　　http://www.commercialpress.com.hk
發　　行：香港聯合書刊物流有限公司
　　　　　香港新界荃灣德士古道 220–248 號荃灣工業中心 16 樓
印　　刷：中華商務彩色印刷有限公司
　　　　　香港新界大埔汀麗路 36 號中華商務印刷大廈 14 字樓
版　　次：2023 年 4 月第 1 版第 4 次印刷

　　　　　ISBN 978 962 07 1990 5
　　　　　Printed in Hong Kong

Contents 目錄

Introduction 引言

本書適合任何對英語及其在日常語境中如何運作感興趣的人，主要提供給中高級英語程度的人，如高中及大學學生和他們的老師使用，但對於任何認真的英語學習者，這也是一本有價值的參考書。

本書內容來自對現代英語長期和仔細的研究，涉及對 Collins 語料庫的分析，而 Collins 語料庫含有數百萬詞的口語和書面語語料。

A functional approach 功能的角度

大多數語言學習者和使用者感興趣的是如何用語言來做事——如何表達意思，引起注意，影響他人，以及了解世界。他們希望知道語言作為做事方式的語法結構。

把語言模式和運用語言做事的方式組合在一起的語法，稱為功能語法。

本書是一本功能語法書。換句話説，本書是基於結構和功能之間的重要關係撰寫的。

每章都圍繞語言的一項主要功能展開，如描述人和事物、引述某人所説的話。在英語裏，這些功能每一項都照例用某個特定的結構表達。例如，描述人或事物通常用形容詞，引述別人所説或所想，一般要用引述動詞，如 *say*，後接以 *that* 開頭的從句，或接前後有引號（“　”）的分句。

本書探討每一個語法要點（在別的語法書裏常稱為規則），詳細描述圍繞該語法點的有關用法，包括所有例外。原有功能的範圍可因此得以擴展。例如，引述動詞的基本核心功能（參見第七章）是陳述某人所説的話。

He said he would be back soon. 他説他很快就會回來。

這很容易擴展到包括某人所寫的話。

<u>His mother wrote</u> that he had finally arrived home. 他母親寫信來説，他終於回到了家。

然後可以擴大到包括思想和感情；這些都不必用詞語來表達，而引述結構就非常便利。

<u>The boys thought</u> he was dead. 這些男孩以為他死了。

從這一點出發，我們可以把引述分句視為引導另一個分句的一般方式。

Examples
例證

本書所有例證均來自 Collins 語料庫。

一如以往，語料庫是本書描述的每個語法點的核心所在，幫助編者對不同的結構和用法作出自信而準確的結論。例證本身仍然貼近語料庫，僅作了一些微小改動，因而更便於學習者使用。例證都經過精心挑選，以説明在真實情況下的典型模式和搭配。

Groups of words that behave in the same way
功能相同的詞組

本書除了配備豐富例證外，還為大量具體詞彙提供進一步的語法説明。經常把每種結構中實際使用的單詞和短語，使用表列形式表達。這樣，學習者就能充分了解一個語法類別的範圍，以及某個規則適用於多少單詞。

只要有充分理由，單詞和短語就按有意義的方式排列在表格內。舉例來説，在 1.21 小節裏，表列出不同組別，包括動物、魚、以 *-craft* 結尾的詞和以 *-s* 結尾的外來詞。這些詞具有相同特徵，也就是既可作單數也可作複數，而形式沒有變化—— *moose* 麋、*salmon* 鮭魚、*aircraft* 飛機、*corps* 軍團。單從語法的角度來看，這些詞全都可以放在按字母順序排列的清單之內；然而從教學的角度看，把它們按照詞義作進一步分類是很有用的。

Be creative
靈活運用

英語語法的某些方面有很大的靈活性和產出性。有些是眾所周知的，如幾乎任何英語名詞都可以修飾另一個名詞。例如，名詞 *steam* 可用於很多組合，其中包括：*steam bath* 蒸汽浴、*steam room* 蒸汽室、*steam engine* 蒸汽機、*steam iron* 蒸汽熨斗、*steam power* 蒸汽動力 和 *steam train* 蒸汽火車。

考慮到這一點，本書包括了很多“靈活運用”特色欄目，以鼓勵學習者運用自己的想像力及更自信地表達自己。在這種情況下，我們寧可提供指導，而不是提供明確規則，這樣讀者可以自行選擇而沒有犯嚴重錯誤的風險。通過這樣描述語言，我們為創造力和創新提供了很大空間。

Accessibility
易於查閱

使用語法書時，有時很難找到你想要的信息。這常是語法書讀者遇到的最大問題，而這也是為甚麼語法書不受學習者歡迎的根本原因。本書為支持讀者作出了特別的努力。

我們致力在全書使用最新最常用的語法術語。只有在沒有非常合適的替代時才用專業術語。我們提供了語法術語表，並且把所有語法術語都列入了索引。

卷首有一個目錄。讀者通過目錄或索引能夠找到功能和結構互相關聯的章節。

全書有表示幾乎每個小節主題的段落標題，而且每個章節還經常有額外標題。在每頁頂端，另有引導讀者的小標題。

New developments in language
語言的新發展

語料庫的持續發展使我們能夠跟上語言日新月異的本質，本書第三版呈現了就過去 20 年來收集到的語言資料所得出的研究成果。研究人員跟蹤了一整套語法特徵的發展，包括：

1) 所謂狀態動詞的進行時用法（例如：*I'm loving every minute of it* 我分分秒秒都喜歡它）

2) 無修飾詞的肯定陳述句中，*much* 的用法（例如：*There was much debate* 有過很多的爭論）

3) 泛指代詞的擴展（例如：*You get some people who are very difficult* 你會遇到一些很難對付的人）

4) 引述結構中 *like* 的用法（例如：*And I was like, 'wow!'* 然後我説，"哇！"）

研究結果有時是有吸引力和出人意料之外的，並且使我們能夠確保本書的新版本可為讀者描繪一幅當今真實英語使用情況的清晰寫照。

The grammar of academic and business English 學術英語和商業英語語法

在本書新版的準備過程中，老師和學習者告訴我們，集中討論英語作為世界通用語的兩個主要語境——學術英語和商業英語——將是對功能語法角度的有用擴充。

因此，本書增加了兩個全新的補充部分。如果學習者想在商業和學術語境中進行有效溝通，這兩個部分具體説明了他們需要掌握的主要語法範疇。

學術英語部分涵蓋了諸如解釋結果、研究綜述和報告成果等領域。商業英語語法部分論述了用在下列語境中的典型結構，如信息共享、洽談和陳述。廣泛的相互參見使讀者可以查閱正文，後者對結構進行了更詳細的討論。

我們希望，英語學習者能從功能語法的角度了解英語語法——從探索當代語言來自真實世界的豐富例子，到理解學術和商業語境中某些結構的運作方式。我們也希望，英語學習者能因此獲得在日常情景裏，具創意使用英語的信心。

How to use this Grammar 如何使用本書

本書既為快速參考也為深入研究而設計的。

Organization of the main text
正文結構

本書正文分十章。前兩章討論名詞短語；第三、第四和第五章論述動詞短語；第六章談副詞和介詞；第七章討論轉述；第八章談的是詞、短語和分句的組合；第九和第十章論述連續文本。

每章包括一系列主題，每個主題分為若干個小節。章節用數字排序，因此第一章從 1.1 到 1.251 小節、第二章從 2.1 到 2.302 小節等等。

這種編號系統使讀者很易查閱不同但相關的要點。相互參照遍佈全書，有的指向討論某主題的主要章節，有的指向提供更多解釋的另一章節。

大部分小節還有主題詞，簡要説明本節的討論內容，特別是指出所解釋的是哪一種語法結構。有些小節的主題詞不具體説明本節討論的內容，但表示不同類型的信息。這些小節有“靈活運用”和“用法説明”這樣的主題詞。

“注意”着重指出人們常會遇到問題的語法特點，例如英語不同於其他很多語言的特點。

“靈活運用”表示提到的規則可適用於大量英語詞彙。例如，動詞的 -ing 分詞幾乎總是可以作形容詞用在名詞前面。通過關注這些特點，就可以富創造性、獨到地運用書內所提供的規則，從而更自如地用英語表達自己。“靈活運用”特色在引言中有更詳細介紹。

“用法説明”為個別詞彙或少數詞組的用法提供説明。這些説明很重要，但不能概括為語法規則。“用法説明”能幫助讀者知道對理解特定詞彙很重要的要點，而不是與大量詞彙有關的要點。

美國國旗標誌突出了含典型美式英語用法信息的章節。

對話框符號指的是描述英語口語裏最常見結構的章節。

大部分語法解釋的後面都附有例證，説明有關結構的用法。這些例證全部來自 Collins 語料庫，説明這些結構在自然語言和文字中是如何使用的。因此，例證提供關於一個結構的典型用法的重要信息、經常與其連用的詞語以及可能在其中出現的語境。

全書所有語法解釋的後面，都有説明該語法點的典型詞彙表。例如在第三章提出的語法要點是，很多動詞既可用作及物也可用作不及物而詞義不變。然後附上了通常有這種用法的動詞一覽表。

詞彙表超越了所給的用法實例，而擴展到了其他用法類似詞彙。詞彙表説明了所述語法要點可以運用於少量或大量詞彙。如果是少量詞彙，就全數收錄；如果是大量詞彙，則收錄最常用的。

這些詞彙表可用於幫助讀者增加詞彙量，並確保正確使用新學到的英語單詞。

Additional contents
附加內容

除了正文以外，本書還包含好幾個附加部分，以幫助讀者充分利用本書。這些附加部分介紹如下。

Glossary of grammatical terms
語法術語表

該表解釋了語法術語的含義。表中包括本書使用的術語，也包括其他語法書中使用的術語，並在適當地方提供與本書術語的相互參見。例如，本書論述 *present progressive*（現在進行時），而其他語法書有的稱之為 *present continuous*。這兩個術語都列進表內，在條目 *present progressive* 提供解釋。

The Reference Section
參考部分

書末提供了便於使用的參考指南。該部分説明下列各組詞的構成方式：

- 名詞複數
- 形容詞的比較級和最高級
- 由形容詞構成的 -ly 副詞
- 副詞的比較級和最高級
- 時態
- 其他動詞形式
- 被動式
- 不規則動詞的主要部分

參考部分還包括其他題目。例如，開頭是發音指南，提醒讀者注意英語的音素。還有數詞表及數詞的讀法。

Index
索引

索引是本書所有內容的一個綜合列表，包括：

1) 本書討論的語法和功能主題；
2) 用於特定語法點舉例的單詞；
3) 本書所採用及常見於其他語法書的語法術語。

Glossary of grammatical terms 語法術語表

abstract noun 抽象名詞
用於描述性質、想法、體驗而不是物質或具體事物的名詞。例如 joy 歡樂、size 大小、language 語言。比較 concrete noun。

active 主動
用於描述 gives 和 has made 這類動詞短語，其主語是施事或主事的人或物。比較 passive。

adjectival clause 形容詞從句
又稱 relative clause。

adjective 形容詞
用於描述事物的詞，以說明其外觀、顏色、大小或其他性質；例如 a *pretty blue* dress 一件漂亮的藍色連衣裙。

adverb 副詞
用於描述某事物發生的時間、方式、地點或在甚麼情況下發生的詞；例如 quickly 迅速地、now 現在。有程度、方式、地點、時間、持續和頻率副詞等好幾類；還有 focusing adverb。

adverbial 狀語
加在句子上的一個詞或詞組，用於提供信息說明時間、地點或方式。另參見 sentence adverbial 和 sentence connector。

adverb of degree 程度副詞
表示感覺或屬性的程度或範圍的副詞；例如 extremely 極度地。

adverb / adverbial of duration
持續副詞 / 狀語
表示某事物持續時間長度的副詞或狀語；例如 briefly 短暫地、for a long time 長時間地。

adverb/adverbial of frequency
頻率副詞 / 狀語
表示某事物發生頻率的副詞或狀語；例如 often 經常、once a week 每週一次。

adverb of manner 方式副詞
表示某事物發生方式或完成方式的副詞；例如 carefully 小心地。

adverb of place 地點副詞
表示位置或方向的副詞；例如 Move *closer*. 靠近點。

adverb particle 副詞小品詞
用在短語動詞中的副詞；例如 hide *out* 躲藏、sit *up* 坐起來、turn *round* 轉身。

affirmative 肯定
不含否定詞的形式。又稱 positive。

agent 施事
又稱 performer。

agreement 一致
指主語和動詞的關係，或指數詞或限定詞和名詞的關係；例如 I look / she looks 我看 / 她看；one bell / three bells 一個鈴鐺 / 三個鈴鐺。又稱 concord。

apostrophe s 一撇 s
加在名詞上面表示所屬關係的詞尾 ('s)；例如 *Harriet's* daughter 哈麗雅特的女兒；*the professor's* husband 教授的妻子；*the Managing Director's* secretary 董事的秘書。

article 冠詞
參見 definite article, indefinite article。

aspect 體
表示動作在進行、重複還是已經完成的動詞形式。

attributive 定語
指形容詞用在名詞前的位置。比較 predicative。

auxiliary verb 助動詞
指 be、have 和 do 這些動詞之一，與主要動詞連用，構成動詞的各種形式、否定句、疑問句等。又稱 auxiliary。情態詞（modal）也是助動詞。

bare infinitive 原形不定式
又稱 infinitive without to。

base form 原形
詞尾不添加任何字母、也不是過去式的動詞形式；例如 walk、go、have、be。原形是列在詞典內供查閱的形式。

broad negative 廣義否定詞
指包括 barely 和 seldom 在內的少數副詞之一，用於使陳述幾乎變成否定；例如 I *barely* knew her. 我幾乎不認識她。

cardinal number 基數詞
用於計數的數詞；例如 one 一、seven 七、nineteen 十九。

classifying adjective 類別形容詞
用於説明事物屬於甚麼類別的形容詞；例如 Indian 印度的、wooden 木頭的、mental 精神的。類別形容詞沒有比較級和最高級。比較 qualitative adjective。

clause 分句
含有一個動詞的一組詞。另參見 main clause 和 subordinate clause。

collective noun 集合名詞
描述做事方式的分句，通常由 as 或 like 引導；例如 She talks *like her mother used to*. 她説話像她母親以前的樣子。

colour adjective 顏色形容詞
指一組人或事物的名詞；例如 committee 委員會、team 團隊。

common noun 普通名詞
表示顏色的形容詞，如 red 紅、blue 藍、scarlet 深紅。

common noun 普通名詞
用於指人、事物或物質的名詞；例如 sailor 水手、computer 電腦、glass 玻璃。比較 proper noun。

comparative 比較級
詞尾加 -er 或前面加 more 的形容詞或副詞；例如 friendlier 更友好、more important 更重要、more carefully 更仔細地。

complement 補語
置於 be 等繫動詞之後的名詞短語或形容詞，進一步説明句子的主語或賓語；例如 She is *a teacher* 她是老師、She is *tired* 她累了、They made her *chairperson* 他們選她當主席。

complex sentence 複合句
由從屬連詞連接兩個或兩個以上主句構成的句子；例如 We went inside when it started to rain. 開始下雨時，我們進了屋。

compound 複合詞
兩個或兩個以上的一組詞，起一個語法單位的作用。例如，self-centred（自我中心的）和 free-style（自由式的）是複合形容詞、bus stop（公共汽車站）和 state of affairs（事態）是複合名詞、dry-clean（乾洗）和 roller-skate（滑旱冰）是複合動詞。

compound sentence 並列句
由並列連詞連接兩個或兩個以上主句構成的句子；例如 They picked her up and took her into the house. 他們把她抱起來，然後帶進屋內。

concessive clause 讓步從句
通常由 although 或 while 引導的分句，與主句形成對比；例如 *Although I like her*, I find her hard to talk to. 雖然我喜歡她，但我發現她很難説得上話。

concord 呼應
又稱 agreement。

concrete noun 具體名詞
指摸得着或看得見的東西的名詞；例如 table 桌子、dress 衣服、flower 花。比較

abstract noun。

conditional clause 條件從句
通常由 if 開頭的分句。主句中描述的事件取決於分句中描述的條件；例如 *If it rains, we'll go to the cinema.* 如果下雨，我們就去看電影。*They would be rich if they had taken my advice.* 如果他們接受了我的勸告，他們將會變得富有。

conjunction 連詞
連接兩個分句、短語或單詞的詞。連詞分為並列連詞（coordinating conjunction）和從屬連詞（subordinating conjunction）兩類。前者連接句子內語法類型相同的部分（如 and, but, or），後者引導分句（如 although, when）。

continuous 進行時
又稱 progressive。

contraction 縮略式
助動詞加 not 或主語加助動詞的縮略形式，起一個詞的作用；例如 aren't, she's。

coordinate clause 並列分句
用 and 或 but 等並列連詞與另一分句相連接的分句；例如 *He fell and broke his leg.* 他摔斷了腿。

coordinating conjunction 並列連詞
連接語法類型相同的兩個分句、短語或單詞的詞，如 and、but 或 or。

copula 繫動詞
有時用於指動詞 be 的名稱。本書用術語繫動詞（linking verb）。

countable noun 可數名詞
可用作單數或複數的名詞；例如 dog / dogs 狗、lemon / lemons 檸檬、foot / feet 腳。又稱 count noun。

declarative 陳述式
陳述式句子主語後面接動詞。大多數陳述句採用陳述式。又稱 indicative。

defining non-finite clause
限制性非限定分句
置於名詞短語之後指所談論的人或物的分詞分句；例如 The girl *wearing the red hat* 戴紅帽的女孩。

defining relative clause 限制性關係從句
指所談及的人或物的關係從句；例如 *I wrote down everything that she said.* 我寫下了她所說的一切。

definite article 定冠詞
指限定詞 'the'。

definite determiner 定指限定詞
指包括 the、that 和 your 在內的一組限定詞之一，用於指受話人知道說話者談論的是哪個人或物；例如 *the* old man 那個長者、*my* ideas 我的想法。

delexical verb 虛化動詞
本身沒有多少詞義的動詞，與表達結構的主要意義的賓語連用。give、have 和 take 常用作虛化動詞；例如 *She gave a small cry.* 她輕輕叫了一聲。*I've had a bath.* 我洗了個澡。

demonstrative 指示詞
指 this、that、these 和 those 這些詞之一，用在名詞前面；例如 *this* woman 這個女人；*that* tree 那棵樹。指示詞也可用作代詞；例如 *That looks nice.* 那看上去不錯。*This is fun.* 這很有趣。

dependent clause 副句
又稱 subordinate clause。

determiner 限定詞
指包括 the、a、some 和 my 在內的一組詞之一，用在名詞短語的開頭。

direct object 直接賓語
在含主動動詞的句子中表示受動作影響的人或物的名詞短語；例如 *She wrote her name.* 她寫下自己的名字。*I shut the windows.* 我關上窗戶。

direct speech 直接引語
對說話人原話的引用，不改變時態和人稱等。

ditransitive verb 雙及物動詞
指 give、take 或 sell 之類可同時帶間接賓語和直接賓語的動詞；例如 She gave me a kiss. 她給了我一個吻。

dynamic verb 動態動詞
描述動作的動詞，如 run、give 或 slice。比較 stative verb。

-ed adjective -ed 形容詞
以 -ed 結尾的形容詞，通常與動詞的 -ed 分詞形式相同，或通過在名詞詞尾加上 -ed 構成；例如 a *worried* look 愁容；*skilled* workers 熟練的工人。不以 -ed 結尾但與不規則 -ed 分詞形式相同的形容詞也稱作 -ed 形容詞；例如 a *broken* bone 斷骨。

-ed participle -ed 分詞
指 walked 或 played 這樣的動詞形式，用於構成完成時和被動式，或在某些情況下用作形容詞；諸如 given 和 broken 等不規則分詞也稱作 -ed 分詞，因為其性質與規則的 -ed 分詞相似。又稱 past participle。

ellipsis 省略
指在上下文清楚的情況下省略詞語。

emphasizing adjective 強調形容詞
指 complete、utter 或 total 等強調對事物的感覺強烈程度的形容詞；例如 I feel a *complete* fool. 我覺得自己是個大傻瓜。

ergative verb 作格動詞
既可作及物動詞又可作不及物動詞而詞義不變的動詞。作不及物動詞用時，及物動詞的賓語用作不及物動詞的主語；例如 He had boiled *a kettle.* 他燒開了一壺水。*The kettle* had boiled. 那壺水燒開了。

exclamation 感歎語
突然高聲說出表示吃驚、憤怒等的詞或句子；例如 Oh gosh! 啊，天哪！

finite 限定
限定動詞按照人稱或時態進行屈折變化，不是不定式或分詞。

first person 第一人稱
參見 person。

focusing adverb 焦點副詞
表示最相關的事物的句子副詞；例如 only 僅僅、mainly 主要地、especially 尤其。

future 將來時
will 或 shall 與動詞原形連用，表示將來事件；例如 She *will come* tomorrow. 她明天要來。

future progressive 將來進行時
will be 或 shall be 與 -ing 分詞連用，表示將來事件；例如 She *will be going* soon. 她很快會離開。又稱 future continuous。

future perfect 將來完成時
will have 或 shall have 與 -ed 分詞連用，表示將來事件；例如 I *shall have finished* tomorrow. 我明天就完成了。

future perfect progressive 將來完成進行時
will 或 shall 與 have been 及 -ing 分詞連用，表示將來事件；例如 I *will have been walking* for three hours by then. 到那時我將連續步行滿三小時。又稱 future perfect continuous。

gender 性
指區別 he 和 she 等陽性詞和陰性詞的語法術語。

generic pronoun 泛指代詞
包括 you 和 they 等在內的一組代詞之一，用作人的統稱。

gerund 動名詞
又稱 -ing 名詞。

gradable 可分級的
可分級形容詞能與 very 之類的詞連用，說明所指的人或物具有某種屬性的程度；例如 very boring 非常無聊的、less helpful 幫助更小的。

idiom 慣用語
由兩個或兩個以上的詞構成的詞組，其意義不能按單個詞的詞義理解；例如 to kick the bucket 死、to run wild 不受管束。

if-clause if-從句
條件從句 (conditional clause)；或用於轉

述 yes / no- 疑問句的分句。

imperative 祈使式
祈使式句子使用動詞原形，不用主語；例如 *Come* here. 過來。*Take* two tablets every four hours. 每四小時服兩片。*Enjoy* yourself. 希望你玩得開心。

impersonal it 非人稱 it
用於引出事實或用於分裂句時，it 是非人稱主語；例如 *It's raining.* 在下雨。*It was you who asked.* 提出問題的是你。

indefinite article 不定冠詞
指限定詞 a 和 an。

indefinite determiner 不定指限定詞
指包括 a、many 和 several 在內的一組限定詞之一，用於指特定類型的人或物，而不具體說明指的是哪個人或物；例如 *an* old man 一個長者、*several* suggestion 幾點建議。

indefinite place adverb 不定地點副詞
指包括 anywhere 和 somewhere 在內的一組副詞之一，用於籠統或含糊地指位置或場所。

indefinite pronoun 不定代詞
指包括 someone 和 anything 在內的一組代詞之一，用於泛指人或物。

indicative 直陳式
又稱 declarative。

indirect object 間接賓語
與及物動詞連用的第二個賓語，表示某人或某物從某動作中受益，或由此而獲得某物；例如 *She gave me a rose.* 她給我一朵玫瑰。

indirect question 間接疑問句
又稱 reported question。

indirect speech 間接引語
又稱 reported speech。

infinitive 不定式
指動詞的原形。前面常用 to；例如 (to) take、(to) see、(to) bring。

infinitive without to 不帶 to 的不定式
前面沒有 to 的不定式，與情態詞及某些其他動詞連用；例如 *You must go.* 你必須走了。*Let me think.* 讓我想一想。

inflection 屈折變化
表示時態、數、格和程度不同的詞形變化形式。

-ing adjective -ing 形容詞
與動詞的 -ing 分詞形式相同的形容詞；例如 a *smiling* face 一張笑臉；a *winning* streak 連勝

-ing participle -ing 分詞
以 -ing 結尾的動詞形式，用於構成動詞形式及用作形容詞。又稱 the present participle。

-ing noun -ing 名詞
與動詞的 -ing 分詞形式相同的名詞；例如 *Swimming is good for you.* 游泳對你有好處。

interjection 感歎語
又稱 exclamation。

interrogative adverb 疑問副詞
指用於提問的 how、when、where 和 why 這些副詞之一。

interrogative 疑問式
在疑問式的句子裏，動詞短語的一部分或全部都置於主語之前。大多數疑問句都採用疑問式。

interrogative pronoun 疑問代詞
用於提問的 who、whose、whom、what 和 which 這些代詞之一。

intransitive verb 不及物動詞
不帶賓語的動詞，用於談論僅涉及主語的動作或事件；例如 *She arrived.* 她到達了。*I was yawning.* 我在打哈欠。

inversion 倒裝
調換句子的詞序，尤其是改變主語和動詞的次序。

irregular 不規則
不遵循屈折變化的通常規則。不規則動詞

的過去式和 / 或 -ed分詞不按規則詞尾的方式構成。

lexical verb 實義動詞
又稱 main verb。

linking verb 繫動詞
連接句子主語和補語的動詞；例如 be、become、seem、appear。有時又稱 copula。

main clause 主句
不依附於另一個分句、也不是其一部分的句子。

main verb 主要動詞
助動詞以外的任何動詞。又稱 lexical verb。

mass noun 物質名詞
（在本書中）通常不可數的名詞，但指某物的數量或種類時，能作可數名詞用；例如 two *sugars* 兩塊糖；cough *medicines* 止咳藥

measurement noun 量度名詞
指尺寸、體積、重量、速度、溫度等單位的名詞；例如 mile 英里、litre 升、degree 度。

modal 情態詞
與主要動詞連用的助動詞，表示一種特定的態度，如可能性、義務、預測或推理；例如 can、could、may、might。又稱 modal auxiliary（情態助動詞）或 modal verb（情態動詞）。

modifier 修飾語
置於名詞前的詞或詞組；例如 a *beautiful sunny* day 陽光明媚的一天；a *psychology* conference 心理學大會。

negative 否定
用來描述使用 not、never 或 no one 等的句子，表示某事物的缺乏或反面，或説明某事物的情況不是如此；例如 *I don't know you.* 我不認識你。*I'll never forget.* 我永遠不會忘記。反義詞是 affirmative。

negative word 否定詞
表否定義的詞，如 never 和 not。

nominal relative clause 名詞性關係從句
起名詞作用的分句，常以 what 或 whatever 開頭；例如 *What he said was true.* 他説的是真的。

nominal that-clause 名詞性 that-從句
以 that 開頭起名詞作用的分句；例如 *He showed that it was true.* 他表明那是真的。

non-defining relative clause 非限制關係從句
進一步説明某人或某物的關係從句，但並非是確定這些人或物所需要的；例如 *That's Mary, who was at university with me.* 那是瑪麗，她和我一起在讀大學。比較 defining relative clause。

non-finite 非限定
動詞的非限定形式指不定式和分詞形式，比如 to take、taking、taken。

noun 名詞
指人、物及感覺和屬性等抽象概念的詞；例如 woman 女人、Harry 哈里、guilt 內疚。

noun phrase 名詞短語
作句子主語、補語、賓語，或作介詞賓語的一組詞。

noun modifier 名詞修飾語
用在另一個名詞前，充當形容詞的名詞；例如 a *car* door 汽車車門；a *steel* works 鋼鐵廠。

number 數
區分單數和複數的方式；例如 flower / flowers 一朵花 / 一些花、that / those 那個 / 那些。另參見 cardinal number 和 ordinal number。

object 賓語
除主語外指人或物的名詞短語，這些人或物與動詞的作用有關或受其影響。另參見 direct object 和 indirect object。介詞也可帶賓語。

object complement 賓語補語
用於描述分句賓語的詞，與 make 和 find 等動詞連用；例如 *It made me tired.* 這讓我很

疲勞。*I found her asleep.* 我發現她睡着了。

ordinal number 序數詞
用於表示某物在順序或序列中位置的數詞；例如 first 第一、fifth 第五、tenth 第十、hundredth 第一百。

participle 分詞
用於構成不同時態的動詞形式。詳見 -ed participle 和 -ing participle。

partitive 單位詞
說明特定事物的數量的詞；例如 pint 品脫、loaf 一條、portion 一客。

passive 被動式
諸如 was given、were taken、had been made 等動詞形式，其主語是受動作影響的人或物。比較 active。

past form 過去式
常以 -ed 結尾的動詞形式，用於構成一般過去時。

past participle 過去分詞
又稱 -ed participle。

past perfect 過去完成時
had 與 -ed 分詞連用構成的時態，指過去的事件；例如 *She had finished.* 她已經完成了。

past perfect progressive
過去完成進行時
had been 與 -ing 分詞連用構成的時態，指過去的事件；例如 *He had been waiting for hours.* 他已經等了幾個小時。又稱 past perfect continuous。

past progressive 過去進行時
was 或 were 與 -ing 分詞連用構成的時態，通常指過去的事件；例如 *They were worrying about it yesterday.* 他們昨天對此非常擔心。又稱 past continuous。

past simple 一般過去時
用動詞的過去式構成的時態，指過去的事件；例如 *They waited.* 他們等待着。*It fell over.* 它倒下了。

past tense 過去時
用於描述過去發生的動作或事件的時態。詳見 tense。

perfect form 完成時形式
have 與 -ed 分詞連用的動詞形式；例如 *I have met him.* 我遇到過他。*We had won.* 我們贏了。

performative verb 施為動詞
明確說明說話者在施行甚麼行為的動詞；例如 apologize 道歉、resign 辭職、christen 給某人施洗禮。

performer 執行者
執行由動詞表達的行為的人或物；例如 *Mark phoned.* 馬克打了電話。*Our dinner was eaten by the dog.* 我們的晚餐被狗吃了。

person 人稱
用於指三類話語參與者的術語。他們是第一人稱（說話或寫作的人）、第二人稱（受話者）和第三人稱（談及的人或物）。

personal pronoun 人稱代詞
包括 I、you 和 me 在內的一組代詞之一，用於返指談及的人或物。

phrasal verb 短語動詞
動詞加副詞和 / 或介詞、具有單一意義的組合；例如 back down 讓步、hand over 移交、look after 照顧、look forward to 期待。

phrase 短語
小於分句的一組詞，基於一個特定詞類構成：例如，動詞短語基於主要動詞構成，還可以包含助動詞。另參見 noun phrase、verb phrase 和 prepositional phrase。短語有時也用來指任何一組詞。

plural 複數
用於指一個以上的人或物的形式；例如 dogs 幾隻狗、women 女人們。

plural noun 複數名詞
僅用作複數形式的名詞；例如 trousers 褲子、scissors 剪刀、vermin 害蟲。

possessive 所有格
用於表示所屬關係的結構；例如 your 你的、Jerry's 傑瑞的、mine 我的。

possessive determiner 所有格限定詞
指 my、your 和 their 等限定詞之一。又稱 possessive adjective。

possessive pronoun 所有格代詞
指 mine、yours、hers、his、ours 和 theirs 這些代詞之一。

postdeterminer 後置限定詞
置於限定詞之後、其他形容詞之前的少數形容詞；例如 certain 某一、remaining 剩下的。

predeterminer 前置限定詞
置於限定詞之前的詞；例如 *all* the boys 所有的男孩；*double* the trouble 雙重麻煩；*such* a mess 這樣一個爛攤子。

predicative 表語
指形容詞用在 be 等繫動詞後的位置。比較 attributive。

preposition 介詞
諸如 by、with 或 from 這樣的詞，通常後接名詞短語或 -ing 形式。

prepositional phrase 介詞短語
由介詞及其賓語組成的結構；例如 on the table 在桌子上、by the sea 在海邊。

present participle 現在分詞
又稱 -ing participle。

present progressive 現在進行時
be 的一般現在時與 -ing 分詞連用構成的時態，指現在的事件；例如 *Things are improving.* 情況正在好轉。又稱 present continuous。

present perfect 現在完成時
have 的一般現在時與 -ed 分詞連用構成的時態，指過去發生到目前仍存在的事件；例如 *She has loved him for ten years.* 她愛了他 10 年。

present perfect progressive
現在完成進行時
have been 及 has been 與 -ing 分詞連用構成的時態，指過去發生到目前仍存在的事件；例如 *We have been sitting here for hours.* 我們在這裏連續坐了幾個小時。又稱 present perfect continuous。

present simple 一般現在時
用動詞原形或 s 形式構成的時態，通常指現在的事件；例如 *I like bananas.* 我喜歡吃香蕉。*My sister hates them.* 我妹妹討厭它們。

present tense 現在時態
用於描述現在發生的事件或現存情況的時態。

progressive 進行時
動詞 be 的一個形式與 -ing 分詞連用構成的時態；例如 *She was laughing.* 她在大笑。*They had been playing badminton.* 他們一直在打羽毛球。又稱 continuous。

pronoun 代詞
代替名詞的詞，用於不想直接指稱人或物時；例如 it 它、you 你、none 沒有一個。

proper noun 專有名詞
指特定的人、地方或機構的名詞；例如 Nigel 奈傑爾、Edinburgh 愛丁堡、Christmas 聖誕節。比較 common noun。

purpose clause 目的從句
通常由 in order to 或 so that 引導的分句；例如 *I came here in order to ask you out to dinner.* 我來這裏是為了請你出去吃飯。

qualifier 後置修飾語
置於名詞短語之後並提供額外信息來擴展其意義的詞、短語或分句；例如 a book *with a blue cover* 藍色封面的書；the shop *on the corner* 街角的商店。

qualitative adjective 屬性形容詞
用於表示屬性並可分級的形容詞；例如 funny 滑稽的、intelligent 聰明的、small 小的。比較 classifying adjective。

quantity expression 量詞短語
以 of 結尾不確指某物數量的短語；例如 some of 一些、a lot of 很多、a little bit of 一點點。

question 疑問句
動詞通常置於主語之前的結構，用於詢問某人某事；例如 *Have you any money?* 你有錢嗎？又稱 interrogative。

question tag 附加疑問句
由助動詞加代詞組成的結構，用在陳述句末以便構成疑問句。

reason clause 原因從句
通常由 because、since 或 as 引導的分句；例如 *Since you're here, we'll start.* 既然你來了，我們就開始吧。

reciprocal pronoun 相互代詞
代詞 each other 和 one another，用於表示兩個或兩個以上的人做同樣的事或有相同的感覺；例如 *They loved each other.* 他們互相愛着對方。

reciprocal verb 相互動詞
描述兩個人用同一動作以同一方式相互影響的動詞；例如 *They met in the street.* 他們在街上相遇。*He met her yesterday.* 他昨天遇見了她。

reflexive pronoun 反身代詞
以 -self 結尾的代詞，如 myself 或 themselves；當受動作影響的人與動作執行者是同一人時，反身代詞用作動詞的賓語。

reflexive verb 反身動詞
通常與反身代詞連用的動詞；例如 enjoy yourself 過得愉快；pride yourself on 為某人或事感到自豪。

relative clause 關係從句
為主句裏提及的人或物提供更多信息的分句。另參見 defining relative clause 和 non-defining relative clause。

relative pronoun 關係代詞
指 who 或 which 這樣的 wh- 詞，用於引導關係分句；例如 *the girl who was carrying the bag* 拿着包的那個女孩。

reported clause 間接引語分句
引述結構中描述某人所說內容的那個部分；例如 *She said that I couldn't see her.* 她說我不能見她。

reported question 間接疑問句
用引述結構轉述而不是引用說話者原話的疑問句。又稱 indirect question。

reported speech 間接引語
用引述結構轉述而不是引用說話者原話的引語。又稱 indirect speech。

reporting clause 引述分句
包含引述動詞的分句，用於引出某人所說的內容；例如 *They asked if I could come.* 他們問我是否能來。

reporting verb 引述動詞
描述某人所說或所想的動詞；例如 suggest 建議、say 說、wonder 感到疑惑。

reporting structure 引述結構
用引述分句轉述某人所說內容而不是引用說話者原話的結構；例如 *She told me she'd be late.* 她告訴我她會遲到。

result clause 結果從句
由 so that 引導的分句，講述某事的結果；例如 *The house was severely damaged, so that it is now uninhabitable.* 房子遭到嚴重破壞，所以現在不適合居住。

rhetorical question 反問句
用於評論而不是獲取信息的疑問句；例如 *Oh, isn't it silly?* 哦，這難道不是很傻？

second person 第二人稱
見 person。

semi-modal 半情態詞
指動詞 dare、need 和 used to，其作用很像情態詞。

sentence 句子
表示陳述、疑問或命令的一組詞。句子通常含動詞和主語，可以由一個分句組成，也可以由兩個或多個分句組成。書寫句子時，句首第一個字母大寫，句末用句號、問號或感歎號。

sentence adverbial 句子狀語
適用於整個句子而不是其一部分的狀語；

例如 *We possibly have to wait and see.* 我們可能不得不拭目以待。另參見 sentence connector。

sentence connector 句子連接詞
用於引出評論或強調所說內容的句子狀語；例如 moreover 而且、besides 此外。

s form s 形式
詞尾加 s 的動詞原形，用於一般現在時。

simple sentence 簡單句
只包含一個分句的句子。

singular 單數
用於指稱或談論一個人或物的形式；例如 dog 狗、woman 女人。比較 plural。

singular noun 單數名詞
通常用單數形式的名詞；例如 sun 太陽、business 商務。

split infinitive 分裂不定式
在 to 與動詞原形之間插入一個詞的不定式；例如 to *boldly* go where no man has gone before 勇闖前人未至之境。

split sentence 分裂句
採用以 it、what 或 all 開頭的結構、強調主語或賓語的句子；例如 *It's a hammer we need.* 我們需要的是一把榔頭。*What we need is a hammer.* 我們需要的是一把榔頭。

stative verb 狀態動詞
表示狀態的動詞。例如 be、live、know。比較 dynamic verb。

subject 主語
通常置於動詞之前的名詞短語，與動詞在人稱和數上保持一致；在主動句中，主語通常指執行動詞所表示的動作的人或物；例如 *We were going shopping.* 我們打算去購物。

subjunctive 虛擬式
在某些語言中用來表示祝願、希望和懷疑等態度的動詞形式。虛擬式在英語裏不太常見，主要用於條件句，如 If I were you... 如果我是你⋯⋯。

submodifying adverb 次修飾性副詞
用在形容詞或另一個副詞前強化或弱化其意義的副詞；例如 *very* interesting 非常有趣；*quite* quickly 相當快。

subordinate clause 從句
由 because 或 while 等從屬連詞引導的分句，必須與主句連用。

subordinating conjunction 從屬連詞
引導從句的連詞。

substitution 替代
代詞和其他一些詞的特殊用法，代替整個分句或分句的一部分；例如 *'Are you going to the party?' — 'I hope so.'* "你去參加聚會嗎？"——"我希望如此。"

superlative 最高級
詞尾加 -est 或前面用 most 的形容詞或副詞；例如 thinnest 最瘦、quickest 最快、most wisely 最明智地。

tense 時態
表示所指是過去還是現在的動詞形式。

that-clause that-從句
以 that 開頭的分句，主要用於引述某人所說的話；例如 *She said that she'd wash up for me.* 她説她會為我洗碗。分句用在引述動詞之後時，that 可省略。

third person 第三人稱
參見 person。

time adverbial 時間狀語
進一步説明某事發生時間的狀語；例如 *I saw her yesterday.* 我昨天看見了她。

time clause 時間從句
表示事件發生時間的分句；例如 *I'll phone you when I get back.* 我回來以後會給你打電話的。

title 頭銜
用在人名前的詞，表示地位或身份；例如 Mrs 夫人、Lord 大人、Queen 女王。

to-infinitive to-不定式
動詞原形前加 to；例如 to go、to have、to jump。

transitive verb 及物動詞
及物動詞用於談論涉及一個以上的人或物的動作或事件，因此後接賓語；例如 *She's wasting her money.* 她在浪費自己的錢。

uncountable noun 不可數名詞
指事物的總類而不是單件事物的名詞，因此只有一種形式；例如 money 錢、furniture 傢具、intelligence 智力。又稱 uncount noun。

verb 動詞
與主語連用的詞，說明某人或某物做了甚麼或他們發生了甚麼；例如 sing 唱歌、spill 溢出、die 死亡。

verb phrase 動詞短語
指主要動詞，或前面有一個或多個助動詞的主要動詞，與主語一起說明某人或某物做了甚麼或他們發生了甚麼；例如 *I'll show them.* 我會給他們看的。*She's been sick.* 她病了。

vocative 呼語
對某人說話時用的詞，這些詞如同名字一樣使用；例如 darling 親愛的、madam 夫人。

wh-clause wh-從句
以 wh-詞開頭的分句。

whether-clause whether-從句
用於引述 yes / no-疑問句的分句；例如 *I asked her whether she'd seen him.* 我問她是否看見過他。

wh-question wh-疑問句
期待提供特定的人、地點、事物、數量等回答的疑問句，而不僅僅用 yes 或 no 回答。

wh-word wh-詞
以 wh-開頭的一組詞之一，如 what、when 或 who，用於 wh-疑問句。how 也稱作 wh-詞，因為其功能與別的 wh-詞相似。

yes / no-question yes / no-疑問句
可以只用 yes 或 no 回答的疑問句；例如 *Would you like some more tea?* 你要不要再喝點茶？

1 Referring to people and things: nouns, pronouns, and determiners
指稱人和事物：名詞、代詞和限定詞

Introduction to the noun phrase
名詞短語介紹

1.1 語言最基本的功能是用來談論人和事物。這一功能可通過詞語的多種使用方式來實現，比如陳述、提問、命令等。選用的詞語與名詞或動詞一起構成詞組。這些詞組叫做**名詞短語**（noun phrase）和**動詞短語**（verb phrase）。

名詞短語告訴我們所談論的是甚麼人或事物。動詞短語告訴我們談論的內容，例如這些人或事物在做甚麼。

本書第一和第二章討論名詞短語。關於動詞短語的內容，參見第三章。

position
位置

1.2 名詞短語可以用作動詞的**主語**（subject）或**賓語**（object），可以用在**繫動詞**（linking verb）後面，也可以用作**介詞**（preposition）的賓語。

Babies *cry when they are hungry.* 嬰兒餓了會哭。
I couldn't feel ***anger*** *against him.* 我對他生不了氣。
They were ***teachers****.* 他們是教師。
Let us work together in ***peace****.* 我們一起和睦共事吧。

common nouns and proper nouns
普通名詞和專有名詞

1.3 名詞短語用來指稱某人或某事物。用作通稱的，叫做**名詞**（noun）或**普通名詞**（common noun），用作特稱的，叫做**專有名詞**（proper noun）。

專有名詞主要指人名、地名以及事件。

Mary *likes strawberries.* 瑪麗喜歡吃草莓。
I went to ***Drexel University*** *and then I went to* ***Pittsburgh*** *to work for a psychiatrist.* 我上了德雷塞爾大學，然後去了匹茨堡為一個精神病醫生工作。
We flew to ***Geneva*** *with* ***British Airways****.* 我們去日內瓦坐的是英國航空公司的班機。

關於**專有名詞**（proper noun）的進一步說明，參見 1.52 到 1.58 小節。

determiners with common nouns
限定詞與普通名詞連用

1.4 普通名詞表示所談論的人或事物可以和其他在某些方面相似的名詞一起歸入一個類別。

如果只是想表示所談論的人或事物屬於某個類別，可使用**不定指限定詞** (indefinite determiner) 加普通名詞。

*I met **a girl** who was **a student** there.* 我遇見一個女孩，她是那裏的一名學生。
*Have you got **any comment** to make about that?* 你對那件事有甚麼高見？
*There are **some diseases** that are clearly inherited.* 有些疾病顯然有遺傳性。

如果想表示所談論的是類別中的特定成員，則使用**定指限定詞** (definite determiner) 加普通名詞。

*I put **my arm** round **her shoulders**.* 我用胳膊摟着她的肩膀。
*...**the destruction** of **their city**.* ……他們城市的被毀
*She came in to see me **this morning**.* 她今早來看過我。

關於**限定詞** (determiner) 的進一步說明，參見 1.162 到 1.251 小節。關於**名詞** (noun) 的進一步說明，參見 1.13 到 1.92 小節。

personal and demonstrative pronouns
人稱代詞和指示代詞

1.5 指稱人或事物，可以不用專有名詞或普通名詞而用**代詞** (pronoun)。

如果某個人或事物前面已經提到過了，通常可用**人稱代詞** (personal pronoun) 或**指示代詞** (demonstrative pronoun) 來談論他們。

*Max will believe us, won't **he**?* 麥克斯會相信我們的，不是嗎？
*'Could **I** speak to Sue, please?' — '**I**'m sorry, **she** doesn't work here now.'* "請讓蘇接電話好嗎？" —— "對不起，她已經不在這兒工作了。"
*Some people have servants to cook for **them**.* 有些人有傭人為他們做飯。
***This** led to widespread criticism.* 這引起了廣泛的批評。

關於**人稱代詞** (personal pronoun) 的進一步說明，參見 1.95 到 1.106 小節。關於**指示代詞** (demonstrative pronoun) 的進一步說明，參見 1.124 到 1.127 小節。

indefinite pronouns
不定代詞

1.6 出於種種原因，我們可以不提及人或事物的名稱，比如我們不想說、認為不重要、不知道，或者講故事時想含糊其辭或保持神秘。在這種情況下，可以用**不定代詞** (indefinite pronoun)。這種代詞不指稱特定的人和事物。

*I had to say **something**.* 我不得不說了些話。
*In this country **nobody** trusts **anyone**.* 在這個國家誰也不相信誰。
*A moment later, his heart seemed to stop as he sensed the sudden movement of **someone** behind him.* 過了一會兒，他感到背後有人突然在動，他的心都快要停止跳動了。

關於**不定代詞** (indefinite pronoun) 的進一步說明，參見 1.128 到 1.141 小節。

adding extra information
添加外信息

1.7 如果想就談論的人或事物給予更多信息，而不僅僅給出他們的通稱或特稱，可以使用**修飾語** (modifier)，比如**形容詞** (adjective)，或者以短語或分句等形式添加額外信息。

modifiers
修飾語

1.8 大部分形容詞（adjective）可用作修飾語。名詞也常常用作修飾語。

*...a **big** city.* ……一個大城市
*...**blue** ink.* ……藍墨水
*He opened the **car** door.* 他打開車門。
*...the **oil** industry.* ……石油工業

關於形容詞（adjective）的進一步說明，參見 2.2 到 2.168 小節。關於名詞修飾語（noun modifier）的進一步說明，參見 2.169 到 2.174 小節。

adding information after the noun
名詞後添加信息

1.9 名詞後面可以添加介詞短語、關係從句、地點或時間副詞，或者帶 to-不定式。

*...a girl **in a dark grey dress**.* ……穿深灰色連衣裙的女孩
*...the man **who employed me**.* ……僱用我的那個男子
*...the room **upstairs**.* ……樓上的房間
*...the desire **to kill**.* ……殺人的慾望

形容詞和分詞有時也用在名詞後面，通常和其他詞語組合在一起。

*...the Minister **responsible for national security**.* ……負責國家安全的部長
*...the three cards **lying on the table**.* ……放在桌上的三張牌

關於在名詞後面添加信息的進一步說明，參見 2.272 到 2.302 小節。

1.10 尤其要注意的是，以 ***of*** 開頭的介詞短語非常普遍，因為這種短語可以表達兩個名詞短語之間很多不同的關係。

*...strong feelings **of jealousy**.* ……強烈的嫉妒情緒
*...a picture **of a house**.* ……一張房子的照片
*...the rebuilding **of the old hospital**.* ……舊醫院的重建
*...the daughter **of the village cobbler**.* ……村裏補鞋匠的女兒
*...problems **of varying complexity**.* ……複雜程度不一的問題
*...the arrival **of the police**.* ……警察的到來

關於名詞短語中 ***of*** 用法的進一步說明，參見 2.277 到 2.283 小節。

linking noun phrases and linking words within them
名詞短語及名詞短語內部詞語的連用

1.11 如果要分別指稱多個人或事物，或者要用多種方式描述他們，可以用連詞（conjunction）***and***、***or*** 或 ***but*** 來連接名詞短語。有時可以用逗號代替 and，或者直接連用一個個詞。

*...**a table and chair**.* ……一套桌椅
*...his obligations with regard to **Amanda, Robert and Matthew**.* ……他對阿曼達、羅拔和馬太承擔的義務
*...some **fruit or cheese** afterwards.* ……然後來點水果或芝士
*...**her long black skirt**.* ……她的黑色長裙

關於使用連詞來連接名詞短語，以及名詞短語內詞語連用的進一步說明，參見 8.171 到 8.201 小節。

numbers and quantity expressions 數詞和量詞短語

1.12 如果要表達談論的是多少事物，或者某事物的量有多少，可以使用數詞（number）和量詞短語（quantity expression）。

Last year I worked ***seven*** *days a week* ***fourteen*** *hours a day.* 去年我每週工作 7 天，每天工作 14 個小時。
She drinks ***lots of*** *coffee.* 她喝很多咖啡。

數詞（number）在 2.208 到 2.239 小節論述。**量詞短語**（quantity expression）在 2.175 到 2.193 小節論述。

Identifying people and things: nouns 指稱人和事物：名詞

1.13 名詞用來指稱人或事物。本章描述名詞的 6 個主要類別，分類的依據是有無複數形式、前面是否需要加限定詞，以及作為動詞主語時後面跟單數還是複數動詞。

這 6 種類別是：

類別	例子	説明	章節
可數名詞（countable nouns）	a bird birds	有複數 需要限定詞	1.15 到 1.22 小節
不可數名詞（uncountable nouns）	happiness equipment	沒有複數 通常不用限定詞	1.23 到 1.33 小節
單數名詞（singular nouns）	the moon a day	沒有複數 需要限定詞	1.34 到 1.40 小節
複數名詞（plural nouns）	clothes scissors	沒有單數	1.41 到 1.46 小節
集合名詞（collective nouns）	the public the staff	跟單數或複數動詞	1.47 到 1.51 小節
專有名詞（proper nouns）	Mary London The United Nations	以大寫字母開頭	1.52 到 1.58 小節

許多名詞是多義詞，因此用作一個意義時可以是可數名詞，用作另一個意義時可以是不可數名詞，而用作別的一個意義時又可以是單數名詞。

還有其他一些類型的名詞具有特殊的性質，這些內容在 1.59 到 1.92 小節中討論。

capital letters
大寫字母

1.14 大多數名詞不以大寫字母開頭，除非用在句首。但是下列類型名詞的首字母永遠要大寫：

☞ 專有名詞（proper noun）或名稱

*...my sister **Elizabeth**.* ……我的妹妹伊麗莎白
*I love reading **Shakespeare**.* 我喜歡讀莎士比亞。
*I'll be in the office on **Monday**.* 我星期一在辦公室。
*I think he's gone to **London**.* 我想他已經去了倫敦。

關於專有名詞的進一步説明，參見 1.52 到 1.58 小節。表達時間的專有名詞在第四章論述，作為地名的專有名詞在第六章裏討論。

☞ 指稱某國人或某種語言的名詞

*Can you think of some typical problems experienced by **Germans** learning **English**?* 你能想出德國人學英語會遇到的一些典型問題嗎？

☞ 作為某個產品名稱的名詞

*He drives a **Porsche**.* 他開一輛保時捷。
*Put a bit of **Sellotape** across it.* 用透明膠帶把它黏好。

Things that can be counted: countable nouns 可以計數的事物：可數名詞

1.15 很多名詞有**單數**（singular）和**複數**（plural）兩種形式。單數用於指稱一個人或事物，複數用於指稱一個以上的人或事物。

這些名詞表示可以計數的人或事物，前面可以加數詞。

*...**book**...**books**.* ……書
*...**day**...**days**.* ……天
*...**three brothers**.* ……三兄弟
*...**ten minutes**.* ……十分鐘

這類名詞在各類英語名詞中數量最多，稱為**可數名詞**（countable noun）。

noun-verb agreement
名詞和動詞的一致

1.16 可數名詞的單數形式用作動詞主語時，後面跟單數動詞。可數名詞的複數形式用作動詞主語時，後面跟複數動詞。

*A **dog likes** to eat far more meat than a human being.* 狗比人愛吃更大量的肉。
*Bigger **dogs cost** more.* 大狗的費用更高。

use of determiners
限定詞的使用

1.17 可數名詞用單數時，前面加限定詞。

*He got into **the car** and started **the motor**.* 他鑽進汽車，開動了發動機。
*They left **the house** to go for **a walk** after lunch.* 午飯後他們到屋外去散步。

可數名詞用複數泛指某事物時，前面不加限定詞。

*They all live in big **houses**.* 他們都住在大房子裏。
*Most classrooms have **computers**.* 大部分教室裏都有電腦。

但是在具體說明某事物的特定情況時，前面要加限定詞。

The houses *in our street are all identical.* 我們那條街上的房子都一個模樣。
Our computers *can give you all the relevant details.* 我們的電腦可以為你提供所有的相關細節。

list of countable nouns
可數名詞一覽表

1.18 下表是一些常見的可數名詞：

accident	cat	father	lake	river
account	chair	field	library	road
actor	chapter	film	line	room
address	chest	finger	list	scheme
adult	child	foot	machine	school
animal	cigarette	friend	magazine	ship
answer	city	game	man	shirt
apartment	class	garden	meal	shock
article	club	gate	meeting	shop
artist	coat	girl	member	sister
baby	college	group	message	smile
bag	computer	gun	method	son
ball	corner	hall	minute	spot
bank	country	hand	mistake	star
battle	crowd	handle	model	station
beach	cup	hat	month	store
bed	daughter	head	motor	stream
bell	day	heart	mouth	street
bill	desk	hill	nation	student
bird	doctor	horse	neck	table
boat	dog	hospital	newspaper	task
book	door	hotel	office	teacher
bottle	dream	hour	page	tent
box	dress	house	park	thought
boy	driver	husband	party	tour
bridge	ear	idea	path	town
brother	edge	island	picture	valley
bus	effect	issue	plan	village
bush	egg	job	plane	walk
camp	election	journey	plant	wall
captain	engine	judge	problem	week
car	eye	key	product	window
card	face	king	programme	woman
case	factory	kitchen	project	yard
castle	farm	lady	ring	year

注意，上述很多名詞用作某些意義時是不可數名詞，但是用作最常見意義時仍然是可數名詞。

singular and plural forms
單數和複數形式

1.19 大多數可數名詞的複數形式是詞尾加 ***-s***，以區別於單數形式。

*...bed...**beds**.* ……牀
*...car...**cars**.* ……汽車

有些可數名詞的單數和複數形式有所不同。

*...bus...**buses**.* ……公共汽車
*...lady...**ladies**.* ……女士
*...calf...**calves**.* ……小牛
*...man...**men**.* ……男人
*...mouse...**mice**.* ……老鼠

關於可數名詞複數形式的詳細內容，參見附錄的參考部分。

same form for singular and plural
單複數同形

1.20 有些可數名詞的單複數形式相同。

*...a **sheep**.* ……一隻羊
*...nine **sheep**.* ……九隻羊

這些名詞中很多指動物或魚類；其他的則意義多種多樣：

bison	~	trout	dice	species
deer	cod	whitebait	fruit	~
elk	fish	~	gallows	bourgeois
greenfly	goldfish	aircraft	grapefruit	chassis
grouse	halibut	hovercraft	insignia	corps
moose	mullet	spacecraft	mews	patois
reindeer	salmon	~	offspring	précis
sheep	shellfish	crossroads	series	rendezvous

singular form with plural meaning
單數形式複數意義

1.21 很多動物和鳥的名稱有兩種形式，一個為單數，一個為複數。但是，如果在狩獵語境中使用，或者表示數量很多，通常使用詞尾不加 ***-s*** 的形式，即使表示的是幾隻動物或鳥。

*We went up north to hunt **deer**.* 我們到北方獵鹿。

注意，如果句子的主語是幾隻動物或鳥，即使用的是詞尾不加 ***-s*** 的形式，動詞用複數形式。

***Zebra are** a more difficult prey.* 斑馬很難捕獲。

同樣，如果談論的是生長在一起的大量樹木或植物，可以用單數；如果說的是少量或個別的樹木或植物，通常用 ***-s*** 結尾的複數形式。

*...the rows of **willow** and **cypress** which lined the creek.* ……小溪兩側一排排的柳樹和柏樹
*...the **poplars** and **willows** along the Peshawar Road.* ……白沙瓦路沿線的柳樹和白楊

Be Creative
靈活運用

1.22 雖然通常只是某些動物、鳥類、樹木和植物的名稱用單數形式表示複數意義，但實際上所有的動植物名稱都可以這麼用。

Things not usually counted: uncountable nouns 通常不能計數的事物：不可數名詞

1.23 有些名詞表示品質、物質、過程和話題等一般事物，而不是單個物品或事件。這些名詞只有一種形式，不能和數詞連用，通常也不和 ***the***、***a*** 或 ***an*** 等限定詞連用。

*...a boy or girl with **intelligence**.* ……聰慧的男孩或女孩
*Make sure everyone has enough **food** and **drink**.* 確保每個人都有足夠的飲食。
*...new techniques in **industry** and **agriculture**.* ……工業和農業新技術
*I talked with people about **religion, death, marriage, money**, and **happiness**.* 我和大家談了宗教、死亡、婚姻、金錢以及幸福。

這些名詞稱為**不可數名詞**（uncountable noun）。

noun-verb agreement 名詞和動詞的一致

1.24 不可數名詞用作動詞的主語時，動詞用單數形式。

***Love makes** you do strange things.* 愛情會使人做出奇怪的事情。
*They believed that **poverty was** a threat to world peace.* 他們相信貧窮是對世界和平的威脅。
***Electricity is** potentially dangerous.* 電有潛在的危險性。

list of uncountable nouns 不可數名詞一覽表

1.25 下面是一些常用的不可數名詞：

absence	duty	ground	music
access	earth	growth	nature
age	education	happiness	paper
agriculture	electricity	health	patience
anger	energy	help	peace
atmosphere	environment	history	philosophy
beauty	equipment	ice	pleasure
behaviour	evil	independence	policy
cancer	existence	industry	poverty
capacity	experience	insurance	power
childhood	failure	intelligence	pride
china	faith	joy	protection
comfort	fashion	justice	purity
concern	fear	labour	rain
confidence	finance	loneliness	reality
courage	fire	love	relief
death	flesh	luck	religion
democracy	food	magic	respect
depression	freedom	marriage	rice
design	fun	mercy	safety

salt	status	travel	welfare
sand	stuff	trust	wind
security	teaching	truth	work
silence	technology	violence	worth
sleep	time	waste	youth
strength	trade	water	
snow	training	wealth	
spite	transport	weather	

Be Careful 注意

1.26 有些詞在英語裏是不可數名詞，但在其他語言裏表示可數的事物。下面是一些最常見的這類不可數名詞：

advice	homework	machinery	research
baggage	information	money	spaghetti
furniture	knowledge	news	traffic
hair	luggage	progress	

quantifying 表示數量：some rice, a bowl of rice

1.27 雖然不可數名詞指稱不可計數的事物，不能和數詞連用，但是我們常常想談論用這類名詞表示的某事物的數量。

有時可以通過在不可數名詞前面加 ***all***、***enough***、***little*** 或 ***some*** 之類的不定指限定詞（indefinite determiner），來實現這個目的。

*Do you have **enough** money?* 你的錢夠嗎？
*There's **some** chocolate cake over there.* 那邊有點巧克力蛋糕。

關於這種情況的進一步説明，參見 1.225 小節。

也可以在不可數名詞前面加**量詞短語**（quantity expression）。例如，在談論水的時候，可以説 ***drops of water***（水滴）、***a cup of water***（一杯水）、***four gallons of water***（四加侖水）等等。

量詞短語和不可數名詞連用的情況在 2.194 到 2.207 小節論述。

mass nouns 物質名詞

1.28 如果確信讀者或受話者能夠理解我們談論的是某事物的數量，則不必使用量詞短語。

例如，在飯店裏可以要 ***three cups of coffee***，但也可以要 ***three coffees***，因為我們説話的對象知道我們指的是 ***three cups of coffee***（三杯咖啡）。在這種情況下，不可數名詞 ***coffee*** 變成了可數。

這種用法的名詞稱為**物質名詞**（mass noun）。

1.29 物質名詞常用來表示特定種類的食物或飲料的量。

*We spent two hours talking over **coffee** and biscuits in her study.* 我們在她的書房裏花了兩個小時邊喝咖啡吃餅乾邊交談。
*We stopped for **a coffee** at a small café.* 我們在一家小餐館停車下來喝了杯咖啡。

1.30 同樣，某些不可數名詞在表示某物的種類時，可以成為物質名詞。例如，***cheese*** 通常是不可數名詞，但可以說 ***a large range of cheeses***（各種各樣的芝士）。

...plentiful cheap ***beer****.* ……大量廉價啤酒
...profits from low-alcohol ***beers****.* ……來自低酒精啤酒的利潤
We were not allowed to buy ***wine*** *or spirits at lunch time.* 在午餐時不允許我們購買葡萄酒或烈酒。
We sell a wide variety of ***wines*** *and liqueurs.* 我們出售種類繁多的葡萄酒和利口酒。

指稱不同種類物質的物質名詞主要用於技術性語境。例如 ***steel*** 幾乎總是不可數名詞，但是在需要區分不同種類鋼材的語境裏，***steel*** 可以用作物質名詞。

...imports of European ***steel****.* ……進口的歐洲鋼材
...the use of small amounts of nitrogen in making certain ***steels****.* ……製造某些鋼材時少量氮的使用

list of mass nouns
物質名詞一覽表

1.31 下面是常見的物質名詞：

adhesive	curry	iron	ointment	soil
beer	deodorant	jam	ore	soup
brandy	detergent	jelly	paint	steel
bread	disinfectant	juice	perfume	sugar
cake	dye	lager	pesticide	tea
cheese	fabric	liqueur	plastic	vodka
claret	fertilizer	lotion	poison	whisky
cloth	fuel	material	preservative	wine
coal	fur	meat	ribbon	wood
coffee	gin	medicine	salad	wool
cognac	glue	metal	sauce	yarn
coke	ink	milk	sherry	yoghurt
cotton	insecticide	oil	soap	

nouns that are uncountable and countable
既可數又不可數的名詞

1.32 還有其他一些名詞，在泛指一個事物時可以用作不可數名詞，而特指該事物的具體實例時用作可數名詞。

有些名詞常常既可作不可數名詞又可作可數名詞。例如，***victory*** 指的是一般意義上的勝利概念，但是 ***a victory*** 指某人在特定場合獲得的勝利。

He worked long and hard and finally led his team to ***victory****.* 經過長時間的艱苦努力，他最終領導團隊取得了勝利。
...his ***victory*** *in the Australian Grand Prix.* ……他在澳大利亞大獎賽上的勝利
Many parents were alarmed to find themselves in open ***conflict*** *with the church.* 許多父母驚訝地發現自己和教會發生了公開衝突。
Hundreds of people have died in ethnic ***conflicts****.* 數百人死於種族衝突。

有些不可數名詞很少或從不用作可數名詞，也就是說，它們不以複數形式出現，也不和數詞連用。

*...a collection of fine **furniture**.* ……一套精美的傢具藏品
*We found Alan weeping with **relief** and **joy**.* 我們發現阿倫因為寬慰和高興在流淚。
*He saved **money** by refusing to have a telephone.* 他通過拒裝電話來省錢。

uncountable nouns ending in -s 以 -s 結尾的不可數名詞

1.33 有些以 ***-s*** 結尾的名詞，看上去似乎是複數，但實際上是不可數名詞。這就意味着它們做動詞主語時，動詞要用單數。

這些名詞主要表示學科、活動、遊戲以及疾病。

***Physics is** fun.* 物理很有趣。
***Politics plays** a large part in village life.* 政治在鄉村生活中有很大作用。
***Economics is** the oldest of the social sciences.* 經濟學是最古老的社會科學。
***Darts is** a very competitive sport.* 飛鏢是競技性很強的運動。
***Measles is** in most cases a relatively harmless disease.* 在多數情況下，痲疹是一種相對無害的疾病。

列在下表中的是三類以 ***-s*** 結尾的不可數名詞。

這些名詞表示學科和活動：

acoustics	classics	linguistics	physics
aerobics	economics	logistics	politics
aerodynamics	electronics	mathematics	statistics
aeronautics	genetics	mechanics	thermodynamics
athletics	gymnastics	obstetrics	

注意，這類名詞中有些偶爾用作複數，特別是在談論某一個人的工作或活動時。

*His **politics are** clearly right-wing.* 顯然他持右翼政治觀點。

這些名詞表示遊戲：

billiards	cards	draughts	tiddlywinks
bowls	darts	skittles	

這些名詞表示疾病：

diabetes	mumps	rickets
measles	rabies	shingles

When there is only one of something: singular nouns 僅指一個事物：單數名詞

1.34 世界上有些事物是獨一無二的。而另一些事物，我們幾乎總是每次只談論其中的一個。這就意味着有些名詞，或者更常見的是名詞的某些意義，只用單數形式。

用於這種意義的名詞稱為**單數名詞** (singular noun)。單數名詞永遠加限定詞，因為它們的性質和可數名詞的單數形式一樣。

noun-verb agreement 名詞和動詞的一致

1.35 單數名詞用作動詞的主語時，動詞用單數形式。

*The **sun was shining**.* 陽光照耀。
*The **atmosphere is** very relaxed.* 氣氛很輕鬆。

things that are unique 獨一無二的事物

1.36 有些單數名詞表示一個特定的事物，所以和 ***the*** 連用。事實上，這種名詞中有些表示世界上獨一無二的事物。

*There were huge cracks in **the ground**.* 地面上有很大的裂縫。
***The moon** had not yet reached my window.* 月亮還沒出現在我的窗戶。
*Burning tanks threw great spirals of smoke into **the air**.* 熊熊燃燒的油罐向空中噴出盤旋向上的巨大煙柱。
*He's always thinking about **the past** and worrying about **the future**.* 他一天到晚在想着過去並擔憂未來。

using the context 利用語境

1.37 如果上下文語境清楚地表明所指，其他單數名詞也可以用來表示一個特定事物。例如，你人在利茲，然後說 ***I work at the university*** (我在大學工作)，幾乎可以肯定你指的是 ***Leeds University*** (利茲大學)。

但是在下面的例子中，因為語境不充分，很難準確判斷單數名詞指的是誰或甚麼。

*In many countries **the market** is small numerically.* 很多國家的市場交易量很小。
*Their company looks good only because **the competition** looks bad.* 只是因為競爭很激烈，他們的公司才看上去很好。
*You've all missed **the point**.* 你們都沒有抓住要領。

除非弄清楚談的是甚麼商品或產品，否則讀者或聽眾不可能確定 ***the market*** (市場) 指的是哪些潛在的客戶群。同樣，不可能確切知道 ***the competition*** (競爭) 涉及哪一家或哪幾家公司。在最後一個例子中，說話者大概接下來會說明 ***the point*** (要領) 指的是甚麼。

used in verb + object idioms 用於動詞 + 賓語構成的慣用語

1.38 有些活動通常每次只做一次。表示這種活動的名詞通常是動詞的賓語，和限定詞 ***a*** 連用。

在這種結構中，動詞的意義很少，而名詞承載了整個結構的大部分意義。關於動詞 + 賓語構成的習語的進一步說明，參見 3.32 到 3.45 小節。

*I went and had **a wash**.* 我去洗了洗。

Bruno gave it ***a try****.* 布魯諾試了一下。

有些單數名詞習慣上與某個動詞連用，因此成了固定短語，具有了習語性質。

I'd like very much for you to ***have a voice*** *in the decision.* 我非常希望你在決策過程中有發言權。
Isn't it time we ***made a move****?* 我們該採取行動了？

singular noun structures
單數名詞結構

1.39 有兩種使用單數名詞的特殊結構。

單數名詞有時和限定詞 ***a*** 連用，放在繫動詞後面。關於**繫動詞** (linking verb) 的進一步説明，參見 3.126 到 3.181 小節。

Decision-making is ***an art****.* 決策是一門藝術。
The quickest way was by using the car. It was ***a risk*** *but he decided it had to be taken.* 最快的辦法是使用汽車。這是個冒險，但他決定必須這麼做。
They were beginning to find Griffiths' visits rather ***a strain****.* 他們開始覺得格里菲斯一家的來訪是個負擔。

單數名詞有時和限定詞 ***the*** 連用，後面跟 ***of*** 引導的介詞短語。

Comedy is ***the art of*** *making people laugh.* 喜劇是引人笑的藝術。
Old machines will be replaced by newer ones to reduce ***the risk of*** *breakdown.* 舊機器將被新機器取代，以降低故障風險。
He collapsed under ***the strain of*** *a heavy workload.* 他被沉重的工作負擔壓垮了。

這類詞中包括有隱喻用法的名詞。詳見 1.64 小節。

有些單數名詞總是用來表示一種特定的性質或事物，但是很少單獨使用。換句話説，它們需要用支撐材料作某種詳細説明。這種單數名詞可以和很多不同的限定詞連用。

There was ***a note of satisfaction*** *in his voice.* 他的嗓音帶着滿足的調子。
Bessie covered the last fifty yards at ***a tremendous pace****.* 貝思以極快速度跑完了最後 50 碼。
Simon allowed ***his pace*** *to slacken.* 西門任憑自己放慢了腳步。
She was simply incapable of behaving in ***a rational and considered manner****.* 她根本做不到理智而深思熟慮地行事。
*...****their manner*** *of rearing their young.* ……他們的育兒方式

這類名詞在 1.59 到 1.65 小節詳細討論。

1.40 有些名詞僅在慣用語中用作單數時才有特定含義。它們看上去像是單數名詞，但不能夠像單數名詞那樣隨意使用。

What happens down there is ***none of my business****.* 那邊發生的事和我無關。
It's a pity *I can't get to him.* 可惜我影響不了他。

Referring to more than one thing: plural nouns
談論一個以上的事物：複數名詞

1.41 有些事物被看作複數而不是單數，因此有些名詞只有複數形式。例如，可以說購買 ***goods***（商品），但不說 ***a good***。這種名詞稱為**複數名詞**（plural noun）。

另外一些名詞在用於特定意義時只有複數形式。例如，美俄領導人的正式會談通常用 ***talks*** 而不是 ***a talk*** 來表示。用於這種特定意義時，這些名詞也叫**複數名詞**（plural noun）。

*Union leaders met the company for wage **talks** on October 9.* 工會領袖就工資談判在 10 月 9 日和公司會面。
*It is inadvisable to sell **goods** on a sale or return basis.* 以減價或包退的方式出售商品是不明智的。
*Take care of your **clothes**.* 保養好你的衣服。
*The weather **conditions** were the same.* 天氣情況沒有變化。
*All **proceeds** are going to charity.* 所有收入都將捐給慈善機構。
*Employees can have meals on the **premises**.* 員工可以在單位吃飯。

注意，有些複數名詞不以 ***-s*** 結尾，例如 ***clergy***、***police***、***poultry*** 和 ***vermin***。

noun-verb agreement 名詞和動詞的一致

1.42 複數名詞用作動詞主語時，動詞用複數形式。

***Expenses** for attending meetings **are** sometimes **claimed**.* 開會的費用有時可以報銷。
*The **foundations were shaking**.* 地基在搖動。
***Refreshments were** on sale in the café.* 小餐館有點心出售。
*Attempts were made where **resources were** available.* 已作出努力去獲取資源。

use with modifiers 和修飾語連用

1.43 複數名詞前面通常不用數詞，但可以加某些**不定指限定詞**（indefinite determiner），比如 ***some*** 或 ***many***。詳見 1.223 小節的開頭部分。

有些複數名詞有特定含義，通常前面加**定指限定詞**（definite determiner）。有些因含義非常籠統，從來不加限定詞。另有一些因需要支撐材料，比如沒有以短語或分句形式添加信息的話，則很少單獨使用。

下列兩小節中的幾個表格包含了具有上述某一用法的一些常用複數名詞。這些名詞中很多還有作為可數名詞的其他意義。

with or without determiners 加或不加限定詞

1.44 有些複數名詞常常與 ***the*** 連用。

*Things are much worse when **the rains** come.* 到了雨季情況還要糟糕。
***The authorities** are concerned that the cocaine may be part of an international drug racket.* 當局擔心可卡因可能是國際毒品非法交易的一部分。

*The coach tour of Gran Canaria was a wonderfully relaxing way to see **the sights**.* 乘坐大巴在大加那利島旅遊是一種美妙輕鬆的觀光方式。

下面是常與 ***the*** 連用的複數名詞：

authorities	heavens	pictures	sights
foundations	mains	races	waters
fruits	odds	rains	wilds

有些複數名詞常常與 ***my*** 或 ***his*** 之類的**所有格限定詞**（possessive determiner）連用。

*It offended **her feelings**.* 這傷了她的感情。
***My travels** up the Dalmation coast began in Dubrovnik.* 我的達爾馬提亞海岸北上之旅始於杜布羅夫尼克。
*This only added to **his troubles**.* 這反而給他添了麻煩。

下面是常常與所有格限定詞連用的複數名詞：

activities	feelings	movements	terms	troubles
attentions	likes	reactions	travels	wants

有些複數名詞常常不加限定詞。

*There were one or two cases where people returned **goods**.* 有一兩次退貨的情況。
*There is only one applicant, which simplifies **matters**.* 只有一個申請人，事情就簡單了。
*They treated us like **vermin**.* 他們不把我們當人對待。

下面是常常不加限定詞的複數名詞：

airs	expenses	matters	solids
appearances	figures	refreshments	talks
events	goods	riches	vermin

有些複數名詞可以加也可以不加限定詞。

*The house was raided by **police**.* 那所房子遭到警方突擊搜查。
*We called **the police**.* 我們報了警。
*A luxury hotel was to be used as **headquarters**.* 一家豪華酒店計劃用作總部。
*The city has been **his headquarters** for five years.* 這個城市有五年時間作為他的總部。
*We didn't want it to dampen **spirits** which were required to remain positive.* 我們不想讓它使我們意志消沉，因為需要有精神來保持積極的心態。
*The last few miles really lifted **our spirits**.* 最後的幾英里使我們士氣大振。

下面是可以加也可以不加限定詞的複數名詞。

arms	grounds	particulars	specifics
basics	handcuffs	people	spirits
brains	headquarters	police	supplies
clergy	interests	poultry	talks
costs	looks	premises	thanks
directions	means	proceeds	tracks
essentials	morals	rates	troops
greens	papers	resources	values

modifiers and other forms of extra information
修飾語和其他額外信息形式

1.45 有些複數名詞因為需要支撐材料，很少不加限定詞或某種形式的額外信息單獨使用。

*He doesn't tolerate **bad manners**.* 他不能容忍粗魯的舉止。
*Our country's **coastal defences** need improving.* 我國的海防需要加強。
*...the hidden **pressures of direct government funding**.* ……政府直接提供資金的潛在壓力

下面是不加限定詞或某種形式的額外信息就很少單獨使用的複數名詞：

affairs	effects	materials	relations	wastes
conditions	forces	matters	remains	ways
defences	hopes	pressures	sands	words
demands	lines	proportions	services	works
details	manners	quarters	thoughts	writings

typical meanings: clothes and tools
典型意義：服裝和工具

1.46 有兩組特殊的名詞通常用作複數，一組表示服裝和其他穿戴物，另一組表示工具和人們使用的某些其他物件。

這是因為有些服裝和工具，比如褲子和剪刀，是由兩個相似部分組成的。

*She wore brown **trousers** and a green sweater.* 她穿褐色褲子和綠色毛線衫。
*He took off his **glasses**.* 他摘下眼鏡。
*...using the **pliers** from the toolbox.* ……使用工具箱裏的鉗子

如果想泛指這些物品，或者表示不確定的數量，用不加限定詞的複數形式。

*Never poke **scissors** into a light bulb socket.* 千萬不要把剪刀插入電燈座。
*The man was watching the train through **binoculars**.* 那名男子在用雙筒望遠鏡觀看火車。

下面是一些表示服裝和其他穿戴物的複數名詞：

braces	glasses	leggings	pyjamas
briefs	jeans	overalls	shorts
cords	jodhpurs	panties	slacks
dungarees	knickers	pants	specs

spectacles	tights	trunks
sunglasses	trousers	underpants

下面是表示工具和人們使用的其他物件的複數名詞：

binoculars	dividers	pliers	secateurs	tweezers
clippers	nutcrackers	scales	shears	
compasses	pincers	scissors	tongs	

如果想表示一件衣服或一件工具，在名詞前面用 ***some*** 或 ***a pair of***。表示一件以上，則用數詞或量詞短語加 ***pairs of***。

*I got **some scissors** out of the kitchen drawer.* 我在廚房間的抽屜裏拿到了一把剪刀。
*I went out to buy **a pair of scissors**.* 我出去買一把剪刀。
*He was wearing **a pair of** old grey **trousers**.* 他穿着一條舊的灰褲。
*Liza has **three pairs of jeans**.* 莉莎有三條牛仔褲。

也可以用 ***a pair of*** 來談論 ***gloves***（手套）、 ***shoes***（鞋子）以及 ***socks***（襪子）等通常成對出現的物品。

*...**a pair of** new **gloves**.* ……一雙新手套

所有格限定詞（比如 ***my***）可以代替 ***a***。

*...his favourite **pair of shoes**.* ……他最喜歡的一雙鞋子

如果用 a pair of 加複數名詞，在同一分句裏的動詞用單數。如果動詞置於隨後的關係從句裏，則通常用複數。

*It is likely that **a** new **pair of shoes brings** more happiness to a child than a new car brings to a grown-up.* 一雙新鞋給孩子帶來的快樂很可能超過一輛新車給成年人帶來的快樂。
*I always wear a pair of long pants underneath, or **a pair of pyjamas is** just as good.* 我裏面一直穿一條長內褲，或者一件睡衣也行。
*He put on **a pair of** brown **shoes**, which **were** waiting there for him.* 他穿上一雙早就準備好的棕色鞋子。
*He wore **a pair of earphones**, which **were** plugged into a radio.* 他戴着耳機，一端插在收音機裏。

在 ***a pair of*** 後面用複數代詞。

*She went to the wardrobe, chose **a pair of shoes**, put **them** on and leaned back in the chair.* 她走到衣櫥前，選了一雙鞋子穿上，然後斜靠在椅子裏。
*He brought out **a pair of** dark **glasses** and handed **them** to Walker.* 他拿出一副墨鏡遞給了沃克。

Referring to groups: collective nouns
談論群體：集合名詞

1.47 有些英語名詞表示一群人或事物。這些名詞稱為**集合名詞**(collective noun)。它們只有一種形式，但是很多集合名詞用作其他含義時是可數名詞，有兩種形式。

singular or plural verb 單數或複數動詞

1.48 集合名詞後面既可跟單數動詞也可跟複數動詞。

如果把群體視作單個整體，動詞用單數形式；如果把群體看成若干個個體，則用複數動詞。

*Our little **group is** complete again.* 我們的小組又齊全了。
*A second **group are** those parents who feel that we were too harsh.* 另一組是那些認為我們過於嚴厲的父母。
*Our **family isn't** poor any more.* 我們家不再貧窮了。
*My **family are** all perfectly normal.* 我的全家都很正常。
***The enemy was moving** slowly to the east.* 敵人慢慢向東面移動。
***The enemy were** visibly **cracking**.* 敵人顯然在崩潰。
*His arguments were confined to books which **the public was** unlikely to read.* 他的論點限制在了公眾不太可能去閱讀的書籍。
***The public were deceived** by the newspapers.* 公眾被報紙欺騙了。

在美式英語裏，單數動詞更常見，除非句子含有一個明確表示多個人或事物的成分。

許多機構的名稱是集合名詞，可以用單數或複數動詞。

***The BBC is sending** him to Tuscany for the summer.* 英國廣播公司這個夏季要把他派駐托斯卡納。
***The BBC are planning** to use the new satellite next month.* 英國廣播公司正計劃下個月使用新的衛星。
***England was leading** 18-0 at half-time.* 中場休息時英格蘭隊以 18 比 0 領先。
***England are seeking** alternatives for their B team.* 英格蘭隊正在尋找乙隊的替補球員。

在美式英語裏，這種集合名詞後面用單數動詞。

***GE reports** its second-quarter financial results on July 16.* 通用電氣公司在 7 月 16 日公佈第二季度的財務報表。
***New England is** going to sign him to a long-term contract.* 新英格蘭隊馬上要和他簽署長期合同。

在返指集合名詞時，如果前面的動詞是單數，代詞或限定詞也用單數；如果前面的動詞是複數，代詞或限定詞則用複數。

*The government **has said it** would wish to do this only if there was no alternative.* 政府説了，只有在別無選擇時才會這麼做。

*The government **have made up their** minds that **they**'re going to win.* 政府下定決心要取得勝利。

1.49 注意，現在經常把 ***bacteria***、***data*** 和 ***media*** 用作集合名詞，也就是說後面可接單數或複數動詞，而自身形式不變。有些說話謹慎的人認為，這些詞只能和複數動詞連用，因為它們有比較罕見的單數形式 ***bacterium***、***datum*** 和 ***medium***，所以是可數名詞。

***Medieval Arabic data show** that the length of the day has been increasing more slowly than expected.* 中世紀阿拉伯地區的數據表明，一天的長度增長比預計的要慢。
***Our latest data shows** more firms are hoping to expand in the near future.* 我們最新的數據顯示，更多的公司希望在近期擴張。

Be Careful 注意

1.50 雖然集合名詞後面可以用複數動詞，但是這些名詞的性質不同於可數名詞的複數形式。例如，前面不能加數詞。不能夠說 ***Three enemy were killed***，必須說 ***Three of the enemy were killed***（三個敵人被殺死）。

list of collective nouns 集合名詞一覽表

1.51 下面是常見的集合名詞：

aristocracy	company	government	panel
army	council	group	press
audience	crew	herd	proletariat
bacteria	data	jury	public
brood	enemy	media	staff
cast	family	navy	team
committee	flock	nobility	
community	gang	opposition	

有些集合名詞也是**單位詞**（partitive），即用來談論某物數量的名詞。例如，可以說 ***a flock of sheep***（一群羊）和 ***a herd of cattle***（一群牛）。關於這些詞的進一步說明，參見 2.198 小節。

Referring to people and things by name: proper nouns 指名談論人和事物：專有名詞

1.52 在談論一個具體的人時，可以用名字。人名通常稱為**專有名詞**（proper noun）。

人名的第一個字母大寫，前面不加限定詞。

...Michael Hall. ……米高・霍爾
...Jenny. ……珍妮
...Smith. ……史密夫

當面交談時使用人名的方法，在 9.95 到 9.99 小節論述。

1.53 有時人名用於指稱他們創造的東西。可以像可數名詞一樣用人名表示他們創作的畫作、雕塑或書。拼寫時首字母仍須大寫。

In those days you could buy ***a Picasso*** *for £300.* 在那個年代，花 300 英鎊就能買到一張畢加索的畫。
I was looking at ***their Monets and Matisses****.* 我在看他們收藏的莫奈和馬蒂斯的畫作。
I'm reading ***an Agatha Christie*** *at the moment.* 我目前在讀一本阿加莎・克里斯蒂寫的小説。

人名也可以用作不可數名詞，表示某人譜寫或演奏的樂曲。

I remembered it while we were listening to ***the Mozart****.* 在聽那部莫扎特的作品時，我想起了它。
...instead of playing ***Chopin*** *and* ***Stravinsky*** *all the time.* ……而不是老是演奏蕭邦和斯特拉文斯基的樂曲

relationship nouns
親屬關係名詞

1.54 表示家族成員之間關係的名詞，比如 ***mother***（媽媽）、***dad***（爸爸）、***aunt***（阿姨）、***grandpa***（爺爺）等，也可以像人名一樣使用，用來稱呼或談論他們。這樣用時，首字母要大寫。

I'm sure ***Mum*** *will be pleased.* 我肯定媽媽會滿意的。

titles
頭銜

1.55 表示某人社會地位或職業的詞稱為頭銜 (title)。頭銜的首字母大寫。比較正式地談論某人或表示尊敬時，在人名的前面加頭銜，通常用在姓或全名前面。

*...***Doctor*** *Barker.* ……巴克博士
*...***Lord*** *Curzon.* ……柯曾勳爵
*...***Captain*** *Jack Langtry.* ……傑克・朗特里船長
*...***Mrs*** *Ford.* ……福特夫人

下面是用在人名前面的最常見頭銜：

Admiral	Dame	Lord	Private
Archbishop	Doctor	Major	Professor
Baron	Emperor	Miss	Queen
Baroness	Father	Mr	Rabbi
Bishop	General	Mrs	Representative
Brother	Governor	Ms	Saint
Captain	Imam	Nurse	Senator
Cardinal	Inspector	Police Constable	Sergeant
Colonel	Justice	Pope	Sir
Congressman	King	President	Sister
Constable	Lady	Prince	
Corporal	Lieutenant	Princess	

有一些頭銜，比如 ***King***（國王）、***Queen***（女王）、***Prince***（王子）、***Princess***（公主）、***Sir***（爵士）和 ***Lady***（夫人），後面可以用不帶姓的名字。

...***Queen Elizabeth****.* ……伊麗莎白女王
...***Prince Charles'*** *eldest son.* ……查爾斯王子的長子
Sir Michael *has made it very clear indeed.* 米高爵士確實説得很明白了。

當面交談時使用頭銜的方法在 9.97 到 9.98 小節論述。

titles used without names
不和人名連用的頭銜

1.56 頭銜有時和限定詞、其他修飾語和 ***of*** 引導的短語連用，人名則省去不用。

...Her Majesty the Queen and the Duke of Edinburgh. ……女王陛下及愛丁堡公爵
...the Archbishop of Canterbury. ……坎特伯雷大主教
...the President of the United States. ……美國總統
...the Bishop of Birmingham. ……伯明翰主教

titles used as countable nouns
用作可數名詞的頭銜

1.57 表示頭銜的詞大部分也可以用作可數名詞，首字母通常不大寫。

...lawyers, scholars, poets, ***presidents*** *and so on.* ……律師、學者、詩人、總統等等
...a foreign ***prince****.* ……一個外國王子
Maybe he'll be a ***Prime Minister*** *one day.* 也許有一天他會成為首相。

other proper nouns
其他專有名詞

1.58 組織、機構、船隻、雜誌、書籍、劇本、畫作以及其他獨特事物的名字也是專有名詞，首字母要大寫。

...British Broadcasting Corporation ……英國廣播公司
...Birmingham University. ……伯明翰大學

這類專有名詞有時和 ***the*** 或別的限定詞連用。

...the United Nations ……聯合國
...the Labour Party ……工黨
...the University of Birmingham ……伯明翰大學
...the Queen Mary ……瑪麗女王
...the Guardian ……《衛報》
...the Wall Street Journal ……《華爾街日報》
...the British Broadcasting Corporation. ……英國廣播公司

除了在書名、劇名和畫作名中以外，限定詞不大寫。

...The Grapes of Wrath ……《憤怒的葡萄》
...A Midsummer Night's Dream. ……《仲夏夜之夢》

有些時間表達式是專有名詞，這部分內容在第四章論述。

Nouns that are rarely used alone 很少單獨使用的名詞

1.59 有些名詞很少單獨使用，需要添加額外的材料如形容詞或短語，否則名詞的意義不明確。這些名詞有的意義很多，有的單獨使用時沒有多少意義。

例如，如果不說明是哪個組織的領導，通常不能用 ***the head*** 指某人。同樣，不能說某人說話帶有 ***a note***，而要描述帶甚麼樣的口氣，比如 ***a triumphant note / a note of triumph***（得意洋洋的口氣）。

只有在語境使詞義變得清晰的情況下，這些名詞才能單獨使用。例如，剛提到一座山，然後說 ***the top***，顯然 ***the top*** 指的是那座山的山頂。

used with modifiers 和修飾語連用

1.60 修飾語是加到名詞上的形容詞或名詞，目的是增添信息。

*...her wide experience of **political affairs**.* ……她對政治事務的廣泛經驗
*I detected an **apologetic note** in the agent's voice.* 我察覺到了代理口中道歉的語氣。
*He did not have **British citizenship**.* 他沒有英國國籍。
*Check the **water level**.* 檢查一下水位。

關於修飾語的進一步說明，參見第二章。

extra information after the noun 名詞後面的額外信息

1.61 名詞後面的額外信息通常以 ***of*** 引導的短語形式出現。

*...at the **top of the hill**.* ……在小山頂上
*There he saw for himself the **extent of the danger**.* 在那裏他親自看到了危險的程度。
*Ever since the **rise of industrialism**, education has concentrated on producing workers.* 自從工業主義興起以來，教育的重點一直放在了培養工人上。
*...a high **level of interest**.* ……很高的興趣

詳見 2.272 到 2.302 小節。

always used with modifiers 始終與修飾語連用

1.62 有些名詞總是與修飾語連用。例如，我們不會說某人是 ***an eater***，因為人人都要吃東西。但是我們可能會說他或她是 ***a meat eater***（吃肉的人）或 ***a messy eater***（吃東西邋遢的人）。

同樣，***range*** 這個詞必須用於 ***price range***（價格區間）或 ***age range***（年齡範圍）等特定的詞組。如果用 ***wear*** 表示服裝，必須具體說明是甚麼服裝，比如 ***sports wear***（運動服）或 ***evening wear***（晚裝）。

*Tim was **a slow eater**.* 添吃東西很慢。
*...the other end of **the age range**.* ……年齡範圍的另一端
*The company has plans to expand **its casual wear**.* 公司計劃擴大休閒服裝的產量。

always used with possessives 始終與所有格連用

1.63 有些名詞幾乎始終與所有格連用，也就是與**所有格限定詞**（possessive determiner）、一撇 ***s***（***'s***）或 ***of*** 引導的介詞短語連用，因為必須說明所談論的人是誰，或所談論的物與誰有關或屬於誰。

*The company has grown rapidly since **its formation** ten years ago.* 自從10年前組建以來，公司發展很快。
*Advance warning of **the approach of enemies** was of the greatest*

importance. 最重要的是對敵人接近時的預警。
*...the portrait of a man in **his prime**.* ……一個壯年男子的畫像

metaphorical uses 隱喻用法

1.64 用作隱喻（即用一個事物描寫另一個事物）的名詞常常有修飾語或其他某種形式的額外信息，常見的形式是 ***of*** 引導的短語，以表示實際上指的是甚麼。

*...**the maze of politics**.* ……政治迷宮
*He has been prepared to sacrifice this company on **the altar of his own political ambitions**.* 他已經準備好把這間公司放到他自己政治野心的祭壇上犧牲掉。
*He has worked out a scheme for **an economic lifeline** by purchasing land.* 他制定好了將購買土地作為經濟救生索的方案。
*Lloyd's of London is **the heart of the world's insurance industry**.* 倫敦的勞埃德船級社是世界保險業的心臟。
*...those on the lower rungs of **the professional ladder**.* ……那些處在職業階梯底層的人們

list of nouns that are rarely used alone 很少單獨使用的名詞一覽表

1.65 許多名詞的某些意義需要修飾語或某種其他形式的額外信息，而另外一些意義則不需要。

下面是這類名詞：

affair	depth	growth	power	system
approach	development	head	prime	texture
area	discovery	height	range	theory
back	eater	impression	rate	thought
band	edge	inception	regime	time
base	edition	kind	relic	tone
bottom	element	length	repertoire	top
boundary	end	level	rise	transfer
branch	enterprise	limit	role	type
case	epidemic	line	scale	version
centre	experience	matter	side	view
circumstances	extent	movement	sort	wave
citizenship	feeling	nature	stage	way
class	field	note	status	wear
condition	formation	period	structure	wing
crisis	fringe	point	stuff	world
culture	ground	position	style	

Adjectives used as nouns
用作名詞的形容詞：the poor, the impossible

1.66 如果想談論一群具有相同特點或性質的人，可以用 ***the*** + 形容詞這個結構。比如，可以用 ***the poor***（窮人）來代替 ***poor people***。

*...the help that's given to **the blind**.* ……為盲人提供的幫助
*No effort is made to cater for the needs of **the elderly**.* 沒有努力去滿足老年人的需求。
*...the task of rescuing **the injured**.* ……搶救傷者的任務
*...men and women who would join the sad ranks of **the unemployed**.* ……即將加入悲傷的失業行列的男男女女
*Working with **the young** is stimulating and full of surprises.* 和年輕人一起工作令人激動，充滿了驚奇。
*...providing care for **the sick, the aged, the workless** and **the poor**.* ……為病人、老人、無業者以及窮人提供照顧

注意，即使這類形容詞總是指一個以上的人，其詞尾決不可加 ***-s***。

Be Creative 靈活運用

1.67 雖然通常按上述方式使用的只是部分形容詞，但事實上幾乎所有形容詞都可以這樣用。

noun-verb agreement 名詞和動詞的一致

1.68 如果作名詞使用的形容詞是動詞的主語，動詞用複數。

***The rich have benefited** much more than the poor.* 富人比窮人受益多得多。

being more specific 更具體地描述

1.69 如果要更具體地描述一類人，可在中心詞前面加一個次修飾性副詞 (submodifying adverb，即用在形容詞前添加信息的副詞) 或另一個形容詞。關於次修飾性副詞的進一步說明，參見 2.140 到 2.168 小節。

*In this anecdote, Ray shows his affection for **the very old** and **the very young**.* 在這段軼事中，雷對年齡非常大和非常小的人表示出了喜愛。
*...**the highly educated**.* ……高學歷者
*...**the urban poor**.* ……城市貧民

如果提到的是兩類人，有時可以省略 ***the***。

*...a study that compared the diets of **rich and poor** in several nations.* ……對比了多個國家中富人和窮人飲食情況的研究
*...to help break down the barriers between **young and old**.* ……幫助破除年輕人與老年人之間的隔閡

在 ***unemployed*** 和 ***dead*** 等少數詞語前面可以加數詞，表示所說的數量有多少。

*We estimate there are about **three hundred dead**.* 我們估計死亡人數大約有三百。

qualities 性質

1.70 如果談論的是某事物的性質而不是事物本身，可以用合適的形容詞加 ***the*** 表示。

*Don't you think that you're wanting **the impossible**?* 你難道不覺得你是在妙想天開嗎？
*He is still exploring the limits of **the possible**.* 他仍然在探索可能的極限。

*...a mix of **the traditional** and **the modern**.* ……傳統和現代的混合

colours 顏色詞

1.71 所有顏色形容詞都可以用作名詞。

*...patches of **blue**.* ……藍色的斑塊
*...brilliant paintings in **reds** and **greens** and **blues**.* ……用紅、綠和藍色顏料畫的精彩畫作

可以僅用顏色形容詞表示某種色彩的衣服。

*The men wore **grey**.* 男人們穿着灰色衣服。
*...the fat lady in **black**.* ……身穿黑衣的胖女人

1.72 以 ***-ch***、***-sh***、***-se*** 或 ***-ss*** 結尾的國籍形容詞也可以這樣用，除非有一個表示某國人的單獨的名詞。比如，法國人可用 ***the French*** 表述，但是波蘭人則用 ***Poles*** 或 ***the Poles*** 表示。

*For many years **the Japanese** have dominated the market for Chinese porcelain.* 日本人佔據中國瓷器市場已有多年。
*Britons are the biggest consumers of chocolate after **the Swiss** and **the Irish**.* 英國人是僅次於瑞士人和愛爾蘭人的巧克力的最大消費者。

Nouns referring to males or females 表示男性或女性的名詞

1.73 英語名詞不像某些其他語言那樣區分陽性、陰性或中性。例如，大部分職業名稱如 ***teacher***（教師）、***doctor***（醫生）以及 ***writer***（作家），既可用於男性也可用於女性。

但是有些名詞僅指男性，另一些只用於女性。

例如，某些表示家庭關係的名詞，比如 ***father***（父親）、***brother***（兄弟）和 ***son***（兒子），以及一些表示職業的名詞，比如 ***waiter***（男服務員）和 ***policeman***（男警察），只能用於男性。

同樣，***mother***（母親）、***sister***（姐妹）、***daughter***（女兒）、***waitress***（女服務員）、***actress***（女演員）以及 ***sportswoman***（女運動員）等只能用於女性。

-ess 和 -woman

1.74 表示女性的詞常常以 ***-ess*** 結尾，比如 ***actress***（女演員）、***waitress***（女服務員）和 ***hostess***（女主人）。另一個詞尾是 ***-woman***，比如 ***policewoman***（女警察）和 ***sportswoman***（女運動員）。

*...his wife Susannah, a former **air stewardess**.* ……他的妻子蘇珊娜，一名前空姐
***A policewoman** dragged me out of the crowd.* 一個女警察把我從人群中拉了出來。
*Steph Burton was named **sportswoman** of the year.* 史提芬妮・伯頓被提名為年度女運動員。

-man 和 -person

1.75 以 ***-man*** 結尾的詞既可僅指男性，也可兼指男女兩性。例如，***postman*** 是男性，但 ***spokesman*** 可以是男性也可以是女性。

現在有些人使用以 ***-person*** 結尾的詞，比如 ***chairperson***（主席）和 ***spokesperson***（發言人），而不用以 ***-man*** 結尾的詞，目的是為了避免好像專指男性。

1.76 大多數動物的名稱可以兼指雄性和雌性，比如 ***cat***（貓）、***elephant***（大象）、***horse***（馬）、***monkey***（猴子）以及 ***sheep***（羊）。

在某些情況下，有不同的詞專指雄性或雌性動物。例如，公馬稱為 ***stallion***，母馬則用 ***mare*** 表示。

在另外的情況下，動物的通稱也用於專指雄性或雌性動物：***dog***（狗）更多地特指公狗，而 ***duck***（鴨）更多地特指母鴨。

許多這類有特指意義的詞很少使用，或者主要由對動物有特殊興趣的人使用，比如農民或獸醫。

下面是一些常見的專指雄性和雌性動物的詞：

stallion	~	vixen	ram	tiger
mare	dog	~	ewe	tigress
~	bitch	gander	~	~
bull	~	goose	buck	boar
cow	drake	~	hind	sow
~	duck	lion	stag	
cock	~	lioness	doe	
hen	fox	~	~	

Referring to activities and processes: *-ing* nouns
表示活動和過程：*-ing* 名詞

1.77 泛泛地談論動作、活動或過程，可用與動詞的 ***-ing*** 分詞形式相同的名詞。

這些名詞在不同的語法書裏有不同的名稱：動名詞、動詞性名詞或 ***-ing*** 形式。在本書中，我們稱之為 ***-ing*** 名詞（***-ing*** nouns）。

有時候很難區分 ***-ing*** 名詞（***-ing*** noun）和 ***-ing*** 分詞（***-ing*** participle），而且通常也不必這麼做。但是，有時候這種形式顯然是名詞，比如用作動詞主語、動詞賓語或介詞賓語的時候。

Swimming *is a great sport.* 游泳是一項很好的運動。
*The emphasis was on **teaching** rather than **learning**.* 重點在教而不是學。
*The **closing** of so many mills left thousands unemployed.* 這麼多的製造廠關了門，導致成千上萬的人失業。
*Some people have never done any public **speaking**.* 有些人從未做過演講。

-ing 名詞的拼寫在附錄的參考部分解說。關於 ***-ing*** 形容詞的解釋，參見 2.63 到 2.76 小節。

uncountable nouns 不可數名詞

1.78 由於 ***-ing*** 名詞泛指活動，所以通常用作**不可數名詞** (uncountable noun)。也就是說，***-ing*** 名詞只有一種形式，不能與數詞連用，而且前面一般沒有限定詞。

關於不可數名詞的進一步説明，參見 1.23 到 1.33 小節。

1.79 使用 ***-ing*** 名詞的原因，常常是因為某些動詞只有一個可用的名詞形式，比如 ***eat***（吃）、***hear***（聽見）、***go***（去）、***come***（來）以及 ***bless***（祝福）。其他動詞有相應的非 ***-ing*** 名詞，比如 ***see***（看見）和 ***sight***（景象）、***arrive***（到達）和 ***arrival***（到達）以及 ***depart***（離開）和 ***departure***（啓程）。

__Eating__ is an important part of a cruise holiday. 吃是郵輪度假的重要組成部分。
...loss of __hearing__ in one ear. ……一隻耳朵失聰
Only 6 per cent of children receive any further __training__ when they leave school. 只有 6% 的兒童退學後獲得進一步的培訓。

used with adjectives 與形容詞連用

1.80 如果要描寫上述名詞表達的動作，可在前面加上一個或多個形容詞或名詞。

He served a jail sentence for __reckless driving__. 他曾因魯莽駕駛坐牢。
The police need __better training__ in dealing with the mentally ill. 警察在處理精神病患者方面需要接受更好的訓練。
He called for a national campaign against __under-age drinking__. 他呼籲開展一場反對未成年人飲酒的全國運動。

1.81 與相應的動詞相比，少數主要用於體育或休閒活動的 ***-ing*** 名詞要常用得多。在某些情況下，沒有相應的動詞，儘管創造一個總是可能的。比如，人們更可能會説 ***We went caravanning round France***（我們在法國各處乘活動房車度假），而不是 ***We caravanned round France***。

下面是這類名詞中最常見的：

angling	electioneering	shopping	surfing
boating	hang-gliding	sightseeing	weightlifting
bowling	mountaineering	skateboarding	window-shopping
canoeing	paragliding	snorkelling	windsurfing
caravanning	shoplifting	snowboarding	yachting

雖然這些詞並非總是有相應的動詞，但是大多數可以用作 ***-ing*** 分詞。

I spent the afternoon __window-shopping__ with Grandma. 我整個下午都在和外婆逛商店。

countable nouns 可數名詞

1.82 有些與動詞相關的 ***-ing***名詞是**可數名詞** (countable noun)。這些名詞通常指的是動作或過程的結果或具體實例，有時其意義與相應動詞的意義並無密切關係。

下面是這類名詞中最常見的：

beginning	finding	painting	suffering
being	hearing	saying	turning
building	meaning	setting	warning
drawing	meeting	showing	
feeling	offering	sitting	

關於可數名詞的進一步説明，參見 1.15 到 1.22 小節。

Compound nouns 複合名詞：car park, mother-in-law, breakdown

1.83 單個的名詞常常不足以清楚地表示一個人或事物。在這種情況下，可以使用**複合名詞** (compound noun)。複合名詞是由一個以上的詞組成的固定表達式，起名詞的作用。

*Some people write out a new **address book** every January.* 有些人在每年的一月份寫下一本新的地址簿。
*How would one actually choose a small **personal computer**?* 我們應該怎樣選擇小型個人電腦？
*Where did you hide the **can opener**?* 你把開罐器藏到哪裏去？
*...a private **swimming pool**.* ……一個私人游泳池

一旦明確了所指是甚麼，有時就可以只用雙詞複合名詞的第二個詞，比如，在提到 ***a swimming pool*** (一個游泳池) 以後，可以只説 ***the pool*** (那個游泳池)。

大多數複合名詞由兩個詞組成，但有些由三個或更多的詞構成。

*...a vase of **lily of the valley**.* ……一花瓶的鈴蘭

two words, one word or a hyphen? 兩個字、一個字還是連字符號？

1.84 有些複合名詞用連字符號而不是分開書寫。

*I'm looking forward to a **lie-in** tomorrow.* 我期待着明天可以睡個懶覺。
*He's very good at **problem-solving**.* 他很擅長解決問題。
*Judy's **brother-in-law** lived with his family.* 茱迪的姐夫和他家人住在一起。

有些複合名詞寫成一個詞，特別是使用頻率很高的複合名詞。

*...patterned **wallpaper**.* ……有圖案的牆紙
*They copied questions from the **blackboard**.* 他們抄寫了黑板上的問題。

在某些情況下，複合名詞的書寫可以選擇用或者不用連字符號，也可以選擇合寫或者分開來寫。例如，***air-conditioner*** (空調機) 也可以寫成 ***air conditioner***，***postbox*** (郵筒) 也可以寫成 ***post box***。

少數由兩個以上的詞構成的複合名詞，一部分用連字符號書寫，一部分需要分開來書寫。例如，***back-seat driver***（對駕駛員指手劃腳的乘客）和 ***bring-and-buy sale***（義賣會）。

*...children from **one-parent families**.* ……來自單親家庭的孩子
*...a **Parent-Teacher Association**.* ……家長教師會

lists of compound nouns 複合名詞列表

1.85 複合名詞可以是可數、不可數、單數或者複數。

下面是一些常見的可數複合名詞：

address book	drawing pin	package holiday
air conditioner	driving licence	Parent-Teacher Association
air raid	estate agent	parking meter
alarm clock	fairytale	pen-friend
assembly line	father-in-law	personal computer
baby-sitter	film star	polar bear
back-seat driver	fire engine	police station
bank account	fork-lift truck	post office
bird of prey	frying pan	rolling pin
book token	guided missile	sister-in-law
blood donor	health centre	sleeping bag
bride-to-be	heart attack	swimming pool
bring-and-buy sale	high school	T-shirt
brother-in-law	human being	tea bag
burglar alarm	letter box	telephone number
bus stop	lily of the valley	traveller's cheque
can opener	mother-in-law	washing machine
car park	musical instrument	X-ray
compact disc	nervous breakdown	youth hostel
contact lens	news bulletin	zebra crossing
credit card	old hand	
dining room	one-parent family	

1.86 下面是一些常見的不可數複合名詞：

air conditioning	cotton wool	general knowledge
air-traffic control	data processing	hay fever
barbed wire	do-it-yourself	heart failure
birth control	dry-cleaning	higher education
blood pressure	family planning	hire purchase
bubble bath	fancy dress	income tax
capital punishment	fast food	junk food
central heating	first aid	law and order
chewing gum	food poisoning	lost property
common sense	further education	mail order

mineral water	show jumping	toilet paper
nail varnish	sign language	tracing paper
natural history	social security	unemployment benefit
old age	social work	value added tax
pocket money	soda water	washing powder
remote control	stainless steel	washing-up liquid
science fiction	table tennis	water-skiing
show business	talcum powder	writing paper

1.87 下面是一些常見的單數複合名詞：

age of consent	general public	open air
arms race	generation gap	private sector
brain drain	greenhouse effect	public sector
continental divide	hard core	rank and file
cost of living	human race	solar system
death penalty	labour force	sound barrier
diplomatic corps	labour market	space age
dress circle	long jump	welfare state
fire brigade	mother tongue	women's movement

1.88 下面是一些常見的複數複合名詞：

armed forces	industrial relations	social services
baked beans	inverted commas	social studies
civil rights	licensing laws	swimming trunks
current affairs	luxury goods	vocal cords
French fries	modern languages	winter sports
grass roots	natural resources	yellow pages
high heels	race relations	
human rights	road works	

composition of compound nouns 複合名詞的構成

1.89 大多數複合名詞由兩個名詞或一個形容詞加一個名詞組成。

*I listened with anticipation to the radio **news bulletin**.* 我滿懷期待地聽着收音機裏的新聞簡報。

*...a big **dining room**.* ……一個大客廳

***Old age** is a time for reflection and slowing down.* 晚年是沉思和放慢生活節奏的時期。

但是，有些複合名詞有相應的**短語動詞** (phrasal verb)。這些名詞有時用連字符號書寫，有時寫成一個詞，但很少分開來書寫。

*The President was directly involved in the Watergate **cover-up**.* 總統直接捲入了掩蓋水門事件真相的活動。

*I think there's been a **mix-up**.* 我認為出現了錯亂。

*...a **breakdown** of diplomatic relations.* ……外交關係的破裂
*The singer is making a **comeback**.* 這個歌手正在復出。

下面是基於短語動詞的常見名詞。表中給出的是最常見的書面形式，有的用連字符號，有的寫成一個詞。

backup	checkout	handout	run-up
bailout	check-up	kick-off	sell-out
blackout	comeback	lead-up	setback
breakaway	countdown	lookout	set-up
breakdown	cover-up	make-up	show-off
break-in	crackdow	meltdown	slowdown
breakout	cutbacks	mix-up	takeaway
break-up	drawback	passer-by	take-off
build-up	feedback	run-in	turnover
buyout	follow-up	runner-up	warm-up
check-in	giveaway	run-off	

關於短語動詞的進一步說明，參見 3.83 到 3.116 小節。

1.90　在有些情況下，複合名詞的意義很難從其組成成分看出來。

例如，***someone's mother tongue*** 不是母親的舌頭，而是小時候學會的母語。而 an ***old hand*** 不是一隻年老的手，而是一個做工作有經驗的老手。

在其他情況下，複合名詞由不單獨使用的詞構成，比如 ***hanky-panky***（欺詐行為）、***hodge-podge***（大雜燴）以及 ***argy-bargy***（爭吵）。這些名詞通常用於非正式的談話，而不用於正式的書面語。

*Most of what he said was a load of **hocus-pocus**.* 他所說的大部分都是一派胡言。
*She is usually involved in some sort of **jiggery-pokery**.* 她經常捲入某種騙人的勾當。

plural forms 複數形式

1.91　複合名詞的複數形式根據其構成單詞的類型而有所不同。如果複合名詞的最後一個單詞是可數名詞，那麼該可數名詞的複數形式就用作複合名詞的複數形式。

***Air raids** were taking place every night.* 每天晚上都有空襲發生。
*...**health centres**, banks, **post offices**, and **police stations**.* ……保健中心、銀行、郵局以及警察局
*Loud voices could be heard through **letter boxes**.* 從信箱傳來了響亮的說話聲。
*...the refusal of dockers to use **fork-lift trucks**.* ……碼頭工人拒絕使用叉車

關於複合名詞複數形式的完整介紹，參見附錄的參考部分。

直接從短語動詞轉換過來的複合名詞通常以 ***s*** 詞尾構成複數形式。

Nobody seems disturbed about ***cover-ups*** *when they are essential to the conduct of a war.* 如果隱瞞真相對戰爭行為至關重要，似乎沒有人會為此感到不安。
Naturally, I think people who drive smarter, faster cars than mine are ***show-offs****.* 我自然而然地認為，開的汽車比我的更智能更快的都是些愛炫耀的人。

少數複合名詞不是直接從短語動詞轉換過來，而是由可數名詞加副詞構成。在這種情況下，複合名詞的複數形式用副詞前面可數名詞的複數形式表示。

例如，***runner-up***（亞軍）的複數是 ***runners-up***，***summing-up***（總結）的複數是 ***summings-up***。

Passers-by *helped the victim, who was unconscious.* 過路人幫助失去知覺的受害者。

由介詞 ***of*** 或 ***in*** 連接兩個名詞，或者由後接 ***to-be*** 的名詞構成的複合名詞，其複數形式以複合詞的第一個名詞的複數形式表示。

I like ***birds of prey*** *and hawks particularly.* 我喜歡猛禽，特別是鷹。
She was treated with contempt by her ***sisters-in-law****.* 她受到嫂子們的輕蔑對待。
Most ***mothers-to-be*** *in their forties opt for this test.* 大多數 40 多歲的準媽媽選擇接受這個檢查。

有些複合名詞是從其他語言借用過來的，主要是法語和拉丁語，因此沒有常規的英語複數形式。

Agents provocateurs *were sent to cause trouble.* 奸細被派去製造麻煩。
The ***nouveaux riches*** *of younger states are building palatial mansions for themselves.* 那些年輕國家的暴發戶正在為自己建造富麗堂皇的豪宅。

1.92 複合名詞是固定表達式。但是，名詞總是可以用在其他名詞前面，以便更具體地談論某事物。關於名詞用作**修飾語**（modifier）的進一步說明，參見 2.169 到 2.174 小節。

Talking about people and things without naming them: pronouns 不指名談論人和事物：代詞

1.93 人們在使用語言的時候，不論是口語還是書面語，經常會談論已經提到或即將提到的事物。

可以通過重複名詞短語來談論這些事物，但除非有特殊的理由這麼做，人們更可能用代詞（pronoun）來代替。

代詞可以減少不必要的重複。

John took the book and opened ***it****.* 約翰接過書翻開。
Deborah recognized the knife as ***hers****.* 德寶認出那把刀是她的。

Shilton was pleased with ***himself****.* 施爾頓對自己很滿意。
This *is a very busy place.* 這是個非常繁忙的地方。

但是，如果提到了兩個或多個不同的事物，通常必須重複名詞短語，以便確定現在所談論的是哪一個事物。

Leaflets and scraps of papers were scattered all over the floor. I started to pick up ***the leaflets****.* 地板上到處散落着傳單和碎紙片。我開始撿起傳單。
I could see a lorry and a car. ***The lorry*** *stopped.* 我看見一輛貨車和一輛小汽車。貨車停了下來。

關於談論已提及事物的其他方法，參見 10.2 到 10.39 小節。

types of pronoun
代詞類型

1.94 代詞類型多種多樣：

☞ 人稱代詞 (personal pronoun)，參見 1.95 到 1.106 小節。

☞ 所有格代詞 (possessive pronoun)，參見 1.107 到 1.110 小節。

☞ 反身代詞 (reflexive pronoun)，參見 1.111 到 1.118 小節。

☞ 泛指代詞 (generic pronoun)，參見 1.119 到 1.123 小節。

☞ 指示代詞 (demonstrative pronoun)，參見 1.124 to 1.127 小節。

☞ 不定代詞 (indefinite pronoun)，參見 1.128 到 1.141 小節。

☞ 相互代詞 (reciprocal pronoun)，參見 1.142 到 1.145 小節。

☞ 關係代詞 (relative pronoun)，參見 1.146 到 1.150 小節。

☞ 疑問代詞 (interrogative pronoun)，參見 1.151 到 1.153 小節。

有少數其他詞可以用作代詞。詳見 1.154 到 1.161 小節。

Talking about people and things: personal pronouns 談論人和事物：人稱代詞

1.95 人稱代詞 (personal pronoun) 可以用來指稱自己、交談的對方或者所談論的人或事物。

有兩類人稱代詞：主語人稱代詞和賓語人稱代詞。

subject pronouns
主語人稱代詞

1.96 主語人稱代詞是句子的主語。

下面是主語人稱代詞一覽表：

	單數	複數
第一人稱	I	we
第二人稱	you	
第三人稱	he she it	they

I 1.97 代詞 ***I*** 用來指稱自己，永遠要大寫。

__I__ don't know what to do. 我不知道該做甚麼。
__I__ think __I__ made the wrong decision. 我想我作出了錯誤的決定。
May __I__ ask why Stephen's here? 請問史提芬為甚麼在這裏？

you 1.98 代詞 ***you*** 用來指稱交談的對方。注意，用作單數和複數的是同一個詞。

__You__ may have to wait a bit. 你可能需要等一會。
Would __you__ come and have a drink? 你願意來喝一杯嗎？
How did __you__ get on? 你過得怎樣？

也可以用 ***you*** 泛指人們，而不是交談或書寫的對方。詳見 1.120 小節，

如果要表明談論的是一個以上的人，可以在 ***you*** 後面加一個限定詞、數字或名詞來構成複數形式。這樣的形式也可以用在賓語位置。

My granddad wants __you both__ to come round next Saturday. 我爺爺希望你們兩個下週六一起過來。
As __you all__ know, this is a challenge. 大家都知道，這是一個挑戰。

下面是 ***you*** 最常見的複數形式：

you all	you lot	you three
you guys	you two	you both

You guys 和 ***you lot*** 在非正式英語中更常見。***You lot*** 在美式英語裏比較少見。

I love working with __you guys__. 我喜歡和你們大家一起工作。
__You guys__ are great! 你們真棒！
So __you lot__ will have to look after yourselves. 所以你們大夥兒只能自己照顧自己了。

注意，***you lot*** 常用來表示非常坦率地對待一群人，正如上面最後一個例子所示。

某些英語變體和方言發展出了 ***you*** 的特殊複數形式。在美式英語裏，尤其是美國南方英語，有時候用 ***y'all***，特別是在口語中。

What did __y'all__ eat for breakfast? 你們大家早飯都吃了甚麼？
I want to thank __y'all__. 我想謝謝你們大家。

在某些英國和美式英語方言裏，***yous*** 和 ***youse*** 用作 ***you*** 的複數形式：***I know what some of yous might be thinking.***（我知道你們當中有些人可能會怎麼想）。

另一個複數形式是 ***you people***。但是這可能聽上去比較粗魯，只有在想表示自己很憤怒，或者對談話的另一方感到惱火時才能使用。

'Why can't __you people__ leave me alone?' he says. "你們這些人為甚麼不能離我遠點？" 他說。

*'I can't work with **you people**,' Zoe said.* "我無法和你們這幫人共事，" 佐伊説道。

有些 ***you*** 的複數形式，包括 ***you guys***, ***you lot***, ***you two***, ***you three*** 以及 ***y'all***，也可以用作呼語（vocative）。關於呼語的進一步説明，參見 9.95 到 9.99 小節。***You all*** 和 ***you both*** 不能用作呼語。

*'Listen, **you guys**,' she said. 'I'll tell you everything you want.'* "聽着，你們這些傢伙，" 她説。"我會把你們想知道的一切都告訴你們的。"
*Come on, **you two**. Let's go home.* 來吧，你們兩個，我們回家吧。
*Bye, **y'all**!* 大家再見！

關於 ***you*** 用作**賓語人稱代詞**（object pronoun）的進一步説明，參見 1.104 到 1.106 小節。

he 和 she 1.99 ***he*** 用於指稱男人或男孩，***she*** 用於指稱女人或女孩。

*My father is 78, and **he**'s very healthy and independent.* 我父親 78 歲，身體非常健康，能獨立生活。
*Billy Knight was a boxer, wasn't **he**?* 比利 • 奈特是拳擊手，對不對？
*Mary came in. **She** was a good-looking woman.* 瑪麗進來了。她是個漂亮女人。

*'Is Sue there?' — 'I'm sorry, **she** doesn't work here now.'* "蘇在嗎？" —— "抱歉，她現在不在這裏工作了。"

it 1.100 ***it*** 用來指稱男性和女性以外的任何事物，比如一個物體、一個地方、一個組織或某個抽象的東西。

*Have you seen Toy Story? **It's** a good film for kids.* 你看過《反斗奇兵》嗎？這部電影很適合孩子。
*'Have you been to London?' — ' Yes, **it** was very crowded.'* "你去過倫敦嗎？" —— "去過，那裏非常擁擠。"
*How much would the company be worth if **it** were sold?* 如果公司出售的話價值多少？
***It** is not an idea that has much public support.* 這個想法沒有多少民眾支持。

it 常用於表示性別不明或性別無關緊要的動物。有些人也用 ***it*** 指稱嬰兒。

*They punched the crocodile until **it** let go of her.* 他們用拳頭猛擊鱷魚，直到牠放開了她。
*If the shark is still around **it** will not escape.* 如果鯊魚還在附近，牠逃不了的。
*How Winifred loved the baby! And how Stephanie hated **it**!* 威尼弗雷德多麼喜歡寶寶！史提芬妮多麼討厭他！

it 也可以用於一般的陳述，比如指代一個情況、時間、日期或者天氣。

***It** is very quiet here.* 這裏很安靜。
***It** is half past three.* 現在是三點半。

It *is January 19th.* 今天是 1 月 19 日。
It *is rainy and cold.* 天在下雨，很冷。

關於 ***it*** 用於一般性陳述的進一步說明，參見 9.31 到 9.45 小節。

注意，***it*** 也用作賓語人稱代詞。關於**賓語人稱代詞** (object pronoun) 的進一步說明，參見 1.104 到 1.106 小節。

Usage Note 用法說明

1.101 雖然 ***it*** 用作指稱男性和女性以外任何事物的代詞，但是 ***she*** 有時用來指稱船舶、汽車以及國家。有些人不喜歡這種用法。

When the repairs had been done ***she*** *was a fine and beautiful ship.* 修理完工以後，這是一條漂亮的好船。

we

1.102 ***we*** 用來指稱包括說話者在內的一群人。這個群體可以是：

☞ 自己和交談的對方

Where shall ***we*** *meet, Sally?* 我們在哪裏見面，莎莉？

☞ 自己和交談的對方以及當時不在場的其他人

We *aren't exactly gossips, you and I and Watson.* 我們根本不是愛說三道四的人，你和我還有華生。

☞ 自己和其他人，但不包括交談的對方

I do the washing; he does the cooking; ***we*** *share the washing-up.* 我洗衣服，他做飯；我們兩個人分擔洗碗。

☞ 自己認為所屬的任何團體，比如學校、當地社區乃至全體人類。詳見 1.122 小節。

they

1.103 ***they*** 用來指稱一組事物，或不包括自己或交談對方的一群人。

All the girls think he's great, don't ***they****?* 所有的女孩都覺得他很了不起，是不是？
Newspapers reach me on the day after ***they*** *are published.* 報紙在出版後的一天到達我手上。
Winters here vary as ***they*** *do elsewhere.* 這裏的冬天和別處一樣每年不同。

They 也常用來泛指人們。詳見 1.123 小節。

object pronouns 賓語人稱代詞

1.104 賓語人稱代詞指稱與相應的主語人稱代詞相同的人或事物。

下面是賓語人稱代詞一覽表：

	單數	複數
第一人稱	me	us
第二人稱	you	

	單數	複數
第三人稱	him her it	them

position in clause
在句子中的位置

1.105 賓語人稱代詞用作句子的賓語。

*The nurse washed **me** with cold water.* 護士用冷水給我清洗。
*He likes **you**; he said so.* 他喜歡你；他是這麼說的。
*The man went up to the cat and started stroking **it**.* 那人走到貓跟前開始撫摸牠。

賓語人稱代詞可用作句子的間接賓語。

*Send **us** a card so we'll know where you are.* 給我們寄張明信片，這樣我們就能知道你到了哪處。
*A man gave **him** a car.* 一個男人給了他一輛車。
*You have to offer **them** some kind of incentive.* 你必須為他們提供某種激勵。

這種代詞還可以用作介詞的賓語。

*She must have felt intimidated by **me**.* 她一定覺得被我嚇到了。
*Madeleine, I want to talk to **you** immediately.* 馬德琳，我想馬上和你談一談。
*We were all sitting in a café with **him**.* 我們都和他一起坐在咖啡館裏。

1.106 賓語人稱代詞也可以用在**繫動詞** (linking verb) 的後面。比如可以說 ***It was me*** (是我)、***It's her*** (是她)。不過在正式或書面英語裏，繫動詞後面有時用主語人稱代詞。例如，***It was I*** (是我)、***It is she*** (是她)。

關於繫動詞的進一步說明，參見 3.126 到 3.181 小節。

Talking about possession: possessive pronouns 談論所屬關係：所有格代詞

1.107 人們在談論人或事物的時候，常常需要說明他們之間的聯繫。有好幾種不同的方法可以這麼做，但通常使用**所有格代詞** (possessive pronoun) 來表示某物屬於某人或與某人有關。

下面是所有格代詞一覽表：

	單數	複數
第一人稱	mine	ours
第二人稱	yours	

	單數	複數
第三人稱	his hers	theirs

注意，***its*** 不能用作所有格代詞。

typical use
典型用法

1.108 所有格代詞用來談論與剛才提到的事物相同的一類事物，但說話者希望表明它屬於別人。

例如，在 ***Jane showed them her passport, then Richard showed them his***（簡給他們看了她的護照，然後馬利德給他們看了他的）這個句子中，***his*** 指的是一本護照，並表示它屬於馬利德。

所有格代詞常用來對比屬於不同的人或與不同的人有關的兩個同類事物。例如，***Sarah's house is much bigger than ours***（莎拉的房子比我們的大得多）。

*Her parents were in Malaya, and so were **mine**.* 她的父母在馬來亞，我的父母也是。
*He smiled at her and laid his hand on **hers**.* 他對她笑了笑，把手放到她的手上。
*Is that coffee **yours** or **mine**?* 那杯咖啡是你的還是我的？
*My marks were higher than **his**.* 我的分數比他高。
*Fred put his profits in the bank, while Julia spent **hers** on a car.* 弗雷德把收益存進了銀行，而茱莉亞用她的收益買了輛車。
*That's the difference between his ideas and **ours**.* 那就是他的想法和我們之間的差別。
*It was his fault, not **theirs**.* 這是他的錯，不是他們的。

used with of
與 of 連用

1.109 所有格代詞與 ***of*** 連用為名詞短語增添信息。這種結構表明談論的是一組事物中的一個。

例如，***a friend of mine*** 表示談論的是許多朋友中的一個，而 ***my friend*** 表示談論的是一個特定的朋友。

*He was an old friend **of mine**.* 他是我的一個老朋友。
*A student **of yours** has just been to see me.* 你的一個學生剛才來看我。
*David Lodge? I've just read a novel **of his**.* 大衛・洛奇？我看過他的一本小說。
*It was hinted to him by some friends **of hers**.* 是她的幾個朋友給了她提示。
*The room was not a favourite **of theirs**.* 這個房間不是他們最喜歡的。

1.110 關於其他表示某物屬於某人或與某人有關的方法，參見 1.211 到 1.221 小節。

Referring back to the subject: reflexive pronouns 返指主語：反身代詞

1.111 如果想表示動詞的賓語或間接賓語和動詞的主語是同一個人或事物，可以用**反身代詞** (reflexive pronoun)。

有些動詞常常與反身代詞連用。詳見 3.26 到 3.31 詳見。

下面是反身代詞一覽表：

	單數	複數
第一人稱	myself	ourselves
第二人稱	yourself	yourselves
第三人稱	himself herself itself	themselves

Be Careful 注意

1.112 與人稱代詞和所有格代詞不同，用於第二人稱的反身代詞有兩種形式。***yourself*** 用於談論一個人，***yourselves*** 用於談論一個以上的人或者包括談話對方在內的一群人。

used as object 用作賓語

1.113 反身代詞用於明確表示動詞的賓語和動詞的主語是同一個人或事物，或者強調這一點。

例如，***John killed himself*** (約翰自殺了) 表示殺人的事是約翰做的，而他自己也是被殺的人。

*He forced **himself** to remain absolutely still.* 他強迫自己保持絕對靜止不動。
*She stretched **herself** out on the sofa.* 她伸展四肢躺在沙發上。
*I'm sure history repeats **itself**.* 我確信歷史會重演。
*We all shook hands and introduced **ourselves**.* 我們大家握手並自我介紹。
*The boys formed **themselves** into a line.* 男孩子們排成了一行。
*Here is the question you have to ask **yourselves**.* 這是你們必須問自己的一個問題。

反身代詞還可以用來表示或強調動詞的間接賓語和動詞的主語是同一個人或事物。例如，在 ***Ann poured herself a drink*** (安為自己倒了一杯飲料) 這個句子裏，倒飲料這件事是安做的，而且飲料也是倒給她自己的。

*Here's the money, you can go and buy **yourself** a watch.* 給你錢，你可以去為自己買個手錶。

Be Careful 注意

1.114 反身代詞一般不用於表示人們通常對自身做的動作，比如洗臉、穿衣或者刮鬍子。因此，一般不說 ***He shaves himself every morning*** (他每天早上為自己刮鬍子)。

但有時為了強調，可以用反身代詞表示這些動作，或者為了談論一個意外事件，比如一個小孩做了以前所力不能及的事情。

used as objects of prepositions 用作介詞的賓語

1.115 如果句子的主語和介詞的賓語指的是同一個人，而句子又沒有直接賓語，可在介詞後面使用反身代詞。

*I was thoroughly ashamed of **myself**.* 我感到羞愧極了。
*Barbara stared at **herself** in the mirror.* 巴巴拉目不轉睛地看着鏡中的自己。
*We think of **ourselves** as members of the local community.* 我們把自己看作當地社區的成員。
*They can't cook for **themselves**.* 他們不會自己做飯。

但是如果句子有直接賓語，通常在介詞後面使用人稱代詞。

*I will take it home with **me**.* 我會把它帶回家。
*They put the book between **them** on the kitchen table.* 他們把書放在餐桌上兩人之間的位置。
*I shivered and drew the rug around **me**.* 我打了個哆嗦，把毯子裹在身上。
*Mrs Bixby went out, slamming the door behind **her**.* 畢克斯太太走了出去，砰的一聲關上了門。

注意，如果句子有直接賓語，而且不能明顯看出句子主語和介詞賓語是同一個人，這時可用反身代詞。例如，***The Managing Director gave the biggest pay rise to himself.*** (董事長給自己的加薪幅度最大)。

used for emphasis or contrast 用於強調或對比

1.116 為了表示強調，人們有時用反身代詞而不是人稱代詞作介詞的賓語，在口語中尤其如此。

*...people like **myself** who are politically active.* ……像我自己這種政治上活躍的人
*...the following conversation between **myself** and a fifteen-year-old girl.* ……我自己和一個 15 歲女孩之間的下列談話
*The circle spread to include **himself** and Ferdinand.* 圈子擴大到了他自己和費迪南德。
*People like **yourself** still find new things to say about Shakespeare.* 像你自己這樣的人仍然覺得關於莎士比亞有新東西可説。
*There is always someone worse off than **yourself**.* 總是有日子過得比你自己還慘的人。
*With the exception of a few Algerians and **ourselves**, everyone spoke Spanish.* 除了幾個阿爾及利亞人和我們自己以外，大家都講西班牙語。

1.117 反身代詞可附在名詞或人稱代詞後面，目的通常是為了明確或強調所談論的是誰或甚麼事物。

***I myself** sometimes say things I don't mean.* 我自己有時會説言不由衷的話。
*Sally **herself** came back.* 莎莉本人回來了。

反身代詞也用於比較或對比兩個人或事物。

His friend looked as miserable as he felt ***himself***. 他的朋友看上去和他自己的感受一樣痛苦。
It is not Des Moines I miss, but Iowa ***itself***. 我懷念的不是德梅因，而是愛荷華本身。

反身代詞可放在相關的名詞或代詞之後。

It is hot in London; but I ***myself*** *can work better when it's hot.* 倫敦很熱，但天熱時我自己工作狀態更好。
The town ***itself*** *was so small that it didn't have a priest.* 這個鎮本身非常小，連一個牧師也沒有。
The lane ran right up to the wood ***itself***. 這條小路一直通向樹林本身。

反身代詞也可以放在句末。

I am not a particularly punctual person ***myself***. 我本人不是一個特別守時的人。
You'll probably understand better when you are a grandparent ***yourself***. 當你自己做了爺爺以後，你可能會有更好的理解。
It is rare for Governments to take the initiative ***themselves***. 政府很少會自己採取主動。

1.118 反身代詞可強調某人獨立或不受干擾地做了某事。在這種情況下，反身代詞一般放在句末。

She had printed the card ***herself***. 她自己印了這張卡片。
I'll take it down to the police station ***myself***. 我將獨自一人把它送到警察局。
Did you make these ***yourself***? 這些是你自己做的嗎？

People in general: generic pronouns 一般的人：泛指代詞

1.119 如果想泛泛地談論人，可使用泛指代詞。

下面是可用作泛指代詞的代詞一覽表：

主格：	you	one	we	they
賓格：	you	one	us	them
所有格：	yours	-	ours	theirs
反身：	yourself	oneself	ourselves	themselves

you, yours 和 yourself

1.120 ***you*** 有時用於泛泛地談論人，或用於談論想像情景中的一個人。此時 ***you*** 可用在主格或賓格位置。所有格形式 ***yours*** 以及反身形式 ***yourself*** 也可用作泛指代詞。

To be a good doctor ***you*** *need to have good communication skills.* 要想成為一名好醫生，你需要有良好的溝通技巧。
Champagne can give ***you*** *a headache.* 香檳酒有時會使人頭痛。

*Once **you**'ve bought a physical book, **you** own it: **you** can lend it to people, donate it, and, well, it's **yours**.* 一旦購買了一本實體書，你就擁有了它。你可以借給別人，把它捐出去；總之，它是屬於你的。
*When **you** live alone **you** have to force **yourself** to go out more.* 一個人獨自生活時，必須逼迫自己多多外出。

在非正式英語裏，可以用 ***you get*** 或 ***you have*** 來泛泛地談論世界上存在的某個事物。

***You get** some old people who are very difficult.* 你會碰到一些很難相處的老人。
*Anytime **you have** over eight inches of snow, driving becomes problematic.* 每當積雪超過 8 英吋，開車就有問題。

one 和 oneself

1.121 在正式的書面語裏，***one*** 有時用來代替 ***you***。***one*** 可以用在主格或賓格位置。也可以用反身形式 ***oneself***，但 ***one*** 沒有所有格代詞形式。

*Going round Italy, **one** is struck by the number of opera houses there are.* 周遊意大利，令人印象深刻的就是歌劇院的數量。
*This scene makes **one** realize how deeply this community has been afflicted.* 這一場景使人認識到這個社區遭受到的苦難有多巨大。
*If **one** puts **oneself** up for public office, then it is inappropriate that **one** should behave badly.* 如果一個人競選公職，那麼其行為不端就是不恰當的。

we, us, ours 和 ourselves

1.122 可以把包括自己在內的一群人稱為 ***we***，或者在賓格位置使用 ***us***。這個群體可以是整個人類，也可以是一個較小的團體，比如民族或社區。所有格形式 ***ours*** 以及反身形式 ***ourselves*** 也可以這麼用。

***We** all need money.* 我們都需要錢。
*This survey gives **us** insight into our attitudes and behaviour as a nation.* 這項調查使我們深入了解了我們整個民族的態度和行為。
*No other language has ever advanced as far, as fast, as **ours**.* 任何其他語言都沒有我們的發展得那麼深遠和迅速。
***We** need a change of government; just ridding **ourselves** of the prime minister isn't enough.* 我們需要換個政府，僅僅換掉首相是不夠的。

they, them, theirs 和 themselves

1.123 可以用 ***they*** 泛指人們。

*Isn't that what **they** call love?* 那不是他們所稱的愛情嗎？

也可以用 ***they*** 指稱身份不需要說明的一群人。比如，在 ***They've given John another pay rise***（他們又給約翰加了一次薪）這個句子裏，很明顯 ***they*** 指的是約翰的僱主。

*'Don't worry,' I said to Mother, '**they** are moving you from this ward soon.'*
“別擔心，” 我對母親説，“他們很快就會把你從這個病房搬出去的。”

也可以把 ***they*** 放在主格位置，或把 ***them*** 放在賓格位置，來談論自己不知道或不想指明性別的一個人。所有格形式 ***theirs*** 以及反身形式 ***themselves*** 也可以這麼用。這種用法在下列詞語之後很常見：

☞ 不定代詞（indefinite pronoun）***anyone***、***anybody***、***someone*** 和 ***somebody***。詳見 1.128 到 1.141 小節。

☞ 不指明性別的單數名詞如 ***person***、 ***parent*** 和 ***teacher***。

*If **anyone** wants to be a childminder, **they** must attend a course.* 如果有人想做保育員，他們必須參加培訓課程。
*If I think **someone** is having problems, I will spend hours talking to **them**.* 如果我認為有人遇到了難題，我會花幾個小時和他們談話。
***A person**'s body fat determines how long **they** can withstand cold water.* 一個人的體內脂肪決定了能在冷水中堅持多久。

注意，即使 ***they*** 僅僅指一個人，後面的動詞總是用複數形式。

也可以用 ***they***、 ***them***、 ***theirs*** 和 ***themselves*** 來指代：

☞ 不定代詞（indefinite pronoun）***everyone***、***everybody***、***no one*** 和 ***nobody***。詳見 1.128 到 1.141 小節。

☞ 帶限定詞的名詞短語 ***each***、 ***every*** 和 ***any***。

在上述情況下，雖然代詞或名詞短語在語法上是單數，但指的是群體的人。

*I never avoid my obligations and I expect **everyone** else to meet **theirs**.* 我從不逃避我的義務，我也希望每個人都履行自己的義務。
***Each parent** was sent an individual letter informing **them** of the situation.* 向每個父母單獨發了一封信，對他們通報了情況。
*We want **every player** to push **themselves** to get into the team.* 我們希望每個隊員都努力使自己融入團隊。

另一種方法是用 ***he*** 或 ***she*** 代替 ***they***、用 ***him*** 或 ***her*** 代替 ***them***、用 ***himself*** 或 ***herself*** 代替 ***themselves***，以及用 ***his*** 或 ***hers*** 代替 ***theirs***。這種用法常見於正式或書面英語。

*Would a young person be able to get a job in Europe? That would depend on which country **he or she** wanted to go to.* 年輕人能在歐洲找到工作嗎？這取決於他去的是哪個國家。
*The student should feel that the essay belongs to **him or her**.* 學生應該覺得文章是自己寫的。

有些人在籠統的陳述中或不定代詞之後使用 ***he*** 和 ***him***，但很多人不贊成這種用法，因為這表示所談論的是男性。

Referring to a particular person or thing
談論特定的人或事物：*those, this, that, these* 和 *those*

1.124 ***this***、***that***、***these*** 和 ***those*** 用作代詞時稱為**指示代詞**（demonstrative pronoun）。指示代詞可作句子的主語、賓語或介詞的賓語。

指示代詞很少用作句子的間接賓語，因為間接賓語通常是人，而指示代詞一般指事物。

this 和 that

1.125 ***This*** 和 ***that*** 通常只在指稱事物的時候用作代詞。這兩個詞用來代替單數可數名詞或不可數名詞。***This*** 指的是在空間或時間上接近自己的事物，而 ***that*** 指的是在空間或時間上較遠的事物。

This *is a list of the rules.* 這是規則一欄表。
This *is the most important part of the job.* 這是工作中最重要的部分。
The biggest problem was the accent. ***That*** *was difficult for me.* 最大的問題是口音，這對我來說很難。

That *looks interesting.* 那看來很有意思。

1.126 在說明或詢問某人是誰的時候，***this*** 和 ***that*** 用作代詞指一個人。

Who's ***this****?* 這是誰？
He stopped and looked at a photograph that stood on the dressing table. Is ***this*** *your wife?* 他停下來看梳粧檯上放着的一張照片。這是你妻子嗎？
Was ***that*** *Patrick on the phone?* 剛才打電話的是帕特里克嗎？

介紹別人時，可以說 ***This is Mary***（這是瑪麗）或 ***This is Mr and Mrs Baker***（這是貝克先生和夫人）。注意，即使介紹一個以上的人，也用 ***this***。

these 和 those

1.127 ***These*** 和 ***those*** 可用作代詞來代替複數可數名詞。這兩個詞通常用於指物，儘管可以用來指人。***These*** 指的是在空間或時間上接近自己的一些人或事物，而 ***those*** 指的是在空間或時間上較遠的一些人或事物。

'I brought you ***these****.' Adam held out a bag of grapes.* "我給你帶來了這些東西。" 亞當拿出一袋葡萄。
Vitamin tablets usually contain vitamins A, C, and D. ***These*** *are available from any child health clinic.* 維生素片通常含有維生素 A、C 和 D。這些在任何一家兒童保健診所都能買到。
These *are no ordinary students.* 這些學生並非等閒之輩。
It may be impossible for them to pay essential bills, such as ***those*** *for heating.* 他們也許無法支付最基本的賬單，例如取暖費用。
Those *are easy questions to answer.* 那些問題很容易回答。
There are a lot of people who are seeking employment, and a great number of ***those*** *are married women.* 正在尋求就業的人很多，其中大量的是已婚婦女。

This、***that***、***these*** 和 ***those*** 也可用作**定指限定詞** (definite determiner)。關於定指限定詞的進一步說明，參見 1.184 到 1.193 小節。另參見第十章返指和前指兩個小節。

Referring to people and things in a non-specific way 談論不特定的人或事物：*someone, anyone, everyone* 等

1.128 如果不確切知道談論的人是誰或甚麼事物，或者人或事物的身份無關緊要，可以用不定代詞 (indefinite pronoun) 如 ***someone*** 、 ***anyone*** 或 ***everyone*** 。不定代詞只表示談論的是人還是物，而不指明特定的人或物。

I was there for over an hour before ***anybody*** *came.* 我在那裏留了一個多小時才有人來。
Jack was waiting for ***something****.* 傑克正在等待甚麼。

下面是不定代詞一覽表：

anybody	everyone	nothing
anyone	everything	somebody
anything	nobody	someone
everybody	no one	something

注意，所有不定代詞都寫成一個詞，除了 ***no one*** 。在美式英語裏，後者總是寫成兩個詞。但是在英式英語裏，也可以用連字符號寫成 ***no-one*** 。

used only with singular verbs 僅與單數動詞連用

1.129 不定代詞始終與單數動詞連用。

Is *anyone here?* 有人嗎？
Everybody ***recognizes*** *the importance of education.* 每個人都認識到教育的重要性。
Everything ***was*** *ready.* 一切就緒。
Nothing ***is*** *certain in this world.* 在這個世界上沒有甚麼是確定的。

referring to things 表示事物

1.130 以 ***-thing*** 結尾的不定代詞用來表示物體、想法、情況或者活動。

Can I do ***anything****?* 我能做點甚麼嗎？
Jane said ***nothing*** *for a moment.* 簡沉默了片刻。

referring to people 表示人

1.131 以 ***-one*** 和 ***-body*** 結尾的不定代詞用來指人。

It had to be ***someone*** *like Dan.* 這一定是像丹這樣的人。
Why does ***everybody*** *believe in the law of gravity?* 為甚麼每個人都相信萬有引力定律？

注意，以 ***-body*** 結尾的不定代詞多用於非正式英語。

used with personal pronouns and possessive determiners 與人稱代詞和所有格限定詞連用

1.132 雖然不定代詞與單數動詞連用，但如果想返指不定代詞，可用複數代詞 ***they*** 、 ***them*** 或 ***themselves*** ，或者用所有格限定詞 ***their*** 。

Ask ***anyone****.* ***They****'ll tell you.* 隨便問一個人，他們會告訴你的。
There's no way of telling ***somebody*** *why* ***they****'ve failed.* 沒辦法告訴別人為甚麼他們失敗了。

__No one__ liked being young then as __they__ do now. 那時候沒人像現在這樣喜歡年輕。
__Everybody__'s enjoying __themselves__. 每個人都玩得很開心。
__Everyone__ put __their__ pens down. 所有人都放下了筆。

關於 ***they*** 用來指一個人的進一步說明，參見 1.123 小節。

Usage Note 用法說明

1.133 在比較正式的英語裏，有些人傾向於用 ***he***、***him***、***his*** 或 ***himself*** 來返指不定代詞，但很多人不喜歡這種用法，因為這表示所談論的是男性。

If __someone__ consistently eats a lot of fatty foods, it is not surprising if __he__ ends up with clogged arteries. 一個人如果一直吃大量高脂肪食物，那他最終發生動脈栓塞是不足為怪的。
__Everybody__ has __his__ dream. 人人都有夢想。

關於使用代詞表示自己不想指明性別的一個人的其他方法，參見 1.123 小節。

's
一撇 s

1.134 不定代詞加一撇 ***s*** 表示屬於人或與人有關的事物。

She was given a room in __someone's__ studio. 她得到了在某人工作室裏的一個房間。
That was __nobody's__ business. 那不關任何人的事。
I would defend __anyone's__ rights. 我會捍衛任何人的權利。
Everything has been arranged to __everybody's__ satisfaction. 一切都安排得使大家滿意。

Be Careful 注意

1.135 通常不在表示事物的不定代詞後面加一撇 ***s***。因此，人們更可能會說 ***the value of something***（某物的價值），而不是 ***something's value***。

adding information
添加信息

1.136 如果想為不定代詞所表示的人或物增添信息，可以在其後面加上一個短語或分句。

__Anyone over the age of 18__ can apply. 凡年滿 18 歲的人都能申請。
He would prefer to have __somebody who had a background in the humanities__. 他更願意要一個有人文學科背景的人。

1.137 也可以用形容詞添加信息。注意，形容詞放在不定代詞後面而不是前面，而且也不用限定詞。不要說 ***an important someone***，而要說 ***someone important***（某個重要人物）。

What was needed was __someone__ practical. 需要的是一個務實的人。
They are doing __everything__ possible to take care of you. 他們正竭盡所能來照顧你。
There is __nothing__ wrong with being popular. 受人歡迎沒甚麼不對。

used with else
與 else 連用

1.138　如果已經提到了一個人或事物，又想談論另一個人或事物，或者想加上一個人或事物，可在不定代詞後面用 ***else***。

Somebody else *will have to go out there.* 另外一個人必須從那裏出來。
She couldn't think of ***anything else****.* 她想不出別的甚麼。
Everyone knows what ***everyone else*** *is doing.* 每個人都知道別人在做甚麼。
He got that job because ***nobody else*** *wanted it.* 他獲得了那份工作，因為沒別的人想要。

注意，如果想用不定代詞和 ***else*** 表示關聯或所屬關係，在 ***else*** 後面加一撇 ***s***。

Problems always became ***someone else's*** *fault.* 問題總是變成別人的過錯。
No one has control over ***anyone else's*** *career.* 沒有人可以掌控別人的職業生涯。

structures used with some- and every-
與 some- 和 every- 連用的結構

1.139　和名詞一樣，不定代詞用作句子的主語、賓語或間接賓語，也可以用作介詞的賓語。以 ***some-*** 和 ***every-*** 開頭的不定代詞大多用於肯定句。

Everything *went according to plan.* 一切都按計劃進行。
I remember ***somebody*** *putting a pillow under my head.* 我記得有人在我頭下面放了一個枕頭。
'Now you'll see ***something****,' he said.* "現在你可以看見一樣東西，" 他說。
I gave ***everyone*** *a generous helping.* 我給每人一份豐盛的食物。
I want to introduce you to ***someone*** *who is helping me.* 我想把你介紹給一個正在幫助我的人。
Is ***everything*** *all right?* 一切都好嗎？

有時不定代詞用作否定句的主語。

He could tell that ***something*** *wasn't right.* 他看得出有些地方不對勁。

注意，以 ***some-***開頭的不定代詞不能用作否定句的賓語，除非後面跟有短語或分句。

He wasn't ***someone*** *I admired as a writer.* 他不是一個我欽佩的作家。

structures used with any-
與 any- 連用的結構

1.140　以 ***any-***開頭的不定代詞可以用作疑問句或否定句的賓語或間接賓語。

Don't worry — I won't tell ***anyone****.* 別擔心——我不會告訴任何人。
You still haven't told me ***anything****.* 你仍然甚麼都沒告訴我。
Take a good look and tell me if you see ***anything*** *different.* 仔細看一下，然後告訴我你是否看到有甚麼不同。
I haven't given ***anyone*** *their presents yet.* 我還沒有給任何人禮物。

這些不定代詞常用作否定和肯定疑問句的主語。注意，這些詞不用作否定陳述句的主語。比如不要説 ***Anybody can't come in***。

Does ***anybody*** *agree with me?* 有人同意我嗎？
Won't ***anyone*** *help me?* 有人願意幫助我嗎？

*If **anything** unusual happens, could you call me on this number?* 如有異常情況發生，你能用這個號碼給我打電話嗎？

注意，在肯定陳述句中，***anyone*** 和 ***anybody*** 用於泛指人們，而不是僅指一個人。

***Anybody** who wants to can come in and buy a car from me.* 有意者都可以進來向我買車。

structures used with no-
與 no- 連用的結構

1.141 以 ***no-*** 開頭的不定代詞總是與動詞的肯定形式連用，而整個句子具有否定意義。關於**否定陳述句** (negative statement) 的進一步説明，參見 5.47 到 5.91 小節。

***Nobody** said a word.* 沒有人説一句話。
*There was **nothing** you could do, **nothing** at all.* 你無能為力，甚麼都做不了。
*She was to see **no one**, to speak to **nobody**, not even her own children.* 她不想見任何人，不想和任何人説話，甚至包括自己的孩子。

注意，這些不定代詞有時用於疑問句。在這種情況下，通常期待的是否定回答。

*'Is there **nothing** I can do?'* — *' Not a thing.'* "我沒甚麼可以做的嗎？"——"一樣也沒有。"
*'Is there **nobody** else? '* — *'Not that I know of.'* "是不是沒有別的人？"——"據我所知沒有。"

Showing that people do the same thing
表示人們做同一件事：*each other* 和 *one another*

1.142 ***each other*** 和 ***one another*** 稱為**相互代詞** (reciprocal pronoun)，用於表示人們做同一件事情、具有相同的感受或有同樣的關係。

例如，如果你的哥哥恨你的妹妹而你的妹妹也恨你的哥哥，那麼你可以説 ***My brother and sister hate each other*** (我哥哥和妹妹互相仇恨) 或者 ***They hate one another*** (他們互相仇恨)。

相互代詞不用作句子的主語，而用作動詞的賓語或間接賓語。

*We help **each other** a lot.* 我們經常互相幫助。
*You and I understand **each other**.* 你和我互相理解。
*We support **one another** through good times and bad.* 無論境遇好壞，我們都互相支持。
*They sent **each other** gifts from time to time.* 他們不時互贈禮物。

相互代詞也用作介詞的賓語。

*Terry and Mark were jealous of **each other**.* 特里和馬克互相嫉妒。
*The two lights were moving towards **one another**.* 兩個發光體在互相靠近。
*They didn't dare to look at **one another**.* 他們不敢互相對視。

有些動詞最常與相互代詞連用。詳見 3.68 到 3.72 小節。

1.143 注意，***each other*** 和 ***one another*** 之間的區別很小，都用於談論兩個或多個人或物，儘管有些人傾向於使用 ***each other*** 表示兩個人或物，用 ***one another*** 表示兩個以上的人或物。

each as subject
each 用作主語

1.144 在正式的書面英語中，也可以用 ***each*** 作為句子的主語，用 ***the other*** 作為句子或介詞的賓語。因此，比句子 ***They looked at each other***（他們互相看着對方）更正式的說法是 ***Each looked at the other***。注意，***each*** 後面總是跟單數動詞。

Each *accuses* ***the other*** *of lying.* 每個人都指責對方撒謊。
Each *is unwilling to learn from the experience of* ***the others****.* 每個人都不願意吸取對方的經驗。

Each 也用作限定詞。詳見 1.243 小節。

's
一撇 s

1.145 一撇 ***s*** 可以加在 ***each other***, ***one another*** 以及 ***the other*** 後面構成所有格。

I hope that you all enjoy ***each other's*** *company.* 我希望你們都喜歡彼此的陪伴。
Apes spend a great deal of time grooming ***one another's*** *fur.* 類人猿花大量時間互相梳理毛髮。
The males fight fiercely, each trying to seize ***the other's*** *long neck in its beak.* 雄鳥激烈搏鬥，試圖把對方的長脖子咬在自己的嘴裏。

Joining clauses together: relative pronouns
連接分句：關係代詞

1.146 如果一個句子由主句和 ***who***、***whom***、***which*** 或 ***that*** 引導的**關係從句**（relative clause）組成，那麼這些引導詞稱為**關係代詞**（relative pronoun）。

關係代詞同時具有兩個功能，既像其他代詞一樣表示已提到的人或物，又把主句和分句連接起來。

關於關係從句的進一步說明，參見 8.83 到 8.116 小節。

who 和 whom

1.147 ***who*** 和 ***whom*** 總是指人。

who 可以用作關係從句的主語。

...mathematicians ***who*** *are concerned with very difficult problems.* ……關注極其困難問題的數學家

在過去，***whom*** 通常用作關係從句的賓語，而現在常常用 ***who***，儘管有些謹慎的英語使用者認為用 ***whom*** 更正確。

...a man ***who*** *I met recently.* ……我最近遇到的一個人
He's the man ***who*** *I saw last night.* 他就是我昨晚看到的那個人。
...two girls ***whom*** *I met in Edinburgh.* ……我在愛丁堡遇到的兩個女孩

在賓語與介詞分開的情況下，***who*** 有時用作介詞的賓語。有些謹慎的英語使用者認為用 ***whom*** 更正確。

That's the man ***who*** *I gave it to.* 那就是我把那個東西交給他的人。
...those ***whom*** *we cannot talk to.* ……我們説不上話的那些人

如果賓語緊接在介詞後面，則幾乎總是用 ***whom***。

...Lord Scarman, a man ***for whom*** *I have immense respect.* ……斯卡曼勳爵，一個我非常尊敬的人

which 1.148 ***which*** 總是指物，可以用作關係從句的主語或賓語，或用作介詞的賓語。***which*** 常用在英式英語裏引導指物的關係從句。

...a region ***which*** *was threatened by growing poverty.* ……受到不斷增長的貧困威脅的地區
...two horses ***which he owned****.* ……他擁有的兩匹馬
...the house in ***which*** *I was born.* ……我出生的房子

注意，***which*** 不能用作分句的間接賓語。

that 1.149 ***that*** 可指人或物，用作關係從句的主語或賓語，或用作介詞的賓語。在美式英語裏，引導指物或同時指人和物的關係從句，通常首選 ***that***。

...the games ***that*** *politicians play.* ……政治家玩的遊戲
He's the boy ***that*** *sang the solo last night.* 他就是那個昨晚唱了獨唱曲的男孩。
It was the first bed ***that*** *she had ever slept in.* 這是她曾經睡過的第一張牀。

that 不能用作分句的間接賓語。

whose 1.150 ***whose*** 説明某物屬於誰或甚麼東西，或者與誰或甚麼東西有關。注意，***whose*** 不能單獨使用，必須放在名詞前面。

...the thousands ***whose*** *lives have been damaged.* ……成千上萬生活受到破壞的人
There was a chap there ***whose*** *name I've forgotten.* 那邊有一個我忘了名字的傢伙。
...predictions ***whose*** *accuracy will have to be confirmed.* ……準確性有待證實的預測
…sharks, ***whose*** *brains are minute.* ……鯊魚，其大腦很小

注意，***whose*** 不限於人。

Asking questions: interrogative pronouns 提問：疑問代詞

1.151 提問的一個方法是使用**疑問代詞**（interrogative pronoun）。

疑問代詞包括 ***who***、***whose***、***whom***、***what*** 以及 ***which***，用作句子的主語或賓語，或用作介詞的賓語。***Whose*** 和 ***which*** 也用作限定詞。其他的

詞，比如 ***where***、***when***、***why*** 和 ***how*** 也用於提問。

疑問代詞不用作句子的間接賓語。

Who *was at the door?* 在門口的是誰？
*'There's a car outside.' — '**Whose** is it?'* "外面有輛汽車。" —— "是誰的？"
Whom *do you support?* 你支持誰？
What *are you doing?* 你在做甚麼？
Which *is best, gas or electric?* 煤氣和電那個更好？

關於使用疑問代詞的結構，參見 5.10 到 5.34 小節。

1.152 疑問代詞指的是人們詢問的信息。

如果說話者認為問題的答案是人，用 ***who***、***whose*** 和 ***whom***。

*'He lost his wife.' — '**Who**? Terry?'* "他失去了妻子。" —— "誰？特里？"
*He looked at the cat. **Whose** is it? Have you ever seen it before?* 他看了看貓。這是誰的？你以前見過嗎？
*'To **whom**, if I may ask, are you engaged to be married?' — 'To Daniel Orton.'* "請問你已經和誰訂了婚？" —— "和丹尼爾・奧頓。"

如果說話者認為問題的答案是物而不是人，則用 ***which*** 和 ***what***。

*Is there really a difference? **Which** do you prefer?* 真的有區別嗎？你喜歡哪一個？
*'**What** did he want?' — 'Maurice's address.'* "他想要甚麼？" —— "莫里斯的地址。"

reported questions 間接疑問句

1.153 疑問代詞用於引導間接疑問句。

*I asked her **who** she had been talking to.* 我問她在和誰說話。
*He wondered **what** Daintry would do now.* 他心想戴恩特里現在會做甚麼。

關於**間接疑問句** (reported question) 的進一步說明，參見 7.32 到 7.38 小節。

Other pronouns 其他代詞

1.154 假如清楚地知道談論的是甚麼，很多其他的詞可以作為代詞，因為此時不必重複名詞。

例如，大多數**不定指限定詞** (indefinite determiner) 也可以用作代詞。關於不定指限定詞的進一步說明，參見 1.223 到 1.250 小節。

下面這些不定指限定詞也用作代詞：

all	either	little	neither
another	enough	many	several
any	few	more	some
both	fewer	most	
each	less	much	

和所有名詞短語一樣，這些詞可用作句子的主語、直接賓語或間接賓語，也可用作介詞的賓語。

Both *were offered jobs immediately.* 有人立刻給兩個人都提供了工作。
Children? I don't think she has ***any****.* 孩子？我認為她沒有。
I saw one girl whispering to ***another****.* 我看見一個女孩在和另一個耳語。

1.155 雖然 ***a***、***an***、***every*** 和 ***no*** 屬於不定指限定詞，但不能作為代詞單獨使用。

可以用代詞 ***one*** 返指包含限定詞 ***a*** 或 ***an*** 的名詞短語。同樣，***each*** 用於返指包含 ***every*** 的名詞短語，***none*** 用於返指包含 ***no*** 的名詞短語。

注意，***another*** 和 ***others*** 是代詞，但 ***other*** 則不是代詞。

all, both, and each for emphasis
all, both 和 each 用於強調

1.156 ***All***、***both*** 和 ***each*** 可附在名詞或人稱代詞後面表示強調。這種用法類似於 1.116 到 1.118 小節中所描述的**反身代詞**（reflexive pronoun）的用法。

The brothers ***all*** *agreed that something more was needed.* 兄弟們都同意還需要更多的東西。
He loved them ***both****.* 他愛他們兩個人。
Ford and Duncan ***each*** *had their chances.* 福特和鄧肯各自有過機會。

這些詞也可以用在助動詞、情態詞或 ***be*** 後面。

They ***were both*** *still working at their universities.* 他們兩個仍然在大學工作。
The letters ***have all*** *been signed.* 這些信都簽過名了。
The older children ***can all*** *do the same things together.* 年齡大一點的孩子都可以在一起做同樣的事情。

each 還可以用在句末。

Three others were fined £200 ***each****.* 另外三個人各被罰款 200 英鎊。

numbers
數詞

1.157 數詞（number）也可用作代詞。例如，對疑問句 ***How many children do you have?***（你有幾個孩子？）的回答一般是 ***Three***（三個），而不是 ***Three children***（三個孩子）。

'How many people are there?' — ' ***Forty-five****.'* "有多少人？" —— "45 個。"
Of the other women, ***two*** *are dancers.* 其他的女人中有兩個是跳舞的。
They bought eight companies and sold off ***five****.* 他們收購了 8 家公司，出售了 5 家。

關於數詞的進一步說明，參見 2.213 到 2.231 小節。

other pronouns
其他代詞

1.158 數詞 ***one*** 有其特殊性。和其他數詞一樣，***one*** 有時用來表示群體中的一個。

one 也用於返指帶限定詞 ***a*** 的名詞短語。

*Could I have a bigger **one**, please?* 請問我能拿更大一點的嗎？

也可用在另一個限定詞之後表示強調。

*There are systems of communication right through the animal world; **each one** is distinctive.* 整個動物界都有通信交流系統，每個系統都是獨特的。

one 可以用作**人稱代詞** (personal pronoun)。詳見 1.121 小節。

1.159　注意，***the one*** 和 ***the ones*** 可用來指代單個名詞而不是名詞短語，幾乎總是與形容詞等修飾語連用，或與名詞之後的某種形式的信息連用，比如介詞短語。

*'Which poem?' — '**The one** they were talking about yesterday.'* "哪一首詩？" —— "他們昨天談論的那首。"
*There are three bedrooms. Mine is **the one** at the back.* 有三個臥室。我的那間在後面。
*He gave the best seats to **the ones** who arrived first.* 他把最好的座位給了先到的那些人。

1.160　***the other***、***the others***、***others*** 或 ***another*** 用來指代群體中的不同成員。

*Some writers are greater than **others**.* 有些作家比別的作家偉大。
*One runner was way ahead of all **the others**.* 一個賽跑運動員遠遠領先於所有其他選手。

1.161　如果想談論群體中的一員，可以用 ***one*** 。而群體中的其他成員用 ***the others*** 表示。

*The bells are carefully installed so that disconnecting one will have no effect on **the others**.* 這些鈴安裝得非常仔細，因此斷開一個不會影響到其他的鈴。
*They had three little daughters, **one** a baby, **the others** twins of twelve.* 他們有三個小女兒，一個是嬰兒，另外兩個是 12 歲的雙胞胎。

the one 和 ***the other*** 可分別指代一對事物中的一個。

*The same factors push wages and prices up together, **the one** reinforcing **the other**.* 相同的因素推動工資和物價一起上漲，二者相互推動。

如果不想確切地談論群體中的一員，可用 ***one or other*** 表示。

*It may be that **one or other** of them had fears for their health.* 可能他們中間總有人為自己的健康狀況擔憂。

Definite and indefinite determiners 定指和不定指限定詞

1.162 在英語中，**名詞短語** (noun phrase) 的用法主要有兩個。第一種是表示談話雙方都知道的人或物。

The man *began to run towards* ***the boy****.* 那個男人開始向男孩奔去。
Young people don't like ***these operas****.* 年輕人不喜歡這些歌劇。
Thank you very much for ***your comments****.* 非常感謝你的意見。
...a visit to ***the Houses of Parliament****.* ……去議會大廈的參觀

另一種用法是泛泛談論某類人或某類事物，而不具體説明是哪個人或哪個事物。

There was ***a man*** *in the lift.* 電梯裏有一個男人。
I wish I'd bought ***an umbrella****.* 要是我買了一把傘就好了。
Any doctor *would say she didn't know what she was doing.* 任何醫生都會説她不知道在做甚麼。

為了區分這兩種用法，可使用一種稱為**限定詞** (determiner) 的特殊詞類。限定詞分為**定指限定詞** (definite determiner) 和**不定指限定詞** (indefinite determiner) 兩種。使用位置在名詞短語的前面。

Using the definite determiner 使用定指限定詞：*the*

1.163 ***The*** 是最常見的定指限定詞，有時稱為**定冠詞** (definite article)。

This、***that***、***these*** 和 ***those*** 常常稱為**指示詞** (demonstrative) 或**指示形容詞** (demonstrative adjective)。詳見 1.184 到 1.193 小節。

My、***your***、***his***、***her***、***its***、***our*** 以及 ***their*** 是**所有格限定詞** (possessive determiner)，有時也稱為**所有格形容詞** (possessive adjective) 或者就叫**所有格** (possessive)。詳見 1.194 到 1.210 小節。

下面是定指限定詞一覽表：

the	these	your	our
~	those	his	their
this	~	her	
that	my	its	

注意，英語名詞前面只能用一個定指限定詞。

1.164 由於 ***the*** 是最常見的定指限定詞，可放在任何普通名詞前面。

She dropped ***the can*** *into* ***the grass****.* 她把罐頭扔進了草叢。
The girls *were not in* ***the house****.* 女孩子們不在屋子裏。

在上述例子中，***the can*** 指的是已經提到的罐頭；***the grass*** 也是確定的，因為前文已經説明她人在戶外，而草叢的存在也可能已經説過或假設存在；與 ***the can*** 一樣，***the girls*** 在前面肯定已經提到，而 ***the house*** 指的是女孩子們當時住的房子。

pronouncing the
the 的讀音

1.165 ***The*** 的拼寫不變，但讀音有三種：

☞ /ðə/ 後面的詞以輔音開頭

...the dictionary 這本詞典 *...the first act* 第一幕 *...the big box.* 大箱子

☞ /ði/ 後面的詞以元音開頭

...the exhibition 這個展覽 *... the effect* 這個效果 *... the impression.* 這種印象

☞ /ðiː/ 用於強調

You don't mean ***the*** *Ernest Hemingway?* 你不是說這個名人艾略特・海明威吧？

關於 ***the*** 的強調用法，詳見 1.181 小節。

the with a noun
the 與名詞連用

1.166 如果說話者知道對方理解所說的是哪個人、甚麼事物或哪個群體，可以使用由 ***the*** 和名詞構成的名詞短語。

The expedition *sailed out into* ***the Pacific****.* 探險隊航行到了太平洋。
...the most obnoxious boy in ***the school****.* ……學校裏最令人討厭的男孩
He stopped ***the car*** *in front of* ***the bakery****.* 他把車停了在麵包店前面。

nouns referring to one thing only
僅指一個事物的名詞

1.167 有些名詞僅指一個人、一個事物或一個群體，所以與 ***the*** 連用。這些名詞有的是特定的名稱或**專有名詞** (proper noun)，比如頭銜 ***the Pope*** (教皇)、獨一無二的事物 ***the Eiffel Tower*** (埃菲爾鐵塔) 以及地名 ***the Atlantic*** (大西洋)。

...a concert attended by ***the Queen****.* ……女王出席的音樂會
We went on camel rides to ***the Pyramids****.* 我們乘坐駱駝去了金字塔。

關於專有名詞的進一步說明，參見 1.52 到 1.58 小節。

有些是**單數名詞** (singular noun)，表示世界上唯一的事物，比如 ***the ground*** (地面) 或 ***the moon*** (月亮)。

The sun *began to turn red.* 太陽開始變紅。
In April and May ***the wind*** *blows steadily.* 4 月和 5 月連續颳風。

關於單數名詞的進一步說明，參見 1.34 到 1.40 小節。

specific places and organizations
特定的地方和組織

1.168 其他名詞用於指稱特定地方或組織內的一個人、一個事物或一個群體，因此在談論那個地方或組織時，或與其中的某個人交談時，可直接用 ***the*** 加名詞。

例如，某個鎮上只有一個車站，住在鎮上的人可以用 ***the station*** 來指該車站。同樣，住在英國的人互相交談時說 ***the economy***，他們的意思是 ***the British economy*** (英國經濟)；為同一組織工作的人可以談論 ***the boss*** (老闆)、***the union*** (工會) 或 ***the canteen*** (食堂)，而不需要具體說出組織的名稱。

The church *has been broken into.* 有人強行闖入過教堂。

There's a wind coming off ***the river****.* 有風從河面上吹來。
We had to get rid of ***the director****.* 我們不得不趕走了董事。
The mayor *is a forty-eight-year-old former labourer.* 市長 48 歲，以前是個體力勞動者。
What is ***the President*** *doing about all this?* 對於這一切總統在做甚麼？

generalizing about people and things 泛指人和事物

1.169 如果想泛泛地談論某一類別的所有人或事物，通常用不帶限定詞的名詞複數形式。

但是，有些可數名詞以單數與 ***the*** 一起用，表示泛指某物。

例如，可以用 ***the theatre*** 或 ***the stage*** 來表示劇院裏的所有演出。同樣，***the screen*** 泛指電影，而 ***the law*** 指的是一國的法律體系。

For him, ***the stage*** *was just a way of earning a living.* 對他來說，舞台只是一種謀生的手段。
He was as handsome in real life as he was on ***the screen****.* 他在現實生活中和在銀幕上一樣英俊。
They do not hesitate to break ***the law****.* 他們毫不猶豫地違反法律。

有些通常單指一個事物或人的名詞，可以用 ***the*** 加單數泛指某地的一個系統或服務。比如，可以用 ***the bus*** 來談論公共汽車服務，用 ***the phone*** 來談論電話系統。

How long does it take on ***the train****?* 坐火車需要多長時間？
We rang for ***the ambulance****.* 我們打電話叫救護車。

用 ***the*** 加表示樂器的名詞單數，可指某人正在彈奏或能夠彈奏的某種樂器。

You play ***the oboe****, I see, said Simon.* 你吹雙簧管，我明白了，西門說。
I was playing ***the piano*** *when he phoned.* 他打電話來時我在彈鋼琴。

using adjectives as nouns 形容詞用作名詞

1.170 如果想泛泛地談論有相同特點或品質的人群，常常可以選用前面帶 ***the*** 的形容詞。

This project is all about giving employment to ***the unemployed****.* 這個項目就是關於為失業者提供就業機會的。

關於形容詞用作名詞的進一步說明，參見 1.66 到 1.72 小節。

formal generalizations 正式泛指

1.171 用 ***the*** 加表示植物和動物的名詞單數，可以陳述一個物種中的每個成員。比如 ***The swift has long, narrow wings***（雨燕有狹長的翅膀），這句話表示所有雨燕都有狹長的翅膀。

The primrose *can grow abundantly on chalk banks.* 報春花能夠在白堊堤岸上茂盛生長。
Australia is the home of ***the kangaroo****.* 澳大利亞是袋鼠的故鄉。

同樣，表示人體部位的名詞與 ***the*** 連用，可以指稱那個部位。

These arteries supply ***the heart*** *with blood.* 這些動脈為心臟供血。

*...the arteries supplying **the kidneys**.* ……為腎臟供血的動脈

有時 ***the*** 與其他名詞的單數連用，表示一個群體中的所有成員。

*The article focuses on how to protect **the therapist** rather than on how to cure **the patient**.* 這篇文章關注的是如何保護治療師，而不是如何治癒病人。

這些用法相當正式，在日常談話中不常見。如果想陳述某一類別的所有事物，通常用不帶限定詞的名詞複數形式。詳見 1.227 小節。

Usage Note 用法說明

1.172 許多常見的時間表達式由 ***the*** 加名詞構成。

*We wasted a lot of money in **the past**.* 我們過去浪費了很多錢。
*The train leaves Cardiff at four in **the afternoon**.* 火車下午 4 點離開加的夫。
*...the changes which are taking place at **the moment**.* ……目前正在發生的變化

關於時間表達式的進一步說明，參見第四章。

referring back 返指

1.173 在上述解釋 ***the*** 加名詞各種用法的小節中，由於一般認為名詞短語指的是特定的人、事物或群體，因此容易理解所談論的是誰或甚麼事物。

但是，如果從已經說的話或寫下的文字中可以明顯看出所談的是誰或甚麼事物，***the*** 可以和任何名詞連用。

返指名詞的常見方法是使用代詞，但如果第二個所指不是緊跟在第一個所指之後，或者不容易馬上看出來所指代的是哪個名詞，應該再次使用 ***the*** 加名詞。例如，敍述者已經提到自己在火車上，然後繼續講下去，那麼後面可以說 ***The train suddenly stopped***（火車突然停下了）。

1.174 也可以用 ***the*** 加名詞表示某人或某物與已經提到的某物緊密相關。

比如，一般不說 ***We tried to get into the room, but the door of the room was locked***（我們設法進入房間，但房間的門鎖上了）。通常說 ***We tried to get into the room, but the door was locked***（我們設法進入房間，但門鎖上了），因為很清楚談論的是哪扇門。

*She stopped and lit a match. The wind almost blew out **the flame**.* 她停下來點亮了一根火柴。風幾乎吹滅了火焰。

the with longer noun phrases the 與較長名詞短語連用

1.175 雖然有很多只用 ***the*** 加名詞的情況，但也有其他場合需要給名詞添加一些東西，以便明確所談的是哪個人、事物或群體。

adding adjectives 添加形容詞

1.176 有時可以通過在 ***the*** 和名詞之間添加**形容詞** (adjective) 來表示所談論的是誰或甚麼事物。

This is ***the main bedroom****.* 這是主臥室。
Somebody ought to have done it long ago, remarked ***the fat man****.* 早就有人該做這件事了，那個胖子説道。

有時需要使用多個形容詞。

After the crossroads look out for ***the large white building****.* 過了十字路口留意找那幢白色大樓。

關於形容詞的進一步説明，參見 2.2 到 2.168 小節。

adjectives: expanding
形容詞：擴充

1.177 在 ***the*** 和名詞之間添加形容詞的目的，並不總是為了明確所談的是哪個人、事物或群體。

例如，説話者可能想進一步説明已經提到的人或事物。因此，比如在 ***A woman came into the room***（一個女人進入房間）這個句子裏，先説某人是 ***a woman*** ，那麼後面提到她的時候可能會説 ***the unfortunate woman***（不幸的女人）或者 ***the smiling woman***（微笑的女人）。

這種情況在書面英語中很常見，尤其是敍事文本，但會話中比較少見。

The astonished waiter *was now watching from the other end of the room.* 吃驚的服務員此時從房間的另一頭注視着。
The poor woman *had witnessed terrible violence.* 這個可憐的女人目睹了殘酷的暴力。
The loss of pressure caused ***the speeding car*** *to go into a skid.* 壓力損失導致超速行駛的汽車發生側滑。

adding clauses or phrases
添加分句或短語

1.178 另一種表示所指內容的方法是在 ***the*** 和名詞之後增添額外的信息，比如介詞短語、關係從句、***to-***不定式、地點或時間副詞，或者分詞引導的短語。

因此，如果想具體談論參加聚會的某些人，可以使用名詞短語，比如 ***the girl in the yellow dress***（穿黃色連衣裙的女孩）、***the woman who spilled her drink***（打翻飲料的女人）或者 ***the man smoking a cigar***（抽雪茄的男人）。

The cars in the driveways *were all Ferraris and Porsches.* 停在車道上的汽車全部都是法拉利和保時捷。
The book that I recommend *now costs over twenty pounds.* 我推薦的那本書現在售價超過了 20 英鎊。
The thing to aim for *is an office of your own.* 目標是一間你自己的辦公室。
Who made the bed in ***the room upstairs****?* 樓上房間的牀是誰鋪的？
It depends on ***the person being interviewed****.* 這取決於被採訪的人。

關於這類添加在名詞後面的額外信息，詳見 2.272 到 2.302 小節。

the with uncountable nouns
the 與不可數名詞連用

1.179 不可數名詞（uncountable noun）前面通常不加 ***the*** ，因為這種名詞是某物的泛指。但是，如果不可數名詞後面附有額外信息，比如有表示所指的是甚麼人、事物或群體的分句或短語，則需要用 ***the*** 。

例如，不能說 ***I am interested in education of young children*** 應該說 ***I am interested in the education of young childrens***（我關心的是幼兒的教育問題）。

Babies need ***the comfort of their mother's arms****.* 嬰兒需要母親舒適的懷抱。
Even ***the honesty of Inspector Butler*** *was in doubt.* 甚至巴特勒督察員的誠信也受到了質疑。
I've no idea about ***the geography of Scotland****.* 我對蘇格蘭的地理情況一無所知。

關於不可數名詞的進一步說明，參見 1.23 到 1.33 小節。

superlatives
最高級

1.180 ***the*** 還與最高級形容詞（superlative adjective）連用。

I'm not ***the best cook in the world****.* 我不是世界上最好的廚師。
They went to ***the most expensive restaurant in town****.* 他們去了城裏最貴的餐館。

關於最高級形容詞的進一步說明，參見 2.112 到 2.122 小節。

emphasizing the
the 用於強調

1.181 ***The*** 常常用在名詞前面，表示某人或某物是同類中最好的。

New Zealand is now ***the place to visit****.* 新西蘭現在是觀光的首選之地。

人名前面也可以加 ***the***，表示所談論的是同名者中最著名的。

You actually met ***the George Harrison****?* 你真的見過那個名星佐治・哈里森？

在這兩種用法中，***the*** 需要重讀，發音為 /ðiː/。

the with indefinite determiners
the 與不定指限定詞連用

1.182 ***The*** 可以用在某些不定指限定詞（indefinite determiner）前面，通常表示數量。

這些不定指限定詞包括：

few	little	many	other

...pleasures known only to ***the few****.* ……只有極少數人知道的樂事
...a coup under the leadership of ***the select few****.* ……一小撮人領導下的政變
He was one of ***the few who knew where to find me****.* 他是少數幾個知道在哪裏可以找到我的人之一。
We have done ***the little that is in our power****.* 我們做了在權限範圍內能做的一點點事情。

如果剛提到了兩個事物中的一個，可以用 ***the other*** 表示另一個。

The men sat at one end of the table and the women at ***the other****.* 男人坐在桌子的一頭，女人坐在另一頭。

關於不定指限定詞的進一步說明，參見 1.223 到 1.250 小節。

the with numbers
the 與數詞連用

1.183 ***the*** 可以與 ***one*** 和 ***ones*** 連用。

*I'm going to have **the green one**.* 我要綠色的。
*The shop was different from **the ones I remembered**.* 這家商店和我記憶中的那些店不一樣。
*...a pair of those old glasses, **the ones with those funny** square lenses.* 一副那種舊眼鏡，有古怪的方鏡片的那種

the 還與其他數詞 (number) 連用。

*It is a mistake to confuse **the two**.* 把兩者混為一談是個錯誤。
*Why is she so different from **the other two**?* 為甚麼她和另外兩個人如此不同？

關於數詞的進一步説明，參見 2.208 到 2.239 小節。

Definite determiners 定指限定詞：使用 this 、 that 、 these 和 those

1.184 定指限定詞 (definite determiner) ***this*** 、 ***that*** 、 ***these*** 以及 ***those*** 用來確切地談論人或物。

this 和 ***these*** 用來談論在空間或時間上接近自己的人和物。如果談論的是在空間或時間上較遠的人或物，則用 ***that*** 和 ***those*** 。

this 和 ***that*** 用在單數名詞、不可數名詞以及單數代詞 ***one*** 前面， ***these*** 和 ***those*** 用在複數名詞和複數代詞 ***ones*** 前面。

this 、 ***that*** 、 ***these*** 以及 ***those*** 常稱為指示詞 (demonstrative) 或指示形容詞 (demonstrative adjective)。

this 和 these

1.185 ***this*** 和 ***these*** 用於談論在説話者所處環境中非常明顯的人或物。比如，在一間房子裏的説話者可以用 ***this house*** (這間房屋) 來指稱房子。如果説話者手裏拿着幾把鑰匙，可以用 ***these keys*** (這幾把鑰匙) 來談論它們。在一個聚會上，説話者可以用 ***this party*** (這個聚會) 來指稱。

*I have lived in **this house** my entire life.* 我一輩子都住在這座房子裏。
*I am going to walk up **these steps** towards you.* 我會走上這些台階，向你走去。
*I'll come as soon as **these men** have finished their work.* 等這些人一結束工作我就來。
*I like **this university**.* 我喜歡這個大學。
*Good evening. In **this programme** we are going to look at the way in which British music has developed in recent years.* 晚上好。在本期節目中，我們將探討英國音樂近年來的發展方式。

如果所指的人或物很明顯，可以把 ***this*** 和 ***these*** 作為代詞使用。這種用法在 1.124 到 1.127 小節論述。

1.186 ***this*** 和 ***these*** 也用於許多表示當前時間的短語，比如 ***this month*** (本月)、 ***this week*** (本週) 以及 ***these days*** (如今)。這種用法在第四章闡述。

that 和 those

1.187 You use ***that*** 和 ***those*** 用於談論看得見但離得較遠的人或物。

*How much is it for **that big box**?* 那個大箱子要多少錢？
*Can I have one of **those brochures**?* 我能拿一本那種小冊子嗎？
*Can you move **those books** off there?* 你能把那幾本書從那裏搬開嗎？

1.188 如果所指的人或物很清楚，可以把 ***that*** 和 ***those*** 用作代詞。這種用法在 1.124 到 1.127 小節論述。

*Could you just hold **that**?* 你能扶一扶那個嗎？
*Please don't take **those**.* 請不要拿那些東西。

Usage Note 用法説明

1.189 可以把 ***this***、***that***、***these*** 或 ***those*** 加在名詞前面，表示談論的是與剛才提到的相同的人或物。比如剛提到一個女孩，再次談到她的時候可以用 ***this girl***（這個女孩）或 ***that girl***（那個女孩）。通常用代詞 (pronoun) 表示剛提到的人或物，但有時不能，因為代詞的所指可能不清楚。

*Students and staff suggest books for the library, and normally we're quite happy to get **those books**.* 學生和教職員工向圖書館提出購書建議，而通常我們會很高興購買這些圖書的。
*Their house is in a valley. The people in **that valley** speak about the people in the next valley as foreigners.* 他們的房子在一個山谷裏。住在那個山谷裏的人把住在下一個山谷裏的人説成外國人。
*They had a lot of diamonds, and they asked her if she could possibly get **these diamonds** to Britain.* 他們有很多鑽石，問她能不能把這些鑽石帶到英國去。

關於 ***this***、***that***、***those*** 等用於指代已經提到的東西，在 10.7 到 10.10 小節詳述。

1.190 在非正式英語裏，可以把 ***that*** 和 ***those*** 用在名詞前面，表示交談的對方已經知道的人或物。

***That idiot Antonio** has gone and locked our cabin door.* 安東尼奧那個白癡竟然把我們的艙門鎖上了。
*Have they found **those missing children** yet?* 他們找到那些失蹤兒童了嗎？
*Do you remember **that funny little apartment**?* 你還記得那套奇怪的小公寓房嗎？

1.191 可以把 ***that*** 用在名詞前面談論剛發生的事情。

*I knew **that meeting** would be difficult.* 我知道那次會議會很艱難。

that 作代詞 (pronoun) 用來談論剛發生的事情。這種用法在 1.124 到 1.127 小節論述。

using those instead of the 用 those 代替 the

1.192 在比較正式的英語裏，如果複數名詞後接**關係從句**（relative clause），可以用 ***those*** 代替 ***the*** 放在複數名詞前面。在這種用法中，關係從句具體説明了談論的是哪些人或物。

*...**those workers who are employed in large enterprises**.* ……那些受僱於大企業的工人們
*The parents are not afraid to be firm about **those matters that seem** important to them.* 父母不懼怕在那些對他們來説很重要的問題上堅持己見。

informal use of this and these this 和 these 的非正式用法

1.193 在非正式英語口語裏，即使是第一次提到某人或某物，有時也在名詞前面使用 ***this*** 和 ***these***。

*And then **this woman** came up to me and she said, I believe you have a goddaughter called Celia Ravenscroft.* 於是這個女人走到我跟前説，我相信你有一個教女名叫西莉亞・雷文斯克羅夫特。
*At school we had to wear **these awful white cotton hats**.* 在學校裏我們不得不戴這些難看的白布帽。

Possessive determiners 所有格限定詞：my, your, their 等

1.194 人們常常想表達某物屬於某人或在某些方面與某人有關。

一種做法是使用 ***my***、***your*** 和 ***their*** 之類表示某物歸屬的詞。這些詞稱為**所有格限定詞**（possessive determiner）。

*Are **your children** bilingual?* 你的孩子會説雙語嗎？
*I remember **his name** now.* 我現在想起他的名字了。
*They would be welcome to use **our library**.* 歡迎他們使用我們的圖書館。
*I'd been waiting a long time to park **my car**.* 我等了很長時間來停放我的車。

table of possessive determiners 所有格限定詞一覽表

1.195 英語中有七個所有格限定詞，每一個都有對應的人稱代詞（personal pronoun）：

	單數	複數
第一人稱	my	our
第二人稱	your	
第三人稱	his her its	their

人稱代詞在 1.95 到 1.106 小節論述。

Be Careful 注意

1.196 所有格限定詞 ***its*** 不加一撇。***It's*** 是 ***it is*** 的縮寫。

position 位置

1.197 和其他限定詞一樣，所有格限定詞用在 ***all*** 或 ***some of*** 等前置限定詞（predeterminer）之後，數詞或形容詞之前。

...all **his** letters. ……他的所有信件
...**their** next message. ……他們的下一條留言
...**my** little finger. ……我的小指頭
...**our** two lifeboats. ……我們的兩條救生艇

關於前置限定詞的進一步説明，參見 1.251 小節。

Be Careful 注意

1.198　英語名詞前不能使用一個以上的定指限定詞，因此所有格限定詞必須單獨使用。比如不能説 ***I took off the my shoes***，必須説 ***I took off my shoes***（我脱下了我的鞋子）或者 ***I took off the shoes***（我脱下了鞋子）。

agreement with noun
與名詞的一致

1.199　所有格限定詞的選擇依事物所有者的身份而定。假如想表示某物屬於某個女人或與她有關，總是使用 ***her***。隨後的名詞不影響這種選擇。

__I__ took off __my__ shoes. 我脱下鞋子。
Her __husband__ remained standing. He had __his__ hands in his pockets. 她丈夫仍然站着。他的手插在口袋裏。
__She__ had to give up __her__ job. 她不得不放棄了工作。
The __group__ held __its__ first meeting last week. 小組上星期開了第一次會議。
The __creature__ lifted __its__ head. 那個動物抬起了頭。
...the two dark __men__, glasses in __their__ hands, waiting silently. ……那兩個皮膚黝黑的男人，手裏拿着眼鏡，默默地等待着
...the __car companies__ and __their__ workers. ……汽車公司和它們的工人

use of own
own 的用法

1.200　如果想提請別人注意某物屬於某人或某物，或者與其有關，可以在所有格限定詞後面用 ***own*** 這個詞。

I helped him to some more water but left __my own glass__ untouched. 我給他加了點水，但沒動我自己的玻璃杯。
Residents are allowed to bring __their own furniture__ with them if they wish to do so. 居民們如果願意，可以帶上自己的傢具。
Make __your own decisions__. 你自己作決定。
I heard it with __my own ears__. 我親耳聽到的。
She felt in charge of __her own affairs__. 她覺得能掌控自己的事務。

這個結構中的數詞或形容詞放在 ***own*** 之後。

...their __own three children__. ……他們自己的三個孩子
The players provided their __own white shorts__. 球員們自備白色短褲。

uses of possessives
所有格限定詞的用法

1.201　所有格限定詞並不一定表示某事物真的為某人所佔有或擁有，有時只是表示某事物在某些方面與某人有關。

They then turned __their attention__ to other things. 然後他們把注意力轉向了其他東西。
...the vitality of __our music__ and __our culture__. ……我們的音樂和文化的活力
In summer, hay fever interfered with all __her activities__. 在夏天，花粉症妨礙了她的所有活動。

*It's **his brother** who has the workshop.* 是他哥哥擁有這個工作室。

1.202 所有格限定詞可以用在表示動作的名詞前面，説明動作的執行者是誰或甚麼。

*...not long after **our arrival**.* ……在我們到達之後不久
*...**his criticism** of the Government.* ……他對政府的批評
*...**their fight** for survival.* ……他們的生存競爭
*I'm waiting for **your explanation**.* 我在等你的解釋。
*Most of **their claims** were worthy.* 他們的大部分主張值得尊重。

在最後一個例子中，***their claims*** 指的是他們提出的主張。

1.203 所有格限定詞也可以用來表示受到動作影響的是誰或甚麼。

***My appointment** as the first woman chairman symbolizes change.* 我被任命為第一個女主席，這象徵着改變。
*...the redistribution of wealth, rather than **its creation**.* ……財富的再分配，而不是創造
*They expressed their horror at **her dismissal**.* 他們對她被免職表示震驚。

在最後一個例子中，***her dismissal*** 指的是她被某人或某公司解僱這件事。

在下面的第一個例子中，***his supporters*** 意思是支持他的人。

*...Birch and **his supporters**.* ……伯奇和他的支持者們
*She returned the ring to **its owner**.* 她把戒指還給了它的主人。

1.204 在英語裏，如果有明顯的歸屬意義，有時可用限定詞 ***the*** 。在這種情況下，所屬關係已由前面的名詞或代詞確定。下面的幾個小節説明了使用 ***the*** 代替所有格限定詞的情況。

1.205 如果指的是人體的某個部位，通常使用所有格限定詞。

*She has something on **her feet** and a bag in **her hand**.* 她沒有光着腳，手裏拿着一個包。
*Nancy suddenly took **my arm**.* 南茜突然抓住我的手臂。
*The children wore nothing on **their feet**.* 孩子們赤着腳。
*She thanked him shyly and patted **his arm**.* 她靦腆地謝了他，然後拍拍他的手臂。
*I opened the cupboard and they fell on **my head**.* 我打開櫥櫃，它們掉到了我頭上。
*He shook **his head**.* 他搖了搖頭。

但是，在描述某人對別人身體某個部位所做的動作時，常用定冠詞 ***the*** ，特別是在身體部位作介詞賓語以及動詞賓語為代詞時更是如此。比如，在 ***She hit me on the head*** (她打我的頭) 這個句子裏，***head*** 是介詞 ***on*** 的賓語，***me*** 是動詞 ***hit*** 的賓語。

*I **patted him on the head**.* 我拍了拍他的頭。

*He **took her by the arm** and began drawing her away.* 他抓住她的手臂，然後開始把她拖走。

之所以使用定冠詞，是因為已經確認身體部位是誰的，不需要重複說明。

同樣，如果動詞的賓語是 ***myself***、***yourself*** 等反身代詞 (reflexive pronoun)，也用定冠詞。這是因為反身代詞已經表明誰是動作的執行者，所以就不必用所有格限定詞重複說明。

*I accidentally **hit myself on the head** with the brush handle.* 我不小心把刷子柄打在了自己頭上。
*We can **pat ourselves on the back** for bringing up our children.* 我們可以為撫養自己的孩子自我表揚一下。

反身代詞的用法在 1.111 到 1.118 小節論述。

1.206 如果想描述自己對自己做的事情，通常使用所有格限定詞。

*She was brushing **her hair**.* 她正在刷頭髮。
*'I'm going to **brush my teeth**,' he said.* "我要去刷牙了，" 他說。
*She **gritted her teeth** and carried on.* 她咬緊牙關，堅持下去。
*He walked into the kitchen and **shook his head**.* 他走進廚房，搖了搖頭。

Be Careful 注意

1.207 所有格限定詞通常用來指人或動物，一般不用來指無生命的物體。比如，人們通常會說 ***the door*** (那扇門) 或 ***the door of the room*** (房間的門) 而不是 ***its door*** (它的門)。

generic use 泛指用法

1.208 所有格限定詞有時用來泛泛地談論屬於人或和人有關的事物，用法類似於泛指代詞。關於泛指代詞 (generic pronoun) 的進一步說明，參見 1.119 到 1.123 小節。

your 可用來泛泛地談論屬於人或和人有關的事物，或用於談論想像情景中的一個人。

*Can eating a low-fat diet weaken **your** hair?* 吃低脂肪飲食會不會使頭髮衰弱？
*Going to the gym is good for **your** general health.* 去健身房對你的身體健康有好處。
*Part of the process involves discussing **your** decision with a career counsellor.* 這個過程部分涉及和一個職業顧問討論你的決定。

在比較正式的英語裏，有時用 ***one's*** 代替 ***your***。

*A satisfying job can bring structure and meaning to **one's** life.* 一份令人滿意的工作能使人的生活變得有條理和有意義。

our 可用來談論整個人類或社會。

*Being a child is not easy in **our** society.* 在我們的社會裏做一個孩子並不容易。

their 可用來指不認識或不想具體說明的一個人，不管這個人是男性還是女性。

*The most important asset a person has is **their** ability to work.* 一個人擁有的最重要資產是工作能力。
*Each winner received a plaque with **their** award title.* 每個獲勝者得到了一塊有獎勵稱號的匾牌。

other possessives 其他所有格限定詞

1.209 其他方法也能表示所屬關係。例如，可以用一撇 ***'s*** 或 ***of*** 引導的介詞短語。

***Mary's daughter** is called Elizabeth.* 瑪麗的女兒名叫伊麗莎白。
*Very often the person appointed has **no knowledge of that company's end product**.* 經常發生的情況是，被任命的那個人對那間公司的最終產品一無所知。
*...**the house of a rich banker** in Paris.* ……一個富有的銀行家在巴黎的房子
*In **the opinion of the team**, what would they consider to be absolutely necessary?* 在團隊看來，他們認為甚麼是絕對必要的？

possessive determiners used in titles 用於頭銜的所有格限定詞

1.210 所有格限定詞有時也用於頭銜，比如 ***Your Majesty***（陛下）和 ***His Excellency***（閣下）。這種用法在 1.56 小節論述。

The possessive form: apostrophe *s* ('*s*) 所有格形式：一撇 s

1.211 表示某物屬於一個有名有姓的人或與其有關，通常在人名後加一撇 ***s***，並將這種所有格形式放在屬於那個人或與其有關的事物前面。比如，假定約翰有一輛摩托車，可以用 John's motorbike（約翰的摩托車）來表示。

*Sylvia put her hand on **John's** arm.* 西爾維亞把手放到約翰的手臂上。
*...the main features of **Mr Brown's** economic policy.* ……布朗先生經濟政策的主要特點

如果用名詞而不是名字指人，包含所有格形式的名詞短語通常也含有限定詞。

*...**his grandmother's** house.* ……他祖母的房子
***Your mother's** best handbag.* 你母親最好的手提包

注意，此處的限定詞只適用於所有格形式，而不是被所有格形式修飾的名詞。

spelling and pronunciation 拼寫和發音

1.212 所有格形式的拼寫和發音根據名字或名詞的拼寫和發音而有所不同。詳見附錄的參考部分。

other uses of 's 一撇 s 的其他用法

1.213 注意，一撇 ***s*** 除了作為所有格形式，也可以加在其他詞上面作為 ***is*** 或 ***has*** 的縮略形式。詳見附錄的參考部分。

showing close connection 表示密切關係

1.214 一撇 **s** 最常見的用法是加在指人或動物的名詞上面。

*I wore a pair of my **sister's** boots.* 我穿了我姐姐的一雙靴子。
*Philip watched his **friend's** reaction.* 菲臘觀察他朋友的反應。
*Billy patted the **dog's** head.* 比利拍了拍狗的頭。

也可以用來表示某物屬於某群體或某機構，或者與他們有關。

*She runs the foreign exchange desk for the **bank's** corporate clients.* 她負責為銀行的企業客戶服務的國際匯兑處。
*They also prepare the **university's** budget.* 他們還準備大學的預算。
*...the **paper's** political editor, Mr Fred Emery.* ……該報的政治編輯，弗雷德・埃默里先生
*There was a raid on the **Democratic Party's** headquarters.* 發生了一宗對民主黨總部的突襲。
*What is your **government's** policy?* 你們這屆政府的政策是甚麼？

1.215 一撇 **s** 有時也加在指物體的名詞後面，表示物體的一個部分或者物體具有的一個性質或特徵。

*I like the **car's** design.* 我喜歡這輛車的設計。
*You can predict a **computer's** behaviour because it follows rules.* 電腦的行為是可以預測的，因為它遵守規則。

一撇 s 用在表示地點的名詞和地名後面，具體説明該地的某個事物。

*He is the administrative head of the **country's** biggest city.* 他是該國最大城市的行政首腦。
*The **city's** population is in decline.* 這個城市的人口在下降。
*...**Britain's** most famous company.* ……英國最著名的公司

1.216 如果想強調某物只屬於某人或僅和某人有關，可以用 ***own*** 。***own*** 可以用在名字或名詞的所有格形式以及所有格限定詞的後面。

***Professor Wilson's own** answer may be unacceptable.* 威爾遜教授自己的回答可能是難以接受的。
*We must depend on **David's own** assessment.* 我們必須依靠大衛本人的評估。

如果要特意説明幾個事物，可在 ***own*** 後面加數詞。

*...the Doctor's **own two** rooms.* ……醫生自己的兩個房間

other structures 其他結構

1.217 表示同類中的兩個事物屬於不同的人，可以像所有格代詞一樣使用名字或名詞的所有格形式，這樣就可以避免重複。在下面這個例子中，***her brother's*** 用來代替 ***her brother's appearance***（她弟弟的外表）。

*Her appearance is very different to **her brother's**.* 她外表和她弟弟很不一樣。
*My room is next to **Karen's**.* 我的房間在卡倫的隔壁。

*It is your responsibility rather than **your parents'**.* 這是你的責任，而不是你父母的。

所有格形式也可以單獨使用，表示某人的家或工作單位。

*He's round at **David's**.* 他在大衛家。
*She stopped off at the **butcher's** for a piece of steak.* 她中途在肉店停下來買了一塊牛排。
*She hasn't been back to the **doctor's** since.* 她從此再也沒去看過醫生。

所有格代詞 (possessive pronoun) 在 1.107 到 1.110 小節論述。

used in prepositional phrases with of 用於帶 of 的介詞短語

1.218 所有格形式可用在 ***of*** 引導的介詞短語中，放在名詞短語後面。這種結構用於談論屬於某人或與某人有關的事物之一，而不是談論獨一無二的東西。

*Julia, a friend **of Jenny's**, was there too.* 珍妮的一個朋友茱莉亞也在那裏。
*That word was a favourite **of your father's**.* 那個詞是你父親最喜歡用的。

1.219 所有格形式也可以用來指通常與某人相關的某類事物。

*...a woman dressed in a **man's** raincoat.* ……一個身穿男裝雨衣的女人
*...a **policeman's** uniform.* ……警察的制服
*...**women's** magazines.* 婦女雜誌
*...the **men's** lavatory.* 男厠所

1.220 所有格形式有時可與表示動作的名詞連用，以便說明動作的執行者是誰或甚麼。

*...the **banking service's** rapid growth.* ……銀行服務的快速發展
*...**Madeleine's** arrival at Fairwater House School.* ……馬德琳之到達菲沃特豪斯學校

注意，以 ***of*** 開頭的短語更常用於表達這個意義，且比所有格形式更正式。以 ***of*** 開頭的介詞短語表示動作執行者的用法在 2.282 小節論述。

1.221 一撇 s 有時可以加在表示受動作執行者影響的名詞之後、表示動作執行者的名詞之前。例如，可以說 ***the scheme's supporters*** (計劃的支持者)。

*...**Christ's** followers.* ……基督的追隨者
*...the **car's** owner.* ……這輛車的主人

有時一撇 ***s*** 結構可用於表示受動作影響的事物。

*...**Capello's** appointment as England manager.* ……卡佩羅之被任命為英格蘭隊主教練

再次注意，***of*** 結構更常用於表達這個意義。

other ways of showing possession
其他表示所屬關係的方法

1.222 以 ***of*** 開頭的介詞短語或含名詞修飾語的結構也可用於表示所屬關係。

以 ***of*** 開頭的介詞短語在 2.277 到 2.283 小節論述。名詞修飾語在 2.169 到 2.174 小節論述。

Indefinite determiners 不定指限定詞：all, some, many 等

1.223 不定指限定詞 (indefinite determiner) 用於名詞短語，用來泛泛地談論人或物。

下面是不定指限定詞一覽表：

a	each	many	other
all	either	more	several
an	enough	most	some
another	every	much	
any	few	neither	
both	little	no	

a 和 ***an*** 是最常見的不定指限定詞，有時稱為**不定冠詞** (indefinite article)。關於 ***a*** 和 ***an*** 的進一步說明，參見 1.228 到 1.235 小節。

關於其他不定指限定詞的進一步說明，參見 1.236 到 1.250 小節。

with countable nouns
與可數名詞連用

1.224 ***a*** 和 ***an*** 與單數可數名詞連用，表示一個人或事物。

another 與單數可數名詞連用，***other*** 與複數可數名詞連用，但只有在提到了同類人或事物中的一個或多個以後才能這麼用。

any 可與單數和複數可數名詞連用，表示一個或多個人或事物。***enough***、***few***、***many***、***more***、***most***、***several*** 以及 ***some*** 可與複數可數名詞連用，表示若干個人或事物。這些限定詞每個都表示總數中的不同組別。關於這些詞的意義的進一步說明，參見 1.236 小節的開頭部分。

all、***both***、***each***、***either*** 和 ***every*** 表示談論的是涉及到的人或事物總數。***both*** 和 ***either*** 說明只涉及兩個人或事物。***both*** 與複數名詞連用，***either*** 與單數名詞連用。***all***、***each*** 和 ***every*** 通常表示兩個以上的人或事物。***all*** 與複數名詞連用，***each*** 和 ***every*** 與單數名詞連用。

no 和 ***neither*** 在否定句中表示涉及到的事物總數。***no*** 與單數或複數名詞連用，***neither*** 只能與單數名詞連用。***no*** 和 ***neither*** 在第五章關於**否定詞** (negative word) 的一節中論述。

關於**可數名詞** (countable noun) 的進一步說明，參見 1.15 到 1.22 小節。

with uncountable nouns
與不可數名詞連用

1.225 ***any***、***enough***、***little***、***more***、***most***、***much*** 以及 ***some*** 與不可數名詞連用，表示某物的一定數量。***no*** 和 ***all*** 表示某物的總量。

關於**不可數名詞** (uncountable noun) 的進一步說明，參見 1.23 到 1.33 小節。

Be Careful 注意

1.226 ***a*** 、***an*** 、***another*** 、***both*** 、***each*** 、***either*** 、***every*** 、***few*** 、***many*** 、***neither*** 以及 ***several*** 通常不與不可數名詞連用。

using nouns without determiners 使用不帶限定詞的名詞

1.227 在不確切地談論人或事物的時候，有時可以使用不帶限定詞的名詞。

*...raising **money** from **industry, government**, and **trusts**.* ……從企業、政府和信託基金機構籌集資金
***Permission** should be asked before **visitors** are invited.* 來訪者獲邀以前必須征得允許。

不可數名詞（uncountable noun）通常不帶限定詞。

***Health** and **education** are matters that most voters feel strongly about.* 健康和教育是大多數選民有明確態度的問題。
***Wealth**, like **power**, tends to corrupt.* 和權力一樣，財富往往導致腐敗。

表示某個類別中所有成員的**複數名詞**（plural noun）不帶限定詞。

***Dogs** need a regular balanced diet, not just meat.* 狗需要平衡的飲食，而不僅僅是肉。
*Are there any jobs that **men** can do that **women** can't?* 有沒有男人能做而女人不能做的工作？

不帶限定詞的複數名詞也可以用來談論數量不確定的事物。

*Teachers should read **stories** to children.* 老師應該給孩子們讀故事。
*Cats and dogs get **fleas**.* 貓和狗會長跳蚤。

關於複數名詞的進一步説明，參見 1.41 到 1.46 小節。

A 和 an

1.228 ***a*** 和 ***an*** 是最常見的**不定指限定詞**（indefinite determiner），用來談論所指不清楚或所指不重要的人或物。***a*** 或 ***an*** 放在**可數名詞**（countable noun）的單數形式之前。

*He's bought the children **a puppy**.* 他給孩子們買了一隻小狗。
*He was eating **an apple**.* 他在吃蘋果。
***An old lady** was calling to him.* 一個老太太在給他打電話。

choosing a or an 選擇 a 或 an

1.229 ***a*** 用在輔音開頭的詞前面。

a piece 一件；*a good teacher* 一位好老師；*a language class* 一堂語言課

某些以元音字母開頭的詞也用 ***a*** ，因為其第一個音讀作 /j/ 。

a university 一所大學；*a European language* 一種歐洲語言

an 用在元音開頭的詞前面。

an example 一個例子；*an art exhibition* 一個藝術展覽；*an early train* 早班火車

某些以字母 ***h*** 開頭的詞前面也用 ***an*** ，因為這裏的 ***h*** 不發音。

an honest politician 一個誠實的政治家；*quarter of an hour* 一刻鐘

a 通常讀作 /ə/ 。 ***an*** 通常讀作 /ən/ 。

not being specific about which person or thing you are referring to 不特指人或物

1.230 人們常說第一次提到某物時用 ***a*** 或 ***an*** ，但這並不是一條很有用的規則，因為有許許多多第一次提到某物時就用 ***the*** 的情況。例如，參見 1.166 、 1.167 和 1.168 小節。

通常用 ***a*** 或 ***an*** 來談論所指不清楚或所指不重要的人或物。

*She picked up **a book**.* 她拿起一本書。
*After weeks of looking, we eventually bought **a house**.* 到處看了幾週後，我們最終買了一套房子。
***A colleague** and I got some money to do research on rats.* 我和一個同事獲得了一些資金對老鼠進行研究。

adding extra information 添加額外信息

1.231 有時 ***a*** 或 ***an*** 後面只是接一個名詞。

*I got **a postcard** from Susan.* 我收到蘇珊的一張明信片。
*The FBI is conducting **an investigation**.* 聯邦調查局正在進行調查。

但如果想添加信息，可在其後加上形容詞、分句或短語。

*I met **a Swedish girl** on the train from Copenhagen.* 我在從哥本哈根開來的火車上遇到一個瑞典女孩。
*I've been reading **an interesting article** in The Economist.* 我一直在讀《經濟學人》上的一篇有趣的文章。
*We had to write **a story about our parents' childhood**.* 我們必須寫一篇關於我們父母童年的故事。
*I chose **a picture that reminded me of my own country**.* 我選了一張讓我想起自己祖國的圖片。

a or an after linking verbs 繫動詞後面的 a 或 an

1.232 ***a*** 或 ***an*** 也可用在繫動詞 (linking verb) 之後。

*She is **a model** and **an artist**.* 她是一個模特兒和藝術家。
*His father was **an alcoholic**.* 他父親是個酒徒。
*Noise was considered **a nuisance**.* 噪音被認為是一種討厭的東西。
*His brother was **a sensitive child**.* 他弟弟是一個敏感的孩子。

關於繫動詞的進一步説明，參見第三章。

a and an with uncountable nouns 與不可數名詞連用的 a 和 an

1.233 有時 ***a*** 或 ***an*** 與不可數名詞連用，特別是與人類情感或思維活動有關的名詞。這種用法僅限於不可數名詞受到提供更多信息的形容詞、短語或分句限定的情況。

***A general education** is perhaps more important than **an exact knowledge of some particular theory**.* 通識教育也許比某個特定理論的確切知識更重要。
*She had **an eagerness for life**.* 她渴望生活。

using individuals to generalize 使用個體泛指

1.234 如果用一個人或物泛指該類別中的所有成員，可以用 ***a*** 或 ***an*** 加名詞表示。例如，在 ***A gun must be kept in a safe place***（槍支必須放在安全的地方）這個句子中，用一支槍來泛指所有的槍。

A computer *can only do what you program it to do.* 電腦只能做程序設定的事情。
A dog *likes to eat far more meat than* ***a human being****.* 狗比人喜歡吃多很多肉。
An unmarried mother *was looked down on.* 未婚母親被人看不起。

這不是通常用來指稱群體的方法。如果想泛指某個類別中的所有成員，一般用不帶限定詞的名詞複數形式。詳見 1.227 小節。

nouns referring to one thing only 僅指一個事物的名詞

1.235 ***a*** 和 ***an*** 有時與僅指一個事物的**單數名詞**（singular noun）如 ***sun***、***moon*** 和 ***sky*** 連用。這些名詞一般與 ***the*** 連用，但如果説話者想通過給名詞加上修飾語、短語或分句來突出某種特徵，可以用 ***a*** 或 ***an*** 。這種用法在文學作品裏尤為常見。

We drove under ***a gloomy sky****.* 我們在陰暗的天空下驅車前行。
A weak sun *shines on the promenade.* 微弱的陽光照射在海濱大道上。

關於單數名詞的進一步説明，參見 1.34 到 1.40 小節。

Other indefinite determiners 其他不定指限定詞

some

1.236 ***some*** 通常用來泛泛地地表示某物的一定數量，或者若干事物或人。***some*** 與不可數名詞和複數可數名詞連用。

some 一般用於肯定陳述句。

There is ***some*** *evidence that the system works.* 有一些證據表明系統運轉正常。
There's ***some*** *chocolate cake over there.* 那邊有一點巧克力蛋糕。
I had ***some*** *good ideas.* 我有一些好主意。

如果希望得到肯定回答，***some*** 可用於疑問句。

Could you give me ***some*** *examples?* 你能給我舉一些例子嗎？
Would you like ***some*** *coffee?* 你要不要喝點咖啡？

some 也用於表示相當大的數量。例如，在 ***I did not meet her again for some years***（我有好些年沒有再見到她了）這個句子裏，***some*** 幾乎和 ***several*** 或 ***many*** 的意思相同。

You will be unable to restart the car for ***some*** *time.* 有一段時間你將無法重新發動汽車。
It took ***some*** *years for Dan to realize the truth.* 過了幾年丹才意識到真相。

1.237 在略帶書卷氣的英語裏，數詞前面也可以用 ***some***，表示所説並不完全精確。

*I was **some** fifteen miles by sea from the nearest village.* 我在海上離最近的村子約 15 英里的地方。
*...an animal weighing **some** five tons.* ……一個重約 5 噸的動物

1.238 如果想強調人或物的身份不詳或者無關緊要，可以用 ***some*** 代替 ***a*** 或 ***an*** 與單數可數名詞連用。

*Most staff members will spend a few weeks in **some** developing country.* 大多數員工將在某個發展中國家度過幾個星期。
*Supposing you had **some** eccentric who came and offered you a thousand pounds.* 假設你遇到一個怪人過來給你 1 千英鎊。

any

1.239 ***any*** 用在複數名詞和不可數名詞前面，表示某個可能存在也可能不存在的事物的數量。

*The patients know their rights like **any** other consumers.* 患者和其他任何消費者一樣知道自己的權利。
*Check online if you're in **any** doubt.* 若有疑問，請上網核查。
*You can stop at **any** time you like.* 你想停下來就可以停下來。

any 也可用在詢問某物是否存在的疑問句裏，還用於否定陳述句，表示某物不存在。

*Do you have **any** advice on that?* 對此你有甚麼建議？
*Do you have **any** vacancies for bar staff?* 你們有沒有酒吧員工的職位空缺？
*It hasn't made **any** difference.* 這沒有產生任何區別。
*Nobody in her house knows **any** English.* 她家裏沒有一個人懂英語。
*I rang up to see if there were **any** tickets left.* 我打電話去問有沒有餘票。

疑問句和否定陳述句在第五章進一步闡述。

注意，如果不想特指某人或某物，***any*** 可用於單數可數名詞，表示某一類別中的某人或某物。

***Any** big tin container will do.* 任何大的馬口鐵罐都行。
*Cars can be rented at almost **any** US airport.* 幾乎在任何美國機場都可以租到汽車。

any 也可以用作代詞 (pronoun)。關於代詞的進一步說明，參見 1.93 到 1.161 小節。***any*** 還用於 ***if***- 從句 (***if***-clause)。關於這些內容的進一步說明，參見第八章。

another 和 other

1.240 ***another*** 與單數可數名詞連用，表示已經提到的同一類別中的另一個人或物。

*Could I have **another** cup of coffee?* 我可以再來一杯咖啡嗎？
*He opened **another** shop last month.* 上個月他又開了一家店。

another 也可以用在數詞前面，表示一個以上的額外事物。

Margaret staying with us for ***another*** *ten days.* 瑪格麗特和我們一起再住10天。
Five officials were sacked and ***another*** *four arrested.* 五名官員被解僱，另外四名被逮捕。

other 與複數名詞連用，偶爾與不可數名詞連用。

Other *people must have thought like this.* 其他人肯定是這樣想的。
They are either asleep or entirely absorbed in play or ***other*** *activity.* 他們要麼睡着了，要麼完全沉浸在遊戲或其他活動中。

selecting from a group 從群體選擇

1.241 ***enough*** 用於表示某物的數量足以滿足需要。因此 ***enough*** 可以用在不可數名詞或複數名詞前面。

There's ***enough*** *space for the children to run around.* 有足夠的空間讓孩子們四處奔跑。
They weren't getting ***enough*** *customers.* 他們沒有得到足夠的顧客。

many 表示事物的量很大，但數目不確定。***many*** 與複數可數名詞連用。

He spoke ***many*** *different languages.* 他説許多種不同的語言。

如果想強調只有少量某類事物，可以用 ***few*** 加複數可數名詞。

There are ***few*** *drugs that act quickly enough to be effective.* 起效足夠快的藥物很少。
There were ***few*** *doctors available.* 幾乎沒有醫生抽得出時間。

few 這個詞相當正式。在不太正式的英語裏，可以使用 ***not many*** 來表示相同的意義。

*There are****n't many*** *gardeners like him.* 像他這樣的園丁不多。

most 表示群體或總額中的大部分。***most*** 可與不可數名詞或複數可數名詞連用。

Most *people recover but the disease can be fatal.* 大部分人能夠康復，但這種疾病會致命。
Most *farmers are still using the old methods.* 大多數農民還在使用舊的方法。

several 通常表示一個不太大的不精確數目，但多於兩個。***several*** 可與複數可數名詞連用。

Several *projects had to be postponed.* 好幾個項目不得不推遲了。
I had seen her ***several*** *times before.* 我以前見過她好幾次。
There were ***several*** *reasons for this.* 這種情況的原因有好幾個。

all, both 和 either

1.242 ***all*** 指的是某一類別中的每一個人或事物。***all*** 與不可數名詞或複數可數名詞連用。

They believe that ***all*** *prisoners should be treated the same.* 他們認為對所有犯人都應該一視同仁。

both 用於表示同類中的兩個人或事物，與複數可數名詞連用。這兩個人或事物通常已經提到或從上下文能明顯看出。***both*** 有時用來強調涉及到的是兩個人或事物，而不僅僅是一個。

*There were excellent performances from **both** actresses.* 兩個女演員的表演都很出色。
*Denis held his cocoa in **both** hands.* 丹尼斯雙手捧着可可飲料。

either 也指兩個人或事物，但通常表示只涉及兩者之一。***either*** 與單數可數名詞連用。如果 ***either*** 作句子主語的一部分，動詞用單數。

*No argument could move **either** old gentleman from this decision.* 沒辦法説服兩個老先生中的任何一個改變這個決定。
*If **either** parent has the disease, there is a much higher chance that the child will develop it.* 如果父母中的一方患有此病，那麼孩子得病的可能性將大大增加。

注意，***either*** 可表示兩者，特別是在與 ***end*** 和 ***side*** 連用時。

*They stood on **either** side of the bed.* 他們站在牀的兩邊。

each 和 every

1.243 ***each*** 和 ***every*** 用來談論群體中的所有成員。如果把成員視為個體，則用 ***each***；如果是泛指所有成員，則用 ***every***。***each*** 和 ***every*** 後接單數可數名詞。

***Each seat** was covered with a white lace cover.* 每個座位都罩着一個白色蕾絲套子。
*They would rush out to meet **each visitor**.* 他們會衝出去迎接每一個來訪者。
*This new wealth can be seen in **every village**.* 這種新的財富現象可以在每個村子看到。
***Every child** would have milk **every day**.* 每個孩子每天都有牛奶。
***Each** applicant has five choices.* 每個申請人有 5 個選擇。
*I agree with **every** word Peter says.* 我同意彼得説的每句話。

every 可以有修飾語，但 ***each*** 不能。比如可以説 ***Almost every chair is broken***（幾乎每一把椅子都壞了）或 ***Not every chair is broken***（不是每一把椅子都壞了），但不能説 ***Almost each chair is broken*** 或 ***Not each chair is broken***。這是因為 ***each*** 比 ***every*** 略微精確和確定一點。

注意，***each*** 可以用來談論兩個人或事物，但是 ***every*** 僅用於兩個以上的數目。

little 和 much

1.244 如果想強調某物的量很少，可用 ***little***。***much*** 用來強調很大的量。***little*** 和 ***much*** 與不可數名詞連用。

little 僅用於肯定陳述句，不用於疑問句或否定句。

*There was **little** applause.* 掌聲稀少。
*We've made **little** progress.* 我們沒有取得甚麼進展。
*We have very **little** information.* 我們幾乎沒有甚麼消息。

little 這個詞相當正式。在不太正式的文本裏，***not much*** 更常見。例如，可以用 ***We haven't made much progress***（我們沒有取得多少進步），來代替 ***We've made little progress***（我們幾乎沒有取得進步）。

much 通常用於疑問句和否定句。

*Do you watch **much** television?* 你看電視多嗎？
*He did not speak **much** English.* 他不太會說英語。

very much 僅用於否定陳述句。例如，***I don't have very much sugar***（我沒有很多糖），這句話的意思是 ***I have only a small quantity of sugar***（我只有少量的糖）。

*I haven't given **very much** attention to this problem.* 我沒有非常重視這個問題。

如果有 ***too***、***so*** 或 ***as*** 之類的副詞修飾，***much*** 可用於肯定陳述句。

*It would take **too much** time.* 這需要花費太多的時間。
*Provide **as much** information as you can about the property.* 請你提供關於這套房產盡可能多的信息。

在比較正式的英語裏，***much*** 可用於不帶副詞的肯定陳述句。這種用法最常見於抽象名詞，特別是那些與討論、爭論以及研究有關的抽象名詞。

*The subject of company annual accounts is generating **much debate** among accountants and analysts.* 公司年度預算的話題正在會計師和分析師中間引起大量爭論。
*The team's findings have caused **much excitement** among medical experts.* 該研究小組的發現在醫學專家中間引起了很大的興奮。
*After **much speculation**, intelligence agencies now believe that he survived.* 經過長時間推測，情報部門現在認為他活了下來。

然而，***much*** 通常不用於肯定陳述句。人們一般用 ***a lot of*** 來代替 ***much***，而在不太正式的文本裏，則用 ***lots of***。例如，人們一般不說 ***I have much work to do***（我有很多工作要做），而說 ***I have a lot of work to do***（我有很多工作要做）。關於 ***a lot of*** 的進一步說明，參見 2.176 小節。

certain, numerous 和 various

1.245　另外一些詞也可以用作不定指限定詞，比如 ***certain***、***numerous*** 和 ***various***。它們與複數可數名詞連用。

certain 用來表示群體中的某些成員，但不具體說明是哪些成員。

*We have **certain** ideas about what topics are suitable.* 關於甚麼題目合適，我們有一些想法。

和 ***many*** 一樣，***numerous*** 用於不精確地表示很大的數量。

*I have received **numerous** requests for information.* 我收到了大量要求了解情況的請求。

various 用於強調所談論的是好幾個不同的事物或人。

*We looked at schools in **various** European countries.* 我們在多個歐洲國家查看了學校。

more, few 和 less

1.246 有三個詞的比較級用作限定詞。***more*** 用在複數和不可數名詞前面，通常與 ***than*** 連用，表示某事物的數量大於另一事物。

*He does **more** hours than I do.* 他的工作時間比我長。
*His visit might do **more** harm than good.* 他的訪問可能弊大於利。

但是 ***more*** 也常用來表示一個額外的數量，而不是用於比較。

***More** teachers need to be recruited.* 需要招募更多教師。
*We need **more** information.* 我們需要更多的信息。

less 用於表示某事物的量小於另一事物。***fewer*** 用於表示某一群體的數目小於另一群體。***less*** 通常用在不可數名詞前面，***fewer*** 用在複數名詞前面，但在非正式英語裏，***less*** 也用在複數名詞前面。

*The poor have **less** access to education.* 窮人接受教育的機會少。
*...machinery which uses **less** energy.* ……消耗較少能量的機械
*As a result, he found **less** time than he would have hoped for his hobbies.* 結果，他發現能從事業餘愛好的時間比他原來希望的要少。
*There are **fewer** trees here.* 這裏的樹木較少。

關於比較級 (comparison) 的進一步説明，參見 2.103 到 2.139 小節。

other expressions 其他表達式

1.247 其他一些表達式也起不定指限定詞的作用。它們是 ***a few***、***a little***、***a good many***、***a great many***。這些詞的意義與 ***few***、***little*** 和 ***many*** 等單個的限定詞略有不同。

如果提到的是少數事物，但沒有表示強調，可以用 ***a few*** 加複數可數名詞。

*They went to San Diego for **a few** days.* 他們到聖地亞哥去了幾天。
***A few** years ago we set up a factory.* 幾年前我們開了一家工廠。
*I usually do **a few** jobs for him in the house.* 我通常在家裏為他做幾件事。

同樣，如果只是提到少量事物而不表示強調，可以用 ***a little*** 加不可數名詞。

*He spread **a little** honey on a slice of bread.* 他在一片麵包上塗了一點蜂蜜。
*I have to spend **a little** time in Oxford.* 我必須在牛津花一點時間。
*Charles is having **a little** trouble.* 查爾斯現在有點麻煩。

但是，***a good many*** 和 ***a great many*** 是 ***many*** 的強調形式。

*I haven't seen her for **a good many** years.* 我已經好多年沒見到她了。
*He wrote **a great many** novels.* 他寫了好多部小説。

modifying determiners 修飾限定詞：four more rooms, too much time

1.248 有些不定指限定詞可以被 ***very***、***too*** 和 ***far*** 修飾，有時也可被另一個限定詞修飾。

可以用數詞或其他不定指限定詞修飾 ***more***。

*Downstairs there are **four more rooms**.* 樓下還有 4 個房間。
*There had been **no more accidents**.* 沒有發生更多的事故。
*You will never have to do **any more work**.* 你永遠不必做任何更多的工作了。

too many 或 ***too much*** 可用來表示數量超出了需要，表示數量不夠則用 ***too few*** 或 ***too little*** 。

*There were **too many** competitors.* 競爭對手太多了。
*They gave **too much** power to the Treasury.* 當局給財政部的權力過大。
*There's **too little** literature involved.* 涉及的文獻太少。

very 可用在 ***few*** 、 ***little*** 、 ***many*** 以及 ***much*** 前面。也可以説 ***a very little*** 或者 ***a very great many*** 。

***Very many** women have made their mark on industry.* 許許多多婦女在業界名成利就。
***Very few** cars had reversing lights.* 極少數汽車有倒車燈。
*I had **very little** money left.* 我幾乎沒有錢剩下。

using one
使用 one

1.249 在談論一個群體的時候，如果想説明群體中的某個特定成員，可以把 ***one*** 用作限定詞代替 ***a*** 或 ***an*** 。 ***one*** 的語氣比 ***a*** 或 ***an*** 略微強一些。

*We had **one** case that dragged on for a couple of years.* 我們有一個拖了幾年的案子。
*They criticise me all the time, wrote **one** woman.* 他們一直在批評我，一個女人寫道。
*I know **one** household where that happened, actually.* 我知道有一個家庭確實發生過那樣的事。

one 作為**數詞** (number) 的用法在 2.214 到 2.215 小節論述。

1.250 很多限定詞也是**代詞** (pronoun)，可不接名詞單獨使用。詳見 1.154 到 1.161 小節。

predeterminers
前置限定詞：
all the people,
quite a long time

1.251 限定詞一般是名詞短語中的第一個詞。但是有一類詞可用在限定詞之前，這些詞稱為**前置限定詞** (predeterminer)。

下面是前置限定詞一覽表：

all	half	twice	rather
both	many	~	such
double	quarter	quite	what

第一組詞用於談論數目或數量。***All*** 還可以用來表示某物的每個部分。用作這個意義時，後面接不可數名詞。

***All** the boys started to giggle.* 所有男孩都咯咯笑了起來。
*He will give you **all** the information.* 他會把所有信息都給你。
***All** these people knew each other.* 這些人全都互相認識。
*I shall miss **all** my friends.* 我會想念我所有的朋友。
*I invited **both** the boys.* 我兩個男孩都邀請了。
***Both** these parties shared one basic belief.* 這兩個政黨共享一個基本信念。

She paid ***double*** *the sum they asked for.* 她雙倍支付了他們要求的金額。
I'm getting ***twice*** *the pay I used to get.* 我現在得到的工資是以前的兩倍。

在第二組裏，***quite*** 和 ***rather*** 可用來加強或者減弱所說內容的效果。在口語裏，語氣可以使意義明確。在書面語中，有時則需要閱讀更多的上下文，否則很難知道所說的是哪個意義。

It takes ***quite*** *a long time to get a divorce.* 離婚要花很長時間。
It was ***quite*** *a shock.* 這件事相當令人震驚。
Seaford is ***rather*** *a pleasant town.* 錫福德是一個相當舒適的城鎮。
It was ***rather*** *a disaster.* 這是個相當大的災難。

such 和 ***what*** 用於強調。

He has ***such*** *a beautiful voice.* 他的嗓音真漂亮。
What *a mess!* 真是一團糟！

2 Giving information about people & things: adjectives, numbers, and other modifiers 描述人和事物：形容詞、數詞和其他修飾語

Introduction 引言

2.1 上一章論述了使用名詞、代詞和限定詞來指稱人和事物。本章討論如何給已經確定的人和事物添加信息的方法。

方法之一是在表示人和事物的名詞短語內添加**形容詞** (adjective)，比如 ***small*** (小的)、***political*** (政治的) 或 ***blue*** (藍色的)。形容詞可用作名詞修飾語，或用在繫動詞後面。詳見 2.2 到 2.168 小節。

有時用**名詞** (noun) 而不是形容詞來修飾名詞。這種用法在 2.169 到 2.174 小節論述。

還有其他幾組詞可用在名詞短語前面添加關於人和事物的信息，它們通過 ***of*** 與名詞短語連用。這些詞包括某些**不定指限定詞** (indefinite determiner)，比如 ***many of*** 和 ***some of*** (詳見 2.176 到 2.193 小節)，以及其他表示部分或數量的短語，比如 ***a piece of*** 和 ***a bottle of*** (詳見 2.194 到 2.207 小節)。

數詞 (number) 和**分數** (fraction) 也用來表示所談論的人或事物的數量。數詞在 2.208 到 2.239 小節論述，分數在 2.240 到 2.249 小節論述。

另一個在名詞短語內添加信息的方法是使用**後置修飾語** (qualifier)，也就是在名詞後面以短語或分句的形式擴展意義。這種用法詳見 2.272 到 2.302 小節。

Describing people and things: adjectives 描寫人和事物：形容詞

2.2 如果想為某事物提供比較用一個名詞更多的信息，可以使用**形容詞** (adjective) 來指明或更詳細地說明。

...a ***new*** *idea.* ……一個新想法
*...***new*** *ideas.* ……新想法
*...***new creative*** *ideas.* ……新的創造性想法
Ideas are ***important****.* 想法是很重要的。
...to suggest that ***new*** *ideas are* ***useful****.* ……認為新想法很有用

main points about adjectives 關於形容詞的要點

2.3 使用英語形容詞特別要注意的是：

☞ 形容詞用於甚麼結構（比如名詞之前還是繫動詞之後）

☞ 形容詞屬於甚麼類型（比如描寫性質還是把名詞歸入某一類別）

Be Careful 注意

2.4 無論修飾的是單數或複數還是主語或賓語，形容詞的形式保持不變。

*We were looking for a **good** place to camp.* 我們在尋找露營的好地方。
*The next **good** place was forty-five miles further on.* 下一個好地方在 45 英里外。
***Good** places to fish were hard to find.* 很難找到釣魚的好地方。
*We found hardly any **good** places.* 我們幾乎沒發現甚麼好地方。

structure 結構

2.5 形容詞幾乎總是與名詞或代詞連用，為所談論的人、事物或群體提供更多的信息。如果這種信息不是陳述的主要目的，形容詞放在名詞的前面，比如 ***hot coffee***（熱咖啡）。

形容詞在名詞短語中的用法在 2.19 小節詳述。

2.6 不過有時陳述的主要目的是提供形容詞本身所表達的信息。在這種情況下，形容詞放在 ***be*** 和 ***become*** 等繫動詞之後，比如 ***I am cold***（我感到冷）和 ***He became ill***.（他病了）。關於形容詞在**繫動詞**（linking verb）之後的用法說明，參見 3.122 到 3.137 小節。

types of adjective 形容詞類型

2.7 有一大類形容詞說明的是某人或某事物的性質，比如 ***happy***（幸福的）和 ***intelligent***（聰明的）。這一類形容詞稱為**屬性形容詞**（qualitative adjective）。

屬性形容詞在 2.22 到 2.25 小節討論。

2.8 另外有一大類形容詞，比如 ***financial***（金融的）和 ***intellectual***（智力的），說明的是某人或某事物屬於甚麼類別。這些詞稱為**類別形容詞**（classifying adjective）。

類別形容詞在 2.26 到 2.28 小節討論。

有些形容詞既是屬性形容詞又是類別形容詞。詳見 2.29 小節。

2.9 有一小部分形容詞表示某物的顏色。這些詞稱為**顏色形容詞**（colour adjective），比如 ***blue***（藍色的）和 ***green***（綠色的）。

顏色形容詞在 2.30 到 2.35 論述。

2.10 另有一小部分形容詞，比如 ***complete***（完全的）、***absolute***（絕對的）和 ***utter***（徹底的），用來強調對所談論的人或事物的感情。這類形容詞稱為**強調形容詞**（emphasizing adjective）。

強調形容詞在 2.36 到 2.39 小節論述。

2.11 有一小部分形容詞的用法與**限定詞** (determiner，參見 1.162 到 1.251 小節) 十分相似，目的是使所指更明確。

這些詞稱為**後置限定詞** (postdeterminer)，因為它們在名詞短語中的位置是緊接在限定詞 (如果有的話) 之後、其他形容詞之前。

後置限定詞在 2.40 小節討論。

structural restrictions 結構限制

2.12 大多數形容詞可以用在名詞之前或繫動詞之後。然而，有些形容詞只能用於其中一個位置。這種用法在 2.41 到 2.53 小節論述。

2.13 有少數形容詞可直接用於名詞之後。詳見 2.58 到 2.62 小節。

order of adjectives 形容詞的詞序

2.14 如果兩個或多個形容詞用於同一結構，通常按特定順序排列。詳見 2.54 到 2.57 小節。

-ing and -ed adjectives -ing 形容詞和 -ed 形容詞

2.15 大量的英語形容詞以 ***-ing*** 結尾，其中很多與動詞的 ***-ing*** 分詞 (*-ing* participle) 有關。它們在本書中稱為 ***-ing*** **形容詞** (*-ing* adjective)。

還有大量的英語形容詞以 ***-ed*** 結尾，其中很多與動詞的 ***-ed*** 分詞 (participle) 有關。它們在本書中稱為 ***-ed*** **形容詞** (*-ed* adjective)。

-ing 形容詞在 2.63 到 2.76 小節討論， ***-ed*** 形容詞在 2.77 到 2.93 詳述。

compound adjectives 複合形容詞

2.16 **複合形容詞** (compound adjective) 由兩個或多個詞組成，通常中間用連字符號連接。

複合形容詞的用法在 2.94 到 2.102 小節論述。

comparing things 比較事物

2.17 如果想比較兩個或多個人或事物所具屬性的量，可以用**比較級** (comparative) 形容詞和**最高級** (superlative) 形容詞。還有其他對事物進行比較的方法。

比較級在 2.103 到 2.111 小節討論，最高級在 2.112 到 2.122 小節討論。其他比較事物的方法在 2.123 到 2.139 小節論述。

talking about the amount of a quality 談論屬性的量

2.18 還可以用副詞與形容詞連用，比如 ***totally*** (全部地) 或 ***mildly*** (輕微地)，來談論某事物或某人所具屬性的量。

這種用法在 2.141 到 2.168 小節論述。

Adjective structures 形容詞的結構

2.19 形容詞用於兩種主要結構。一種是形容詞置於名詞短語之前。比如 ***Julia was carrying an old suitcase*** (茱莉亞拿着一隻舊旅行箱)，說話者的主要目的是說茱莉亞拿着一隻旅行箱，而形容詞 ***old*** 進一步說明是甚麼樣的旅行箱。

He was wearing a ***white*** *t-shirt.* 他穿着一件白色體恤衫。

*...a **technical** term.* ……一個技術術語
*...a **pretty little star-shaped** flower bed.* ……漂亮的星形小花壇

大多數形容詞可以這麼用。

2.20 在另一種主要結構中，形容詞用在 ***be*** 和 ***become*** 等**繫動詞** (linking verb) 之後。把形容詞放在繫動詞後面具有將注意力集中在形容詞上面的效果。比如，在 ***The suitcase she was carrying was old*** (她拿着的旅行箱是舊的) 這個句子裏，説話者的主要目的是描述旅行箱，所以關注的焦點是形容詞 ***old*** 。

*The roads are **busy**.* 道路很繁忙。
*The house was **quiet**.* 房子很安靜。
*He became **angry**.* 他生氣了。
*I feel **cold**.* 我覺得冷。
*Nobody seemed **amused**.* 似乎沒人感到好笑。

形容詞置於繫動詞之後的用法在 3.132 到 3.137 論述。

大多數形容詞都可以這麼用。

2.21 在下面每對例子中，第一個例子顯示形容詞放在名詞之前，第二個用在繫動詞之後。

*There was no **clear** evidence.* 沒有明顯的證據。
*'That's very **clear**,' I said.* “那很清楚，” 我説。
*It had been a **pleasant** evening.* 這是一個愉快的夜晚。
*It's not a big stream, but it's very **pleasant**.* 這條河不大，但非常令人愜意。
*She bought a loaf of **white** bread.* 她買了一條白麵包。
*The walls were **white**.* 牆壁是白色的。

Identifying qualities 指明性質：a sad story, a pretty girl

2.22 形容詞主要有**屬性形容詞** (qualitative) 和**類別形容詞** (classifying) 兩大類。描寫某人或某事物屬性的是**屬性形容詞** (qualitative adjective)，比如 ***sad*** (悲傷的)、***pretty*** (漂亮的)、***small*** (小的)、 ***happy*** (幸福的)、***healthy*** (健康的)、 ***wealthy*** (富裕的) 和 ***wise*** (明智的)。

*...a **sad** story.* ……一個悲慘的故事
*...a **pretty** girl.* ……一個漂亮女孩
*...a **small** child.* ……一個小孩子
*...a **happy** mother with a **healthy** baby.* ……有一個健康寶寶的快樂母親
*...**wealthy** bankers.* ……富有的銀行家
*I think it would be **wise** to give up.* 我認為放棄是明智的。

gradability 可分級性：very sad, rather funny

2.23 描寫屬性的形容詞是**可分級的** (gradable)，也就是説人或事物所具有屬性的程度可以有多有少。

2.24 要表示人或事物所具有屬性的程度，通常可在屬性形容詞前面加 ***very*** 和 ***rather*** 等副詞。這種用法在 2.140 到 2.156 小節解釋。

2.25 另一個方法是使用比較級（comparative）如 ***bigger***（更大的）和 ***more interesting***（更有趣的）以及最高級（superlative）如 ***the biggest***（最大的）和 ***the most interesting***（最有趣的）。比較級和最高級在 2.103 到 2.122 小節論述。

下面是屬性形容詞一覽表：

active	effective	lovely	silly
angry	efficient	low	simple
anxious	expensive	lucky	slow
appropriate	fair	narrow	small
attractive	familiar	nervous	soft
bad	famous	new	special
beautiful	fast	nice	steady
big	fat	obvious	strange
brief	fine	odd	strong
bright	firm	old	stupid
broad	flat	pale	successful
busy	frank	patient	suitable
calm	free	plain	sure
careful	fresh	pleasant	surprised
cheap	friendly	poor	sweet
clean	frightened	popular	tall
clear	funny	powerful	terrible
close	good	pretty	thick
cold	great	proud	thin
comfortable	happy	quick	tight
common	hard	quiet	tiny
complex	heavy	rare	tired
cool	high	reasonable	typical
curious	hot	rich	understanding
dangerous	important	rough	useful
dark	interesting	sad	violent
dear	kind	safe	warm
deep	large	sensible	weak
determined	late	serious	wet
different	light	sharp	wide
difficult	likely	shocked	wild
dirty	long	short	worried
dry	loose	sick	young
easy	loud	significant	

Identifying type: financial help, abdominal pains
指明類別：財政援助、腹部疼痛

2.26 另有一大類形容詞用來説明某事物的類別。例如，在 ***financial help***（財政援助）這個短語中，形容詞 ***financial*** 用來表示所説的是甚麼樣的援助，也就是對援助進行分類。這種形容詞稱為**類別形容詞**（classifying adjective）。

*...**financial** help.* ……財政援助
*...**abdominal** pains.* ……腹部疼痛
*...a **medieval** manuscript.* ……中世紀手稿
*...my **daily** shower.* ……我每天一次的淋浴
*...an **equal** partnership.* ……平等的合作關係
*...a **sufficient** amount of milk.* ……足夠數量的牛奶

注意，**名詞修飾語**（noun modifier，參見 2.169 到 2.174 小節）和類別形容詞的用法相似。

比如，***financial matters***（財務問題）和 ***money matters***（金錢問題）在結構和意義上都很相似。

下面是類別形容詞一覽表：

absolute	educational	mental	ready
active	electric	military	real
actual	empty	modern	religious
agricultural	external	moral	revolutionary
alternative	female	national	right
annual	financial	natural	royal
apparent	foreign	negative	rural
available	free	north	scientific
basic	full	northern	separate
central	general	nuclear	sexual
chemical	golden	official	single
civil	historical	open	social
commercial	human	original	solid
communist	ideal	personal	south
conservative	independent	physical	southern
cultural	industrial	political	standard
daily	inevitable	positive	straight
democratic	intellectual	possible	sufficient
direct	internal	potential	theoretical
domestic	international	private	traditional
double	legal	professional	urban
due	local	proper	west
east	magic	psychological	western
eastern	male	public	wooden
economic	medical	raw	wrong

2.27 表示國籍或來源的形容詞，比如 ***British***（英國人的）、***American***（美國人的）和 ***Australian***（澳大利亞人的），也是類別形容詞。這些詞的第一個字母大寫，因為與國名有關。

*...**American** citizens.* ……美國公民

有些類別形容詞由人名構成，比如 ***Victorian***（維多利亞時代的）和 ***Shakespearean***（莎士比亞的）。這些詞的首字母也要大寫。

*...**Victorian** houses.* ……維多利亞式房子

2.28 由於類別形容詞是對事物進行分類，因而不像屬性形容詞那樣可以分級（gradable）。比如，表示某物免費，不能說 ***very free*** 或 ***rather free***。事物要麼屬於某個類別要麼不屬於某個類別。因此，類別形容詞沒有比較級和最高級，通常不與 ***very*** 和 ***rather*** 之類的副詞連用。

但是，如果想表示對所說的話非常確定，類別形容詞可以與 ***absolutely*** 等加強副詞連用。這種用法在 2.147 到 2.148 論述。

adjectives that are of both types 兼類形容詞

2.29 根據不同的含義，有些形容詞既可用作**屬性形容詞**（qualitative）也可用作**類別形容詞**（classifying）。比如，在 ***an emotional person***（一個情緒化的人）這個短語裏，***emotional*** 是屬性形容詞，意思是“感到或表示強烈的情緒”，有比較級和最高級，可以與 ***very*** 和 ***rather*** 等連用。因此，可以說某人 ***very emotional***（非常情緒化）、***rather emotional***（相當情緒化）或者比另一個人 ***more emotional***（更情緒化）。但是，在 ***the emotional needs of children***（兒童的情感需求）這個短語裏，***emotional*** 是類別形容詞，意思是“與某人的情感有關的”，因此不能與 ***very*** 或 ***rather*** 等連用，也沒有比較級和最高級。

下面這些形容詞常常兼作屬性形容詞和類別形容詞：

academic	emotional	objective	rural
conscious	extreme	ordinary	scientific
dry	late	regular	secret
educational	modern	religious	similar
effective	moral	revolutionary	social

Identifying colours: colour adjectives 指明顏色：顏色形容詞

2.30 如果想表示某物的顏色，可以用**顏色形容詞**（colour adjective）。

*...her **blue** eyes.* ……她的藍眼睛
*...a **red** ribbon.* ……紅絲帶

下面是主要的顏色形容詞：

black	green	purple	white
blue	grey	red	yellow
brown	orange	scarlet	
cream	pink	violet	

adding extra information to colour adjectives 為顏色形容詞添加信息

2.31 如果想更確切地描述顏色，可在顏色形容詞前面加上 ***light***（淺的）、***pale***（淡的）、***dark***（深色的）、***deep***（深的）或 ***bright***（鮮豔的）之類的詞。

*...**light brown** hair.* ……淺褐色的頭髮
*...a **pale green** suit.* ……淡綠色的套裝
*...a **dark blue** dress.* ……深藍色連衣裙
*...**deep red** dye.* ……深紅色染料
*...her **bright blue** eyes.* ……她藍瑩瑩的眼睛

這些詞組有時含有連字符號。

*...a **light-blue** suit.* ……淺藍色的套裝
*...the plant's tiny **pale-pink** flowers.* ……該植物的淡粉色小花

注意，這些詞不能與 ***black*** 或 ***white*** 連用，因為沒有不同深淺的黑色和白色。

approximate colours 不確切的顏色

2.32 如果想表示沒有確切名稱的顏色，可以：

☞ 使用詞尾加 ***-ish*** 的顏色詞

*...**greenish** glass.* ……淡綠色的玻璃
*...**yellowish** hair.* ……微黃的頭髮

☞ 連用兩個顏色形容詞，通常在第一個顏色詞的詞尾加 ***-ish*** 或 ***-y***。

*...**greenish-white** flowers.* ……白中帶綠的花
*...a **greeny blue** line.* ……青藍色的線條
*...the **blue-green** waves.* ……藍綠色的波浪

Be Creative 靈活運用

2.33 顏色詞可以按這些方式混合使用，用來描述任何新的顏色。

comparison of colour adjectives 顏色形容詞的比較

2.34 顏色形容詞，比如 ***blue*** 和 ***green***，偶爾有以 ***-er*** 和 ***-est*** 結尾的比較級和最高級。

*His face was **redder** than usual.* 他的臉比平常更紅了。
*...the **bluest** sky I have ever seen.* ……我見過的最藍的天空

比較級（comparative）和**最高級**（superlative）在 2.103 到 2.122 小節論述。

colour nouns 顏色名詞

2.35 顏色詞也可作名詞，而主要顏色詞還可作複數名詞。

*The snow shadows had turned to a deep **blue**.* 積雪的陰影變成了深藍色。
*They blended in so well with the khaki and **reds** of the landscape.* 它們和土黃色和紅色的風景渾然一體。
*...brilliantly coloured in **reds**, **yellows**, **blacks**, and **purples**.* 染成鮮豔的紅色、黃色、黑色和紫色的

Showing strong feelings 表示強烈的感情：*complete, absolute* 等

2.36 可以通過在名詞前添加 ***complete***、***absolute*** 或 ***utter*** 等形容詞，來強調對所提到事物的感情。

*He made me feel like a **complete** idiot.* 他讓我感覺像一個十足的白癡。
*Some of it was **absolute** rubbish.* 其中有些純粹是胡説八道。
*…**utter** despair.* ……徹底的絕望
*…**pure** bliss.* ……純潔的吻

這類形容詞一般僅用於表示看法的名詞。

由於這種形容詞用來表示強烈的感情，所以它們被稱為**強調形容詞**（emphasizing adjective）。

下面是強調形容詞一覽表：

absolute	outright	pure	true
complete	perfect	real	utter
entire	positive	total	

adjectives for showing disapproval 表示不贊同的形容詞

2.37 有一小部分以 ***-ing*** 結尾的強調形容詞用於非正式英語口語，通常表示不贊同或鄙視。

*Everybody in the whole **stinking** town was loaded with money.* 在這個令人作嘔的鎮上，人人都腰纏萬貫。
*Shut that **blinking** door!* 把那扇該死的門關上！

下面是用於非正式場合的強調形容詞：

blinking	crashing	raving	thundering
blithering	flaming	scalding	whopping
blooming	freezing	stinking	
blundering	piddling	thumping	

Be Careful 注意

2.38 這些形容詞中很多通常與特定的名詞或形容詞連用，比如 ***blithering idiot***（十足的傻瓜）、***blundering idiot***（大笨蛋）、***crashing bore***（無聊透頂的人）、***raving lunatic***（胡言亂語的瘋子）、***thundering nuisance***（非常討厭）、***freezing cold***（冷得要命）、***scalding hot***（熱得發燙）、***piddling little...***（……一丁點小）、***thumping great***（……極其巨大）、… ***whopping great ...***（……異常巨大）等等。

*He's driving that car like a **raving** lunatic!* 他像個胡言亂語的瘋子一樣開着那輛車！
*I've got a **stinking** cold.* 我得了重感冒。
*…a **piddling little** car.* ……一輛一丁點小的汽車

very as an emphasizing adjective very 用作強調形容詞

2.39 ***very*** 這個詞有時用於 ***the very top***（最頂端）和 ***the very end***（最末尾）等短語，對名詞進行強調。

*...at the **very** end of the shop.* ……在商店的最盡頭
*...the **very** bottom of the hill.* ……小山的最底端
*These molecules were formed at the **very** beginning of history.* 這些分子形成於混沌初開時。

Making the reference more precise: postdeterminers 更精確地指稱：後置限定詞

2.40 有一小部分形容詞的用法與**限定詞**（determiner，參見 1.162 到 1.251 小節）十分相似，用於使所指更準確。

這些形容詞稱為**後置限定詞**（postdeterminer），因為它們在名詞短語中的位置是緊接在限定詞（如果有的話）之後、其他形容詞之前。

*...the **following** brief description.* ……以下的簡要説明
*...**certain** basic human qualities.* ……人的某些基本品質
*...improvements in the **last** few years.* ……近幾年來的改進
*...**further** technological advance.* ……更多的技術進步
*He wore his **usual** old white coat...* 他穿着慣常的那件白上衣……
*...the **only** sensible thing to do.* ……唯一明智的做法

人們常常需要精確地説明所指對象。假如你説 ***Turn left at the tall building***（在高樓那裏向左轉），別人可能會問你指的是哪一座高樓。如果你説，***Turn left at the next tall building***（在下一座高樓那裏向左轉），那麼指的是哪一座高樓就確定無疑了。後置限定詞 ***next*** 精確地確定了高樓。

下面是用作後置限定詞的形容詞一覽表：

additional	following	opposite	principal
certain	further	other	remaining
chief	last	particular	same
entire	main	past	special
existing	next	present	specific
first	only	previous	usual

這些形容詞中有些也是普通的類別形容詞。

*He had children from a **previous** marriage.* 他在上一次婚姻有過孩子。
*There are two **main** reasons for this.* 這其中有兩個主要原因。

下面是也用作類別形容詞的後置限定詞一覽表：

additional	further	particular	principal
chief	main	past	remaining
existing	other	previous	specific

表示某物位置的形容詞也可用來精確地説明所指對象。

...the ***middle*** *button of her black leather coat.* ……她黑皮衣中間的那粒鈕釦

...the ***top*** *100 German companies.* ……德國 100 強公司

下面這些形容詞有時既用於表示某物的位置又精確地說明所指對象：

left	lower	middle	back
right	top	end	
upper	bottom	front	

後置限定詞也可與數詞連用。詳見 2.219 小節。

Special classes of adjectives 特殊類型的形容詞

2.41 大部分形容詞既可用在名詞之前也可用在繫動詞之後，但有些形容詞的位置非此即彼。

少數形容詞總是或幾乎總是用在名詞之前，從不或很少用在繫動詞之後。這些形容詞稱為**定語形容詞**（attributive adjective）.

例如，***atomic***（原子彈的）和 ***outdoor***（戶外的）是定語形容詞。因此可以說 ***an atomic explosion***（原子彈爆炸），但不說 ***The explosion was atomic***。同理，可以談論 ***outdoor pursuits***（戶外活動），但不說 ***Their pursuits are outdoor***。

adjectives that are only used in front of a noun 僅用在名詞之前的形容詞

2.42 少數定語形容詞（qualitative adjective，參見 2.22 到 2.25 小節）僅用在名詞之前。

下面這些定語形容詞總是用在名詞之前：

adoring	commanding	knotty	scant
belated	fateful	paltry	searing
chequered	flagrant	punishing	thankless
choked	fleeting	ramshackle	unenviable

大部分僅用在名詞之前的形容詞是**類別形容詞**（classifying adjective，參見 2.26 到 2.28 小節）。下面是用作定語的類別形容詞一覽表：

atomic	federal	neighbouring	smokeless
bridal	forensic	north	south
cardiac	indoor	northern	southern
countless	institutional	occasional	subterranean
cubic	introductory	orchestral	supplementary
digital	investigative	outdoor	underlying
east	judicial	phonetic	west
eastern	lone	preconceived	western
eventual	maximum	remedial	woollen
existing	nationwide	reproductive	

2.43 **顏色形容詞** (colour adjective) 的位置不限於名詞之前。參見 2.30 到 2.35 小節。

強調形容詞 (emphasizing adjective) 通常用在名詞之前。參見 2.36 到 2.39 小節。

adjectives that always follow a linking verb
總是用在繫動詞之後的形容詞

2.44 有些形容詞通常僅用在繫動詞之後，不用在名詞之前。這些形容詞稱為**表語形容詞** (predicative adjective)。

例如，可以說 ***She felt glad*** (她感到高興)，但一般不說 ***a glad woman*** (高興的女人)。

下面是通常用作表語的形容詞一覽表：

afraid	awake	ill	sure
alive	aware	likely	unable
alone	content	ready	unlikely
apart	due	safe	well
asleep	glad	sorry	

注意，這些形容詞並不一定要接介詞短語。

2.45 有些形容詞後面通常接介詞短語，否則意義會不清楚或不完整。例如，不能光說某人 ***is accustomed***，必須說某人 ***is accustomed to*** (習慣於) 某事。

下面的用法説明解釋了哪些介詞可以用在某個形容詞之後。

2.46 少數形容詞用作表語時，後面接介詞 ***to***。

*She's **allergic** to cats.* 她對貓過敏。
*Older people are particularly **susceptible** to heart problems.* 老年人特別容易出現心臟問題。

下面這些形容詞通常或總是用作表語，後面接介詞 ***to***。

accustomed	close	prone	resistant
adjacent	conducive	proportional	similar
allergic	devoted	proportionate	subject
attributable	impervious	reconciled	subservient
attuned	injurious	related	susceptible
averse	integral	resigned	unaccustomed

2.47 少數形容詞用作表語時，後面接介詞 ***of***。

*He was **aware of** the danger that faced him.* 他知道自己面臨的危險。
*They seemed **capable of** winning their first game of the season.* 他們似乎能夠贏得本賽季的首場比賽。
*He was **devoid of** any talent whatsoever.* 他毫無天資可言。

His mind seemed to have become ***incapable of*** *any thought.* 他的頭腦似乎已喪失了思考能力。

下面這些形容詞通常或總是用作表語，後面接介詞 ***of*** 。

aware	desirous	heedless	mindful
bereft	devoid	illustrative	reminiscent
capable	fond	incapable	representative
characteristic	full	indicative	

2.48 少數形容詞用作表語時，後面接介詞 ***with*** 。

His surprise became ***tinged with*** *disbelief.* 他的驚訝帶上了一點懷疑。
The plastic has to be ***compatible with*** *the body tissues that make contact with it.* 這種塑性材料必須和與其接觸的人體組織相容。
This way of life is ***fraught with*** *danger.* 這種生活方式充滿了危險。

下面這些形容詞通常或總是用作表語，後面接介詞 ***with*** 。

compatible	conversant	fraught	tinged
consonant	filled	riddled	

2.49 有些形容詞用作表語時，後面接其他介詞。

These ideas are ***rooted in*** *self-deception.* 這些想法植根於自我欺騙。
Didn't you say the raid was ***contingent on*** *the weather?* 你不是説突襲取決於天氣嗎？
Darwin concluded that people were ***descended from*** *apes.* 達爾文斷定人類是類人猿的後代。

下列形容詞通常或總是用作表語，後面跟的介詞如下表所示：

contingent on	inherent in	rooted in	swathed in
descended from	lacking in	steeped in	unhampered by

在某些情況下，有兩個介詞供選擇。

Many of their courses are ***connected with*** *industry.* 他們的許多課程和工業有關。
Such names were arbitrarily given and were not ***connected to*** *any particular event.* 這些名字是隨便取的，與任何特定的事件都沒有關係。

下列形容詞通常或總是用作表語，後面跟的介詞如下表所示：

answerable for	dependent on	incumbent on	parallel to
answerable to	dependent upon	incumbent upon	parallel with
burdened by	immune from	insensible of	reliant on
burdened with	immune to	insensible to	reliant upon
connected to	inclined to	intent on	stricken by
connected with	inclined towards	intent upon	stricken with

2.50 ***different*** 後面最常見的介詞是 ***from***，在英式英語裏有時用 ***to***，而在美式英語裏有時用 ***than***。

*Students today are **different from** the students ten years ago.* 今天的學生不同於 10 年前的學生。

adjectives followed by to-infinitive clauses
後接 to-不定式分句的形容詞

2.51 有些用作表語的形容詞後面需要接 ***to***-不定式（***to***-infinitive）引導的分句，否則意義不完整。例如，不能只說 ***He is unable*** ，而必須加上 ***to***-不定式分句如 ***to do***：***He is unable to do it***（他做不到這一點）。關於 ***to***-不定式分句（***to***-infinitive clause）的說明，詳見附錄的參考部分。

*They were **unable to help her**.* 他們無法幫助她。
*I am **willing to try**.* 我願意試一試。
*She is **bound to notice there's something wrong**.* 她必定會注意到有甚麼地方出了問題。
*I'm **inclined to agree with the minister**.* 我傾向於同意部長的看法。

下面這些形容詞通常或總是後接 ***to***-不定式分句：

able	due	liable	unable
bound	fated	likely	unwilling
destined	fit	loath	willing
doomed	inclined	prepared	

2.52 ***to***-不定式引導的分句也可以用在很多別的形容詞後面，來進一步說明某事物。

*I was **afraid to go home**.* 我害怕回家。
*I was **happy to see them again**.* 我很高興再次見到他們。
*He was **powerless to prevent it**.* 他無力阻止此事。
*I was almost **ashamed to tell her**.* 我幾乎羞於告訴她。
*The path was **easy to follow**.* 這條小路很容易走。

注意，主句的主語也是 ***to***-不定式分句的主語。

adjectives followed by that-clauses
後接 that-從句的形容詞

2.53 如果表示信念和感情的形容詞置於繫動詞之後，後面常常需要接 ***that***-從句（***that***-clause，參見 8.119 到 8.121 小節）。由於 ***that***-從句的主語並不總是與主句的主語相同，因此需要明確說明。

*She was **sure that** he meant it.* 她確信他是認真的。
*He was **frightened that** something terrible might be said.* 他非常害怕有人會說出可怕的事情。
*I'm **aware that** I reached a rather large audience through the book.* 我意識到，通過這本書我擁有了相當廣泛的讀者。

注意，***that***-從句中有時不用 ***that*** 這個詞。

*They were **sure** she had been born in the city.* 他們確信她在這個城市出生。

下面是常常後接 ***that-***從句的形容詞：

afraid	confident	proud	unaware
angry	frightened	sad	upset
anxious	glad	sorry	worried
aware	happy	sure	
certain	pleased	surprised	

注意，除了 ***angry***、***aware***、***unaware***、***upset*** 和 ***worried*** 以外，所有這些形容詞也都可以接 ***to-***不定式。

I was ***afraid that she might not be able to bear the strain****.* 我擔心她可能無法承受壓力。
Don't be ***afraid to ask questions****.* 不要害怕提問。
She was ***surprised that I knew about it****.* 她很驚訝，我居然知道這件事。
The twins were very ***surprised to see Ralph****.* 這對雙胞胎看見拉爾夫感到非常吃驚。

Position of adjectives in noun phrases
形容詞在名詞短語中的位置

2.54 如果名詞短語中含有一個以上形容詞，這些形容詞的一般順序是：屬性形容詞後接顏色形容詞，然後是類別形容詞。

...a ***little white wooden*** *house.* ……一間白色小木屋
*...****pretty black lacy*** *dresses.* ……漂亮的黑色蕾絲邊連衣裙
...a ***large circular*** *pool of water.* ……一個很大的圓形水坑
...a ***beautiful pink*** *suit.* ……一套漂亮的粉紅色西服
*...****rapid technological*** *advance.* ……快速的技術進步
...a ***nice red*** *apple.* ……一個好看的紅蘋果
...the ***black triangular*** *fin.* ……黑色三角鰭

英語形容詞的排列幾乎總是遵循這樣的順序。但如果想把焦點集中在所描寫的人或事物的某個特徵上，偶爾也可以改變這種順序，特別是當其中一個形容詞指顏色或大小時尤其如此。

...a ***square black*** *hole.* ……一個方形黑洞

注意，有時在形容詞之間用逗號或 ***and***。詳見 8.180 到 8.186 小節以及 8.201 小節。

...the ***long, low*** *caravan.* ……又長又矮的露營車
It was a ***long and tedious*** *business.* 這是一件漫長而乏味的事情。

2.55 在名詞短語中，**比較級** (comparative，參見 2.103 到 2.111 小節) 和**最高級** (superlative，參見 2.112 到 2.122 小節) 通常置於所有其他形容詞之前。

*...****better*** *parental control.* ……更合適的父母管教
...the ***highest*** *monthly figures on record.* ……記錄在案的最高月度數據

position of noun modifiers and adjectives
名詞修飾語和形容詞的位置

2.56 如果名詞短語中既有形容詞又有名詞修飾語（參見 2.169 到 2.174 小節），形容詞則放在名詞修飾語之前。

...the booming European ***car*** *industry.* ……繁榮的歐洲汽車工業
...the world's biggest and most prestigious ***book*** *fair.* ……世界上最大最享負盛名的的書展

two or more adjectives after a linking verb
兩個或多個形容詞置於繫動詞之後

2.57 用在繫動詞之後的兩個形容詞通常用連詞 ***and*** 連接。如果有兩個以上形容詞，連詞 ***and*** 等通常放在最後兩個形容詞之間，而其他形容詞之間用逗號。詳見 8.180 到 8.186 小節以及 8.201 小節。

The room was ***large and square****.* 這個房間大而方正。
We felt ***hot, tired, and thirsty****.* 我們又熱又累又渴。

注意，形容詞按説話者認為最重要的順序排列。

adjectives after nouns
名詞後的形容詞

2.58 有少數形容詞通常或幾乎總是用在名詞之後。下表是用於名詞之後的幾組不同的形容詞：

designate	~	old	concerned	~
elect	broad	tall	involved	affected
galore	deep	thick	present	available
incarnate	high	wide	proper	required
manqué	long	~	responsible	suggested

2.59 形容詞 ***designate***、***elect***、***galore***、***incarnate*** 和 ***manqué*** 只能緊接名詞。

She was now president ***elect****.* 她眼下是候任總統。
There are empty houses ***galore****.* 有許許多多空房子。

2.60 形容詞 ***broad***、***deep***、***high***、***long***、***old***、***tall***、***thick*** 和 ***wide*** 緊接在表示事物或人的大小、持續時間或年齡的量度名詞之後。這種用法在 2.253 小節詳述。

...six feet ***tall****.* …… 6 英尺高
...three metres ***wide****.* …… 3 米寬
...twenty-five years ***old****.* …… 25 歲

2.61 形容詞 ***concerned***、***involved***、***present***、***responsible*** 和 ***proper*** 的意義有所不同，這取決於它們的位置是在名詞之前還是緊接名詞之後。例如，***the concerned mother***（擔心的母親）表示一位憂心忡忡的母親，但是 ***the mother concerned***（有關的母親）只是表示剛提到的一位母親。

...the approval of interested and ***concerned*** *parents.* ……擔心的當事父母的贊同
The idea needs to come from the individuals ***concerned****.* 這個想法應該來自有關的人員。

*All this became a very **involved** process.* 所有這一切成了一個非常複雜的過程。
*He knew all of the people **involved**.* 他認識所有有關的人。
*...the **present** international situation.* ……當前的國際形勢
*Of the 18 people **present**, I know only one.* 在場的 18 個人中，我只認識一個。
*...parents trying to act in a **responsible** manner.* ……試圖以負責任的方式行事的父母
*...the person **responsible** for his death.* ……對他的死需負上責任的人
*...a **proper** training in how to teach.* ……教學方法的適當培訓
*...the first round **proper** of the FA Cup.* ……英格蘭足總盃的第一輪正式比賽

2.62 形容詞 ***affected***、***available***、***required*** 和 ***suggested*** 可以用在名詞之前或之後，意義不變。

*Newspapers were the only **available** source of information.* 報紙是唯一可用的信息來源。
*...the number of teachers **available**.* ……現有的教師數量
*...the **required** changes.* ……要求的更改
*You're way below the standard **required**.* 你遠遠低於所要求的水準。
*...the cost of the **suggested** improvements.* ……提議改進的成本
*The proposals **suggested** are derived from successful experiments.* 提出的建議來自成功的實驗。
*Aside from the **affected** child, the doctor checks every other member of the household.* 除了受感染的那個孩子，醫生還檢查了家庭中的所有其他成員。
*...the proportion of the population **affected**.* ……受感染的人口比例

Special forms: *-ing* adjectives 特殊形式：*-ing* 形容詞

2.63 有很多形容詞以 ***-ing*** 結尾。其中大部分在形式上與動詞的 ***-ing*** 分詞（***-ing*** participle）有關。在本書中，這些詞稱為 ***-ing*** 形容詞（***-ing*** adjective）。

*He was an amiable, **amusing** fellow.* 他是一個和藹有趣的人。
*He had been up all night attending a **dying** man.* 他徹夜未眠，在照料一名垂死的男子。

關於 *-ing* 形式（*-ing* form）的討論，詳見附錄的參考部分。

describing an effect 描述影響

2.64 有一組 ***-ing*** 形容詞描寫的是某物對某個人或者一般人的感情和想法的影響。

*...an **alarming** increase in burglaries.* ……入屋盜竊案的驚人增加
*A **surprising** number of men do not marry.* 不結婚的男人數量多得驚人。
*...a **charming** house on the outskirts of the town.* ……城郊的一所迷人的房子

…*a warm* ***welcoming*** *smile.* ……溫暖熱忱的微笑

2.65　這些形容詞通常是**屬性形容詞**（qualitative adjective），也就是說可以與**次修飾性副詞**（submodifying adverb，比如像 ***very*** 或 ***rather*** 這樣的詞）連用，有比較級和最高級。

…*a* ***very convincing*** *example.* ……一個令人信服的例子
There is nothing ***very surprising*** *in this.* 這其中沒有甚麼特別驚人的地方。
…*a* ***very exciting*** *idea.* ……一個很令人興奮的想法
…*a* ***really pleasing*** *evening at the theatre.* ……在劇場度過的非常令人愉快的一晚
When Bernard moans he's much ***more convincing****.* 伯納德在抱怨時更有説服力。
…*one of* ***the most boring*** *books I've ever read.* ……我讀過的最乏味的書之一

2.66　這些形容詞可以用在名詞之前或繫動詞之後。

They can still show ***amazing*** *loyalty to their parents.* 他們仍然可以對父母表現出驚人的忠誠。
It's ***amazing*** *what they can do.* 他們能做的事情令人驚訝。
…*the most* ***terrifying*** *tale ever written.* ……最可怕的故事
The present situation is ***terrifying****.* 目前的局勢令人恐懼。

2.67　這些 ***-ing*** 形容詞有相應的及物動詞，用來描述某人受某事物影響的方式。比如，***an alarming increase***（令人擔憂的增長）表示增長令説話者擔憂，而 ***a surprising number***（驚人的數量）則表示數量令説話者吃驚。

下面是描述影響的 ***-ing*** 形容詞一覽表，這些形容詞的意義與相應動詞的通常意義類似。

alarming	demeaning	harassing	rewarding
amazing	depressing	humiliating	satisfying
amusing	devastating	infuriating	shocking
annoying	disappointing	inspiring	sickening
appalling	disgusting	interesting	startling
astonishing	distracting	intimidating	surprising
astounding	distressing	intriguing	tempting
bewildering	disturbing	menacing	terrifying
boring	embarrassing	misleading	threatening
challenging	enchanting	mocking	thrilling
charming	encouraging	overwhelming	tiring
compelling	entertaining	pleasing	welcoming
confusing	exciting	refreshing	worrying
convincing	frightening	relaxing	

及物動詞在 3.14 到 3.25 小節論述。

describing a process or state 描述過程或狀態

2.68 另一大類 ***-ing*** 形容詞用來描述持續一段時間的過程或狀態。

*...her **growing** band of supporters.* ……她日益壯大的支持者隊伍
*Oil and gas drillers are doing a **booming** business.* 石油和天然氣鑽探者生意興隆。
*...a life of **increasing** labour and **decreasing** leisure.* ……一種勞動日益增多而閒暇日益減少的生活

2.69 這些是類別形容詞 (classifying adjective)，因此不與 ***very*** 和 ***rather*** 之類的詞連用。 但是，用來說明過程的形容詞常常被描述過程發生速度的副詞修飾。

*...a **fast diminishing** degree of personal freedom.* ……個人自由度的快速縮小
*...**rapidly rising** productivity.* ……迅速提高的生產率

2.70 這些 ***-ing*** 形容詞有相應的不及物動詞。

下面是描述一個持續過程或狀態的 ***-ing*** 形容詞，這些形容詞的意義與相應動詞的通常意義類似。

ageing	decreasing	increasing	remaining
ailing	diminishing	living	resounding
bleeding	dwindling	prevailing	rising
booming	dying	recurring	ruling
bursting	existing	reigning	

不及物動詞在 3.8 到 3.13 小節論述。

2.71 這些 ***-ing*** 形容詞僅用在名詞前面，所以如果不及物動詞的 ***-ing*** 形式出現在動詞 ***be*** 後面，實際上是進行時的一部分。

Be Creative 靈活運用

2.72 在英語裏，通過在動詞後面加 ***-ing*** 並放在名詞前的方式，可以把大部分動詞變成形容詞，表示某人或某物正在做甚麼。

*...a **walking** figure.* ……一個行走的人影
*...FIFA, world football's **ruling** body.* ……國際足球聯盟，世界足球的管理機構
*...bands performing in front of **screaming** crowds.* ……在尖叫的人群面前表演的樂隊
*...two years of **falling** employment.* ……兩年的就業下降
*...a tremendous noise of **smashing** glass.* ……玻璃破碎的巨響

form and meaning 形式和意義

2.73 上述大部分 ***-ing***形容詞與動詞有關。但有時候 ***-ing***形容詞與動詞沒有任何關係。例如，不存在 ***to neighbour*** 這個動詞。

*Whole families came from **neighbouring** villages.* 鄰村有不少家庭闔家前來。

下面是與動詞無關的 ***-ing***形容詞一覽表：

appetizing	cunning	excruciating	neighbouring	unwitting
balding	enterprising	impending	scathing	

2.74　有時 ***-ing***形容詞與動詞的罕見用法有關，或者雖然看上去與動詞有關，但與動詞的通行用法不完全相關。比如，動詞 ***haunt*** 最常見的用法與鬼有關，但形容詞 ***haunting*** 更常用來談論歌曲和回憶之類的東西。*a* ***haunting tune*** 是令人難以忘懷的曲子。

下面這些表示屬性的 ***-ing*** 形容詞與動詞的常見及物用法無關：

becoming	fetching	pressing	searching
bracing	halting	promising	taxing
cutting	haunting	rambling	trying
dashing	moving	ravishing	
disarming	penetrating	retiring	
engaging	piercing	revolting	

下面這些表示類別的 ***-ing***形容詞與動詞的常見不及物用法無關：

acting	floating	going	missing
driving	gathering	leading	running

2.75　有些形容詞由動詞加前綴派生而來。比如，***outgoing***（向外去的）源自動詞 ***go*** 加前綴 ***out-***。不存在 ***to outgo*** 這個動詞。

Wouldn't that cause a delay in ***outgoing*** *mail?* 難道這不會導致外發郵件延誤嗎？

下面是由動詞加前綴派生出來的 ***-ing***形容詞一覽表：

forthcoming	oncoming	outgoing	overarching	uplifting
incoming	ongoing	outstanding	overbearing	upstanding

2.76　有一小部分 ***-ing***形容詞在非正式英語口語中用於強調，通常表示不贊同。這種用法在 2.41 到 2.42 小節討論。

有些**複合形容詞**（compound adjective，參見 2.94 到 2.102 小節）以 ***-ing***結尾。

Special forms: *-ed* adjectives 特殊形式：*-ed* 形容詞

2.77　大量的英語形容詞以 ***-ed*** 結尾。其中很多與動詞的 ***-ed*** 分詞（***-ed*** participle）形式相同。而另外一些通過在名詞後加 ***-ed*** 構成。還有一些與其他任何詞都沒有密切關係。

...a ***disappointed*** *man.* ……一個失望的男人

*...a **bearded** man.* ……一個留鬍子的男人
*...**sophisticated** electronic devices.* ……精密的電子設備

2.78 與不規則 ***-ed***分詞（***-ed*** participle，參見附錄的參考部分）形式相同不以 ***-ed***結尾的形容詞在此也歸入 ***-ed***形容詞。

*Was it a **broken** bone, a **torn** ligament, or what?* 是骨折、韌帶撕裂還是別的甚麼？

某些**短語動詞**（phrasal verb，參見 3.83 到 3.116 小節）的 ***-ed***分詞也可用作形容詞。用在名詞前面時，短語動詞的兩個部分通常用連字符號連接。

*...the **built-up** urban mass of the city.* ……樓群密集的城區

2.79 大部分 ***-ed***形容詞與及物動詞有關，具有被動意義。這些形容詞表示所談論的對象已經發生了或正在發生某種情況。比如，***a frightened person***（一個受驚的人）是一個受到某事驚嚇的人。***A known criminal***（一個已知的罪犯）是一個為警方所熟知的罪犯。

*We have a long list of **satisfied** customers.* 我們有一長串滿意的客戶名單。
*We cannot refuse to teach children the **required** subjects.* 我們不能拒絕給孩子們教必修課程。

qualitative -ed adjectives
屬性 -ed 形容詞

2.80 表示一個人對某事物作出精神或情感反應的 ***-ed***形容詞通常是屬性形容詞。

*He was a **worried** old man.* 他是一個擔心發愁的老人。
*...a **bored** old woman.* ……一個無聊的老太太
*...an **interested** student.* ……一個有興趣的學生

這些形容詞可以被 ***very*** 和 ***extremely*** 之類的詞修飾，就像其他屬性形容詞一樣（參見 2.140 到 2.156 小節）。

form and meaning
形式和意義

2.81 與其他用來談論感情的形容詞一樣，這些形容詞常常用於描述受影響者的表情、聲音或舉止，而不是直接指稱那個人。

*...her big blue **frightened** eyes.* ……她那驚恐的藍色大眼睛
*She could hear his **agitated** voice.* ……她聽到了他焦慮不安的聲音。
*Barry gave him a **worried** look.* 巴里擔心地看了他一眼。

2.82 下面是表示屬性的 ***-ed***形容詞一覽表，它們的意義與相應動詞的最常用意義相似：

agitated	confused	disgusted	inhibited	shocked
alarmed	contented	disillusioned	interested	surprised
amused	delighted	distressed	pleased	tired
appalled	depressed	embarrassed	preoccupied	troubled
astonished	deprived	excited	puzzled	worried
bored	disappointed	frightened	satisfied	

下面是表示屬性的 ***-ed***形容詞一覽表，它們的意義不同於相應動詞的常用意義：

animated	determined	guarded	mixed
attached	disposed	hurt	strained
concerned	disturbed	inclined	

classifying -ed adjectives
分類 -ed 形容詞

2.83　其他很多 ***-ed***形容詞用於分類，因此不能與 ***very*** 和 ***rather*** 之類的詞連用。例如，***a furnished apartment***（一套帶傢具的公寓）是一種類型的公寓，與 ***an apartment without furniture***（一套沒有傢具的公寓）形成對照。

*...a **furnished** apartment.* ……一套帶傢具的公寓
*...a **painted** wooden bowl.* ……一隻漆木碗
*...the **closed** bedroom door.* ……關上的臥室房門

大部分表示物理特徵的形容詞是類別形容詞。

2.84　下面是表示類別的 ***-ed***形容詞一覽表，它們的意義與相應動詞的最常用意義類似：

abandoned	closed	established	integrated	reduced
armed	concentrated	fixed	known	required
blocked	condemned	furnished	licensed	torn
boiled	cooked	haunted	loaded	trained
broken	divided	hidden	paid	united
canned	drawn	improved	painted	wasted
classified	dried	infected	processed	

下面是表示類別的 ***-ed***形容詞一覽表，它們的意義不同於相應動詞的最常用意義：

advanced	noted	spotted
marked	pointed	veiled

modifying -ed adjectives
修飾性 -ed 形容詞

2.85　表示類別的 ***-ed***形容詞通常不能用 ***quite*** 和 ***very*** 之類的詞修飾。但是，方式副詞（adverb of manner，參見 6.36 到 6.44 小節）或程度副詞（adverb of degree，參見 6.45 到 6.52 小節）常常用在 ***-ed***形容詞之前。

例如，***a pleasantly furnished room*** 是一個配有舒適宜人傢具的房間。

*...**pleasantly furnished** rooms.* ……配有舒適宜人傢具的房間
*...a **well-known** novelist.* ……一個著名的小説家

2.86　有些 ***-ed***形容詞通常不單獨使用，需要與副詞連用才能使意義完整。通常不説 ***dressed people***（穿着衣服的人們），但可以説他們 ***well dressed***（穿着考究）或 ***smartly dressed***（衣着整潔）。比如，下列例子中的 ***-ed*** 形容詞前面幾乎總是有副詞。

*...a **cautiously worded** statement.*……措辭謹慎的聲明
*...**impeccably dressed** men.*……衣冠楚楚的男人
*It was a **richly deserved** honour.* 這是當之無愧的榮譽。
*...**superbly cut** clothes.* ……精工裁剪的服裝
*...the existence of a **highly developed** national press.* ……一個高度發達的國家新聞機構的存在
*...a **well-organized** campaign.* ……一場組織良好的宣傳活動
*...a tall, **powerfully built** man.*……一個高大魁梧的男人
*She gaxed down at his **perfectly formed** little face.* 她低頭凝視他那五官完美的小臉。

注意，這類組合有時用連字符號，從而構成**複合形容詞** (compound adjective)。

*...a **well-equipped** army.* ……一支裝備精良的軍隊

-ed adjectives with an active meaning 有主動意義的 -ed 形容詞

2.87 少數 ***-ed***形容詞與不及物動詞的 ***-ed***分詞有關，具有主動意義，沒有被動意義。例如，***a fallen tree*** 是一棵倒下的樹。

*...a **capsized** ship.* ……一艘傾覆的船
*She is the daughter of a **retired** army officer.* 她是一名退役陸軍軍官的女兒。
*...an **escaped** prisoner.* ……一個逃犯

下面是具有主動意義的 ***-ed***形容詞一覽表：

accumulated	escaped	fallen	swollen
dated	faded	retired	wilted

-ed adjectives after linking verbs 繫動詞後的 -ed 形容詞

2.88 大部分 ***-ed***形容詞既可以用在名詞之前也可以用在繫動詞之後。

*The **worried** authorities decided to play safe.* 焦慮不安的當局決定謹慎行事。
*My husband was **worried**.* 我丈夫很擔心。

少數 ***-ed***形容詞通常只用在繫動詞之後，其後面常接介詞、***to***-不定式或 ***that***-從句。

*I was **thrilled** by the exhibition.* 我對那個展覽感到非常激動。
*The Brazilians are **pleased** with the results.* 巴西人對結果感到滿意。
*...food **destined** for areas of south Sudan.* ……運往蘇丹南部地區的食品
*He was always **prepared** to account for his actions.* 他時刻準備解釋自己的行為。

下面這些 ***-ed***形容詞常常用在繫動詞之後，其後面可接也可不接短語或分句：

convinced	intimidated	pleased	thrilled
delighted	intrigued	prepared	tired

interested	involved	scared	touched

下面這些 ***-ed***形容詞通常用在繫動詞之後，其後面接短語或分句：

agreed	dressed	lost	shut
destined	finished	prepared	stuck

Be Creative
靈活運用

2.89 幾乎所有及物動詞的 ***-ed***分詞都可以用作形容詞，儘管有些比另一些更常用。

*...she said, with a **forced** smile.* ……她説道，臉上帶着勉強的微笑
*There was one **paid** tutor and three volunteer tutors.* 有一名收費導師和三名志願導師。
*The **recovered** animals will be released.* 康復的動物將被釋放。
*...the final **corrected** version.* ……最終修訂版

Be Creative
靈活運用

2.90 有些 ***-ed***形容詞源自名詞。例如，一個有翅膀的生物可以用 ***winged*** 來描述。如果某人有技能，可以用 ***skilled*** 來描述。

*...**winged** angels.* ……有翅膀的天使
*...a **skilled** engineer.* ……熟練的工程師
*She was dressed in black and carried a black **beaded** purse.* 她身穿黑衣，手拿一個黑色串珠錢包。
*...**armoured** cars.* ……裝甲車
*...the education of **gifted** children.* ……天才兒童的教育

-ed adjectives formed from nouns
源自名詞的 -ed 形容詞

2.91 下面是源自名詞的形容詞一覽表：

armoured	flowered	mannered	spotted
barbed	freckled	pointed	striped
beaded	gifted	principled	turbaned
bearded	gloved	salaried	walled
detailed	hooded	skilled	winged

源自名詞的 ***-ed***形容詞一般用作**複合形容詞**（compound adjective，參見 2.94 到 2.102 小節）的第二個成分，比如 ***grey-haired***（頭髮灰白的）和 ***open-minded***（思想開通的）。

-ed adjectives unrelated to verbs or nouns
與動詞或名詞無關的 -ed形容詞

2.92 還有一些常用的 ***-ed***形容詞與動詞或名詞無關，它們不按上述方式構成。例如，沒有 ***parch*** 或 ***belove*** 這樣的詞。有名詞 ***concert***（音樂會），但形容詞 ***concerted***（協同一致的）的意思不是 ***having a concert***（開音樂會）。

*He climbed up the dry **parched** grass to the terrace steps.* 他爬上乾枯的草地，來到露台的台階下。

*...a complex and **antiquated** system of taxation.* 一個複雜陳舊的稅收系統
*...attempts to mount a **concerted** campaign.* 發起一場聯合行動的努力
*...the purchase of expensive **sophisticated** equipment.* 昂貴的精密設備的採購

2.93 下面是與動詞或名詞無關的 ***-ed***形容詞一覽表：

antiquated	beloved	crazed	indebted	sophisticated
ashamed	bloated	deceased	parched	tinned
assorted	concerted	doomed	rugged	

Compound adjectives 複合形容詞

2.94 **複合形容詞**（compound adjective）由兩個或多個詞組成，書寫時通常用連字符號。這些詞可以是屬性形容詞、類別形容詞或者顏色形容詞。

*I was in a **light-hearted** mood.* 我心情輕鬆愉快。
*She was dressed in a **bottle-green** party dress.* 她穿着一件深綠色的聚會禮服。
*...the **built-up** urban mass of the city.* ……樓群密集的城區
*...an **air-conditioned** restaurant.* ……有空調的餐館
*...a **good-looking** girl.* ……一個漂亮的女孩
*...**one-way** traffic.* ……單向交通
*...a **part-time** job.* ……兼職

formation patterns 構成模式

2.95 下面這些複合形容詞的構成模式最常用，也最不受限制：

☞ 形容詞或數詞 + 名詞 + ***-ed***，比如 ***grey-haired***（頭髮灰白的）和 ***one-sided***（單方面的）

☞ 形容詞或副詞 + ***-ed***分詞，比如 ***low-paid***（工資低的）和 ***well-behaved***（行為端正的）

☞ 形容詞、副詞或名詞 + ***-ing***分詞，比如 ***good-looking***（好看的）、***long-lasting***（持久的）和 ***man-eating***（吃人的）

注意，複合形容詞描寫的概念比較簡單：說一個人 ***good-looking*** 意思是這個人漂亮，而說野獸 ***man-eating*** 指的是吃人的野獸。英語中更複雜的描述需要採用後接短語或分句來實現。

2.96 下面這些複合形容詞的構成模式不太常見，所受的限制也較多：

☞ 名詞 + ***-ed***分詞，比如 ***tongue-tied***（張口結舌的）和 ***wind-swept***（當風的）

☞ 名詞 + 形容詞，比如 ***accident-prone***（容易出事故的）和 ***trouble-free***（無障礙的）

☞ 形容詞 + 名詞，比如 ***deep-sea***（深海的）和 ***present-day***（當代的）

☞ ***-ed*** 分詞 + 副詞，比如 ***run-down***（破舊的）和 ***cast-off***（被丟棄的）

☞ 數詞 + 單數可數名詞，比如 ***five-page***（五頁的）和 ***four-door***（四門的）

注意，按最後一種模式構成的複合形容詞總是用在名詞前面。

compound qualitative adjectives 複合屬性形容詞

2.97 下面是複合屬性形容詞一覽表：

able-bodied	laid-back	one-sided	swollen-headed
absent-minded	light-hearted	open-minded	tender-hearted
accident-prone	long-lasting	run-down	thick-skinned
big-headed	long-standing	second-class	tongue-tied
clear-cut	long-suffering	second-rate	top-heavy
close-fitting	low-cut	shop-soiled	trouble-free
cold-blooded	low-paid	short-handed	two-edged
easy-going	low-slung	short-lived	two-faced
far-fetched	mind-blowing	short-sighted	warm-hearted
far-reaching	mouth-watering	short-tempered	well-balanced
good-looking	muddle-headed	slow-witted	well-behaved
good-tempered	narrow-minded	smooth-talking	well-dressed
hard-up	nice-looking	soft-hearted	well-known
hard-wearing	off-colour	starry-eyed	well-off
ill-advised	off-hand	strong-minded	wind-blown
kind-hearted	off-putting	stuck-up	worldly-wise
labour saving	old-fashioned	sun-tanned	wrong-headed

compound classifying adjectives 複合類形容詞

2.98 下面是複合類別形容詞一覽表：

air-conditioned	cross-country	freeze-dried	knee-deep
all-out	cut-price	front-page	last-minute
all-powerful	deep-sea	full-blown	late-night
audio-visual	deep-seated	full-face	lead-free
blue-blooded	double-barrelled	full-grown	left-handed
bow-legged	double-breasted	full-length	life-size
brand-new	drip-dry	full-scale	long-distance
breast-fed	drive-in	gilt-edged	long-lost
broken-down	duty-bound	grey-haired	long-range
broken-hearted	duty-free	half-price	loose-leaf
built-up	empty-handed	half-yearly	made-up
bullet-proof	face-saving	hand-picked	man-eating
burnt-out	far-flung	high-heeled	mass-produced
cast-off	first-class	home-made	middle-aged
clean-shaven	free-range	ice-cold	never-ending
cross-Channel	free-standing	interest-free	north-east
north-west	part-time	second-class	strong-arm

nuclear-free	present-day	second-hand	tax-free
odds-on	purpose-built	see-through	tone-deaf
off-guard	ready-made	silver-plated	top-secret
off-peak	record-breaking	single-handed	unheard-of
one-way	red-brick	so-called	wide-awake
open-ended	remote-controlled	so-so	world-famous
open-mouthed	right-angled	south-east	worn-out
panic-stricken	right-handed	south-west	year-long

compound colour adjectives 複合顏色形容詞

2.99 下面是複合顏色形容詞一覽表：

blood-red	flesh-coloured	navy-blue	royal-blue
blue-black	ice-blue	nut-brown	shocking-pink
bottle-green	iron-grey	off-white	sky-blue
dove-grey	jet-black	pea-green	snow-white
electric-blue	lime-green	pearl-grey	

long compound adjectives 長複合形容詞

2.100 少數複合形容詞由兩個以上的詞構成。如果三個或三個以上的詞構成的複合詞置於名詞之前，在書寫時常常用連字符號，置於繫動詞之後則不用連字符號。

*...the **day-to-day** chores of life.* ……生活中的日常瑣事
*...a **down-to-earth** approach.* ……務實的方法
*...a **free-and-easy** relationship.* ……輕鬆隨意的關係
*...**life-and-death** decisions.* ……生死攸關的決定
*...a trip to an **out-of-the-way** resort.* ……去一個偏僻度假地的旅程
*Their act is **out of date**.* 他們的行為已經過時。

2.101 有些複合形容詞似乎相當奇特，因為其構成成分從不單獨使用。比如 ***namby-pamby***（婆婆媽媽的）、***higgledy-piggledy***（亂七八糟的）和 ***topsy-turvy***（顛三倒四的）。這類詞通常是非正式詞彙。

*...all that **artsy-craftsy** spiritualism.* ……所有那些華而不實的通靈術
*...his **la-di-da** family.* ……他那裝腔作勢的一家人

foreign compound adjectives 外來複合形容詞

2.102 有些英語複合形容詞是從外語中借來的，特別是法語和拉丁語。

*...the arguments once used to defend **laissez-faire** economics.* ……一度用來捍衛自由放任經濟學的論點
*...their present **per capita** fuel consumption.* ……他們目前的人均燃料消耗
*In the commercial theatre, almost every production is **ad hoc**.* 在商業戲劇中，幾乎每場演出都是即興的。

下面是借自其他語言的複合形容詞一覽表：

à la mode	avant-garde	de luxe	laissez-faire
a posteriori	bona fide	de rigueur	non compos mentis
a priori	compos mentis	de trop	per capita
ad hoc	cordon bleu	ex gratia	prima facie
ad lib	de facto	hors de combat	pro rata
au fait	de jure	infra dig	sub judice

Comparing things: comparatives 比較事物：比較級

2.103 在描述某事物時，可以使用**比較級形容詞**（comparative adjective）來說明該事物比另一物具有更多某種屬性。通常只有屬性形容詞才有比較級，但是少數顏色形容詞也有比較級。比較級一般由形容詞的常見形式加詞尾 ***-er***或在前面加 ***more*** 構成，比如 ***harder***（更難的）和 ***smaller***（更小的）以及 ***more interesting***（更有趣的）和 ***more flexible***（更靈活的）。

注意，***good***（好的）和 ***bad***（壞的）有不規則比較級形式 ***better***（更好的）和 ***worse***（更壞的）。

關於規則和不規則比較級的構成方式，詳見附錄的參考部分。

in front of a noun 在名詞前

2.104 比較級可以用在名詞前面作**修飾語**（modifier）。

The family moved to a ***smaller*** *home.* 這家人搬到了一處更小的房子。
He dreams of a ***better, more exciting*** *life.* 他夢想一種更好、更刺激的生活。
A ***harder*** *mattress often helps with back injuries.* 較硬的牀墊常常對治療背部受傷有幫助。

注意，比較級也可用在 ***one*** 前面作修飾語。

An understanding of this reality provokes a ***better*** *one.* 對這種現實的理解促成一個更好的理解。

after a linking verb 在繫動詞後

2.105 比較級也可用在**繫動詞**（linking verb）之後。

The ball soaked up water and became ***heavier****.* 球吸了水變得更重了。
His breath became ***quieter****.* 他的呼吸變得平穩些了。
We need to be ***more flexible****.* 我們需要更靈活一點。

形容詞置於繫動詞之後的用法在 3.132 到 3.137 論述。

structures used after comparatives 用在比較級後面的結構

2.106 比較級後常常接 ***than***，用來具體說明比較中的另一個事物。通過在 ***than*** 後面使用若干結構之一，可以確切地說明比較的是甚麼。

這些結構可以是：

☞ 名詞短語

Charlie was ***more honest than his predecessor****.* 查利比他的前任更誠實。
...an area ***bigger than Mexico****.* ……面積比墨西哥大的地區

注意，如果 ***than*** 後面跟的是單獨使用的代詞，則必須是 ***me***、 ***him*** 或 ***her*** 之類的賓語人稱代詞。

My brother is ***younger than me****.* 我弟弟比我小。
Lamin was ***shorter than her****.* 拉敏比她矮。

☞ 介詞開頭的短語

The changes will be even ***more striking*** *in the case of teaching* ***than in medicine****.* 變化將在教學上甚至比在醫學上更顯著。
The odds of surviving childhood in New York City are ***worse than in some Third World countries****.* 在紐約市，兒童的生存機率比某些第三世界國家還要差。

☞ 分句

I would have done a ***better*** *job* ***than he did****.* 我本可以比他做得更好。
I was a ***better*** *writer* ***than he was****.* 我比他寫得好。
He's ***taller than I am****.* 他比我高。

注意，如果比較級後面沒有跟 ***than*** 短語，那麼比較的另一個事物應該很明顯。比如，某人說 ***Could I have a bigger one, please?***（請問我能拿更大一點的嗎？），説話者很可能手裏拿着那個自己認為太小的東西。

A mattress would be ***better****.* 有一張牀墊就更好了。

position of comparatives 比較級的位置

2.107 比較級置於名詞前面的時候，如果選擇用 ***than*** 開頭的短語或分句，通常把短語或分句放在整個名詞短語之後，而不是直接放在比較級之後。

The world is a ***more dangerous*** *place* ***than it was****.* 世界比過去更危險了。
Willy owned a ***larger*** *collection of books* ***than anyone else I have ever met****.* 威利擁有的藏書比我見過的任何人都多。

比較級也可以緊接在名詞後面，但只有在其後面有 ***than*** 加名詞短語才可以。

We've got a rat ***bigger than*** *a cat living in our roof.* 我們家屋頂上住着一隻比貓還大的老鼠。
...packs of cards ***larger than*** *he was used to.* ……比他習慣使用的更大的幾副撲克牌

more 和 more than

2.108 ***more*** 有時用在整個名詞短語前面，表示某事物具有更多某種屬性而非另一種，或者表示某事物是甲事物而非乙事物。

Music is ***more*** *a way of life* ***than*** *an interest.* 音樂更多的是一種生活方式而不是興趣。
This is ***more*** *a war movie* ***than*** *a western.* 這更應該説是一部戰爭片，而不是西部片。

注意，***more than*** 用在形容詞前面表示強調。

Their life may be horribly dull, but they are ***more than satisfied****.* 他們的生活也許沉悶得可怕，但他們非常滿足。
You would be ***more than welcome****.* 非常歡迎你。

comparatives used as nouns 用作名詞的比較級

2.109 在相當正式的英語裏，比較級形容詞有時用作名詞類型的詞語。這種短語的前面加 ***the***，後面跟 ***of*** 加比較兩個事物的名詞短語。

*...**the shorter of the two lines**.* ……兩條線中較短的那條
*Dorothea was **the more beautiful of the two**.* 多蘿西婭是兩人中比較漂亮的一個。
*There are two windmills, **the larger of which** stands a hundred feet high.* 有兩架風車，其中較大的一架高達 100 英尺。

如果意思清楚，可以省略 ***of*** 及後面的名詞短語。

*Notice to quit must cover the rental period or four weeks, whichever is **the longer**.* 遷出通知必須涵蓋租期或四個星期，以較長者為準。

less

2.110 表示某事物具有的屬性不如另一事物多，可用 ***less*** 後接形容詞這種形式。

*The answer had been **less truthful** than his own.* 那個答案沒有他自己的真實。

less 加形容詞也可以表示某事物具有的屬性比過去少。

*As the days went by, Sita became **less anxious**.* 隨着日子一天天過去，希塔變得不那麼焦慮了。

注意，***less than*** 用在形容詞前面表示否定的意思。

*It would have been **less than fair**.* 那會更不公平的。

contrasted comparatives 用於對照的比較級

2.111 表示一種屬性或事物的量與另一個量有關聯，可用兩個前面加 the 的比較級。

***The smaller** it is, **the cheaper** it is to post.* 東西越小，寄費就越便宜。
***The more militant** we became, **the less confident** she became.* 我們越是變得鬥志昂揚，她就變得越沒有自信。
***The larger** the organization, **the less scope** there is for decision.* 機構越大，決策的餘地就越小。

Comparing things: superlatives 比較事物：最高級

2.112 另一個描述事物的方法是用**最高級形容詞** (superlative adjective) 表示某事物在同類中具有某屬性的量最大。通常只有屬性形容詞才有最高級，但是少數顏色形容詞也有最高級。最高級一般由形容詞詞尾加 ***-est*** 並在前面加 ***the*** 或者在形容詞前面加 ***the most*** 構成，比如 ***the hardest***（最難的）和 ***the smallest***（最小的）以及 ***the most interesting***（最有趣的）和 ***the most flexible***（最靈活的）。

注意，***good***（好的）和 ***bad***（壞的）有不規則最高級形式 ***the best***（最好的）和 ***the worst***（最壞的）。

關於規則和不規則最高級形容詞的構成方式，詳見附錄的參考部分。

注意，最高級形容詞前面幾乎總是加 ***the***，因為所談論的事物是確定的。

如果最高級用在繫動詞後面，偶爾可省略 ***the***（參見 2.117 小節）。

Be Careful 注意

2.113 前面有 ***most*** 的形容詞並不總是最高級。***most*** 可作 ***very*** 解。

*This book was **most interesting**.* 這本書有趣極了。
*My grandfather was a **most extraordinary** man.* 我爺爺是極奇特的人。

像 ***very*** 和 ***rather*** 這樣的詞稱為**次修飾性副詞**（submodifying adverb）。詳見 2.140 到 2.156 小節。

used in front of a noun 用在名詞前

2.114 最高級可用在名詞前作**修飾語**（modifier）。

*He was **the cleverest** man I ever knew.* 他是我所認識的人中最聰明的。
*It was **the most exciting** summer of their lives.* 那是他們生命中最令人興奮的夏天。
*She came out of **the thickest** part of the crowd.* 她從人群最密集的地方出來了。
*Now we come to **the most important** thing.* 現在我們來談一談最重要的事。
*...**the oldest** rock paintings in North America.* ……北美最古老的岩畫
*...**the most eminent** scientists in Britain.* ……英國最傑出的科學家

注意，最高級也可用在 ***one*** 前面作修飾語。

*No one ever used **the smallest** one.* 誰也沒用過最小的那個。

used after a linking verb 用在繫動詞後

2.115 最高級也用在**繫動詞**（linking verb）後面。

*He was **the youngest**.* 他是年齡最小的。
*The sergeant was **the tallest**.* 那位中士個子最高。

形容詞置於繫動詞之後的用法在 3.132 到 3.137 小節論述。

structures used after superlatives 用在最高級後面的結構

2.116 如果比較的內容很清楚，最高級可以單獨使用。例如，某人說 ***Paul was the tallest***（保羅個子最高），說話者指的是已經確定的一群人。

如果需要指出比較的對象，可以用下列短語或分句：

☞ 以介詞開頭的短語，通常是 ***in*** 或 ***of***

*Henry was **the biggest of them**.* 亨利是他們當中年紀最大的。
*The third requirement is **the most important of all**.* 第三個要求是所有要求中最重要的。
*These cakes are probably **the best in the world**.* 這些蛋糕可能是世界上最好的。

注意，如果最高級置於名詞之前，介詞則置於名詞之後。

*...the **best** hotel for families.* ……最好的家庭酒店
*I'm in **the worst** business in the world.* 我從事的是世界上最糟糕的生意。

☞ 關係從句

*It's **the best** I'm likely to get.* 這是我可能得到的東西中最好的。

*The waiting room was **the worst** I had seen.* 這是我見過的最差的等候室。

注意，如果最高級置於名詞之前，關係從句則置於名詞之後。

*That's **the most convincing** answer that you've given me.* 那是你給我的答案中最令人信服的。

2.117 最高級前面通常加 ***the***，但偶爾可以省略，特別是在非正式口語或書面語裏。

*Wool and cotton blankets are generally **cheapest**.* 毛毯和棉毯通常是最便宜的。
*It can be used by whoever is **closest**.* 誰離得最近，誰就能用它。

但是，如果最高級後跟的是 ***of*** 或另一個表示比較對象的結構，***the*** 不能省略。例如，可以説 ***Amanda was the youngest of our group***（阿曼達是我們組裏年齡最小的）或 ***Amanda was the youngest***（阿曼達年齡最小）或 ***Amanda was youngest***，但不能説 ***Amanda was youngest of our group***。

有時名詞的所有格形式或所有格限定詞可代替 ***the*** 用在最高級前面。名詞的所有格形式常常用來代替以介詞開頭的短語。例如，可以用 ***Britain's oldest man***（英國年齡最大的男人）代替 ***the oldest man in Britain***。

*...**the world's most popular** cheese.* ……世界上最受歡迎的芝士
*...**my newest** assistant.* ……我的最新助理

名詞的所有格形式在 1.211 到 1.222 小節討論，所有格限定詞在 1.194 到 1.210 小節論述。

used with other adjectives
與其他形容詞連用

2.118 最高級有時伴有另一個以 ***-able*** 或 ***-ible*** 結尾的形容詞。這第二個形容詞既可以放在最高級和名詞之間，也可以放在名詞之後。

*...**the narrowest imaginable** range of interests.* ……可想像到的最窄的興趣範圍
*...**the most beautiful** scenery **imaginable**.* ……能想像到的最美的風景
*...**the longest possible** gap.* ……最長的差距
*I say that in **the nicest** way **possible**.* 我是以最恰當的方式説的。

superlatives used as nouns
用作名詞的最高級

2.119 在相當正式的英語裏，最高級形容詞有時像名詞一樣使用。如此使用的最高級形容詞，前面加 ***the***，後面接 ***of*** 加表示比較對象的名詞或代詞，可以指一個事物也可以指多個事物。

*They are often too poor to buy or rent even **the cheapest** of houses.* 他們常常窮到連最便宜的房子也買不起或租不起的地步。
*He made several important discoveries. **The most interesting** of these came from an examination of an old manuscript.* 他作出了幾項重要發現。最有趣的一個來自對一份古老手稿的鑒定。

如果所説的內容很清楚，可以省略 ***of*** 以及之後的名詞短語。

*There are three types of ant-eater. **The smallest** lives entirely in trees.* 有三種食蟻獸。最小的那種完全生活在樹上。

2.120 在非正式口語裏，人們常常使用最高級而不是比較級來談論兩件事情。例如，在比較火車和汽車服務系統時，某人可能會說 ***The train is quickest***（火車最快）而不是 ***The train is quicker***（火車更快）。不過有些人認為，只有在比較兩個以上事物時，使用最高級才是合適的。

used with ordinal numbers 與序數詞連用：the second biggest city

2.121 **序數詞**（ordinal number）與最高級連用，表示某事物比幾乎所有其他同類事物更具有某屬性。例如，某人說一座山是 ***the second highest mountain***（第二高的山），說話者的意思是，這座山是除了最高的那座以外比其他任何山都高的山。

*Cancer is **the second biggest** cause of death in Britain.* 癌症是英國人的第二大死因。

*...**the second most important** man in her life, her hairdresser.* ……她生活中第二個最重要的男人，她的理髮師

*It is **Japan's third largest** city.* 這是日本的第三大城市。

序數詞在 2.232 到 2.239 小節論述。

the least

2.122 如果想説明某事物具有的屬性比任何其他事物都少，可用 ***the least*** 加形容詞表示。

*This is **the least popular** branch of medicine.* 這是醫學中最不熱門的學科。

同樣，如果談論的是一組事物的屬性少於同類的其他事物，也可用 ***the least*** 表示。

*...**the least savage** men in the country.* ……國內最不野蠻的人

Other ways of comparing things: saying that things are similar 比較事物的其他方法：表示事物相似

2.123 另一個描述事物的方法是説某事物在某些方面與別的事物相似。

talking about things with the same quality 談論有相同性質的事物

2.124 如果想説一個人或事物與別的人或事物具有相同的屬性，可以用屬性形容詞前面加 ***as*** 的結構。這個形容詞後面一般接 ***as*** 開頭的短語或分句。

這種結構可以是：

☞ 以介詞 ***as*** 開頭的短語

*You're just **as bad as your sister**.* 你和你妹妹一樣壞。

*...huge ponds **as big as tennis courts**.* ……大如網球場的巨大池塘

*Takings were **as high as ever**.* 銷售收入還像過去那樣高。

☞ ***as*** 引導的分句

*Conversation was not **as slow as I feared it would be**.* 談話沒有像我擔心的那樣緩慢進行。

*The village gardens aren't **as good as they used to be**.* 鄉村花園已不如從前那麼好了。

2.125 如果這種比較結構後面跟的是由 ***as*** 和單個代詞構成的短語，這個代詞必須是賓語人稱代詞，如 ***me***、***him*** 或 ***her***。

Jane was not as clever as ***him****.* 簡不如他聰明。

但是，如果這種比較結構後面跟的是包含 ***as*** 和代詞的分句，而且代詞作分句的主語，那麼這個代詞必須是主語人稱代詞，如 ***I***、***he*** 或 ***she***。

They aren't as clever as ***they appear to be****.* 他們沒有看上去那麼聰明。

2.126 如果比較的對象很清楚，可以省略短語或分句。

Frozen peas are just ***as good****.* 冷凍豌豆也一樣好。

2.127 還可以用 ***as...as...*** 結構表示某事物具有的屬性比其他事物多很多或少很多。要表達這種意思，可在第一個 ***as*** 之前加上 ***twice***、***three times***、***ten times*** 或 ***half*** 之類的表達式。例如，假定一座建築物高 10 米，另一座高 20 米，那麼就可以說第二座建築物是 ***twice as high as*** 第一座，或者第一座建築物是 ***half as high as*** 第二座。

The grass was ***twice as tall as in the rest of the field****.* 這些草比田裏其他地方的高一倍。

Water is ***eight hundred times as dense as air****.* 水的密度是空氣的 800 倍。

這種結構常常以同樣的方式用於指稱不能計量的屬性。例如，假如想表示某事物比另一個事物有用得多，可以說第一個事物是 ***a hundred times as useful as*** 第二個。

Without this help, rearing our children would be ***ten times as hard as it is****.* 少了這種幫助的話，養育我們的孩子會比現在難上十倍。

2.128 如果 ***as...as...*** 結構的前面是 ***not***，其意義與 ***less...than*** 相同。例如，***I am not as tall as George***（我沒有佐治那麼高）這句話的意思與 ***I am less tall than George***（我不如佐治那麼高）相同。有些人使用 ***not so...as...*** 而不是 ***not as...as...*** 。

The film is ***not as good as the book****.* 這部電影不如原著那麼好。

The young otter is ***not so handsome as the old****.* 這隻小水獺沒有大水獺漂亮。

2.129 ***just***、***quite***、***nearly*** 和 ***almost*** 這樣的詞可以用在這種比較結構之前，以其常用義修飾比較級。

Sunburn can be ***just as severe as a heat burn****.* 曬傷有時會和燙傷一樣嚴重。

這些詞用於比較級的情況在 2.157 到 2.168 小節論述。

2.130 在使用 ***as...as...*** 結構時，有時可在形容詞和之後的短語或分句之間插入名詞。這個名詞前必須加 ***a*** 或 ***an*** 。例如，可以用 ***This is as good a knife as that one***（這把刀和那把一樣好）代替 ***This knife is as good as that one***（這把刀和那把一樣好）。

*I'm **as good a cook as** she is.* 我做飯做得和她一樣好。
*This was not **as bad a result as** they expected.* 這個結果不如他們預料的那麼糟糕。

除了在這個結構前用 ***not*** 以外，有時用 ***not such*** 後接 ***a*** 或 ***an***、形容詞、名詞以及 ***as*** 。

*Water is **not such a good conductor as** metal.* 水不是像金屬那樣的良導體。

2.131 除了這種 ***as...as...*** 結構，還可以用 ***the height of*** 和 ***the size of*** 這類表達式來說明某事物與另一個事物一樣大，或比另一個事物更大或更小。

*The tumour was **the size of** a golf ball.* 腫瘤有高爾夫球那麼大。
*It is roughly **the length of** a man's arm.* 這差不多有一個男人的手臂那麼長。

like 2.132 如果某事物的屬性或特徵與另一事物類似，可以不用 ***as...as...*** 比較結構，代之以用 ***like*** 表示第一個事物與第二個相似。這時可用以 ***like*** 開頭的短語，放在**繫動詞** (linking verb) 之後。

*He looked **like** an actor.* 他看來像個演員。
*That sounds **like** an exaggeration.* 那聽來像是誇大其詞。
*The whole thing is **like** a bad dream.* 整件事就像是一場惡夢。

下面是與 ***like*** 連用的繫動詞一覽表：

be	look	smell	taste
feel	seem	sound	

如果想表示一事物像另一事物，可以在這些繫動詞後面用 ***like*** 開頭的短語。

*It was **like a dream**.* 這像是一場夢。
*Sometimes I feel **like a prisoner** here.* 有時我覺得在這裏像個囚犯。
*He looked **like a nice man**.* 他看來像個好人。
*The houses seemed **like mansions**.* 這些房子看來像豪宅。
*You smell **like a tramp**!* 你聞起來像個流浪漢！
*It sounded **like a fine idea**.* 這聽來像是個好主意。

2.133 ***like*** 的比較級是 ***more like*** 和 ***less like*** ，最高級是 ***most like*** 和 ***least like*** 。

*It made her seem **less like** a child.* 這使她看來不那麼像個孩子。
*Of all his children, she was the one **most like** me.* 所有孩子中她最像我。

2.134 可以把 ***exactly*** 和 ***just*** 這樣的詞放在 ***like*** 前面。

*He looks **just like** a baby.* 他看來就像個嬰兒。
*She looked like a queen, **just exactly like** a queen* 她看來像個女王，完全像個女王。

這種用法在 2.165 小節論述。

same as

2.135 如果想說一個事物與另一事物完全相同，可以用 ***the same as*** 表示。

*The rich are **the same as** the rest of us.* 富人就像我們其他人一樣。

the same as 後面可以接名詞短語、代詞或分句。

*24 Spring Terrace was **the same as** all its neighbours.* 斯普林台 24 號與所有的街坊一模一樣。
*Her colouring was **the same as** mine.* 她的膚色和我的一樣。
*The furnishings are not exactly **the same as** they were when we lived there.* 傢具陳設與我們住在那裏的時候不完全一樣了。

如果兩個或多個事物完全相同，可以用 ***the same*** 表示。

*Come and look! They're exactly **the same**.* 過來看一看！它們完全相同。
*They both taste **the same**.* 這兩個東西的味道一樣。

如果把人或事物與剛提到的其他人或事物進行比較，可以用 ***the same*** 表示。

*It looks like a calculator and weighs about **the same**.* 它看來像是一個計算器，重量也差不多。
*The message was **the same**.* 消息是一樣的。
*The end result is **the same**.* 最終結果是一樣的。

注意，***the opposite*** 和 ***the reverse*** 的用法與此類似。

*The kind of religious thoughts I had were just **the opposite**.* 我有過的那種宗教思想正好相反。
*Some people think that a healthy diet is expensive, but in fact **the reverse** is true.* 有些人認為健康飲食是昂貴的，但事實正好相反。

2.136 可以把 ***nearly*** 和 ***exactly*** 這樣的詞用在 ***the same as*** 和 ***the same*** 前面。

*They are **virtually the same as** other single cells.* 它們和其他單細胞實際上是一樣的。
*You two look **exactly the same**.* 你們兩個看上去一模一樣。

下面是以同樣的方式與 ***the same as*** 和 ***the same*** 連用的一些詞：

almost	just	much	virtually
exactly	more or less	nearly	

這些詞的用法在 2.140 到 2.168 小節論述。

2.137 ***the same*** 可以用在 ***size***、***length*** 或 ***colour*** 之類的名詞前面。例如，如果想表示一條街道與另一條一樣長，可以說第一條街是 ***the same length as*** 第二條，或者兩條街是 ***the same length*** 。

*Its brain was about **the same size** as that of a gorilla.* 牠的大腦和大猩猩的差不多大。
*They were almost **the same height**.* 他們幾乎一樣高。

adjectives meaning the same
作 the same 解的形容詞

2.138 形容詞 ***alike***、***comparable***、***equivalent***、***identical*** 和 ***similar*** 也用於表示兩個或多個事物彼此相似。除了 ***alike*** ，所有這些詞後面都可以用介詞 ***to*** ，以便指出被比較的第二個事物。

*They all looked **alike**.* 他們看上去都一樣。
*The houses were all **identical**.* 這些房子都一模一樣。
*Flemish is **similar to** Afrikaans.* 弗蘭芒語類似於南非荷蘭語。

modifying adjectives used in comparisons
用於比較的修飾形容詞

2.139 如果想説明比較的是屬性的不同的量，可以用 ***comparatively***、***relatively*** 和 ***equally*** 這樣的詞。

*Psychology's a **comparatively new** subject.* 心理學是一個相對新的學科。
*The costs remained **relatively low**.* 成本仍然相對較低。
*Her technique was less dramatic than Ann's, but **equally effective**.* 她的技術不如安的那麼引人注目，但同樣有效。
*He was **extra polite** to his superiors.* 他對上司特別有禮貌。

Talking about different amounts of a quality
談論屬性的不同的量

2.140 如果想進一步説明形容詞所描述的屬性，可以用**次修飾性副詞** (submodifying adverb)，比如 ***very*** 或 ***rather*** 。這麼做的目的是表示或強調屬性的量。

submodifying adverbs
次修飾性副詞：
extremely narrow, slightly different

2.141 由於屬性形容詞**可以分級** (gradable)，使説話者能夠表示屬性相關的量有多少，因此和其他類別的形容詞相比更可能與**次修飾性副詞** (submodifying adverb ，如 ***extremely*** 或 ***slightly***) 連用。

*...an **extremely narrow** road.* ……一條非常狹窄的道路
*...a **highly successful** company.* ……一間非常成功的公司
*...in a **slightly different** way.* ……以略微不同的方式
*I was **extraordinarily happy**.* 我異常高興。
*...helping them in a **strongly supportive** way.* ……以強力支持的方式幫助他們
*...a **very pretty** girl.* ……一個非常漂亮的女孩
*She seems **very pleasant**.* 她似乎很愉快。
*...a **rather clumsy** person.* ……一個相當笨拙的人
*His hair was **rather long**.* 他的頭髮相當長。

2.142　***very*** 和 ***extremely*** 這樣的詞可以與某些**類別形容詞**（classifying adjective，參見 2.146 到 2.148 小節）以及**顏色形容詞**（colour adjective，參見 2.35 小節）連用。注意，大部分 ***-ed*** 形容詞可以被 ***very*** 和 ***extremely*** 之類的詞修飾，就像其他屬性形容詞一樣。

...a ***very frightened*** *little girl.* ……一個驚恐萬分的小女孩
...an ***extremely disappointed*** *young man.* ……一個極為失望的男青年

intensifying qualitative adjectives 強化屬性形容詞

2.143　很多修飾性副詞如 ***very*** 和 ***extremely*** 可以與屬性形容詞連用，以強化其語義。

*...****extremely high*** *temperatures.* ……極高的溫度
Geoffrey was a ***deeply religious*** *man.* 傑弗里是個篤信宗教的人。
France is ***heavily dependent*** *on foreign trade.* 法國嚴重依賴對外貿易。

下面這些詞用於強化形容詞的語義：

amazingly	exceedingly	incredibly	suspiciously
awfully	extraordinarily	infinitely	terribly
bitterly	extremely	notably	unbelievably
critically	fantastically	particularly	very
dangerously	greatly	radically	violently
deeply	heavily	really	vitally
delightfully	highly	remarkably	wildly
disturbingly	hopelessly	seriously	wonderfully
dreadfully	horribly	strikingly	
eminently	hugely	supremely	
especially	impossibly	surprisingly	

注意，如果想表示特別強調，***very*** 可以用在最高級形容詞之前。詳見 2.167 到 2.168 小節。

2.144　很多這樣的修飾性副詞不僅強化形容詞的語義，而且使說話者能夠表達對所述內容的看法。例如，如果說某事物是 ***surprisingly large***（大得出奇），說話者既強化了 ***large*** 的語義，又對事物的巨大表達了驚奇。

He has ***amazingly long*** *eyelashes.* 他的睫毛長得驚人。
...a ***delightfully refreshing*** *taste.* ……一種令人心曠神怡的味道
...a ***shockingly brutal*** *scene.* 一個令人震驚的殘酷場景
...a ***horribly uncomfortable*** *chair.* 一張非常不舒服的椅子
*...****incredibly boring*** *documents.* 無聊得令人難以置信的文件

但是，少數修飾性副詞僅用於強化形容詞的語義。

They're ***awfully brave****.* 他們非常勇敢。
The other girls were ***dreadfully dull*** *companions.* 另外幾個女孩都是極之乏味的同伴。

下面這些詞只用於強化形容詞的語義：

awfully	extremely	really	very
dreadfully	greatly	so	
especially	highly	terribly	

注意，***awfully***、***dreadfully*** 和 ***terribly*** 用於非正式的語言，***highly*** 用於特別正式的語言。

另外應注意，***so*** 一般僅用於繫動詞之後。

*I am **so sorry**.* 我非常抱歉。

reducing qualitative adjectives
弱化屬性形容詞

2.145 有些修飾性副詞用於弱化屬性形容詞的作用。

*The story was **mildly amusing**.* 這個故事有點好笑。
*It's a **fairly common** feeling.* 這是相當普遍的感覺。
*...**moderately rich** people.* ……中等富裕的人
*...his **rather large** stomach.* 他相當大的胃
*My last question is **somewhat personal**.* 我的最後一個問題有點私人性。

下面這些詞用於減弱形容詞的作用：

faintly	moderately	rather	somewhat
fairly	pretty	reasonably	
mildly	quite	slightly	

另外應注意，***quite*** 通常只與繫動詞之後的形容詞連用。

*She was **quite tall**.* 她個子相當高。

talking about extent
談論程度

2.146 有些修飾性副詞用來談論所描述屬性的程度。

下面這些詞用來談論屬性的程度：

almost	nearly	absolutely	quite
exclusively	partly	altogether	simply
fully	predominantly	completely	totally
largely	primarily	entirely	utterly
mainly	roughly	perfectly	
mostly	~	purely	

2.147 上表中的第一組詞幾乎總是用來談論屬性的程度。它們最常與類別形容詞連用。

*It was an **almost** automatic reflex.* 這幾乎是自動的本能反應。
*...a shop with an **exclusively** female clientele.* ……顧客為清一色女性的商店
*...the **largely** rural south east.* 大部分是農村的東南地區

*The wolf is now **nearly** extinct.* 狼現在已瀕臨滅絕。
*The reasons for this were **partly** economic and practical, and **partly** political and social.* 造成這種情況的原因部分是經濟和實際的，部分是政治和社會的。

almost 和 ***nearly*** 也與屬性形容詞連用。

*The club was **almost** empty.* 夜總會幾乎空無一人。
*It was **nearly** dark.* 天快要黑了。

注意，如果想說某事物幾乎或大致與別的事物相同，可用 ***roughly*** 表示。

*West Germany, Japan and Sweden are at **roughly similar** levels of economic development.* 西德、日本和瑞典處於大致相同的經濟發展水平。

另外應注意，***half*** 有時也這麼用。例如，某人的父母只有一方是美國人，可以稱這個人是 ***half American***（半個美國人）。

2.148　上表中的第二組詞不僅用於談論屬性的程度，而且用來強化形容詞的語義。它們與屬性形容詞以及類別形容詞連用。

*You're **absolutely right**.* 你完全正確。
*This policy has been **completely unsuccessful**.* 這個政策徹底失敗了。
*Everyone appeared to be **completely unaware** of the fact.* 每個人似乎都完全不知道這個事實。
*The discussion was **purely theoretical**.* 討論是純理論的。
*It really is **quite astonishing**.* 這真的相當驚人。
*...a **totally new** situation.* 一個全新的情況
*We lived **totally separate** lives.* 我們過的是完全不同的生活。
*...**utterly trivial** matters.* ……完全微不足道的事情

注意，***absolutely*** 經常與表示熱情或缺乏熱情的屬性形容詞連用。此時 ***absolutely*** 強調的是說話者對所說內容的強烈感情。

*...an **absolutely absurd** idea.* ……一個絕對荒唐的想法
*I think it's **absolutely wonderful**.* 我覺得這真是太妙了。
*The enquiry is **absolutely crucial**.* 調查是絕對至關重要的。

下面是常用 ***absolutely*** 強調的屬性形容詞：

absurd	enormous	huge	splendid
awful	essential	impossible	terrible
brilliant	excellent	massive	vital
certain	furious	perfect	wonderful
crucial	hilarious	ridiculous	

另外應注意，***completely*** 和 ***utterly*** 也可以這麼用。

*It is **completely** impossible to imagine such a world.* 完全無法想像這樣一個世界。
*He began to feel **utterly** miserable.* 他開始感到極度痛苦。

saying that there is enough of something
表達充足的某種屬性

2.149 ***adequately***、***sufficiently*** 和 ***acceptably*** 等修飾性副詞可以表示某人或某事物充分具有所描述的屬性。

*The roof is **adequately insulated**.* 屋頂的隔熱做得足夠好。
*We found a bank of snow **sufficiently deep** to dig a cave.* 我們找到一堆雪，深度足以挖一個洞。

2.150 也可以用 ***enough*** 來表示説話者認為某事物充足。***enough*** 總是置於形容詞之後，從不放在前面。

*I was not a **good enough** rider.* 作為一個騎手，我不夠好。
*It seemed that Henry had not been **careful enough**.* 看來亨利不夠小心。

enough 可後接介詞 ***for***，表示涉及到的人；或者後接 ***to***-不定式，表示相關的動作。

*A girl from the factory wasn't **good enough for him**.* 一個工廠女工對他來説不夠好。
*If you find that the white wine is not **cold enough for you**, ask for some ice to be put in it.* 如果你覺得白葡萄酒不夠涼，可以要一點冰放進去。
*The children are **old enough to travel to school on their own**.* 孩子們年紀夠大，可以獨自上學了。
*None of the fruit was **ripe enough to eat**.* 這些水果都不夠熟，還不能吃。

注意，如果 ***enough*** 用在形容詞之後，可以把 ***just*** 放在形容詞之前，表示某人或某事物充分具有形容詞所描述的屬性，但並不超過。

*Some of these creatures are **just large enough** to see with the naked eye.* 這些生物中有些剛好大到可以用肉眼看見。

2.151 ***enough*** 也是限定詞（參見 1.223 到 1.247 小節）。

*He hasn't had **enough** exercise.* 他沒有足夠的運動。

enough 作為限定詞用時，前面可以加 ***just*** 或 ***almost*** 這樣的詞。

*There was **just enough** space for a bed.* 剛好有足夠空間放一張牀。
*I have **almost enough** tokens for one book.* 我的購書券差不多夠買一本書。

saying that there is not enough of something
表達不充足的某種屬性

2.152 如果想表示所描述的某事物不充足，可以用 ***inadequately***、***insufficiently*** 和 ***unacceptably*** 等修飾性副詞。

*...people growing up in **insufficiently supportive** families.* ……在沒有足夠支持的家庭裏長大的人
*Their publications were **inadequately researched**.* 他們發表的東西缺乏足夠的研究。

saying that there is too much of something
表達過多的某種屬性

2.153 如果説話者想表示某人或某事物具有過多的某種屬性，一般用 ***too*** 插在繫動詞和屬性形容詞之間。

*My feet are **too big**.* 我的腳太大。

*It was **too hot**.* 天氣太熱了。
*Dad thought I was **too idealistic**.* 爸爸認為我太理想主義。

要強調 ***too***，可在其前面加 ***far***。在非正式英語裏，也可以用 ***way***。

*The journey was **far too long**.* 旅程實在太長。
*It was **far too hot** to work in the garden.* 天氣實在太熱，不能在花園裏工作。
*The price was **way too high**.* 價格高得離譜。

too 後面可接介詞 ***for***，表示涉及到的人；或者接 ***to-***不定式，表示相關的動作。

*The shoes were **too big for him**.* 這雙鞋對他來說太大了。
*He was **too old for that sort of thing**.* 他年紀太大，做不了那種事。
*She was **too weak to lift me**.* 她太虛弱，抬不起我。
*He was **too proud to apologize**.* 他太驕傲了，不願道歉。

注意，通常 ***too*** 不與名詞前的形容詞連用，雖然 ***too*** 確實可用在 ***many***、***much*** 和 ***few*** 等限定詞之前。

*There is **too much** chance of error.* 出錯的機會太多。
***Too few** people nowadays are interested in literature.* 如今對文學感興趣的人太少。
*You ask **too many** questions, Sam.* 你問的問題太多了，山姆。

Be Careful 注意

2.154 ***too*** 不能代替 ***very***。必須說 ***I am very happy to meet you***（我很高興見到你），而不能說 ***I am too happy to meet you***。

2.155 其他表示某種屬性過多的詞有 ***excessively***、***overly*** 以及前綴 ***over-***。這些詞可以像 ***too*** 一樣與繫動詞之後的形容詞連用，但也可與名詞前的形容詞連用。

*...**excessively high** accident rates.* ……高得出奇的事故率
*...an intellectual but **over-cautious** man.* ……一個聰慧但過分謹慎的男人
*They were **overly eager**.* 他們過於急切。

Be Creative 靈活運用

2.156 除了 ***excessively*** 和 ***insufficiently*** 這樣的程度副詞，也可以把某些其他類型的副詞用在形容詞前面來修飾其意義。

*...the **once elegant** palace.* ……曾經很優雅的宮殿
*...a **permanently muddy** road.* ……一條永遠泥濘不堪的道路
*...**internationally famous** golfers.* ……國際知名的高爾夫球手
*...**naturally blonde** hair.* ……天然的金髮
*...**coolly elegant** furniture.* ……低調優雅的傢具
*...**purposely expensive** gadgets.* ……故意定價高昂的器具

副詞在第六章闡述。

Saying things are different 表示事物的不同

2.157 在使用比較級形容詞的時候，說話者可能想表示某事物比其他事物具有多得多或少得多的某種屬性。這時可以添加 ***much*** 或 ***a little*** 這樣的詞。

*It is a **much better** school than yours.* 這個學校比你那個好多了。
*These creatures are **much less mobile**.* 這些動物的活動能力小很多。
*There are **far worse** dangers.* 還有更嚴重的危險。
*Some children are **a lot more difficult** than others.* 有些孩子比其他小孩難教得多。

這些詞也可以用來表示某事物具有的某種屬性比以前多得多或少得多。

*He had become **much more mature**.* 他變得成熟多了。
*That's **much less important** than it was.* 這遠沒有以前那麼重要了。

2.158 有些修飾詞和短語只有在比較級形容詞置於繫動詞之後時才能使用。

*You look **a lot better**.* 你看來好多了。
*It would be **a good deal easier** if you came to my place.* 如果你到我這裏來，那會容易得多。
*The journey back was **a great deal more unpleasant** than the outward one had been.* 回程比去程不愉快得多。

下面這些修飾詞和短語用在比較級形容詞之前和繫動詞之後：

a good deal	a lot	lots
a great deal	heaps	

注意，***lots*** 和 ***heaps*** 僅用於非正式英語口語。

2.159 但是，其他修飾性副詞既可與置於名詞之前的比較級形容詞連用，也可與置於繫動詞之後的比較級形容詞連用。

*They are faced with a **much harder** problem than the rest of us.* 他們面臨的問題比我們其他人困難得多。
*The risk from smoking is **much greater** if you have a weak heart.* 如果你心臟虛弱，吸煙的風險就要大得多。
*Computers can be applied to a **far wider** range of tasks.* 電腦可以用於更廣泛的任務。
*The delay was **far longer** than they claimed.* 延誤比他們聲稱的長很多。

下面這些修飾性副詞既可在名詞前也可在繫動詞後與比較級形容詞連用。

considerably	infinitely	vastly
far	much	very much

2.160 如果想表示某事物具有的屬性超過了其他事物已經有的很多屬性，可在比較級形容詞之前用 ***even*** 或 ***still*** ，或在比較級形容詞之後用 ***still*** 。

*She's **even lazier** than me!* 她比我還要懶！
*She was **even more possessive** than Rosamund.* 她甚至比羅莎蒙德佔有慾更強。
*I had a **still more recent** report.* 我有一個新得多的報告。
*The text is actually **worse still**.* 文本實際上更糟。

同樣，可用 ***even*** 或 ***still*** 表示某事物少於其他事物已經有的少量屬性。

*This did not happen before the war, and is now **even less** likely.* 這件事在戰前沒有發生，現在更不可能了。

也可以用 ***even*** 或 ***still*** 來比較某事物在不同的時間裏所具有的屬性。

*The flight was **even faster** coming back.* 回來的航班甚至更快。
*They will become **richer still**.* 他們將變得更富有。

在正式或書面英語裏，***yet*** 的用法有時和 ***still*** 一樣。

*He would have been **yet more alarmed** had she withdrawn.* 如果她退出的話，他會更加驚慌的。
*The planes grow **mightier yet**.* 飛機變得更龐大了。

2.161 通過重複比較級形容詞，可以表示某事物具有的屬性在不斷增加或減少。例如，可以說某事物變得 ***bigger and bigger***（越來越大）、***more and more difficult***（越來越困難）或 ***less and less common***（越來越少見）。

*He's getting **taller and taller**.* 他長得越來越高了。
*...defences that were proving **more and more effective**.* ……證明越來越有效的防禦

increasingly 可以代替 ***more and more*** ，***decreasingly*** 可以代替 ***less and less*** 。

*I was becoming **increasingly** depressed.* 我變得越來越抑鬱了。
*It was the first of a number of **increasingly** frank talks.* 這是一連串越來越坦率談話中的第一次。

2.162 如果想表示某事物具有的屬性比其他事物略多或略少，可用 ***rather*** 、***slightly*** 、***a bit*** 、***a little bit*** 或 ***a little*** 加比較級形容詞。

*It's a **rather more complicated** story than that.* 這個故事比那個更複雜一些。
*She's only **a little bit taller** than her sister.* 她只比她妹妹高一點點。

這些形式也可表示某事物具有的屬性比以前略多或略少。

*We must be **rather more visible** to people in the community.* 我們必須更多地出現在社區裏的人目前。

...the little things that made life ***slightly less intolerable****.* ……使生活變得略微不那麼難耐的小事情

2.163 如果想強調說明某事物具有的屬性不比其他事物多，或者不比以前多，可以用 ***no*** 加比較級形容詞。

Some species of dinosaur were ***no bigger*** *than a chicken.* 某些種類的恐龍還不如一隻雞大。

在否定句、疑問句以及條件從句中，***any*** 用於比較級前表示強調。例如，***He wasn't any taller than Jane***（他並不比簡高）這句話的意思和 ***He was no taller than Jane*** 是一樣的。

I was ten and didn't look ***any older****.* 我那時 10 歲，而且看來不比實際年紀大。
If it will make you ***any happier****, I'll shave off my beard.* 如果能令你高興點，我會刮掉鬍子的。
Is that ***any clearer****?* 是不是清楚了一些？

注意，只有在比較級放在繫動詞之後時，***no*** 和 ***any*** 才能這樣用。如果在名詞短語之前，***no*** 和 ***any*** 不能與比較級連用。例如，不能說 ***It was a no better meal*** 或 ***Is that an any faster train?***

2.164 ***just***、***quite***、***nearly*** 和 ***almost*** 等可用在比較結構 ***as...as...***（參見 2.124 到 2.130 小節）前面，以其常見意義修飾比較級。

Mary was ***just as pale as*** *he was.* 瑪麗臉色和他一樣蒼白。
There is nothing ***quite as lonely as*** *illness.* 沒有甚麼比疾病更孤獨的了。
...a huge bird which was ***nearly as big as*** *a man.* ……一隻幾乎和人一樣大的大鳥
The land seemed ***almost as dark as*** *the water.* 陸地似乎和水面差不多一樣暗。

如果 ***not*** 作 ***less...than*** 解用在 ***as...as...*** 結構前，***nearly*** 可放在 ***not*** 之後。例如，***I am not nearly as tall as George***（我遠遠沒有佐治那麼高）這句話的意思和 ***I am much less tall than George***（我比佐治矮很多）是一樣的。

This is ***not nearly as complicated as*** *it sounds.* 這遠遠沒有聽來那麼複雜。

2.165 如果用 ***like*** 通過比較來描述某人或某事物（參見 2.132 到 2.134 小節），前面可加修飾性副詞。

...animals that looked ***a little like*** *donkeys.* ……看來有點像驢子的動物
It's a plane ***exactly like*** *his.* 這架飛機和他的一模一樣。

下面是與 ***like*** 連用的修飾性副詞：

a bit	exactly	quite	somewhat
a little	just	rather	very

2.166 如果用 ***the same as*** 和 ***the same*** 表示兩個人或事物完全相同，可以在其前面使用一系列修飾性副詞，包括 ***just*** 、 ***exactly*** 、 ***much*** 、 ***nearly*** 、 ***virtually*** 和 ***more or less*** 。

*I'm **just the same as** everyone else.* 我和其他人沒甚麼不同。
*The situation was **much the same** in Germany.* 在德國，情況幾乎一樣。
*The moral code would seem to be **more or less the same** throughout the world.* 道德準則似乎在全世界都差不多一樣。

2.167 在使用最高級形容詞的時候，說話者可能想表示某事物具有的屬性比其他同類事物多得多或少得多。

修飾性副詞 ***much*** 、***quite*** 、***easily*** 、***by far*** 和 ***very*** 可與最高級形容詞連用。

much 、 ***quite*** 和 ***easily*** 放在 ***the*** 和最高級前面。

*Music may have been **much the most respectable** of his tastes.* 音樂可能是他最體面的愛好。
*...the most frightening time of my life, and **quite the most dishonest**.* ……我一生中最可怕的時刻，無疑也是最不誠實的時刻
*This is **easily the best** film of the year.* 這絕對是今年最好的一部電影。

by far 既可放在 ***the*** 和最高級之前，也可放在最高級之後。

*They are **by far the most dangerous** creatures on the island.* 牠們絕對是島上最危險的動物。
*The Union was **the largest by far**.* 這個工會絕對是最大的。

2.168 ***very*** 常與加 ***-est*** 構成的最高級連用，或與不規則最高級如 ***the best*** 和 ***the worst*** 連用。 ***very*** 放在 ***the*** 和最高級之間。

*...**the very earliest** computers.* ……原先最早的電腦
*It was of **the very highest** quality.* 這是頂級的質量。

如果想表示特別強調， ***very*** 也可用於修飾最高級形容詞，放在限定詞如 ***the*** 或 ***that*** 之後，最高級形容詞或 ***first*** 、 ***last*** 這樣的詞之前。

*...in the **very smallest** countries.* ……在極小的國家裏
*...one of the **very finest** breeds of dogs.* ……品種極佳的狗之一
*...on the **very first** day of the war.* ……就在戰爭爆發的第一天
*He had come at the **very last** moment.* 他在最後一刻來到。
*That **very next** afternoon he was working in his room.* 就在第二天下午，他在自己房間裏工作。
*He spent weeks in that **very same** basement.* 他在同一個地下室裏度過了好幾個星期。

Modifying using nouns: noun modifiers
使用名詞修飾：名詞修飾語

2.169 如果想確切地說明某人或某事物，可以把名詞用在其他名詞前作修飾語。

有時，這樣使用的名詞成了固定的表達式，稱為**複合名詞**（compound noun，參見 1.83 到 1.92 小節）。

用在其他名詞前的名詞，如果不是固定表達式，則稱為**名詞修飾語**（noun modifier）。

*...the **car** door.* ……汽車車門
*...**tennis** lessons.* ……網球課
*...a **football** player.* ……足球運動員
*...**cat** food.* ……貓糧
*...the **music** industry.* ……音樂產業
*...a **surprise** announcement.* ……一個出人意料的通告

singular and plural forms 單數和複數形式

2.170 通常**可數名詞**（countable noun，參見 1.15 到 1.22 小節）的單數形式用作名詞修飾語，即使指的是一個以上的事物。例如，書店稱為 ***a book shop*** 而不是 ***a books shop***，儘管書店出售大量的書籍而不只是一本。

很多**複數名詞**（plural noun）用在其他名詞前時會失去詞尾的 ***-s***。

*...my **trouser** pocket.* ……我的褲子口袋
*...**pyjama** trousers.* ……睡褲
*...**paratroop** attacks.* ……傘兵的進攻

下面這些常見複數名詞在用作修飾語時會失去詞尾的 ***-s*** 和 ***-es***：

knickers	pyjamas	spectacles	trousers
paratroops	scissors	troops	

但是，有些複數名詞用在其他名詞前時保持原形。

*...**arms** control.* ……軍備控制
*...**clothes** pegs.* ……衣夾

下面這些複數名詞在用作修飾語時保持不變：

arms	clothes	jeans
binoculars	glasses	sunglasses

複數名詞在 1.41 到 1.46 小節論述。

using more than one noun modifier
使用一個以上名詞修飾語

2.171 如果想更具體地說明，可以使用一個以上的名詞修飾語。例如，***car insurance certificate***（汽車保險憑證）是一張表示汽車已投保的證書；***state pension scheme***（州養老金方案）是由州管理、有關工人養老金的方案。

*...a **Careers Information** Officer.* ……職業信息官
*...**car body repair** kits.* ……車身修理套裝
*...a **family dinner** party.* ……家庭晚宴
*...a **school medical** officer.* ……學校醫務人員

used with adjectives
與形容詞連用

2.172 如果想進一步說明前面有名詞修飾語的名詞，可以在名詞修飾語前加形容詞（adjective）。

*...a **long** car journey.* ……長途開車旅行
*...a **new scarlet** silk handkerchief.* ……一條新的猩紅色絲綢手帕
*...**complex** business deals.* ……複雜的商業交易
*...this **beautiful** morning sunlight.* ……今早美麗的陽光
*...the **French** film industry.* 法國電影業

如果形容詞置於兩個名詞之前，通常可清楚地看出其修飾的是兩個名詞還是僅修飾名詞修飾語。

例如，在 ***an electric can opener***（電動開罐器）這個短語裏，形容詞 ***electric*** 修飾的是 ***can opener***，而在 ***electric shock treatment***（電休克治療）這個短語裏，***electric*** 修飾的是名詞 ***shock***，然後形容詞和名詞修飾語兩者一起修飾名詞 ***treatment***。

形容詞在 2.2 到 2.102 小節論述。

use of proper nouns
專有名詞的使用

2.173 **專有名詞**（proper noun）也可用作名詞修飾語。例如，如果想表示某事物與某地、某組織或某機構有關，可把該地、該組織或該機構的名稱放在所有其他名詞修飾語之前。專有名詞還可放在類別形容詞前面。

*...**Brighton** Technical College.* ……布萊頓技術學院
*...the **Cambridge House** Literacy Scheme.* ……劍橋學院掃文盲計劃

專有名詞在 1.52 到 1.58 小節論述。

Be Creative 靈活運用

2.174 在英語裏，名詞修飾語的使用非常普遍。事實上，如果語境清楚交代了所說的意思，幾乎任何名詞都可用來修飾其他名詞。名詞修飾語可用來談論兩個名詞之間的廣泛關係。

例如，表示某物是由甚麼東西製造的，可以說 ***cotton socks***（棉襪）。也可表示某處製造的是甚麼東西，比如 ***a glass factory***（玻璃廠）。可以表示某人做甚麼，比如 ***a football player***,（足球運動員），或表示某物在甚麼地方，比如 ***my bedroom curtains***（我的臥室窗簾）。

名詞修飾語可以表示某事發生的時間，比如 ***the morning mist***（早晨的薄霧）和 ***her wartime activities***（她在戰時的活動）。也可描述某事物的性質或大小，比如 ***a surprise attack***（突然襲擊）和 ***a pocket chess-set***（一副袖珍國際象棋）。

Talking about quantities and amounts 談論數量

2.175 本節討論表示事物數量的方法。數量常常用數詞表示，但在日常生活中，有時也可用 ***several***（好幾個）或 ***a lot***（很多）這樣的詞或短語，然後加上 ***of*** 與後面的名詞連接。這樣的量詞短語在 2.176 到 2.193 小節論述。如此使用的短語如 ***a bottle*** 稱為**單位詞**（partitive）。單位詞在 2.194 到 2.207 小節論述。

如果想表示某事物精確的數量，可以用**數詞**（number，參見 2.208 到 2.239 小節）或**分數**（fraction，參見 2.240 到 2.249 小節）。

數詞、分數和量詞短語也用於量詞短語，表示某事物的大小、重量、長度等等。談論**量度**（measurement）的方法在 2.250 到 2.257 小節論述。近似量度在 2.264 到 2.271 論述。數詞還用於表示某人或某事物的年齡。這種用法在 2.258 到 2.263 小節論述。

Talking about amounts of things 談論事物的數量：a lot of ideas, plenty of shops

2.176 如果想談論事物的數量，可以用某些不定指限定詞的代詞形式（比如 ***all*** 或 ***both***）後接 ***of*** 加名詞短語。

*I am sure **both of** you agree with me.* 我肯定你們兩個都同意我的意見。
***Most of** the population have fled.* 大部分人口都已經逃離。
***All of** her children live abroad.* 她所有孩子都在國外生活。

2.177 下面是表示數量的不定指限定詞。每個詞後面給出 ***of*** 作為提示。

all of	enough of	many of	one of
another of	(a) few of	more of	several of
any of	fewer of	most of	some of
both of	less of	much of	
each of	(a) little of	neither of	
either of	lots of	none of	

也可以同樣方式用 ***a lot of*** 或 ***a number of*** 之類的短語來談論數量。

*...a house with **lots of** windows.* ……有很多窗戶的房子
*I make **a lot of** mistakes.* 我犯了很多錯誤。
*In Tunis there are **a number of** art galleries.* 突尼斯有好幾間美術館。
*I never found **the rest of** my relatives.* 我一直沒找到我其餘的親戚。

2.178 下面是可用於談論數量的短語一覽表：

an amount of	a good deal of	a great many of	~
a bit of	a great deal of	a number of	a majority of
a little bit of	a lot of	plenty of	the majority of
a couple of	a good many of	a quantity of	a minority of

~	the rest of	gobs of（美式英語）	masses of
part of	the whole of	heaps of	tons of
the remainder of	~	loads of	

注意，上表最後一組詞僅用於非正式口語。

only with definite determiners
僅與定指限定詞連用

2.179 上述量詞短語中有些只能通過 ***of*** 與以 ***the***、***these*** 或 ***my*** 等定指限定詞開頭的名詞短語連接。***us***、***them*** 或 ***these*** 之類的代詞也可用在 ***of*** 之後。

*Nearly **all of the increase** has been caused by inflation.* 幾乎所有增長都由通貨膨脹引起。
***Part of the farm** lay close to the river bank.* 農場一部分緊靠着河岸。
*Only **a few of them** were armed.* 他們當中只有幾個人配備了武器。

下面這些帶 ***of*** 的量詞短語通常或總是後接以定指限定詞開頭的名詞短語：

all of	few of	neither of	a few of
another of	fewer of	none of	a little of
any of	less of	one of	a good many of
both of	little of	part of	a great many of
certain of	many of	several of	~
each of	more of	some of	the remainder of
either of	most of	various of	the rest of
enough of	much of	~	the whole of

with place names
與地名連用

2.180 有些量詞短語也可與地名連用。

***Much of America** will be shocked by what happened.* 大部分美國人將對所發生的事感到震驚。
*...involving **most of Africa** and **a lot of South America**.* 涉及到非洲的大部分地區以及南美洲的很多地區

下面是與地名連用的量詞短語：

all of	none of	a little bit of	the rest of
less of	part of	a good deal of	the whole of
more of	some of	a great deal of	
most of	~	a lot of	
much of	a bit of	~	

verb agreement
動詞的一致

2.181 如果量詞短語用作動詞的主語，動詞用單數還是複數取決於量詞短語指的是一個還是多個事物。

*Some of the information **has** already been analysed.* 有些信息已經分析過了。
*Some of my best friends **are** policemen.* 我最好的朋友之中有些是警察。

with plural nouns
與複數名詞連用

2.182 很多量詞短語只能用在複數名詞短語前面。

*I am sure **both of** you agree with me.* 我肯定你們兩個都同意我的意見。
*Start by looking through their papers for **either of** the two documents mentioned below.* 先在他們的文件中翻查下面提到的兩份文檔中的任何一份。
***Few of** these organizations survive for long.* 這些組織中能長期存在的寥寥無幾。
***Several of** his best books are about space flight.* 他幾本最好的書是關於太空飛行的。
*I would like to ask you **a couple of** questions.* 我想問你幾個問題。
*The report contained large **numbers of** inaccuracies.* 這份報告含有大量的差錯。

下面是僅與複數名詞短語連用的量詞短語一覽表：

another of	few of	one of	a few of
both of	fewer of	several of	a good many of
certain of	many of	various of	a great many of
each of	neither of	~	a number of
either of	numbers of	a couple of	

關於 ***each of*** 的進一步說明，參見 2.186 到 2.187 小節；關於 ***fewer of***，參見 2.189 小節；關於 ***a number of***，參見 2.191 到 2.192 小節。

注意，在否定句中談論兩個事物時，***neither of*** 的用法與 ***either of*** 類似。詳見 5.79 小節。

with uncountable nouns and singular nouns
與不可數名詞和單數名詞連用

2.183 少數量詞短語只與不可數名詞和單數名詞短語連用。

***Much of** the day was taken up with classes.* 這一天的大部分時間用來上課。
*This is **a bit of** a change.* 這是一點小小的變化。
*There was **a good deal of** smoke.* 有大量的煙。
*If you use rich milk, pour off **a little of** the cream.* 如果用的是全脂乳，要倒掉一點奶油。
*I spent **the whole of** last year working there.* 我去年全年都在那兒工作。

下面這些量詞短語只與不可數名詞和單數名詞短語連用：

less of	part of	a little bit of	a little of
little of	~	a good deal of	~
much of	a bit of	a great deal of	the whole of

關於 ***less of*** 的進一步說明，參見 2.189 小節。

with plural nouns and uncountable nouns
與複數名詞和不可數名詞連用

2.184 極少數量詞短語只與複數名詞短語和不可數名詞連用。

*...the seizure of vast **quantities** of illegal weapons.* ……大量非法武器的收繳

*Very large **quantities of** aid were needed.* 需要非常大量的援助。

*They had **loads of** things to say about each other.* 他們有很多事情要對彼此說。

*We had **loads of** room.* 我們有大量的餘地。

*...**plenty of** the men.* ……很多男人

*Make sure you give **plenty** of notice.* 請確保你提前足夠的時間通知。

下面是只與複數名詞短語和不可數名詞連用的量詞短語：

plenty of	~	heaps of	masses of
quantities of	gobs of（美式英語）	loads of	tons of

注意，如果上表中的第二組詞與不可數名詞一起作動詞的主語，動詞用單數，即使量詞短語看起來是複數。

*Masses and **masses of** food **was** left over.* 剩下了許許多多的食物。

with all types of noun
與各類名詞連用

2.185 有些量詞短語可與複數名詞、單數名詞或不可數名詞連用。

*...**some of** the most distinguished men of our time.* ……我們這時代一些最傑出的男子

*We did **some of** the journey by night.* 我們部分旅程會在晚上進行。

***Some of** the gossip was surprisingly accurate.* 有些流言蜚語準確得令人驚訝。

下面這些量詞短語與複數名詞、單數名詞或不可數名詞連用：

all of	more of	~	~
any of	most of	an amount of	the remainder of
enough of	none of	a lot of	the rest of
lots of	some of	a quantity of	

注意，***an amount of*** 幾乎總是與 ***small*** 之類的形容詞連用：***a small amount of***（少量的）。詳見 2.191 小節。

另外應注意，如果 ***lots of*** 與不可數名詞一起作動詞的主語，動詞用單數，即使量詞短語看上去是複數。

*He thought that **lots of** lovely money **was** the source of happiness.* 他認為許多可愛的錢是幸福的源泉。

any of 在 2.188 小節詳述。

2.186 如果想談及特定群體中的每個成員，可以用 ***each of*** 加複數名詞短語。

***Each of** the drawings is slightly different.* 每幅素描畫都略有不同。

We feel quite differently about ***each of*** *our children.* 對我們自己的每個孩子，我們的感覺很不一樣。
Work out how much you can afford to pay ***each of*** *them.* 算一下你能付得起他們每個人多少錢。

注意，***each one*** 和 ***every one*** 可用在 ***of*** 前代替 ***each*** 表示強調。

This view of poverty influences ***each one*** *of us.* 這種貧困觀對我們每一個人都有影響。
Every one *of them is given a financial target.* 給他們每個人都設定了財務目標。

Be Careful 注意

2.187 如果量詞短語 ***each of*** 與複數名詞短語連用，名詞短語後的動詞總是用單數。

2.188 ***any of*** 可以指一個或多個人或事物，也可指某事物的一部分。注意，如果 ***any of*** 作動詞主語時指的是多個事物，動詞用複數；如果指的是某事物的一部分，動詞則用單數。

She has those coats. She might have been wearing ***any of*** *them.* 她有那些外套。她可能一直在穿其中的任何一件。
Hardly ***any of*** *these find their way into consumer products.* 這些東西幾乎沒有一件進入了消費品行列。
Has ***any of*** *this been helpful?* 這一切有沒有幫助？
It was more expensive than ***any of*** *the other magazines we were normally able to afford.* 這比我們平常買得起的其他任何雜誌都要貴。

2.189 有三個比較級量詞短語可用在名詞短語前面。***less of*** 通常與單數名詞和不可數名詞連用，***fewer of*** 通常與複數名詞連用，而 ***more of*** 可與所有三類名詞連用。

I enjoy cooking far more now, because I do ***less of*** *it.* 我現在更享受做飯，因為我做少了。
Fewer of *these children will become bored.* 這些孩子當中變得無聊的會更少。
He was far ***more of*** *an existentialist.* 他遠不止是一個存在主義者。

注意，***more of*** 有時用在名詞短語前面強化語義。

He could hardly have felt ***more of*** *a fool than he did at that moment.* 他幾乎沒感覺到自己比那一刻更像個傻瓜。
She was ***more of*** *a flirt than ever.* 她比以往任何時候都更會賣弄風騷。
America is much ***more of*** *a classless society.* 美國更像是一個無階級社會。

另外應注意，***less of*** 有時可代替 ***fewer of***，但很多人認為這種用法不正確。

omitting of
省略 of

2.190 如果語境清楚交代了所說的意思，或說話者認為對方會理解所說的意思，有時可把結構壓縮到僅使用數量短語的程度。例如，在談論有

20 名求職者申請工作的時候，可以説 ***Some were very good***（有些人很不錯），而不是 ***Some of them were very good***（他們當中有些人很不錯）。

A few *crossed over the bridge.* 有幾個人過了橋。
Some parts can be separated from ***the whole****.* 有些部分可以從整體中分離出來。
I have four bins. I keep one in the kitchen and ***the rest*** *in the dustbin area.* 我有四個垃圾桶。我把一個放了在廚房，其餘的放了在垃圾箱區域。
Most of the books had been packed into an enormous trunk and ***the remainder*** *piled on top of it.* 大部分書裝進了一個巨大的箱子裏，其餘的堆在上面。

Usage Note 用法説明

2.191 可以把形容詞加入 ***a number of*** 和 ***a quantity of***，表示事物的數量有多大或多小。

The city attracts ***a large number of*** *tourists.* 這個城市吸引了大批遊客。
We had ***a limited number of*** *people to choose from.* 可供我們挑選的人數量有限。
The novel provides ***an enormous quantity of*** *information.* 這部小説提供的信息量很大。
*...****a tiny quantity of*** *acid.* ……微量的酸

an amount of 總是與形容詞連用，通常用在不可數名詞前面。

Pour ***a small amount of*** *the sauce over the chicken.* 在雞肉上澆少量醬汁。
He has ***a large amount of*** *responsibility.* 他承擔大量的責任。
It only involves ***a small amount of*** *time.* 只涉及少量的時間。
There has to be ***a certain amount of*** *sacrifice.* 必須作出一點犧牲。
They have done ***a vast amount of*** *hard work.* 他們做了大量艱苦的工作。

quantity、***number*** 和 ***amount*** 可用複數形式，特別是在談及單獨的數量時。

...groups that employ ***large numbers of*** *low-paid workers.* ……僱用大批低薪工人的集團
Enormous amounts of *money are spent on advertising.* 大量的錢花在了廣告上。

modifying quantity expressions 修飾性量詞短語

2.192 如果量詞短語含有形容詞，可在形容詞前加 ***very***。

*...****a very great deal of*** *work.* ……超大量的工作
*...****a very large amount of*** *money.* ……一筆鉅款

2.193 有些量詞短語可用 ***quite*** 修飾。

I've wasted ***quite enough of*** *my life here.* 我在這裏浪費的生命已夠多了。
Quite a few of *the employees are beginning to realise the truth.* 相當多員工開始了解真相。
Most of them have had ***quite a lot of*** *experience.* 他們當中大多數人都頗有經驗。

...*quite a large amount of industry.* ……相當大量的工業

下面是可用 ***quite*** 修飾的量詞短語：

enough	a large amount of	a large number of
a few	a small amount of	
a lot of	a number of	

Talking about particular amounts of things 談論事物的特定數量：a piece of paper, a drop of water

2.194 如果想談論某事物的特定數量，可以用**單位詞** (partitive) 結構。這種結構由一個單位詞（比如 ***piece***）加 ***of*** 與另一個名詞連接組成。單位詞都是可數名詞。

Who owns this ***bit of*** *land?* 誰是這塊地的主人？
...***portions of*** *mashed potato.* ……幾份薯蓉

如果單位詞是單數，那麼與其連用的動詞通常也是單數。如果是複數，動詞也是複數。

A piece of paper ***is*** *lifeless.* 一張紙沒有生命。
Two pieces of metal ***were*** *being rubbed together.* 兩塊金屬在互相摩擦。

注意，所有單位詞都由兩個或多個詞構成，因為每一個都需要用 ***of***。下面的表格中給出了 ***of*** 作為提示。

partitives with uncountable nouns 與不可數名詞連用的單位詞

2.195 如果單位詞後面是不可數名詞，可以用 ***bit***、***drop***、***lump*** 或 ***piece*** 等可數名詞作為單位詞。

Here's a ***bit of*** *paper.* 這裏有一些紙。
...*a* ***drop of*** *blood.* ……一滴血
Drops of *sweat dripped from his forehead.* 汗珠從他額頭上滴下來。
...*a tiny* ***piece of*** *material.* ……一小塊材料
...*a* ***pinch of*** *salt.* ……一撮鹽
...***specks of*** *dust.* ……點點灰塵

如果所講的內容清楚，這些單位詞可不帶 ***of*** 單獨使用。

He sat down in the kitchen before a plate of cold ham, but he had only eaten one ***piece*** *when the phone rang.* 他在廚房坐下，面前放着一盤冷火腿，但他剛吃了一塊電話就響了。

2.196 下面是與不可數名詞連用的單位詞：

amount of	dash of	lump of	pile of
bit of	drop of	mass of	pinch of
blob of	grain of	morsel of	pool of
chunk of	heap of	mountain of	portion of
clump of	knob of	piece of	scrap of

sheet of	slice of	spot of	trace of
shred of	speck of	touch of	

這些單位詞當中有的也可與表示聚成堆的事物的複數名詞連用。

...*a huge **heap of** stones.* ……一大堆石頭
...*a **pile of** newspapers.* ……一堆報紙

下面這些單位詞既與不可數名詞也與複數名詞連用：

amount of	heap of	mountain of	portion of
clump of	mass of	pile of	

Be Creative
靈活運用

2.197 很多名詞表示一定數量事物的形狀，這些名詞也可作單位詞與不可數名詞或複數名詞連用。

...*a **ball of** wool.* ……一團羊毛
...***columns of** smoke.* ……煙柱
...*a **ring of** excited faces.* ……一圈激動的面孔

下面這些單位詞表示一定數量事物的形狀：

ball of	shaft of	strip of	wall of
column of	square of	thread of	
ring of	stick of	tuft of	

很多既表示事物形狀又表示移動的名詞也可用作單位詞。

*It blew a **jet of** water into the air.* 它向空中噴出一條水柱。
...*a constant **stream of** children passing through the door.* ……絡繹不絕穿過門口的孩子

下面這些單位詞既表示形狀也表示移動：

dribble of	gust of	shower of	stream of
gush of	jet of	spurt of	torrent of

Be Creative
靈活運用

任何表示形狀的名詞都可以這麼用。例如，可以說 ***a triangle of snooker balls***（擺成三角形的斯諾克桌球）。

2.198 很多表示群體的名詞可以用作單位詞。這些詞通過 ***of*** 與表示群體內容的複數名詞連用。

*It was evaluated by an independent **team of** inspectors.* 它接受了一個獨立督察員小組的評估。
*A **group of** journalists gathered at the airport to watch us take off.* 一群記者聚集在機場觀看我們起飛。
...*a **bunch of** flowers.* ……一束花

下面是表示群體的單位詞一覽表：

audience of	company of	gang of	team of
bunch of	family of	group of	troupe of
clump of	flock of	herd of	

Be Creative
靈活運用

表示群體的名詞都可以這麼用。例如，可以說 ***an army of volunteers***（一大批志願者）。

measurement nouns
量度名詞

2.199 量度名詞常用在單位詞結構中，表示某物的長度、面積、體積或重量。在表示長度的結構中，不可數名詞用在 ***of*** 後面；在表示重量的結構中，不可數名詞和複數名詞都可用在 ***of*** 後面。

*...ten **yards of** velvet.* ……十碼天鵝絨
*Thousands of **square miles of** land have been contaminated.* 成千上萬平方英里的土地受到了污染。
*I drink a **pint of** milk a day.* 我每天喝一品脫牛奶。
*...three **pounds of** strawberries.* ……三磅草莓
*...10 **ounces of** cheese.* ……10 盎司芝士

表示量度的名詞在 2.250 到 2.257 論述。

referring to contents and containers
表示內容和容器

2.200 單位詞可用來談論容器的內容以及容器本身。例如，可以用 ***a carton of milk***（一盒牛奶）來表示裝滿牛奶的一個硬紙盒。

*I went to buy a **bag of** chips.* 我去買一袋薯片。
*The waiter appeared with a **bottle of** red wine.* 服務員拿着一瓶紅葡萄酒出現了。
*...a **packet of** cigarettes.* ……一包香煙
*...a **pot of** honey.* ……一罐蜂蜜
*...**tubes of** glue.* ……幾支膠水

單位詞也可僅指內容。

*They drank another **bottle of** champagne.* 他們又喝了一瓶香檳。
*She ate a whole **box of** chocolates.* 她吃掉了一整盒巧克力。

下面是表示容器的單位詞：

bag of	can of	jug of	tablespoon of
barrel of	carton of	mug of	tank of
basin of	case of	pack of	teaspoon of
basket of	cask of	packet of	tin of
bottle of	crate of	plate of	tub of
bowl of	cup of	pot of	tube of
box of	glass of	sack of	tumbler of
bucket of	jar of	spoon of	

ending in -ful
以 -ful 結尾

2.201　表示容器的這些單位詞可加詞尾 ***-ful*** 。

He brought me a ***bagful of*** *sweets.* 他給我帶來了滿滿一袋糖果。
Pour a ***bucketful of*** *cold water on the ash.* 在灰上澆一桶冷水。
…a ***cupful of*** *boiled water.* ……一杯開水
…a ***tankful of*** *petrol.* ……一箱汽油

下面這些表示容器的單位詞常常以 ***-ful*** 結尾：

bag	box	cup	spoon	tank
basket	bucket	plate	tablespoon	teaspoon

如果要把以 ***-ful*** 結尾的名詞變成複數，通常在詞尾加 ***-s*** ，比如 ***bucketfuls***（滿滿的好幾桶）。但是，有些人把 ***-s*** 加在 ***-ful*** 前面，比如 ***bucketsful*** 。

She ladled three ***spoonfuls of*** *sugar into my tea.* 她舀了三勺糖加入我的茶裏。
They were collecting ***basketfuls of*** *apples.* 他們在採摘成筐的蘋果。
…two ***teaspoonfuls of*** *powder.* ……兩茶匙粉末
…2 ***teaspoonsful of*** *milk.* ……兩茶匙牛奶

Be Creative
靈活運用

2.202　其他單位詞也可加詞尾 ***-ful*** 。

Eleanor was holding an ***armful of*** *red roses.* 埃莉諾捧着一抱紅玫瑰。
I went outside to throw a ***handful of*** *bread to the birds.* 我到外面去給鳥扔一把麵包。
He took another ***mouthful of*** *whisky.* 他又喝了一大口威士忌。
…a ***houseful of*** *children.* ……一屋子的孩子

2.203　物質名詞有時用來代替單位詞結構。例如，***two teas*** 等於 ***two cups of tea***（兩杯茶），***two sugars*** 指的是 ***two spoonfuls of sugar***（兩匙糖）。

We drank a couple of ***beers****.* 我們喝了幾杯啤酒。
I asked for two ***coffees*** *with milk.* 我要了兩杯。

物質名詞（mass noun）在 1.28 到 1.31 小節論述。

referring to parts and fractions
表示部分

2.204　可以用單位詞談論特定事物的一部分。

I spent a large ***part of*** *my life in broadcasting.* 我在廣播事業中度過了生命中的一大部分。
The system is breaking down in many ***parts of*** *Africa.* 這個制度在非洲的很多地方正在崩潰。
A large ***portion of*** *the university budget goes into the Community Services area.* 大學預算的很大一部分花在了社區服務領域。
…a mass movement involving all ***segments of*** *society.* ……一場涉及各個社會階層的群眾運動

下面這些單位詞表示事物的一部分：

part of	portion of	section of	segment of

referring to individual items
表示個別事物

2.205 單位詞與表示某類事物的不可數名詞連用，可指稱該類中的個別事物。

*...an **article of** clothing.* ……一件衣服
*I bought a few **bits of** furniture.* 我買了幾件傢具。
*Any **item of** information can be accessed.* 任何一項信息都能獲取。

下面這些單位詞表示一類中的個別事物：

article of	bit of	item of	piece of

下面這些表示某類事物的不可數名詞常與上表中的單位詞連用：

advice	clothing	homework	luggage	research
apparatus	equipment	information	machinery	
baggage	furniture	knowledge	news	

pair of

2.206 有些複數名詞表示一般認為由兩部分組成的事物，比如褲子或剪刀。另外一些複數名詞表示成對製作的東西，比如鞋子或襪子。如果想談論這類事物，可用單位詞 ***pair*** 加 ***of*** 再接這些複數名詞。

*...a **pair of** jeans.* ……一條牛仔褲
*...a **pair of** tights.* ……一條緊身褲
*...a dozen **pairs of** sunglasses.* ……12 副墨鏡
*I bought a **pair of** tennis shoes.* 我買了一雙網球鞋。
*I smashed three **pairs of** skis.* 我打碎了三對滑雪板。

這些**複數名詞**（plural noun）在 1.41 到 1.46 小節論述。

Be Creative
靈活運用

2.207 只要想談論某物的有限數量、表示某物佔據的面積或具體說明事物的某個特徵，都可以用一個表示數量或性質的名詞（如 ***a bottle*** 一瓶）加 ***of*** 後接一個表示事物的名詞（如 ***water*** 水）。

例如，說話者用 ***a forest of pines***（一片松樹林）談論的是大面積的樹木。同樣，也可以說 ***a border of roses***（一條玫瑰花帶）。

這種結構的使用範圍可以擴展得非常廣，因而比如可以說 ***a city of dreaming spires***（夢幻尖塔之城）。

Referring to an exact number of things: numbers 表示事物的精確數量：數詞

cardinal numbers 基數詞

2.208 如果想表示事物的精確數量，可以用基數詞，比如 ***two***（二）、***thirty***（三十）和 *777*。這些詞稱為**基數詞**（cardinal number，或有時稱為 cardinal）。

*I'm going to ask you **thirty** questions.* 我想問你 30 個問題。
*...**two hundred and sixty** copies of the record.* ……記錄的 260 份副本

基數詞列在了附錄的參考部分，其用法在 2.213 到 2.231 小節論述。

ordinal numbers 序數詞

2.209 如果想說明或描述事物在一個系列或序列中的位置，可以用**序數詞**（ordinal number 或 ordinal），比如 ***first***（第一）、***second***（第二）、***fourteenth***（第十四）或 ***twenty-seventh***（第二十七）。

*She received a video camera for her **fourteenth** birthday.* 她 14 歲生日時收到了一部攝錄機。
*I repeated my story for the **third** time that day.* 我那天第三次重複說了我的故事。

序數詞列在了附錄的參考部分，其用法在 2.232 到 2.239 小節論述。

fractions 分數

2.210 如果想說明某物的一個部分與整體相比有多大，可用**分數**（fraction），比如 ***a third***（三分之一）或 ***three-quarters***（四分之三）。

***A third** of the American forces were involved.* 三分之二的美軍部隊被捲入了。
*The bottle was about **three-quarters** full when he started.* 當他開始時，瓶子大約四分之三是滿的。

分數在 2.240 到 2.249 小節論述。

measuring things 量度事物

2.211 如果想談論大小、距離、面積、體積、重量、速度或溫度，可在**量度名詞**（measurement noun，比如 ***feet*** 英尺、***miles*** 英里）前面使用數詞或量詞短語。

*He was about six **feet** tall.* 他大約 6 英尺高。
*It's four **miles** to the city centre from here.* 這個地方離市中心 4 英里遠。

量度名詞在 2.250 到 2.257 小節論述。

如果不知道某物的確切數量或大小，可以使用一個特殊的詞或表達式來表示一個大致的數值。詳見 2.264 到 2.271 小節。

age 年齡

2.212 如果想表示某人或某事物的年齡，有幾種可供選擇的方法。詳見 2.258 到 2.263 小節。

Talking about the number of things: cardinal numbers
談論事物的數目：基數詞

2.213 如果想談論一個群體中的部分或全部事物，可用**基數詞** (cardinal number) 表示。

基數詞列在附錄的參考部分。

*By Christmas, we had **ten** cows.* 到聖誕節的時候，我們有了 10 頭奶牛。

如果名詞前同時用限定詞和數詞，限定詞放在數詞之前。

*...**the three** young men.* ……那三個年輕男子
*...**my two** daughters.* ……我的兩個女兒
*Watch the eyes of **any two** people engrossed in conversation.* 觀察任何兩個在全神貫注地交談的人的眼睛。
***All three** candidates are coming to Blackpool later this week.* 本週晚些時候三個候選人都會去布萊克浦。

如果數詞和形容詞同時用在名詞前，數詞通常放在形容詞之前。

*...**two small** children.* ……兩個小孩
*...**fifteen hundred local** residents.* ……1,500 個當地居民
*...**three beautiful young** girls.* ……三個漂亮女孩

one

2.214 ***one*** 作為數詞用在名詞前強調只有一個事物，或表示說話者在精確說明，或對比兩個事物。***one*** 後接單數名詞。

*That is the **one** big reservation I've got.* 那是我一個最大的保留意見。
*He balanced himself on **one** foot.* 他單腿站立。
*There was only **one** gate into the palace.* 只有一扇大門進入宮殿。
*This treaty was signed **one** year after the Suez Crisis.* 這個條約是蘇伊士運河危機發生一年後簽訂的。
*It was negative in **one** respect but positive in another.* 它在一方面是否定的，但在另一方面是肯定的。

和其他數詞一樣，***one*** 也用作量詞短語。

***One of** my students sold me her ticket.* 我的一個學生把她的票賣給了我。
*...**one of** the few great novels of the century.* ……本世紀少數幾部偉大的小說之一
*It's **one of** the best films I've ever seen.* 這是我看過的最佳影片之一。

one 作為限定詞和代詞還有特殊的用法。詳見 1.249 小節和 1.158 到 1.161 小節。

2.215 如果一個大數目以數字 1 開頭，1 可以讀作或寫作 ***a*** 或 ***one***。***one*** 更為正式。

*...**a million** dollars.* 100 萬美元
*...**a hundred and fifty** miles.* 150 英里
*Over **one million** pounds has been raised.* 籌集到了 100 多萬英鎊。

talking about negative amounts
談論否定數量

2.216 數字 0 在日常英語裏不用於表示所說的事物數量是零。作為替代，用否定限定詞 ***no*** 或否定代詞 ***none***，或 ***any*** 加否定詞。詳見 5.49 小節以及 5.69 到 5.71 小節。

numbers and agreement
數詞和一致

2.217 除了 ***one***，所有用在名詞前的數詞與複數名詞連用。

*There were ten **people** there, all men.* 那裏有十個人，全是男的。
*...a hundred **years**.* ……一百年
*...a hundred and one **things**.* ……一百零一件事

2.218 如果數詞與複數名詞連用，表示兩個或多個事物，動詞通常用複數。單數動詞與 ***one*** 連用。

*Seven guerrillas **were** wounded.* 7 名遊擊隊員受了傷。
*There is **one** clue.* 只有一個線索。

但是，如果談論的是錢或時間的數量，或者距離、速度和重量，通常用數詞、複數名詞以及單數動詞。

*Three hundred pounds **is** a lot of money.* 300 英鎊是一大筆錢。
*Ten years **is** a long time.* 10 年是一段很長的時間。
*Twenty six miles **is** a long way to run.* 跑 26 英里是一段很長的路。
*90 miles an hour **is** much too fast.* 每小時 90 英里的速度實在太快了。
*Ninety pounds **is** all she weighs.* 她的體重只有 90 磅。

量度事物的方法在 2.250 到 2.257 小節論述。

numbers with ordinals and postdeterminers
數詞與序數詞和後置限定詞連用

2.219 基數詞可與**序數詞**（ordinal，參見 2.232 到 2.239 小節）及**後置限定詞**（postdeterminer，參見 2.40 小節）兩者連用。如果基數詞與限定詞連用置於序數詞或後置限定詞之後，基數詞通常放在限定詞和序數詞或後置限定詞後面。

*The **first two** years have been very successful.* 最初的兩年非常成功。
*...throughout the **first four** months of this year.* ……在今年年初的整個四個月裏
*...the **last two** volumes of the encyclopedia.* ……百科全書的最後兩卷
*...in the **previous three** years of his reign.* ……在他統治的前三年

注意，有些後置限定詞可以像普通的**類別形容詞**（classifying adjective，參見 2.40 小節）一樣使用。這時基數詞放在前面。

*He has written **two previous** novels.* 他以前寫過兩部小說。
*...**two further** examples.* ……另外兩個例子

numbers as pronouns
數詞作代詞

2.220 如果語境清楚交代了所說的意思，或說話者認為對方已經了解一些情況，基數詞可不帶名詞單獨使用。

*These **two** are quite different.* 這兩個完全不同。

基數詞這樣用時，可以把序數詞、後置限定詞或最高級形容詞放在限定詞和基數詞之間。

*I want to tell you about the programmes. **The first four** are devoted to universities.* 我想給你説一下方案。前面四個專門針對的是大學。
***The other six** are masterpieces.* 其他六個都是傑作。
***The best thirty** have the potential to be successful journalists.* 最好的 30 個有成為成功記者的潛力。

expressing large numbers
表示巨大的數目

2.221 如果用 ***dozen***（一打）、***hundred***（百）、***thousand***（千）、***million***（百萬）或 ***billion***（十億）表示確切的數目，前面用 ***a*** 或另一個數詞。

*...**a hundred** dollars.* ……100 美元
*...**six hundred and ten** miles.* ……610 英里
*...**a thousand billion** pounds.* ……1 萬億英鎊
*...**two dozen** diapers.* ……兩打尿片

Be Careful 注意

2.222 即使前面的數詞大於一，***dozen***（一打）、***hundred***（百）、***thousand***（千）、***million***（百萬）或 ***billion***（十億）仍然用單數。

Be Careful 注意

2.223 如果表示的是不太確切的數目，可在不帶 ***of*** 的 ***dozen***（一打）、***hundred***（百）、***thousand***（千）、***million***（百萬）或 ***billion***（十億）前面加 ***several***（數個）、***a few***（一些）和 ***a couple of***（幾個）。

*...**several hundred** people.* ……好幾百人
***A few thousand** cars have gone.* 幾千輛車已經走了。
*...life **a couple of hundred** years ago.* ……幾百年前的生活

approximate quantities
近似數量

2.224 如果想不確切地強調數量，可以像基數詞加 ***of*** 一樣使用 ***dozens***（數十）、***hundreds***（數百）、***thousands***（數千）、***millions***（數百萬）和 ***billions***（數十億）。

*That's going to take **hundreds of** years.* 這將需要數百年的時間。
*...**hundreds of** dollars.* ……數百美元
*We travelled **thousands of** miles across Europe.* 我們在歐洲各地旅行了數千英里。
*...languages spoken by **millions of** people.* ……數百萬人説的語言
*We have **dozens of** friends in the community.* 我們在社區內有數十位朋友。

many 可以用在這些複數形式前面。

*I have travelled **many hundreds of** miles with them.* 我和他們一起旅行過好幾百英里。

2.225 人們在誇張的時候常使用這些複數形式。

*I was meeting **thousands of** people.* 我在和成千上萬的人見面。

*Do you have to fill in **hundreds of** forms before you go?* 在走以前必須填寫數以百計的表格嗎？

在強調或誇大一個巨大數目時，也可以把這些詞用於以 ***by*** 開頭的短語。

*...a book which sells **by the million**.* ……一本銷量以百萬冊計的書
*...people who give injections **by the dozen**.* ……一次給幾十人打針的人
*Videos of the royal wedding **sold by the hundred thousand**.* 王室婚禮的錄像片售出了數十萬張。

numbers as labels 作標識的數詞

2.226 基數詞用於標記或標識某事物。

Room 777 of the Stanley Hotel. 斯坦利酒店 777 房間
Number 11 Downing Street. 唐寧街 11 號

numbers as quantity expressions 數詞作量詞短語

2.227 基數詞也可用作量詞短語，後接 ***of*** 加表示群體的名詞短語。這種用法的目的是強調説話者談論的是群體的部分或整體。

*I saw **four of** these programmes.* 我看到了這些方案中的四個。
***Three of** the questions today have been about democracy.* 今天的四個問題中有三個是關於民主的。
*I use plastic kitchen bins. I have **four of** them.* 我使用塑料廚房垃圾桶。我一共有四個。
***All eight of** my great-grandparents lived in the city.* 我的所有八位祖父母都住在那個城市。
***All four of** us wanted to get away from the Earl's Court area.* 我們四個人都想離開伯爵宮地區。
*The clerk looked at **the six of** them and said, All of you?* 辦事員看了看他們六個，然後説，“你們所有人？”
*I find it less worrying than **the two of** you are suggesting.* 我覺得這沒有你們兩個人所説的那麼令人擔憂。

量詞短語在 2.176 到 2.193 小節論述。

number quantity expressions as pronouns 作代詞的數詞類量詞短語

2.228 如果所述清楚，基數詞用於表示某事物的數量，後面不接 ***of*** 和名詞短語。

*...a group of painters, **nine** or **ten** in all.* ……一群畫家，總數九到十個
*Of the other wives, **two** are dancers and **one** is a singer.* 在其餘妻子中，兩個是跳舞的一個是唱歌的。
*...the taller student of **the two**.* ……兩個學生中較高的那個
*...breakfast for **two**.* ……兩人份的早餐

numbers after subject pronouns 主語人稱代詞後的數詞

2.229 數詞也可用在主語人稱代詞之後。

*In the fall **we two** are going to England.* 秋天我們兩個要去英國。
***You four**, come with me.* 你們四個，跟我來。

numbers in compound adjectives 複合形容詞中的數詞

2.230 數詞可以用作**複合形容詞** (compound adjective，參見 2.94 到 2.102 小節) 的一部分。數詞用在名詞前面構成複合形容詞，通常用連字符號連接。

*He took out a **five-dollar** bill.* 他拿出一張 5 美元的鈔票。
*I wrote a **five-page** summary of the situation.* 我寫了一份五頁紙的情況總結。

注意，即使數詞是二或二以上，名詞仍然用單數。另外應注意，這種複合形容詞不能用在繫動詞之後。例如，不能說 ***My essay is five-hundred-word***，但可以說 ***My essay is five hundred words long*** (我的文章長 500 個字)。

numbers with time expressions 與時間表達式連用的數詞

2.231 基數詞有時與普通的時間詞如 ***month*** (月) 和 ***week*** (週) 等連用，描述某事物延續的時間有多長。如果所述事物以不可數名詞表示，普通時間詞可用**所有格形式** (possessive form，參見 1.211 到 1.222 小節)。

*She's already had at least **nine months'** experience.* 她已有了至少九個月的經驗。
*On Friday she had been given **two weeks'** notice.* 她在星期五接到了提前兩週的通知。

有時一撇可以省略。

*They wanted **three weeks** holiday and **three weeks** pay.* 他們希望得到三週的假期和三週的工資。

如果談論的是單個的時間段，通常用限定詞 ***a***，雖然如果說話者想更正式一些也可用 ***one*** 代替。

*She's on **a year's** leave from Hunter College.* 她離開亨特學院休假一年。
*He was only given **one week's** notice.* 他只得到了提前一週的通知。

基數詞還與普通時間詞一起用作形容詞的修飾語。

*She was **four months** pregnant.* 她懷孕 4 個月了。
*The rains are **two months** late.* 雨季晚了兩個月。
*His rent was **three weeks** overdue.* 他的房租拖欠了三個星期。

Referring to things in a sequence: ordinal numbers 表示序列中的事物：序數詞

2.232 如果想確定或描述某事物在系列或序列中所處的位置，可用**序數詞** (ordinal number)。

*Quietly they took their seats in the **first** three rows.* 他們靜悄悄地在前三排坐下。
*Flora's flat is on the **fourth** floor of this five-storey block.* 費羅拉的那套房子在這幢五層大樓的四樓。
*They stopped at the **first** of the trees.* 他們在第一棵樹那裏停了下來。

注意，也可以像序數詞那樣使用 ***following*** (後面的)、***last*** (最後的)、***next*** (隨後的)、***preceding*** (之前的)、***previous*** (先前的) 以及 ***subsequent*** (隨後的)，表示某事物在系列或序列中所處的位置。

*The **following** morning he checked out of the hotel.* 第二天早上他退房離開了酒店。
*...the **last** rungs of the fire-escape.* ……防火梯的最後幾級
*...at the **next** general election.* ……在下一次大選
*The **preceding** text has been professionally transcribed.* 前面的文本已由專業人員轉錄。
*I mentioned this in a **previous** programme.* 我在先前的計劃中提到過這一點。
*...the **subsequent** career patterns of those taking degrees.* ……那些獲得學位者隨後的職業生涯模式

following（後面的）、***subsequent***（隨後的）、***previous***（先前的）以及 ***preceding***（之前的）僅用於表示某事物在時間序列或書面文本中所處的位置。***next*** 和 ***last*** 的使用範圍較廣，比如表示事物在序列或清單中的位置。

序數詞列在了附錄的參考部分。

as modifiers 作修飾語

2.233 序數詞常常用在名詞前面，通常不用在 ***be*** 之類的繫動詞後面，前面通常加限定詞。

*...**the first** day of autumn.* ……秋季的第一天
*He took the lift to **the sixteenth** floor.* 他坐電梯到了 16 樓。
*...on **her twenty-first** birthday.* ……在她 21 歲生日那天
*...**his father's second** marriage.* 他父親的第二次婚姻

在某些慣用語裏，序數詞前不加限定詞。

*The picture seems **at first glance** chaotic.* 那張圖片第一眼看上去似乎是亂糟糟的。
*I might. **On second thoughts**, no.* 我也許會。但再一想，不會。
***First children** usually get a lot of attention.* 第一個出生的孩子通常會得到很多關注。

written forms 書面形式

2.234 序數詞可用縮寫形式書寫，比如在日期或標題中，或者在非常不正式的書面語中。書寫時，序數詞的最後兩個字母加在用數字表示的數詞後面。例如，***first***（第一）可以寫成 ***1st***、***twenty-second***（第二十二）寫成 ***22nd***、***hundred and third***（第一百零三）寫成 ***103rd***、***fourteenth***（第十四）寫成 ***14th***。

*...on August **2nd**.* …… 在 8 月 2 號
*...the **1st** Division of the Sovereign's Escort.* ……君主衛隊第一師
*...the **11th** Cavalry.* ……第 11 騎兵隊

ordinals with of 與 of 連用的序數詞

2.235 序數詞與介詞 ***of*** 連用可具體說明所述事物屬於哪個群體。

*It is **the third of** a series of eight programmes.* 這是八個系列項目中的第三個。
*Tony was **the second of** four sons.* 東尼是四個兒子當中的第二個。

如此使用的序數詞通常指一個人或事物。但是，如果序數詞後接 ***to-***不定式，或後接另一個短語或分句，它們既可指一個人或事物，也可指一個以上的人或事物。與其他序數詞相比，***first*** 更常這麼用。

*I was **the first to recover**.* 我是第一個康復的。
*They had to be **the first to go**.* 他們只好第一個走。
*The proposals— **the first for 22 years**—amount to a new charter for the mentally ill.* 這些計劃 —— 22 年來的首批 —— 相當於是精神病患者的一個新憲章。
*The withdrawals were **the first that the army agreed to**.* 撤退是軍隊同意的第一項內容。

as pronouns 作代詞

2.236 序數詞可用來表示已提到群體中的一員或與已提到類別相同的某個事物。表示事物的名詞可以省略。

*In August 1932 two of the group's members were expelled from the party and **a third** was suspended.* 1932 年 8 月，小組的兩名成員被開除出黨，第三人被停職。
*The third child tries to outdo **the first and second**.* 第三個孩子想勝過第一和第二個。
*A second pheasant flew up. Then **a third** and **a fourth**.* 又飛起來一隻野雞，然後是第三和第四隻。

2.237 如果語境使意義清楚的話，形容詞 ***next*** 和 ***last*** 可以像序數詞一樣單獨使用。

*You missed one meal. **The next** is on the table in half an hour.* 你錯過了一頓飯。下一頓半小時後上桌。
*Smithy removed **the last** of the screws.* 史密夫卸掉了最後一個螺絲。

ordinals used as adverbs 用作副詞的序數詞

2.238 序數詞 ***first*** 還用作副詞，表示某事物在其他事物之前發生。其他序數詞有時也用來表示事物發生的順序，特別是在非正式英語裏。人們在列舉要點、理由或項目時，也把序數詞用作副詞。這種用法在 10.54 小節詳述。

other uses of ordinals 序數詞的其他用法

2.239 序數詞表示分數的用法在 2.241 和 2.243 小節論述。序數詞表示日期（比如 ***the seventeenth of June*** 六月十七日）的用法在 4.88 小節論述。

序數詞可用在基數詞之前。這種用法在 2.219 到 2.220 小節論述。

Talking about an exact part of something: fractions 精確談論事物的一部分：分數

2.240 分數 (fraction) 用來表示某事物的部分在整體中佔的比例有多大或多小，比如 ***a third*** (三分之一)，後接 ***of*** 加表示整體的名詞。分數也可用數字表示 (參見 2.248 小節)。

singular fractions 單數分數

2.241 用詞語表示分數的方法取決於分數是單數還是複數。如果是單數，用序數詞 (ordinal number) 或者特殊的分數表達式 ***half*** 或 ***quarter***，前面加上數詞 ***one*** 或 ***a*** 等限定詞。分數用 ***of*** 與名詞連接。

*This state produces **a third** of the nation's oil.* 該州生產全國三分之一的石油。
*...**a quarter** of an inch.* ……四分之一英寸
*You can take **a fifth** of your money out on demand.* 你只要提出要求就可以取出你五分之一的錢
***A tenth of** our budget goes on fuel.* 我們的預算十分之一用於燃料。
*Forests cover **one third** of the country.* 森林覆蓋了該國三分之一的面積。
*...**one thousandth** of a degree.* ……一千分之一度
*...**one quarter** of the total population.* ……總人口的四分之一

形容詞也可用在限定詞和分數之間。

*...**the first half** of the twentieth century.* ……20 世紀的前半葉
*I read **the first half** of the book.* 我讀了書的前半部分。
*...**the southern half** of England.* ……英格蘭的南半部
*...in **the first quarter** of 2004.* ……在 2004 年的第一季度

2.242 如果 ***half*** 用在代詞前面，後面仍然用 ***of***。

*Nearly **half of it** comes from the Middle East.* 其中差不多一半來自中東地區。
*More than **half of them** have gone home.* 他們當中超過一半的人已回了家。
***Half of us** have lost our jobs.* 我們當中一半人失去了工作。

注意，如果分數 ***a half*** 與 ***of*** 連用，通常不加限定詞，只用 ***half***。 ***a half*** 和 ***one half*** 則很少使用。

*They lost **half of** their pay.* 他們損失了一半工資。
***Half of** the people went to private schools.* 這些人當中，一半上了私立學校。
*I had crossed more than **half of** America.* 我穿過了大半個美國。

plural fractions 複數分數

2.243 如果分數是複數，用**基數詞** (cardinal number) 放在**序數詞** (ordinal number) 或特殊分數詞 ***quarter*** 的複數形式之前。

*...the poorer **two thirds** of the world.* ……三分之二更貧窮的世界
*The journey is going to take **three quarters** of an hour.* 這段旅程需要三刻鐘時間。

...***four fifths*** *of the money.* ……五分之四的錢
Nine tenths *of them live on the land.* 它們中的十分之九生活在陸地上。
...***3 millionths*** *of a centimetre.* ……百萬分之三厘米

如果 ***half*** 與整數連用，前面加限定詞 ***a*** 。

...***one and a half acres*** *of land.* ……1.5 英畝土地
...***four and a half*** *centuries.* ……四個半世紀

agreement with verb 與動詞的一致

2.244 如果用分數談論單個事物的一部分，後面用動詞的單數形式。

Half of our work ***is*** *to design programmes.* 我們的工作一半是制定方案。
Two thirds of the planet's surface ***is*** *covered with water.* 星球表面的三分之二被水覆蓋。
Two fifths of the forest ***was*** *removed.* 森林的五分之二被移除了。

但是，如果談論的是幾個事物的一部分，後面的動詞用複數形式。

Two thirds of Chad's exports ***were*** *cotton.* 乍得的出口商品中三分之二是棉花。
A quarter of the students ***were*** *seen individually.* 四分之一的學生獲得單獨接見。
More than half of these photographs ***are*** *of her.* 這些照片中一半以上拍的是她。

fractions as pronouns 作代詞的分數

2.245 如果由於語境或者雙方都知道言下之意，交談的對方或讀者明白所指的是誰或甚麼，那麼可以把分數用作代詞，後面不接 ***of*** 加名詞。

Of the people who work here, ***half*** *are French and* ***half*** *are English.* 在這裏工作的人中間，一半是法國人，一半是英國人。
Two thirds *were sterilized.* 三分之二已絕育。
One sixth *are disappointed with the service.* 六分之一的人對服務感到失望。

numbers followed by fractions 數詞後接分數

2.246 除了用作量詞短語後接 ***of*** 加名詞短語，分數也用在整數加 ***and*** 之後，名詞則置於分數後面。即使數詞是 ***one*** ，名詞也必須用複數。

You've got to sit there for ***one and a half hours****.* 你必須在這裏坐 1 個半小時。
...***five and a quarter days****.* ……五又四分之一天
...more than ***four and a half*** *centuries ago* ……四個半多世紀以前

如果用 ***a*** 代替 ***one*** ， ***and*** 和分數則放在名詞後面。

...***a mile and a half*** *below the surface.* ……表面以下一英里半
...***a mile and a quarter*** *of motorway.* ……一又四分之一英里高速公路

half as predeterminer half 作前置限定詞

2.247 除了與 ***of*** 連用作量詞短語以外， ***half*** 還用作前置限定詞（predeterminer ，參見 1.251 小節），直接放在限定詞之前。

*I met **half** the girls at the conference.* 我在大會上遇到了一半的女孩。
*The farmers sold off **half** their land.* 農場主們賣掉了一半土地。
*...**half** a pound of coffee.* ……半磅咖啡
*...**half** a bottle of milk.* ……半瓶牛奶

注意，在代詞前 ***half*** 總是與 ***of*** 連用（參見 2.242 小節）。

fractions expressed in figures 用數字表示的分數

2.248 分數可用數字書寫，比如 ***1/2***、***1/4***、***3/4*** 和 ***2/3***，分別對應於 ***a half***（二分之一）、***a quarter***（四分之一）、***three quarters***（四分之三）和 ***two thirds***（三分之二）。

expressing percentages 表示百分數

2.249 分數常常用一種特殊的形式表示百分之幾。這類分數稱為**百分數**（percentage），比如，***three hundredths*** 用作百分數表示 ***three per cent***（百分之三）。這個百分數可以寫成 ***three percent***，也可以寫成 ***3%***。***A half***（二分之一）可以用 ***fifty per cent***（百分之五十）、***fifty percent*** 或 ***50%*** 表示。

***90 percent** of most food is water.* 大部分食物中 90% 是水。
*About **20 per cent** of student accountants are women.* 學會計的學生當中大約 20% 是女生。
*Before 1960 **45%** of British trade was with the Commonwealth.* 在 1960 年以前，英國 45% 的貿易是和英聯邦進行的。

如果意思清楚，百分數可作名稱短語單獨使用。

***Ninety per cent** were self-employed.* 百分之九十是個體經營者。
*...interest at **10%** per annum.* ……每年 10% 的利息

Talking about measurements 談論量度

2.250 數詞或量詞短語加在**量度名詞**（measurement noun）前可表示大小、距離、面積、體積、重量或溫度。量度名詞是可數名詞。

*They grow to twenty **feet**.* 它們可生長到 20 英尺。
*...blocks of stone weighing up to a hundred **tons**.* ……重達 100 噸的大石塊
*Reduce the temperature by a few **degrees**.* 把溫度調低幾度。
*Average annual temperatures exceed **20° centigrade**.* 年平均氣溫超過了 20 攝氏度。

其他表示距離的方法在 6.91 到 6.92 小節論述。表示大小、面積、體積和重量的量度名詞常常用於**單位詞結構**（partitive structure，參見 2.194 到 2.207 小節），比如 ***a pint of milk***（一品脱牛奶）和 ***a pound of onions***（一磅洋葱）。量度名詞還可用於以 ***of*** 開頭的短語（參見 2.283 小節）。

imperial and metric measurements 英制和公制量度單位

2.251 英國使用的量度單位有兩種 —— 英制 (imperial system) 和公制 (metric system)。兩種制度各有自己的量度名詞。

下面是表示大小、距離、面積、體積和重量的英制量度單位：

inch	~	quart	pound
foot	acre	gallon	stone
yard	~	~	hundredweight
mile	pint	ounce	ton

注意，***foot*** (英尺) 的複數是 ***feet***，但 ***foot*** 也可與數詞連用。同樣，***stone*** (英石) 通常用來代替 ***stones***。

下面是表示大小、距離、面積、體積和重量的公制量度單位：

millimetre	~	centilitre	gram
centimetre	hectare	litre	kilogram
metre	~	~	tonne
kilometre	millilitre	milligram	

after linking verbs 繫動詞之後

2.252 量度名詞常用在**繫動詞** (linking verb) 之後，比如 ***be*** (是)、***measure*** (量出來有) 和 ***weigh*** (重量有)。

*The fish **was** about eight feet long.* 這條魚長約 8 英尺。
*It **measures** approximately 26 inches wide x 25 inches long.* 它的尺寸大約是 26 英寸寬，25 英寸長。
*...a square area **measuring** 900 metres on each side.* ……一個邊長 900 米的正方形區域
*It **weighs** fifty or more kilos.* 它重 50 公斤或更多。

形容詞置於繫動詞之後的用法在 3.132 到 3.137 小節論述。

adjectives after measurements 量度名詞後面的形容詞

2.253 如果表示大小的量度名詞用在繫動詞之後，後面常常接形容詞，來準確説明量度的是甚麼。

*He was about **six feet tall**.* 他身高大約 6 英尺。
*The spears were about **six foot long**.* 這些長矛約 6 英尺長。
*...a room **2 metres wide**.* ……一個兩米寬的房間
*The water was **fifteen feet deep**.* 水深 15 英尺。
*...a layer of stone **four metres thick**.* ……一層 4 米厚的石頭

下面這些形容詞用在表示大小的量度名詞之後：

broad	high	tall	wide
deep	long	thick	

注意，不要説 ***two pounds heavy***，而應該説 ***two pounds in weight*** (兩磅重)。

phrases beginning with in after measurements 量度名詞之後以 in 開頭的短語

2.254 同樣，有些量度名詞可後接以 ***in*** 開頭的介詞短語。

...a block of ice one cubic foot ***in size****.* ……1 立方英尺體積的一塊冰
I put on nearly a stone ***in weight****.* 我的體重差不多增加了 1 英石。
They are thirty centimetres ***in length****.* 它們的長度為 30 厘米。
...deposits measuring up to a kilometre ***in thickness****.* ……厚達 1 公里的沉積物
It was close to ten feet ***in height****.* 它的高度接近 10 英尺。

下面這些以 ***in*** 開頭的短語用在量度名詞之後：

in area	in distance	in size	in weight
in breadth	in height	in thickness	in width
in depth	in length	in volume	

measurement nouns used as modifiers 用作修飾語的量度名詞

2.255 如果想描述事物的大小，量度名詞也可用作名詞的修飾語。

...a ***5 foot 9 inch*** *bed.* ……一張 5 英尺 9 英寸的牀
*...****70 foot high*** *mounds of dust.* ……70 英尺高的灰土堆
*...****12 x 12 inch*** *tiles.* ……12 英寸見方的瓷磚
...a ***five-pound*** *bag of lentils.* ……一包 5 磅重的兵豆

注意，這裏的量度名詞是單數。

2.256 如果想完整描述物體或面積的大小，可以給出其尺寸，也就是其長、寬、高、深。在給出物體尺寸的時候，可用 ***and*** 、 ***by*** 或乘號 ***x*** 把數字隔開。

...planks of wood about ***three inches thick and two feet wide****.* ……三英寸厚兩英尺寬的木板
The island measures about ***25 miles by 12 miles****.* 這個島大約 25 英里長 12 英里寬。
Lake Nyasa is ***450 miles long by about 50 miles wide****.* 尼亞薩湖長 450 英里，寬約 50 英里。
The box measures approximately ***26 inches wide x 25 inches deep x 16 inches high****.* 這個箱子的尺寸大約是寬 26 英寸，深 25 英寸，高 16 英寸。

如果談論的是正方形的物體或面積，在每邊的邊長後用 ***square*** 這個詞。

Each family has only one room eight or ten feet ***square****.* 每個家庭只有一個 8 或 10 平方英尺的房間。
The site measures roughly 35 feet ***square****.* 這塊場地的面積大約 35 平方英尺。

square 用在長度單位前表示面積。 ***cubic*** 用在長度單位前表示體積。

...a farm covering 300 ***square miles****.* ……一個佔地 300 平方英里的農場
The brain of the first ape-men was about the same size as that of a gorilla, around 500 ***cubic centimetres****.* 第一個猿人的大腦和大猩猩的差不多大，約 500 立方厘米。

溫度可用攝氏度或華氏度表示。注意，在日常語言中，溫度用公制術語 ***centigrade***（攝氏）表示；而在科學語言中，則用術語 ***Celsius***（攝氏）表示。兩者的測量標度完全相同。

2.257 事物的運動速度用單位時間內事物移動的距離表示。要做到這一點，可以用名詞比如 ***mile***（英里）或 ***kilometre***（公里），後接 ***per***、***a*** 或 ***an*** 以及時間名詞。

The car could do only forty-five ***miles per hour****.* 這輛車每小時只能開 45 英里。
Wind speeds at the airport were 160 ***kilometres per hour****.* 機場的風速為每小時 160 公里。
Warships move at about 500 ***miles per day****.* 軍艦以每天大約 500 海里的速度移動。

Talking about age 談論年齡

2.258 如果想說某人的年齡有多大，有多種方法可供選擇，既可精確也可粗略。同樣，如果想說某事物的年齡有多大，也有不同的方法，有的精確，有的粗略。

talking about exact age 談論確切年齡

2.259 要想確切地談論一個人的年齡，可以用下列方法：

☞ 在 *be* 後面加數字，有時在數字後面再加 ***years old***

I ***was nineteen****, and he* ***was twenty-one****.* 我 19 歲，他 21 歲。
*I'****m*** *only* ***63****.* 我只有 63 歲。
She ***is twenty-five years old****.* 她 25 歲。
I ***am forty years old****.* 我 40 歲。

☞ 名詞後用 ***of***（有時用 ***aged***）加數字

...a child ***of six****.* ……一個 6 歲的孩子
...two little boys ***aged*** *about* ***nine and eleven****.* ……年齡約 9 歲和 11 歲的兩個小男孩

☞ 複合形容詞。這種複合形容詞通常有連字符號，由數字加表示一段時間的單數名詞再加 ***old*** 組成。

...a ***twenty-two-year-old*** *student.* ……一個 22 歲的學生
...a ***five-month-old*** *baby.* ……一個 5 個月大的嬰兒
...a pretty ***350-year-old*** *cottage.* ……一個有 350 年歷史的漂亮小屋
...a violation of a ***six-year-old*** *agreement.* ……對一項為期 6 年協議的違反

☞ 由數字加 ***-year-old*** 構成的複合名詞

The servant was a pale little ***fourteen-year-old*** *who looked hardly more than ten.* 傭人是一個面色蒼白的 14 歲小孩，看上去幾乎不超過 10 歲。
All the ***six-year-olds*** *are taught by one teacher.* 所有 6 歲的孩子都由一個老師教。

...Melvin Kalkhoven, a tall, thin ***thirty-five-year-old.*** ……梅爾文・卡爾霍文，一個又高又瘦的 35 歲男子

talking about approximate age
談論粗略的年齡

2.260 要想粗略地談論一個人的年齡，可以用下列方法：

☞ ***in*** 後接所有格限定詞，再加表示一段時間的複數名詞，比如 ***twenties*** 和 ***teens***

He was ***in his sixties.*** 他 60 多歲。
I didn't mature till I was ***in my forties.*** 我直到 40 多歲才成熟。
...the groups who are now ***in their thirties.*** ……現在 30 多歲的人群
...when I was ***in my teens.*** ……在我 10 多歲時

注意，可以用 ***early***、***mid-***、***middle*** 或 ***late*** 來粗略地表示某人的年齡在某個年齡段中的位置

He was then ***in his late seventies.*** 他當時快 80 歲了。
She was ***in her mid-twenties.*** 她 25 歲左右。
Jane is only ***in her early forties.*** 簡只有 40 歲出頭。

☞ ***over*** 或 ***under*** 加數字

She was well ***over fifty.*** 她已經 50 幾歲了。
She was only a little ***over forty years old.*** 她只有 40 歲多一點。
There weren't enough people who were ***under 25.*** 25 歲以下的人數不夠。

注意，也可以用 ***above*** 或 ***below*** 後接 ***the age of*** 再加數字。

55 per cent of them were ***below the age of twenty-one.*** 他們中 55% 的人年齡不到 21 歲。

☞ 複合名詞。這種名詞表示一群年齡大於或小於某個數字的人，由 ***over*** 或 ***under*** 加數字的複數形式構成。

The ***over-sixties*** *do not want to be turned out of their homes.* 60 歲以上的人不願意被趕出家門。
Schooling for ***under-fives*** *should be expanded.* 應該擴大 5 歲以下兒童的學校教育。

這種結構在美式英語裏不常見。

2.261 上述結構中有幾種可用在名詞後面，表示人或事物的年齡。

...a woman ***in her early thirties.*** 一個 30 歲出頭的女人
...help for elderly ladies ***over 65.*** 為 65 歲以上的老年婦女提供的幫助
She had four children ***under the age of five.*** 她有 4 個不滿 5 歲的孩子。

2.262 如果想說某人的年齡與別人相仿，可在名詞後用 ***of his age*** 和 ***of her parents' age*** 之類的結構。***of*** 常常省略。

A lot of girls ***of Helen's age*** *are interested in clothes.* 很多與海倫年齡相仿的女孩對服裝感興趣。

*It's easy to make friends because you're with people **of your own age**.*
交朋友很容易，因為你和同齡人在一起。
*She will have a tough time when she plays with children **her own age**.*
她和同齡孩子一起玩的時候會很艱難。

talking about the age of a thing
談論事物的年齡

2.263 要想談論事物的年齡，可以用下列方法：

☞ ***be*** 後接數字，再加 ***years old***

*It'**s** at least **a thousand million years old**.* 這至少有 10 億年歷史。
*The house **was** about **thirty years old**.* 這座房子的房齡大約有 30 年。

注意，這種結構也可以用在名詞後面。

*...rocks **200 million years old**.* 有 2 億年歷史的岩石

☞ 表示事物存在或被生產於那個世紀的複合形容詞，由序數詞加 ***century*** 構成。

*...a **sixth-century** church.* ……一座 16 世紀的教堂
*...life in **fifth-century** Athens.* …… 5 世紀雅典的生活

☞ 通常有連字符號的複合形容詞，由數字加表示一段時間的單數名詞再加 ***old*** 構成。

*...a **1,000-year-old** temple.* ……一座有一千年歷史的廟宇

Approximate amounts and measurements 粗略數量

2.264 如果不知道某事物的確切數目、大小或數量，可使用一類特殊的詞語給出一個大致的數值。這些詞語有的放在數量之前，有的放在數量之後。

下面是其中一些表示大致數值的詞語：

about	at most	nearly	or under
almost	at the maximum	no more than	over
a maximum of	at the most	odd	roughly
a minimum of	less than	or less	some
approximately	maximum	or more	something like
around	minimum	or so	under
at least	more than	or thereabouts	up to

expressing minimum amounts
表示最小數量

2.265 上表中的詞語有些表示最小的數量，而實際的數字要更大或可能更大。

下面這些是表示最小數量的詞語：

a minimum of	minimum	or more	plus
at least	more than	over	

Usage Note 用法說明

2.266 ***a minimum of*** 、 ***more than*** 和 ***over*** 放在數目之前。

*He needed **a minimum of** 26 Democratic votes.* 他至少需要 26 張民主黨的選票。
*...a school with **more than** 1,300 pupils.* ……有 1,300 多名學生的學校
*The British have been on the island for **over** a thousand years.* 英國人在島上已居住了超過 1 千年。

or more 和 ***plus*** 放在數目或數量之後， ***minimum*** 則放在數量之後。

*...a choice of three **or more** possibilities.* ……三個或更多可能性的選擇
*This is the worst disaster I can remember in my 25 years **plus** as a police officer.* 作為一名工作 25 年以上的警察，這是我記憶中最可怕的災難。
*He does an hour's homework per night **minimum**.* 他每晚至少做一小時家課。

at least 可放在數量之前，或放在數目或數量之後。

*She had **at least** a dozen brandies.* 她至少有一打白蘭地酒。
*I must have slept twelve hours **at least**!* 我肯定至少睡了 12 小時！

expressing maximum amounts 表示最大數量

2.267 上表中的詞語有些表示最大的數量，而實際的數量要更小或可能更小。

下面這些是表示最大數量的詞語：

almost	at the most	no more than	up to
a maximum of	less than	or less	
at most	maximum	or under	
at the maximum	nearly	under	

2.268 ***almost*** 、 ***a maximum of*** 、 ***less than*** 、 ***nearly*** 、 ***no more than*** 、 ***under*** 以及 ***up to*** 放在數目之前。

*The company now supplies **almost** 100 of the city's restaurants.* 現在公司為城裏供貨的餐館幾乎達到了 100 家。
*These loans must be repaid over **a maximum of** three years.* 這些貸款最長必須在三年內還清。
*...a puppy **less than** seven weeks old.* ……不到 7 週大的小狗
*She had **nearly** fifty dollars.* 她有接近 50 美元。
*We managed to finish the entire job in **under** three months.* 我們花了不到 3 個月的時間完成了全部任務。
*Their bodies might be **up to** a metre wide.* 它們的身體可能會達到一米寬。

at the maximum, at most, at the most, maximum, or less 和 ***or under*** 放在數目之後。

*Classes are of eight **at the maximum**.* 班級規模最大不超過 8 人。
*The images take thirty-six hours **maximum**.* 這些照片最多需要 36 小時。
*The area would yield only 200 pounds of rice **or less**.* 這片地的產量只有 200 磅米或更少。

...12 hours a week ***or under****.* ……每週 12 小時或以下

expressing approximate amounts 表示粗略數量

2.269 上表中的詞語有些表示粗略的數量，而實際的數量可能更大或更小。

下面是表示粗略數量的詞語：

about	odd	roughly
approximately	or so	some
around	or thereabouts	something like

2.270 ***about***、***approximately***、***around***、***roughly***、***some*** 和 ***something like*** 放在數目之前。

About *85 students were there.* 那裏有大約 85 名學生。
Every year we have ***approximately*** *40 pupils who take mathematics.* 我們每年有大約 40 個學生選修數學。
It would cost ***around*** *35 million pounds.* 耗資將達約 3,500 萬英鎊。
A loft conversion costs ***roughly*** *£12,000.* 閣樓改造成居室大概要花 12,000 英鎊。
They have to pay America ***some*** *$683,000 this year.* 他們今年必須向美國支付大約 68.3 萬美元。
Harrington has cheated us out of ***something like*** *thirty thousand quid over the past two years.* 在過去的兩年裏，哈林頓騙走了我們差不多 3 萬鎊。

odd 和 ***or so*** 放在數目或數量之後，***or thereabouts*** 放在數量之後。

...a hundred ***odd*** *acres.* ……100 多英畝
For half a minute ***or so****, neither of them spoke.* 有半分鐘左右，兩個人都不説話。
Get the temperature to 30℃ ***or thereabouts****.* 把溫度調到 30 攝氏度左右。

2.271 ***between*** 和 ***and*** 或 ***from*** 和 ***to*** 或單獨用 ***to*** 表示一定範圍內的數目。

Most of the farms around here are ***between four and five hundred*** *years old.* 這裏的大部分農場有四五百年歷史。
My hospital groups contain ***from ten to twenty*** *patients.* 我醫院的病員組有 10 到 20 位病人。
...peasants owning ***two to five*** *acres of land.* ……擁有二到五英畝土地的農民

注意，***anything*** 用在 ***between*** 和 ***from*** 之前表示強調範圍的大小。

An average rate of ***anything between 25 and 60 per cent*** *is usual.* 百分之 25 到 60 之間的平均速率都是正常的。
It is a job that takes ***anything from two to five weeks****.* 這份工作需要的時間在二到五週之間。

Expanding the noun phrase 擴展名詞短語

2.272 本節討論用於進一步説明人或事物的結構。這些結構稱為**後置修飾語** (qualifier)。被修飾的詞通常是名詞，但也可以是不定代詞或 ***those*** 。

possible structures 可能的結構

2.273 本節討論的結構有

☞ 介詞短語

...a girl ***with red hair****.* ……紅髮女孩
...the man ***in the dark glasses****.* ……戴墨鏡的男子

介詞短語擴展名詞短語的用法在 2.275 到 2.290 小節論述。

☞ 後接短語或分句的形容詞

...machinery ***capable of clearing rubble off the main roads****.* ……能從主路上清除瓦礫的機械
...the type of comments ***likely to provoke criticism****.* ……可能招致批評的那類評論
...a concept ***inconceivable a hundred years earlier****.* ……一百年以前不可思議的概念

形容詞後接短語或分句擴展名詞短語的用法在 2.291 到 2.292 小節論述。

☞ 非限定分句

...a simple device ***to test lung function****.* ……測試肺功能的簡單裝置
...two of the problems ***mentioned above****.* ……上述問題中的兩個
He gestured towards the three cards ***lying on the table****.* 他向放在桌上的三張牌比了個手勢。

非限定分句擴展名詞短語的用法在 2.293 到 2.301 小節論述。

☞ 進一步説明其他名詞短語的名詞短語。這種用法在 2.302 小節論述。

2.274 還有一些結構也可使用。這些結構在其他小節詳述，包括

☞ 單個的詞，比如 ***galore*** 和 ***concerned*** 。詳見 2.58 到 2.62 小節。

☞ 關係從句

Shortly after the shooting, the man ***who had done it*** *was arrested.*
槍擊過後不久，那名開槍的男子就被捕了。
Where's that cake ***your mother made****?* 你母親做的那個蛋糕在哪裏？

關係從句在 8.83 到 8.116 小節論述。

☞ 地點副詞和時間狀語

...down in the dungeon ***beneath****.* ……在下面的地牢裏
...a reflection of life ***today*** *in England.* ……對今日英國生活的思考

時間狀語在第四章闡述，地點副詞在 6.53 到 6.72 小節論述。

Nouns with prepositional phrases 與介詞短語連用的名詞

2.275 一般來説，描述事物或為事物歸類的介詞短語可直接用在名詞或代詞之後。

...the man ***in charge***. ……負責人
...a film about four men ***on holiday***. ……一部關於 4 個度假男人的電影
She reached into the room ***behind her***. 她進入身後的房間。

2.276 特別是有幾種介詞短語通常只能這麼用，其中以 ***of*** 開頭的介詞短語數量最多。其他包括 ***with***、***in*** 和 ***by*** 的某些用法。

of 2.277 很多表示事物和動作的名詞，可在其後使用以 ***of*** 開頭的介詞短語來擴展。這種方法使名詞的意義得以廣泛擴充。***of*** 與表示感情的名詞如 ***love***（喜愛）和 ***fear***（害怕）連用，表示談論的是甚麼感情。例如，***fear of flying***（害怕飛行）和 ***love of animals***（喜愛動物）。其他意義在下面的小節論述。

Be Careful 注意 2.278 人稱代詞（personal pronoun）通常不放在 ***of*** 之後，比如不能説 ***Joyce was the daughter of him*** 或 ***the pages of it***。表示所屬關係可用所有格限定詞（possessive determiner）。這一點在 1.194 到 1.210 小節論述。

2.279 以 ***of*** 開頭的介詞短語可用來表示事物的組成成分。

...a letter ***of confirmation***. ……一封確認函
...strong feelings ***of jealousy***. ……強烈的妒忌情緒

也可用來表示事物的主題是甚麼。

...a picture ***of a house***. ……一座房子的圖畫
...Gretchen's account ***of her interview with Nichols***. ……格雷琴關於她採訪尼科爾斯的敍述
...the idea ***of death***. ……死亡的想法

2.280 以 ***of*** 開頭的介詞短語可用來表示事物屬於或與某人或某事物有關。

Cental is a trademark ***of Monotore Ltd***. *Cental* 是莫諾托爾有限公司的商標。
No.28 was the town house ***of Sir Winston Churchill***. 28 號是溫斯頓・邱吉爾爵士在城裏的住宅。
James is the son ***of a Methodist minister***. 占士是一位循道宗牧師的兒子。
The acting ability ***of the pupils*** *is admirable*. 這些小學生的表演能力令人讚賞。
...the beauty ***of the Welsh landscape***. ……威爾士風景之美
Four boys sat on the floor ***of the living room***. 4 個男孩坐在起居室的地板上。
Ellen aimlessly turned the pages ***of her magazine***. 愛倫漫無目的地翻閱着雜誌。

注意，表示事物屬於某人或某事物，一撇 **s** 結構要常用得多。**一撇 s** (apostrophe s, **'s**) 的用法在 1.211 到 1.222 小節論述。

2.281 以 ***of*** 開頭的介詞短語可用來表示某人或某事物具有某種屬性。

*...a woman **of energy and ambition**.* ……一個精力充沛、野心勃勃的女人
*...problems **of varying complexity**.* ……複雜程度不同的問題
*...a flower **of monstrous proportions**.* ……一朵碩大無比的花
*A household **of this size** inevitably has problems.* 如此規模的家庭必然會有問題。

of 可用在數詞前面，表示某人的年齡。

*...a woman **of twenty-two**.* ……一個 22 歲的女人
*...a child **of six**.* ……一個 6 歲的孩子

談論年齡的其他方法在 2.258 到 2.263 小節論述。

2.282 以 ***of*** 開頭的介詞短語可與名詞連用，表示動作的執行者。

*...the arrival **of the police**.* ……警察的到來
*...the growth **of modern industry**.* ……現代工業的發展

這種短語還用於表示動作的承受者。比如，要談論支持一個計劃的人，可以把他們稱為 ***the supporters of the scheme***. (計劃的支持者)。

*...supporters **of the hunger strike**.* ……絕食抗議的支持者
*...critics **of the Trade Union Movement**.* ……工會運動的批評者
*...the creator **of the universe**.* ……創世者
*...a student **of English**.* ……英語學生
*...the cause **of the tragedy**.* ……悲劇的原因

of 結構還用於表示受動作影響的事物。

*...the destruction **of their city**.* ……他們城市遭毀滅
*...the dismissal **of hundreds of workers**.* ……數百名工人的遭解僱

2.283 以 ***of*** 開頭並含有量度名詞的介詞短語用來表示面積、速度、距離或溫度。

*There were fires burning over a total area **of about 600 square miles**.* 在總面積約 600 平方英里的範圍內有多處火災在燃燒。
*It can barely maintain a speed **of 25 kilometres an hour**.* 它只能勉強保持每小時 25 公里的速度。
*...an average annual temperature **of 20°C**.* ……年平均 20 攝氏度的氣溫

量度事物的方法在 2.250 到 2.257 小節論述。

with 2.284 以 ***with*** 開頭的介詞短語可用來表示某人或某事物具有的特點、特徵或擁有物。

*...a girl **with red hair**.* ……一個紅髮女孩

...a girl ***with a foreign accent****.* ……一個説話有外國口音的女孩
...a big car ***with reclining seats****.* ……一輛座位可以後仰的汽車
...a man ***with a violent temper****.* ……一個脾氣暴躁的男子
...the man ***with the gun****.* ……帶槍的男子
...those ***with large families****.* ……有大家庭的那些人

這些短語還可用來表示某物表面或內部有甚麼。

...a sheet of paper ***with writing on it****.* ……一張上面有字的紙
...a round box ***with some buttons in it****.* ……一個裏面有幾粒紐扣的圓盒子
...a white, plain envelope ***with her name printed on it****.* ……一個上面印有她名字的素白信封
...fragments of wrapping paper ***with bits of sticky tape still adhering to them****.* ……上面仍然黏有少許膠帶紙的包裝紙碎片

in

2.285 以 ***in*** 開頭的介詞短語可用來表示某人穿戴的是甚麼。

...a grey-haired man ***in a raincoat****.* ……一個身穿雨衣、頭髮花白的男子
...the man ***in the dark glasses****.* ……戴墨鏡的男子
...little groups of people ***in black****.* ……身穿黑衣的一小群

by

2.286 以 ***by*** 開頭的介詞短語可用於表示動作的名詞之後，說明動作的執行者。

...his appointment ***by the King****.* ……他被國王的任用
...the compression of air ***by the piston****.* ……空氣被活塞的壓縮

with prepositional phrases
與介詞短語連用

2.287 有些名詞，特別是抽象名詞，需要後接介詞短語，表示與甚麼有關。某個名詞後面用哪個介詞，常常沒有或很少有選擇的餘地。

He has an allergy ***to peanuts****.* 他對花生過敏。
...his authority ***over them****.* ……他對他們的管控權
...the solution ***to our energy problem****.* ……我們能源問題的解決方案
...the bond ***between mother and child****.* ……母子之間的連繫

2.288 下面是通常或時常後接 ***to*** 的名詞：

access	antidote	fidelity	resistance
addiction	approach	incitement	return
adherence	attachment	introduction	sequel
affront	aversion	preface	solution
allegiance	contribution	prelude	susceptibility
allergy	damage	recourse	testimony
allusion	devotion	reference	threat
alternative	disloyalty	relevance	vulnerability
answer	exception	reply	witness

下面是通常或時常後接 ***for*** 的名詞：

admiration	desire	provision	search
appetite	disdain	quest	substitute
aptitude	dislike	recipe	sympathy
bid	disregard	regard	synonym
craving	disrespect	remedy	taste
credit	hunger	respect	thirst
cure	love	responsibility	
demand	need	room	

下面是通常或時常後接 ***on*** 的名詞：

assault	concentration	effect	reliance
attack	constraint	embargo	restriction
ban	crackdown	hold	stance
claim	curb	insistence	tax
comment	dependence	reflection	

下面是通常或時常後接 ***with*** 的名詞：

affinity	dealings	involvement
collision	dissatisfaction	link
collusion	encounter	parity
connection	familiarity	quarrel
contrast	identification	relationship
correspondence	intersection	sympathy
date	intimacy	

下面這些名詞通常後接兩個介詞中的一個。表中列出了可供選擇的介詞：

agreement about	battle for	decision about
agreement on	case against	decision on
argument against	case for	transition from
argument for	debate about	transition to
battle against	debate on	

下面是其他通常後接介詞的名詞：

complex about	anger at	quotation from
crime against	bond between	foray into
grudge against	departure from	relapse into
insurance against	escape from	awareness of
reaction against	excerpt from	authority over
safeguard against	freedom from	control over

從上述列表和例子可以看出，近義詞通常後接相同的介詞。例如，***appetite***、***craving***、***desire***、***hunger*** 和 ***thirst*** 後面都跟介詞 ***for***。

2.289 有些動詞總是或時常後接某個特定的介詞。與這些動詞相關的名詞後面也用同樣的介詞，表示受動作影響的事物。例如，***to*** 用在動詞 ***refer*** 及相應的名詞 ***reference*** 之後。

*We have already **referred to** this phenomenon.* 我們已經提到了這個現象。
*...reverent **references to** the importance of home.* ……對家庭重要性的恭敬提及
*They swim about busily **searching for** food.* 牠們忙着游來游去尋找食物。
*...the **search for** food.* ……尋找食物
*I want to **escape from** here.* 我想逃離這裏。
*...an **escape from** reality.* ……逃避現實

2.290 有些名詞表示感情或狀態，與通常後接某個介詞的形容詞有關。這些名詞跟的介詞與相應形容詞後面的一樣。例如，***of*** 用在形容詞 ***aware*** 及相應的名詞 ***awareness*** 後面。

*She was quite **aware of** her current situation.* 她非常了解自己目前的處境。
*...the public's increasing **awareness of** the problems.* ……公眾對這些問題的日益了解
*He was **angry at** Sally Gardner for accusing him.* 他因莎莉・加德納指責了他而在生氣。
*...her **anger at** the kids.* ……她對孩子們的憤怒

Nouns with adjectives 與形容詞連用的名詞

2.291 如果形容詞用在名詞或代詞後的分句內擴展意義，後面可以跟

☞ 介詞短語

*...a warning to people **eager for a quick cure**.* ……對渴望快速治癒者的警告
*those **responsible for the project**.* 那些負責該項目的人

☞ 帶 ***to***-不定式

*...remarks **likely to cause offence**.* ……可能得罪人的話語
*It has been directed against those **least able to retaliate**.* 它針對的是那些最沒有能力反擊的人。

☞ 時間或地點表達式

*...a concept **inconceivable a hundred years earlier**.* ……一百年以前不能想像的概念
*For the facilities **available here**, I must ask for a fee.* 對這裏能用的設施，我必須收費。

注意，如果前面有時間或量度表達式，形容詞可用作後置修飾語。

*...those **still alive**.* ……那些仍然活着的人

...a small hill ***about 400 feet high****.* ……高約 400 英尺的小山

另外應注意，少數形容詞，比如 ***present***（在場的）和 ***responsible***（負責的），可單獨用在名詞或代詞後面。這些形容詞的用法在 2.58 到 2.62 小節論述。

other structures 其他結構

2.292 還有一些其他的結構，特別是表示比較、程度或結果的結構，也往往涉及後置修飾。特別是修飾形容詞的某些詞語，比如 ***more***、***too*** 或 ***so***，常常有後置修飾結構使其意義完整。

Peter came in, ***more excited than anyone had seen him before****.* 彼得進來了，任何人以前都沒有見過他這麼興奮。
Ralph was ***too angry to think clearly****.* 拉爾夫氣得連思維都不清楚了。
...steel cylinders ***strong enough to survive a nuclear catastrophe****.* ……強度足以抵禦核災難的鋼製圓筒
...a grand piano ***as big as two coffins****.* ……一架像兩口棺材那麼大的三角鋼琴
She was ***so ill that she couldn't eat****.* 她病得吃不下飯。
Technology has made ***such spectacular advances that it is difficult to keep up****.* 技術取得的進步如此驚人，要跟上很難。

名詞短語之後比較級形容詞加 ***than*** 的用法在 2.106 到 2.108 小節論述。其他比較事物的方法在 2.123 到 2.139 小節論述。***so...that*** 和 ***such...that*** 的用法在 8.58 到 8.63 小節論述。

Nouns followed by *to*-infinitive, *-ed* participle, or *-ing* participle 名詞後接 *to*-不定式、*-ed* 分詞或 *-ing* 分詞：something to eat, a girl called Patricia, a basket containing eggs

2.293 下列非限定 (non-finite) 分句 (即含有無時態動詞的分句) 可用來擴展名詞的意義：***to***-不定式 (參見 2.294 到 2.299 小節)、***-ed*** 分詞分句 (參見 2.300 小節) 以及 ***-ing*** 分詞分句 (參見 2.301 小節)。

nouns followed by to-infinitive clauses 名詞後接 to-不定式分句

2.294 ***to***-不定式分句常常放在名詞後面，以表明所指事物用來做甚麼。

The government of Mexico set up a programme ***to develop new varieties of wheat****.* 墨西哥政府設立了一個計劃來開發小麥的新品種。
They need people ***to work in the factories****.* 他們需要在工廠勞動的工人。

2.295 含有 ***to***-不定式的分句用在名詞或不定代詞之後，表示應該或能夠對所指的人或事物做點甚麼。

I make notes in the back of my diary of things ***to be mended or replaced****.* 我在日記本的後面記下需要修理或更換的東西。
...when I've had something ***to eat****.* ……當我有東西吃的時候

也可以用 ***to***-不定式加介詞的分句。

There wasn't even a chair ***to sit on****.* 連一張可以坐的椅子都沒有。
He had nothing ***to write with****.* 他沒有書寫工具。

2.296 如果想表示做某事的是比如第一個、年齡最大的或唯一的人，也可用 ***to-***不定式分句。

...the first woman ***to be elected to the council****.* ……被選入市政會的第一名婦女

2.297 ***to-***不定式分句用在某些抽象名詞後面，表示這些名詞與甚麼動作有關。

...people who didn't have the opportunity ***to go to university****.* 沒有機會上大學的人們

Usage Note 用法說明

2.298 與很多這類名詞有關的動詞或形容詞也常常接 ***to-***不定式分句。例如，***to-***不定式分句既可用在動詞 ***need*** 又可用在名詞 ***need*** 後面，在形容詞 ***able*** 和相應的名詞 ***ability*** 後面也是如此。

I ***need to borrow*** *five thousand dollars.* 我需要借 5 千美元。
...the ***need to preserve*** *secrecy about their intentions.* ……對他們的意圖保密的需要
It ***failed to grow****.* 它沒能長大。

2.299 下面這些名詞通常或時常後接 ***to-***不定式分句：

ability	desire	need	unwillingness
attempt	disinclination	opportunity	urge
bid	failure	readiness	way
chance	inability	reason	willingness
compulsion	inclination	refusal	

nouns followed by -ed participle clauses
名詞後接 -ed 分詞分句

2.300 含有 ***-ed***分詞的分句可直接用在名詞後面，表示某物被製作或受到動作的影響。

...a girl ***called Patricia****.* ……一個名叫帕特里夏的女孩
...dresses ***made of paper****.* ……用紙做的連衣裙
...two of the problems ***mentioned above****.* ……上述問題中的兩個
...a story ***written by a nine-year-old girl****.* ……一個 9 歲女孩寫的故事

nouns followed by -ing participle clauses
名詞後接 -ing 分詞分句

2.301 含有 ***-ing***分詞的分句可直接用在名詞後面，表示某人或某事正在做某事。

He gestured towards the three cards ***lying on the table****.* 他向放在桌上的三張牌打了個手勢。
...a wicker shopping-basket ***containing groceries****.* ……裝有食品雜貨的柳條購物籃

with an identifying noun phrase
與說明性名詞短語連用

2.302 使用描述或說明性名詞短語可以對某人或某事物提供進一步的信息。

如果這個名詞短語置於主要名詞短語之後，那麼幾乎總是在主要名詞短語後面用逗號，因為第二個名詞短語是與其分離的，而非其組成部分。

...the bald eagle, ***the symbol of America****.* ……白頭海鵰，美國的象徵
...David Beckham, ***a first-class football player****.* ……大衛・碧咸，一名一流足球運動員
Her mother, ***a Canadian****, died when she was six.* 她母親是加拿大人，在她 6 歲時就去世了。

如果這個名詞短語置於主要名詞短語之前，有時可以選擇用逗號隔開兩個名詞短語或者不用逗號。

*...**Joan's husband**, Jim Inglis.* ……瓊的丈夫，吉姆・英格利斯
*...**my husband** George.* ……我的丈夫佐治

3 Making a message: types of verb 遣詞造句：動詞的類型

3.1　説話者進行陳述時，可用**句子** (clause)。用於陳述的句子含有**名詞短語** (noun phrase) 和**動詞短語** (verb phrase)。名詞短語指的是所述的人或事物，動詞短語表示談的是甚麼動作、過程或狀態。

名詞短語通常置於動詞之前，稱為動詞或句子的**主語** (subject)。例如，在 ***Ellen laughed*** (愛倫笑了) 這個句子裏，***Ellen*** 是主語。名詞短語的構成在第一章和第二章闡述。

用於陳述句的動詞短語有特殊的形式，與人稱和數保持一致。動詞短語的構成在附錄的參考部分論述。在陳述句中，動詞短語常常是一個詞，因此人們也經常説句子的動詞。

本章主要討論動詞在**主動** (active) 句中的用法。主動句的主語是動作的執行者，而不是受動作影響的人或物。在**被動** (passive) 句中，主語是受動作影響的人或物。動詞的被動用法在 9.8 到 9.24 小節論述。

Showing who is involved 表示參與者

intransitive verbs 不及物動詞

3.2　如果動作或事件僅涉及一個人或事物，只需提及動作的執行者 (主語) 和動作 (動詞)。

The girl screamed. 那個女孩發出尖叫。
I waited. 我等待着。
An awful thing has happened. 發生了一件糟糕的事情。

這類動詞稱為**不及物動詞** (intransitive verb)。

但是，可以用**介詞短語** (prepositional phrase) 表示涉及到的另一個人或物。

She walked ***across the street****.* 她穿過街道。

不及物動詞在 3.8 到 3.13 小節論述。

transitive verbs 及物動詞

3.3　如果動作或事件涉及的另一個人或事物受動作的影響、與其有關或為其產物，可在動詞後面使用指稱這些人或事物的名詞短語。這種名詞短語稱為動詞的**賓語** (object)。如果有必要和其他賓語區分，這類賓語稱為**直接賓語** (direct object)。

He closed ***the door****.* 他關上了門。
I hate ***sport****.* 我討厭運動。

Some of the women noticed ***me****.* 有些女人注意到了我。

這類動詞稱為**及物動詞**（transitive verb）。及物動詞在 3.14 到 3.25 小節論述。

反身動詞（reflexive verb）和**虛化動詞**（delexical verb）是特殊類型的及物動詞，它們的用法在 3.26 到 3.31 小節以及 3.32 到 3.45 小節論述。

intransitive or transitive verbs 不及物或及物動詞

3.4 大部分英語動詞讓説話者可以選擇表示事件只涉及主語，或者表示事件同時涉及主語和作為直接賓語的另一個人或物。

She ***paints*** *by holding the brush in her teeth.* 她用牙齒咬住畫筆的辦法畫畫。
Yarkov ***paints vivid portraits of friends and acquaintances****.* 雅科夫為朋友和熟人畫栩栩如生的肖像。
Gus asked me whether I'd like to have dinner with him. I ***accepted****.* 格斯問我是否願意和他一起共進晚餐。
I ***accepted the invitation****.* 我接受了邀請。

這就意味着大部分動詞可以帶也可以不帶賓語。這些動詞的用法在 3.46 到 3.54 小節論述。

對於有些動詞來説，受動作影響的事物可以作動詞的賓語或動詞之後介詞的賓語。這些動詞在 3.55 到 3.58 小節論述。

作格動詞（ergative verb）是一類特殊的動詞，可以帶也可以不帶賓語。這種動詞的用法在 3.59 到 3.67 小節論述。

reciprocal verbs 相互動詞

3.5 **相互動詞**（reciprocal verb）表示人們以同一動作和方式相互影響，分為兩種，一種可帶也可不帶賓語。

We ***met*** *at Hargreaves' place.* 我們在哈格里夫斯的家見了面。
I ***had met him*** *in Zermatt.* 我在采爾馬特遇見了他。

另一種不帶賓語，可帶也可不帶表示參與者之一的介詞短語。

We ***argued*** *over this question for a long time.* 我們就這個問題爭論了很長時間。
I ***argued with this man*** *for half an hour.* 我和這個人爭論了半個小時。

相互動詞在 3.68 到 3.72 小節論述。

verbs with two objects 帶雙賓語的動詞

3.6 有些及物動詞還允許説話者表示某人從動作中受益或結果得到了某物。這種動詞後面跟直接賓語和**間接賓語**（indirect object）兩者。

Hand ***me my bag****.* 把我的包遞給我。
His uncle had given ***him books on India****.* 他的叔叔給了他一些關於印度的書。
She sends ***you her love****.* 她向你問好。
She passed ***him his cup****.* 她把他的杯子遞給他。

既可帶直接賓語也可帶間接賓語的動詞在 3.73 到 3.82 小節論述。

phrasal verbs, compound verbs
短語動詞和複合動詞

3.7 有些動詞由兩個或三個部分組成。這些是**短語動詞**（phrasal verb）和**複合動詞**（compound verb）。短語動詞在 3.83 到 3.116 小節論述，複合動詞在 3.117 到 3.125 小節論述。

Intransitive verbs: talking about events that involve only the subject 不及物動詞：談論僅涉及主語的事件

3.8 談論沒有賓語的動作或事件，可用**不及物動詞**（intransitive verb）。

*Her whole body **ached**.* 她全身疼痛。
*Such people still **exist**.* 這樣的人仍然存在。
*My condition **deteriorated**.* 我的病情惡化了。

很多不及物動詞描述身體行為或發出的聲音。

*Bob **coughed**.* 鮑勃咳嗽了一下。
*Vicki **wept** bitterly.* 維基痛哭流涕。
*The gate **squeaked**.* 大門吱嘎作響。

3.9 下面這些動詞通常不帶賓語，一般或常常不帶副詞或介詞短語：

ache	disappear	fluctuate	rise	squeal
advance	disintegrate	gleam	roar	stink
arise	doze	growl	scream	subside
arrive	droop	happen	shine	sulk
bleed	economize	hesitate	shiver	surrender
blush	elapse	howl	sigh	swim
cease	ensue	itch	sleep	throb
collapse	erupt	kneel	slip	tingle
cough	evaporate	laugh	smile	vanish
crackle	exist	moan	snarl	vary
cry	expire	occur	sneeze	vibrate
decay	faint	pause	snore	wait
depart	fall	persist	snort	waver
deteriorate	falter	prosper	sob	weep
die	fidget	quiver	sparkle	wilt
digress	flinch	recede	speak	work
dine	flourish	relent	squeak	yawn

少數上述動詞帶賓語用於習語，或與特定的賓語連用，但作常見意義用時仍是不及物動詞。

intransitive verbs followed by phrases that begin with a preposition
不及物動詞後接以介詞開頭的短語

3.10 很多不及物動詞總是或通常與副詞或介詞短語連用。其中有些只能後接以特定介詞開頭的短語。介詞的這種用法使説話者可以提及受動作影響的事物，作為介詞的賓語。

*Everything you see here **belongs to** me.* 你在這裏看到的一切都屬於我。
*Landlords often **resorted to** violence.* 房東常常訴諸暴力。
*I **sympathized with** them.* 我同情他們。
*I'**m relying on** Bill.* 我現在依靠比爾。
*He **strives for** excellence in all things.* 他在所有事情上都力求完美。

3.11 下面這些動詞作特定意義使用時總是或通常與某個介詞連用：

rave about	stem from	adhere to
~	suffer from	allude to
insure against	~	amount to
plot against	believe in	appeal to
react against	consist in	aspire to
~	culminate in	assent to
hint at	dabble in	attend to
~	indulge in	belong to
alternate between	invest in	bow to
differentiate between	result in	cling to
oscillate between	wallow in	defer to
~	~	dictate to
appeal for	lapse into	lead to
atone for	~	listen to
care for	complain of	object to
clamour for	conceive of	refer to
hope for	consist of	relate to
long for	despair of	resort to
opt for	learn of	revert to
pay for	smack of	stoop to
qualify for	think of	~
strive for	tire of	alternate with
yearn for	~	associate with
~	bet on	consort with
detract from	feed on	contend with
emanate from	insist on	flirt with
emerge from	spy on	grapple with
radiate from	trample on	sympathize with
shrink from	~	teem with

下面這些動詞可後接兩個介詞之一而意義相同或基本相同：

abound in	dote on	gravitate to	prevail on
abound with	dote upon	gravitate towards	prevail upon
cater for	embark on	hunger after	profit by
cater to	embark upon	hunger for	profit from
conform to	end in	improve on	rely on
conform with	end with	improve upon	rely upon
contribute to	engage in	liaise between	revolve around
contribute towards	engage on	liaise with	revolve round
depend on	enthuse about	lust after	spring from
depend upon	enthuse over	lust for	spring out of

注意，有些不及物動詞後接介詞時，可用於被動式。參見 9.23 小節。

intransitive verbs followed by an adverb or prepositional phrase
不及物動詞後接副詞或介詞短語

3.12 其他動詞後面可以接常常與時間或地點有關的種種介詞短語或副詞。

移動動詞通常或時常後接副詞或與方向有關的短語。

He went ***back to his own room****.* 他回到了自己的房間。
I travelled ***south****.* 我向南旅行。

下面是移動動詞一覽表：

come	flow	hurtle	spring
crawl	gallop	plunge	stroll
creep	glide	run	travel
drift	go	soar	walk

look、***gaze***、***glance*** 和 ***stare*** 後面也跟副詞或與方向有關的短語。

方位動詞通常後接副詞或與位置有關的短語。

Donald was lying ***on the bed****.* 當奴躺在牀上。
She lives ***in Lausanne****.* 她住在洛桑。
I used to live ***here****.* 我過去住在這裏。

下面是方位動詞一覽表：

be	lie	remain	stand
belong	live	sit	stay
hang	be located	be situated	

extend 或 ***stretch*** 之類的動詞後接副詞或與範圍有關的短語。

...an area stretching ***from London to Cambridge****.* ……從倫敦延伸到劍橋的區域

有少數動詞總是後接其他類型的副詞或短語。

It behaves ***rather like a squirrel****.* 牠的行為很像一隻松鼠。
My brother agreed to act ***as a go-between****.* 我哥哥同意充當中間人。
I hoped that the absorption of poison hadn't progressed ***too far****.* 我希望毒素的吸收沒有進行得太快。

下面這些動詞總是後接其他類型的副詞或短語：

act	behave	campaign	progress

verbs that are occasionally transitive 偶然作及物使用的動詞

3.13 少數動詞通常作不及物使用，但如果與某個特定賓語連用，則可作及物使用。這種賓語通常與動詞直接相關。例如，***smile*** 通常不加賓語，但可與名詞 ***smile*** 連用，比如 ***He smiled a patient smile***（他耐心地笑了笑）可代替 ***He smiled patiently***。這是文學性的表述，關注的焦點在於微笑的類型而非微笑這個動作。

Steve ***smiled his thin, cruel smile****.* 史蒂夫臉上露出了淡淡的獰笑。
He appears to have ***lived the life of any other rich gentleman****.* 他似乎過的是與其他任何富裕紳士一樣的生活。
Alice ***laughed a scornful laugh****.* 愛麗斯輕蔑地笑了一聲。
I once ***dreamed a very nice dream*** *about you.* 我曾經做到一個關於你的好夢。

下面這些動詞的賓語只能是與動詞直接相關的賓語：

dance (a dance)	dream (a dream)	live (a life)	smile (a smile)
die (a death)	laugh (a laugh)	sigh (a sigh)	

把關注焦點集中在名詞短語上的一個常見方法是使用 ***give***、***take*** 或 ***have*** 之類的**虛化動詞**（delexical verb）。例如，***Mary gave him a really lovely smile.***（瑪麗給了他一個非常可愛的微笑）。關於虛化動詞的進一步說明，參見 3.32 to 3.45 小節。

Transitive verbs: involving someone or something other than the subject 及物動詞：涉及主語以外的其他人或事物

3.14 很多描述事件的動詞，除了與主語有關，肯定還涉及另外的人或事物。這類動詞中有的只能與下列賓語連用。

The extra profit ***justifies*** *the investment.* 超額利潤證明了投資的合理性。
He ***had committed*** *a disgraceful action.* 他做了一件不光彩的事情。
They are ***employing*** *more staff.* 他們在招聘更多的員工。

這就意味着這些動詞後面跟的是直接賓語。

She had ***friends****.* 她有朋友。
Children seek ***independence****.* 孩子們尋求獨立。
The trial raised ***a number of questions****.* 這次審判引起了許多問題。

different types of object
不同類型的賓語

3.15 很多必須帶賓語的動詞可以跟各種各樣的賓語，例如，可用動詞 ***want*** 表示需要錢、休息、成功等等。

*She **wanted** some help.* 她需要一些幫助。
*I **put** my hand on the door.* 我把手放到門上。
*She **described** her background.* 她描述了自己的背景。
*I still **support** the government.* 我仍然支持政府。
*He **had** always **liked** Mr Phillips.* 他一直喜歡菲利普斯先生。
*Japan **has** a population of about a hundred million.* 日本大約有 1 億人口。

由於意義的限制，有些及物動詞後面只能跟一定範圍內的賓語。例如，動詞 ***kill*** 的賓語必須是活的東西。動詞 ***waste*** 的賓語必須是可以用的東西，比如 ***time***（時間）、***money***（錢）或 ***food***（食物）。

*They **killed** huge elephants with tiny poisoned darts.* 他們用很小的毒飛鏢殺死巨大的大象。
*Why **waste** money on them?* 為甚麼在他們身上浪費錢？

3.16 下面這些是及物動詞：

achieve	demand	have	prefer
address	describe	hear	prevent
admire	design	heat	process
affect	desire	hire	produce
afford	destroy	hit	pronounce
avoid	discover	include	protect
bear	discuss	influence	provide
believe	display	introduce	raise
blame	do	issue	reach
build	dread	justify	receive
buy	enjoy	keep	recommend
calm	equal	kill	record
carry	exchange	know	release
catch	expect	lack	remember
claim	experience	like	remove
commit	express	list	rent
complete	favour	love	report
concern	fear	lower	respect
consider	fill	maintain	reveal
control	find	make	risk
convince	free	mean	see
correct	get	mention	seek
cover	give	name	sell
create	grant	need	shock
cut	guard	own	specify
damage	handle	plant	spot
defy	hate	please	support

take	threaten	use	waste
tease	trust	value	wear
test	upset	want	welcome

注意，***do*** 和 ***have*** 還常常用作**助動詞** (auxiliary)。這種用法參見附錄的參考部分。

have got 和 ***has got*** 常常代替 ***have*** 的現在時態，表示所屬關係。用在 ***got*** 之前的 ***have*** 有類似於助動詞的功能。

*I'**ve got** an umbrella.* 我有一把傘。
*She'**s got** a degree.* 她有學位。

measure 和 ***weigh*** 表示尺寸和重量時，有時被視作及物動詞。這種用法在 2.252 小節論述。***cost*** 用來表示某物的費用，比如 ***An adult ticket costs 90p*** (成人票每張 90 便士)。

human objects
人作賓語

3.17　如果表示某事物影響的是人而不是事物，在英語裏通常要指出這個人是誰。因此，***anger***、***thank*** 和 ***warn*** 之類影響人的動詞通常後接人作賓語。

*I tried to **comfort** her.* 我試圖安慰她。
*Her sudden death **had surprised** everybody.* 她的突然去世使每個人感到意外。
*Blue **suits** you.* 藍色很適合你。
*Money did not **interest** him very much.* 錢不能引起他太大興趣。
*Lebel **briefed** Caron on the events of the afternoon.* 勒貝爾向卡倫簡要介紹了下午的賽事。

3.18　下面這些動詞通常後接人作賓語：

anger	contact	suit	thank
brief	frighten	surprise	trouble
comfort	interest	tease	warn

transitive verbs that need to be followed by an adverb or prepositional phrase
需要跟副詞或介詞短語的及物動詞

3.19　對於有些及物動詞來説，必須在賓語後面用副詞或介詞短語來進一步説明發生的情況。

有些動詞的賓語通常後接特定介詞引導的介詞短語。

*The judge **based** his decision **on constitutional rights**.* 法官依據憲法權利作出了判決。
*He **had subjected** me **to the pressure of financial ruin**.* 他讓我承受了財務崩潰的壓力。
*My parents still **view** me **as a little boy**.* 我父母仍然把我看作小男孩。

下面這些動詞總是或通常後接特定介詞引導的介詞短語：

regard as	deprive of	condemn to	subordinate to
view as	remind of	confine to	~
~	rid of	consign to	acquaint with
mistake for	rob of	dedicate to	associate with
swap for	~	entitle to	confront with
~	accustom to	liken to	engrave with
dissociate from	ascribe to	owe to	pelt with
prevent from	attribute to	return to	ply with
~	compare to	subject to	trust with

下面這些動詞可以選用不同的介詞：

divide by	~	~	present to
divide into	base on	entrust to	present with
~	base upon	entrust with	supply to
incorporate in	lavish on	equate to	supply with
incorporate into	lavish upon	equate with	

3.20 其他動詞通常後接副詞或介詞短語，但不是含特定介詞的短語。這些副詞或短語常常與地點有關。

*He **placed** the baby **on the woman's lap**.* 他把嬰兒放在女人的大腿上。
*I **positioned** my chair **outside the room**.* 我把我的椅子放在房間外面。
*He never **puts** anything **away**.* 他從來不把東西收起來。
*He **treated** his labourers **with kindness**.* 他善待他的工人。

下面這些動詞的賓語後面通常跟某種副詞或介詞短語：

bring	escort	lead	rip	store
chuck	fling	place	send	throw
convey	hoist	point	set	thrust
cram	jab	position	shove	tie
direct	jot	prop	smear	treat
drag	lay	put	stick	

關於動詞之後的副詞和介詞短語的進一步説明，參見第六章。

transitive verbs of position and movement 及物方位動詞和移動動詞

3.21 注意，有些移動動詞和方位動詞作及物使用，而非不及物，後接表示地點的名詞而不是副詞或介詞短語，因為這些動詞本身已經説明談論的是某種移動或者方位。例如，***enter*** 有移動 ***into***（進入）一個地方的含義；***occupy*** 隱含了 ***in***（在……裏面）某處的位置。

*He **approached** the house nervously.* 他提心吊膽地走近那所房子。
*It was dark by the time they **reached** their house.* 他們到家的時候，天已經黑了。
*A small ornamental pool **occupied** the centre of the room.* 一個小的觀賞池佔據了房間的中心。

*Everyone had **left** the room.* 大家都離開了房間。

下面這些是作及物用的移動動詞：

approach	leave	reach
enter	near	round

下面這些是作及物用的方位動詞：

cover	fill	occupy
crowd	inhabit	throng

有些移動動詞後面既可接名詞短語也可接介詞短語。參見 3.58 小節。

3.22 注意，即使幾乎總是帶賓語的動詞偶爾也可以不帶賓語。這種用法只能用於非常有限的語境。例如，在對比兩個動作時，就不必指出涉及到了別的甚麼東西。

*Money markets are the places where people with money **buy** and **sell**.* 貨幣市場是有錢的人進行買賣的地方。
*Some people **build** while others **destroy**.* 有些人建設，而另一些人破壞。
*We **gave**, they **took**.* 我們給，他們拿。

一組不同的動詞用作強調時，不需要指出賓語。

*They set out to be rude; to **defy**, **threaten**, or **tease**.* 他們有意要待人粗魯，有意要反抗、威脅或取笑別人。

如果為了與類似動作對比或表示強調而重複使用動詞，賓語可以省略。

*She had ceased **to love** as she **had** once **loved**.* 她已經不再像她曾經愛過的那樣愛別人了。

3.23 描寫感情和態度的動詞有時不用賓語，特別是在以 *to-*不定式出現的形式內，這是因為賓語被假定為一般的人。例如，***please*** 通常需要跟賓語，但可以説 ***He likes to please***（他喜歡討好），意思是他喜歡討好別人。

*He likes **to shock**.* 他喜歡驚世駭俗。
*She was anxious **to please**.* 她急於討好。
*He must be convinced if he is **to convince**.* 如果他想使人信服，他自己必須堅信不疑。
*I have a tendency **to tease**.* 我有捉弄人的傾向。

reporting verbs 引述動詞

3.24 有一大類動詞，比如 ***say***、***suggest*** 和 ***think***，用於引述人們的所說或所想。這些動詞稱為**引述動詞**（reporting verb）。它們後面跟 ***that-***從句，稱為**間接引語分句**（reported clause）。

*She **said** that she would come.* 她説她要來。

間接引語分句常常被視為賓語，所以這些動詞通常被説成及物動詞。在本書中，引述動詞在第七章闡述。

以表示動作對象作賓語的引述動詞，比如 ***advise*** 和 ***persuade***，在 7.75 和 7.76 小節論述。

有些引述動詞可接名詞作賓語，比如 ***question*** 或 ***story***，表示所說或所寫的內容。這些動詞列在 7.82 小節。有些引述動詞跟的賓語表示事件或事實，因此與 ***that***- 從句緊密相關。這些動詞列在 7.83 小節。

believe 和 ***know*** 等動詞可用作引述動詞，但用於另一種常見意義時又是普通及物動詞。這類動詞列入了上面的及物動詞表。

3.25 大部分及物動詞可用被動式，參見 9.9 到 9.21 小節。

Reflexive verbs: verbs where the object refers back to the subject 反身動詞：動詞的賓語返指主語

Be Creative
靈活運用

3.26 如果想談論主語和動作的賓語同指一個人的情況，可用**反身代詞** (reflexive pronoun) 作句子的賓語。例如，出了差錯時責備別人是很常見的，但如果說話者認為是自己的錯，可以說 ***I blame myself for what happened*** (我對出的事情負有責任)。

雖然只有少數動詞通常與反身代詞連用，但實際上只要意義允許，反身代詞可作任何及物動詞的賓語。

*I **blame myself** for not paying attention.* 我責怪自己沒有注意。
*She **freed herself** from my embrace.* 她掙脫了我的擁抱。
*After the meeting, he **introduced himself** to me.* 會議結束後，他向我介紹自己。
*Why not buy a book and **teach yourself**?* 為甚麼不買一本書自學呢？
***Don't deceive yourself**.* 不要欺騙自己。
*We **must ask ourselves** several questions.* 我們必須反問自己幾個問題。
*Every country has the right to **defend itself**.* 每個國家都有自衛的權利。

反身代詞 (reflexive pronoun) 在 1.111 到 1.118 小節論述。

true reflexive verbs
真正的反身動詞

3.27 注意，動詞 ***busy***、***content*** 和 ***pride*** 是真正的反身動詞，必須與反身代詞連用。

*He **had busied himself** in the laboratory.* 他在實驗室裏忙碌着。
*Many scholars **contented themselves** with writing textbooks.* 許多學者滿足於編寫教科書。
*He **prides himself** on his tidiness.* 他為自己的整潔感到驕傲。

3.28 另外有少數動詞，如果賓語是人，只能與反身代詞連用。例如，可以說 ***express an opinion*** (表達觀點) 以及 ***express yourself*** (表達自己的觀點)，但不能說 ***express a person***。

*Professor Baxendale **expressed himself** very forcibly.* 巴克森代爾教授非

常有力地表達了自己的看法。

*She **enjoyed herself** enormously.* 她過得非常愉快。

*He **applied himself** to learning how Parliament worked.* 他致力於了解英國議會的運作方式。

下面這些動詞在賓語指人的時候接反身代詞：

apply	distance	excel	express
compose	enjoy	exert	strain

reflexive pronouns used for emphasis 用於強調的反身代詞

3.29 有些動詞通常不帶賓語，因為只涉及動作的執行者。但如果想強調主語所做的事影響到了主語自身，這些動詞可以用反身代詞作賓語。因此可以用 ***Bill washed himself***（比爾自己洗澡）代替 ***Bill washed***（比爾洗了澡）。

*I always **wash** five times a day.* 我一直每天洗 5 次澡。

*Children were encouraged to **wash themselves**.* 孩子們受到鼓勵自己動手洗澡。

*I stood in the kitchen while he **shaved**.* 他在刮鬍子的時候，我站在廚房裏。

*He prefers to **shave himself** before breakfast.* 他喜歡在早餐前刮鬍子。

*Ashton **had behaved** abominably.* 阿什頓的表現很惡劣。

*He is old enough to **behave himself**.* 他已經不是個孩子，行為舉止應該懂得規矩。

*Successful companies know how to **adapt** to change.* 成功的公司知道如何適應變化。

*You've got to be willing to **adapt yourself**.* 你必須願意自己適應新情況。

下面這些動詞用於某些意義時可接反身代詞表示強調：

acclimatize	commit	move	undress
adapt	dress	readjust	wash
behave	hide	shave	

Be Careful 注意

3.30 注意，在談論對自己做的動作時，英語反身代詞不像在某些其他語言中用得那麼普遍。如上所述，在英語裏通常會說 ***I washed***（我洗了澡）而不是 ***I washed myself***（我自己洗澡）。有時用所有格加名詞代替。例如，可用 ***I combed my hair***（我梳了頭）代替 ***I combed myself***（我自己梳頭）。

3.31 注意，反身動詞不用被動式。

Delexical verbs: verbs with little meaning
虛化動詞：幾乎沒有意義的動詞

3.32 有一些很常見的動詞以名詞作賓語，僅僅表示某人是動作的執行者，而不是影響或創造了某事物。這樣用的動詞幾乎沒有意義。

例如，在 ***She had a shower***（她洗了個淋浴）這句話裏，***had*** 本身沒有甚

麼意義。句子的大部分意義由名詞 ***shower***（淋浴）傳達。

*We **were having a joke**.* 我們在開玩笑。
*Roger **gave a grin** of sheer delight.* 羅傑真心快樂地咧嘴一笑。
*He **took a step** towards Jack.* 他向傑克走近一步。

verbs that are often delexical 常用虛化動詞

3.33 本節集中討論用於上述及物結構的最常見動詞。這些動詞稱為虛化動詞（delexical verb）。

下面這些動詞作虛化動詞用。前四個最為常見。

give	take	hold
have	~	keep
make	do	set

注意，***have got*** 不用作虛化動詞。

英語中含虛化動詞的結構非常普遍。雖然虛化動詞的總數很小，但包括了英語中一些最常用的詞彙。

3.34 在很多情況下，有一個與虛化動詞 + 名詞的意義類似的動詞。例如，動詞 ***look***（看）的含義幾乎等於 ***have a look***（看一看）。***look*** 用作動詞時，比如在 ***I looked round the room***（我環顧房間）這個句子裏，側重點在於看這個動作；在 ***look*** 作名詞用於虛化結構時，說話者是在指稱一個事件，一個完整的東西。這種結構常常似乎更受青睞。注意，與虛化結構相對應的動詞一般是不及物動詞。

*She **made a signal**.* 她發出一個信號。
*She **signalled** for a taxi.* 她揚手招了一輛計程車。
*A couple **were having a drink** at a table by the window.* 一對夫婦坐在靠窗的桌子邊喝酒。
*A few students **were drinking** at the bar.* 有幾個學生在酒吧喝酒。
*She **gave an amused laugh**.* 她開心地笑了。
*They both **laughed**.* 他們兩個都笑了。
*He **gave a vague reply**.* 他給了一個含糊的回答。
*They **replied** to his letter.* 他們回覆了他的信。

也有一些動詞是及物動詞。

*Fans tried to **get a glimpse** of the singer.* 粉絲們想看歌手一眼。
*I **glimpsed** a bright flash of gold on the left.* 我瞥見左邊一道明亮的金光。
*He **gave a little sniff**.* 他輕輕嗅了嗅。
*She **sniffed** the air.* 她嗅了嗅空氣。
*Comis **took a photograph** of her.* 科米斯給她拍了一張照片。
*They **photographed** the pigeons in Trafalgar Square.* 他們對特拉法加廣場上的鴿子拍照。

with singular noun 與單數名詞連用

3.36 作虛化動詞賓語的名詞常常是單數，通常前面加 ***a*** 或 ***an***。

*She **made a remark** about the weather.* 她説了一句關於天氣的話。
*She **gave a cry** when I came in.* 我進來時，她叫了一聲。
*I **might take a stroll**.* 我也許會去散步。

有些可數名詞幾乎總是以單數用在虛化動詞後面。下面是這些名詞：

cry	grumble	smell
feel	need	taste
grouse	read	try

注意，在整個語言系統中，這些詞更多會用作動詞。

with plural noun
與複數名詞連用

3.36　虛化動詞也可與複數名詞連用。

*She **took little sips** of the cold drink.* 她一小口一小口地喝着冷飲。
*He **took photographs** of Vita in her summer house.* 他拍了維塔在避暑別墅內的照片。
*The newspaper **made unpleasant remarks** about his wife.* 報紙對他的妻子發表了令人不快的言論。

with uncountable noun
與不可數名詞連用

3.37　虛化動詞後面偶爾也可用不可數名詞。

*We **have made progress** in both science and art.* 我們在科學和藝術領域都取得了進步。
*Cal **took charge of** this side of their education.* 卡爾負責他們這方面的教育。

talking about a brief event
談論短暫的事件

3.38　含虛化動詞的結構和意義類似的動詞之間的一個區別是，前者有時給人以描述的是短暫事件的印象。例如，***She gave a scream***（她發出一聲尖叫）表示只有一次短暫的尖叫，而 ***She screamed***（她尖叫了）則不表示事件是短暫的。

*Mr. Sutton **gave a shout** of triumph.* 薩頓先生發出一聲勝利的歡呼。
*Zoe **gave a sigh** of relief.* 佐伊鬆了一口氣。
*He **gave a laugh**.* 他笑了一聲。

using adjectives
使用形容詞

3.39　選擇虛化結構的另一個原因是，可在名詞前用形容詞為事件添加更多的細節，而不是使用副詞。例如，***He gave a quick furtive glance round the room***（他迅速偷看了一下房間）和 ***He glanced quickly and furtively round the room.***（他迅速地偷看了房間），這兩句話中前者比後者更自然。

*He **gave a long lecture** about Roosevelt.* 他作了一個關於羅斯福的長篇演講。
*She **had a good cry**.* 她痛哭了一場。
*He was forced to **make a humiliating apology**.* 他被迫作了屈辱的道歉。
*These legends **hold a romantic fascination** for many Japanese.* 這些傳

說對很多日本人具有浪漫的魅力。

nouns with no equivalent verb
沒有對應動詞的名詞

3.40 用於虛化結構的某些名詞在形式上沒有意義類似的動詞與之對應。有時雖然有對應的動詞，但形式略有不同。

Work experience allows students to ***make more effective career decisions****.* 工作經驗使學生能夠作出更有效的職業決定。
I ***decided*** *I wouldn't resign after all.* 我決定還是不辭職的好。
He ***made the shortest speech*** *I've ever heard.* 他作了我聽到過的最短演講。
Iain ***spoke*** *candidly about the crash.* 伊恩坦率地談及車禍。

在其他情況下，根本沒有意義類似的對應動詞，所以沒有其他結構可供使用。

He had been out all day ***taking pictures*** *of the fighting.* 他整天在外拍攝戰鬥場面的照片。
That is ***a very foolish attitude to take****.* 採取那樣的態度是很愚蠢的。
She ***made a number of relevant points****.* 她提出了幾個相關的要點。
Try not ***to make so much noise****.* 請別這樣吵吵鬧鬧了。

nouns used with have
與 have 連用的名詞

3.41 在大部分情況下，只有一個虛化動詞能與特定的名詞連用。下列例子說明用在 ***have*** 之後的名詞。

They ***have a desperate need*** *to communicate.* 他們迫切需要溝通。
They ***had a fundamental belief*** *in their own superiority.* 他們對自己的優勢深信不疑。
She ***had a good cry****.* 她痛哭了一場。
Let's not ***have a quarrel****.* 我們別爭吵了。
We should ***have a talk****.* 我們應該談一談。

下面是用在 ***have*** 之後的名詞：

argument	dance	grouse	respect
belief	disagreement	grumble	sleep
chat	fall	need	talk
cry	fight	quarrel	

nouns used with take
與 take 連用的名詞

3.42 下列例子說明用在 ***take*** 之後的名詞：

He ***takes no interest*** *in his children.* 他一點都不關心自己的子女。
...kids ***taking turns*** *to use a playground slide.* ……輪流玩遊樂場滑梯的孩子們
He ***was taking no chances****.* 他並不在碰運氣。
She was prepared ***to take great risks****.* 她準備要冒很大的風險。
Davis ***took the lead*** *in blaming the pilots.* 戴維斯帶頭責備這幾個飛行員。
The Government fought against suggestions that it should ***take full blame*** *for the affair.* 有人暗示政府應該為這起事件負全責，對此政府竭力

想撇清關係。

下面是用在 ***take*** 之後的名詞。第一組是可數名詞。第二組是不可數名詞或總是用作單數或複數的名詞：

attitude	picture	charge	power
chance	risk	consequences	responsibility
decision	turn	form	shape
interest	~	lead	time
photo	blame	offence	trouble
photograph	care	office	

nouns used with give 與 give 連用的名詞

3.43 很多名詞可用在 ***give*** 之後。

這些名詞中有一些指的是人們發出的聲音或做出的面部表情。***give*** 與這些名詞之一連用，常表示無意識的動作或不一定針對別人的動作。例如，***She gave a scream***（她發出一聲尖叫）表示她情不自禁地大叫一聲。

The young cashier ***gave a patient sigh****.* 年輕的出納員耐心地歎了一口氣。
Roger ***gave a grin*** *of sheer delight.* 羅傑真心快樂地咧嘴一笑。
He ***gave a shrill gasp*** *of shock.* 他發出一聲尖利的驚叫。
Both of them ***gave an involuntary little giggle****.* 他們兩個都不由自主地發出咯咯一笑。
He ***gave a soft chuckle****.* 他輕聲一笑。

下面這些名詞表示人們發出的聲音或做出的面部表情。

chuckle	groan	shriek	whistle
cry	laugh	sigh	yell
gasp	scowl	smile	
giggle	scream	sniff	
grin	shout	snigger	

另外一組名詞前面常常有間接賓語（即表示動作承受者的賓語），因為描述的活動除主語以外還涉及另一個人。

They ***gave us a wonderfully warm welcome****.* 他們給了我們一個非常熱情的歡迎。
Elaine ***gave him a hug****.* 伊萊恩給了他一個擁抱。
He ***gave her hand a squeeze****.* 他捏了一下她的手。
He ***gave him a good kick****.* 他狠狠踢了他一腳。
She ***gave him a long kiss****.* 她給了他一個長長的吻。

下面這些名詞前面可以有間接賓語：

clue	kick	push	squeeze
glance	kiss	ring	welcome
hint	look	shove	
hug	punch	slap	

第三組名詞指的是涉及說某事的動作。

*The poetry professor is required **to give a lecture** every term.* 那詩詞教授被要求每學期講課一次。

*Lord Young **will be giving a first-hand account** of the economic difficulties the Russians are struggling to overcome.* 揚勳爵將講述他對俄羅斯人正努力克服經濟困難的親身體驗。

*Senator Brown **has given warning** that conflict over the plans could lead to a constitutional crisis.* 布朗參議員發出警告說，對於計劃的嚴重分歧可能導致憲法危機。

下面這些名詞指的是涉及說某事的動作：

account	information	reason	talk
advice	interview	report	thought
answer	lecture	speech	warning
example	news	summary	

nouns used with make 與 make 連用的名詞

3.44 很多名詞可用在 ***make*** 之後。

和大量這類名詞連用的虛化結構與引述結構（reporting structure）有密切的聯繫。引述結構在第七章闡述。通常有一個相應的動詞可用在間接引語分句之前。

*She **made a remark** about the weather.* 她說了一句關於天氣的話。

*Allen **remarked** that at times he thought he was back in America.* 艾倫說，他有時候覺得自己回到了美國。

*Now and then she **makes a comment** on something.* 她時不時對某些事發表一下評論。

*He **commented** that he was only doing his job.* 他說他只是在做自己的工作。

*I **haven't made a full confession**, sir.* 我還沒有完全坦白，先生。

*Fox **confessed** that he had stolen the money.* 霍士承認偷了錢。

*The cricketers **made a public protest** against apartheid.* 這些板球運動員公開抗議種族隔離制度。

*She **protested** that his comments were sexist.* 她抗議說，他的評論是性別歧視。

*I **made a secret signal** to him.* 我給他打了一個暗號。

*The Bank of England **signalled** that there would be no change in interest rates.* 英格蘭銀行暗示，利率將維持不變。

*You **made the right decision**.* 你作了正確的決定。

*One candidate resigned, **deciding** that banking was not for her.* 一個應聘者退出了，確定銀行業不適合她。

下面這些名詞用於 ***make*** 之後，有相應的引述動詞：

arrangement	confession	protest	suggestion
claim	decision	remark	
comment	promise	signal	

其他與 ***make*** 連用的名詞表示涉及說某事的動作，或描述變化、結果、努力等等。

*I'll **make some enquiries** for you.* 我會為你查詢一下。
*They agreed **to make a few minor changes**.* 他們同意作一些小改動。
*They **made an emotional appeal** for their daughter's safe return.* 他們情緒激動地呼籲，要求他們的女兒能安全歸來。
*He **made an attempt** to calm down.* 他試圖平靜下來。
*He **has made a significant contribution** to the success of the business.* 他為生意的成功作出了重大貢獻。

下面是其他用在 ***make*** 之後的名詞：

appeal	contribution	noise	sound
attempt	effort	point	speech
change	enquiry	progress	start
charge	impression	recovery	success

注意，與上表中其他名詞不同的是，***progress*** 是不可數名詞。

nouns used with have and take
與 have 和 take 連用的名詞

3.45 有些名詞既可用在 ***have*** 也可用在 ***take*** 之後。一般來說，在英式英語裏這些名詞多與 ***have*** 連用，在美式英語裏這些名詞多與 ***take*** 連用。有時側重點略有不同：***have*** 更強調經歷，而 ***take*** 更強調動作的執行者。

這些名詞中有一類表示身體活動。

*I'd rather **have a swim**.* 我寧願去游泳。
***Have a drink**.* 來喝一杯。
*She decided to **take a stroll** along the beach.* 她決定沿着海灘散步。
*I **took a bath**, my second that day.* 我洗了個澡，我那天的第二個澡。

下面是表示身體活動的名詞：

bath	jog	shower	walk
break	paddle	stroll	
drink	rest	swim	
holiday	run	vacation（美式英語）	

另一類名詞表示涉及使用感官的動作。

*She should let a doctor **have a look** at you.* 她應該讓醫生給你檢查一下。
*Even Sally **had a little sip** of wine.* 甚至莎莉也喝了一小口葡萄酒。
*A Harvard scientist was once allowed in to **have a peep**.* 哈佛大學的一個科學家曾得到允許往裏面瞥一眼。

*Mark **took a bite** of meat.* 馬克咬了一口肉。

下面這些名詞表示這類動作：

bite	look	sip	sniff
feel	peep	smell	taste

Verbs that can be used both with and without an object 可帶可不帶賓語的動詞

3.46 有幾個原因解釋動詞可接也可不接賓語。

different meanings 不同的意義

3.47 動詞可接也可不接賓語的一個重要原因，在於很多動詞的常用意義不止一個。例如，動詞 ***run*** (奔跑) 作 ***move quickly*** (快速移動) 解時，後面不接賓語。但如果 ***run*** 用作 ***manage*** (管理) 或 ***operate*** (經營) 解時，後面可接賓語。

*She **runs** in order to keep fit.* 她為了健身跑步。
*She **runs a hotel**.* 她經營一家酒店。
*She **reflected** for a moment and then decided to back out.* 她沉思了一會兒，然後決定退出。
*The figures **reflected** the company's attempts to increase its profile.* 這些數據表明公司試圖提升其知名度。
*I **can manage** perfectly well on my own.* 我完全可以獨自應付。
*I **can** no longer **manage my life**.* 我再也無法掌控我的生活了。
*She **moved** rather gracefully.* 她的舉止相當優雅。
*The whole incident **had moved her** profoundly.* 整個事件深深地觸動了她。

3.48 根據意義的不同，下面這些動詞可接也可不接賓語：

add	dress	hold	play	spread
aim	drive	hurt	point	stand
beat	escape	leak	press	stretch
blow	exercise	lose	propose	strike
call	fit	manage	reflect	study
change	fly	meet	run	tend
cheat	follow	miss	shoot	touch
count	hang	move	show	turn
draw	head	pass	sink	win

verbs that do not always need an object 並不總是需要賓語的動詞

3.49 很多英語動詞可接也可不接賓語，而意義基本相同。如果很清楚談論的是甚麼類型的事物，就不需要用賓語。

例如，既可說 ***She eats food slowly*** (她吃食物很慢) 也可說 ***She eats slowly*** (她吃得很慢)。在這個語境裏，很明顯她吃的是食物，所以想強調這一點的話 (這不太可能) 或者想說明她吃的食物是甚麼，才會提到食物。

對於這樣的動詞來說，只有在需要具體說明或把特定場合發生的事與正常情況下發生的事作對比時才會使用賓語。例如，只有希望或需要明確提到學科，或說話者通常學的是其他內容，才會說 ***I've been studying history***（我一直在學習歷史）而不是 ***I've been studying***（我一直在學習）。

*...a healthy person who **eats** sensibly.* ……一個注意飲食的健康人
*Twice a week he **eats an apple** for lunch.* 每週兩次他吃一個蘋果作為午飯。
*He raised his own glass and **drank**.* 他舉起自己的杯子喝。
*He **drank a good deal of coffee**.* 他喝了大量的咖啡。
*He had won, and she **had helped**.* 他獲勝了，而她曾提供幫助。
*She **could help him** to escape.* 她可以幫助他逃跑。
*I **cooked** for about eight directors.* 我為大約 8 個董事準備膳食。
*She had never **cooked dinner** for anyone.* 她出來沒有為別人做過晚餐。
*I washed and **ironed** for them.* 我為他們洗熨衣服。
*She **ironed my shirt**.* 她熨燙了我的襯衫。
*Rudolph **waved** and went into the house.* 魯道夫揮揮手走進了房子。
*She smiled and **waved her hand**.* 她微笑着揮手。
*She sat and **typed**.* 她坐着打字。
*She **typed a letter** to the paper in question.* 她打了一封信給那家報館。

賓語若不同於常與該動詞發生聯繫的賓語，就需要提供那賓語。例如，***to wave*** 通常被解釋為 ***to wave your hand***（揮手），因此如果被揮動的是別的東西，就必須指明賓語。

*He waved **a piece of paper** in his left hand.* 他左手揮舞着一張紙。
*Charlie washed **Susan's feet**.* 查利為蘇珊洗腳。

如果想對賓語作具體說明，也可使用賓語。

*He washed **his summer clothes** and put them away.* 他洗了夏天的衣服，然後收了起來。
*Bond waved **a cheerful hand**.* 邦德歡樂地揮手。
*I could save **quite a lot of money**.* 我可以節省很多錢。

3.50 如果涉及的事物顯而易見，下面這些動詞可以不用賓語：

borrow	drive	learn	read	steal
change	dust	lend	ride	study
clean	eat	marry	save	type
cook	film	paint	sing	wash
draw	help	park	smoke	wave
drink	iron	point	spend	write

object already mentioned
已經提到的賓語

3.51 另外一類動詞通常帶賓語，但也可不用賓語而意義不變。這些動詞的賓語很明顯，因為前面已經提及。例如，如果已經提到某事發生的地點，那麼就可以說 ***I left***（我離開了），而不需要再次說出地點的名稱。

*At last she thanked them and **left**.* 最後，她感謝他們，然後走了。

*He turned away and walked quickly up the passage. I locked the door and **followed**.* 他轉身快步沿着通道走去。我鎖上門跟在他後面。
*I was in the middle of a quiet meal when the tanks **attacked**.* 我正在安靜地吃飯，這時坦克發動了進攻。
*She did not look round when he **entered**.* 他進來的時候，她沒有回頭看。
*The sentry fired at the doctor and fortunately **missed**.* 哨兵向醫生開槍，幸好沒打中。
*Only two or three hundred men belonged to the Union before the war, now thousands **joined**.* 開戰前只有兩三百人歸屬聯邦，現在成千上萬的人加入了。

3.52 如果前文已經提及，下面這些動詞可省略賓語：

accept	check	guess	notice	ring
aim	choose	improve	observe	rule
answer	consider	join	offer	search
approach	direct	judge	order	serve
ask	dry	know	pass	share
attack	enter	lead	phone	sign
begin	explain	leave	play	strike
bite	fit	lose	produce	telephone
blow	follow	mind	pull	understand
board	forget	miss	push	watch
call	gain	move	remember	win

3.53 如果說話者認為從所說的話中可能不易看出賓語，或者特別想吸引注意，則可以使用賓語。

*All I know is that Michael and I never **left the house**.* 我只知道我和米高從未離開房子。
*Miss Lindley **followed Rose** into the shop.* 林德利小姐跟着羅斯走進商店。
*They were unaware they had **attacked a British warship**.* 他們沒有意識到他們攻擊了一艘英國戰艦。
*A man **entered the shop** and demanded money.* 一個男人進入商店搶錢。
*She threw the first dart and **missed the board** altogether.* 她投出第一支飛鏢，結果完全沒有擊中鏢盤。
*I **had joined an athletic club** in Chicago.* 我在芝加哥加入了一個體育俱樂部。

speaker's decisions 說話者的決定

3.54 總是帶賓語或從不帶賓語的動詞都不多。是否用賓語由說話者決定。如果他們認為讀者或聽眾不難理解受動作影響的是甚麼人或事物，可以省略賓語。如果他們認為這不清楚，他們會用賓語以免引起誤解。省略賓語的主要理由，在於從動詞本身的意義或者從已經說的話中就可明顯看出賓語。

Verbs that can take an object or a prepositional phrase 可接賓語或介詞短語的動詞

3.55 有一小類動詞既可接賓語也可接介詞短語。動詞 ***fight***（戰鬥）是其中之一。因此，比如可以說 ***He fought the enemy***（他和敵人戰鬥）或者 ***He fought against the enemy***（他和敵人戰鬥）。

The Polish Army ***fought the Germans*** *for nearly five weeks.* 波蘭軍隊和德國人戰鬥了接近五個星期。
He ***was fighting against history****.* 他在對抗歷史。
The New Zealand rugby team ***played South Africa's Springboks****.* 新西蘭欖球隊與南非的蹬羚隊比賽。
In his youth, Thomas ***played against Glamorgan****.* 在年輕的時候，湯馬斯和格拉摩根隊打過比賽。

3.56 通常，單獨使用動詞和動詞加介詞之間幾乎沒有語義上的差別。例如，在下列例子中，***brush*** 和 ***brush against*** 、***gnaw*** 和 ***gnaw at*** 以及 ***hiss*** 和 ***hiss at*** 的語義區別甚微。

Her arm ***brushed my cheek****.* 她的手臂拂過我的面頰。
Something ***brushed against the back of the shelter****.* 有一樣東西碰到了避護所的背面。
Rabbits often ***gnaw the woodwork of their cages****.* 兔子經常啃咬籠子的木構件。
Insects ***had been gnawing at the wood****.* 昆蟲一直在啃咬木頭。
They ***hissed the Mayor*** *at the ceremony.* 他們在典禮上向市長發出噓聲。
Frederica ***hissed at him****.* 弗雷德里卡向他發出噓聲。

3.57 下面這些動詞既可接賓語也可接介詞短語，但語義差別微乎其微：

boo (at)	gnaw (at)	play (against)
brush (against)	hiss (at)	rule (over)
check (on)	infiltrate (into)	sip (at)
distinguish (between)	jeer (at)	sniff (at)
enter (for)	juggle (with)	tug (at)
fight (against)	mock (at)	twiddle (with)
fight (with)	mourn (for)	
gain (in)	nibble (at)	

verbs of movement 移動動詞

3.58 很多既可接賓語也可接介詞短語的動詞是描述身體移動的動詞，比如 ***wander***（漫步）和 ***cross***（穿過）。這裏的介詞表示的是地點，因此説話者能夠強調主語相對於賓語的物理位置。

He ***wandered the halls of the Art Institute****.* 他漫步在藝術學院的大廳裏。
He ***wandered through the streets of New York****.* 他在紐約的街上閒逛。
I ***crossed the Mississippi****.* 我過了密西西比河。

The car ***had crossed over the river*** *to Long Island.* 汽車已經過了河向長島開去。

We ***climbed the mountain****.* 我們爬了山。

I ***climbed up the tree****.* 我爬上樹。

下表是描述移動的動詞以及後面可接的介詞舉例：

chase (after)	jump (over)	roam (over)	skirt (round)
climb (up)	leap (over)	roam (through)	walk (through)
cross (over)	reach (across)	run (across)	wander (through)

Changing your focus by changing the subject 通過改變主語來改變焦點：I opened the door, The door opened

3.59 有些動詞使説話者既能從動作執行者的角度也能從受動作影響者的角度描述動作。這意味着同一個動詞既可接賓語，也可不接賓語，也不提及動作的原執行者。

在下面第一個例子中，***the door*** 是動詞 ***opened*** 的賓語；但在第二個例子中，***the door*** 是 ***opened*** 的主語，沒有提到是誰打開了門。

I opened ***the door*** *and peered into the room.* 我打開門向房間內張望。

Suddenly ***the door*** *opened.* 門突然開了。

An explosion shook ***the rooms****.* 爆炸震動了房間。

The whole room *shook.* 整個房間都搖動了。

注意，及物動詞的賓語作不及物動詞的主語時，通常指物而不指人。

動詞作及物用時帶的賓語轉為作不及物用時的主語，這種動詞稱為**作格動詞** (ergative verb)。在現代英語裏，有幾百個經常使用的作格動詞。

changes 變化

3.60 很多作格動詞描述的事件涉及從一個狀態變為另一個狀態。

He ***was slowing*** *his pace.* 他正在放慢腳步。

She was aware that the aircraft's taxiing pace ***had slowed****.* 她意識到飛機的滑行速度慢了下來。

I ***shattered*** *the glass.* 我打碎了玻璃杯。

Wine bottles ***had shattered*** *all over the pavement.* 葡萄酒瓶在人行道上碎了一地。

They ***have closed*** *the town's only pub.* 他們關閉了鎮上唯一的酒館。

The street markets ***have closed****.* 街頭集市結束了。

The firm ***has changed*** *its name.* 公司改了名字。

Over the next few months their work pattern ***changed****.* 在接下來的幾個月裏，他們的工作方式改變了。

The driver ***stopped*** *the car.* 司機停了車。

A big car ***stopped****.* 一輛大汽車停了下來。

3.61 下面這些作格動詞描述涉及某種變化的事件：

age	darken	grow	spread
begin	decrease	improve	start
bend	diminish	increase	stick
bleach	disperse	open	stop
break	double	quicken	stretch
burn	drown	rot	tear
burst	dry	shatter	thicken
change	empty	shrink	widen
close	end	shut	worsen
continue	fade	slow	
crack	finish	split	

food, movement, vehicles 食物、移動、車輛

3.62 另外有很多作格動詞與某些特定的意義有關，比如有些與食物和烹飪有關，有的描寫身體動作，還有的涉及作及物動詞賓語或作不及物動詞主語的車輛。

*I'**ve boiled** an egg.* 我煮了一個雞蛋。
*The porridge **is boiling**.* 麥片粥煮沸了
*I'**m cooking** spaghetti.* 我在煮意大利細麵條。
*The rice **is cooking**.* 米飯正在煮。
*The birds **turned** their heads sharply at the sound.* 鳥聽到聲音後迅速轉過頭來。
*Vorster's head **turned**.* 沃斯特轉過頭來。
*She **rested** her head on his shoulder.* 她把頭靠在他肩上。
*Her head **rested** on the edge of the table.* 她的頭靠在桌子的邊上。
*She **had crashed** the car twice.* 她把汽車撞壞了兩次。
*Pollock's car **crashed** into a clump of trees.* 波洛克的汽車撞到樹叢裏去了。

3.63 下面這些作格動詞與食物、身體動作以及車輛有關：

bake	roast	move	steady	drive
boil	simmer	rest	swing	fly
cook	thicken	rock	turn	park
defrost	~	shake	~	reverse
fry	balance	spin	back	run
melt	drop	stand	crash	sail

restrictions on ergative subjects 對作格動詞的限制

3.64 注意，有些作格動詞只能與一到兩個名詞連用。例如，可以說 ***He fired a gun***（他開了槍）或 ***The gun fired***（槍響了）。也可以說 ***He fired a bullet***（他開了一槍），但一般不説 ***The bullet fired***（子彈發射了）。

*I **rang** the bell.* 我按響了門鈴。
*The bell **rang**.* 鈴響了。

*A car **was sounding** its horn.* 一輛汽車在按響喇叭。
*A horn **sounded** in the night.* 晚上響起了號角聲。
*He **had caught** his sleeve on a splinter of wood.* 他的衣袖紮在了一塊尖木片上。
*The hat **caught** on a bolt and tore.* 帽子被螺栓鈎住，撕破了。

3.65 下面這些作格動詞可與列出的單個或一類名詞連用：

catch (an article of clothing)	ring (a bell, the alarm)
fire (a gun, rifle, pistol)	show (an emotion 比如 fear 、 anger)
play (music)	sound (a horn, the alarm)

ergative verbs that need extra information
需要額外信息的作格動詞

3.66 少數作格動詞作不及物用時，通常與副詞或其他某種短語或分句連用。選擇這種結構的原因是想強調事物受到某種影響時的表現，所以動作的執行者是誰並不重要。

*I like the new Range Rover. It **handles beautifully**.* 我喜歡這輛新路虎，它的操控性能完美。
*Wool **washes well** if you treat it carefully.* 如果小心處理的話，羊毛織物很容易洗滌。

下面這些作格動詞作不及物用時通常後接某種額外信息：

clean	handle	polish	stain
freeze	mark	sell	wash

comparison of passive and ergative use
被動式和作格用法的比較

3.67 注意，作格動詞的功能與被動式 (passive) 類似，因為兩種結構都使説話者能夠避免提到動作的執行者。例如，可以説 ***Jane froze a lot of peas from the garden***.（簡冷凍了很多從花園裏採摘的豌豆）。如果説話者不是對誰冷凍了豌豆而是對冷凍的東西感興趣，那就可以用被動式説 ***A lot of peas were frozen***（很多豌豆被冷凍了）。如果對豌豆是如何冷凍的感興趣，則可以利用作格動詞説 ***The peas from the garden froze really well***（從花園裏採摘的豌豆冷凍得非常好）。

關於被動式 (passive) 的用法，參見 9.8 到 9.24 小節。

Verbs that involve people affecting each other with the same action 涉及人們互相做同一動作的動詞：John and Mary argued

3.68 有些動詞可以描述涉及兩個人或兩群人相互做同一動作的過程。例如，句子 ***John and Mary argued***（約翰和瑪麗爭吵）意思是約翰和瑪麗爭吵，瑪麗和約翰爭吵。

*The pair of you **have argued** about that for years.* 你們兩個多年來一直在為那個爭論不休。

*He came out and we **hugged**.* 他出來後我們互相擁抱。
*They **competed** furiously.* 他們互相激烈競爭。

這種動詞稱為**相互動詞**（reciprocal verb）。

reciprocal verbs with plural subject 相互動詞與複數主語連用

3.69 使用相互動詞的結構之一，是參與的雙方一起作複數主語，而動詞不帶賓語。

*Their faces **touched**.* 他們的臉互相觸碰。
*Their children **are always fighting**.* 他們的孩子總是在打架。
*They **kissed**.* 他們互相親吻。

emphasizing equal involvement 強調同等參與

3.70 如果想強調雙方一起參與動作，可在動詞後用 ***each other*** 或 ***one another***。

*We embraced **each other**.* 我們互相擁抱。
*They kissed **each other** in greeting.* 他們互相親吻問候。
*They fought **each other** desperately for it.* 為了它，他們拼命彼此爭奪。
*The two boys started hitting **one another**.* 兩個男孩開始毆鬥。

下面這些相互動詞作及物用，後接代詞 ***each other*** 和 ***one another***：

consult	engage	kiss	meet
cuddle	fight	marry	touch
embrace	hug	match	

對有些動詞來說，需要在 ***each other*** 或 ***one another*** 前面加介詞，通常是 ***with***。

*You've got to be able to communicate **with each other**.* 你們必須能夠互相溝通。
*Third World countries are competing **with each other** for a restricted market.* 第三世界國家正在互相爭奪一個有限的市場。
*The two actors began to engage **with one another**.* 這兩個演員開始互相交鋒。

下面這些相互動詞後接的代詞 ***each other*** 和 ***one another*** 前面必須加 ***with***：

agree	collide	contrast	mate
alternate	combine	converse	merge
argue	communicate	co-operate	mix
balance	conflict	disagree	quarrel
clash	consult	engage	struggle
coincide	contend	integrate	

下面這些動詞可與除 ***with*** 外的其他介詞連用：

compete (against)	fight (against)	separate (from)
compete (with)	fight (with)	talk (to)
correspond (to)	part (from)	talk (with)
correspond (with)	relate (to)	

注意，***consult***、***engage*** 和 ***fight*** 既可接賓語也可接介詞。

showing unequal involvement
表示不同等參與

3.71 在上述例子中，説話者或作者認為兩個人或群體同等參與了事件，因為雙方一起作主語。但是，語言使用者可能想把注意力更多地集中在一方身上。在這種情況下，表示那個人的名詞就放在主語位置。

如果動詞可接賓語，表示另一個參與者的名詞就用作動詞的賓語。

He embraced ***her****.* 他擁抱她。
She married ***a young engineer****.* 她嫁給了一個年輕工程師。
You could meet ***me*** *at a restaurant.* 你可以在餐館和我見面。
He is responsible for killing ***many people****.* 他對殺死許多人要負上責任。

如果動詞需要後接介詞，另一個名詞就用作介詞的賓語。

Our return coincided ***with the arrival of bad weather****.* 我們回來時正好遇上壞天氣。
Youths clashed ***with police*** *in Belfast.* 年輕人在貝爾法斯特和警察發生衝突。
The distribution of aid corresponds ***to need****.* 援助的分配與需求相適應。

3.72 如果是暴力或不愉快的事件，人們有時會把一個人或群體用作主語，以便顯示主語的攻擊性或對暴力負有責任。例如，報紙的標題 ***Police clash with youths***（警方和年輕人發生衝突）可能暗示警方對衝突要負上責任，即使年輕人也和警方發生了衝突。

Paul *collided with a large man in a sweat-stained shirt.* 保羅和一個身穿汗漬斑斑襯衫的大漢撞在一起。
The role of worker *conflicts with the role of parent.* 工人的角色和父母的角色有衝突。
She liked him even when ***she*** *was quarrelling with him.* 甚至在和他吵架的時候，她也喜歡他。

Verbs that can have two objects 可接兩個賓語的動詞：give someone something

3.73 有時，説話者想談論的事，除了涉及作句子主語和賓語的人或事物，還涉及其他人。這個第三方參與者是動作的受益人或結果得到某物的人，成為句子的**間接賓語**（indirect object）。**直接賓語**（direct object）照例是動作的承受者。例如，在 ***I gave John a book***（我給了約翰一本書）這個句子裏，***John*** 是間接賓語，***the book*** 是直接賓語。

間接賓語直接放在動詞之後，置於直接賓語之前。

Dad gave ***me a car***. 爸爸給了我一輛車。
Can you pass ***me the sugar*** *please?* 請把糖遞給我，好嗎？
She brought ***me a boiled egg and toast***. 她給我帶來了一隻白煮蛋和吐司麵包。
He had lent ***Tim the money***. 他把錢借了給添。
A man promised ***him a job***. 一個男人答應給他一份工作。
The distraction provided ***us a chance to relax***. *(Am)* 這個消遣活動為我們提供了一個放鬆機會。（美式英語）

indirect objects in phrases that begin with a preposition 介詞引導的短語中的間接賓語

3.74 間接賓語除了可放在直接賓語之前，還可放在直接賓語之後以 ***to*** 或 ***for*** 開頭的短語內。

He handed his room key ***to the receptionist***. 他把房間鑰匙交給了接待員。
Ralph passed a message ***to Jack***. 拉爾夫給傑克一個口信。
He gave it ***to me***. 他把那個東西給了我。

這種結構特別用於說話者想把側重點放在間接賓語上的情況。例如，間接賓語比直接賓語長得多時，可用這種結構。

He had taught English ***to all the youth of Ceylon and India***. 他為錫蘭和印度所有的年輕人教英語。
He copied the e-mail to ***every single one of his staff***. 他把電子郵件抄送給了他的每一位員工。

pronouns as objects 代詞作賓語

3.75 如果直接賓語是 ***it*** 或 ***them*** 之類的代詞，通常用這種介詞結構。

I took the bottle and offered ***it to Oakley***. 我接過瓶子，把它給了奧克利。
Woodward finished the second page and passed ***it to the editor***. 伍德沃德寫完了第二頁，然後交了給編輯。
It was the only pound he had and he gave ***it to the little boy***. 那是他僅有的一英鎊，他把它給了小男孩。
God has sent ***you to me***. 上帝把你派到了我身邊。

注意，在非正式英語口語裏，如果兩個賓語都是代詞，有些人會把間接賓語放在直接賓語前面。例如，有些人會說 ***He gave me it***（他給了我這個）而不是 ***He gave it to me***（他把它給了我）。兩個代詞都不重讀，都指已知信息，所以順序並不重要。

indirect objects with to 與 to 連用的間接賓語

3.76 如果想把間接賓語放入以介詞開頭的短語，有些動詞與介詞 ***to*** 連用，特別是在動詞的直接賓語表示從一個人轉移到另一個人的事物時尤其如此。

Mr Schell wrote a letter the other day ***to the New York Times***. 謝爾先生前幾天給《紐約時報》寫了一封信。
I had lent my apartment ***to a friend*** *for the weekend.* 我借了公寓給一個朋友在週末用。
I took out the black box and handed it ***to her***. 我拿出黑色盒遞了給她。

下面這些動詞可接由 ***to*** 引導的間接賓語：

accord	give	mail	quote	show
advance	grant	offer	read	sing
award	hand	owe	rent	take
bring	lease	pass	repay	teach
deal	leave	pay	sell	tell
feed	lend	play	send	write
forward	loan	post	serve	

indirect objects with for
與 for 連用的間接賓語

3.77 如果描述的動作關於一個人做了一件事會使另一個人得益，可用介詞 ***for*** 引導間接賓語。

He left a note ***for her*** *on the table.* 他在桌子上給她留了一張字條。
He poured more champagne ***for the three of them****.* 他給他們三個人倒了更多香檳。
She brought presents ***for the children****.* 她給孩子們帶來了禮物。

下面這些動詞可接 ***for*** 引導的間接賓語：

book	fetch	mix	save
bring	find	order	secure
build	fix	paint	set
buy	get	pick	sing
cash	guarantee	play	spare
cook	keep	pour	take
cut	leave	prepare	win
design	make	reserve	write

Usage Note 用法說明

3.78 注意，動詞 ***bring***、***leave***、***play***、***sing***、***take*** 和 ***write*** 列入了兩個表格 (3.76 和 3.77 小節)。這是因為根據說話者想表達的意義，少數動詞的間接賓語前既能用 ***to*** 也能用 ***for*** 。例如，***Karen wrote a letter to her boyfriend***（卡倫給男朋友寫了一封信），這句話的意思是信是卡倫寫給她男朋友的，並且由他來讀。***Karen wrote a letter for her boyfriend***（卡倫替他男朋友寫了一封信），這句話意思是她男朋友想給別人寫信，而卡倫是實際寫信的人。

Usage Note 用法說明

3.79 有些接兩個賓語的動詞，其間接賓語幾乎總是置於直接賓語之前，而不用 ***to*** 或 ***for*** 引導。例如，可以說 ***He begrudged his daughter the bread she ate***（他嫉妒他女兒吃的麵包）以及 ***She allowed her son only two pounds a week***（她只給兒子每週兩英鎊零用錢）。而 ***She allowed two pounds a week to her son***（她每週給兒子兩英鎊零用錢）則非常罕見。

下面這些動詞通常不接由 ***to*** 或 ***for*** 引導的間接賓語：

allow	cause	draw	promise
ask	charge	envy	refuse
begrudge	cost	forgive	
bet	deny	grudge	

注意，如果直接賓語是 ***luck***、***good luck*** 或 ***happy birthday*** 之類的詞語，***wish*** 可用作這類接兩個賓語的動詞。

3.80 如果動詞的被動式後接兩個賓語，間接賓語和直接賓語都可作主語。詳見 9.20 小節。

3.81 如果主語和間接賓語指同一個人，可用**反身代詞** (reflexive pronoun) 作間接賓語。

I*'m going to buy* ***myself*** *some new clothes.* 我打算給自己買幾件新衣服。
He *had got* ***himself*** *a car.* 他為自己弄到了一輛車。
He *cooked* ***himself*** *an omelette.* 他為自己做了一個奄列。

反身代詞 (reflexive pronoun) 在 1.111 到 1.118 小節論述。

verbs that usually have both a direct object and an indirect object 通常接兩個賓語的動詞

3.82 列在上表中接兩個賓語的動詞，大部分可以僅用直接賓語而意義不變。

He left ***a note****.* 他留下了一張字條。
She fetched ***a jug*** *from the kitchen.* 她去廚房拿了一個罐。

但是，下面這些動詞總是或通常既帶直接賓語又帶間接賓語：

accord	deny	lend	tell
advance	give	loan	
allow	hand	show	

少數動詞可把動作的受益者或獲得某物的人作為直接賓語。

I ***fed the baby*** *when she woke.* 嬰兒醒來時，我餵東西給她吃。
I ***forgive you****.* 我原諒你。

下面是這類動詞：

ask	feed	pay
envy	forgive	teach

Phrasal verbs 短語動詞：I sat down, She woke me up

3.83 有一類含兩到三個詞的特殊動詞，稱為**短語動詞** (phrasal verb)。短語動詞的構成如下

☞ 動詞加副詞

*He **sat down**.* 他坐下。
*The noise gradually **died away**.* 嘈雜聲漸漸消失了。
*The cold weather **set in**.* 天氣轉冷了。

☞ 動詞加介詞 (有時稱為**介詞動詞**，prepositional verb)

*She **looked after** her invalid mother.* 她照料久病的母親。
*She **sailed through** her exams.* 她順利通過了考試。
*She **fell down** the steps and broke her ankle.* 她從樓梯上跌下來，摔斷了腳踝。

☞ 動詞加副詞和介詞

*You may **come up against** unexpected difficulties.* 你可能會碰到意想不到的困難。
*I **look forward to** reading it.* 我期待着讀到它。
*Fame has **crept up on** her almost by accident.* 她的成名幾乎純屬偶然。

把動詞和副詞或介詞按上述方式結合在一起，可以擴展動詞的常用詞義，或創造一個不同於動詞本身意義的新詞義。因此，不能總是從動詞和副詞或介詞的常用意義猜測出短語動詞的詞義。例如，假如有人說 ***I give up*** (我放棄)，說話者的意思並不是把東西給別人，也不涉及任何向上的運動。

少數短語動詞的第一部分從不單獨用作動詞。例如，有短語動詞 ***sum up*** (總結)、***tamper with*** (篡改) 和 ***zero in on*** (瞄準)，但不存在動詞 ***sum***、***tamper*** 或 ***zero***。

注意，短語動詞從不寫成一個單詞，也不用連字符號。

3.84 大部分短語動詞由兩個詞組成，詳見以下 3.85 到 3.110 小節。三個詞構成的短語動詞在 3.111 到 3.113 小節論述。

intransitive phrasal verbs with adverbs 與副詞連用的不及物短語動詞

3.85 有些短語動詞不帶賓語。這些通常是動詞加副詞的組合。

*Rosamund **went away** for a few days.* 羅莎蒙德離開了幾天。
*The boys **were fooling around**.* 孩子們無所事事地在閒蕩。
*She **must have dozed off**.* 她肯定打瞌睡了。

3.86 下面這些短語動詞由動詞加副詞構成，不帶賓語：

back away
back down
back off
balance out
barge in
bear up
boil over
bounce back
bow down
bow out
branch out
break away
break out
butt in
camp out
cast about
catch on
change down
change up
check up
chip in
climb down
close in
cloud over
club together
come about
come along
come apart
come away
come back
come down
come forward
come in
come on
come out
come round
come to
come up
cool off
creep in
crop up
cry off
cuddle up
curl up
cut in
die away
die down
die out
dine out
double back
doze off
drag on
drop back
drop by
drop out
ease up
ebb away
end up
fade away
fade out
fall apart
fall away
fall back
fall behind
fall out
fall over
fall through
fight back
fizzle out
flare up
fool around
forge ahead
get about
get ahead
get along
get by
get up
give in
glaze over
go ahead
go along
go around
go away
go back
go down
go on
go out
go under
go up
grow up
hang back
hang together
hit out
hold on
land up
lash out
let up
lie back
lie down
live in
look ahead
look back
look in
loom up
make off
meet up
melt away
mount up
move off
move over
nod off
opt out
own up
pass away
pay up
pine away
play around
pop up
press ahead
press on
push ahead
push on
rear up
ride up
ring off
rise up
roll about
roll in
roll over
rot away
run away
run out
rush in
seize up
sell up
set in
settle down
settle in
settle up
shop around
simmer down
sink in
sit around
sit back
sit down
slip up
speak up
splash out
spring up
stand back
stand down
stand in
stand out
start out
stay in
stay on
stay up
steam up
step aside
step back
step down
step in
stick around
stock up
stop by
stop off
stop over
tag along
tail away
tail off
taper off
tick over

touch down	wait about	waste away	weigh in
tune in	wait up	watch out	
wade in	walk out	wear off	

intransitive phrasal verbs with prepositions 與介詞連用的不及物短語動詞：look after, call on

3.87 其他用在不及物句子中的短語動詞是動詞加介詞的組合。這些短語有時稱為介詞動詞（prepositional verb）。

Ski trips now ***account for*** *nearly half of all school visits.* 滑雪旅程現在幾乎佔所有學校出遊的一半。

I'm just ***asking for*** *information.* 我只是在詢問情況。

...the arguments that ***stem from*** *gossip.* ……流言蜚語產生的爭論

注意，在上述例子末尾處的名詞（***nearly half of all school visits***、***information*** 和 ***gossip***）是介詞的賓語，不是動詞的直接賓語。

3.88 下面這些短語動詞由不帶賓語的動詞加介詞構成：

abide by	draw on	leap at	romp through
account for	drink to	level with	run across
allow for	dwell on	lie behind	run into
answer for	eat into	live for	run to
ask after	embark on	live off	sail through
ask for	enter into	live with	see to
bank on	expand on	look after	seize on
bargain for	fall for	look into	set about
break into	fall into	look to	settle for
break with	fall on	make for	settle on
brood on	feel for	meet with	skate over
bump into	flick through	part with	smile on
burst into	frown upon	pick at	stand for
call for	get at	pick on	stem from
call on	get into	pitch into	stick at
care for	get over	plan for	stick by
come across	go about	plan on	stumble across
come between	go against	play at	stumble on
come by	go for	play on	take after
come for	grow on	poke at	take against
come from	hang onto	pore over	tamper with
come into	head for	provide for	tangle with
come under	hit on	puzzle over	trifle with
come upon	hold with	rattle through	tumble to
count on	jump at	reason with	wade through
cut across	keep to	reckon on	wait on
dawn on	laugh at	reckon with	walk into
deal with	launch into	reckon without	watch for
dispose of	lay into	rise above	worry at

preposition or adverb
介詞或副詞：
We looked around the old town, Would you like to look around?

3.89 在某些不及物短語動詞中，如果涉及的第二個事物需要提及，第二個詞（***across***、***around***、***down*** 等）是介詞；如果涉及的第二個事物在語境中很清楚，第二個詞可以是副詞。

I could ***hang around your office***. 我可以在你的辦公室附近轉轉。
We'll have to ***hang around*** *for a while.* 我們將不得不閒逛一會。
They all ***crowded around the table***. 他們全都擠在桌子四周。
Everyone ***crowded around*** *to see him jump into the water.* 大家都圍攏過來看他跳進水裏。

3.90 在下面這些不及物短語動詞中，如果涉及的另一個事物需要提及，第二個詞是介詞；如果不需要，則是副詞：

ask around	crowd around	go up	push through
bend over	do without	go without	rally round
break through	fall behind	hang around	run around
bustle about	fall down	join in	run down
come across	fall off	knock about	run up
come after	gather around	lag behind	scrape through
come along	get in	lean over	see round
come by	get off	lie about	shine through
come down	get on	look round	show through
come in	get round	look through	sit around
come off	go about	lounge about	spill over
come on	go along	move about	stand around
come over	go down	pass by	stop by
come through	go in	pass over	trip over
come up	go round	push by	
cross over	go through	push past	

transitive phrasal verbs
及物短語動詞：
look something up, let someone down

3.91 有些短語動詞幾乎總是接賓語。

We ***put*** *our drinks* ***down*** *on the bar.* 我們把酒放在吧檯上。
I ***finished*** *my meal* ***off*** *as quickly as I could.* 我盡快吃完了飯。
She ***read*** *the poem* ***out*** *quietly.* 她輕聲朗讀了那首詩。

3.92 下面這些短語動詞由及物動詞加副詞構成：

add on	bring forward	call off	clean out
beat up	bring in	call up	conjure up
blot out	bring off	carry off	count out
board up	bring out	carry out	cross off
bring about	bring round	cast aside	cross out
bring along	bring up	catch out	cut back
bring back	buy out	chase up	cut down
bring down	buy up	chat up	cut off

cut up
deal out
dig up
do up
drag in
drag out
drag up
dream up
drink in
drive out
drum up
eat away
eat up
explain away
fight off
fill in
fill up
filter out
find out
fix up
follow up
frighten away
gather up
give away
give back
give off
hammer out
hand down
hand in
hand on
hand out
hand over
hand round
have on
hire out
hold down
hold up
hunt down
hush up
keep back
kick out
knock down
knock out
knock over
lap up
lay down
lay on
lay out
leave behind
leave out
let down
let in
let off
let out
lift up
live down
melt down
mess up
mix up
nail down
note down
order about
pack off
pass down
pass over
pass round
patch up
pay back
pay out
phase in
phase out
pick off
pick out
piece together
pin down
pin up
play back
play down
plug in
point out
print out
pull apart
pull down
push about
push around
push over
put about
put across
put around
put away
put down
put forward
put off
put on
put out
put through
put together
put up
read out
reason out
reel off
rinse out
rip off
rip up
rope in
rope off
rub in
rub out
rule out
rush through
scale down
screen off
seal off
see off
seek out
sell off
send up
set apart
set aside
set back
set down
shake off
shake up
shoot down
shrug off
shut away
shut in
shut off
shut out
size up
smooth over
snap up
soak up
sort out
sound out
spell out
spin out
stamp out
step up
stick down
summon up
switch on
take apart
take away
take back
take down
take in
take on
take up
talk over
talk round
tear apart
tear down
tear up
tell apart
tell off
think over
think through
think up
thrash out
throw away
throw off
throw on
throw out
tidy away
tie down
tie up
tip off
tip up
tire out
tone down
top up
track down
trade in
try on
try out

turn down	wash away	whip up	wipe out
turn on	weed out	win back	wipe up
use up	weigh out	win over	
warn off	weigh up	wipe away	

由及物動詞加介詞構成的短語動詞在 3.107 到 3.110 小節論述。

phrasal 短語

3.93 有一大類短語動詞可帶也可不帶賓語。

其原因常常是因為短語動詞有不止一個含義。例如，***break in*** 作 ***get into a place by force***（強行闖入某處）解時不帶賓語。但是 ***break in*** 作 ***get someone used to a new situation***（使某人適應新情況）解時要帶賓語。

*If the door is locked, I will try to **break in**.* 如果大門鎖上了，我會想辦法破門而入。
*He believes in **breaking in** his staff gradually.* 他主張讓員工逐漸適應工作環境。
*A plane **took off**.* 一架飛機起飛了。
*Gretchen **took off** her coat.* 格雷琴脱下了外套。
*The engine **cut out**.* 發動機熄火了。
*She **cut out** some coloured photographs from a magazine.* 她從雜誌上剪下一些彩色照片。

3.94 根據所用的詞義，下面這些短語動詞可帶也可不帶賓語：

add up	give up	make up	stick up
bail out	hang out	mess about	stow away
black out	hold off	miss out	strike out
break in	hold out	pass off	string along
call in	join up	pass on	sum up
carry on	keep away	pay off	switch off
clear out	keep down	pick up	take off
cut out	keep in	pull in	tear off
draw on	keep off	put in	throw up
draw out	keep on	roll up	tuck in
draw up	keep out	run down	turn away
dress up	keep up	run off	turn back
drop off	kick off	run over	turn in
drop round	knock about	set forth	turn out
fight back	knock off	set off	turn round
finish up	lay off	set out	turn up
get down	leave off	show off	wind down
get in	look out	show up	wind up
get out	look up	split up	work out
get together	make out	stick out	wrap up

3.95 少數短語動詞雖然只有一個詞義，但可帶也可不帶賓語。可以不帶賓語的原因是賓語很明顯，或在特定的語境中可以猜測出來。

It won't take me a moment to ***clear away****.* 我馬上就能把東西收拾好。
I'll help you ***clear away*** *the dishes.* 我來幫你收拾餐具。

3.96 下面這些短語動詞只有一個詞義，但可帶也可不帶賓語：

answer back	clear away	help out	wash up
breathe in	clear up	open up	
breathe out	cover up	take over	
call back	drink up	tidy away	

ergative phrasal verbs
作格短語動詞

3.97 和普通的動詞一樣，有些短語動詞是**作格動詞** (ergative verb)，也就是說可以把及物動詞的賓語用作不及物動詞的主語。

The guerrillas blew up ***the restaurant****.* 遊擊隊炸毀了餐館。
The gasworks *blew up.* 煤氣廠發生了爆炸。
I won't wake ***him*** *up just yet.* 我還不想叫醒他。
He *woke up in the middle of the night.* 他在半夜醒來。

關於作格動詞的說明，參見 3.59 到 3.67 小節。

3.98 下面是作格短語動詞一覽表：

back up	check in	move on	start off
block up	check out	open up	thaw out
blow up	cheer up	peel off	wake up
book in	close down	pull through	warm up
break off	dry up	rub off	wear down
break up	get off	shut up	wear out
buck up	heat up	sign up	
build up	hurry up	slow down	
burn up	line up	spread out	

3.99 在某些作格短語動詞中，如果涉及的另一個事物需要提及，第二個詞可以是介詞；如果另一個事物在語境中很清楚，第二個詞可以是副詞。

...leaves that ***had been blown off the trees****.* ……被風吹落的樹葉
My hat ***blew off****.* 我的帽子被吹走了。

3.100 下面這些作格動詞的第二個詞可以是介詞也可以是副詞：

blow off	get through	move up	stick in
chip off	get up	peel off	stick on
get down	move down	poke through	

position of the object
賓語的位置

3.101 如果一個較短的名詞短語用作短語動詞的賓語，通常可以選擇賓語的位置。賓語既可放在短語動詞的第二個詞之後，也可放在短語動詞的第一個詞和第二個詞之間。

*He **filled up** his car with petrol.* 他給汽車加滿了汽油。
*She **filled** my glass **up**.* 她為我倒了滿滿一杯。
*He **handed over** the box.* 他交出了盒子。
*Mrs Kaul **handed** the flowers **over** to Judy.* 考爾太太把花遞給茱迪。

3.102 但是，如果賓語由較長的名詞短語組成，則其位置更可能處於短語動詞的第二個詞之後，這樣短語動詞的兩個部分不至於隔得太遠。這種用法把注意力集中在了名詞短語包含的信息上，而不是短語動詞的第二個詞。

*Police have been told to **turn back** all refugees who try to cross the border.* 警方接到命令遣返所有試圖越境的難民。

when the object is a pronoun
代詞作賓語時

3.103 作賓語的代詞，比如 ***me***、 ***her*** 或 ***it***，通常置於短語動詞的第二個詞之前。這是因為代詞不是新的信息，所以不放在句末的突出位置。

*I waited until he had **filled** it **up**.* 我等待他把它加滿。
*He **tied** her **up** and bundled her into the car.* 他把她綁起來塞進了汽車。

when the object is an abstract noun
抽象名詞作賓語時

3.104 作短語動詞賓語的抽象名詞，比如 ***hope***、***confidence*** 或 ***support***，通常置於短語動詞的第二個詞之後。因此，雖然可以說 ***He built his business up***（他創立了自己的企業），但通常說 ***We are trying to build up trust with the residents***.（我們正在設法與居民建立信任）。同樣，雖然可以說 ***He put my parents up for the night***（他留我父母過夜），但通常說 ***The peasants are putting up a lot of resistance***.（農民們正在奮力抗爭）。

*The newspapers **whipped up** sympathy for them.* 報紙激起了對他們的同情。
*They attempted to **drum up** support from the students.* 他們試圖爭取學生的支持。
*He didn't **hold out** much hope for them.* 他對他們不抱太大希望。

cases where the object is always placed after the first word of the verb
賓語總是置於短語動詞第一個詞之後的情況

3.105 少數短語動詞的賓語總是置於第一個詞和第二個詞之間。例如，可以說 ***I can't tell your brothers apart***（我分不清你的兄弟），但不可以說 ***I can't tell apart your brothers***。

*Captain Dean **was** still **ordering** everybody **about**.* 迪安船長還在吩咐大家做事。
*I **answered** my father **back** and took my chances.* 我和父親頂嘴，碰碰運氣。

注意，這些動詞大部分以人作賓語。

下面這些短語動詞帶賓語時總是屬於這一類：

answer back	dress down	muck about	shut up
ask in	drop round	order about	sit down
bash about	feel out	play along	slap around
bind over	get away	play through	stand up
book in	hear out	pull about	stare out
bring round	help along	pull to	string along
bring to	invite in	push about	talk round
brush off	invite out	push around	tear apart
call back	invite over	push to	tell apart
carry back	jolly along	run through	tip off
catch out	keep under	see through	truss up
churn up	knock about	send ahead	turf out
count in	mess about	send away	
drag down	move about	send up	

有些短語動詞有不止一個及物意義，但在用於特定含義時屬於這一類。例如，***take back*** 在作 ***remind someone of something***（使某人想起某事）解時屬於這一類，但作 ***regain something***（退回某物）解時則不屬於這一類。

*The smell of chalk **took** us all **back** to our schooldays.* 粉筆的味道把我們都帶回到了學生時代。

*...his ambition of **taking back** disputed territory.* ……他收復爭議領土的雄心

下面這些短語動詞用於特定含義時屬於這一類：

bowl over	have on	push around	take back
bring down	hurry up	put down	take in
bring out	keep up	put out	take off
buoy up	kick around	see out	throw about
cut off	knock out	set up	toss about
do over	knock up	shake up	trip up
draw out	nail down	show around	turn on
get back	pass on	show up	ward off
get out	pin down	start off	wind up
give up	pull apart	straighten out	

objects with prepositions 與介詞連用的賓語

3.106 記住，如果短語動詞由不及物動詞加介詞組成，名詞短語總是置於介詞之後，即使是代詞也是如此。

*A number of reasons **can account for** this change.* 有好幾個理由可以解釋這個變化。

*They **had dealt with** the problem intelligently.* 他們明智地處理了那個問題。

*If I went away and left you in the flat, would you **look after** it?* 如果我走的時候把你留在公寓，你會照顧牠嗎？

關於由不及物動詞加介詞組成的短語動詞一覽表，參見 3.88 小節。

transitive phrasal verbs with prepositions 帶介詞的及物短語動詞：She talked me into buying it

3.107 有些短語動詞由及物動詞加介詞組成。其第一個詞後面有一個名詞短語作動詞的賓語，第二個詞後面有另一個名詞短語作介詞的賓語。

*They agreed to **let** him **into** their secret.* 他們同意讓他知道他們的秘密。
*The farmer threatened to **set** his dogs **on** them.* 那個農場主人威脅要放狗咬我們。
*They**'ll hold** that **against** you when you apply next time.* 你下次申請時，他們會為此對你抱有成見。

3.108 下面這些短語動詞由及物動詞加介詞組成：

build into	keep to	put on	set on
build on	lay before	put onto	talk into
draw into	leave off	put through	thrust upon
drum into	let into	read into	write into
frighten into	lumber with	set against	
hold against	make of	set back	

preposition or adverb 介詞或副詞：I'll cross you off, I'll cross you off the list

3.109 在某些及物短語動詞中，如果涉及的第三個事物需要提及，第二個詞是介詞；但如果第三個事物在語境中很清楚，則第二個詞是副詞。

*Rudolph **showed them around the theatre**.* 魯道夫帶了他們參觀劇院。
*Rudolph **showed them around**.* 魯道夫帶了他們周圍參觀一下。

3.110 下面這些及物短語動詞的第二個詞可以是介詞也可以是副詞：

cross off	hurl about	lop off	show around
dab on	keep off	push around	shut in
hawk around	knock off	scrub off	sink in

intransitive three-word phrasal verbs 不及物三詞短語動詞：look forward to, catch up with

3.111 大部分短語動詞由兩個詞組成：一個動詞和一個副詞，或一個動詞和一個介詞。但是，有些短語動詞由三個詞組成：一個動詞、一個副詞和一個介詞。這類動詞有時稱為**短語介詞動詞**（phrasal-prepositional verb）。

大部分三詞短語動詞作及物用。末尾的介詞有自己的賓語。

*His girlfriend **walked out on** him.* 他的女友把他甩了。
*You're not going to **get away with** this!* 你別想逃脱懲罰！
*She sometimes finds it hard to **keep up with** her classmates.* 她有時發現很難跟上她的同班同學。
*The local people have to **put up with** a lot of tourists.* 當地人不得不忍受大量的遊客。
*Terry Holbrook **caught up with** me.* 特里•霍爾布魯克追上了我。

3.112 下面是不及物三詞短語動詞一覽表：

be in for	date back to	look out for
be on to	do away with	look up to
bear down on	double back on	make away with
boil down to	face up to	make off with
break out of	fall back on	make up to
brush up on	fall in with	match up to
bump up against	get away with	measure up to
burst in on	get down to	miss out on
call out for	get in on	monkey about with
catch up with	get off with	play along with
chime in with	get on to	play around with
clamp down on	get on with	put up with
clean up after	get round to	read up on
come across as	get up to	run away with
come down on	give up on	run off with
come down to	go along with	run up against
come down with	go back on	shy away from
come in for	go down with	sit in on
come on to	go in for	snap out of
come out in	go off with	stick out for
come out of	go over to	stick up for
come out with	go through with	suck up to
come up against	grow out of	take up with
come up to	keep in with	talk down to
come up with	keep on at	tie in with
crack down on	keep up with	walk away from
creep up on	kick out against	walk away with
crowd in on	lead up to	walk off with
cry out against	live up to	walk out on
cry out for	look down on	wriggle out of
cut back on	look forward to	zero in on

transitive three-word phrasal verbs
及物三詞短語動詞：
He talked me out of buying the car

3.113 少數三詞短語動詞作及物用。動詞的直接賓語緊接在動詞後面。第二個名詞短語按慣例放在介詞之後。

I'll ***let*** *you* ***in on*** *a secret.* 我會向你透露一個秘密。
Kroop tried to ***talk*** *her* ***out of*** *it.* 克魯普嘗試說服她別做這事。
They ***put*** *their success* ***down to*** *hard work.* 他們把自己的成功歸功於努力工作。

下面是及物三詞短語動詞一覽表：

do out of	let in on	put down to	take up on
frighten out of	play off against	put up to	talk out of
let in for	put down as	take out on	

Be Careful 注意

3.114 在標準的書面英語裏，短語動詞不能帶間接賓語，只能有動詞的直接賓語和介詞的賓語。不過在非正式英語口語裏，少數短語動詞可帶直接賓語和間接賓語兩者。在這種情況下，間接賓語放在動詞和小品詞之間，隨後是直接賓語。

*Would you **break me off** a piece of chocolate, please?* 請給我掰下一塊巧克力，好嗎？
*We **brought her back** some special cookies from Germany.* 我們為她從德國帶回來一些特別的曲奇餅乾。

phrasal verbs in questions and relative clauses 疑問句和關係從句中的短語動詞

3.115 短語動詞中的介詞與普通介詞的用法有一個地方不同。

通常，如果介詞的賓語置於疑問句或關係從句的開頭，前面可加介詞，尤其是在正式的口語或書面語中。例如，可以說 ***From which student did you get the book?***（你是從哪個學生手裏得到這本書的？）以及 ***the document on which he put his signature***（他署名的文件）。

但是在這類結構中，如果介詞是短語動詞的一部分，則不能放在其賓語之前。必須說 ***What are you getting at?***（你是甚麼意思？），不能說 ***At what are you getting?***；必須說 ***the difficulties which he ran up against***（他遇到的困難），也不能說 ***the difficulties against which he ran up*** 。

*Who were they laughing **at**?* 他們在嘲笑誰？
*This was one complication he had not bargained **for**.* 這是他沒有料到的一個複雜情況。

3.116 大部分含及物動詞的短語動詞可用**被動式**（passive）。少數含不及物動詞和介詞的短語動詞也可用被動式。參見 9.17 和 9.23 小節。

Compound verbs 複合動詞：ice-skate, baby-sit

3.117 有些動詞由兩個詞組成，比如 ***cross-examine***（盤問）和 ***test-drive***（試駕）。這種動詞有時稱為**複合動詞**（compound verb）。

*He would have been **cross-examined** on any evidence he gave.* 他原本會為自己提供的證詞受到盤問的。
*He asked to **test-drive** a top-of-the-range vehicle.* 他要求試駕一輛頂級汽車。
*It is not wise to **hitch-hike** on your own.* 獨自搭便車旅行是不明智的。

Be Careful 注意

3.118 重要的是要認識到，對於不熟悉的複合動詞，並不總是能夠猜出其意義。例如，to ***soft-soap*** 意思不是用軟的肥皂，而是奉承某人，以便說服他為自己做一件事。

written forms of compound verbs 複合動詞的書寫形式

3.119 複合動詞書寫時通常用連字符號。

*No one had **cross-referenced** the forms before.* 以前沒有人為這些表格做過相互參見。
*Children **ice-skated** on the sidewalks.* 孩子們在行人道上溜冰。

但是，有的複合動詞可分開書寫，有的可寫成一個詞。例如，***roller-skate***（溜冰）和 ***roller skate*** 都可以用，***baby-sit***（代人照顧小孩）和 ***babysit*** 也都可以。

forms of compound verbs 複合動詞的形式

3.120 很多複合動詞由名詞加動詞組成。

*It may soon become economically attractive to **mass-produce** hepatitis vaccines.* 大規模生產肝炎疫苗可能很快就會在經濟上變得有吸引力。

另外一些由形容詞加動詞組成。

*Somebody had **short-changed** him.* 有人少找了錢給他。

3.121 少數複合動詞由看上去很陌生的詞組成，因為這些詞通常不單獨使用。例如，***pooh-pooh***（對……嗤之以鼻）和 ***shilly-shally***（磨磨蹭蹭）。這些動詞通常用於非正式談話，不用於正式的書面語。

*Sally had **pooh-poohed** the idea of three good meals a day.* 莎莉對一日三頓好飯的想法嗤之以鼻。
*Come on, don't **shilly-shally**. I want an answer.* 快點，別磨磨蹭蹭了。我想要答案。

其他一些複合動詞看上去陌生，因為它們是從外語借來的。例如，***ad-lib***（即興插入）和 ***kow-tow***（卑躬屈膝）。

*They **ad-libbed** so much that the writers despaired of them.* 他們即興插入了太多的台詞，撰稿者對他們已經絕望。
*He resents having to **kow-tow** to anyone or anything.* 他討厭不得不向任何人或事屈服。

intransitive compound verbs 不及物複合動詞

3.122 有些複合動詞不帶賓語。

*Many people **window-shopped** in the glass of the great store.* 很多人在大商場瀏覽商店櫥窗。
*If you keep to the rules, you may **roller-skate**.* 如果你遵守規則，你可以去溜冰。
*He has learned to **lip-read**.* 他學會了唇讀。
*I'm learning to **water-ski**.* 我在學滑水。

下面是不帶賓語的複合動詞：

baby-sit	jack-knife	play-act	water-ski
back-pedal	kow-tow	roller-skate	window-shop
hitch-hike	lip-read	shilly-shally	wolf-whistle
ice-skate	name-drop	touch-type	

transitive compound verbs 及物複合動詞

3.123 其他複合動詞通常帶賓語。

*You can **spin-dry** it and it will still retain its shape.* 它可以甩乾脱水而不變形。
*I didn't have time to **blow-dry** my hair.* 我沒有時間吹乾我的頭髮。
*At first we **cold-shouldered** him.* 起初我們冷落了他。
*They **ill-treated** our ancestors.* 他們虐待我們的祖先。

下面是通常帶賓語的複合動詞：

back-comb	cross-reference	ghost-write	soft-soap
blow-dry	double-cross	ill-treat	spin-dry
cold-shoulder	double-glaze	pooh-pooh	spoon-feed
court-martial	dry-clean	proof-read	stage-manage
cross-check	field-test	rubber-stamp	tape-record
cross-examine	force-feed	short-change	toilet-train
cross-question	frog-march	short-weight	wrong-foot

transitive or intransitive compound verbs 及物或不及物複合動詞

3.124 第三類複合動詞既可帶賓語也可不帶賓語。

*Kate had to **double-park** outside the flat.* 凱特只好在公寓樓外面並排停放汽車。
*Murray **double-parked** his car and jumped out.* 默里並排停放好汽車，然後跳了出來。
*I tried to **ad-lib** a joke.* 我試着即興講一個笑話。
*The commentator decided to **ad-lib**.* 時事評論員決定即興發揮。

下面這些複合動詞可作及物或不及物用：

ad-lib	chain-smoke	double-park	spring-clean
bottle-feed	criss-cross	mass-produce	stir-fry
breast-feed	deep-fry	short-circuit	tie-dye
bulk-buy	double-check	sight-read	

inflecting compound verbs 複合動詞的屈折變化

3.125 複合動詞的第二部分才有屈折變化。如果第二部分可單獨用作動詞，複合動詞的屈折變化等同於單獨使用動詞的屈折變化。

關於動詞屈折變化的解釋，參見附錄的參考部分。

Linking verbs 繫動詞

3.126 如果想描述某人或某事物，比如說明他們是誰或甚麼或具有甚麼性質，可以用一類特殊的動詞。這些動詞稱為**繫動詞** (linking verb)。

*Cigarette smoking **is** dangerous to your health.* 吸煙有害健康。
*The station **seemed** a very small one.* 這個車站似乎很小。
*He **looked** English.* 他看上去像英國人。
*I **became** enormously fond of her.* 我變得非常喜歡她了。

最常用的繫動詞有 ***be***、***become***、***look***、***remain*** 和 ***seem***。

adjectives and nouns after linking verbs 繫動詞之後的形容詞和名詞

3.127 繫動詞連接主語和形容詞或名詞短語，稱為**補語** (complement)。主語通常置於句首，形容詞或名詞短語置於動詞之後。形容詞或名詞短語描述或確定主語。

*Her general knowledge is **amazing**.* 她知識面之廣令人吃驚。
*The children seemed **frightened**.* 孩子們似乎受到了驚嚇。
*That's **a very difficult question**.* 那是個非常難的問題。
*She's **the head of a large primary school**.* 她是一所很大的小學的校長。
*Suleiman Salle became **the first President of Eritrea**.* 厄立特里亞首任總統。

繫動詞在 3.132 到 3.154 小節論述。

另外一些不及物動詞的用法有時類似於繫動詞。參見 3.155 到 3.160 小節。

verbs with object complements 帶賓語補語的動詞：The film made me sad

3.128 有些動詞，比如 ***make*** 和 ***find***，與**賓語補語** (object complement) 連用，即與賓語加形容詞或名詞短語連用。這裏的形容詞或名詞短語描述的是賓語。

*The lights **made me sleepy**.* 燈光使我昏昏欲睡。
*I **found the forest quite frightening**.* 我發現森林很恐怖。

這些動詞在 3.161 到 3.171 小節論述。

phrases that begin with a preposition 介詞引導的短語

3.129 繫動詞後常可用介詞引導的短語。

*The first-aid box is **on the top shelf**.* 急救箱在最上面一層架子上。
*I began to get **in a panic**.* 我開始陷入恐慌。

關於可用在繫動詞後的短語和分句的進一步説明，參見 3.172 到 3.181 小節。

it with be it 與 be 連用

3.130 ***be*** 常常與非人稱主語 ***it*** 連用。這種結構用來評論地方、情況、行為、經歷以及事實。

***It was** very quiet in the hut.* 小屋內非常安靜。
***It was** awkward keeping my news from Ted.* 對特德隱瞞我的消息是件尷尬的事。
***It's** strange you should come today.* 很奇怪你竟然今天來了。

其他一些繫動詞偶爾也這麼用。

非人稱主語 ***it*** 的用法在 9.31 到 9.45 小節論述。

there with be there 與 be 連用

3.131 ***be*** 常常與主語 ***there*** 連用，表示存在某事物。

***There is** another explanation.* 還有另一種解釋。
***There is** a rear bathroom with a panelled bath.* 屋子後面有一個浴室，裏面有一隻裝有鑲板的浴缸。

there 的這種用法在 9.46 到 9.55 小節論述。

Adjectives after linking verbs 繫動詞後面的形容詞：He seems happy, I'm tired

3.132 很多形容詞 (adjective) 可以用在繫動詞後面。

*I am **proud** of these people.* 我為這些人感到驕傲。
*They seemed **happy**.* 他們似乎很高興。
*You don't want them to become **suspicious**.* 你不想讓他們起疑心。
*They have remained **loyal** to the Government.* 他們對政府保持忠誠。

這些形容詞可以用種種方式修飾，也可後接不同的結構。

*We were **very happy**.* 我們非常快樂。
*Your suspicions are **entirely correct**.* 你的懷疑是完全正確的。
*Their hall was **larger than his whole flat**.* 他們的飯廳比他整個公寓都要大。
*He was **capable of extraordinary kindness**.* 他能夠變得特別友善。

繫動詞後的形容詞以及與其連用的結構在 2.41 到 2.53 小節論述。

3.133 下面這些動詞可用作繫動詞，後接形容詞：

be	seem	come	remain
~	smell	fall	stay
appear	sound	get	turn
feel	taste	go	
look	~	grow	
prove	become	keep	

注意，第三組動詞表示變化或保持不變。

3.134 上面列出的第二組動詞中，有些具有特殊性。

appear 、 ***prove*** 和 ***seem*** 常後接 ***to be*** 加形容詞，而不是直接加形容詞。

*Mary was breathing quietly and **seemed to be asleep**.* 瑪麗呼吸平靜，似乎已經入睡。
*Some people **appeared to be immune to the virus**.* 有些人似乎對這種病毒有免疫力。

關於 ***to-***不定式置於這些動詞之後的用法，參見 3.192 小節。

3.135 上面列出的第二組動詞中，有些可接用作形容詞的 ***-ed*** 分詞，特別是 ***feel*** 、 ***look*** 和 ***seem*** 。

*The other child looked **neglected**.* 另一個孩子看起來沒人照顧。
*The quarrel of the night before seemed **forgotten**.* 前一天晚上的爭吵似乎已遺忘了。

3.136 如果上面的第二組動詞用於表示某人或某事物似乎具有某種性質，那麼說話者可能想指出這是誰的看法。這時可用介詞 ***to*** 引導的短語，通常放在形容詞後面。

They looked all right ***to me****.* 在我看來他們都很好。
It sounds unnatural ***to you****, I expect.* 我想這對你聽上去不自然。

Be Careful 注意

3.137 不是所有形容詞都能用在所有繫動詞之後。有些動詞，比如 ***be*** 和 ***look***，可與廣泛的形容詞連用；有些只能與有限的形容詞連用，比如 ***taste*** 僅與表示味道的形容詞連用，***go*** 主要與表示顏色或消極狀態的形容詞連用，而 ***fall*** 主要與 ***asleep***、***ill*** 以及 ***silent*** 連用。

Sea water ***tastes nasty****.* 海水的味道很難喝。
It ***tasted sweet*** *like fruit juice.* 它的味道像果汁一樣甜。
Jack ***went red****.* 傑克臉紅了。
It all ***went horribly wrong****.* 一切都大錯特錯。
The world ***has gone crazy****.* 這個世界已經瘋了。
He ***fell asleep*** *at the table.* 他在桌子旁睡着了。
The courtroom ***fell silent****.* 法庭安靜了下來。

Nouns after linking verbs 繫動詞後面的名詞：She is a teacher；It remained a secret

3.138 名詞 (noun) 可以用在下列繫動詞之後：

be	feel	sound	represent
become	look	~	~
remain	prove	constitute	comprise
~	seem	make	form

qualities 性質

3.139 描述性名詞或名詞短語可以用在 ***be***、***become***、***remain***、***feel***、***look***、***prove***、***seem***、***sound***、***constitute*** 以及 ***represent*** 之後，表示人或事物具有的性質。

Their policy on higher education is ***an unmitigated disaster****.* 他們的高等教育政策是一場令人慘不忍睹的災難。
He always seemed ***a controlled sort of man****.* 他一向看上去是那種處事泰然的人。
I feel ***a bit of a fraud****.* 我覺得自己有點像個騙子。
The results of these experiments remain ***a secret****.* 這些實驗的結果仍然保密。
Any change would represent ***a turnaround****.* 任何變化都表示有了起色。

Make 作繫動詞只能與表示某人是否擅長某項工作的名詞連用。

He'll make ***a good president****.* 他會成為一個好總統。

using one 使用 one: That's a nice one

3.140 對於 ***be***、***become***、***remain***、***feel***、***look***、***prove***、***seem*** 和 ***sound*** 來說，可以用基於 ***one*** 的名詞短語。

如果主語是單數，名詞短語由 ***a*** 或 ***an*** 加形容詞和 ***one*** 組成。例如，可以用 ***The school is a large one***（這是一所大學校）來代替 ***The school is large***（這個學校很大）。

The sound is ***a familiar one****.* 這是個熟悉的聲音。
The impression the region gives is still ***a rural one****.* 這個地區給人的印象仍然是一個農村地區。

如果主語是複數，可以用形容詞加 ***ones***。

My memories of a London childhood are ***happy ones****.* 在倫敦度過的童年時代給我留下了幸福的回憶。

One 還可後接介詞短語（prepositional phrase）或關係從句（relative clause）。

Their story was indeed ***one of passion****.* 他們的故事確實充滿激情。
The problem is ***one that always faces a society when it finds itself threatened****.* 這是社會發現自己受到威脅時總會面臨的問題。

size, age, colour, shape 大小、年齡、顏色、形狀

3.141 如果想陳述某物的大小、年齡、顏色或形狀，可以在前一段落提到的繫動詞後面使用基於 ***size***、***age***、***colour*** 或 ***shape*** 的名詞短語。這個名詞短語以限定詞開頭，名詞前有形容詞，或者後有介詞 ***of***。

It's just ***the right shape****.* 這個形狀正好。
The opposing force would be about ***the same size****.* 相反的力差不多同樣大小。
The walls are ***a delicate pale cream colour****.* 牆壁是柔和的淡奶油色。
His body was ***the colour of bronze****.* 他的身體是古銅色的。
It is only ***the size of a mouse****.* 它只有一隻老鼠大小。

types of people and things 人和事物的類型

3.142 以 ***a*** 或 ***an*** 開頭的名詞短語或沒有限定詞的複數名詞可用在 ***be***、***become***、***remain***、***comprise*** 和 ***form*** 之後，表示某人或某事物的類型。

He is ***a geologist****.* 他是一個地質學家。
I'm not ***an unreasonable person****.* 我不是一個不講理的人。
He is now ***a teenager****.* 他現在是一個少年了。
The air moved a little faster and became ***a light wind****.* 空氣流動得快了一點，變成了微風。
They became ***farmers****.* 他們成了農民。
Promises by MPs remained just ***promises****.* 國會議員的承諾仍然只是承諾。
These arches formed ***a barrier to the tide****.* 這些拱門成了抵擋潮汐的屏障。

talking about identity 談論身份

3.143 把名字或表示特定的人或事物的名詞短語用在 ***be***、***become***、***remain***、***constitute***、***represent***、***comprise*** 和 ***form*** 之後，可確切地說明某人是誰或某事物是甚麼。

This is ***Desiree, my father's second wife****.* 這位是德西蕾，我父親的第二任妻子。

*He's now **the Director of the Office of Management and Budget**.* 他現在是管理和預算辦公室主任。
*The winner of the competition was **Ross Lambert of Forest Hill Primary School**.* 競賽的獲勝者是來自福里斯特希爾小學的羅斯•蘭伯特。
*The downstairs television room became **my room for receiving visitors**.* 樓下的電視室變成了我的會客間。
*...the four young men who comprised **the TV crew**.* 組成電視攝製隊的四個年輕人

Usage Note 用法說明

3.144 如果名詞表示組織內獨一無二的工作或職位，名詞前不一定需要加限定詞。

*At one time you wanted to be **President**.* 有一段時間你想成為總統。
*He went on to become **head of one of the company's largest divisions**.* 他後來成為公司最大部門之一的主管。

pronouns after linking verbs 繫動詞後的代詞

3.145 **人稱代詞** (personal pronoun) 有時用在繫動詞後面表示身份。注意，用的是賓語人稱代詞，除非是在非常正式的口語或書面語裏。

*It's **me** again.* 我又來了。

所有格代詞 (possessive pronoun) 也用在繫動詞後面表示身份或描述事物。

*This one is **yours**.* 這個是你的。
*This place is **mine**.* 這個地方是我的。

不定代詞 (indefinite pronoun) 有時用來描述某事物，通常帶一個後置修飾結構。

*It's **nothing serious**.* 沒甚麼嚴重的。
*You're **someone who does what she wants**.* 你是對她惟命是從的人。

如果代詞用在繫動詞後面，該繫動詞通常是 ***be***。

other structures that follow linking verbs 繫動詞後的其他結構

3.146 含有**量度名詞** (measurement noun) 的名詞短語置於 ***be*** 以及其他動詞之後的用法在 2.252 到 2.254 小節論述。

combinations of verbs and prepositions 動詞和介詞的組合

3.147 有些動詞如果後接特定介詞，其功能類似於繫動詞。

介詞的賓語對動詞的主語進行描述或分類。

*His fear **turned into unreasoning panic**.* 他的恐懼變成了毫無理智的恐慌。
*Taylor's fascination with bees **developed into an obsession**.* 泰勒對蜜蜂的癡迷發展成了強迫症。
*An autobiography really **amounts to a whole explanation of yourself**.* 自傳實際上等於是對自己的完整解釋。

下面這些動詞和介詞組合起繫動詞的作用：

amount to	change to	grow into	turn into
change into	develop into	morph into	turn to

除了 ***amount to*** 的含義類似於 ***constitute*** 以外，這些組合的基本含義都和 ***become*** 一樣。

短語動詞 ***make up*** 也起繫動詞的作用。

Wood ***made up 65% of the Congo's exports***. 木材佔剛果出口產品的65%。

Commenting 評述

3.148 *to-*不定式（***to-***infinitive）可用來評述與動作有關的人或事物，其方法有好幾種。

commenting on behaviour 評述行為：You're crazy to do that

3.149 如果想表示某人在做某事時顯現出某種特性，可以用主語 + 繫動詞 + 形容詞或名詞短語 + ***to-***不定式。

Most people think I am ***brave to do this***. 大多數人認為我敢於做這件事。
I think my father was ***a brave man to do what he did***. 我認為我父親是個勇敢的人才會有這樣的行為。

commenting on suitability 評述合適性：She's the right person to do the job

3.150 類似的結構可用來表示某人或某物比其他人或物更能完成好某項任務。

He was absolutely ***the right man to go to Paris and negotiate***. 他絕對是去巴黎進行談判的正確人選。
She may be ***an ideal person to look after the children***. 她也許是照顧孩子的理想人選。
He is ***just the man to calm everyone down***. 他就是那個讓大家冷靜下來的人。

形容詞不能單獨用於這類結構。可用含 ***right***、***ideal*** 或 ***best*** 之類形容詞的名詞短語，或者用 ***just the*** 加名詞 ***person***、***man*** 或 ***woman***。例如，可以說 ***He was the ideal person to lead the expedition***（他是率領考察隊的理想人選），但不能說 ***He was ideal to lead the expedition***。

有時可用以介詞 ***for*** 開頭的短語而不用 ***to-***不定式。在這種結構中，形容詞可以單獨使用。

He's not ***the right man for it***. 他不是做這件事的合適人選。
They are ***ideal for this job***. 他們是這份工作的理想人選。

commenting on an event 評述事件：That was an awful thing to happen

3.151 如果想表達對一個事件的感覺，可用繫動詞 + 名詞短語 +*to*-不定式。

It seemed such ***a terrible thing to happen****.* 發生的這件事似乎非常可怕。

這種 ***to***-不定式由 ***to*** 加不及物動詞組成，動詞通常是 ***happen*** 。

形容詞不能單獨用於這類結構。例如，可以說 ***It was a wonderful thing to happen***（發生了一件美妙的事情），但不可以說 ***It was wonderful to happen*** 。

commenting on willingness 評述意願：Chris is anxious to meet you

3.152 如果想表示某人願意或不願意做某事，可用繫動詞 + 形容詞 + ***to***-不定式。

They were ***willing to risk losing their jobs****.* 他們願意冒失去工作的風險。
I am ***anxious to meet Mrs Burton-Cox****.* 我急於和伯頓・考克斯夫人見面。
She is ***eager to succeed****.* 她渴望成功。
He is ***unwilling to answer questions****.* 他不願意回答問題。
I was ***reluctant to involve myself in this private fight****.* 我不願捲入這種私人爭鬥。

名詞不能用於這類結構。例如，可以說 ***He was willing to come***（他願意過來），但不能說 ***He was a willing person to come*** 。

commenting on something 評述某事物：This case is easy to carry

3.153 如果想通過描述做某事的感受來評述某事，可用繫動詞 + 形容詞或名詞短語 + ***to***-不定式。

Silk is ***comfortable to wear****.* 絲綢穿着舒適。
It's ***a nice thing to have****.* 擁有這個東西很不錯。
Telling someone they smell is ***a hard thing to do****.* 告訴別人身上有臭味是一件很難辦的事情。
She was ***easy to talk to****.* 她很容易交談。

注意，這種 ***to***-不定式必須是及物動詞的 ***to***-不定式或不及物動詞加介詞。

commenting on an action 評述動作：That was a silly thing to do

3.154 如果想表示對某個動作的看法，可用含賓語的 ***to***-不定式。

They thought this was ***a sensible thing to do****.* 他們認為這是明智之舉。
This is ***a very foolish attitude to take****.* 採取這種態度是很愚蠢的。

這種 ***to***-不定式通常是 ***to do*** 、 ***to make*** 或 ***to take*** 。

形容詞不能單獨用於這類結構。例如，可以說 ***It was a silly thing to do***（做這樣的事很愚蠢），但不能說 ***It was silly to do.*** 。

Other verbs with following adjectives 後接形容詞的其他動詞：He stood still

3.155 有些不及物動詞可以像繫動詞一樣後接形容詞。

George ***stood motionless*** *for at least a minute.* 佐治一動不動地站了至少一分鐘。

*Pugin **died insane** at the early age of forty.* 皮金早在 40 歲時就發瘋死了。

但是，這些動詞顯然不僅僅是繫動詞。***George stood motionless***（佐治一動不動地站着）不等於 ***George was motionless***（佐治靜止不動）。在 ***George stood motionless*** 這個句子中，動詞 ***stand*** 有雙重功能：既告訴我們佐治站着，又在 ***George*** 和形容詞 ***motionless*** 之間作繫動詞。

下面這些動詞可以這麼用：

hang	stare	survive	run
lie	~	~	~
sit	emerge	blush	be born
stand	escape	flame	die
~	go	gleam	return
gaze	pass	glow	

這些動詞後接形容詞的用法在下面幾個小節論述。

形容詞有時與其他動詞組合，但用逗號與主句隔開。這種用法在 8.147 小節論述。

Usage Note
用法説明

3.156 描述狀態的形容詞可用於 ***hang***、***lie***、***sit*** 和 ***stand*** 之後。

*I used to **lie awake** watching the rain seep through the roof.* 我過去常常清醒地躺在牀上，看着雨水從屋頂滲漏進來。
*A sparrow **lies dead** in the snow.* 一隻麻雀躺在雪地裏死了。
*Francis Marroux **sat ashen-faced** behind the wheel.* 弗朗西斯・馬盧克斯面如土色地坐在駕駛盤後面。
*She **stood quite still**, facing him.* 她一動不動地面對他站着。

Gaze 和 ***stare*** 能夠以同樣的方式與有限的幾個形容詞連用。

*She **stared** at him **wide-eyed**.* 她瞪大眼睛盯着他。

3.157 某些動詞加形容詞組合可用於表示某事未發生在某人或某物身上，或某人沒有某物。

go、***pass***、***emerge***、***escape*** 和 ***survive*** 常常用於這樣的組合。與這些動詞連用的形容詞常常由 ***-ed*** 分詞加 ***un-*** 構成。

*Your efforts won't **go unnoticed**.* 你的努力不會被忽視的。
*The guilty **went unpunished**.* 有罪者未受到懲罰。
*Somehow, his reputation **emerged unblemished**.* 不知怎麼的，他的名聲結果沒有受到玷污。
*Fortunately we all **escaped unscathed**.* 幸運的是，我們都安然逃脱了。
*Mostly, they **go unarmed**.* 通常他們不帶武器。
*The children always **went barefoot**.* 孩子們總是光着腳。

3.158 ***blush***、***flame***、***gleam***、***glow*** 和 ***run*** 等動詞可以後接顏色形容詞，表示某物的顏色或某物變成了甚麼顏色。

They blew into the charcoal until it ***glowed red****.* 他們向木炭吹氣，直到閃出紅光。
The trees ***flamed scarlet*** *against the grass.* 樹木在草地的襯托下變得通紅。

3.159 ***Die***、 ***return*** 和 被動動詞 ***be born*** 既可後接形容詞，也可後接名詞短語。

She ***died young****.* 她年紀輕輕就死了。
He ***died a disappointed man****.* 他在失望中死去。
At the end of the war, he ***returned a slightly different man****.* 他在戰爭結束歸來時，人稍微有些變了。
He ***was born a slave****.* 他生來就是個奴隸。

fixed phrases
固定短語

3.160 有些動詞加形容詞的組合是固定短語。這類動詞不能用在其他形容詞前面。

I wanted to ***travel light****.* 我想輕裝旅行。
The children ***ran wild****.* 孩子們鬧翻了天。
The joke ***was wearing thin*** *with use.* 這個笑話正變得索然無味。

Describing the object of a verb 描述動詞的賓語

3.161 某些及物動詞的後面可帶形容詞。這種形容詞描述的是賓語，常常稱為**賓語補語** (object complement)。

Willie's remarks made her ***uneasy****.* 威利的話使她不安。
I find the British legal system ***extremely complicated****.* 我覺得英國的法律體系極其複雜。

這些動詞有的用來表示某人或某物得到了改變，或表示某人得到了新的工作。其他的用來描述對某人或某物的看法。

關於如何將這些動詞用於被動式的說明，參見 9.21 小節。

verbs that relate to causing something to happen
有關使某事發生的動詞：
Their comments made me angry

3.162 如果想表示某人或某事物使別的人或事物具有某種性質，可使用下表中的一個及物動詞後接一個形容詞。

He said waltzes ***made him dizzy****.* 他說華爾茲使他頭暈。
*They****'re driving me crazy****.* 他們快讓我發瘋了。
Then his captor ***had knocked him unconscious****.* 然後綁架者把他打昏了。
She ***painted her eyelids deep blue****.* 她把自己的眼瞼塗上了深藍色。
He ***wiped the bottle dry****.* 他擦乾了瓶子。

下面這些動詞可以這麼用：

cut	make	plane	shoot
drive	paint	render	sweep
get	pat	rub	turn
knock	pick	send	wipe

這些動詞大部分只能後接一個或少數幾個形容詞。但是，***make*** 和 ***render*** 可帶的形容詞範圍很廣。

keep, hold, leave

3.163 ***keep***、***hold*** 和 ***leave*** 也可帶賓語加形容詞，表示某人或某事物被保持在某個狀態。

*The light through the thin curtains **had kept her awake**.* 透過薄窗簾的燈光使她難以入睡。
***Leave the door open**.* 讓門開着。
***Hold it straight**.* 把它扶直。

verbs that relate to giving someone a job or role
有關給某人工作或職責的動詞

3.164 如果想表示某人得到一份重要的工作，可以用 ***make***、***appoint***、***crown*** 或 ***elect*** 加賓語後接表示工作的名詞短語。

*In 1910 Asquith **made him a junior minister**.* 1910 年，阿斯奎斯讓他做政務次官。

按此方式使用的名詞如果指的是獨一無二的工作，通常不用限定詞。

*Ramsay MacDonald appointed him **Secretary of State for India**.* 拉姆齊•麥當奴任命他為印度事務大臣。

verbs of opinion
觀點動詞

3.165 有些常作 ***consider*** 解的及物動詞可與形容詞或名詞短語連用，表示某人對別的人或事物的觀點。

*They **consider him an embarrassment**.* 他們認為他令人難堪。
*Do you **find his view of America interesting**?* 你認為他對美國的看法有意思嗎？

下面是這類動詞一覽表：

account	deem	judge	think
believe	find	presume	
consider	hold	reckon	

prove 也可後接賓語補語，雖然它的意思是 ***show*** 而不是 ***consider***。

*He had **proved them wrong**.* 他證明他們錯了。

3.166 上述動詞常常用被動式。***Believe***、***presume***、***reckon*** 和 ***think*** 在這類結構中幾乎總是用被動式。

*Her body was never found and she **was presumed dead**.* 她的屍體一直沒找到，所以她被認定已經死亡。
*30 bombers **were believed shot down**.* 30 架轟炸機相信已被擊落。

3.167 除了 ***account***，列在 3.165 小節中的所有動詞也可在賓語後面用 ***to-***不定式分句，表示某人認為別的人或事物怎麼樣或做甚麼。

*We believed him **to be innocent**.* 我們相信他是無辜的。

關於這些動詞的賓語後面使用 ***to-***不定式分句的方法，參見 3.206 小節。

3.168 列在 3.165 小節的動詞可用 ***it*** 作賓語，後接賓語補語以及 ***to-***不定式分句，表示某人對一個動作的看法。例如，可以用 ***She found it difficult to breathe***（她覺得呼吸困難）代替 ***She found breathing difficult***。

*Gretchen found **it** difficult **to speak**.* 格雷琴發現説話很困難。
*He thought **it** right **to resign**.* 他認為辭職是對的。
*He considered **it** his duty **to go**.* 他認為自己有責任去。

這些例子中的 ***it*** 是非人稱用法。關於 ***it*** 的非人稱用法，詳見 9.31 到 9.45 小節。

describing and naming
描述和指名

3.169 如果想表示人們用一個特定的詞、詞組或名字來描述或指稱某人或某事物，可以把這些詞、詞組或名字用在下表中的一個及物動詞後面。

*People who did not like him **called him dull**.* 那些不喜歡他的人説他遲鈍。
*They **called him an idiot**.* 他們叫他白癡。
*Everyone **called her Molly**.* 大家都叫她莫利。
*He **was declared innocent**.* 他被宣告無罪。
*They **named the place** Tumbo Kutu.* 他們給這個地方起名叫通博庫圖。

下面這些動詞可以這麼用。其中第一組後接形容詞；第二組後接名詞短語；第三組後接名字。

call	term	designate	call
certify	~	label	christen
declare	brand	proclaim	dub
label	call	term	name
pronounce	declare	~	nickname

titles
標題

3.170 被動動詞 ***be entitled***、***be headed*** 和 ***be inscribed*** 後接標題或題寫的內容。

*The draft document **was entitled 'A way forward'**.* 文件草案的標題是“前進的道路”。

describing states
描述狀態

3.171 少數及物動詞可後接形容詞，表示某人或某事物在發生某事時所處的狀態，或表示人們希望某人或某事物所處的那種狀態。

*More than forty people **were burned alive**.* 40 多人被活活燒死。
*...a soup that can **be served cold**.* ……一道可以涼吃的湯
*They **found it dead**.* 他們發現牠死了。
*Do you **want it white or black**?* 你想要白的還是黑的？

下面這些動詞可以這麼用：

burn	leave	serve
eat	like	show
find	prefer	want

有時用描述狀態的 ***-ed*** 分詞或 ***-ing*** 分詞。

*She **found herself caught** in a strong tidal current.* 她發現自己陷入了一股強大的潮汐流。
*Maureen came in and **found Kate sitting** on a chair staring at the window.* 莫林走進來，發現凱特坐在椅子上目不轉睛地盯着窗戶。

Using a prepositional phrase after a linking verb
在繫動詞後面用介詞短語

3.172 如果想通過描述人或事物的環境來添加信息，有時可在繫動詞後面用介詞短語（prepositional phrase）。

use after be
用在 be 之後

3.173 ***be*** 後面可以用很多種介詞短語。

*He was still **in a state of shock**.* 他仍然處於震驚之中。
*I walked home with Bill, who was **in a very good mood**.* 比爾心情很好，我和他一起步行回家。
*She had an older brother who was **in the army**.* 她有一個哥哥在陸軍服役。
*I'm **from Dortmund** originally.* 我最初來自多特蒙德。
*...people who are **under pressure**.* ……處於壓力下的人們
*Your comments are **of great interest to me**.* 你的意見我很感興趣。
*This book is **for any woman who has a child**.* 本書是為那些有孩子的婦女寫的。

use after other verbs
用在其他動詞之後

3.174 其他繫動詞有的只能與有限的幾個介詞短語連用。

*He **seemed in excellent health**.* 他看上去身體非常健康。
*We do ask people to **keep in touch** with us.* 我們的確要求人們與我們保持聯繫。
*These methods have gradually **fallen into disuse**.* 這些方法逐漸廢棄不用了。
*He **got into trouble** with the police.* 他和警察惹上了麻煩。

下面是與介詞短語連用的其他繫動詞：

appear	feel	keep	seem
fall	get	remain	stay

referring to place
表示地點

3.175 有些總是或常常後接形容詞的動詞也可接與地點有關的介詞短語。

*She's **in California**.* 她在加利福尼亞。
*I'll stay **here** with the children.* 我會與孩子們留在這裏。
*The cat was now lying **on the sofa**.* 此時貓正躺在沙發上。

下面是這類動詞一覽表：

be	stay	lie
keep	~	sit
remain	hang	stand

關於涉及地點的介詞短語和副詞的進一步說明，參見 6.73 到 6.92 小節以及 6.53 到 6.72 小節。

referring to time
表示時間

3.176 ***be*** 可與時間表達式連用，表示某事物發生或將要發生的時間。

*That final meeting was **on 3 November**.* 最後那次會議於 11 月 3 日召開。

關於時間表達式的進一步說明，參見 4.85 到 4.111 小節。

use in transitive structures
用於及物結構

3.177 介詞短語也可用於及物結構，表示某人或某事物被置於某種特定的狀態。

*They'll get me **out of trouble**.* 他們會幫我擺脱麻煩。
*The fear of being discovered kept me **on the alert**.* 被發現的恐懼讓我保持警惕。

Talking about what role something has or how it is perceived 談論某事物的作用或如何被看待：介詞 *as*

3.178 以 ***as*** 開頭的介詞短語可用在某些動詞之後。

use in intransitive structures
不及物結構中的用法

3.179 以 ***as*** 開頭的介詞短語用在某些不及物動詞之後，表示主語的作用或功能，或表示主語自稱有甚麼身份。

*Bleach removes colour and acts **as an antiseptic and deodoriser**.* 漂白劑可以脱色，並起到殺菌和除臭的作用。
*He served **as Kennedy's ambassador to India**.* 他擔任甘迺迪派駐印度的大使。
*The sitting room doubles **as her office**.* 這間起居室兼做她的辦公室。

下面這些動詞可以後接 ***as***：

act	double	pass	serve
come	function	pose	

如果主語是人，***work*** 也可以這麼用。

She works ***as a counsellor*** *with an AIDS charity.* 她在一個愛滋病慈善機構做顧問。

use in transitive structures 及物結構中的用法

3.180 很多及物動詞的賓語可後接 ***as***。

在有些情況下，***as*** 後面用的是名詞短語。這種 ***as*** 短語表示賓語的作用或被看成甚麼。

I wanted to use him ***as an agent****.* 我想利用他作為代理人。
I treated business ***as a game****.* 我把生意當作遊戲。

下面這些及物動詞可與 ***as*** 和名詞短語連用：

brand	define	identify	see
cast	denounce	intend	suggest
categorize	depict	interpret	take
certify	describe	label	treat
characterize	diagnose	name	use
choose	elect	perceive	view
class	establish	recognize	
condemn	give	regard	
consider	hail	scorn	

在其他情況下，***as*** 後面用的是形容詞。這種形容詞表示賓語被認為具有甚麼性質或特徵。

Party members and officials ***described him as brilliant****.* 黨員和官員說他才華橫溢。
They ***regarded manual work as degrading****.* 他們認為體力勞動是低人一等的。

下面這些及物動詞可與 ***as*** 和形容詞連用：

brand	condemn	diagnose	scorn
categorize	define	establish	see
certify	denounce	label	view
characterize	depict	perceive	
class	describe	regard	

3.181 ***look upon***、***refer to*** 和 ***think of*** 也可以這麼用。如果 ***as*** 與 ***refer to*** 連用，則必須後接名詞。

In some households the man ***was referred to as*** *the master.* 在有些家庭裏，男人被稱為主人。

Talking about closely linked actions: using two main verbs together
談論兩個密切相關的動作：同時用兩個主要動詞

3.182 本節論述如何同時用兩個主要動詞談論兩個密切相關的動作或狀態。

兩個動作的執行者可能是同一個人。參見 3.189 到 3.201 小節。

*She **stopped speaking**.* 她停止了講話。
*Davis **likes to talk** about horses.* 戴維斯喜歡談論馬匹。

或者，兩個動作的執行者可能是不同的人。如果是這樣的話，第二個動作的執行者作第一個動詞的賓語。參見 3.202 到 3.212 小節。

*I don't **want them to feel** I've slighted them.* 我不想讓他們覺得我小看他們。
*One of the group began pumping her chest to **help her breathe**.* 小組中的一個人開始用力按壓她的胸部來幫助她呼吸。

3.183 注意，第一個動詞單獨使用不能提供足夠的信息，所以後面需要接第二個動詞。例如，***I want***（我要）提供的信息不足以構成一個有用的陳述句，但 ***I want to talk to you***（我想和你談一談）則是有用的陳述句。

以下討論的一些動詞，比如 ***want*** 和 ***like***，也可以用作普通及物動詞，後接名詞短語。及物動詞在 3.14 到 3.25 小節論述。

3.184 如果想談論兩個關係不那麼密切的動作，每個動作可在不同的分句中表示。 連接分句的方法在第八章闡述。

verb forms
動詞形式

3.185 這類結構中涉及的第一個動詞是主要動詞。主要動詞通常有時態屈折變化，與主語保持數的一致，也就是有限定性（finite）。

*I **wanted** to come home.* 我想回家。
*Lonnie **wants** to say sorry.* 朗尼想説對不起。
*More and more people **are coming** to appreciate the contribution that these people make to our society.* 越來越多的人開始感謝這些人對我們社會作出的貢獻。

3.186 組合中的第二個動詞沒有時態屈折變化，也不改變形式，即具有非限定性（non-finite）。

*She tried **to read**.* 她試着看書。
*They had been trying **to read**.* 他們一直在試着看書。

限定和非限定形式列在附錄的參考部分。

3.187 用於這類結構的第二個動詞有四種非限定形式：

☞ ***-ing*** 分詞

☞ ***to-***不定式

☞ 不帶 ***to*** 的不定式

☞ ***-ed*** 分詞

注意，不帶 ***to*** 的不定式和動詞的 ***-ed*** 分詞形式僅用於少數組合中。

有時也用其他類型的 ***-ing*** 形式和不定式。

Those very close to the blast risk ***being burnt****.* 那些離爆炸點很近的人有被燒傷的危險。
Neither Rita nor I recalled ever ***having seen*** *her.* 麗塔和我都記不起曾見過她。
She wanted ***to be reassured****.* 她想得到保證。
They claimed ***to have shot down*** *22 planes.* 他們聲稱擊落了 22 架飛機。

3.188 這類結構的否定式中 ***not*** 的位置在 5.57 和 5.58 小節論述。

Talking about two actions done by the same person 談論同一人做的兩個動作

3.189 如果談論同一人做的兩個動作，第二個動詞可直接放在第一個動詞之後。

Children ***enjoy playing*** *alongside each other.* 小孩子喜歡一起玩耍。
You ***deserve to know*** *the truth.* 你理應知道真相。

verbs followed by an -ing participle 後接 -ing 分詞的動詞

3.190 在這類結構中，有些動詞總是後接 ***-ing*** 分詞分句。

She ***admitted lying*** *to him.* 她承認對他撒了謊。
Have you ***finished reading*** *the paper?* 你看完報紙了嗎？
He ***missed having*** *someone to dislike.* 他懷念有人令他討厭的日子。
I ***recall being*** *very impressed with the official anthems.* 我記得對那些官方頌歌印象非常深刻。

下面這些動詞與 ***-ing*** 分詞連用，但不與 ***to-***不定式連用：

admit	deny	go	recall
adore	describe	imagine	report
appreciate	detest	keep	resent
avoid	discontinue	lie	resist
celebrate	dislike	loathe	risk
commence	dread	mention	sit
consider	endure	mind	stand
contemplate	enjoy	miss	stop
defer	fancy	postpone	suggest
delay	finish	practise	

這些動詞有時也與被動的 ***-ing*** 形式連用。

They enjoy ***being praised****.* 他們喜歡被人讚揚。

admit、***celebrate***、***deny***、***mention*** 和 ***recall*** 經常與 ***-ing*** 完成形式連用。

Carmichael had denied ***having seen*** *him.* 卡邁克爾否認看見過他。

3.191 注意，***need*** 可與 ***-ing*** 分詞連用，但這個 ***-ing*** 分詞與被動的 ***to-***不定式意義相同。例如，***The house needs cleaning***（這間房子需要打掃），這句話的意思等於 ***The house needs to be cleaned***。

Require 和 ***want*** 偶爾也這麼用，雖然有些人不喜歡 ***want*** 的這種用法。

verbs followed by a to-infinitive
後接 to-不定式的動詞

3.192 其他動詞與 ***to-***不定式連用。

Mrs Babcock had always ***longed to go*** *to Ireland.* 巴德科克太太一直渴望去愛爾蘭。
She ***forgot to bring*** *a suitcase.* 她忘了帶一個手提箱。
She ***wishes to ask*** *a favour of you.* 她想請你幫個忙。

下面這些動詞與 ***to-***不定式連用，很少或幾乎從不與 ***-ing*** 分詞連用：

ache	desire	manage	scorn
afford	disdain	mean	seek
agree	endeavour	need	seem
aim	expect	neglect	survive
appear	fail	offer	swear
arrange	fight	opt	tend
ask	forget	pay	threaten
attempt	grow	plan	trouble
care	happen	pledge	venture
choose	help	prepare	volunteer
claim	hesitate	pretend	vote
consent	hope	promise	vow
dare	intend	prove	wait
decide	learn	reckon	want
demand	live	refuse	wish
deserve	long	resolve	

這些動詞大部分可與被動不定式連用。

She refused ***to be photographed****.* 她拒絕被人拍照。
He deserves ***to be shot****.* 他理應被槍斃。

由於詞義的緣故，上表中的下列動詞通常不與被動不定式連用：

claim	intend	mean	threaten
dare	learn	neglect	trouble
forget	manage	pretend	venture

appear、***claim***、***happen***、***pretend***、***prove***、***seem*** 和 ***tend*** 常常與完成不定式連用。

They seemed ***to have disappeared****.* 他們似乎失蹤了。

注意，***help*** 也可後接不帶 ***to*** 的不定式。

Coffee ***helped keep*** *him alert.* 咖啡幫助他保持警覺。

Usage Note 用法說明

3.193 注意，***afford*** 前面總是加情態詞，***care*** 通常與否定詞連用。

Can *we* ***afford to ignore*** *this source of power as other sources of energy are diminishing?* 由於其他能源在減少，我們能無視這種能源嗎？
...a kitchen for someone who ***doesn't care to cook****.* ……為不喜歡下廚的人設計的廚房

3.194 ***have*** 後接 ***to-***不定式的用法在 5.242 小節論述。

verbs used with either form
與兩種形式連用的動詞

3.195 少數動詞既可與 ***-ing*** 分詞也可與 ***to-***不定式連用，而動詞的詞義不變。

It ***started raining****.* 開始下雨了。
A very cold wind ***had started to blow****.* 颳起了非常寒冷的風。
We both ***love dancing****.* 我們兩個都喜歡跳舞。
He ***loves to talk*** *about his work.* 他喜歡談論自己的工作。

下面這些動詞既可後接 ***-ing*** 分詞也可接 ***to-***不定式，而詞義無明顯變化：

attempt	cease	fear	love
begin	continue	hate	prefer
bother	deserve	like	start

注意，***bother*** 常常與否定詞或廣義否定詞連用。

He ***didn't bother complaining*** *about it.* 他懶得抱怨。
We ***hardly*** *even* ***bother to clean*** *it.* 我們甚至沒有費心去清理它。

Usage Note 用法說明

3.196 根據使用的是 ***-ing*** 分詞還是 ***to-***不定式，少數動詞的詞義會發生變化。這些動詞有 ***come***、***go on***、***remember***、***try*** 和 ***regret***。

如果說某人向某處 ***comes running***、***flying*** 或 ***hurtling***，意思就是某人以所述方式移動。如果說 ***come to do something***，意思就是某人逐漸開始做某事。

When they heard I was leaving, they both ***came running*** *out.* 當聽到我要離開的時候，他們兩個都跑了出來。
People ***came to believe*** *that all things were possible.* 人們開始相信，所有的事情都是可能的。

try to do something 的意思是試圖做某事，看看自己是否能夠做到。而 ***try doing something*** 表示做某事以了解是否有效。

*She **tried to think** calmly.* 她嘗試冷靜思考。
***Try lying down** in a dark room for a while. That usually helps.* 在一間黑暗的房間裏躺一會試試看。這通常有用。

其他動詞在詞義上的差別與動作發生的時間有關。

go on doing something 的意思是繼續做某事，但 ***go on to do something*** 的意思是隨後開始做某事。

*They **went on arguing** into the night.* 他們一直爭論到了深夜。
*She **went on to talk** about the political consequences.* 她接着談了政治後果。

remember doing something 表示過去做過某事，但 ***remember to do something*** 的意思是現在做那件事。

*I **remember promising** that I would try.* 我記得我保證過要試一下。
*We **must remember** to say thank you.* 我們必須記住要道謝。

同樣，***regret doing something*** 表示已經做過某事，但 ***regret to do something*** 意為現在必須做那件事。

*She did not **regret accepting** his offer.* 她不後悔接受了他的提議。
*I **regret to say** rents went up.* 我很遺憾地説，房租上漲了。

regret 僅與一小部分動詞的 ***to-***不定式連用，這些動詞都有給予或接受信息的詞義。它們是：

announce	learn	see
inform	say	tell

Be Careful 注意

3.197 在 ***-ing*** 分詞和 ***to-***不定式之間選擇的時候，如果第一個動詞用的是進行時形式，就不再選用 ***-ing*** 分詞。

*The Third World **is beginning to export** to the West.* 第三世界正開始向西方國家出口。
*The big clouds **were starting to cover** the sun.* 大片的雲層開始遮蔽太陽。
*Educational budgets **are continuing to increase**.* 教育預算在繼續增加。

如果動詞不能後接 ***to-***不定式，通常就用名詞短語代替 ***-ing*** 分詞。

*I knew Miss Head would just be finishing **her cello practice**.* 我知道黑德小姐馬上就會結束大提琴練習。

3.198 注意，如果談論兩個動作由同一人所做，少數動詞可接賓語和 ***to-***不定式，主要有 ***need***、***want***、***have***、***buy*** 和 ***choose***。這裏的 ***to-***不定式必須是及物的，可理解為與名詞有關，而不是與第一個動詞密切相關。

*I **need a car to drive** to work.* 我需要一輛上班用的汽車。
*She **chose the correct one to put** in her bag.* 她選擇了正確的那一個放入她的包內。

to-infinitive showing purpose 帶 to-不定式表示目的

3.199 注意，表示故意行為的動詞有時後接表示目的的分句。這裏的 ***to*** 意為 ***in order to*** 。

*Several women **moved to help** her.* 好幾個女人起身幫助她。
*The captain **stopped to reload** the machine-gun.* 上尉停下來重新給機槍裝子彈。

注意，第一個動詞有自己完整的詞義，第二個動詞為第一個動詞説明原因，而不是補足其詞義。

關於表示目的的進一步説明，參見 8.43 到 8.46 小節。

Usage Note 用法説明

3.200 如果用了 ***try*** 的原形，比如用作祈使式（imperative）或與情態詞（modal）連用時，有時可後接 ***and*** 和第二個動詞的原形，而不用 ***to-***不定式。由於 ***and*** 的緣故，兩個動作似乎是分開的，但實際上是緊密相連的。

***Try and get** a torch or a light, it's terribly dark down here.* 去找一個手電筒或電燈，這下面太黑了。
*I'll **try and answer** the question.* 我來試一試回答這個問題。

有些人認為這種用法不正式或不正確。

come 和 ***go*** 的簡單時態及原形形式也常常與 ***and*** 這樣連用。***and*** 之後的動詞也可以有屈折變化。

***Come and see** me whenever you feel depressed.* 每當你覺得沮喪就來看我。
*I **went and fetched** another glass.* 我又去拿了一隻玻璃杯。

get with an -ed participle get 與 -ed 分詞連用

3.201 在非正式英語口語裏，***get*** 有時後面直接跟 ***-ed*** 分詞用於有被動含義的結構。

*Then he **got killed** in a plane crash.* 然後他在一次空難中喪生。

如果 ***get*** 用於構成過去完成時和現在完成時的被動式，美式英語通常用分詞 ***gotten*** 而不是 ***got*** 。

*Her foot had **gotten caught** between some rocks. (Am)* 她的一隻腳卡在了幾塊岩石之間。（美式英語）

Talking about two actions done by different people 談論不同的人做的兩個動作

3.202 如果想談論由不同的人做的兩個密切相關的動作，可在第一個動詞後用賓語。然後這個賓語作第二個動詞的主語。例如，在 ***She asked Ginny to collect the book***（她請金尼為她取那本書）這個句子裏， ***Ginny*** 是被要求的人，也是取書動作的執行者。

*I **saw him looking** at my name on the door.* 我看見他在看門上我的名字。
*You can't **stop me seeing** him!* 你不能阻止我去見他！

use of possessive determiner 使用所有格限定詞

3.203 注意，如果第二個動詞是 ***-ing*** 分詞，有時在其前面用所有格限定詞代替代詞。這種用法相當正式。

These professional ethics prevent ***their*** *discussing their clients with the public.* 這些職業道德不允許他們和公眾討論他們的客戶。
She did not like ***my*** *living in London.* 她不喜歡我住在倫敦。

注意，只有在第二個動詞以人作主語時，所有格限定詞才能這麼用。

transitive verbs with an -ing participle 及物動詞與 -ing 分詞連用

3.204 有些動詞與賓語及 ***-ing*** 分詞連用。

He ***caught Hooper looking*** *at him.* 他發覺胡珀在看他。

下面這些動詞與賓語及 ***-ing*** 分詞連用：

catch	imagine	observe	send
describe	keep	picture	spot
feel	leave	prevent	stop
find	like	save	want
hear	notice	see	watch

Listen to 也屬於這類動詞，其後的賓語是介詞 ***to*** 的賓語。

I ***listened to Kaspar talking****.* 我聽卡斯帕説話。

這些動詞有時與被動的 ***-ing*** 形式連用，但一般不與 ***-ing*** 完成形式連用。

She felt herself ***being spun around****.* 她覺得自己在被快速旋轉。

verbs with an infinitive without to 與不帶 to- 不定式連用的動詞

3.205 上述小節裏的動詞有的也可與不帶 ***to*** 的不定式連用。

She ***felt her hair rise*** *on the back of her neck.* 她感到自己脖子後面的頭髮豎了起來。
Dr Hochstadt ***heard her gasp****.* 霍克施塔特醫生聽到她喘氣。

根據使用形式的不同，意義會略有改變。如果選用 ***-ing*** 分詞，強調的是動作持續發生了一段時間。

But I stayed there, ***listening to her singing****.* 但是我留在那裏，聽她唱歌。
I looked over and ***saw Joe staring*** *at me.* 我抬頭看過去，看見祖正盯着我。

如果選用不帶 ***to*** 的不定式，強調的則是動作已經完成。

We ***listened to Jenny finish*** *the sonnet.* 我們聽珍妮唸完那首十四行詩。
It was the first time she ***had heard him speak*** *of his life.* 這是她第一次聽到他談論自己的生活。

下面這些動詞可與 ***-ing*** 分詞或不帶 ***to*** 的不定式連用，其詞義的變化如上所述：

feel	listen to	observe	watch
hear	notice	see	

注意，只有在後接不帶 ***to***-不定式的情況下，這些動詞才可用主動式。另參見 3.208 小節。

transitive verbs with a to-infinitive 與 to-不定式連用的及物動詞

3.206 其他動詞與賓語和 ***to***-不定式分句連用。

His sister ***had taught him to sew****.* 他姐姐教他縫紉。
I ***encourage students to do*** *these exercises at home.* 我鼓勵學生們在家做這些練習。

下面這些動詞與賓語及 ***to***-不定式連用：

advise	encourage	leave	prompt
allow	expect	like	recruit
ask	forbid	mean	remind
beg	force	move	teach
cause	get	oblige	tell
challenge	help	order	train
choose	induce	pay	trust
command	inspire	permit	urge
compel	instruct	persuade	use
dare	intend	prefer	want
defy	invite	press	warn
enable	lead	programme	

注意，上表內的部分動詞用於轉述命令、要求以及建議。關於這種用法的進一步說明，參見 7.39 小節。

如果後接 ***to***-不定式，下面這些動詞總是或通常用被動式：

allege	estimate	report
assume	feel	require
believe	find	rumour
claim	know	say
consider	learn	see
deem	prove	think
discover	reckon	understand

上述動詞表示說話、思考或發現，隨後的 ***to***-不定式最常見的有 ***be*** 或 ***have*** 或完成不定式。

The house ***was believed to be*** *haunted.* 大家認為這所房子鬧鬼。
He ***was proved to be*** *wrong.* 他被證明是錯的。

using the passive 使用被動式

3.207 如果第二個動詞的主語不明或說話者不想提及，可用被動結構。

A gardener was immediately sacked if he ***was caught smoking****.* 如果園丁被抓到抽煙會被立刻開除。
I ***was asked to come*** *for a few days to help them.* 我被叫來幫助他們幾天。

如果後接 ***-ing*** 分詞，下列動詞通常不用被動式：

feel	like	prevent	stop
imagine	listen to	save	want

如果後接 ***to-***不定式，下面這些動詞通常不用被動式：

defy	get	like	prefer	want

Usage Note 用法說明

3.208 ***hear***、***observe*** 和 ***see*** 用作主動式時不與 ***to-***不定式連用，但用作被動式時可與 ***-ing*** 分詞或 ***to-***不定式連用。

如果想表示第二個動詞描述的動作持續一段時間，上述動詞可與 ***-ing*** 分詞連用。

*A terrorist **was seen standing** in the middle of the road.* 一個恐怖份子被人看見站在路中央。
*Her companions **could be heard playing** games.* 可以聽見她的同伴們在玩遊戲。

如果用的是 ***to-***不定式，則有動作已經完成的含義。

*She **could** distinctly **be seen to hesitate**.* 可以很清楚地看到她在猶豫。
*The baby **was** seldom **heard to cry**.* 很少聽到這個嬰兒哭鬧。

另參見 3.205 小節。

verbs followed by for and a to-infinitive 後接 for 和 to-不定式的動詞

3.209 有些動詞與另一個 ***to-***不定式動詞連用，後接介詞 ***for*** 及其賓語，而不是直接賓語。***for*** 的賓語是第二個動作的執行者。

*They **called for action to be taken** against the unions.* 他們呼籲採取行動對抗工會。
*I **waited for him to speak**.* 我等待他説話。

注意，這種 ***to-***不定式經常用被動式。

下面這些動詞可以這麼用：

appeal	call	pay	wait
apply	clamour	plead	wish
arrange	long	press	yearn
ask	opt	vote	

transitive verbs with an infinitive without to 與不帶 to 不定式連用的及物動詞

3.210 少數動詞後接賓語及不 ***to-***不定式，不跟 ***-ing*** 分詞或 ***to-***不定式。這些動詞有 ***let***、***make*** 和 ***have***，它們具有 ***cause to happen***（使發生）或 ***experience***（經歷）的含義。

*Jenny **let him talk**.* 珍妮讓他説話。
*My father **made me go** for the interview.* 我父親要我去參加面試。
*He lay in a darkened room and **had her bring** him meals on trays.*

他躺在一個昏暗的房間裏，讓她用盤子給他端來食物。

既可接不帶 ***to*** 不定式又可接 ***-ing*** 分詞的動詞在 3.205 小節論述。

have and get used for showing cause 表示使役的 have 和 get

3.211 ***have*** 與另一個動詞連用時有一個特殊用法，表示主語使某事物被另一個人處理。在這種情況下，***have*** 後接表示被處理事物的賓語，隨後接及物動詞的 ***-ed*** 分詞或不及物動詞的 ***-ed*** 分詞加介詞。

*I **have my hair cut** every six weeks.* 我每 6 個星期理一次髮。

這種結構還用於表示屬於 ***have*** 的主語的某事物受到了某種影響。

*She'd just lost her job and **had some money stolen**.* 她剛丟了工作，又被偷了一些錢。

如果想提及第二個動作的執行者，可用 ***by*** 後接名詞表示。

*He had to have his leg massaged **by his trainer**.* 他只好讓他的教練給他按摩腿部。

Get 也可與賓語及 ***-ed*** 分詞連用，表示使某事物得到處理或受到某種影響。

*We must **get the car repaired**.* 我們必須請人把車修好。

want and need with an -ed participle want 和 need 與 -ed 分詞連用

3.212 ***want*** 也與賓語及 ***-ed*** 分詞連用，表示説話者希望某事被處理。

*I **want the whole approach changed**.* 我想把整個方法改了。
*I don't **want you hurt**.* 我不想讓你受傷害。

通常，如果 ***need*** 的賓語是屬於主語的事物，其用法與此類似。

*You **need your eyes tested**.* 你需要做一下眼科檢查。

4 Expressing time: tenses and time adverbials
表示時間：時態和時間狀語

Introduction 引言

4.1 人們在作陳述的時候，通常需要説清楚指的是現在存在的情況、過去存在的情況還是未來可能存在的情況。時間的表達方法有多種，**時態** (tense) 是其中的一種，**時間狀語** (time adverbial) 是另外一種。

時態是一種動詞形式，表示特定的時間點或時間段。

屬於特定時態的形式是通過在動詞的原形上添加**屈折變化** (inflection) 獲得的。在英語裏，時間還可以通過在動詞短語中加入**助動詞** (auxiliary) 或**情態詞** (modal) 表示。

smile...smiled
was smiling...has been smiling...had smiled
will smile...may smile

有些動詞的過去時有不規則形式。

fight...fought
go...went

關於所有這些形式的説明，參見附錄的參考部分。

4.2 有時，從動詞的時態就可以看出時間點，不需要其他時間參照。但是，如果想把注意力集中到動作發生的時間上，可使用**時間狀語** (time adverbial)。

時間狀語可以是 (i) 副詞 (比如 ***afterwards*** 後來、***immediately*** 立刻)，(ii) 介詞短語 (比如 ***at eight o'clock*** 在 8 點鐘、***on Monday*** 在星期一) 或者 (iii) 名詞短語 (比如 ***the next day*** 第二天、 ***last week*** 上個星期)。

She's moving ***tomorrow*** . 她明天搬家。
He was better after undergoing surgery ***on Saturday***. 他星期六接受手術後病情有了好轉。
Record profits were announced ***last week***. 上週宣佈實現了創紀錄的盈利。

關於狀語更全面的介紹，參見第六章的開始部分。

position of time adverbial 時間狀語的位置

4.3 時間狀語通常置於句末，在動詞之後，或動詞有賓語的話在賓語之後。把狀語放在句首可以把注意力集中到時間上。

*We're getting married **next year**.* 我們明年就要結婚了。
***Next year**, the museum is expecting even more visitors.* 明年，博物館預計會有更多參觀者。
*I was playing golf **yesterday**.* 我昨天在打高爾夫球。
***Yesterday** the atmosphere at the factory was tense.* 昨天，工廠的氣氛很緊張。

如果時間狀語是副詞，也可以直接放在 ***be*** 後面，或放在動詞短語中的第一個助動詞之後。

*She **is now** pretty well-known in this country.* 現在她在該國已相當出名。
*Cooper **had originally** been due to retire last week.* 庫珀原本定於上週退休。
*Public advertisements for the post **will soon** appear in the national press.* 這個職位的廣告將很快出現在全國媒體上。

duration and frequency 持續和頻率

4.4 有些動詞形式用於表示一個事件在一段時間內持續發生，或多次重複發生。說話者可能還想表示某事物延續的時間有多長，或發生的頻率有多高。要做到這些，可用**持續狀語**（adverbial of duration，比如 ***for a long time*** 很長時間）以及**頻率狀語**（adverbial of frequency，比如 ***often*** 經常、 ***every year*** 每年）。

*America has **always** been highly influential.* 美國一直具有很大影響力。
*People are **sometimes** scared to say what they really think.* 人們有時候害怕說出自己的真實想法。
*Hundreds of people are killed **every year** in fires.* 每年有數以百計的人死於火災。
*They would go on talking **for hours**.* 他們常常會連續談話數小時。

頻率狀語在在 4.114 到 4.122 小節論述和列出。持續狀語在 4.123 到 4.144 小節論述和列出。

4.5 下面幾小節說明談論現在、過去和將來的方法。在介紹完每個方法後，有一個部分討論時間狀語用於各個時態的方法。

有些時間狀語主要與過去時態連用。這一點在 4.41 小節論述。與將來形式連用的時間狀語參見 4.60 到 4.62 小節。

subordinate clauses 從句

4.6 本章只論述**主句**（main clause）中的時態選擇。

時間點有時不是由時間狀語表示，而是由**從句**（subordinate clause）表示。時間從句用表示時間的連詞引出，比如 ***since***、 ***until***、 ***before*** 和 ***after***。

關於動詞在從句中的時態，參見 8.9 小節。

The present 現在

4.7 在討論現存的事物狀態時，可用動詞的現在時態。通常，這種動詞時態足以表明指的是現在。時間狀語一般只用於強調，或表示事物與現在時刻無關。

The present in general: the present simple 廣義上的現在：一般現在時

the present moment 現在時刻

4.8 如果想談論自己此刻的想法和感情，或談論自己對某事物的即時反應，可用一般現在時 (present simple)。

*I'**m** awfully busy.* 我忙得要命。
*They both **taste** the same.* 兩者的味道一樣。
*Gosh, he **looks** awful.* 天啊，他看上去臉色很不好。
*I **want** a breath of fresh air.* 我想呼吸一口新鮮空氣。

一般現在時也可用於談論影響自己或別人的身體知覺。

*I **feel** heavy. I do. I **feel** drowsy.* 我感到心情沉重。我的確如此。我覺得昏昏欲睡。
*My stomach **hurts**.* 我胃疼。

但是要注意，如果談論的是身體知覺，比如視覺和聽覺，通常用情態詞 ***can***，雖然偶爾也用一般現在時。

*I **can see** the fishing boats coming in.* 我看見漁船在開進來。
*I **can smell** it. Can't you?* 我聞得到它。你聞不到嗎？
*I **see** a flat stretch of ground.* 我看見一片平坦的地面。
*I **hear** approaching feet.* 我聽見越來越近的腳步聲。

general present including present moment 包括此刻的廣義現在

4.9 如果想談論涵蓋現在時刻的穩定的事物狀態，但其中的時間參照點並不重要，可用一般現在時。

*My dad **works** in Saudi Arabia.* 我爸爸在沙特阿拉伯工作。
*He **lives** in the French Alps near the Swiss border.* 他住在靠近瑞士邊境的法國阿爾卑斯山區。
*He **is** a very good brother. We **love** him.* 他是個非常好的兄弟。我們都愛他。
*She'**s** a doctor's daughter.* 她是一名醫生的女兒。
*Meanwhile, Atlantic City **faces** another dilemma.* 與此同時，大西洋城面臨另一個困境。

general truths 通常的真實

4.10 如果想表示某事物總是或通常是真實的，可用一般現在時。

*Near the equator, the sun **evaporates** greater quantities of water.* 在赤道附近，太陽蒸發的水份更多。
*A molecule of water **has** two atoms of hydrogen and one of oxygen.* 一個水份子含有兩個氫原子和一個氧原子。

*A chemical reaction **occurs** in the fuel cell.* 在燃料電池中會發生一個化學反應。

regular or habitual actions
經常性或習慣性動作

4.11　如果想談論特定的人或事物經常性或習慣性做某事，可用一般現在時。

***Do** you **smoke**?* 你抽煙嗎？
*I **get up** early and **eat** my breakfast listening to the radio.* 我很早起牀，邊聽收音機邊吃早餐。

used in reviews
用於評論

4.12　一般現在時通常用於討論書籍、戲劇或電影裏發生的事。

*In the film he **plays** the central character of Charles Smithson.* 他在電影裏扮演主角查爾斯・史密森。
*In those early chapters, he **keeps** himself very much in the background.* 在開頭的那幾章裏，他極少拋頭露面。

Usage Note
用法說明

4.13　動詞 ***say*** 的一般現在時可用於描述書本裏讀到的內容。

*The criminal justice system, **the author says**, has failed to keep pace with the drug problem.* 作者說，刑事司法制度未能跟上毒品問題的發展。
***The Bible says** love of money is the root of all evil.*《聖經》上說愛財是萬惡之源。

used in commentaries
用於實況解說

4.14　廣播和電視解說員常常使用一般現在時描述一個事件，比如正在舉行的一場體育比賽或典禮。

*He **turns**, he **shoots**, he **scores**!* 他轉身，他射門，他得分了！

used in reporting
用於轉述

4.15　轉述某人不久前某個時刻對自己說過的話，可用 ***hear*** 或 ***tell*** 等引述動詞的一般現在時。

*I've never been paragliding myself, but they **tell** me it's a really exciting sport.* 我自己從來沒有玩過滑翔傘，但他們告訴我這是一項非常刺激的運動。
*Tamsin's a good cook, **I hear**.* 塔姆辛燒得一手好菜，我聽說。
*Grace **says** you told her to come over here.* 格雷斯說是你要她到這裏來的。

關於引述動詞的詳細說明，參見第七章。

used in commenting
用於評述

4.16　對自己的所說或所做發表評論時，可用諸如 ***admit***、***promise***、***reject*** 或 ***enclose*** 等之類動詞的一般現在時。關於這類動詞的進一步說明，參見 7.64 到 7.67 小節。

*This, I **admit**, was my favourite activity.* 這個，我得承認，是我最喜歡的活動。

*I **enclose** a small cheque which may come in handy.* 我附上一張小額支票，可能會派上用場。
*I **leave** it for you to decide.* 我讓你來作決定。

The present progressive 現在進行時

the moment of speaking 説話的那一刻

4.17 如果想談論正在進行的活動，可用**現在進行時** (present progressive)。

*We**'re having** a meeting. Come and join in.* 我們正在開會。進來參加吧。
*What **am** I **doing**? I**'m looking** out of the window.* 我在做甚麼？我正在向窗外看。
*My head **is aching**.* 我的頭很痛。
*I**'m** already **feeling** tense.* 我已經感到緊張了。

emphasizing the present moment 強調現在時刻

4.18 如果想強調現在時刻或表示暫時性的情況，可用現在進行時。

*Only one hospital, at Angal, **is functioning**.* 只有安格爾的一家醫院在運行。
*We**'re trying** to create a more democratic society.* 我們正在努力創造一個更加民主的社會。
*She**'s spending** the summer in Europe.* 她正在歐洲避暑。
*I**'m working** as a British Council Officer.* 我目前擔任英國文化委員會官員。

progressive change 漸進的變化

4.19 現在進行時也可用於談論變化、趨勢、發展以及進展。

*The village **is changing** but it is still undisturbed.* 村子在發生變化，但是仍然保持着原來的風貌。
*His handwriting **is improving**.* 他的筆跡正在改進。
*World energy demand **is increasing** at a rate of about 3% per year.* 世界能源的需求量正以每年約 3 % 的速度增長。

habitual actions 習慣性動作

4.20 如果想談論經常發生的習慣性動詞，特別是新發生的或暫時性的動作，可用現在進行時。

*You**'re going** out a lot these days.* 如今你經常外出。
*Do you know if she**'s** still **playing** these days?* 你知道她現在還在打比賽嗎？
*She**'s seeing** a lot more of them.* 她現在見他們的次數比原來多得多。

Time adverbials with reference to the present 關於現在的時間狀語

4.21 使用了動詞的現在進行時，一般就不需要附加時間狀語。但為了強調此時此刻或廣義上的現在，或者把現在和過去或將來進行對比，則可以附加時間狀語。

*They're getting on quite well **at the moment**.* 他們目前相處得很好。
*We're safe **now**.* 我們現在安全了。
*What's the matter with you **today**, Marnie?* 你今天怎麼了，馬尼？

I haven't got a grant ***this year***. 我今年還沒有拿到資助。

general truths 通常的真實

4.22 如果用一般現在時表示某事物總是或通常是真實的，可以用副詞來強化或弱化陳述。

Babies ***normally*** *lose weight in the beginning.* 嬰兒通常一開始體重都會下降。
The attitude is ***usually*** *one of ridicule.* 通常的態度是嘲笑。
Traditionally*, the Japanese prefer good quality clothes.* 傳統上，日本人喜歡質量好的衣服。

下面這些常見副詞可用於修飾陳述：

always	mainly	often	usually
generally	normally	traditionally	

用一般現在時談論通常的真實情況的方法在 4.10 小節論述。

regular actions 經常性動作

4.23 如果用一般現在時表示一個動作經常發生，可用**頻率狀語** (adverbial of frequency，比如 ***often*** 或 ***sometimes***) 來更具體地説明動作發生的頻率。

Several groups meet ***weekly***. 好幾個小組每週見一次面。
I visit her about ***once every six months***. 我大約每隔 6 個月去探望她一次。
It ***seldom*** *rains there.* 那裏很少下雨。
I ***never*** *drink alone.* 我從不獨自喝酒。

一般現在時用於談論經常性活動的用法在 4.11 小節論述。

關於頻率狀語的進一步説明，包括最常見的頻率狀語一覽表，參見 4.114 到 4.122 小節。

frequent actions 頻繁的動作

4.24 如果想強調動作發生的頻率，現在進行時也可與 ***always*** 和 ***forever*** 之類的詞連用。這種用法表示不贊同或討厭。這類副詞放在助動詞後面。

You're ***always*** *looking for faults.* 你老是在挑毛病。
It's ***always*** *raining.* 雨總是下個不停。
And she's ***always*** *talking to him on the telephone.* 而她一天到晚在電話裏和他交談。
They are ***forever*** *being knocked down by cars.* 它們老是被汽車撞倒。

使用現在進行時談論頻繁發生的習慣性動作的用法在 4.20 小節論述。

time adverbials with present verb forms 與動詞的現在形式連用的時間狀語

4.25 注意，某些表示現在時間的副詞，比如 ***now*** 和 ***today***，也可用於表示過去時間。但是，少數副詞和其他時間狀語幾乎總是與動詞的現在形式連用。

I'm not planning on having children ***at present****.* 我目前不打算要小孩。
...the camping craze that is ***currently*** *sweeping America.* ……現在正風靡美國的野營熱
Nowadays *fitness is becoming a generally accepted principle of life.* 如今，健身正在成為一個普遍接受的生活原則。

下列時間狀語一般只與動詞的現在形式連用：

at present	in this day and age	presently
currently	nowadays	these days

注意，上表中的 ***presently*** 作 ***now*** 解。

The past 過去

4.26 在談論過去的時候，需要用時間狀語具體説明談的是哪個特定的過去時間。這個時間參照點可在前面的句子中確立，因此在隨後句子中的動詞就用過去時態。

It was very cold ***that night****. Over my head* ***was*** *a gap in the reed matting of the roof.* 那天晚上很冷。我的頭頂上是葦蓆屋頂的一個洞。
The house was damaged by fire ***yesterday****. No-one* ***was*** *injured.* 房子昨天被火燒毀了。沒有人受傷。

Stating a definite time in the past: the past simple 表示確切的過去時間：一般過去時

4.27 如果想表示一個事件在過去的一個特定時間發生了，或者表示某事物在過去的一個特定時間的情況，可用**一般過去時** (past simple)。

The Israeli Prime Minister ***flew*** *into New York yesterday to start his visit to the US.* 以色列總理昨天飛抵紐約開始訪問美國。
Our regular window cleaner ***went off*** *to Canada last year.* 定期來我們家的窗戶清潔工去年到加拿大去了。
On 1 February 1968 he ***introduced*** *the Industrial Expansion Bill.* 1968 年 2 月 1 日，他提出了工業擴張議案。
They ***gave*** *me medication to help me relax.* 他們給我服藥幫助我放鬆。

past situations 過去的情況

4.28 如果想表示一個情況在過去存在了一段時間，也可用一般過去時。

He ***lived*** *in Paris during his last years.* 在生命的最後幾年裏，他住在巴黎。
Throughout his life he ***suffered from*** *epilepsy* 他終身都受癲癇之苦。

4.29 如果在談論過去發生的事情時提及當時存在的情況，可用一般過去時。不管這種情況現在是否存在，都可用一般過去時。

*All the streets in this part of Watford **looked** alike.* 沃特福德這個地區的所有街道看上去都一樣。
*About fifty miles from the university there **was** one of India's most famous and ancient Hindu temples.* 離大學約 50 英里的地方有一個印度最著名、最古老的印度教寺廟。

habitual and regular actions 習慣性和經常性動作

4.30 如果想談論一個過去經常或反覆發生的活動，但該活動現在已不再發生，可用一般過去時。

*We **walked** a great deal when I was a boy.* 在我還是個小男孩的時候，我們走了很多路。
*Each week we **trekked** to the big house.* 每個星期我們都長途跋涉到那座大房子去。

would 和 ***used to*** 也可用於表示某事物過去經常發生，而現在不再發生。詳見 5.112 和 5.253 小節。

Actions in progress in the past: the past progressive 過去進行的動作：過去進行時

repeated actions 重複的動作

4.31 如果想把注意力集中在過去正在進行或重複進行的動作，可用過去進行時（past progressive）。

*Her tooth **was aching**, her burnt finger **was hurting**.* 她的牙齒疼，她燒傷的手指痛。
*He **was looking** ill.* 他看上去有病。
*Everyone **was begging** the captain to surrender.* 每個人都在懇求上尉投降。
*I **was meeting** thousands of people and **getting to know** no one.* 我在和成千上萬的人見面，但是一個都不認識。

contrasting events 對比事件

4.32 如果想把一個情況與該情況存在後馬上就發生的一個事件進行對比，可用過去進行時描述第一個情況，然後用一般過去時描述隨後發生的事件，並把注意力引向這個事件。

*We **were** all **sitting** round the fire waiting for my brother to come home. He **arrived** about six in the evening.* 我們都圍坐在爐火邊等待我哥哥回家。他大約晚上 6 點鐘到了家。
*I **was waiting** angrily on Monday morning when I **saw** Mrs. Miller.* 星期一早上我在滿懷怒氣地等待，這時我看見了米勒太太。

The past in relation to the present: the present perfect 與現在有關的過去：現在完成時

4.33 如果想提及過去發生的事情，但不想説明具體的時間，可用現在完成時（present perfect）。

*They **have raised** £180 for a swimming pool.* 他們為建造一個游泳池籌集到了 180 英鎊。
*I **have noticed** this trait in many photographers.* 我在許多攝影師身上注意到了這個特點。

Be Careful 注意

4.34 表示動作在過去某個特定時間發生的時間狀語不能與現在完成時連用。例如，不能說 ***I have done it yesterday***。

但是可以用**持續狀語** (adverbial of duration)。

*The settlers have left the bay **forever**.* 定居者已經永遠離開了海灣。
*I ate brown rice, which I have **always** hated, and vegetables from my garden.* 我吃了糙米——我一直討厭它——以及我家花園裏的蔬菜。

持續狀語在 4.123 到 4.142 小節論述。

since 和 ***for*** 也可與現在完成時連用，因為它們這樣用時指的是特定的時間。

*They have been back every year **since then**.* 從那以後他們每年都會回來。
*She has worked for him **for ten years**.* 她為他工作了 10 年。

關於 ***since*** 的進一步說明，參見 4.137 小節。***for*** 的其他用法在 4.125 到 4.128 小節論述。

situations that still exist 仍然存在的情況

4.35 如果想談論的活動或情況在過去的某個時間開始、持續下去並且現在還在發生，可用現在完成時或**現在完成進行時** (present perfect progressive)。

*All my adult life I **have waited** for the emergence of a strong centre party.* 在我的成年生活中，我一直在等待出現一個強有力的中間黨。
*She**'s** always **felt** that films should be entertaining.* 她一直覺得電影應該具有娛樂性。
*National productivity **has been declining**.* 國家生產力一直在下降。
*I **have been dancing** since I was a child.* 我從小就開始跳舞了。

emphasizing duration of event 強調事件的持續性

4.36 如果想強調一個最近事件的持續性，可用現在完成進行時。

*She**'s been crying**.* 她哭個不停。
*Some people will say that what I **have been describing** is not a crisis of industry.* 有些人會說，我一直在描述的不是行業危機。
*The Department of Aboriginal Affairs **has** recently **been conducting** a survey of Australian Aborigines.* 原住民事務部近來一直在對澳大利亞原住民進行調查。

Events before a particular time in the past: the past perfect 過去特定時間之前發生的事件：過去完成時

4.37 如果想談論在過去特定時間以前發生的事件或情況，可用**過去完成時** (past perfect)。

*One day he noticed that a culture plate **had become** contaminated by a mould.* 有一天，他注意到一隻培養皿被黴菌污染了。
*Before the war, he **had worked** as a bank manager.* 在戰前，他做過銀行經理。
*She **had lost** her job as a real estate agent and was working as a waitress.* 她失去了房地產經紀的工作，現時正在做女侍應。
*I detested games and **had** always **managed** to avoid children's parties.* 我討厭遊戲，一直設法避開了孩子們的聚會。

emphasizing time and duration 強調時間和持續性

4.38 如果想強調一個持續活動在過去特定時間以前發生並繼續進行下去，可用**過去完成進行時**（past perfect progressive）。

*Until now the rumours that **had been circulating** were exaggerated versions of the truth.* 到目前為止，流傳中的謠言是對真相的誇大。
*The doctor **had been working** alone.* 這位醫生一直在獨自工作。
*He died in hospital where he **had been receiving** treatment for cancer.* 他一直在醫院接受癌症治療並最終去世。
*They **had been hitting** our trucks regularly.* 他們三番四次擊打我們的卡車。

expectations and wishes 期待和願望

4.39 如果想表示在過去一個特定時間以前某事物受到人們的期待、希冀或渴求，可用過去完成時或過去完成進行時。

*She **had** naturally **assumed** that once there was a theatre everybody would want to go.* 她自然而然地假定，一旦有了劇院，人人都會想去看戲。
*It was the remains of a ten-rupee note which she **had hoped** would last till the end of the week.* 這是一張 10 盧比鈔票沒用完的部分，她希望能夠撐到週末。
*It was not as nice on the terrace as Clarissa **had expected**.* 在露台上的感覺沒有克拉麗莎預料的那麼好。
*I **had been expecting** some miraculous obvious change.* 我一直在期待出現一些奇蹟般的明顯變化。

Time adverbials with reference to the past 關於過去的時間狀語

4.40 在使用動詞的過去形式時，通常用時間狀語表示談論的是過去。

***At one time** the arts of reading and writing were classed among the great mysteries of life for the majority of people.* 曾幾何時，閱讀和寫作技巧對大多數人來説被列入生命中的幾大謎團。
*I've made some poor decisions **lately**, but I'm feeling much better now.* 我最近作了一些糟糕的決策，但現在感覺好多了。
*It was very splendid **once**, but it's only a ruin now.* 過去曾經富麗堂皇，現在已是一片廢墟。
*It's Mark who lost his wife. **A year last January**.* 是馬可失去了妻子。就在去年 1 月。
*It was terribly hot **yesterday**.* 昨天很熱。

types of time adverbial
時間狀語的類別

4.41 時間狀語既可指特定的時間也可指不確定的大致時間段。

列在下面的是最常見的模糊時間狀語，它們主要與動詞的過去式連用。除了 ***since*** 和 ***ever since*** 置於句末以外，其他的時間狀語在含有一個詞以上的動詞短語中放在助動詞或情態詞後面；如果與一般過去時連用，則放在動詞之前。

下表中的詞可與所有的動詞過去形式連用：

again	ever since	in the past	previously
already	finally	just	recently
earlier	first	last	since

下表中的詞可與除現在完成時外的所有動詞過去形式連用：

afterwards	formerly	once
at one time	immediately	originally
eventually	next	subsequently

注意，在這裏 ***once*** 的意思是 ***at some time in the past***（在過去的某個時間）。關於其作頻率副詞的用法，參見 4.115 小節。

關於 ***since*** 在時間狀語裏作介詞的用法，參見 4.137 小節。

有些與動詞過去形式連用的時間狀語比較確定，包括 ***yesterday***、***ago***、***other*** 和 ***last*** 等。注意，***ago*** 放在名詞短語之後。

I saw him ***yesterday evening****.* 我昨天晚上看見他了。
We bought the house from her ***the day before yesterday****.* 我們前天向她買了這套房子。
Three weeks ago *I was staying in San Francisco.* 三個星期以前我住在舊金山。
I saw my goddaughter ***the other day****.* 前幾天我看到了我的契女。
It all happened ***a long time ago****.* 這一切都發生在很久以前。

Be Careful 注意

4.42 可說 ***last night***（昨天晚上），但不能說 ***yesterday night***。

used for emphasis
用於強調

4.43 在有些情況下，必須具體說明時間參照點。在另外的情況下，說話者可能只是想明確動作發生的時間，或者表示強調。這些情況在下面描述。

used with the past simple
與一般過去時連用

4.44 使用一般過去時描述習慣性或經常性活動時，可用**頻率狀語**（adverbial of frequency）表示活動的經常性和重複性。

He ***often agreed*** *to work quite cheaply.* 他常常同意從事廉價勞動。
Sometimes *he* ***read*** *so much that he* ***became*** *confused.* 有時候他讀的東西太多，因此變得困惑不解。
Etta ***phoned*** *Guppy* ***every day****.* 埃塔每天打電話給格皮。

一般過去時用於描述習慣性動作的用法在 4.30 小節論述。

used with the past progressive 與過去進行時連用

4.45 如果用過去進行時談論重複的動作，可在助動詞後添加頻率副詞，比如 ***always***（總是）或 ***forever***（無休止地），強調動作的頻率或表示討厭該動作。

*In the immense shed where we worked, something **was always going wrong**.* 在我們工作的巨大工棚裏，老是有東西出錯。
*She **was always knitting** — making sweaters or baby clothes.* 她一天到晚在編織 —— 織毛衣或嬰兒服裝。
*Our builder **was forever going** on skiing holidays.* 我們的建築商老是去滑雪度假。

過去進行時用於描述重複動作的用法在 4.31 小節論述。

used with the present perfect 與現在完成時連用

4.46 如果用現在完成時提及與現在仍然有關的事物，可添加頻率副詞表示動作重複發生。

*I've **often** wondered why we didn't move years ago.* 我經常在想，我們為甚麼不在幾年前搬家。
*Political tensions have **frequently** spilled over into violence.* 政治緊張局勢頻頻演變成為暴力。

現在完成時用於談論與現在仍然有關情況的用法在 4.33 小節論述。

4.47 注意，如果談論的是現在仍然存在或仍然有關的性質、態度或所屬關係，需要使用現在完成時加持續狀語。

*We**'ve had** it **for fifteen years**.* 我們擁有它已經有 15 年了。
*He**'s always liked** you, you know.* 他一直喜歡你，你是知道的。
*I **have known** him **for years**.* 我認識他有好幾年了。
*My people **have been** at war **since 1917**.* 我國人民從 1917 年起一直在打仗。

4.48 如果用現在完成時和現在完成進行時提及始於過去的一個持續活動，可添加持續狀語表示活動持續的時間有多長。

***For about a week** he **had been complaining** of a bad headache.* 大約一個星期以來，他一直投訴説頭痛嚴重。
*They **have been meeting** regularly **for two years**.* 兩年來他們一直在定期會面。
*He **has looked** after me well **since his mother died**.* 自從他母親去世以後，他對我照顧得很好。

現在完成時和現在完成進行時用於談論始於過去的活動的用法在 4.35 小節論述。

used with the past perfect 與過去完成時連用

4.49 如果用過去完成時描述過去特定時間以前發生的重複性事件，可用頻率狀語表示事件重複的頻率。

*Posy **had always sought** her out even then.* 波西即使在當時也一直在尋找她。

The housekeeper mentioned that the dog ***had attacked*** *its mistress* ***more than once****.* 管家提到說，那頭狗不止一次攻擊過女主人。

過去完成時用於描述過去特定時間以前發生的事件的用法在 4.37 小節論述。

4.50 如果用過去完成時談論在過去未發生變化的情況，可用持續狀語強調該情況存在的時間長度。

They weren't really our aunt and uncle, but we ***had always known*** *them.* 他們不是我們真正的嬸嬸和叔叔，但是我們一直認識他們。
All through those many years *he* ***had never ever lost track of*** *my father.* 這麼多年來，他從未與我父親失去聯繫。
His parents ***had been married for twelve years*** *when he was born.* 他出生時，他的父母結婚已經 12 年了。

4.51 如果用過去完成進行時提及一個最近的持續活動，可具體說明活動的開始時間。

The Home Office ***had until now been insisting*** *on giving the officers only ten days to reach a settlement.* 直到這時，內政部一直在堅持只給官員們 10 天時間達成和解。
Since then*, the mother* ***had been living*** *with her daughter.* 從那以後，母親一直和女兒生活在一起。

頻率狀語或持續狀語也可用於強調。

The drive increased the fatigue she ***had been feeling for hours****.* 開車加劇了她好幾個小時的疲勞感。
The rain ***had been pouring all night****.* 傾盆大雨下了一整夜。

過去完成進行時用於談論一個最近的持續活動的用法在 4.38 小節論述。

Expressing future time 表示將來時間

4.52 談論將來不可能像談論現在和過去那樣肯定。因此，任何將來事件的表述通常都只是表達了說話者認為可能發生某事或打算讓某事發生。

Indicating the future using *will* 用 *will* 表示將來

4.53 如果想表示某事在計劃中要發生，或說話者認為很可能在將來發生，可在動詞的原形前加**情態詞** (modal) ***will***。

Nancy ***will arrange*** *it.* 南茜會安排的。
These ***will be*** *dealt with in chapter 7.* 這些將在第七章論述。
'I ***will check****,' said Brody.* "我來查一下，" 布羅迪說。
When ***will*** *I* ***see*** *them?* 我甚麼時候能見到他們？
What do you think Sally ***will do****?* 你認為莎莉會做甚麼？

*You **will come** back, won't you?* 你會回來的，對嗎？

如果主語是 ***I*** 或 ***we***，情態詞 ***shall*** 有時用來代替 ***will*** 談論將來事件。

*I **shall do** everything I can to help you.* 我將盡我所能幫助你。
*You **will stay** at home and **I shall go** to your office.* 你留在家裏，我去你的辦公室。
*'**We shall give** him some tea,' Naomi said.* "我們會給他一點茶，" 內奧米説道。

這種用法在現代最美式英語裏不常見。

情態詞 ***will*** 和 ***shall*** 還有其他幾種用法，通常與某個將來時間成分連用。詳情參見第五章。

general truths 通常的真實

4.54 如果想談論通常的真實情況，並表示如果出現某個特定情況就可預期會發生甚麼情況，可以用 ***will***。

*When peace is available, people **will go** for it.* 當和平可以實現時，人們會努力爭取的。
*An attack of malaria can keep a man off work for three days. He **will earn** nothing and his family **will go** hungry.* 瘧疾發作會使一個男人三天不能上班。他將掙不到錢，他的家人會捱餓。

indicating certainty 表示肯定

4.55 如果由於已經作出了安排，説話者確定某事會發生，這時可用**將來進行時** (future progressive)。

*I**'ll be seeing** them when I've finished with you.* 我和你談完以後，就會見他們。
*She**'ll be appearing** tomorrow and Sunday at the Royal Festival Hall.* 她明天和星期日將在皇家節日音樂廳演出。
*I**'ll be waiting** for you outside.* 我會在外面等你。
*I understand you**'ll be moving** into our area soon.* 我聽説你很快就要搬到我們這個地區了。
*They'll spoil our picnic. I**'ll be wondering** all the time what's happening.* 他們將會破壞我們的野餐。我一直想知道到底發生了甚麼事。
*Our people **will be going** to their country more.* 我們更多的人民將前往他們的國家。

注意，將來進行時通常需要時間狀語或頻率狀語。

4.56 如果表示某事尚未發生，但在未來的一個特定時間以前會發生，可用**將來完成時** (future perfect)。

*By the time you get to the school, the concert **will have finished**.* 等你到達學校的時候，音樂會早就結束了。
*Maybe by the time we get there he**'ll** already **have started**.* 我們到達那裏的時候，也許他早就已經開始了。
*By then, maybe you**'ll have heard** from your sister.* 到那時也許你已經收到你妹妹的來信了。

注意，這個特定的未來時間必須使用時間狀語或另一個分句表示。

indicating duration 表示持續性

4.57 如果想表示一個事件在未來特定時間的持續程度，可用**將來完成進行時** (future perfect progressive)。

By the time the season ends, I ***will have been playing*** *for fifteen months without a break.* 在賽季結束的時候，我將連續不斷地打滿 15 個月比賽。
The register ***will have been running*** *for a year in May.* 到 5 月份，註冊登記將運作滿一年。

注意，這裏需要用時間狀語表示將來時間，用持續狀語表示事件的持續時間。

Other ways of talking about the future 其他談論將來的方法

be going to

4.58 如果說話者表示打算讓某事發生，或者有一些直接證據證明某事將很快發生，可用 ***be going to*** 加不定式 (infinitive)。

*I****'m going to explore*** *the neighbourhood.* 我要去探索周邊地區。
*Evans knows lots of people. He****'s going to help*** *me. He****'s going to take*** *me there.* 埃文斯認識很多人。他會幫助我的。他會帶我去那裏的。
*You****'re going to have*** *a heart attack if you're not careful.* 如果你不注意，你會心臟病發作的。
*We****'re going to see*** *a change in the law next year.* 我們明年會看到法律上的一個變化。

planned events 計劃好的事件

4.59 ***be due to*** 和 ***be about to*** 可用來表示期望會很快發生的、計劃好的將來事件，後接不定式分句。

He ***is due to start*** *as a courier shortly.* 他已定好馬上就開始做快遞員。
The work ***is due to be started*** *in the summer.* 工作定於夏天開始。
Another 385 people ***are about to lose*** *their jobs.* 另外 385 人即將失去工作。
Are *we* ***about to be taken over*** *by the machine?* 我們是不是馬上要被機器取代了？

Time adverbials with reference to the future 關於將來的時間狀語

firm plans for the future 對將來的確定計劃

4.60 一般現在時 (present simple) 用於談論列入時間表或預定的事件。現在進行時 (present progressive) 用於表示自己對將來的確定計劃。除非說話者確信對方知道自己談的是將來，否則需要用時間狀語。

My last train ***leaves*** *Euston* ***at 11:30****.* 我的末班火車 11 點 30 分離開尤斯頓。
The UN General Assembly ***opens*** *in New York* ***later this month****.* 聯合國大會本月稍後在紐約開幕。

***Tomorrow morning** we meet up to **exchange** contracts.* 明天上午我們見面交換合同。
*I'**m leaving** at the end of this week.* 我在週末離開。
*My mum **is coming** to help look after the new baby.* 我母親馬上要來幫忙照料新生嬰兒。

vague time reference
模糊的時間表述

4.61 如果想泛泛地或模糊地提及將來時間，可用表示不確定時間的狀語。

*I'll drop by **sometime**.* 我改天順便來看望一下。
***Sooner or later** he'll ask you to join him there.* 他早晚會請你與他在那裏會合。
***In future** she'll have to take sedentary work of some sort.* 未來她將不得不從事某種案頭工作。

下面這些不確定時間狀語主要與將來形式連用：

in future	one of these days	sometime
in the future	some day	sooner or later

tomorrow

4.62 含 ***tomorrow*** 這個詞的狀語主要用於將來時間。

*We'll try somewhere else **tomorrow**.* 我們明天會試試別的地方。
*Shall I come **tomorrow night**?* 明天晚上我要來嗎？
*He'll be here **the day after tomorrow**.* 他後天會在這裏。
***This time tomorrow** I'll be in New York.* 明天的這個時候我將在紐約。

next

4.63 有些主要用於將來時間的狀語含有 ***next*** 這個詞。如果使用一個特定的日期或月份，比如 ***Saturday*** (星期六) 或 ***October*** (10 月)，可把 ***next*** 放在日期或月份之前或之後。否則，***next*** 要放在時間表達式之前。

***Next week** Michael Hall will be talking about music.* 下週米高・霍爾將談論音樂。
***Next summer** your crops will be very much better.* 明年夏季你們的莊稼收成會好很多。
*I think we'll definitely be going **next year**.* 我認為我們明年肯定會走。
*Will your accommodation be available **next October**?* 你們的住宿設施到十月份可以使用了嗎？
*The boots will be ready by **Wednesday next**.* 靴子下星期三可以準備好。
*A post mortem examination will be held on **Monday next**.* 下週一將進行驗屍。
*She won't be able to do it **the week after next**.* 她要到下一個下週才能夠做這件事。

在美式英語裏，***next*** 總是放在時間表達式之前。

Other uses of verb forms 動詞形式的其他用法

4.64 到目前為止，本章討論了各種動詞形式最常見和最簡單的用法。但是，還有一些不那麼常見的時態用法。

Vivid narrative 生動的敍述

the present 現在

4.65 故事通常用過去時態敍述。但是，如果想使故事變得生動，好像現在發生的一樣，可以用**一般現在時** (present simple) 描述動作和狀態，用**現在進行時** (present progressive) 描寫情況。

*There**'s** a loud explosion behind us. Then I **hear** Chris giggling. Sylvia **is** upset.* 我們身後傳來一聲巨大的爆炸聲。然後我聽見克里斯在咯咯笑。西爾維婭感到很惱火。

*The helicopter **climbs over** the frozen wasteland.* 直升機爬升到了冰凍的荒原上方。

*Chris **is crying** hard and others **look** over from the other tables.* 克里斯在嚎啕大哭，其他人從別的桌子向這邊張望。

*He **sits down** at his desk chair, **reaches** for the telephone and **dials** a number.* 他在辦公椅上坐下，伸手拿起電話，然後按了一個號碼。

Forward planning from a time in the past 在過去某個時間點的預先計劃

4.66 有幾種方法用來談論從過去某個特定時間看是在將來的事件，或預期會發生的事件。這些方法在以下幾個小節論述。

events planned in the past 過去計劃好的事件

4.67 **過去進行時** (past progressive) 可用於談論在過去計劃好的事件，尤其是某些常用動詞如 ***come*** 和 ***go*** 可以這樣用。

*Four of them **were coming** for Sunday lunch.* 他們中的四個人星期天來吃午飯。

*Her daughter **was going** to a summer camp tomorrow.* 她女兒明天去夏令營。

*My wife **was joining** me later with the two children.* 我妻子其後會帶着兩個孩子與我會合。

4.68 ***be*** 的**一般過去時** (past simple) 可用於表示將來事件的結構，比如 ***be going to*** 、 ***be about to*** 以及 ***be due to*** 。其含義通常是預期的事件尚未發生或不會發生。關於 ***be going to*** 的進一步說明，參見 5.231 小節。

*I thought for a moment that she **was going to cry**.* 有一陣子我覺得她要哭了。

*He **was about to raise** his voice at me but stopped himself.* 他剛要對我提高嗓門，但克制住了自己。

*The ship **was due to sail** the following morning.* 船定於第二天早晨起航。

Referring to states rather than activities 表示狀態而非活動

4.69 某些動詞主要用於一般現在時或一般過去時，而不用於現在進行時或過去進行時。這些動詞稱為**狀態動詞**（stative verb）。最常見的狀態動詞列在了附錄的參考部分，其中包括表示持久的情緒和精神狀態的動詞（比如 ***love***、***like***、***want*** 和 ***know***）、表示感官的動詞（比如 ***see*** 和 ***hear***）以及表示永久狀態的動詞（比如 ***keep***、***fit*** 和 ***belong***）。

Do *you* ***like*** *football?* 你喜歡足球嗎？
I ***want*** *to come with you.* 我想和你一起去。
Where ***do*** *you* ***keep*** *your keys?* 你把鑰匙放在哪裏了？
Then I ***heard*** *a noise.* 接着我聽到一個聲音。

一般來説，上述這些句子不能表述為諸如 ***Are you liking football?***、***I'm wanting to come with you***、***Where are you keeping your keys?*** 以及 ***Then I was hearing a noise*** 等。

但是，少數這種動詞有時可用於現在進行時和過去進行時，特別是在非正式英語口語裏。如果想強調某個狀態是新出現或暫時的，或者想把注意力集中在此時此刻，這些動詞可用於進行時。

Rachel ***is loving*** *one benefit of the job — the new clothes.* 雷切爾現在喜歡這份工作的一個好處 —— 新衣服。
*I'****m liking*** *grapes these days too.* 我目前還喜歡吃葡萄。
*I'****m wanting*** *the film to be deliberately old-fashioned.* 我希望這部電影特意拍得懷舊一點。

有些人認為這種用法不正確，一般避免在正式文本中使用。

下面這些動詞傳統上被視為狀態動詞，但有時用於現在進行時和過去進行時：

forget	imagine	like	remember
guess	lack	love	want

在正式和非正式語境裏，有些狀態動詞可用於現在完成進行時或過去完成進行時。

*I'****ve been wanting*** *to speak to you about this for some time.* 一段時間以來我一直想和你談談這個。
John ***has been keeping*** *birds for about three years now.* 約翰養鳥到現在已大約三年了。
Then she heard it. The sound she ***had been hearing*** *in her head for weeks.* 然後她聽見了聲音，那個在她腦裏聽了好幾個星期的聲音。

Using time adverbials to indicate past, present, or future
使用時間狀語表示過去、現在或將來

4.70 在很多陳述句裏，傳達時間意義的是時間狀語而不是動詞的形式。

例如，用一般現在時或現在進行時表示將來動作時，一個常見的方法是使用通常表示將來的時間狀語。時間狀語還可用於表示在過去提到的將來。

*The company **celebrates** its 50th anniversary **this year**.* 公司今年將慶祝成立 50 週年。
*After all, you**'re coming** back **next week**.* 反正你下週會回來的。
*The farmer just laughed and rode away. So **the next week I tried** my luck at another farm.* 那個農場主只是哈哈一笑，然後騎馬走開了。因此在第二個星期，我到另一個農場試了試運氣。
*We **arranged** to meet **in three weeks' time**.* 我們安排好三週內見面。

副詞 ***now***、***today***、***tonight*** 以及含有 ***this*** 的表達式指的是包括現在時刻的一段時間。它們和各種動詞形式連用的情況相當常見，這是因為一個事件可置於動詞形式所指明的時間之前、之中或之後。

*I was **now** in a Scottish regiment.* 我現在在一個蘇格蘭軍團裏。
*Your boss will **now** have no alternative but to go to his superiors and explain the situation.* 你的老闆現在將別無選擇，只能去向他的上司説明情況。
*One of my children wrote to me **today**.* 我的一個孩子今天給我來信了。
*I will ski no more **today**.* 今天我不想再滑雪了。
*It's dark **today**.* 今天天很暗。
*'I went to the doctor **this morning**,' she said.* "我今天上午去看了醫生，" 她説。
*He won't be able to fight **this Friday**.* 他這個星期五打不了比賽。
*I'm doing my ironing **this afternoon**.* 我今天下午熨衣服。

referring to an earlier or a later time
表示早前或後來的時間

4.71 如果想談及在一個特定事件或一段時間之後的時間，可用 ***soon*** 或 ***later*** 之類的副詞。表示某個特定時間段或事件之前的時間，可以用 ***beforehand*** 或 ***earlier*** 之類的副詞。

*Sita was delighted with the house and **soon** began to look on it as home.* 希塔很喜歡這間房子，很快就把它當成家了。
*It'll have to be replaced **soon**.* 這個東西必須馬上更換。
*He **later** settled in Peddle, a small town near Grahamstown.* 後來他定居在佩德爾，這是格雷厄姆斯敦附近的一個小鎮。
*I'll explain **later**.* 我以後會解釋的。
*I was very nervous **beforehand**.* 事前我很緊張。
*You'll be having a bath and going to the hairdresser's **beforehand**.* 你先去洗個澡然後理個髮。

*She had seen him only **five hours earlier**.* 她 5 小時前剛見過他。

這類指稱時間的方式常常與過去和將來形式連用。在表示過去、將來或習慣性動作時，它們有時與現在形式連用。

*Sometimes I **know beforehand** what I'm going to talk about.* 有時我事先知道我會説甚麼。
*I **remember the next day** at school going round asking the boys if they'd ever seen a ghost.* 我記得第二天我在學校裏走來走去，問那些男孩子是否曾經看見過鬼。
*But **afterwards**, as you **read** on, you **relate** back to it.* 但是後來，隨着你繼續讀下去，你就前後聯繫起來了。

下面這些狀語用於表示相對時間：

afterwards	suddenly	the week after
at once	within minutes	the month after
before long	within the hour	the year after
eventually	~	~
finally	the next day	beforehand
immediately	the next week	early
in a moment	the next month	earlier
instantly	the next year	earlier on
later	the following day	in advance
later on	the following week	late
presently	the following month	one day
shortly	the following year	on time
soon	the day after	punctually

注意，上表中的 ***presently*** 作 ***soon*** 解。

early 可用於表示某事在預期或計劃好的時間之前發生，***late*** 表示某事在預期或計劃好的時間之後發生。***On time*** 和 ***punctually*** 用於表示某事在計劃好的時間發生。

這些副詞置於動詞之後或句子末尾。

*Tired out, he had gone to bed **early**.* 他累壞了，所以很早就上了牀。
*If you get to work **early**, you can get a lot done.* 如果你早點開始工作，你可以完成很多事。
*He had come to the political arena **late**, at the age of 62.* 他進入政治舞台比較晚，是在 62 歲那年。
*We went quite **late** in the afternoon.* 我們在下午很晚的時候才去的。
*If Atkinson phoned **on time**, he'd be out of the house in well under an hour.* 如果阿特金森準時打電話來，他會在遠遠不足一個小時之內離開家。
*He arrived **punctually**.* 他準時到達。

對於 ***early*** 和 ***late***，也可用其比較級形式 ***earlier*** 和 ***later***。

*I woke **earlier** than usual.* 我比平時醒來得早。

***Later**, the dealer saw that it had been sold.* 後來，經銷商看到它已經被出售了。

注意，***early***、***late*** 和 ***on time*** 還可用在繫動詞之後。

*The door bell rang. Barbara was appalled. 'They're **early**.'* 門鈴響了。巴巴拉大吃一驚，"他們來得真早。"
*The Paris train was slightly **late**.* 去巴黎的火車稍微晚點了。
*What time is it now? This bus is usually **on time**.* 現在幾點了？這輛公共汽車通常是準時的。

關於**繫動詞** (linking verb) 的進一步說明，參見 3.126 到 3.181 小節。

4.72 把時間與事件聯繫、使用後置修飾語或在時間狀語後使用關係從句也可指明時間。

*I didn't sleep well **the night before the prosecution**.* 起訴前一晚我沒睡好。
*I called him **the day I got back**.* 我在回來的那天給他打了電話。

4.73 也可用某些介詞把事件互相關聯，或把事件與特定的時間段聯繫起來。這些介詞列在了 4.100 小節，在 4.103 到 4.108 小節有完整的解釋。

***After the war**, he returned to teaching.* 戰爭結束後他回去教書。
*Joseph had been married **prior to his marriage to Mary**.* 約瑟娶瑪麗之前結過婚。
*Wages have fallen **during the last two months**.* 工資在過去的兩個月內下降了。

necessary time
必要時間

4.74 如果想談論"必要時間"，而超過該時間後，事件將不再相關、不再有用或不會成功，那麼可用 ***in time*** 表達。

*I had to walk fast to reach the restaurant **in time**.* 我不得不快走以便及時到達餐館。
*He leapt back, **in time** to dodge the train.* 他及時向後一跳，避開了火車。

如果某事發生在必要時間之前，可用 ***too early*** 表示；如果發生在必要時間之後，可用 ***too late*** 表達。

*Today they grow up **too early**.* 如今他們成長得太早。
*It's much **too early** to assess the community service scheme.* 對社區服務計劃進行評估還為時過早。
*They arrived **too late** for the information to be any good.* 他們到得太晚了，消息已沒甚麼用。
*It's **too late** to change that now.* 現在要改變已經太遲了。

previously mentioned time
前面提到的時間

4.75 如果所指的過去或將來時間已經提到，可用副詞 ***then***。

*We kept three monkeys **then**.* 當時我們養了三隻猴子。
*We were all so patriotic **then**.* 那時候我們都非常愛國。
*It'll be too late **then**.* 那就太晚了。

為了更具體說明，***that*** 可與日期、月份、季節等的名字連用，或與普通的時間詞連用。

*William didn't come in **that Tuesday**.* 那個星期二威廉沒有來上班。
*So many people will be pursuing other activities **that night**.* 那天晚上許許多多的人會從事其他活動。

Emphasizing the unexpected: continuing, stopping, or not happening
強調意外：繼續、停止或未發生

4.76　如果想評述過去、現在和未來情況之間存在的關係，可用下列狀語之一：

already	as yet	still	yet
any longer	no longer	up till now	
any more	so far	up to now	

still for existing situations
still 用於現有情況

4.77　如果想表示一種情況一直存在到了現在，可用 ***still***。如果用 ***be*** 作主要動詞或助動詞，可把 ***still*** 放在 ***be*** 或助動詞之後。如果用的是除 ***be*** 外的簡單動詞，***still*** 可置於動詞之前。***Still*** 常常表明情況的延續令人吃驚或不受歡迎。

*It's a marvel that I'm **still** alive to tell the tale.* 我還能活着講述這段故事，真是一個奇蹟。
*Male prejudice **still** exists in certain quarters.* 男性偏見在某些地方仍然存在。
*Years had passed and they were **still** paying off their debts.* 好多年過去了，他們仍然在還債。

在使用 ***n't*** 縮略式的否定陳述句裏，***still*** 置於 ***be*** 或助動詞之前。

*We've been working on it for over two years now. And it **still isn't** finished.* 我們做這件事已經兩年多了。但還沒完成。
*We **still don't know** where we're going.* 我們仍然不知道要去哪裏。

still for expected situations
still 用於預期情況

4.78　***still*** 也可用在 ***to-***不定式之前，表示某物尚未發生，儘管這件事預期會發生或說話者覺得應該發生。

*The Government **had still to agree** on the provisions of the bill.* 政府尚須議定該法案的條款。
*The problems **were still to come**.* 問題還會出現。
*There **are many other questions still to be answered**.* 還有很多其他問題有待解答。

在否定陳述句裏，***still*** 不這樣用；關於 ***yet*** 的類似用法，參見 4.79 小節。

yet for expected situations
yet 用於預期情況

4.79 如果想表示某事到目前為止尚未發生，但很可能會在將來發生，可將 ***yet*** 與否定式連用。***yet*** 通常置於句末。

*We don't know the terms **yet**.* 我們還不知道條款。
*I haven't set any work **yet**. I suppose I shall some day.* 我還沒有確定任何工作。我想總有一天我會的。
*They haven't heard **yet**.* 他們還沒有聽到。

如果想使語氣聽上去更強，可把 ***yet*** 放在簡單動詞之前或助動詞和否定詞之後。

*No one **yet knows** exactly what it means.* 還沒有人確切知道這表示着甚麼。
*Her style **had not yet matured**.* 她的風格尚未成熟。

yet 也可用於疑問句，通常置於句末。

*Has she had the baby **yet**?* 她生孩子了嗎？
*Has Mr. Harris arrived **yet**?* 哈里斯先生到了嗎？

4.80 ***yet*** 還可用於肯定句，表示預期的某事到目前為止尚未發生。在這種情況下，***yet*** 後接帶 ***to-*** 不定式分句。

*The true history of art in post-war America **is yet to be written**.* 戰後美國真實的藝術史尚待撰寫。
*He **had yet to attempt** to put principles into practice.* 他還得設法把原則付諸實踐。

4.81 ***yet*** 也用於含最高級的肯定陳述句，表示陳述到目前為止仍然適用，但將來可能不適用。***yet*** 一般置於句末。

*This is the **best** museum we've visited **yet**.* 這是我們參觀過的最好的博物館。
*Mr. Fowler said that February had produced the **best** results **yet**.* 富勒先生説，到目前為止二月份成果最好。
*This is the **biggest** and **best** version **yet**.* 這是迄今最大也是最好的版本。

likely change
可能的變化

4.82 如果想表示到目前為止存在的情況可能在將來發生變化，可用 ***as yet***、***so far***、***up to now*** 或 ***up till now***。這些詞通常置於句首或句末，偶爾也可放在助動詞之後。

***As yet**, no group has claimed responsibility for the attack.* 迄今為止，還沒有組織宣稱對襲擊事件負責。
*Only Mother knows **as yet**.* 到目前為止，只有母親知道。
***So far**, the terms of the treaty have been carried out according to schedule.* 到現在為止，條約的條款已按預定計劃執行。
*You've done well **so far**, Mrs Rutland.* 到目前為止你做得很好，拉特蘭太太。
***Up till now**, the most extraordinary remark I remember was made by you.* 到目前為止，我記得最令人吃驚的那句話是你説的。

*...something he had **up to now** been reluctant to provide.* ……他到目前為止一直不願提供的東西
*It's been quiet **so far**.* 到現在為止一直很安靜。
*You haven't once **up till now** come into real contact with our authorities.* 你到現在為止一次也沒有與我們的當局真正接觸過。

注意，這些表達式可用於肯定句以及否定陳述句。

a past situation that has stopped existing
已停止存在的過去情況

4.83 如果想表示一個過去的情況目前已不存在，可用 ***no longer***，或把否定式與 ***any longer*** 或 ***any more*** 連用。

*She was **no longer** content with a handful of coins.* 她已經不再滿足於一把硬幣了。
*They did**n't** know **any longer** what was funny and what was entertaining.* 他們已經不知道甚麼是好笑，甚麼是有趣了。
*They do**n't** live together **any more**.* 他們不再一起生活了。

already for emphasizing occurrence
already 用於強調發生的事情

4.84 如果想強調一個情況存在，而不是尚未發生，可用 ***already***。***already*** 通常置於除 ***be*** 外的簡單動詞之前，或者作主要動詞的 ***be*** 之後，也可放在助動詞之後。

*The energy **already exists** in the ground.* 這種能源早就存在於地下。
*Senegal **already has** a well established film industry.* 塞內加爾已經有了一個完善的電影產業。
*He was just a year younger than Rudolph, but **was already** as tall and much stockier.* 他只比魯道夫小 1 歲，但已經和他一樣高並且比他結實得多。
*My watch says nine o'clock. And it**'s already** too hot to sleep.* 我的錶上是 9 點。而且已經熱得睡不着覺了。
*We **have already advertised** your post in the papers.* 我們已經在報紙上刊登了你這個職位的廣告。
*Britain **is already exporting** a little coal.* 英國已經在出口一點煤炭。

already 可放在句首或句末表示強調。

***Already** robberies and lootings have increased.* 搶劫和掠奪已經增加了。
*I was happy for her; she looked better **already**.* 我為她感到高興；她看起來已經好多了。

already 不常用於一般過去時，除了與 ***be***、 ***have*** 以及 ***know*** 連用時以外。

注意，***already*** 通常不能用於否定陳述句，但可用於否定的 ***if-***從句、否定疑問句以及關係從句。

*Refer certain types of death to the coroner if this has not **already** been done.* 某些死亡類型要提交給驗屍官，如果還沒有這麼做的話。
*Those who have not **already** left are being advised to do so.* 那些還沒有離開的人被勸告撤離。
*What does it show us that we haven't **already** felt?* 除了我們已經感受到的，它還告訴了我們甚麼？

Time adverbials and prepositional phrases 時間狀語和介詞短語

Specific times 特定時間

4.85 如果想陳述當前的時間、日期或年份，可在動詞 ***be*** 之後用特定的時間狀語。

*'Well what time is it now?' — 'It**'s one o'clock**.'* "唔，現在幾點鐘？"——"1 點。"
*It **was a perfect May morning**.* 這是 5 月的一個完美早晨。
*Six weeks isn't all that long ago, it**'s January**.* 6 個星期並不是很久以前，現在是 1 月。

特定的時間狀語還常常用在介詞短語中，表示某事發生的時間或預期發生的時間。

*I got there **at about 8 o'clock**.* 我大約在 8 點到了那裏。
*The submarine caught fire **on Friday morning**.* 那艘潛艇星期五上午起火。
*That train gets in **at 18:00 hours**.* 那班火車 18 點到站。

clock times 時鐘時間

4.86 時鐘時間通常用小時和小時的一部分或分鐘表示，比如 ***one o'clock***（1 點鐘）、***five minutes past one***（1 點 5 分）、***one twenty***（1 點 20 分）、***half past one***.（1 點半）。一天通常分為兩個 12 小時，因此有時需要加上 ***a.m.***（上午）、***p.m.***（下午）或加上 ***in the morning***（在上午）或 ***in the evening***（在晚上）之類的介詞短語來具體說明指的是哪一部分。

很多官方場合用的是 24 小時制。

如果已知小時，則可只用分鐘：***five past***（過了 5 分鐘）、***ten to***（差 10 分）、***quarter to***（差一刻鐘）、***half past***（半點）等等。偶爾也用 ***midday***（正午）和 ***noon***（中午）。

times of the day 一天的時段

4.87 談論一天中的時間段最常用的詞包括 ***morning***（上午）、***afternoon***（下午）、***evening***（晚上）和 ***night***（夜裏）。還有一些表示日出和日落的詞，比如 ***dusk***（黃昏）和 ***sunset***（日落），以及其他表示進餐時間的詞。

*On a warm, cloudy **evening**, Colin went down to the river.* 在一個溫暖多雲的夜晚，科林走到河邊。
*They seem to be working from **dawn** to **dusk**.* 他們似乎從早到晚都在工作。
*Most of the trouble comes outside the classroom, at **break-time** and **dinnertime**.* 大部分麻煩發生在教室外面，在課間休息和晚餐期間。

下面這些詞用於談論一天中的時間段：

morning	night	daybreak	dusk
afternoon	~	first light	sunset
evening	dawn	sunrise	nightfall

~	breakfast-time	teatime	bedtime
daytime	break-time	dinnertime	
night-time	lunchtime	suppertime	

naming days
指稱日子

4.88 一星期中的七天是**專有名詞**（proper noun）：

Monday	Wednesday	Friday	Sunday
Tuesday	Thursday	Saturday	

星期六和星期天常常稱為 ***the weekend***（週末），其餘日子則稱為 ***weekdays***（工作日）。

一年中的一些日子有特殊名稱，比如：

New Year's Day 元旦	Halloween 萬聖節前夕
Valentine's Day 情人節	Thanksgiving 感恩節
Presidents' Day 總統日	Christmas Eve 聖誕節前夕
Good Friday 耶穌受難節	Christmas Day 聖誕節
Easter Monday 復活節後的星期一	Boxing Day 節禮日
Fourth of July 美國獨立紀念日	New Year's Eve 新年前夕
Labor Day 勞動節	

也可以用表示日期的**序數詞**（ordinal）來指稱一個日子。

'When does your term end?' — *'**First of July**.'* "你的任期甚麼時候結束？"——"7 月 1 日。"
*The Grand Prix is to be held here on the **18th July**.* 大獎賽定於 7 月 18 日在這裏舉行。
*Her season of films continues until **October the ninth**.* 她的電影作品展一直持續到 10 月 9 日。

如果從語境中可清楚知道指的是哪一個月份，則月份可以省略。

*So Monday will be the **seventeenth**.* 因此星期一是 17 號。
*St Valentine's Day is on the **fourteenth**.* 情人節在 14 日。

關於序數詞的進一步說明，詳見附錄的參考部分。

months, seasons, and dates
月份、季節和日期

4.89 一年的 12 個月是**專有名詞**（proper noun）：

January	April	July	October
February	May	August	November
March	June	September	December

一共有四個季節：***spring***（春）、***summer***（夏）、***autumn***（秋，美式英語通常用 ***fall***）和 ***winter***（冬）。也可用 ***springtime***（春天）、***summertime***（夏天）和 ***wintertime***（冬天）。

一年中的某些時段有特殊的名字，比如 ***Christmas***（聖誕節）、***Easter***（復活節）和 ***the New Year***（新年）。

years, decades, and centuries
年、十年和世紀

4.90 在英語裏年份用數字表示。説話的時候，2000 年以前的年份表述為 ***nineteen sixty-seven***（1967 年）或 ***seventeen hundered***（1700 年）等等。

*...the eleventh of January, **1967**.* ……1967 年 1 月 11 日
*A second conference was held in February **1988**.* 第二次會議於 1988 年 2 月召開。
*My mother died in **1945**.* 我母親死於 1945 年。

説話的時候，2000 年和 2009 年之間的年份表述為 ***two thousand***（2000 年）或 ***two thousand and eight***（2008 年）等等。

2009 年以後的年份表述為 ***two thousand and ten***（2010 年）、***two thousand and eleven***（2011 年）等等，或者 ***twenty ten***（2010 年）、***twenty eleven***（2011 年）等等。

表示長於一年的時間段，可用 decade（十年）和 century（世紀，100 年）。十年始於結尾是 0 的年份，止於結尾是 9 的年份，如 ***the 1960s***（1960 年到 1969 年）和 ***the 1820s***（1820 年到 1829 年）。如果已知世紀，世紀一詞可以省略，如 ***the 20s***、 ***the twenties***、 ***the Twenties***（20 年代）。

為了更具體説明，比如説明歷史上的時期，可在指耶穌被認為降生以後的年份或世紀的數字之前或之後加上 ***AD***，如 ***1650 AD***（公元 1650 年）、***AD 1650***（公元 1650 年）、***AD 1650-53***（公元 1650-53 年）、***1650-53 AD***（公元 1650-53 年）。有些不願提及宗教的作者使用 ***CE***，意思是公曆，如 ***1650 CE***（公曆 1650 年）。

BC（意思是 ***Before Christ*** 基督降生前）可加在指耶穌被認為降生以前的年份或世紀的數字之後，如 ***1500 BC***（公元前 1500 年）、***15-1200 BC***（公元前 15-1200 年）。一個不涉及宗教的可替代縮寫是 ***BCE***，意思是 ***Before the Common Era***（公曆前）。

世紀始於結尾是兩個 0 的年份，止於結尾是兩個 9 的年份。序數詞用於表示世紀。公元一世紀從公元 0 年開始到公元 99 年結束，公元二世紀從公元 100 年開始到公元 199 年結束，因此 ***1800*** 至 ***1899 AD*** 是 19 世紀，而本世紀是二十一世紀（2000-2099 AD）。世紀也可以用數字書寫，如 ***the 21st century***（21 世紀）。

at for specific times
at 用於特定時間

4.91 如果想表示某事發生的時間，可用 ***at*** 後接時鐘時間、一年中的時間段或一天中的時間段。***morning***、***evening***、***afternoon*** 和 ***daytime*** 除外。

*Our train went **at 2:25**.* 我們的火車在 2 點 25 分開走了。
*I got up **at eight o'clock**.* 我 8 點鐘起牀。
*The train should arrive **at a quarter to one**.* 火車應該在 12 點 45 分到達。
*We go to church **at Easter** and **Christmas**.* 我們在復活節和聖誕節去教堂。
*I went down and fetched her back **at the weekend**.* 我週末去把她接了回來。

*On Tuesday evening, just **at dusk**, Brody had received an anonymous phone call.* 星期二晚上，就在黃昏時分，布羅迪接到了一個匿名電話。
*He regarded it as his duty to come and read to me **at bedtime**.* 他認為睡前來讀書給我聽是他的責任。
***At night** we kept them shut up in a wire enclosure.* 晚上我們把他們關在一個用鐵絲網圍起來的地方。
*Let the fire burn out now. Who would see smoke **at night-time** anyway?* 就讓火熄滅吧。再説夜裏有誰會看得見煙呢？

at 也可與 ***time*** 和類似的詞連用，比如 ***moment*** 和 ***juncture***，還可與時鐘時間單位連用，比如 ***hour*** 和 ***minute***。

*General de Gaulle duly attended the military ceremony **at the appointed time**.* 戴高樂將軍在約定的時間按時出席了軍事典禮。
*It was **at this juncture** that his luck temporarily deserted him.* 就在這個時刻，運氣暫時離棄了他。
*If I could have done it **at that minute** I would have killed him.* 如果在那一刻我能做到的話，我會殺了他的。
*There were no lights **at this hour**, and roads, bungalows, and gardens lay quiet.* 這個時刻沒有了燈光，道路、平房和花園都靜靜地躺着。

at for relating events
at 用於關聯事件

4.92 如果想把一個事件的時間與另一個事件（比如聚會、旅行、選舉等）關聯起來，也可用 ***at***。

*I had first met Kruger **at a party** at the British Embassy.* 我第一次見到克魯格是在英國大使館的一次聚會上。
*She represented the Association **at the annual meeting of the American Medical Association** in Chicago.* 她代表協會參加了在芝加哥舉行的美國醫學協會年會。
*It is to be reopened **at the annual conference** in three weeks' time.* 這將在三週內舉行的年度會議上重新審議。

4.93 ***at*** 也可與年齡、發展階段以及較長時間段內的時間點連用。

***At the age of twenty**, she married another Spanish dancer.* 20 歲時，她嫁給了另一位西班牙舞者。
*He left school **at seventeen**.* 他 17 歲時離開學校。
***At an early stage of the war** the British Government began recruiting a team of top mathematicians and electronics experts.* 在戰爭的早期階段，英國政府開始招募一批頂尖的數學家和電子專家。
*We were due to return to the United Kingdom **at the beginning of March**.* 我們定於 3 月初返回英國。

in for periods of time
in 用於時間段

4.94 如果想提及某事發生的時間段，可將 ***in*** 與世紀、年份、季節、月份以及一天中的時段如 ***morning***、***afternoon*** 和 ***evening*** 等連用。***in*** 也可與 ***daytime*** 和 ***night-time*** 連用。

In the sixteenth century *there were three tennis courts.* 在 16 世紀，有 3 個網球場。
It's true that we expected a great deal ***in the sixties****.* 確實我們在 60 年代期望很大。
Americans visiting Sweden ***in the early 1950s*** *were astounded by its cleanliness.* 20 世紀 50 年代初訪問瑞典的美國人，對這個國家的清潔感到驚訝。
If you were to go on holiday on the continent ***in wintertime*** *what sport could you take part in?* 如果冬季到歐洲大陸度假，人們能參加甚麼體育運動？
To be in Cornwall at any time is a pleasure; to be here ***in summer*** *is a bonus.* 任何時候到康沃爾郡都是件樂事；夏季到這裏更會令人喜出望外。
It's a lot cooler ***in the autumn****.* 秋天要涼快得多。
She will preside over the annual meeting of the Court ***in December****.* 她將主持在 12 月召開的年度理事會議。
In September *I travelled to California to see the finished film.* 我 9 月去了加州看拍攝完畢的電影。
I'll ring the agent ***in the morning****.* 我早上會給代理商打電話。
Well, she does come in to clean the rooms ***in the day-time****.* 好吧，她確實白天來打掃了房間。

注意，如果 ***morning***、***afternoon*** 和 ***evening*** 有修飾語或後接短語或分句，可用 ***on***。詳見 4.96 小節。

in for specific time
in 用於特定時間

4.95 如果想用**序數詞** (ordinal) 具體説明時間段、分鐘、小時、日期等，也可以使用 ***in***。

Vehicle sales ***in the first eight months*** *of the year have plunged by 24.4 per cent.* 今年頭 8 個月的汽車銷售暴跌了 24.4%。
...in the early hours *of the morning.* ……在凌晨

in 還可與其他一些表示事件和時間段的名詞連用。

My father was killed ***in the war****.* 我父親在戰爭中陣亡。
Everyone does unusual jobs ***in wartime****.* 每個人在戰時做的都是異乎尋常的工作。
In winter*, we tend to get up later.* 在冬天，我們往往起牀比較晚。
Two people came to check my room ***in my absence****.* 我不在的時候，兩個人曾經來檢查我的房間。

序數詞在 2.232 到 2.239 小節論述。

on for short periods of time
on 用於短的時間段

4.96 如果想提及某事發生的那一天，可用 ***on*** 後接有名字的日子、序數詞表示的日子或有特殊名字的日子，比如 ***birthday***（生日）或 ***anniversary***（週年紀念日）。

I'll send the cheque round ***on Monday****.* 我星期一把支票送過去。
Everybody went to church ***on Christmas Day****.* 聖誕節那天每個人都去了教堂。

I hear you have bingo ***on Wednesday****.* 我聽説你們星期三有賓果遊戲。
Pentonville Prison was set up ***on Boxing Day****, 1842.* 本頓維爾監獄建立於1842 年的聖誕送禮日。
He was born ***on 3 April 1925*** *at 40 Grosvenor Road.* 他在 1925 年 4 月 3 日出生於格羅夫納路 40 號。
...the grey suit Elsa had bought for him ***on his birthday****.* ……埃爾莎在他生日買給他的灰色套裝
Many of Eisenhower's most cautious commanders were even prepared to risk attack ***on the eighth or ninth****.* 艾森豪威爾最謹慎的指揮官中有許多人甚至準備在 8 號或 9 號冒險進攻。
...addressing Parliament ***on the 36th anniversary*** *of his country's independence.* ……在他祖國獨立 36 週年紀念日上向議會發表演説

the 可與有名字的日子連用表示強調或對照，與 ***a*** 連用表示有那個名字的任何一天。

He died ***on the Friday*** *and was buried* ***on the Sunday****.* 他星期五去世，星期天下葬。
We get a lot of calls ***on a Friday****.* 我們在星期五會接到很多電話。

如果 ***morning***、***afternoon***、***evening*** 以及 ***night*** 有修飾語或者後接短語或分句形式的額外信息，也可與 ***on*** 連用。

...at 2:30 p.m. ***on a calm afternoon****.* ……在一個微風徐徐的下午，時間是 2 點 30 分
There was another important opening ***on the same evening****.* 在同一晚還有另一個重要的開幕式。
Tickets will be available ***on the morning of the performance****.* 門票將在演出當天上午拿到。
It's terribly good of you to turn out ***on a night like this****.* 在這樣一個晚上你能夠出來真是太好了。

on for longer periods of time
on 用於較長的時間段

4.97 ***on*** 也與指旅行的詞連用，如 ***journey***、***trip***、***voyage***、***flight***、***way***，表示某事發生的時間。

But ***on that journey****, for the first time, Luce's faith in the eventual outcome was shaken.* 但是就在那次旅行途中，盧斯對最終結果的信心第一次發生了動搖。
Eileen was accompanying her father to visit friends made ***on a camping trip*** *the year before.* 艾琳正陪着她父親拜訪一年前在野營旅行時結交的朋友。

on for subsequent events
on 用於隨後事件

4.98 在略微正式的文體中，***on*** 可與指動作或活動的名詞和 ***-ing*** 形式連用，表示一個事件接着另一個事件發生。

I shall bring the remaining seven hundred pounds ***on my return*** *in eleven days.* 在 11 天後我回來時，我將帶來餘下的 700 英鎊。

ordering of time adverbials 時間狀語的順序

4.99 在少數場合，人們必須確切說明時間和日期，比如在法律英語或正式文件裏。通常的順序是時鐘時間、一天中的時段、星期幾，然後是日期。

...at eight o'clock on the morning of 29 October 1618. ……1618 年 10 月 29 日上午 8 點鐘

...on the night of Thursday July 16. ……在 7 月 16 日星期四的晚上

Non-specific times 非特定的時間

approximate times 大致時間

4.100 如果不想精確說明某事發生的時間，可用 ***around*** 或 ***about*** 這樣的詞。

*At **about** four o'clock in the morning, we were awoken by a noise.* 大約在凌晨四點，我們被一個響聲吵醒。

*The device that exploded at **around** midnight on Wednesday severely damaged the fourth-floor bar.*

星期三午夜時分爆炸的那個裝置嚴重破壞了四樓的酒吧。

*The supply of servants continued until **about** 1950, then abruptly dried up.* 傭人的供應一直持續到 1950 年左右，然後突然枯竭。

*The attack began **shortly before** dawn.* 進攻在即將破曉時開始。

下面這些詞和表達式可用於大致說明事件發生的時間：

about	just after	round about	soon after
almost	just before	shortly after	thereabouts
around	nearly	shortly before	

about、***almost***、***around***、***nearly*** 和 ***round about*** 通常與時鐘時間或年份連用。在非正式英語裏使用 ***about***、***around*** 和 ***round about*** 的時候，介詞 ***at*** 常常可以省略。

*Then quite suddenly, **round about** midday, my mood began to change.*
接着很突然地，大約在中午時分，我的心情開始改變。

***About** nine o'clock he went out to the kitchen.* 9 點鐘左右，他出來走到廚房。

也可用介詞把事件與不特定的時間點或時間段聯繫起來，比如不知道事件發生的確切時間，或者事件是逐漸、連續或多次發生的。

*He developed central chest pain **during the night**.* 他夜間出現中央胸痛症狀。

*For, also **over the summer**, his book had come out.* 因為也在這個夏天，他的書出版了。

下面這些介詞用於把事件與非特定時間聯繫起來：

after	by	following	prior to
before	during	over	

Be Careful 注意

4.101 ***almost*** 或 ***nearly*** 只能用於動詞 ***be*** 之後。

4.102 時間狀語也可後接 ***or thereabouts*** 。

Back in 1975 ***or thereabouts*** *someone lent me an article about education.* 早在 1975 年左右，有人借給我一篇關於教育的文章。
...at four o'clock ***or thereabouts****.* ……在 4 點鐘左右

during for periods of time
during 用於時間段

4.103 ***during*** 可代替 ***in*** 與一天的時間段、月份、季節、年份、十年期以及世紀連用。

We try to keep people informed by post ***during September****.* 我們在 9 月份期間試圖通過郵件使人們隨時了解情況。
She heated the place ***during the winter*** *with a huge wood furnace.* 她在冬天用一隻巨大的木柴爐給住所取暖。
During 1973 *an Anti-Imperialist Alliance was formed.* 1973 年期間建立了一個反帝國主義聯盟。
During the Sixties *various levies were imposed.* 在 20 世紀 60 年代，徵收了各種各樣的稅。
During the seventh century *incendiary weapons were invented.* 七世紀發明了燃燒武器。
They used to spend the whole Sunday at chapel but most of them behaved shockingly ***during the week****.* 他們過去常常整個星期天都在教堂，但他們中的大多數人在平時的表現非常糟糕。

4.104 ***during*** 可與大部分事件名詞連用，表示一個事件發生時另一個事件正在發生。

During his stay in prison*, he has written many essays and poems.* 他在服刑期間寫了很多散文和詩歌。
...trying to boost police morale ***during a heated battle with rioters****.* ……在同暴亂者的激烈戰鬥中試圖鼓舞警察的士氣
The young princes were protected from press intrusion ***during their education****.* 年輕的王子們在受教育期間得到保護免遭媒體的打擾。
Some families live in the kitchen ***during a power cut****.* 停電時有些家庭住在廚房裏。
During the journey *I came to like and respect them.* 在旅途中，我開始喜歡並尊重他們。

Be Careful 注意

4.105 ***during the week*** 意思是在工作日期間，與週末相對。

over for events
over 用於事件

4.106 ***over*** 可與 ***winter*** 、 ***summer*** 以及一年中的特殊時間段連用，表示一個事件在整段時間內發生或在期間一個不確定的時間發生。

...to help keep their families going ***over the winter****.* ……幫助他們的家庭在冬天維持生計

My friends had a marvellous time ***over the New Year****.* 我的朋友們在新年期間過得快活極了。

over 也用於表示就在說話之前或之後的一段時間，或表示所談論的一段時間。

The number will increase considerably ***over the next decade****.* 數量在接下來的十年內將大大增加。
They have been doing all they can ***over the past twenty-four hours****.* 在過去的 24 小時裏他們已經做了所能做的一切。
We packed up the things I had accumulated ***over the last four years****.* 我們把我過去 4 年來積攢的東西打成了包。

over 可與三餐和食物或飲料連用，表示某事在人們吃喝時發生。

Davis said he wanted to read it ***over lunch****.* 戴維斯説他想邊吃午飯邊讀它。
Can we discuss it ***over a cup of coffee****?* 我們可以邊喝咖啡邊討論嗎？

relating events and times 把事件和時間相關聯

4.107 還可以比較籠統地談論一個事件與一段時間或特定時間點之間的關係。

before 、 ***prior to*** 和 ***after*** 用於把事件和時間關聯起來。

She gets up ***before six****.* 她 6 點以前起牀。
If you're stuck, come back and see me ***before Thursday****.* 如果你進行不下去了，星期四之前回來看我。
...the construction of warships by the major powers ***prior to 1914****.*
……列強在 1914 年以前的軍艦建造
City Music Hall is going to close down ***after Easter****.* 市音樂廳將在復活節後關閉。
He will announce his plans ***after the holidays****.* 他將在假期結束後宣佈他的計劃。

這些詞也可用於關聯兩個事件。

I was in a bank for a while ***before the war****.* 戰前我一度在一家銀行工作。
She gave me much helpful advice ***prior to my visit to Turkey****.* 在我訪問土耳其之前，她給了我很多有用的忠告。
Jack left ***after breakfast****.* 傑克吃過早飯後走了。
He was killed in a car accident ***four years after their marriage****.* 他們結婚四年後，他在一場車禍中身亡。
After much discussion*, they had decided to take the coin to a jeweller.* 反覆商量以後，他們決定把這枚硬幣拿到一位珠寶商那裏。

following 、 ***previous to*** 和 ***subsequent to*** 也可與事件連用。

He has regained consciousness ***following a stroke****.* 他在中風後恢復了知覺。
He suggests that Ross was prompted ***previous to the parade****.* 他認為羅斯在遊行前受到了鼓動。
The testimony and description of one witness would be supplied prior to the interview; those of the other two ***subsequent to it****.* 一位證人的證詞和描述會在採訪前提供；另兩位的證詞和描述隨後提供。

order of events
事件的順序

4.108 在同一人做兩個動作或兩個人做同一動作時，***before*** 和 ***after*** 也可用於表示事件的順序。

I should have talked about that ***before anything else****.* 在談論其他事情之前我本應該説一下那個的。
He knew Nell would probably be home ***before him****.* 他知道內爾很可能比他先到家。
I do the floor ***after the washing-up****.* 我洗好碗後擦地。

有時也可用 ***earlier than*** 或 ***later than*** 。

Smiling develops ***earlier than laughing****.* 微笑的發生早於出聲的笑。

events that happen at the same time
同時發生的事件

4.109 要表示兩個或多個事件同時發生，可用副詞 ***together*** 和 ***simultaneously*** 或狀語 ***at the same time*** 和 ***at once***：

Everything had happened ***together****.* 一切都同時發生了。
His fear and his hate grew ***simultaneously****.* 他的恐懼和仇恨同時增長。
Can you love two women ***at the same time****?* 你能同時愛兩個女人嗎？
I can't be everywhere ***at once****.* 我無法分身。

linking adverbs
關聯副詞

4.110 副詞也可用於表示事件發生的順序，比如 ***first*** 、 ***next*** 和 ***finally*** 。 ***simultaneously*** 和 ***at the same time*** 也可按同樣方式連接分句。這種用法在 10.53 論述。

by for specific time
by 用於特定時間

4.111 ***by*** 用於強調一個事件在特定時間之前的某個時刻發生，但不晚於那個時刻。***by*** 還用於表示一個過程在特定時刻之前已經完成或達到了一個特定階段。

By eleven o'clock*, Brody was back in his office.* 到 11 點的時候，布羅迪回到了自己的辦公室。
The theory was that ***by Monday*** *their tempers would have cooled.* 這種説法是，到星期一他們的怒氣就會平息了。
By next week*, there will be no supplies left.* 到下週生活用品將一點不剩。
Do you think we'll get to the top of this canyon ***by tomorrow****?* 你認為我們明天能到達這個峽谷的頂部嗎？
By now *the moon was up.* 此時月亮升起來了。
But ***by then*** *he was bored with the project.* 但到那時他已經對計劃感到厭倦了。

Extended uses of time adverbials 時間狀語的擴展用法

4.112 時間狀語可用在名詞短語之後，指明事件或時間段。

I'm afraid the meeting ***this afternoon*** *exhausted me.* 恐怕今天下午的會議把我累壞了。
The sudden death of his father ***on 17 November 1960*** *was not a surprise.* 他父親在 1960 年 11 月 17 日突然去世，這不是意想不到的事。

...until I started to recall the years ***after the Second World War****.* ……直到我開始回憶起第二次世界大戰之後的歲月
No admissions are permitted in the hour ***before closing time****.* 關門前的一小時禁止入內。

時鐘時間、一天中的時間段、一週的七天、月份、日期、季節、一年中的特殊時間段、十年期以及世紀都可用作名詞短語的修飾語來指明事物。

Every morning he would set off right after the ***eight o'clock*** *news.* 每天早上 8 點新聞過後他就馬上出發。
Castle was usually able to catch the ***six thirty-five*** *train from Euston.* 卡斯爾通常能趕上從尤斯頓開來的 6 點 35 分的那班火車。
He boiled the kettle for his ***morning*** *tea.* 他為喝早茶燒開了一壺水。
He learned that he had missed the ***Monday*** *flight.* 他得知自己錯過了星期一的航班。
I had ***summer*** *clothes and* ***winter*** *clothes.* 我有夏裝和冬裝。
Ash had spent the ***Christmas*** *holidays at Pelham Abbas.* 阿什在佩勒姆阿巴斯莊園度過了聖誕假期。

也可以用所有格形式。

...a discussion of ***the day's events****.* ……對一天活動的討論
It was Jim Griffiths, who knew nothing of ***the morning's happenings****.* 是占・格里菲思對早上發生的事一無所知。
The story will appear in ***tomorrow's paper****.* 報導明天將見報。
This week's batch of government statistics *added to the general confusion over the state of the economy.* 本週公佈的這批政府統計數字加深了人們對經濟狀況的困惑。

Frequency and duration 頻率和持續時間

4.113 下面這些時間單位用於表示某物發生的頻率、持續多久或需要多長時間：

moment	hour	week	year
second	day	fortnight	decade
minute	night	month	century

fortnight 只用單數。***moment*** 不與數詞連用，因為它不表示精確的時間段。所以，比如不能說 ***It took five moments*** 。

美式英語裏不用 ***fortnight*** ，用 ***two weeks***（兩週）代替。

代表一天中的時間段、一週的七天、月份以及季節等的詞也可以用，比如 ***morning***、***Friday***、***July*** 和 ***winter*** 。

時鐘時間也可以這麼用。

Talking about how frequently something happens 談論事情發生的頻率

4.114 有些狀語表示某事發生的大致次數：

again and again	ever	never	regularly
a lot	frequently	normally	repeatedly
all the time	from time to time	occasionally	seldom
always	hardly ever	often	sometimes
constantly	infrequently	over and over	sporadically
continually	intermittently	periodically	usually
continuously	much	rarely	

*I **never** did my homework on time.* 我從來沒有按時完成家課。
***Sometimes** I wish I was back in Africa.* 有時候我希望回到非洲。
*We were **always** being sent home.* 我們老是被遣送回家。
*He laughed **a lot**.* 他常常大笑。

never 是否定副詞。

*She **never** goes abroad.* 她從不出國。

ever 僅用於疑問句、否定句和 ***if***-從句。

*Have you **ever** been to a concert?* 你去聽過音樂會嗎？

much 通常與 ***not*** 連用。

*The men did**n't** talk **much** to each other.* 這些男人互相交談不多。

有些頻率副詞，比如 ***often*** 和 ***frequently*** ，也可用於比較級和最高級。

*Disasters can be prevented **more often** than in the past.* 現在比過去更能預防災難。
*I preached much **more often** than that.* 我佈道的次數遠遠不止那麼多。
*They cried for their mothers **less often** than might have been expected.* 他們哭喊着要媽媽的次數沒有預料中的多。
*...the mistakes that we make **most frequently**.* ……我們最常犯的錯誤

4.115 要表示某事發生的次數，可以用一個具體數字、***several*** 或 ***many*** 後接 ***times*** 。

*We had to ask **three times**.* 我們不得不問了 3 次。
*It's an experience I've repeated **many times** since.* 這是我此後反覆經歷過的事情。
*He carefully aimed his rifle and fired **several times**.* 他用步槍仔細瞄準，然後開了好幾槍。

如果使用的數字是 ***one*** ，則在這個結構中用 ***once***（不是 ***one time***）；數字如果是 ***two*** ，則用 ***twice*** 。

*I've been out with him **once**, that's all.* 我和他只出去過一次，就只是這樣。
*The car broke down **twice**.* 這輛車壞了兩次。

如果某事經常發生，可用 ***a*** 加一個指時間段的詞表示此事在一個時間段內發生的次數。

*The group met **once a week**.* 這個小組每週見一次面。
*You only have a meal **three times a day**.* 你一天只吃三頓飯。
*The committee meets **twice a year**.* 委員會一年開兩次會。

也可用 ***once*** 之類的頻率副詞加上以 ***every*** 開頭的時間單位，表示某事在此時間單位內經常發生的具體次數。

*The average Briton moves house **once every seven and a half years**.* 英國人平均每隔七年半搬一次家。
*We meet **twice every Sunday**.* 我們每個星期天見面兩次。
***Three times every day**, he would come to the kiosk to check that we were all right.* 每天三次，他會到售貨亭來看看我們是否一切都好。

如果一個事件在一天的特定時間段經常發生，可用此時間段代替 ***times***：

*I used to go in **three mornings a week**.* 我過去常常一星期三個上午去辦公室。
*He was going out **five nights a week**.* 他每週外出五個晚上。

a 加上普通時間詞也可表示固定的頻率或數量。***Per*** 有時用來代替 ***a***，特別是在技術語境裏。

*He earns about **£1,000 a week**.* 他每週大約掙 1,000 英鎊。
*I was only getting **three hours of sleep a night**.* 我每晚只入睡三個小時。
*...rising upwards at the rate of **300 feet per second**.* ……以每秒 300 英尺的速度上升
*He hurtles through the air at **600 miles per hour**.* 他以每小時 600 英里的速度在空中掠過。

estimating frequency 估計頻率

4.116 如果想比較籠統地談論某事發生的頻率，可用下列詞語之一：***almost***、***about***、***nearly***、***or so***、***or less*** 和 ***or more***。

almost 和 ***about*** 可放在 ***every*** 之前。

*In the last month of her pregnancy, we went out **almost** every evening.* 在她懷孕的最後一個月裏，我們幾乎每天晚上都外出。

almost 也可放在從普通時間詞派生出來的 ***-ly*** 時間副詞之前，比如 ***monthly***、***weekly*** 和 ***daily***。

*Small scale confrontations occur **almost** daily in many states.* 小規模的衝突在許多國家幾乎天天發生。

or so、***or less*** 和 ***or more*** 用在頻率表達式之後，但不放在頻率副詞後面。

*Every hour **or so**, my shoulders would tighten.* 每一小時左右，我的肩膀會收緊。
*If the delay is two hours **or more**, the whole cost of the journey should be refunded.* 如果延遲兩個小時以上，旅費將全部退還。

regular intervals 固定間隔

4.117 如果想表示某事每隔一定時間發生，可用 ***every*** 後接普通或特定時間單位。***each*** 有時用來代替 ***every***。

*We'll go hunting **every day**.* 我們會天天去打獵。
*You get a lump sum and you get a pension **each week**.* 你一次性得到一筆錢，然後每週領取退休金。
*Some people write out a new address book **every January**.* 有些人每年一月寫下新的通訊錄。

every 也可與數詞和時間單位的複數連用。

***Every five minutes** the phone would ring.* 每隔 5 分鐘電話就會響。

也可用 ***every*** 和 ***each*** 表達某事的平均頻率或數量。

*One fighter jet was shot down **every hour**.* 每小時有一架噴射式戰鬥機被擊落。
*...the 300,000 garments the factory produces **each year**.* ……這家工廠每年生產的 30 萬件衣服

Usage Note 用法説明

4.118 如果某事在一個時間段發生，在下一個時間段不發生，然後在下一個時間段再次發生，並如此進行下去，可用 ***every other*** 後接時間單位或特定的時間詞表示。***every second*** 有時用來代替 ***every other***。

*We wrote to our parents **every other day**.* 我們每隔一天給父母寫信。
*Their local committees are usually held **every other month**.* 他們的地方委員會通常每隔一個月召開一次會議。
*He used to come and take them out **every other Sunday**.* 他過去常常每隔一個星期天來帶他們出去。
*It seemed easier to shave only **every second day**.* 每兩天只刮一次臉似乎更容易。

也可用含 ***alternate*** 和複數時間詞的介詞短語。

***On alternate Sunday nights**, I tell the younger children a story.* 在隔週的星期天晚上，我給年齡小一點的孩子們講一個故事。
*Just do some exercises **on alternate days** at first.* 一開始你只需要隔天做一些運動。

particular occurrences of an event 事件發生的具體情況

4.119 副詞 ***first***、***next*** 和 ***last*** 用於表示事件發生的階段。

first、***the first time*** 和 ***for the first time*** 可表示事件的第一次發生。

*He was, I think, in his early sixties when I **first** encountered him.* 我認為，在我第一次遇到他的時候，他 60 歲出頭。
*They had seen each other **first** a week before, outside this hotel.* 一星期以前他們第一次見了面，在這個酒店外面。
*...the tactical war games which were **first** fought in Ancient Greece.* ……首次在古希臘舉行的戰術戰爭遊戲

*It rained heavily twice while I was out. **The first time** I sheltered under a tree, but the second time I walked through it.* 我在外面的時候下了兩次大雨。第一次我躲了在一棵樹下，但第二次我冒雨步行。
***For the first time** Anne Marie felt frightened.* 安妮・瑪麗第一次感到了害怕。

for the first time 與 ***in*** 和普通時間詞的複數形式連用，可表示很久未發生的事件或情況再次出現。

*He was happy and relaxed **for the first time in years**.* 多年來他第一次感到輕鬆愉快。

將來發生的情況用 ***next time*** 或 ***the next time*** 表示。

*Don't do it again. I might not forgive you **next time**.* 別再這樣做了。下次我可能不會原諒你。
***The next time** I come here, I'm going to be better.* 下次我來這裏，我會更好的。

next 在陳述句中表示將來的用法在 4.63 小節論述。

事件的最近一次發生可用副詞 ***last*** 或名詞短語 ***last time*** 或 ***the last time*** 表示。

*He seemed to have grown a lot since he **last** wore it.* 自從他上次穿了它以後，他似乎長大了不少。
*He could not remember when he had **last** eaten.* 他不記得上次吃東西是在甚麼時候。
*When did you **last** see him?* 你上次見到他是甚麼時候？
*You did so well **last time**.* 你上次做得好極了。

最後一次發生可用 ***for the last time*** 表示。

***For the last time** he waved to the three friends who watched from above.* 他最後一次向在上面觀看的三個朋友揮手。

last 在陳述句中表示過去的用法在 4.41 小節論述。

也可用 ***before***、***again*** 以及含序數詞和 ***time*** 的名詞短語，表示事件是第一次發生還是以前已經發生過。

before 與動詞的完成形式連用可表示某事是首次發生還是再次發生。

*I've never been in a policeman's house **before**.* 我以前從來沒有到過警察的家裏。
*He's done it **before**.* 他以前做過這個。

副詞 ***again*** 用於談論事件的第二次發生或隨後發生。序數詞可與 ***time*** 一起用於名詞短語或更正式的 ***for*** 介詞短語，具體説明一個重複事件的某一次發生。

*Someone rang the front door bell. He stood and listened and heard it ring **again** and then **a third time**.* 有人按響了前門的門鈴。他站起來聽，聽到又響了一次，然後是第三次。

*We have no reliable information about that yet, he found himself saying **for the third time**.* 對此我們還沒有可靠的消息，他發現自己不知不覺説了第三遍。

-ly time adverbs
-ly 時間副詞

4.120 有些普通時間詞可加上 ***-ly*** 變為副詞，用於表示事件的頻率。

hourly	weekly	monthly	yearly
daily	fortnightly	quarterly	

注意 ***daily*** 的拼寫。副詞 ***annually*** 和形容詞 ***annual*** 與 ***yearly*** 同義。

*It was suggested that we give each child an allowance **yearly** or **monthly** to cover all he or she spends.* 有人建議我們按年或按月給每個孩子零用錢，以支付他們的所有花費。
*She phones me up **hourly**.* 她每小時給我打電話。

同樣的這些詞還可用作形容詞。

*To this, we add a **yearly** allowance of £65.00 towards repairs.* 除此之外，我們每年加上 65 英鎊用於維修。
*The media gave us **hourly** updates.* 媒體給我們每小時更新一次消息。
*They had a long-standing commitment to making a **weekly** cash payment to mothers.* 他們作出了給母親們每週支付現金的長期承諾。

prepositional phrases
介詞短語

4.121 含特定時間詞複數形式的介詞短語也可用於表示頻率。例如，***on*** 與一週的七天連用；***during*** 和 ***at*** 與 ***weekends*** 連用。

*We've had teaching practice **on Tuesdays** and lectures **on Thursdays**.* 我們每週二進行了教學實習，每週四聽了講座。
*She does not need help with the children **during weekends**.* 週末她不需要別人幫忙照顧孩子。
*We see each other **at weekends**.* 我們每個週末見面。

在美式英語以及非正式的英式英語裏，特定時間詞的複數形式可不帶 ***on***。

*She only works **Wednesdays** and **Fridays**.* 她只在週三和週五工作。
***Thursday mornings** I volunteer at the local senior center.* 每週四上午我在本地的老人中心做志願者。
*His radio program broadcasts **Friday nights** at nine.* 他的廣播節目每週五晚上 9 點播出。

in 與一天中的時間段連用，***night*** 除外。

*I can't work full time. I only work **in the afternoons**, I have lectures **in the mornings**.* 我不能全職工作。我只在下午工作，上午我要聽課。
*Harry Truman loved to sit in an old rocking chair **in the evenings** and face the lawns behind the White House.* 哈里・杜魯門晚上喜歡坐在一張舊搖椅上，面向白宮後面的草坪。

development and regular occurrence 進展和定期發生

4.122 要表示某事逐漸發生或定期發生，可用普通時間詞加 ***by*** 後接同一個普通時間詞。

She was getting older year by year, lonelier and more ridiculous. 她一年比一年老，越來越孤獨，越來越可笑。

Millions of citizens follow, day by day, the unfolding of the drama. 數以百萬計的國民日復一日地跟蹤着劇情的發展。

逐漸的進展也可用副詞 ***increasingly*** 和 ***progressively*** 表示。

*...the computers and information banks on which our world will **increasingly** depend.* ……我們這個世界將越來越依賴的電腦和情報庫
*His conduct became **increasingly** eccentric.* 他的行為變得越來越怪異了。
*As disposable income rises, people become **progressively** less concerned with price.* 隨着可支配收入的增加，人們逐漸變得不那麼關心價格了。

Talking about how long something lasts 談論某事物持續的時間

4.123 下面這部分解釋表示某事物持續多久或需要多長時間的方法。

某些副詞和狀語表達式用於表示一個事件或狀態持續多久。下面這些副詞用於表示持續時間：

always	forever	long	permanently
briefly	indefinitely	overnight	temporarily

*She glanced **briefly** at Lucas Simmonds.* 她短暫地瞥了盧卡斯・西蒙茲一眼。
*You won't live **forever**.* 人不可能長生不老。
*The gates are kept **permanently** closed.* 大門永遠保持關閉。

briefly 和 ***permanently*** 可用比較級。

*This new revelation had much the same outward effect, though **more briefly**.* 這個新披露的真相有大致相同的表面效果，儘管更加簡短。
*This is something I would like to do **more permanently**.* 這是我想做得更長久一些的事。

long 作副詞僅用於否定句和疑問句。

*I haven't been in England **long**.* 我到英格蘭的時間不長。
*How **long** does it take on the train?* 坐火車要多長時間？

在肯定句裏，***long*** 用於 ***a long time*** 等表達式以及 ***for a long time*** 等介詞短語。但是，比較級和最高級形式 ***longer*** 和 ***longest*** 可用於肯定句和否定句。

*Then of course you'll go with Parry. She's been your friend **longer**.* 那當然你會和帕里一起去。她做你的朋友時間更長。
*I've been thinking about it a lot **longer** than you.* 我考慮這件事的時間比你長多了。

She remained ***the longest****.* 她停留的時間最長。

for long 可用於肯定句和否定 ***if-***從句。

If she's away ***for long*** *we won't be able to wait.* 如果她離開的時間很長，我們就無法等下去。

prepositional phrases 介詞短語

4.124　但是，介詞短語更常用。下列介詞短語用在持續狀語中：

after	for	in	throughout	until
before	from	since	to	

介詞賓語可以是表示特定時間段的名詞短語，其形式在限定詞 ***a***（或 ***one*** 用於強調）之後可以是單數，在數詞或量詞短語之後可以是複數。

名詞短語也可指一個不確定的時間段，比如表達式 ***a long time***、***a short while***、***a while*** 或 ***ages***，或 ***hours*** 之類的複數時間詞。

for: for length of time for 用於時間長度

4.125　介詞 ***for*** 表示某事持續發生的時間長度。

Is he still thinking of going away to Italy ***for a month****?* 他還在考慮去意大利一個月嗎？
The initial battle continued ***for an hour****.* 最初的戰鬥持續了一個小時。
This precious happy time lasted ***for a month or two****.* 這段寶貴的快樂時光持續了一兩個月。
For the next week*, she did not contact him.* 在接下來的一週，她沒有聯繫他。
We were married ***for fifteen years****.* 我們結婚 15 年了。
I didn't speak ***for a long time****.* 我很長時間沒有説話。
She would have liked to sit ***for a while*** *and think.* 她本來是想坐着思考一會兒的。

如果該時間段已知，就用 ***the*** 代替 ***a*** 與季節、一天的時間段或 ***weekend*** 連用。如果修飾時間詞的是 ***past***、***coming***、***following***、***next***、***last*** 之類的詞或序數詞（ordinal），也用 ***the*** 代替 ***a***。

Tell Aunt Elizabeth you're off ***for the day****.* 告訴伊麗莎白阿姨你休息一天。
We've been living together ***for the past year****.* 在過去的一年裏，我們一直住在一起。
For the first month or two *I was bullied constantly.* 頭一兩個月，我不斷地遭到欺負。
For the next few days *he had to stay in bed.* 在接下來的幾天裏，他不得不臥牀。
Put them in cold storage ***for the winter****.* 把它們冷藏過冬。
I said I'm off to Brighton ***for the weekend****.* 我説我去布萊頓度週末。

記住，限定詞不與一年中的特殊時間段連用。

At least come ***for Christmas****.* 至少要來過聖誕節。

4.126 ***for*** 也可與特定的時間狀語連用，表示某物將被使用的時間，而不是某事需要多長時間或持續多久。

Everything was placed exactly where I wanted it ***for the morning****.* 每樣東西都放在了我希望在早上放置的位置。

4.127 ***for*** 也可用於否定陳述句，表示某事直到一段時間過去才有必要發生或才會發生。後面常常加上 ***yet*** 。

It won't be ready to sail ***for another three weeks****.* 再過三個星期才能準備好開船。
I don't have to decide ***for a month yet****.* 我一個月以後才需要作決定。

for: for emphasis
for 用於強調

4.128 ***for*** 與複數名詞短語連用可強調某事持續多久。

Settlers have been coming here ***for centuries****.* 幾個世紀以來一直有移民來這裏。
I don't think he's practised much ***for years****.* 我認為他已多年沒怎麼練習了。
I've been asking you about these doors ***for months****.* 我問你這些門的事情已經有好幾個月了。

4.129 普通時間詞加上 ***after*** 後接同一個普通時間詞，也可強調一種狀態持續了很長時間或一個動作在很長時間內反覆發生。

I wondered what kept her in Paris ***decade after decade****.* 我在想是甚麼讓她在巴黎住了一個十年又一個十年。
They can go on making losses, ***year after year****, without fearing that they will go bust.* 他們會年復一年地虧損，不用擔心他們會破產。

in and within for end of a period
in 和 within 用於一段時間的結束

4.130 ***in*** 用於表示某事發生或將會發生在某個時間段結束之前。在比較正式的英語裏，則用 ***within*** 。

Can we get to the airport ***in an hour****?* 我們能在一小時之內趕到機場嗎？
That coat must have cost you more than I earn ***in a year****.* 你在那件外套上花的錢肯定比我一年掙的還多。
The face of a city can change completely ***in a year****.* 一個城市的面貌能在一年內徹底改變。
They should get the job finished ***within a few days****.* 他們應該會在幾天內完成工作。

4.131 ***in*** 和 ***within*** 也用於表示某事只用了很短的時間。

The clouds evaporated ***in seconds****.* 雲在幾秒鐘內就消散了。
What an expert can do ***in minutes*** *may take you hours to accomplish.* 一個專家幾分鐘就能做的事，你可能需要幾小時才能完成。
Within a few months*, the barnyard had been abandoned.* 不到幾個月，這個穀倉場院就被廢棄了。

for and in with general or specific time
for 和 in 用於一般或特定時間

4.132 ***for*** 和 ***in*** 可用於否定陳述句，表示在一個時間段內某事沒有發生。在這個用法中，***for*** 和 ***in*** 可與具體的時間單位連用，也可與一般的時間表達式連用。

He hadn't had a proper night's sleep ***for a month****.* 他已經有一個月沒好好睡過一個晚上的覺了。
I haven't seen a chart ***for forty years****!* 我已經有 40 年沒看過一張圖表了！
The team had not heard from Stabler ***in a month****.* 小組已經一個月沒聽到斯特布勒的音信了。
He hasn't slept ***in a month****.* 他 1 個月沒睡覺了。
I haven't seen him ***for years****.* 我好多年沒見到他了。
Let's have a dinner party. We haven't had one ***in years****.* 我們舉辦一次家庭晚宴吧。我們已經有好幾年沒舉辦過了。
I haven't fired a gun ***in years****.* 我多年沒有開過槍了。

noun phrases that express duration
名詞短語表示持續時間

4.133 注意，對於含持續義的動詞 ***last***、***wait*** 和 ***stay***，狀語可以用名詞短語代替 ***for*** 引導的介詞短語。

The campaign ***lasts four weeks*** *at most.* 這場戰役最多持續四個星期。
His speech ***lasted for exactly 14 and a half minutes****.* 他的演講整整持續了 14 分鐘半。
*'****Wait a minute****,' the voice said.* "等一下。" 那個聲音說道。
He ***stayed a month****,* ***five weeks****,* ***six weeks****.* 他留了一個月，五個星期，六個星期。

動詞 ***take*** 和 ***spend*** 也可用於表示持續，但狀語只能是名詞短語。

It ***took*** *me* ***a month*** *to lose that feeling of being a spectator.* 我花了一個月才擺脱了當旁觀者的那種感覺。
What once ***took a century*** *now* ***took only ten months****.* 曾經需要一個世紀的現在只需要 10 個月。
He ***spent five minutes*** *washing and shaving.* 他花了 5 分鐘時間梳洗和剃鬚。

approximate duration
大致的持續時間

4.134 如果不想精確說明某事持續的時間，可用下列詞語之一：***about***、***almost***、***nearly***、***around***、***more than***、***less than*** 等等。

They've lived there for ***more than*** *thirty years.* 他們在那裏住了 30 多年。
They have not been allowed to form unions for ***almost*** *a decade.* 他們差不多有 10 年時間未獲得允許成立工會。
The three of us travelled around together for ***about*** *a month that summer.* 那年夏天，我們三個人一起到處旅行了大約一個月。
In ***less than*** *a year, I learned enough Latin to pass the entrance exam.* 在一年不到的時間內，我學會了足夠的拉丁語，通過了入學考試。
He had been in command of HMS Churchill for ***nearly*** *a year.* 他指揮英國皇家艦艇"邱吉爾號"接近一年了。

對某事持續的時間作一般性陳述時，可用 ***up to*** 表示事情將延續或需要的最長時間。

*Refresher training for **up to** one month each year was the rule for all.* 每年最多一個月的進修培訓是適用於所有人的通例。

也可用 ***or so***、***or more***、***or less*** 和 ***or thereabouts*** 之類的表達式表示不太確定的時間。

*He has been writing about tennis and golf for forty years **or so**.* 他寫關於網球和高爾夫球的文章已經有 40 年左右了。
*Our species probably practised it for a million years **or more**.* 我們人類一直做這事可能有 100 萬年或更長時間。
*...hopes which have prevailed so strongly for a century **or more**.* ……一個世紀或更長時間以來一直如此強烈的希望。

almost、***about***、***nearly*** 和 ***thereabouts*** 也用於談論事件發生的時間，詳見 4.100 小節。

Talking about the whole of a period 談論整個時間段

4.135 如果想強調某事在整個時間段內持續發生，可用 ***all*** 作限定詞與很多普通時間詞連用。

*'I've been wanting to do this **all day**,' she said.* "我一整天都在想做這個，" 她說。
*I've been here **all night**.* 我整夜都在這裏。
*They said you were out **all afternoon**.* 他們說你整個下午都在外面。
*We've not seen them **all summer**.* 我們整個夏天都沒見到他們。

也可在普通時間詞前面用 ***whole*** 作修飾語。

*It took me **the whole of my first year** to adjust.* 我花了整整第一年時間來調整。
*...scientists who are monitoring food safety **the whole time**.* ……一直在監控食品安全的科學家們
*...people who have not worked for **a whole year**.* ……整整一年沒有工作的人

all through、***right through*** 和 ***throughout*** 也可與 ***the*** 以及很多普通時間詞連用，或者與特定的十年期、年份、月份或特殊的時間段連用。

*Discussions and arguments continued **all through the day**.* 討論和爭論持續了一整天。
***Right through the summer months** they are rarely out of sight.* 在整個夏季的幾個月裏，他們很少從視線中離開。
***Throughout the Sixties**, man's first voyage to other worlds came closer.* 在整個 60 年代，人類離首次去其他世界的航行更接近了。

表示事件的詞有時代替時間詞，強調某事在事件的整個持續過程中發生。

*He wore an expression of angry contempt **throughout the interrogation**.* 在整個審訊過程中，他臉上始終帶着憤怒的鄙視。
*A patient reported a dream that had recurred **throughout her life**.* 一位病人報告說她做了一個在她一生中反覆出現的夢。

***All through the cruelly long journey home**, he lay utterly motionless.* 在整個痛苦漫長的回家旅途中，他一直躺着一動不動。

4.136　如果想強調某事一直發生，可列出一天中的時間段或一年中的季節，或提及相互對照的時間段。

*...people coming in **morning, noon, and night**.* ……上午、中午和晚上來的人
*I've worn the same suit **summer, winter, autumn and spring**, for five years.* 我春夏秋冬穿同一套衣服，穿了五年。
*Thousands of slave labourers worked **night and day** to build the fortifications.* 成千上萬的奴隸勞工日以繼夜地進行防禦工程。
*Ten gardeners used to work this land, **winter and summer**.* 十個園丁過去常常在這塊地上耕作，不分冬夏。
*Each family was filmed **24 / 7** for six weeks.* 每個家庭被每天 24 小時連續拍攝了 6 個星期。

24/7 是一個縮寫，代表一天 24 小時一週 7 天，用於非正式英語以及新聞報道。

Showing the start or end of a period 表示時間段的開始或結束

start time 開始時間

4.137　要表示情況持續的時間長度，也可使用介詞短語指出情況的開始或結束時間或起止時間。

如果想談論一個始於過去的情況現在仍在繼續，或考慮從過去的一個時間到現在這段情況，可用介詞 ***since*** 加時間狀語或事件，表示情況的開始時間。動詞用現在完成時。

*I've been here **since twelve o'clock**.* 我從 12 點起一直在這裏。
*I haven't had a new customer in here **since Sunday**.* 從星期天以來，我這裏還沒來過一個新顧客。
***Since January**, there hasn't been any more trouble.* 自 1 月份以來，沒有發生更多的麻煩。
*I haven't been out **since Christmas**.* 自聖誕節以後我一直沒出過門。
*The situation has not changed **since 2001**.* 自 2001 年起，情況沒有改變。
*There has been no word of my friend **since the revolution**.* 自從革命發生後，還沒有我朋友的消息。

since 也用於表示在過去結束的情況的開始時間。動詞用過去完成時。

*I'd been working in London **since January** at a firm called Kendalls.* 從 1 月份起，我一直在倫敦一家名為肯德爾斯的公司工作。
*He hadn't prayed once **since the morning**.* 他從早上起一次也沒祈禱過。
*I'd only had two sandwiches **since breakfast**.* 早餐後我只吃了兩份三元治。

since 也可與其他表示時間點的介詞短語連用。

*I haven't seen you **since before the summer**.* 從夏天前到現在，我一直沒見到你。

since 後面的名詞短語有時可指人或物，而不是時間或事件，在與最高級、***first*** 或 ***only*** 或否定式連用時尤其如此。

They hadn't seen each other ***since Majorca****.* 他們自從離開馬略卡以後沒見過面。
I have never had another dog ***since Jonnie****.* 自從喬妮走了以後，我沒再養過狗。
Ever ***since London****, I've been working towards this.* 自從離開倫敦後，我一直在為此而努力。

4.138 情況的開始時間也可用介詞 ***from*** 加副詞 ***on*** 或 ***onwards*** 表示。名詞短語可以是日期、事件或時間段。動詞可以用一般過去時或完成形式。

...the history of British industry ***from the mid sixties on****.* ……從 60 年代中期起的英國工業史
From the eighteenth century on*, great private palaces went up.* 從 18 世紀開始，宏大的私人宮殿開始興建。
But ***from the mid-1960s onwards*** *the rate of public welfare spending has tended to accelerate.* 但是從 20 世紀 60 年代中期往後，公共福利支出的速度有不斷加快的傾向。
The family size starts to influence development ***from birth****.* 家庭規模開始影響出生以後的發育。
They never perceived that they themselves had forced women into this role ***from childhood****.* 他們從來沒有認識到，他們自己迫使婦女從童年起就接受這個角色。
...the guide who had been with us ***from the beginning****.* ……從一開始就和我們在一起的嚮導

4.139 也可用介詞 ***after*** 説明情況的開始時間。

They don't let anybody in ***after six o'clock****.* 他們 6 點鐘以後不允許任何人進入。
After 1929 *I concentrated on canvas work.* 1929 年以後，我專注於帆布刺繡。
He'd have a number of boys to help him through the summertime but ***after October*** *he'd just have the one.* 整個夏季他會有好幾個男孩來幫助他，但是 10 月份過後他就只有這一個了。

end time 結束時間

4.140 同樣，如果想表示情況持續一段時間後停止，可用介詞 ***until*** 加時間狀語或事件説明結束時間。

The school was kept open ***until ten o'clock*** *five nights a week.* 學校每星期五個晚上一直開門到 10 點。
They danced and laughed and talked ***until dawn****.* 他們跳舞談笑，直到天明。
She walked back again and sat in her room ***until dinner****.* 她又走了回來，在房間裏一直坐到吃晚飯。

*I've just discovered she's only here **until Sunday**.* 我剛發現她只在這裏留到星期天。
*He had been willing to wait **until the following summer**.* 他願意等到第二年夏天。
***Until the end of the 18th century** little had been known about Persia.* 直到 18 世紀末，人們對波斯所知甚少。
***Until that meeting**, most of us knew very little about him.* 直到那次會面以前，我們中的大部分人對他了解甚少。

until 也可用於否定句，表示某事在特定時間之前未發生或不會發生。

*We won't get them **until September**.* 我們要到 9 月份才能得到它們。
*My plane does not leave **until tomorrow morning**.* 我的航班明天早上才起飛。

until 也可與其他表示時間點的介詞短語連用。

*I decided to wait **until after Easter** to visit John.* 我決定等到過了復活節去看約翰。

有些人用 ***till*** 代替 ***until***，尤其是在非正式英語裏。

*Sometimes I lie in bed **till nine o'clock**.* 有時我在牀上躺到 9 點鐘。

有時也用 ***up to*** 和 ***up till***，主要用在 ***now*** 和 ***then*** 之前。

***Up to now**, I have been happy with his work.* 到目前為止，我對他的工作很滿意。
*It was something he had never even considered **up till now**.* 這是到目前為止他甚至從未考慮過的事情。

*I had a three-wheel bike **up to a few years ago** but it got harder and harder to push it along.* 直到幾年前我還有一輛三輪自行車，但越來越難向前推。
***Up to 1989**, growth averaged 1 per cent.* 直到 1989 年，增長平均為 1%。

4.141 介詞 ***before*** 也可用於表示情況的結束時間。

***Before 1716** Cheltenham had been a small market town.* 1716 年以前，切爾滕納姆是一個小集鎮。

start and end times 開始和結束時間

4.142 情況或事件的持續時間可以通過說明其起止時間表示。可用 ***from*** 表示開始時間，用 ***to***、 ***till*** 或 ***until*** 表示結束時間。

*The Blitz on London began with nightly bombings **from 7 September to 2 November**.* 對倫敦的空襲以夜間轟炸開始，從 9 月 7 日持續到 11 月 2 日。
*They are active in the line **from about January until October**.* 他們從大約 1 月到 10 月一直活躍在第一線。
*They seem to be working **from dawn till dusk**.* 他們好像從早到晚都在工作。

也可用 ***between*** 和 ***and*** 代替 ***from*** 和 ***to***。

The car is usually in the garage ***between Sunday and Thursday*** *in winter.* 冬天的時候，這輛車在星期天和星期四之間通常停在車房內。

在美式英語裏，***through*** 常常置於兩個時間之間：

The chat show goes out ***midnight through six a.m.*** 訪談節目從午夜播出一直到早上 6 點。

如果用數字指兩個時間或兩年，可以用短橫代替 ***from*** 和 ***to*** 把兩者隔開。

...open ***10–5*** *weekdays,* ***10–6*** *Saturdays and* ***2–6*** *Sundays.* ……工作日 10–5 點開放，星期六 10–6 點開放，星期天 2–6 點開放。

Using time expressions to modify nouns 用時間表達式修飾名詞

4.143 也可用含**基數詞** (cardinal number) 和普通時間詞的時間表達式修飾名詞。注意，時間詞上要加一撇 s。

Four of those were sentenced to ***15 days' detention****.* 那些人中的 4 個被判處 15 天拘留。
They want to take on staff with ***two years' experience****.* 他們希望僱用有兩年工作經驗的員工。

基數詞的這種用法在 2.231 小節論述。

4.144 時間表達式也可作**複合形容詞** (compound adjective) 修飾可數名詞。

They all have to start off with a ***six-month course*** *in German.* 他們都必須從為期 6 個月的德語課程開始。
I arrived at the University for a ***three-month stint*** *as a visiting lecturer.* 我來到那個大學做為期 3 個月的客座講師。

複合形容詞在 2.94 到 2.102 小節論述。

5 Varying the message: modals, negatives, and ways of forming sentences 改變句義：情態詞、否定詞及句子構造法

5.1　本章論述通過改變詞序或在動詞短語上添加其他詞來改變句子意義的三種方法。

5.2 到 5.46 小節說明如何構成陳述句、疑問句、命令以及建議。

5.47 到 5.91 小節說明如何使用**否定詞** (negative word) 表示某事物的反面或不存在某事物。

5.92 到 5.256 小節說明如何使用**情態詞** (modal) 表示可能性或說話者的態度。

Statements, questions, orders, and suggestions 陳述、疑問、命令以及建議

5.2　句子可用來做很多不同的事情。

最常見的用處是提供信息。

I went to Glasgow University. 我去格拉斯哥大學讀書。
Carol was one of my sister's best friends. 卡羅爾是我姐姐最好的朋友之一。

有時人們用句子獲得信息，而不是提供信息。

Where is my father? 我父親在哪裏？
What did you say to Myra? 你對邁拉說了甚麼？
How long have you been out of this country? 你離開這個國家有多長時間了？

在其他時候，人們希望表達觀點、發出命令、提出建議或作出承諾。

That's an excellent idea. 那是個極好的主意。
Go away, all of you. 你們全給我走開。
Shall we listen to the news? 我們要不要聽一下新聞？

If you have any questions, I'll do my best to answer them. 如果你有問題，我會盡我所能回答。

在說出或寫下一個句子的時候，人們需要說明想用它做甚麼，這樣就可以清楚地知道比如句子是用於提問而不是陳述。

word order
詞序

5.3 說明句子用途的常常是詞序。例如，***He is Norwegian***（他是挪威人）這句話的詞序清楚地表明說話者是在陳述；如果換成 ***Is he Norwegian?***（他是挪威人嗎？），句子的詞序則表示說話者是在提問。

另一種說明句子用途的方法是在句首用動詞不用主語。例如，***Give this book to Michael***（把這本書交給米高）清楚表明說話者是在發出命令或指示，而不是在陳述或提問。

statements, questions, and orders
陳述句、疑問句以及命令

5.4 在英語裏，有三種主要方式表示用的是甚麼句子類型。這些句子類型用於構成陳述句、疑問句以及祈使句。

陳述式（declarative）用於大多數主句。陳述句幾乎總是用陳述式表示。如果句子是陳述句，主語放在動詞前面。

陳述式有時稱為**直陳式**（indicative）。

I want *to talk to Mr Castle.* 我想和卡斯爾先生談談。
Gertrude looked *at Anne.* 格特魯德看着安妮。
We'll give *you fifteen pounds now.* 現在我們要給你 15 英鎊。

疑問式（interrogative）通常用於疑問句。在疑問句中，主語常常放在主要動詞或助動詞之後。

Is she *very upset?* 她是不是生氣了？
Where ***is my father****?* 我父親在哪裏？
Have you *met Harry?* 你遇到哈里了嗎？
Did you *give him my letter?* 你把我的信給他了嗎？

祈使式（imperative）用於試圖指揮某人的行動。在祈使句中，主語通常省略，動詞用**原形**（base form）。

Come back *this minute.* 立刻回來。
Show *me the complete manuscript.* 給我看完整的手稿。

還有第四種形式，稱為**虛擬式**（subjunctive）。這是英語動詞的一個特徵，有時出現在從句裏。虛擬式不用於區分語言的不同用途，因此不在本章討論。使用虛擬式的從句在 7.43、8.41 和 8.48 小節論述。

5.5 這些不同結構的使用方法在以下幾節論述。

5.6 到 5.9 小節說明使用陳述式進行陳述的方法。5.10 到 5.34 小節說明疑問式如何用於提問。5.35 到 5.39 小節說明如何使用祈使式試圖指揮某人的行動。

陳述式、疑問式和祈使式的其他用法在 5.40 到 5.46 小節論述。

Making statements: the declarative form 進行陳述：陳述式

giving information
提供信息

5.6 提供信息的時候用**陳述式**（declarative）。

We ate dinner at six. 我們在 6 點鐘吃了晚飯。
I like reading poetry. 我喜歡讀詩。
Officials have refused to comment. 官員們拒絕置評。

expressing opinions 表達觀點

5.7　表達觀點的時候通常也用陳述式。

I think she is a brilliant writer. 我認為她是個才華橫溢的作家。
It's a good thing Father is deaf. 父親耳聾是件好事。
He ought to have let me know he was going out. 他本該讓我知道他要出去。

making promises 作出承諾

5.8　作出承諾可用陳述式。

I shall do everything I can to help you. 我將盡我所能幫助你。
I'll have it sent down by special delivery. 我會通過特種快遞把它寄出。

emphasis 強調

5.9　把 ***do***、***does*** 或 ***did*** 放在動詞原形 (base form) 之前可強調陳述。

*I **do feel** sorry for Roger.* 我真的為羅傑感到難過。
*A little knowledge **does seem** to be a dangerous thing.* 一知半解的確是一件危險的事。
*He had no time to spend time with his family, but he **did bring** home a regular salary.* 他沒時間和家人在一起，但他確實帶回家一份固定薪水。

Asking questions: the interrogative form 提出問題：疑問式

5.10　提出問題時通常用疑問式 (interrogative)。

types of question 疑問句的類別

5.11　疑問句主要有兩類。

可用 ***yes*** 或 ***no*** 回答的疑問句稱為 ***yes / no-*** 疑問句。

'Is he your only child?' — 'Yes.' "他是你的獨子嗎？" —— "是的。"
'Are you planning to marry soon?' — 'No.' "你們打算很快結婚嗎？" —— "不。"
'Can I help you?' — 'Yes, I'd like to book a single room, please.' "要我幫忙嗎？" —— "好的，請給我訂一個單人房。"
'Are you interested in racing?' — 'Yes, I love it.' "你對賽車感興趣嗎？" —— "是的，我非常喜歡。"
'Are you a singer as well as an actress?' — 'No, I'm not a singer at all.' "你是一個歌手兼演員嗎？" —— "不，我根本不是歌手。"
'Do you like it?' — 'Yes, I really like it.' "你喜歡它嗎？" —— "是的，我真的很喜歡。"

對 ***yes / no-*** 疑問句的回答並不總是 ***yes*** 或 ***no***。例如，如果問某人 ***Do you read in bed?*** (你在牀上看書嗎？)，回答可能是 ***sometimes*** (有時) 或 ***never*** (從不)。如果問某人 ***Do you like jazz?*** (你喜歡爵士樂嗎？)，回答可能是 ***I think it's great*** (我認為好極了)。但是 ***Do you read in bed?*** 和 ***Do you like jazz?*** 仍然是 ***yes / no-*** 疑問句，因為 ***yes*** 和 ***no*** 是提問者期待得到的那類回答。***sometimes*** 可理解為語氣較弱的 ***yes*** 回答，***never*** 可理解為語氣較強的 ***no*** 回答，而 ***I think it's great*** 則可理解為語氣較強的 ***yes*** 回答。

yes / no- 疑問句在 5.12 到 5.20 小節詳述。

另一種主要疑問句以 ***wh*-**詞開頭，比如 ***what*** 、 ***where*** 或 ***when*** 。使用這類疑問句時，回答不可能是 ***yes*** 或 ***no*** 。

'Who gave you my number?' — 'Your mother did.' "誰把我的號碼給你了？" —— "是你母親。"
'Why didn't you ask me?' — 'I was afraid to.' "你為甚麼不問我？" —— "我害怕。"
'Where is he now?' — 'He's at university.' "現在他在哪裏？" —— "他在上大學。"

這類疑問句稱為 ***wh*-**疑問句。***wh*-**詞用在 ***wh*-**疑問句的句首作代詞或副詞時，稱為**疑問代詞** (interrogative pronoun) 或**疑問副詞** (interrogative adverb)。

***wh*-** 疑問句在 5.21 到 5.34 小節論述。

yes / no-questions *yes / no*-疑問句

position of auxiliary verbs 助動詞的位置

5.12 在 ***yes / no*-**疑問句裏，如果有助動詞，助動詞放在第一位，後接主語，然後是主要動詞。

Are you staying *here, by any chance?* 或許你會留在這裏？
Will they win *again?* 他們會再次獲勝嗎？
Will they like *my garden?* 他們會喜歡我的花園嗎？
Can he read *yet?* 他識字了嗎？

如果助動詞不止一個，第一個助動詞置於句首，後接主語，然後是其他動詞。

Had he been murdered*?* 他被謀殺了嗎？
Has it been thrown away*, perhaps?* 也許它已經被扔掉了？

關於助動詞的說明，參見附錄的參考部分。

5.13 若沒有助動詞，則把 ***do*** 、 ***does*** 或 ***did*** 放在句首，置於主語之前，後接主要動詞的原形。

Do you understand *what I'm saying?* 你明白我在說甚麼嗎？
Does it hurt *much?* 痛得厲害嗎？
Did you meet *George in France?* 你在法國時見到佐治了嗎？

注意，如果主要動詞是 ***do*** ，仍然把 ***do*** 、 ***does*** 或 ***did*** 放在句首，置於主語之前。

Do they do *the work themselves?* 這工作是他們自己做的嗎？
Does David do *this sort of thing often?* 大衛經常做這類事情嗎？

be and have as main verbs
be 和 have 作主要動詞

5.14 如果動詞是 ***be***，則不用 ***do***。只要把動詞放在句首，後接主語即可。

Are you *okay?* 你沒事吧？
Is she *Ricky's sister?* 她是瑞奇的妹妹嗎？
Am I *right?* 我説的對嗎？
Was it *lonely without us?* 沒有了我們是不是很孤獨？

如果動詞是 ***have***，通常把 ***do***、***does*** 或 ***did*** 放在句首，置於主語之前。

Do passengers have *rights?* 乘客有權利嗎？
Does anyone have *a question?* 有沒有人要問問題？
Did you have *a good flight?* 你旅途愉快嗎？

但是，如果 ***have*** 用作 ***own*** 或 ***possess*** 解，則不必使用 ***do***、***does*** 或 ***did***。只要把 ***have***、***has*** 或 ***had*** 放在句首即可。這是略微正式的用法。

Have we *anything else we ought to talk about first?* 我們還有甚麼應該先討論的？
Has he *any idea what it's like?* 他知道那是甚麼樣子的嗎？

如果 ***have got*** 和 ***has got*** 用於 ***yes / no-*** 疑問句，可把 ***have*** 或 ***has*** 放在句首，後接主語和 ***got***。

Have you got *any brochures on Holland?* 你有關於荷蘭的小冊子嗎？
Has she got *a car?* 她有汽車嗎？

have got 和 ***has got*** 的用法在 3.15 小節論述。

Making a statement into a question: question tags
把陳述變為提問：附加疑問句

5.15 如果要求別人確認某事是真實的，可用陳述式進行陳述，然後加上 ***isn't it?*** 或 ***was she?*** 之類的表達式。這樣的結構稱為**附加疑問句** (question tag)。附加疑問句最常用於英語口語。

forming question tags
附加疑問句的構成

5.16 附加疑問句用助動詞或者 ***be*** 或 ***do*** 的一個形式後接表主語的人稱代詞構成。

如果主句是肯定的，附加疑問句用否定。否定附加疑問句總是用縮略式，除了在過時或非常正式的英語裏。

It is *quite warm,* ***isn't it****?* 今天很暖和，是不是？

如果主句是否定的，附加疑問句用肯定。

You didn't *know I was an artist,* ***did you****?* 你不知道我是藝術家，對不對？

如果陳述的主句含有助動詞，同一助動詞用於附加疑問句。

You will *stay in touch,* ***won't you****?* 你會保持聯繫的，對不對？

如果主句含 ***be*** 的一般過去式或一般現在式作主要動詞，同樣形式也用於附加疑問句。

They are, aren't they*?* 他們是的，不是嗎？

如果主句不含助動詞或動詞 ***be***，附加疑問句中用 ***do***、***does*** 或 ***did***。

After a couple of years ***the heat gets*** *too much,* ***doesn't it****?* 幾年以後暖氣變得受不了，對嗎？
He played *for Ireland,* ***didn't he****?* 他效力於愛爾蘭隊，對不對？

注意，含 ***I*** 的否定附加疑問句是 ***aren't I***，儘管 ***am*** 是主句的助動詞或主要動詞。

I'm *controlling it,* ***aren't I****?* 我在控制它，不是嗎？

checking statements 核實陳述

5.17 如果説話者對某事物有一個看法或信念，並且想核實其真實性，或了解別人是否同意，可先進行陳述，然後用附加疑問句把陳述變成疑問句。

如果作的是肯定陳述並且想核實其真實性，可用否定附加疑問句。

You like *Ralph a lot,* ***don't you****?* 你很喜歡拉爾夫，不是嗎？
They are *beautiful places,* ***aren't they****?* 這些地方很美，是不是？

如果作的是否定陳述並且想核實其真實性，可使用肯定附加疑問句。

It doesn't *work,* ***does it****?* 這行不通，對嗎？
You won't *tell anyone else all this,* ***will you****?* 你不會把這一切都告訴別人的，對嗎？

如果陳述中含有廣義否定詞、否定副詞或否定代詞，也可用肯定附加疑問句。

That ***hardly*** *counts,* ***does it****?* 那算不了甚麼，對嗎？
You've ***never*** *been to Benidorm,* ***have you****?* 你從來沒去過貝尼多姆，對嗎？
Nothing *had changed,* ***had it****?* 甚麼都沒有改變，對嗎？

replying to tags 對附加疑問句的回答

5.18 交談的另一方針對陳述的內容而非附加疑問句作出回答，可用 ***yes*** 確認肯定陳述，用 ***no*** 確認否定陳述。

*'****It became stronger****, didn't it?' — '****Yes it did.****'* "它變得更強大了，對嗎？" —— "沒錯。"
*'****You didn't know that****, did you?' — '****No.****'* "你不知道那個，對不對？" —— "對。"

other uses of question tags 附加疑問句的其他用法

5.19 如果進行關於自己的陳述，並且想核實交談的另一方是否有同樣的看法或感受，可在陳述後面用含 ***you*** 的附加疑問句。

I think *this is the best thing,* ***don't you****?* 我認為這是最好的東西，你説呢？
I love *tea,* ***don't you****?* 我愛喝茶，你不喜歡喝嗎？

附加疑問句也可用於表示對某人剛説過或暗示過的內容的反應，比如表示感興趣、吃驚或憤怒。注意，在肯定陳述後面用肯定附加疑問句。

You fell *on your back,* ***did you****?* 你仰面摔倒了，是嗎？
You've *been to North America before,* ***have you****?* 你以前去過北美洲，是麼？

*Oh, **he wants** us to make films as well, **does he**?* 哦，他還想要我們拍電影，是嘛？

如果用 ***let's*** 表示做某事，可加上附加疑問句 ***shall we*** 來確認對方同意自己所說的話。

***Let's** forget it, **shall we**?* 我們忘了它吧，好不好？

如果表示自己做某事並希望確認交談的另一方對此同意，可加上附加疑問句 ***shall I?*** 。

***I'll** call the doctor, **shall I**?* 我去叫醫生，好嗎？

如果要某人做某事，但不想使命令聽上去過於強硬，可用附加疑問句。這種附加疑問句通常是 ***will you*** ，但也可用 ***won't you*** 和 ***can't you*** 。

***Come** into the kitchen, **will you**?* 到廚房裏來，好嗎？
***Look** at that, **will you**?* 看看那個，好嗎？
***See** that she gets safely back, **won't you**?* 確保她能安全回來，好不好？

如果使用的是否定祈使句，可用 ***will you*** 作附加疑問句。

***Don't** tell Howard, **will you**?* 別告訴侯活，行嗎？

如果想表示對某個信息感興趣，也可在肯定陳述後面加上肯定附加疑問句，比如 ***are you?*** 。

*So, you're leaving us, **are you**?* 這麼說你要離開我們了，是嗎？
*He's a friend of yours, **is he**?* 他是你的一個朋友，對嗎？

either / or-questions 選擇疑問句

5.20 在提出問題的時候，有時會提及兩個或多個可能的答覆。這些可能的答覆用 ***or*** 連接。例如，說話者可能會問 ***Is he awake or asleep?***（他是醒着還是睡着了？）或 ***Do you like your coffee white or black?***（你要清咖啡還是奶咖啡？）。說話者期待實際的回答是自己提到的答覆之一。

詞、短語以及句子都可以這樣連接。

這樣的疑問句有時稱為選擇疑問句。

*'Is it **a boy or a girl**?' — 'A beautiful **boy**.'* “是男孩還是女孩？”——“是個漂亮的男孩。”
*'Was it **healthy or diseased**?' — '**Diseased**, I'm afraid.'* “是健康的還是有病的？”——“是有病的，很遺憾。”
*'**Shall we take the bus or do you want to walk?**' — Let's **walk**, shall we?'*
“我們坐公共汽車或是你想步行？”——“我們步行吧，好嗎？”

wh-questions wh-疑問句

5.21 在使用 ***wh-***疑問句向某人提問時，說話者希望對方明確說明特定的人、物、地點、理由、方法、時間或數量。提問者不指望對方用 ***yes*** 或 ***no*** 答覆。

wh-words
wh- 詞

5.22 *wh*-疑問句以 ***wh***-詞開頭。

Wh-詞是一組代詞、副詞和限定詞。除了 ***how*** 以外，這些詞全部以 ***wh-*** 開頭。下面是主要的 ***wh***-詞一覽表：

how	when	which	whom	why
what	where	who	whose	

wh-word as subject
wh- 詞作主語

5.23 如果 ***wh-*** 詞是動詞的主語或構成主語的一部分，句子的詞序與陳述式句子的相同，即主語在句首，後接動詞。

Who invited *you?* 誰邀請你了？
And then ***what happened****?* 然後發生了甚麼？
Which mattress is *best?* 哪款牀墊最好？

wh-word as object or adverb
wh-詞作賓語或副詞

5.24 如果 ***wh***-詞是動詞或介詞的賓語，或者構成賓語的一部分或用作副詞，主語的位置是其通常用於疑問式的位置，即置於句子的第一個動詞之後。

What ***am I*** *going to do without you?* 沒有了你我該怎麼辦呢？
Which graph ***are you*** *going to use?* 你想用哪一個圖表？
Why ***would Stephen*** *lie to me?* 為甚麼史提芬會對我撒謊？
When ***would you*** *be coming down?* 你甚麼時候能下來？

如果用的是除 ***be*** 以外任何動詞的**一般現在時**（present simple）或**一般過去時**（past simple），則把 ***do*** 、 ***does*** 或 ***did*** 放在主語之前。

What ***do you*** *really think?* 你到底是怎麼想的？
Which department ***do you*** *want?* 你想要哪個部門？
Where ***does she*** *live?* 她住在哪裏？
How ***do you*** *know what it's like?* 你怎麼知道它是甚麼樣的？
When ***did you*** *last see John Cartwright?* 你最後一次見到約翰・卡特賴特是甚麼時候？

如果用的是 ***be*** 的一般現在時或一般過去時，主要動詞放在主語之前，不用 ***do*** 、 ***does*** 或 ***did*** 。

Where ***is the station****?* 車站在哪裏？
How ***was your meeting****?* 你們的會開得怎麼樣？
When ***was the last time you cleaned the garage****?* 你最後一次清理車房是甚麼時候？

questions without a verb
沒有動詞的疑問句

5.25 在會話中，***wh***-疑問句有時由 ***wh***-詞單獨構成。例如，如果對某人說 ***I'm learning to type***（我在學習打字），對方可能會問 ***Why?***（為甚麼？），意思是 ***Why are you learning to type?***（你為甚麼學習打字？）。

'He saw a snake.' — *'****Where****?'* "他看見一條蛇。" —— "在哪裏？"
'I have to go to Germany.' — *'****When****?'* "我必須到德國去。" —— "甚麼時候？"
'I knew you were landing today.' — *'****How****?'* "我知道你們今天上岸。" ——

"你怎麼知道的？"

wh-疑問句也可由含 ***wh-***詞的名詞短語構成。例如，如果對某人說 ***I gave your book to that girl***（我把你的書給了那個女孩），對方可能會問 ***Which girl?***（哪個女孩？），意思是 ***Which girl did you give my book to?***（你把我的書給了哪個女孩？）。

'He knew my cousin.' — *'**Which cousin**?'* "他認識我表弟。" —— "哪個表弟？"
'Who was your friend?' — *'**What friend**?'* "誰是你朋友？" —— "甚麼朋友？"

who 和 whom

5.26 代詞 ***who*** 用於詢問人的身份。***who*** 可作動詞的主語或賓語。

Who *discovered this?* 誰發現了這個？
Who *were her friends?* 誰是她的朋友？
Who *is Michael Howard?* 誰是米高・侯活？
Who *did he marry?* 他跟誰結婚了？

在比較正式的英語裏，***whom*** 有時代替 ***who*** 用作動詞的賓語。

Whom *shall we call?* 我們應該跟誰打電話？
Whom *did you see?* 你看見誰了？

who 和 ***whom*** 也可作介詞的賓語。如果 ***who*** 作介詞的賓語，介詞放在句末。

Who *did you dance* ***with****?* 你和誰跳舞了？
Who *do I pay this* ***to****?* 我把這筆錢付給誰？

whom 作介詞的賓語時，介詞放在句首，置於 ***whom*** 之前。

For whom *was he working while in Baghdad?* 在巴格達的時候他在為誰工作？
To whom *is a broadcaster responsible?* 播音員對誰負責？

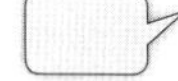

在非正式英語口語裏，***who*** 有時用在介詞後面。

So you report ***to who?*** 那麼你向誰報告？

這種用法在疑問句的一部分被省略時特別常見。

'They were saying horrible things.' — *'Really?* ***To who?****'* "他們在説可怕的事情。" —— "真的嗎？對誰説？"
'It could be difficult.' — *'* ***For who****?'* "這可能會很難。" —— "對誰？"

whose

5.27 ***whose*** 作限定詞或代詞用於詢問某物屬於哪個人或與哪個人有關。

Whose children *did you think they were?* 你覺得他們是誰的孩子？
Whose coat *was it?* 那是誰的外套？
Whose *is that?* 那個東西是誰的？

which

5.28 ***which*** 作代詞或限定詞，用於要求某人在若干人或物之中指明特定的人或物。

***Which** is the best restaurant?* 哪一家餐館最好？
***Which** is her room?* 哪一個是她的房間？
***Which** do you like best?* 你最喜歡哪一個？
***Which doctor** do you want to see?* 你想見哪一位醫生？

which 作限定詞時，可以是介詞賓語的一部分。介詞通常放在疑問句的末尾。

***Which station** did you come **from**?* 你來自哪一個車站？
***Which character** did you like most?* 你最喜歡哪一個角色？

when 和 where

5.29 ***when*** 用於詢問某事在過去、現在或將來發生的時間。

***When** did you find her?* 你甚麼時候找到她的？
***When** do we have supper?* 我們甚麼時候吃晚飯？
*Ginny, **when** are you coming home?* 吉尼，你甚麼時候回家？

where 用於詢問地點、位置或方向。

***Where** does she live?* 她住在哪裏？
***Where** are you going?* 你去哪裏？
***Where** do you go to complain?* 你去哪裏投訴？

why

5.30 ***why*** 用於詢問某事的原因。

***Why** are you here?* 你為甚麼在這裏？
***Why** does Amy want to go and see his grave?* 愛美為甚麼要去看他的墳墓？
***Why** does she treat me like that when we're such old friends?* 我們是老朋友了，她為甚麼要那樣對待我？

why 有時不和主語而和動詞原形連用，通常用於詢問為甚麼某個動作在現在或過去是必要的。

***Why wake** me up?* 為甚麼叫醒我？
***Why bother** about me?* 為甚麼要來煩我？
***Why make** a point of it?* 為甚麼要特意強調這一點？

why not 可與動詞原形連用，為的是提出建議或詢問為甚麼沒有採取某個特定的行動。

***Why not end** it now?* 為甚麼不現在就結束？
***Why not read** a book?* 為甚麼不讀一本書？
*If you have money in the bank, **why not use** it?* 如果你有銀行存款，為甚麼不用呢？

how

5.31 ***how*** 通常用於詢問做某事的方法或某事可以實現的方式。

***How** do we open it?* 這個怎麼打開？
***How** are you going to get that?* 你怎麼去得到這個東西？
***How** could he explain it to her?* 他怎麼才能跟她解釋？

How *did he know when you were coming?* 他怎麼知道你甚麼時候要來？

how 也用於詢問某人的感覺如何、某人或某物的外觀或某物聽上去、感覺上去或嚐起來怎麼樣。

How *are you feeling today?* 你今天感覺怎麼樣？
*'**How** do I look?' — ' Very nice.'* "我看上去怎麼樣？" —— "非常好。"
How *did you feel when you stood up in front of the class?* 當你在全班人面前站起來的時候感覺怎麼樣？

how with other words
how 與其他詞連用

5.32 ***how*** 可與其他詞結合放在疑問句的開頭。

how many 和 ***how much*** 用於詢問事物的數目或數量。

how many 後接複數可數名詞。

How many people *are there?* 有多少人？
How many languages *can you speak?* 你能説幾種語言？
How many times *have you been?* 你有過多少次？

how much 後接不可數名詞。

How much money *have we got in the bank?* 我們有多少銀行存款？
*Just **how much time** have you been devoting to this?* 你在這件事情上投入了多少時間？

如果不需要指明談的是甚麼事物，***how many*** 和 ***how much*** 可不帶名詞。

How many *did you find?* 你發現了多少？
How much *did he tell you?* 他告訴了你多少情況？
How much *does it cost?* 這個要花多少錢？
How much *do they really understand?* 有多少是他們真正了解的？

how long 用於詢問一段時間的長度。

How long *have you lived here?* 你在這裏住了多久？
How long *will it take?* 需要多長時間？
How long *can she live like this?* 她能像這樣活多久？
How long *ago was that?* 這是多久以前的事？

how long 也用於詢問某物的長度。

How long *is this road?* 這條路有多長？

how far 用於有關距離和範圍的疑問句。

How far *can we see?* 我們能看多遠？
How far *is it to Montreal from here?* 從這裏到蒙特利爾有多遠？
How far *have you got with your homework?* 你的家課做了多少？

how 可以和形容詞用在一起，詢問某物在多大程度上具有某種性質或特點。

How big *is your flat?* 你的公寓有多大？
How old *are your children?* 你的孩子們多大了？

how come? 是詢問為甚麼的非正式方式，通常僅用於口語。

How come *you know so much about Linda?* 你怎會這樣了解琳達？

what 5.33 ***what*** 可作代詞或限定詞，也可與 ***if*** 或 ***for*** 結合起來用。

what 作代詞用於了解各種各樣的具體信息，比如事件的細節、詞或表達式的意義或者某事的原因。

What*'s wrong with his mother?* 他母親出了甚麼問題？
What *has happened to him?* 他出了甚麼事？
What *is obesity?* 甚麼是肥胖？
What *keeps you hanging around here?* 是甚麼讓你在這裏等待的？

what 可用於詢問某人對某事的看法。

What *do you think about the present political situation?* 你對目前的政治形勢怎麼看？

what 常常用作介詞的賓語。介詞通常置於疑問句的末尾。

What *are you interested* ***in****?* 你對甚麼感興趣？
What *did he die* ***of****?* 他是怎麼死的？
What *do you want to talk* ***about****?* 你想談甚麼？

what 作限定詞用於了解某事物的身份，或詢問是甚麼樣的事物。

What books *does she read?* 她讀甚麼樣的書？
What church *did you say you attend?* 你說你去哪個教堂？

what if 放在陳述式句子的開頭，用於詢問如果出現某個困難時應該做甚麼。

What if *it's really bad weather?* 如果天氣真的很壞會怎麼樣呢？
What if *they didn't want to part with it, what would you do then?* 如果他們不願割愛，那你怎麼辦？

如果想知道某事的原因或目的，***what*** 可放在疑問句的開頭，***for*** 放在句末。***What are you staring for?*** 的意思等於 ***Why are you staring?***（你為甚麼目不轉睛地看？）。***What is this handle for?***（這個把手有甚麼用？）這句話的意思是 ***What is the purpose of this handle?***（這個把手的用途是甚麼？）。

What *are you going* ***for****?* 你想要甚麼？
What *are those lights* ***for****?* 那些燈有甚麼用？

在非正式英語口語裏，某人說做了甚麼或打算做甚麼時，也可用 ***what for?*** 對其提問，表示想知道他們行為的原因。

'I've bought you a present.' — ***'What for?'*** "我給你買了一份禮物。"——"為甚麼？"

what 也可與 ***about*** 或 ***of*** 結合在一起用。這種用法在 5.45 小節論述。

whatever, wherever, 和 whoever

5.34 如果想讓疑問句聽上去語氣更強，可用 ***whatever*** 代替 ***what***，用 ***wherever*** 代替 ***where***，或用 ***whoever*** 代替 ***who***。

Whatever *is the matter?* 這到底是怎麼回事？
Wherever *did you get this?* 你究竟從哪裏弄到這東西？
Whoever *heard of a bishop resigning?* 究竟是誰聽說一個主教辭職了？

Directing other people's actions: the imperative 指揮他人的行為：祈使式

orders and instructions 命令和指示

5.35 人們作出非常清晰的命令或指示時，通常用**祈使式** (imperative)。

Discard *any clothes you have not worn for more than a year.* 把超過一年沒穿的衣服扔掉。
Put *that gun down.* 把槍放下。
Tell *your mother as soon as possible.* 盡快告訴你母親。

書面指示用祈使式。

Boil up *a little water with washing up liquid in it.* 把加有洗潔精的一點水燒開。
Fry *the chopped onion and pepper in the oil.* 把切碎的洋蔥和甜椒放在油裏炸。

如果後面有第二個動詞，***come*** 和 ***go*** 的祈使式與 ***and*** 連用，後接第二個動詞的原形而不用 ***to-***不定式。由於用了 ***and***，兩個動作似乎是分開的，但實際上是緊密聯繫在一起的。

Come and see *me whenever you need help.* 需要幫助的話，請隨時來找我。

在美式英語口語裏，***come*** 和 ***go*** 的祈使式可直接後接動詞原形。

Come see *what the dog did to the couch. (Am)* 來看看狗把沙發弄成甚麼樣了。（美式英語）
Go get *some sleep. (Am)* 去睡一覺。（美式英語）

把 ***you*** 放在動詞前面可加強命令的語氣。

You *get in the car.* 你到車上去。
You *shut up!* 你住嘴！

advice and warnings 勸告和警告

5.36 祈使式可用於提出勸告或警告。

Be *sensible.* 理智點。
You ***be*** *careful.* 你必須小心。

勸告或警告常常用否定形式表達。否定祈使式用 ***don't*** 或 ***do not*** 加動詞原形構成。

Don't be *afraid of them.* 別怕他們。
Don't be *discouraged.* 不要灰心。
Do not *approach this man under any circumstances.* 在任何情況下都不要接近這個男人。

也可在動詞原形前面加 ***never*** 構成否定祈使式。

Never make *a social phone call after 9:30 p.m.* 千萬不要在晚上 9 點半以後打社交電話。

提出勸告或警告的另一種方法，是在陳述句中使用情態詞 ***should*** 或 ***ought to*** 。

You ***should get*** *to know him better.* 你應該更多去了解他。
You ***shouldn't keep*** *eggs in the refrigerator.* 你不應該把雞蛋放在冰箱裏保存。

這種用法在 5.213 小節詳述。

appeals
懇請

5.37 祈使式可用於請求某人做某事。

Come *quickly...* ***Come*** *quickly...* ***Hurry****!* 快來……快來……快點！

把 ***do*** 放在動詞前面可加強請求的語氣。

Oh ***do stop*** *whining!* 哎，別再哭哭啼啼抱怨了！
Do come *and stay with us in Barbados for the winter.* 一定要來巴巴多斯和我們一起過冬。

explanations
解釋

5.38 在解釋某事的時候，如果想讓聽眾或讀者考慮特定的事物或可能性，或者比較兩個事物，可用某些動詞的祈使式。

Take*, for instance, the new proposals for student loans.* 比如，以學生貸款的新方案為例。
Imagine*, for example, an assembly line worker in a factory making children's blocks.* 設想一下，比方說，一家工廠的一名裝配線工人在製造兒童積木。
But ***suppose*** *for a moment that the automobile industry had developed at the same rate as computers.* 但是稍稍做一下假設，假如汽車工業的發展速度和電腦一樣快。
For example, ***compare*** *a typical poor country like Indonesia with a rich one like Canada.* 例如，把印度這樣典型的窮國和加拿大這樣的富國進行比較。
Consider*, for example, the contrast between the way schools today treat space and time.* 考慮一下，比如說，當今學校之間對空間和時間處理方式的差別。

下面這些動詞可以這麼用：

compare	contrast	look at	picture	take
consider	imagine	note	suppose	

let

5.39 ***Let*** 用於祈使句的方式有四種：

☞ 用於發出命令或指示

Let *Phillip have a look at it.* 讓菲臘看一下。

☞ 如果説話者建議自己和別人做某事，可用 ***let*** 後接 ***us***。***Let us*** 幾乎總是縮略成 ***Let's***。

Let's *go outside.* 我們到外面去吧。
Let's *creep forward on hands and knees.* 我們來匍匐前進吧。

☞ 如果説話者主動提出做某事，可用 ***let*** 後接 ***me***。

Let me *take your coat.* 讓我來給你拿外套。

☞ 用在非常正式的英語裏，表達願望。

Let *the joy be universal.* 讓到處充滿歡樂。
Let *confusion live!* 讓混亂永存！
Let *the best man or woman win.* 讓最優秀的男人或女人獲勝。

表達否定的建議，可用 ***Let's not***，或者在非正式美式英語裏用 ***Let's don't***。

Let's not *stay till the end.* 我們別待到最後吧。
Let's don't *ask about the missing books. (Am, informal)* 我們就不要詢問丟失的書了吧。（美式英語，非正式）

Other uses of the declarative, the interrogative, and the imperative 陳述式、疑問式和祈使式的其他用法

confirming 確認

5.40 要確認某事是真實的，可用陳述式（declarative）提問。

So you admit something is wrong? 那麼你承認出問題了？
Then you think we can keep it? 那麼你認為我們可以留着它？

用陳述式提問時，説話者期待 ***yes***- 類型的答覆。除非用的是否定結構，説話者期待的答覆才是 ***no***。

'You mean it's still here?' — 'Of course.' "你的意思是它還在這裏？" —— "當然。"
'Your parents don't mind you being out so late?' — 'No, they don't.' "你父母不反對你這麼晚在外面？" —— "是的，他們不反對。"

用陳述式表達的疑問句常常以連詞開頭。

So *you're satisfied?* 那麼你滿意了？
And *you think that's a good idea?* 而你認為那是個好主意？

instructing 指示

5.41 在非正式英語口語裏，可用 you 作主語的陳述句發出指示。

You put the month and the temperature on the top line. 你把月份和溫度寫在頂端的線上。
You take the bus up to the landing stage at twelve-thirty. 你在 12 點 30 分乘坐巴士到臨時碼頭。

You just put it straight in the oven. 你把它直接放入烤箱。

offers and invitations 提議和邀請

5.42　主動提議或發出邀請時，通常使用以情態詞 ***can*** 或 ***would*** 等開頭的 ***yes / no-***疑問句。這種用法在 5.171 到 5.176 小節詳述。

***Can** I help you?* 要我幫忙嗎？
***Can** I give you a lift?* 要我給你搭車嗎？
***Would** you like me to get something for you?* 你要我給你拿點甚麼嗎？
***Would** you like some coffee?* 你想來點咖啡嗎？
***Would** you like to go to Ernie's for dinner?* 你想去厄尼家吃晚飯嗎？

也可用祈使式比較隨意地表示主動提議或發出邀請。注意，只有在顯然不是下命令時才可以這麼用。

***Have** a cigar.* 請抽支雪茄。
***Come** to my place.* 到我家來吧。
***Come** in, Mrs Kintner.* 進來，金特納太太。

把 ***do*** 放在動詞前面可表示強調。

***Do have** a chocolate biscuit.* 一定要吃一塊巧克力餅乾。
***Do help** yourselves.* 請自便，不要客氣。

requests, orders, and instructions 請求、命令和指示

5.43　提出請求時，通常使用 ***could***、 ***can*** 或 ***would*** 等情態詞開頭的 ***yes / no-***疑問句。

***Could** I ask you a few questions?* 我能問你幾個問題嗎？
***Can** I have my hat back, please?* 能請你把帽子還給我嗎？
***Would** you mind having a word with my husband?* 你介意和我丈夫談一談嗎？

也可用情態詞開頭的 ***yes / no-***疑問句發出命令或指示。

***Will** you tell Watson I shall be in a little late?* 請你告訴華生我會晚一點到家好嗎？

這些用法在 5.154 到 5.164 詳述。

questions that do not expect an answer 不期待答覆的疑問句

5.44　使用 ***yes / no-***疑問句提出幫助或請求時，說話者仍然期待得到 ***yes*** 或 ***no*** 的答覆。但是，有時人們會說出看上去像是 ***yes / no-***疑問句的話，儘管他們並不期待任何答覆。他們是在用 ***yes / no-***疑問句的形式表達強烈的感情、看法或印象。

例如，某人可能會用 ***Isn't that an ugly building?***（難道那不是一座醜陋的建築？）代替 ***That's an ugly building***（那是一座醜陋的建築），或者用 ***Don't you ever get upset?***（難道你從來不生氣？）代替 ***You never seem to get upset***（你似乎從來不生氣）。

這類疑問句稱為**反問句**（rhetorical question）。

Is there nothing she won't do? 難道她甚麼都不願意做嗎？
Can't you see that I'm busy? 你沒看到我正忙着嗎？

Hasn't anyone round here got any sense? 難道這裏的人都失去理智了？
Does nothing ever worry you? 難道從來沒有讓你擔心的事嗎？

另一類反問句由陳述句後接 ***are you?*** 或 ***is it?*** 之類的附加疑問句構成。例如，有人可能會説 ***So you are the new assistant, are you?***（那你是新來的助手，對吧？）或者 ***So they're coming to tea, are they?***（那麼他們會來喝茶，對不？）。

So you want to be an actress, do you? 那麼你想做一名女演員，對吧？
So they're moving house again, are they? 這麼説他們又要搬家了，對不？

反問句也可用 ***how*** 引導，通常表示震驚或憤慨。例如，有人可能會用 ***How can you be so cruel?***（你怎麼能這麼狠心？）代替 ***You are very cruel***（你真狠心）。

How *can you say such things?* 你怎麼能説出這種東西？
How *dare you speak to me like that?* 你怎麼敢對我這樣説話？

反問句（rhetorical question）在 9.94 小節詳述。

questions without a verb 沒有動詞的疑問句

5.45 由 ***what about*** 或 ***what of*** 加名詞短語構成的無動詞疑問句可用於提問。這樣的疑問句用於提醒某人想起某事，或把注意力引向某事。提出這類問題時，説話者常常期待對方採取行動，而不只是給出答覆。

What about *the others on the list?* 那麼名單上的其他人呢？
What about *your breakfast?* 那你的早餐怎麼辦？
But ***what of*** *the women themselves?* 但那些女人自己怎麼樣呢？

suggestions 建議

5.46 提出建議的方式有好幾種：

☞ 可將情態詞 ***could*** 用於陳述句（參見 5.181 小節）

We ***could have*** *tea.* 我們可以喝茶。
You ***could get*** *someone to dress up as a pirate.* 你可以找人打扮成一個海盜。

☞ 可用 ***why*** 開頭的否定 ***wh-***疑問句

Why don't *we just give them what they want?* 為甚麼我們不給他們想要的東西？
Why don't *you write to her yourself?* 為甚麼你自己不給她寫信？

☞ 可用由 ***what about*** 或 ***how about*** 加 ***-ing*** 形式構成的疑問句

What about *becoming an actor?* 做演員怎麼樣？
How about *using makeup to dramatize your features?* 用化粧把面孔弄得誇張一點怎麼樣？

☞ 可用祈使式

*'**Give** them a reward each,' I suggested.* "給他們每人一個獎勵。" 我建議説。

也可用 ***let's*** 建議説話者和別人做某事。這種用法在 5.39 小節論述。

Forming negative statements 構成否定陳述

5.47 如果想表示某事不真實、不在發生或並非如此，通常用**否定陳述** (negative statement)。否定陳述含 ***not***、***never*** 或 ***nowhere*** 之類的詞。這些詞稱為**否定詞** (negative word)。

下面是英語中的否定詞一覽表：

neither	no	none	nor	nothing
never	nobody	no one	not	nowhere

否定詞表示某事物的反面或不存在某事物。

5.48 另一組詞，比如 ***scarcely*** 和 ***seldom***，可用於使陳述幾乎變為否定。這些詞稱為**廣義否定詞** (broad negative)。廣義否定詞在 5.80 到 5.87 小節論述。

5.49 如果表示某物存在的陳述含有否定詞，可用 ***any*** (不是 ***no***) 作限定詞放在隨後的名詞短語之前。也可用 ***any-*** 開頭的詞，比如 ***anyone*** 或 ***anywhere***。

*We did**n't** have **any** money.* 我們沒有錢。
*He writes poetry and **never** shows it to **anyone**.* 他寫詩，但從不給任何人看。
*It is **impossible** to park the car **anywhere**.* 任何地方都無法停車。

關於 ***any*** 的另一個用法，參見 2.163 小節。

Be Careful 注意

5.50 在標準英語裏，幾乎總是不能接受在同一句子中使用兩個否定詞。例如，人們不說 ***I don't never go there*** 或 ***I don't know nothing***。

5.51 **間接引語** (reported speech) 中的否定用法在 7.13 小節論述。情態詞 (modal) 的否定用法在 5.102 小節論述。

not

5.52 最常用的否定詞是 ***not***。它與不同動詞的用法對應於這些動詞在 ***yes / no-*疑問句** (*yes* / *no*-question) 中的用法 (參見 5.12 到 5.14 小節)。

position in verb phrases 在動詞短語中的位置

5.53 如果 ***not*** 與含助動詞的動詞短語連用，其位置在短語中的第一個動詞之後。

*They **could not exist** in their present form.* 它們無法以目前的形式存在。
*They **might not** even **notice**.* 他們甚至可能不會注意到。
*The White House **has not commented** on the report.* 白宮尚未對報告發表評論。
*He **had not attended** many meetings.* 很多會議他都沒有參加。
*I **was not smiling**.* 我不在微笑。
*Her teachers **were not impressed** with her excuses.* 她的老師們不為她的藉口所動。

adding do
添加 do

5.54 如果沒有助動詞，***do***、***does*** 或 ***did*** 則放在主語後面，接着是 ***not*** 或 ***-n't***，然後是主要動詞的原形。

They ***do not need*** *to talk.* 他們不必開口。
He ***does not speak*** *English very well.* 他英語説得不太好。
I ***didn't know*** *that.* 我不知道那件事。

be 和 ***have*** 是例外；這一點在下面 5.55 和 5.56 小節論述。***not*** 的縮略式 ***-n't*** 在 5.59 和 5.60 小節論述。

not with be
not 與 be 連用

5.55 如果動詞是 ***be***，則不用 ***do***，只要把 ***not*** 或 ***-n't*** 放在動詞後面即可。

It ***is not*** *difficult to see why they were unsuccessful.* 不難看出為甚麼他們沒有成功。
There ***is not*** *much point in heading south.* 向南走沒有多大意義。
This ***isn't*** *my first choice of restaurant.* 這家餐館不是我的首選。

not with have and have got
not 與 have 和 have got 連用

5.56 如果動詞是 ***have***，通常把 ***do***、***does*** 或 ***did*** 放在主語後面，接着是 ***not*** 或 ***-n't***，然後是 ***have*** 的原形。

The organization ***does not have*** *a good track record.* 這個機構的業績記錄不佳。
He ***didn't have*** *a very grand salary.* 他沒有賺取高薪。

not 或 ***n't*** 可直接放在動詞後面，但這種用法不太常見，而且幾乎從不用於現代美式英語。

He ***hadn't*** *enough money.* 他沒有足夠的錢。
I ***haven't*** *any papers to say that I have been trained.* 我沒有任何文件證明我受過訓練。

如果使用 ***have got***、***not*** 或 ***n't*** 則置於 ***have*** 之後，然後再加上 ***got***。

I ***haven't got*** *the latest figures.* 我還沒有得到最新數據。
He ***hasn't got*** *a daughter.* 他沒有女兒。

have got 在 3.15 小節論述。

position with -ing forms and to-infinitives
與 -ing 形式和 to-不定式連用的位置

5.57 如果 ***not*** 與 ***-ing*** 形式或 ***to-*** 不定式分句連用，其位置在兩者之前。

We stood there, ***not knowing*** *what was expected of us.* 我們站在那裏，不知道應該做甚麼。
He lost out by ***not taking*** *a degree at another university.* 他由於未在另一間大學取得學位而吃了虧。
Try ***not to worry****.* 不要擔心。
It took a vast amount of patience ***not to strangle*** *him.* 需要極大的耐心才不想勒死他。

with an inflected form and an -ing form or to-infinitive 與屈折形式和 -ing 形式或 to-不定式連用

5.58 如果句子含有動詞的屈折形式和 ***-ing*** 形式或 ***to-***不定式，***not*** 既可與動詞的屈折形式連用，也可與 ***-ing*** 形式或 ***to-***不定式連用，具體情況取決於所要表達的意義。

例如，既可以說 ***Mary tried not to smile***（瑪麗試圖不笑），也可以說 ***Mary did not try to smile***（瑪麗沒有試圖微笑），但兩者的意義不同。第一句話的意思是瑪麗試圖避免微笑，第二句話的意思是瑪麗甚至沒有試着微笑。

但是對某些與 ***to-***不定式連用的動詞來說，不論 ***not*** 是與主要動詞連用還是與 ***to-***不定式連用，意義都一樣。

*She **did not appear** to have done anything.* 她似乎甚麼都沒做。
*Henry **appears not to appreciate** my explanation.* 亨利似乎沒有領會我的解釋。
*It **didn't seem** to bother them at all.* 這似乎一點也沒讓他們操心。
*They **seemed not to notice** me.* 他們好像沒有注意到我。

下面這些動詞與 ***to-***不定式連用。對所有這些動詞來說，不論 ***not*** 置於動詞之前還是 ***to-***不定式之前，意義都一樣：

appear	intend	tend
expect	plan	want
happen	seem	wish

兩個動詞可用於一個句子談論兩個動作或狀態，這種用法在 3.182 到 3.212 小節論述。

注意，對某些**引述動詞**（reporting verb）來說，不論 ***not*** 置於引述動詞還是主要動詞之前，意義都一樣。這一點在 7.13 小節論述。

contractions of not not 的縮略

5.59 在英語口語以及非正式的書面英語裏，***not*** 在 ***be***、***have*** 或助動詞之後常常縮略成 ***n't***。***-n't*** 附在動詞末尾。

*Maria is**n't** really my aunt at all.* 瑪莉亞事實上根本不是我的姨媽。
*He does**n't** believe in anything.* 他甚麼都不信。
*I have**n't** heard from her recently.* 我最近沒有收到她的來信。

注意，***cannot***、***shall not*** 和 ***will not*** 分別縮略成 ***can't***、***shan't*** 和 ***won't***。

下面是所有這些縮略式的一覽表：

aren't	doesn't	can't	shan't
isn't	don't	couldn't	shouldn't
wasn't	hadn't	mightn't	won't
weren't	hasn't	mustn't	wouldn't
didn't	haven't	oughtn't	

5.60 注意，如果動詞已經縮略並附在了主語上，則不能再把 ***not*** 縮略成 ***-n't***。這就表示，例如可以把 ***she is not*** 縮略成 ***she isn't*** 或 ***she's not***，但不能縮略成 ***she'sn't***。

*It **isn't** easy.* 這不容易。
*It**'s not** easy.* 這不容易。
*I **haven't** had time.* 我沒時間。
*I**'ve not** had time.* 我沒時間。

注意，***-n't*** 不能附加到 ***am*** 上。只能用 ***I'm not*** 作為縮略式。

***I'm not** excited.* 我不興奮。

aren't I 這個形式用於疑問句。

在疑問句裏，***not*** 通常縮略成 ***-n't***，附加在動詞短語中第一個動詞的末尾。

***Didn't** she win at the Olympics?* 她沒有在奧運會上獲勝嗎？
***Hasn't** he put on weight?* 他體重沒有增加嗎？
***Aren't** you bored?* 你不感到無聊嗎？

但是在正式英語裏，也可把 ***not*** 放在主語之後。

*Did he **not** have brothers?* 他沒有兄弟嗎？
*Was it **not** rather absurd?* 這不是很荒謬嗎？

other uses of not
not 的其他用法

5.61 在句子裏，***not*** 也可與幾乎任何詞或詞組連用，比如與名詞、形容詞、副詞、介詞短語以及 ***a lot of*** 之類的量詞短語連用。通常，這麼做的目的是為了顯得更有說服力、更仔細、更客氣、更遲疑等等。以下 5.63 和 5.64 小節說明某些這種用法。

5.62 ***very*** 常用在 ***not*** 後面，弱化句子的否定意義。這比不用 ***very*** 聽上去更客氣或更遲疑一些。

*His attitude is **not very logical**.* 他的態度不是很合理。
*It's **not very strong tea**; it won't stain.* 這不是非常濃的茶，不會留下污漬的。
*He wasn't **a very good actor**.* 他不是一個非常優秀的演員。
*She shook her head, but **not very convincingly**.* 她搖了搖頭，但不是很令人信服。

not 也可按同樣方式與 ***absolutely***、***altogether***、***entirely*** 或 ***necessarily*** 連用。這樣做的目的是為了顯得更客氣或不那樣挑剔。

*Previous experience is**n't absolutely necessary**, but it helps.* 先前的經驗並非絕對必需，但是有幫助。
*I was **not altogether sure**.* 我不十分肯定。
*They are **not entirely reliable**.* 他們不完全靠得住。
*Science is **not necessarily hostile** to human values.* 科學未必一定與人類的價值敵對。

not 用於表示所描述的事物確實具有某些好的屬性，儘管說話者並不想使這些方面聽起來比實際更好。這種結構常常與含有 ***un-*** 或 ***-less*** 之類否定詞綴的詞連用。

*She's **not an unattractive woman**.* 她不是一個沒有吸引力的女人。
*It's **not a bad start**.* 這不是一個壞的開頭。
*It's a small point, but **not an unimportant one**.* 這是一個小問題，但並非不重要。
*America is very well developed, but **not limitless**.* 美國非常發達，但並非前途不可限量。

not used for contrast
not 用於對照

5.63 ***not*** 有時用於對比句子中的兩個部分。這種用法強調陳述的肯定部分。

*He held her arm in his hand, **not hard**, but firmly.* 他抓住她的手臂，抓得不重但很有力。
*We move steadily, **not fast, not slow**.* 我們穩步移動，不快也不慢。
*'Were they still interested?' — '**Not just interested**. Overjoyed.'* "他們還感興趣嗎？"——"不單單是感興趣，是欣喜若狂。"
*I will move eventually, but **not from Suffolk**.* 我最終會搬走，但不是從薩福克郡。
*It's **not a huge hotel**, but it's very nice.* 這不是一個大酒店，但非常不錯。

never

5.64 ***never*** 用於表示某事物過去不是或永遠不會是如此。

與含有助動詞的動詞短語連用時，***never*** 放在第一個動詞之後，主要動詞之前。

*I **would never trust** my judgement again.* 我再也不會相信自己的判斷了。
*...a type of glass that is rare and **is never used**.* ……一種稀有且從未使用過的玻璃
*The number of people who died **will never be known**.* 死亡人數永遠不會被人知道。
*Fifty years ago, men **were never expected to wash** the dishes or help with the children.* 50 年前，人們從不指望男人會洗碗或幫助照料孩子。
*I **had never been** to this big town before.* 我以前從未去過這個大城市。
*I**'ve never done** so much work in all my life.* 我在一生中從未做過這麼多的工作。

但是，***never*** 可放在動詞短語中的第一個詞之前，以便強調陳述的否定方面。

*I **never would have guessed** if he hadn't told me.* 要不是他告訴了我，我永遠也不可能猜到。
*There was no such person — there **never had been**.* 沒有這樣的人——從來沒有。

with simple forms of be
與 be 的簡單形式連用

5.65 如果主要動詞是 ***be*** 的一般現在時或一般過去時，***never*** 通常置於動詞之後。

*She **was never** too proud to learn.* 她從來沒有驕傲到不願學習的地步。
*I**'m never** very keen on keeping a car for more than a year.* 我從來沒有熱衷於擁有一輛汽車超過一年。

*There **were never** any people in the house.* 房子裏從來沒有人。

但是，***never*** 可放在 ***be*** 的簡單形式之前用於強調。

*There **never was** enough hot water at home.* 家裏一直沒有足夠的熱水。
*It **never was** very clear.* 這一直不是很清楚。
*There **never is** any great change.* 從來沒有很大的變化。

with simple forms of other verbs 與其他動詞的簡單形式連用

5.66 如果主要動詞是除 ***be*** 以外任何動詞的一般現在時或一般過去時，***never*** 置於動詞之前。

*I **never want** to see you in my classes again.* 我再也不想在我的班上看見你了。
*She **never goes** abroad.* 她從不出國。
*He **never went** to university.* 他從未上過大學。
*He **never did** any homework.* 他從來不做家課。

emphasis 強調

5.67 ***never*** 後接 ***do***、***does*** 或 ***did*** 用於動詞原形之前可加強否定陳述句的語氣。例如，可用 ***I never did meet him***（我確實從未見過他）代替 ***I never met him***（我從來沒見過他）。

*They **never did get** their money back.* 他們一直沒有真正拿回他們的錢。
*She **never did find** her real mother.* 她從未找到自己的生母。
*Some people **never do adjust** to life here.* 有些人從來不適應這裏的生活。

never in imperatives 祈使式中的 never

5.68 ***never*** 可用於祈使結構的開頭。

***Never** change a wheel near a drain.* 絕對不要在下水道附近換輪胎。
***Never** dry clothes in front of an open fire.* 千萬不要在明火前烘乾衣服。

祈使結構在 5.4 和 5.35 到 5.39 小節論述。

no

5.69 不定指限定詞 ***no*** 用在單數和複數名詞前，表示某事物不存在或得不到。

*There was **no money** for an operation.* 沒有錢做手術。
*We had **no parents**, nobody to look after us.* 我們沒有父母，沒有人照顧我們。
*He has **no ambition**.* 他沒有抱負。
*I could see **no tracks**.* 我看不見蹤跡。

不定指限定詞的用法在 1.223 到 1.250 小節論述。

5.70 在英語口語裏，***-n't*** 常常與 ***any*** 連用代替 ***no***。例如，可用 ***I didn't have any money***（我一分錢也沒有）代替 ***I had no money***（我沒有錢）。

*They had**n't** meant **any** harm to her.* 他們並不想傷害她。
*I ca**n't** see **any** hope in it.* 我從中看不出任何希望。

none

5.71 代詞 ***none*** 用於表示一個人或事物都沒有，或表示某個特定事物連一點也沒有。

I waited for comments but ***none*** *came.* 我等待着評論，但甚麼都沒有得到。
The entire area is covered with shallow lakes, ***none*** *more than a few yards in depth.* 整個地區遍佈淺水湖泊，沒有一個深度超過幾碼的。
We have been seeing difficulties where ***none*** *exist.* 我們一直看見子虛烏有的困難。

關於 ***none*** 的另一個用法，參見 1.155 小節。

none of

5.72 ***none of*** 是量詞短語。

None of *the townspeople had ever seen such weather.* 鎮上的人沒有一個見過這樣的天氣。
None of *this has happened without our consent.* 發生的所有這一切都得到了我們的同意。

關於 ***none of***，參見 2.179 到 2.185 小節的論述。

words beginning with no-
以 no- 開頭的詞

5.73 有四個以 ***no-*** 開頭的詞用於否定陳述句。***nothing***、***no one*** 和 ***nobody*** 是不定代詞 (indefinite pronoun)。***nowhere*** 是不定地點副詞 (indefinite place adverb)。

There's ***nothing*** *you can do.* 你甚麼都做不了。
Nobody *in her house knows any English.* 她家裏沒有一個人懂英語。
There's almost ***nowhere*** *left to go.* 幾乎沒有別的地方可去。

不定代詞在 1.128 到 1.141 小節論述。

不定地點副詞在 6.61 和 6.71 小節論述。

followed by but
後接 but

5.74 ***nothing***、***no one***、***nobody*** 和 ***nowhere*** 可後接 ***but***，作 ***only*** 解。例如，***There was nothing but cheese*** (只有芝士) 意思是只有芝士。

I look back on this period with ***nothing but*** *pleasure.* 我回憶這段時期時只有快樂。
He heard ***no one but*** *his uncles.* 除了他的叔叔，他誰也沒聽到。

以 ***any*** 開頭的不定代詞和副詞可用於類似的結構。但是在這些結構中，***but*** 作 ***except*** 解，而不是 ***only***。

I could never speak about ***anything but*** *business to Ivan.* 我對伊凡只能談生意。
He never spoke to ***anyone but*** *his wife.* 他除了妻子不跟任何人說話。

neither 和 nor

5.75 ***neither*** 和 ***nor*** 用在一起表示兩個選擇都不可能、不一定或不真實。***neither*** 置於第一個選擇之前，***nor*** 置於第二個選擇之前。

Neither *Margaret* ***nor*** *John was there.* 瑪嘉烈和約翰都不在那裏。
They had ***neither*** *food* ***nor*** *money until the end of the week.* 直到週末他們既沒有食物也沒有錢。

neither in replies
neither 用於答覆

5.76 ***neither*** 可作為答覆單獨使用，指已經提到的兩個選擇。

*'Does that mean yes or no?' — '**Neither**.'* "這意味着行還是不行？"——"都不是。"

5.77 如果句子含有否定詞，特別是 ***not***，可用 ***neither*** 或 ***nor*** 否定第二個分句。在第二個分句中，先用 ***neither*** 或 ***nor***，後接動詞，然後是主語。

*This isn't a dazzling achievement, but **neither is it** a negligible one.* 這不是甚麼光彩奪目的成就，但也並非微不足道。
*These people are not insane, **nor are they** fools.* 這些人不是瘋子，他們也不是傻瓜。

如果有助動詞，助動詞放在第二個分句的主語之前。

*The organization had broken no rules, but **neither had it acted** responsibly.* 該組織沒有違反規則，但也沒有採取負責任的行動。
*I don't feel any shame. **Neither do I think** I should.* 我不感到羞愧。我也不認為我應該羞愧。

neither with singular nouns
neither 與單數名詞連用

5.78 在對兩個事物進行否定陳述時，***neither*** 可單獨用在單數名詞之前，指兩者中的任何一個。例如，***Neither partner benefited from the agreement***（兩個合夥人都沒有從協議中獲益），這句話的意思是有兩個合夥人，而否定陳述適用於兩者。

***Neither report** mentioned the Americans.* 兩份報告都沒有提到美國人。
***Neither film** was particularly good.* 兩部影片都沒有甚麼特別好的。
***Neither sex** has a monopoly on thought or emotion.* 無論男女都不能壟斷思想或情感。
***Neither parent** is the good one or the bad one.* 父母沒有哪一方是好人或者壞蛋。

注意，在這種結構中，***neither*** 與單數動詞連用。

neither of

5.79 ***neither*** 與 ***of*** 連用可否定兩個事物。***neither of*** 後接複數名詞短語。

***Neither of us** was having any luck.* 我們兩個都不走運。
***Neither of the boys** screamed.* 兩個男孩都沒有尖叫。
***Neither of them** was making any sound.* 他們兩個都沒有發出聲音。

Neither of 通常與單數動詞連用。

***Neither of these extremes is** desirable.* 這兩個極端都不可取。
***Neither of these opinions proves** anything.* 這兩個觀點都不能證明任何東西。

但是，***neither of*** 也可與複數動詞連用。

***Neither of the children were** there.* 兩個孩子都不在那裏。

Broad negatives 廣義否定詞：hardly、seldom 等

5.80 另一個否定陳述的方法是使用**廣義否定詞** (broad negative)。廣義否定詞指 ***rarely*** 和 ***seldom*** 這樣的副詞，用於使陳述變成幾乎完全否定。

*The estimated sales will **hardly** cover the cost of making the film.* 預計銷售額將很難彌補電影的製作成本。
*We were **scarcely** able to move.* 我們幾乎動彈不得。
*Kuwait lies **barely** 30 miles from the Iranian coast.* 科威特離伊朗海岸只有30 英里。

下面是最常用的廣義否定詞一覽表：

barely	hardly	rarely	scarcely	seldom

position in clause 句子中的位置

5.81 廣義否定詞在句子內的位置類似於 ***never*** (參見 5.64 到 5.66 小節)。

5.82 如果廣義否定詞與含有助動詞的動詞短語連用，廣義否定詞放在動詞短語的第一個詞之後，主要動詞之前。

*I **could scarcely believe** my eyes.* 我幾乎無法相信自己的眼睛。
*Religion **was rarely discussed** in our house.* 宗教是我們家很少討論的內容。
*His eyes **had hardly closed**.* 他的眼睛幾乎沒有合上。

with simple form of be 與 be 的簡單形式連用

5.83 如果動詞是 ***be*** 的一般現在時或一般過去時，廣義否定詞通常置於動詞的後面。

*Change **is seldom** easy.* 改變幾乎從來都不容易。
*The new pressure group **is barely** six months old.* 這個新的壓力團體才剛剛形成了 6 個月。
*The office **was hardly** ever empty.* 辦公室幾乎很少沒人。
*The lagoons **are rarely** deep.* 湖很少有深的。
*The results **were scarcely** encouraging.* 結果幾乎一點都不令人鼓舞。

with other verbs 與其他動詞連用

5.84 如果動詞是除 ***be*** 以外任何動詞的一般現在時或一般過去時，廣義否定詞通常置於動詞之前。

*He **seldom bathed**.* 他很少洗澡。
*Marsha **rarely felt** hungry.* 瑪莎很少感到飢餓。
*John **hardly** ever **spoke** to the Press.* 約翰幾乎從不對新聞界發表談話。

廣義否定詞也可放在動詞後面，但這並不常見。

*Such moments **happen rarely** in life.* 這樣的時刻很少在生活中發生。
*They **met** so **seldom**.* 他們很少見面。

as first word in the clause 作句子的第一個詞

5.85 在正式或書面英語裏，廣義否定詞有時放在句子的開頭表示強調。如果所用的動詞短語含助動詞，動詞短語的第一個詞放在廣義否定詞之後，後接主語，然後是動詞短語的其他成分。

***Seldom has society offered** so wide a range of leisure time activities.* 很少有協會提供了如此廣泛的休閒活動。
***Hardly had he settled** into his seat when Adam charged in.* 他剛坐定，亞當就衝了進來。

如果沒有助動詞，則把 ***do*** 的一般現在時或一般過去時放在廣義否定詞之後，後接主語，然後是主要動詞的原形。

***Seldom did a week pass** without a request for assessment.* 難得有一個星期不收到評估的要求。
***Rarely do local matches live up to** expectations.* 本地比賽鮮有不負眾望的。

注意，***barely*** 和 ***scarcely*** 通常不這麼用。

Usage Note 用法說明

5.86 如果針對含廣義否定詞的陳述句使用**附加疑問句** (question tag)，句末的附加部分通常用肯定形式，這與其他否定詞的用法一樣。附加疑問句在 5.15 到 5.19 小節論述。

*She's hardly the right person for the job, **is she**?* 她幾乎不是這份工作的合適人選，對嗎？
*You seldom see that sort of thing these days, **do you**?* 如今很少看到那種事情了，對嗎？

rarely 和 ***seldom*** 可用 ***so***、***very***、***too*** 或 ***pretty*** 修飾。也可用 ***only*** 修飾 ***rarely***。

*It happens **so rarely**.* 它極少發生。
*Women were **very seldom** convicted.* 婦女很少被定罪。
*He **too seldom** makes the first greeting.* 他也很少首先打招呼。
*Most people go to church **only rarely**.* 大多數人很少去教堂。

如果想表示某物的量很少，可將廣義否定詞與 ***any*** 或以 ***any-*** 開頭的詞連用。

*The bonds show **barely any** interest.* 這些債券幾乎沒有收益。
***Hardly anybody** came.* 幾乎沒有人來。
*In fact, it is **seldom any** of these.* 事實上，這難得是這些情況之一。
*With **scarcely any** warning, the soldiers charged.* 幾乎沒有任何警告，士兵們發起了衝鋒。
*Sometimes two or three relatives are admitted, but **rarely any** friends.* 有時兩三個親戚被接納，但很少有朋友被接納。

almost

5.87 ***almost*** 後接 ***no*** 或 ***never*** 之類的否定詞可用於代替廣義否定詞。例如，***There was almost no food left*** (幾乎沒有食物剩下) 的意思與 ***There was hardly any food left*** (幾乎沒剩下甚麼食物) 相同。

*They've **almost no** money for anything.* 他們幾乎沒錢買任何東西。
*The cars thinned out to **almost none**.* 汽車逐漸減少，最後幾乎一輛都沒了。

*They were very private people, with **almost no** friends.* 他們是些非常孤僻的人，幾乎沒有任何朋友。
*Children **almost never** began conversations.* 孩子們幾乎從不主動開始交談。

Emphasizing the negative aspect of a statement 強調陳述的否定一面

at all 5.88 ***at all*** 可加入否定陳述中以加強語氣。***at all*** 可與任何否定詞、與 ***without*** 或廣義否定詞 (broad negative) 連用。

*She had **no** writing ability **at all**.* 她根本沒有寫作能力。
*'There's no need,' said Jimmie. '**None at all**.'* "沒有必要。" 吉米説。"一點也沒有。"
*He did it **without** any help **at all**.* 他沒有任何幫助做了這件事。
*He **hardly** read anything **at all**.* 他幾乎不讀任何東西。

廣義否定詞在 5.80 到 5.86 小節論述。

whatsoever 5.89 ***whatsoever*** 可加在 ***none*** 和 ***nothing*** 之後以強調陳述的否定一面。

*'You don't think he has any chance of winning?' — '**None whatsoever**.'*
"你認為他沒有任何獲勝的機會嗎？" —— "沒有一丁點機會。"
*There is absolutely no enjoyment in that, **none whatsoever**.* 其中絕對沒有任何樂趣，一點也沒有。
*You'll find yourself thinking about **nothing whatsoever**.* 你會發現自己甚麼都不想。

如果 ***no*** 作限定詞用於名詞短語，***whatsoever*** 可放在名詞短語之後。

*There is **no** need **whatsoever** to teach children how to behave.* 根本沒有必要教孩子如何守規矩。
*There was **no** debate **whatsoever**, not even in Parliament.* 根本沒有甚麼辯論，甚至在議會裏也沒有。

whatsoever 也可用於含有 ***any*** 或以 ***any-*** 開頭的詞的否定陳述句。

*You are not entitled to **any** aid **whatsoever**.* 你沒有權利得到任何幫助。
*He was devoid of **any** talent **whatsoever**.* 他甚麼才能都沒有。
*I knew I wasn't learning **anything whatsoever**.* 我知道我沒有學到任何東西。

ever 5.90 ***ever*** 可放在否定詞後面以強調陳述的否定一面。

*I can't say I **ever** had much interest in fishing.* 我説不上曾經對釣魚很感興趣。
*Nobody **ever** leaves the airport.* 沒有人曾經離開過機場。
*I never **ever** believed we would have such success.* 我從來沒相信過我們會獲得如此成功。

other expressions 其他表達式

5.91 有好幾個表達式可用來強調含有 ***not*** 的否定陳述句，包括 ***in the least***、***the least bit***、***in the slightest*** 以及 ***a bit***。

I don't mind ***in the least****, I really don't.* 我根本不在乎，真的不在乎。
Neither of the managers was ***the least bit*** *repentant afterwards.* 過後兩個經理都沒有表現出半點悔意。
I don't really envy you ***in the slightest****.* 我沒有一絲一毫羨慕你。
They're not ***a bit*** *interested.* 他們一點都不感興趣。

如果與動詞連用，***in the least*** 和 ***in the slightest*** 直接放在動詞後面，如果動詞有賓語，則放在賓語後面。

I wouldn't have objected ***in the least****.* 我一點也不反對。
She did not worry Billy ***in the least****.* 她一點也不擔心比利。
The weather hadn't improved ***in the slightest****.* 天氣沒有絲毫改善。

如果與形容詞連用，***in the least*** 放在形容詞之前。***in the slightest*** 通常置於形容詞之後。

I wasn't ***in the least surprised****.* 我一點都不吃驚。
She wasn't ***worried in the slightest****.* 她一點也不着急。

the least bit 和 ***a bit*** 只與形容詞連用，置於形容詞之前。

I'm not ***the least bit worried****.* 我絲毫不擔心。
They're not ***a bit interested****.* 他們一點都不感興趣。

Using modals 使用情態詞

5.92 人們使用語言，並不總是用簡單的陳述和提問來交流信息。有時我們想提出要求、提議或建議，或者表達願望或意圖。我們可能想顯得客氣或得體，或者表示對自己所說內容的感受。

通過使用一組稱為**情態詞**（modal）的動詞可以實現上述目的。情態詞總是與其他動詞連用，它們是一類特殊的**助動詞**（auxiliary verb）。

下面是英語中的情態詞一覽表：

can	may	must	shall	will
could	might	ought to	should	would

在某些語法書裏，***dare***、***need*** 和 ***used to*** 也被稱為情態詞。在本書中，這些詞稱為**半情態詞**（semi-modal）。它們分別在 5.246 在 5.256 小節論述。

ought 而不是 ***ought to*** 有時被視為情態詞。關於這一點的進一步說明，參見 5.99 小節。

情態詞有時稱為**情態動詞**（modal verb）或**情態助詞**（modal auxiliary）。

5.93 情態詞的主要用法在 5.94 到 5.98 小節論述。情態詞的特點 5.99 到 5.106 小節說明。

使用情態詞表示時間的方法在 5.107 到 5.114 小節論述。使用情態詞表示某事是否可能的方法在 5.115 到 5.151 小節論述。使用情態詞與他人互動的方法在 5.152 到 5.220 小節論述。

可用於代替情態詞的表達式在 5.221 到 5.245 小節論述。**半情態詞**(semi-modal)在 5.246 到 5.256 小節論述。

The main uses of modals 情態詞的主要用法

5.94 情態詞主要用於表示對所述內容的態度，或者表示關心所述內容對他人產生的影響。

attitude to information 對信息的態度

5.95 人們在提供信息的時候，有時用情態詞表示自己對所述內容的真實性或正確性有多大把握。

例如，假如有人說 ***Mr Wilkins is the oldest person in the village***(威爾金斯先生是村裏最年長的人)，說話者是在明確陳述一個事實。如果說 ***Mr Wilkins must be the oldest person in the village***(威爾金斯先生肯定是村裏最年長的人)，情態詞 ***must*** 表明說話者認為威爾金斯先生年齡最大，因為想不起村裏還有誰比威爾金斯先生年齡更大。而如果換成 ***Mr Wilkins might be the oldest person in the village***(威爾金斯先生也許是村裏最年長的人)，情態詞 ***might*** 則表示說話者認為威爾金斯先生可能是年齡最大的人，因為他非常老了。

attitude to intentions 對意圖的態度

5.96 情態詞可用於表示說話者對打算做或不打算做的事情的態度。例如，假如有人說 ***I won't go without Simon***(沒有西門，我是不會走的)，說話者是在表達對於沒有西門自己一個人走的強烈不情願。如果說成 ***I can't go without Simon***(沒有西門，我走不了)，說話者是在表示有一個特殊的理由為甚麼沒有西門自己不能一個人走。假如換成 ***I couldn't go without Simon***(沒有西門，我不能走)，說話者表示不願意沒有西門自己一個人走，因為這樣做是錯誤的或因情況所限不可能走。

attitude to people 對人的態度

5.97 人們使用語言的時候是在影響和回應一個特定的人或聽眾。情態詞常常用於產生特別的效果，而情態詞的選擇取決於好幾個因素，比如與聽眾的關係、情景的正式與否以及所說內容的重要性。

例如，對一個陌生人說 ***Open the door***(把門打開)通常會顯得粗魯無禮，儘管在緊急情況下可能會這麼說，或者對親密朋友或小孩也可能會這麼說。對一個陌生人通常會說 ***Will you open the door?***(請開一下門)、***Would you open the door?***(你能開一下門嗎?)或者 ***Could you open the door?***(你可以開一下門嗎?)，具體用哪一句則取決於說話者想表達的禮貌程度。

use in sentences containing more than one clause
在含一個以上分句的句子中的用法

5.98　情態詞在三種含一個以上分句的句子中有特殊用法：

☞ 用於**間接引語分句** (reported clause)

*Wilson dropped a hint that he **might** come.* 威爾遜暗示他可能會來。
*I felt that I **would** like to wake her up.* 我覺得我想叫醒她。

關於間接引語分句的進一步説明，參見第七章。

☞ 用於**條件陳述句** (conditional statement)

*If he had died when he was 50, he **would** have died healthy.* 如果他是在 50 歲去世的，他會死得很健康。
*If only things had been different, she **would** have been far happier with George.* 只要情況有所不同，她就會對佐治滿意得多的。

關於條件句的進一步説明，參見 8.25 到 8.42 小節。

☞ 用於**目的從句** (purpose clause)。

*He stole under the very noses of the store detectives in order that he **might** be arrested and punished.* 他在商店偵探面前行竊，目的是可以被逮捕受懲罰。
*He resigned so that he **could** spend more time with his family.* 他辭職了，這樣他就可以花更多時間陪伴家人。

關於目的從句的進一步説明，參見 8.47 和 8.48 小節。

Special features of modals 情態詞的特點

form of following verb
後接動詞的形式

5.99　情態詞後接動詞的**原形** (base form)。

*I must **leave** fairly soon.* 我必須早早離開。
*I think it will **be** rather nice.* 我認為這會相當不錯。
*They ought to **give** you your money back.* 他們應該把錢還給你。

注意，***ought*** 而不是 ***ought to*** 有時被視為情態詞，然後 ***ought*** 被説成是後接 ***to-***不定式。

5.100　有時情態詞後接助動詞 ***have*** 或 ***be*** 的原形形式，然後加上分詞。

情態詞後接 ***be*** 和 ***-ing*** 分詞時，表示談論的是現在或將來。

*People **may be watching**.* 人們可能會看着的。
*You **ought to be doing** this.* 你應該這麼做。
*The play **will be starting** soon.* 戲馬上就要開演了。

情態詞後接 ***have*** 和 ***-ed*** 分詞時，表示談論的是過去。

*You **must have heard** of him.* 你肯定聽説過他。
*She **may have gone** already.* 她也許已經走了。
*I **ought to have sent** the money.* 我早就應該寄錢過去。

在被動結構中，情態詞後接 ***be*** 或 ***have been*** 以及 ***-ed*** 分詞。

*The name of the winner **will be announced**.* 獲勝者的名字將會被宣佈。
*They **ought to be treated** fairly.* 他們應該得到公平的對待。

Such charges ***may have been justified***. 這些指控可能是合理的。

情態詞從不後接助動詞 ***do*** 或另一個情態詞。

no inflections
無屈折變化

5.101 情態詞沒有屈折變化。這就意味着它們沒有第三人稱單數 ***s*** 形式，也沒有 ***-ing*** 或 ***-ed*** 形式。

There's nothing I ***can*** *do about it.* 對此我無能為力。
I am sure he ***can*** *do it.* 我確信他能做到。
I ***must*** *leave fairly soon.* 我必須早早離開。

could 有時被看作 ***can*** 的過去時。這一點在 5.110 和 5.111 小節論述。

negatives
否定式

5.102 情態詞直接後加 ***not*** 等否定詞 (negative word) 構成否定式。***can not*** 常寫成一個詞 ***cannot***。

You ***must not*** *worry.* 你不應該擔心。
I ***cannot*** *go back.* 我不能回去。

至於 ***ought to***，否定詞置於 ***ought*** 之後。

He ***ought not to*** *have done so.* 他本不應該這麼做。

在美式英語裏，否定陳述句中 ***ought to*** 的 ***to*** 可有可無。

News organizations ***ought not*** *treat them so poorly. (American)* 新聞機構不應該如此糟糕地對待他們。(美式英語)

在 ***could***、***might***、***must***、***ought***、***should*** 和 ***would*** 之後，***not*** 常常縮略成 ***-n't*** 並加到情態詞上面。

You ***mustn't*** *talk about Ron like this.* 你不應該這樣談論羅恩。
Perhaps I ***oughtn't to*** *confess this.* 也許我不應該承認這個。
He ***oughtn't*** *turn away from those who have supported him. (American)* 他不應該背棄那些支持過他的人。(美式英語)

shall not、***will not*** 和 ***cannot*** 分別縮略成 ***shan't***、***won't*** 和 ***can't***。***may not*** 沒有縮略式。

I ***shan't*** *get much work done tonight.* 我今晚完成不了多少工作。
He ***won't*** *be finished for at least another half an hour.* 他至少要過一個小時才能結束。
I ***can't*** *go with you.* 我不能和你一起去。

questions
疑問句

5.103 情態詞放在主語前可構成疑問句。就 ***ought to*** 來説，***ought*** 放在主語前，***to*** 放在主語後。

Could you *give me an example?* 你能給我舉個例子嗎？
Ought we to *tell someone about it?* 我們應該把它告訴別人嗎？
Mightn't it *be better to leave things as they are?* 維持現狀不是更好嗎？
Why ***could they*** *not leave her alone?* 為甚麼他們不能放過她？
Must we *explain everything we do in such detail?* 我們必須這麼詳細地解釋我們所做的一切嗎？

question tags 附加疑問句

5.104 情態詞可用於**附加疑問句**（question tag）。

They can't all be right, ***can they****?* 他們不可能都對，是嗎？
You won't tell anyone, ***will you****?* 你不會告訴任何人的，對嗎？

否定附加疑問句中的否定詞用縮略式。

It would be handy, ***wouldn't it****?* 這會很方便，是不是？
It'll give you time to think about it, ***won't it****?* 這會給你時間去考慮一下，對不對？

附加疑問句在 5.15 到 5.19 小節論述。

contractions 縮略式

5.105 在口語裏，***will*** 和 ***would*** 置於代詞之後時，常縮略成 ***'ll*** 和 ***'d***，並加到代詞上面。

*I hope you****'ll*** *agree.* 我希望你能同意。
*She****'ll*** *be all right.* 她會沒事的。
*They****'d*** *both call each other horrible names.* 他們互相惡毒謾罵。
*If I went back on the train, it****'d*** *be better.* 如果我坐火車回來，那就更好了。

will 和 ***would*** 沒有後接動詞單獨使用時不能這樣縮略。例如，可以說 ***Paul said he would come, and I hope he will***（保羅說他會來，我也希望他會），但不能說 ***Paul said he would come, and I hope he'll***。

Usage Note 用法說明

5.106 情態詞有時沒有後接動詞單獨使用。重複情態詞時可以這麼用。例如，如果某人說 ***I expect Margaret will come tonight***（我預計瑪嘉烈今晚會來），可以回應說 ***I hope she will***（我希望她會）意思是 ***I hope she will come***（我希望她會來）。

'I ***must go****.' — 'I suppose you* ***must****.'* "我必須走了。"——"我想是的。"
'You ***should have become an archaeologist****.' — 'You're dead right, I* ***should****.'* "你本應該成為一名考古學家。"——"你完全正確。我應該的。"
If you ***can't do it****, we'll find someone who* ***can****.* 如果你做不了這件事的話，我們會找一個能做的人。

如果剛使用的動詞沒有帶情態詞或與另一個情態詞連用，情態詞後面的這個動詞也可省略。例如，如果某人說 ***George has failed his exam***（佐治考試不及格），可以回應說 ***I thought he would***（我原來就認為他會），意思是 ***I thought he would fail his exam***（我原來就認為他會不及格的）。

I ***love*** *him and I always* ***will****.* 我愛他，而且永遠愛他。
They had come to believe that it not only ***must go on for ever*** *but that it* ***should****.* 他們開始相信，它不僅肯定而且應該會永遠繼續下去。

但如果剛使用的動詞是 ***be***，而且沒帶情態詞，則情態詞後面的動詞 ***be*** 不能省略。例如，

如果某人說 ***Is he a teacher?***（他是老師嗎？），不能回應說 ***I think he might***，而必須說 ***I think he might be***（他也許是）。

Weather forecasts ***are****n't very reliable and never* ***will be****.* 天氣預報不太可靠，而且永遠不會。

*The Board's methods **are** not as stringent as they **could be**.* 董事會的方法沒有盡可能嚴格。
*Relations between the two countries **have not been** as smooth as they **might have been**.* 兩國關係沒有像原本可能的那樣平穩發展。

關於動詞短語中省略詞語的進一步說明，參見 10.60 到 10.81 小節。

Referring to time 表示時間

5.107 情態詞通常不表示談論的是過去、現在還是將來。一般用其他方法表示，比如在情態詞後面用助動詞和分詞。有時從一般語境可清楚地知道談論的是過去、現在還是將來的事件或情況。

the future 將來：shall 和 will

5.108 ***shall*** 和 ***will*** 屬於例外。

shall 總是表示談論的是將來的事件或情況。

*I **shall** do what you suggested.* 我會按照你的建議去做的。
*Eventually we **shall** find a solution.* 最終我們會找到一個解決方案的。

will 通常表示談論的是將來的事件或情況。

*The farmer **will** feel more responsible towards his workers.* 農場主會覺得對他的工人更有責任感。
*He **will** not return for many hours.* 他要好幾個小時以後才會回來。

但是，***will*** 有時用於談論現在的情況。

*You **will** not feel much love for him at the moment.* 你此刻不會對他有多少愛意。

will 的這種用法在 5.121 小節論述。

5.109 ***could*** 和 ***would*** 有時被描述成 ***can*** 和 ***will*** 的過去式。但是，這只在幾個次要方面是如此。詳見下列小節。

ability in the past 過去的能力：could

5.110 如果只是談論某人或某物做某事的能力，***could*** 可被視為 ***can*** 的過去式。

例如，談論一個活着的人時，可以說 ***He can speak Russian and Finnish***（他會說俄語和芬蘭語）。如果談論的是一個死去的人，可以說 ***He could speak Russian and Finnish***（他以前會說俄語和芬蘭語）。

關於這些用法的詳細說明，參見 5.116 到 5.118 小節。

reported speech 間接引語

5.111 ***could*** 和 ***would*** 有時代替 ***can*** 和 ***will*** 用於引述某人說的話。

例如，如果你的朋友說 ***I can come***（我能來），你可能會把這句話轉述為 ***He said that he could come***（他說他能來）。同樣，如果他說 ***I will come***（我會來），你可能會把這句話轉述為 ***He said that he would come***（他說他會來）。

關於間接引語（reported speech）的完整說明，參見第七章。

things that happened regularly in the past 過去經常發生的事情：would

5.112 ***would*** 用於談論過去經常發生但現在已不再發生的事情。

*The other children **would** tease me and call me names.* 其他孩子會取笑我，並且罵我。
*A man with a list **would** come round and say you could go off duty.* 一個拿着一份清單的男人會過來說你可以下班了。

would 這樣用時，常常加上時間表達式。

*She would **often** hear him grumbling.* 她常常會聽到他在抱怨。
***Once in a while** she'd give me some lilac to take home.* 她時不時會給我一些丁香花帶回家。
***Every day** I'd ring up home and ask if they'd changed their minds.* 每天我都會打電話回家問他們是否改變了主意。

可用 ***used to*** 代替 ***would*** 。 ***used to*** 在 5.252 到 5.256 小節論述。

thinking about the future 思考將來：would

5.113 ***would*** 也用於在故事中談論某人對將來的思考。例如，假如故事裏的一個人物在想第二天要去見一位名叫簡的女孩，作者可能會簡單地說 ***She would see Jane the next day***（她第二天會去見簡）。

*He **would** recognize it when he heard it again.* 如果他再次聽到，他會認出來的。
*They **would** reach the castle some time.* 他們過一段時間會到達城堡。

Refusing to do something 拒絕做某事：would not

5.114 如果 ***would*** 與 ***not*** 連用談論某事在過去發生，***would*** 具有特殊的含義，表示某人拒絕做某事。

*They just **would not** believe what we told them.* 他們就是不願相信我們告訴他們的事情。
*After all this, I **wouldn't** come back to the farm.* 經過這一切以後，我不願意回到農場去了。

情態詞表示拒絕的用法在 5.194 到 5.199 小節論述。

Talking about possibility 談論可能性

5.115 情態詞用於談論某事發生或被完成的可能性，以下四個小節說明其不同的用法。

5.116 到 5.119 小節說明如何使用 ***can*** 和 ***could*** 談論人或物做某事的能力。

5.120 到 5.139 小節說明如何使用情態詞表達對過去、現在和將來情況或事件的肯定程度。

5.140 到 5.143 小節說明如何使用情態詞表示某事被許可。

5.144 到 5.151 小節說明如何使用情態詞表示某事被禁止或不可接受。

Talking about ability 談論能力

skills and abilities 技巧和能力：can 和 could

5.116 ***can*** 用於表示某人具有特定的技巧或能力。

*You **can** all read and write.* 你們都會讀會寫。
*Some people **can** ski better than others.* 有些人滑雪比別人滑得好。
*He **cannot** dance.* 他不會跳舞。
*...the girl who **can't** act.* ……不會表演的那個女孩

could 用於表示某人過去有某種技巧或能力。

*When I arrived, I **could** speak only a little English.* 我剛到的時候，只會説一點點英語。
*I **could** barely walk.* 我幾乎不能走路。
*He **could** kick goals from anywhere.* 他可以在任何位置射門得分。

awareness 感知：can 和 could

5.117 ***can*** 也用於表示某人通過某一種感官感知到某物。

*I **can** see you.* 我看得見你。
*I **can** smell it. **Can't** you?* 我能聞到它。你聞不到嗎？

could 用於表示在過去一個特定場合某人通過某一種感官感知到某物。

*I **could** see a few faint stars in a clear patch of sky.* 我只看得見一小片晴朗的天空中幾顆暗淡的星星。
*I **could** feel my heart bumping.* 我感到心怦怦直跳。
*Police said they **could** smell alcohol on his breath.* 警方説，他們從他的呼吸中聞到了酒味。

general truths 一般的事實：can 和 could

5.118 ***can*** 和 ***could*** 也用於表示通常情況下如此的事實，特別是關於某物或某人有能力產生某種效果或有某種表現的事實。

*It **can** be very unpleasant.* 這有時會令人非常不快。
*Art **can** be used to communicate.* 藝術可以用來溝通交際。
*Throwing parties **can** be hard work.* 舉辦聚會可以是艱苦的工作。
*He **could** be very stiff, could Haggerty.* 他有時會非常拘謹，哈格蒂會的。
*He **could** really frighten me, and yet at the same time he **could** be the most gentle and courteous of men.* 他真的會嚇到我，然而同時他又是最溫柔和禮貌的人。

Be Careful 注意

5.119 ***can*** 或 ***could*** 不能用於表示某人或某物將來會有特定的能力。而 ***be able to*** 或 ***be possible to*** 則可以。

be able to 和 ***be possible to*** 也可用於談論某人現在或過去做某事的能力。

be able to 和 ***be possible to*** 在 5.222 到 5.229 小節論述。

Talking about likelihood 談論可能性

5.120 下面幾個小節說明如何使用情態詞表示對過去、現在和將來情況和事件的肯定程度。

5.121 到 5.127 小節說明情態詞用於表示肯定程度的主要方法。

5.128 到 5.132 小節說明情態詞用於談論將來的可能情況的特殊方法。

5.133 到 5.139 小節說明情態詞用於討論過去的可能情況的特殊用法。

assuming that something is the case 假定情況如此：will 和 would

5.121 ***will*** 用於假定情況如此，而且說話者認為沒有理由懷疑。

*Those of you who are familiar with the game **will** know this.* 你們當中熟悉這個遊戲的人都知道這一點。
*He **will** be a little out of touch, although he's a rapid learner.* 他會有點孤陋寡聞，儘管他學東西很快。
*She **will** have forgotten all about it by now.* 到這個時候，她會把一切全都忘掉的。

同樣，***will not*** 或 ***won't*** 用於假定情況並非如此。

*The audience **will not** be aware of such exact details.* 觀眾不會知道這些具體細節。
*You **won't** know Gordon. He's our new doctor.* 你不會認識戈登。他是我們新來的醫生。

如果想更客氣一些，***you*** 之後可用 ***would*** 代替 ***will***。

*You **would** agree that the United States should be involved in assisting these countries.* 你會同意美國應該參與對這些國家的援助。

certainty 肯定：would 和 should

5.122 ***would*** 也可用於表示某事在特定情況下肯定會發生。

*Even an illiterate person **would** understand that.* 即使一個文盲也會理解這一點的。
*Few people **would** agree with this as a general principle.* 很少有人會同意把這個作為一般原則。
*A picnic **wouldn't** be any fun without you.* 沒有了你，野餐就不會有任何樂趣了。

I 之後可用 ***should*** 代替 ***would***。

*The very first thing I **should** do would be to teach you how to cook.* 我應該做的第一件事就是教你烹飪。
*I **should** be very unhappy on the continent.* 我在歐洲大陸一定會很不愉快的。

這種用法在美式英語裏比較少見，通常在 ***I*** 之後用 ***would***。

belief 信念：must 和 cannot

5.123 由於特定的事實或環境，說話者可用 ***must*** 表示相信情況如此。

*Oh, you **must** be Sylvia's husband.* 哦，你肯定是西爾維亞的丈夫。

*Fashion **must** account for a small percentage of sales.* 流行款式肯定只佔銷售額的一小部分。
*This article **must** have been written by a woman.* 這篇文章肯定是一個女人寫的。

表示情況並非如此，可用 ***cannot*** ，而不用 ***must not*** 。（參見 5.126 小節。）

*The two conflicting messages **cannot** possibly both be true.* 這兩個互相矛盾的信息不可能都是真的。
*You **can't** have forgotten me.* 你不可能已經把我忘了。
*He **can't** have said that. He just **can't**.* 他不可能說出那樣的話。他就是不可能。

present possibility 現在的可能性：could, might 和 may

5.124 ***could*** 、 ***might*** 或 ***may*** 用於表示某事有可能發生或可能如此。***may*** 比 ***could*** 或 ***might*** 略微正式一些。除此之外，這些情態詞之間的詞義差別甚小。

*Don't eat it. It **could** be poisonous.* 不要吃這個東西。可能有毒。
*His route from the bus stop **might** be the same as yours.* 他從公共汽車站出來後走的路線可能和你是一樣的。
*In rare cases the jaw **may** be broken during extraction.* 在罕見的情況下，拔牙時下頜可能會斷裂。

如果 ***well*** 置於 ***could*** 、 ***might*** 或 ***may*** 之後，表示情況相當可能是如此。

*It **could well** be that the economic situation is getting better.* 很可能經濟形勢正在好轉。
*His predictions **could well** have come true.* 他的預測很可能已經變成了現實。
*You **might well** be right.* 你很可能是對的。
*I think that **may well** have been the intention.* 我認為那很可能就是意圖。

negative possibility 否定的可能性：might not 和 may not

5.125 ***might not*** 或 ***may not*** 用於表示情況可能不是如此。

*He **might not** be in England at all.* 他也許根本不在英格蘭。
*That **mightn't** be true.* 那也許不是真的。
*That **may not** sound very imposing.* 這聽來可能不是很有氣勢。

impossibility 不可能：could not 和 cannot

5.126 ***could not*** 或 ***cannot*** 用於表示情況不可能如此。

*...knowledge which **could not** have been gained in any other way.*
……不能以任何其他方式獲取的知識
*It **couldn't** possibly be poison.* 這絕不可能是毒藥。
*He **cannot** know everything that is going on.* 他不可能知道正在發生的所有事情。
*You **can't** talk to the dead.* 你無法跟死人說話。

strong assertion: could not with comparatives 強烈的斷言：could not 與比較級連用

5.127 ***could*** 有時與形容詞的比較級一起用於否定結構。***could*** 這樣用時表示某人或某物不可能具有更多的特定性質。

*I **couldn't** be happier.* 我再快樂不過了。
*You **couldn't** be more wrong.* 你大錯特錯了。
*The setting **couldn't** have been lovelier.* 環境不可能更令人愉快了。
*He **could hardly** have felt more ashamed of himself.* 他羞愧難當。

talking about the future 談論將來

5.128 下面幾個小節説明如何使用情態詞談論可能的將來情況。***must***、***cannot***、***could***、***might*** 和 ***may*** 的這種用法與談論現在可能的情況時的用法類似。

certainty: will 肯定：will

5.129 ***will*** 用於表示某事肯定會發生或將來情況會如此。

*They **will** see everything.* 他們將看到一切。
*The price of food **will** go up.* 食品價格會上漲。
*The service **will** have been running for a year in May.* 到 5 月份這種服務將運行滿一年。

be going to 也可用於表示某事將來肯定會發生。***be going to*** 的這種用法在 5.231 小節論述。

certainty: shall, must, and cannot 肯定：shall, must 和 cannot

5.130 ***shall*** 也用於表示某事肯定會發生。***shall*** 通常用來談論無法控制的事件和情況。例如，***shall*** 可用於下決心或作出承諾。

*I **shall** be leaving as soon as I am ready.* 我一準備好就走。
*Very well, my dear. You **shall** have the coat.* 好吧，親愛的。你就買下這件大衣吧。
*Of course he **shall** have water.* 當然他會得到水。
*'You'll make a lot of money.' — 'I **shall** one day.'* "你會賺很多錢。"——"有朝一日我會的。"

在美式英語裏，這種用法被認為非常正式，並不經常使用。

must 用於表示由於特定的事實或環境，某事肯定會發生。

*This research **must** eventually lead to computer decision-making.* 這研究最終必導致電腦決策。

cannot 用於表示由於特定的事實或環境，某事肯定不會發生。***must not*** 不用於這個意義。

*A team **cannot** hope to win consistently without a good coach.* 沒有好教練的球隊不能指望連勝。
*The bad weather **can't** last.* 惡劣的天氣不可能長久。

expectation 預期：should 和 ought to

5.131 ***should*** 或 ***ought to*** 用於表示説話者料想某事會發生。

*She **should** be back any time now.* 現在她隨時都可能回來。
*This course **should** be quite interesting for you.* 這個課程對你來説應該很有趣。

The Court of Appeal ***ought to*** *be able to help you.* 上訴法院應該能夠幫助你。
It ***ought to*** *get better as it goes along.* 這慢慢會好起來的。

should 和 ***ought to*** 還用於談論做某事的重要性。這種用法在 5.213 小節論述。

future possibility 將來的可能性：could, might 和 may

5.132 ***could*** 、 ***might*** 或 ***may*** 用於談論特定的事情可能會發生。

England's next fixture in Salzburg ***could*** *be the decisive match.* 英格蘭隊在薩爾斯堡的下一場賽事可能是決定性的比賽。
The river ***could*** *easily overflow.* 這條河很容易泛濫。
They ***might*** *be able to remember what he said.* 他們也許能記住他說了甚麼。
Clerical work ***may*** *be available for two students who want to learn about publishing.* 可能有文書工作可供想了解出版的兩個學生做。

could 、***might*** 或 ***may*** 與 ***well*** 連用，表示某事相當可能發生或將可能如此。

When it is finished it ***may well*** *be the largest cathedral in the world.* 建成後這很可能是世上最大的教堂。
We ***might well*** *get injured.* 我們很可能會受傷。

could 、 ***might*** 或 ***may*** 與 ***possibly*** 或 ***conceivably*** 連用，表示某事雖有可能發生或將可能如此，但可能性不太大。

These conditions ***could possibly*** *be accepted.* 這些條件很可能被接受。
Rates ***could conceivably*** *rise by as much as a whole percentage point.* 可以想像的是，稅率會上漲整整一個百分點。

talking about the past 談論過去

5.133 下面幾個小節說明如何使用情態詞談論過去可能發生的情況。

expectation 預期：should have, ought to have

5.134 ***should*** 或 ***ought to*** 與 ***have*** 連用表示預期某事已經發生。

Dear Mom, you ***should have*** *heard by now that I'm O.K.* 親愛的媽媽，這時你應該已經聽說我沒事了。

should 或 ***ought to*** 與 ***have*** 連用，也可表示預期某事會發生，即使實際上並未發生。

Muskie ***should have*** *won by a huge margin.* 馬斯基本來應該以大比數獲勝的。
She ***ought to have*** *been home by now.* 現在她本應該已經到家了。

possibility 可能性：would have

5.135 ***would*** 與 ***have*** 連用，談論過去可能發生的動作或事件，即使實際上並未發生。

Denial ***would have*** *been useless.* 否認本來就沒用。

I ***would have*** *said yes, but Julie persuaded us to stay at home.* 我本來會同意的，但茱莉說服我們留在家裏。

*You **wouldn't have** pushed him, would you?* 你不會推搡他了吧，你推了嗎？

possibility 可能性：could have, might have

5.136 ***could*** 或 ***might*** 與 ***have*** 連用，可表示某事有可能在過去發生，即使實際上並未發生。

*It **could have** been awful.* 事情本來可能會很糟糕的。

*I **could** easily **have** spent the whole year on it.* 我原可以把整整一年時間都用在這上面的。
*You **could have** got a job last year.* 你去年本可以找到一份工作的。
*A lot of men died who **might have** been saved.* 許多本來有可能獲救的人都死了。
*You **might have** found it very difficult.* 你原本可能會覺得這很困難。

uncertainty 不肯定：could have, might have, may have

5.137 ***could***、***might*** 或 ***may*** 與 ***have*** 連用，也可表示情況可能是如此，但説話者並不知道情況到底是否如此。

*It is just possible that such a small creature **could have** preyed on dinosaur eggs.* 這麼小的動物完全有可能捕食恐龍蛋。
*They **might have** moved house by now.* 他們這時可能已經搬了家。
*I **may have** seemed to be overreacting.* 我可能似乎反應過度了。

negative possibility 否定的可能性：might not have, may not have

5.138 ***might not*** 或 ***may not*** 與 ***have*** 連用，可表示某事沒有發生或並非如此。

*They **might not have** considered me as their friend.* 他們也許沒有把我看作朋友。
*My father **mightn't have** been to blame.* 我父親也許不應該受到責備。
*The parents **may not have** been ready for this news.* 父母可能還沒有準備好接受這個消息。

impossibility: could have with negative 不可能：could have 與否定詞連用

5.139 ***could*** 與否定詞和 ***have*** 連用，可表示某事不可能已經發生或過去並非如此。

*It **couldn't have** been wrong.* 這不可能已經出錯。
*The money was not, and **never could have** been, the property of the organization.* 這筆錢不是 —— 也從來不可能是 —— 組織的財產。

Talking about permission 談論許可

permission 許可：can

5.140 ***can*** 可用於表示某人被允許做某事。

*You **can** drive a van up to 3-ton capacity using an ordinary driving licence.* 持有普通的駕駛執照可以駕駛載重量最高為 3 噸的貨車。

如果表示允許某事發生，也可用 ***can*** 。

*You **can** borrow that pen if you want to.* 如果你需要，你可以借那支鋼筆。
*You **can** go off duty now.* 你現在可以下班了。

*She **can** go with you.* 她可以和你一起去。

formal permission 正式許可：may

5.141 在比較正式的場合，***may*** 用於表示許可。

*You **may** speak now.* 你現在可以說了。
*They **may** do exactly as they like.* 他們想做甚麼就可以做甚麼。

permission in the past 過去的許可：could

5.142 ***could*** 用於表示某人過去被允許做某事。

*We **could** go to any part of the island we wanted to.* 我們可以去島上我們想去的任何地方。

Be Careful 注意

5.143 ***can*** 或 ***could*** 不能用於表示某人將來會被允許做某事。***be able to*** 可表示這個意義。

be able to 在 5.222 到 5.229 小節論述。

Saying that something is unacceptable 表示某事不可接受

5.144 情態詞常常用於否定結構，表示一個動作被禁止或不可接受。

saying that something is forbidden 表示某事被禁止：cannot

5.145 ***cannot*** 用於表示某事被禁止，比如由於規則或法律。

*Children **cannot** bathe except in the presence of two lifesavers.* 兒童不能游泳，除非有兩名救生員在場。
*We're awfully sorry we **can't** let you stay here.* 我們非常抱歉不能讓你留在這裏。

saying that something is forbidden 表示某事被禁止：may not

5.146 ***may not*** 的用法與 ***cannot*** 類似，但更正式。

*You **may not** make amendments to your application once we have received it.* 我們一旦收到了申請，你就不能更改了。
*This material **may not** be published, broadcast, or redistributed in any manner.* 這份材料不得出版、廣播，或者以任何形式再次發佈。

saying that something is forbidden 表示某事被禁止：will not

5.147 ***will not*** 用於非常堅決地告訴某人不允許做某事。通常，說話者有權阻止對方做此事。

*'I'll just go upstairs.' — 'You **will not**.'* "我這就上樓去。"——"你不可以。"
*Until we have cured you, you **won't** be leaving here.* 在我們把你治癒之前，你不能離開這裏。

saying that something is forbidden 表示某事被禁止：shall not

5.148 ***shall not*** 用於正式表示一件特定事情不被允許。***shall not*** 常用於書面規則、法律及協議。

*Persons under 18 **shall not** be employed in nightwork.* 未滿 18 歲的人不得從事夜間工作。

*Equality of rights under the law **shall not** be denied or abridged by the United States or by any State.* 法律面前的平等權利，不應被合眾國或任何一州拒絕或削減。

shan't 的用法與 ***will not*** 和 ***won't*** 類似。

*You **shan't** leave without my permission.* 沒有我的允許，你不得離開。

saying that something is forbidden: imperatives
表示某事被禁止：祈使式

5.149 也可用**祈使句** (imperative) 表示某事不被允許。祈使句在 5.4 和 5.35 到 5.39 小節論述。

undesirable actions
不可取的動作：should not

5.150 ***should not*** 用於告訴某人某個動作不可接受或不可取。

*You **should not** take her help for granted.* 你不應該把她的幫助視為理所當然。
*You **shouldn't** do that.* 你不應該那樣做。
*You **shouldn't** be so unfriendly.* 你不應該這麼不友好。

undesirable actions
不可取的動作：must not

5.151 ***must not*** 用於更堅決地表示某事不可接受或不可取。

*You **must not** accept it.* 你不准接受它。
*You **mustn't** do that.* 你不准那樣做。
*You **mustn't** breathe a word of this to anyone.* 這件事你一個字也不准告訴別人。

Interacting with other people 與他人互動

5.152 人們常說一些話以便使某人按特定方式行事。例如，說話者可能想讓某人採取特定的行動、接受提議或允許做某事。

這些情況下常使用情態詞。情態詞的選擇取決於好幾個因素，主要有：

☞ 情況的正式與否

☞ 交談雙方的關係

☞ 所要表示的禮貌程度。

在特定情況下，其他因素也很重要。例如，在主動提議或建議時，所選的情態詞可取決於說話者想具有多大的說服力。

5.153 下面幾個小節說明如何在不同情況下使用情態詞。

5.154 到 5.170 小節說明如何提出指示和請求。

5.171 到 5.179 小節說明如何作出提議或邀請。

5.180 到 5.187 小節說明如何提出建議。

5.188 到 5.193 小節說明如何表達意圖。

5.194 到 5.199 小節說明如何表示不願意或拒絕做某事。

5.200 到 5.208 小節説明如何表達願望。

5.209 到 5.213 小節説明如何表示做某事的重要性。

5.214 到 5.220 小節説明如何用各種方法引出將要說的話。

Giving instructions and making requests 發出指示和提出請求

5.154 發出指示或提出請求時，通常在疑問句中使用情態詞。

will、***would***、***can*** 或 ***could*** 與 ***you*** 連用，表示吩咐某人做某事，或請求某人做某事。

can、***could***、***may*** 或 ***might*** 與 ***I*** 或 ***we*** 等人稱代詞或名詞短語連用，表示請求某人允許自己做某事。

加上 ***please*** 總是能夠使指示和請求顯得更客氣。***please*** 和其他禮貌標記在 5.170 小節論述。

instructions and appeals for help 指示和求助

5.155 ***will***、***would*** 和 ***could*** 與 ***you*** 連用有兩種方式：

☞ 用於發出指示或命令

☞ 用於請求幫助或協助

instructions and appeals for help 指示和求助：will

5.156 ***will*** 用於相當直接地發出指示或命令。這種用法比祈使式的語氣略微弱一些。

Will *you pick those toys up please?* 把那些玩具撿起來好嗎？
Will *you pack up and leave at once, please.* 請你收拾東西立刻離開。

will 用於在不太正式的語境中請求幫助。

Mummy, ***will*** *you help me?* 媽媽，你能幫幫我嗎？

instructions and appeals for help 指示和求助：would

5.157 ***would*** 用於發出指示或命令時，比 ***will*** 更客氣。

Would *you tell her that Adrian phoned?* 請你告訴她阿祖安來電話了，好嗎？
Would *you ask them to leave, please?* 請你叫他們離開，好嗎？

would 用於求助時，比 ***will*** 更正式和客氣。

Would *you do me a favour?* 你能幫我個忙嗎？

instructions and appeals for help: could 指示和求助：could

5.158 ***could*** 用於發出指示和命令時，比 ***would*** 更客氣。

Could *you follow me please?* 請跟我來好嗎？
Could *you just switch the projector on behind you?* 你能按下你身後的投影機開關嗎？

could 用於求助時，比 ***would*** 更客氣。

Could *you show me how to do this?* 你能不能告訴我們怎麼做？

appeals for help: can
求助：can

5.159 ***can*** 可與 ***you*** 連用表示尋求幫助。通常在不能確定某人是否能提供幫助時用 ***can***。

Oh hello. ***Can*** *you help me? I've been trying this number for ten minutes and I can't get through.* 喂，你好，你能幫幫我嗎？我試着打這個號碼已10 分鐘了，但一直打不通。

requests
請求

5.160 要求得到某物或請求允許做某事時，***can***、***could***、***may*** 和 ***might*** 可與 ***I*** 或 ***we*** 連用。

這些情態詞也可與 ***he***、***she***、***they*** 或其他名詞短語連用，代表別人請求得到某物。例如，可以說 ***Can she borrow your car?***（她能借用你的汽車嗎？），或者 ***Could my mother use your telephone?***（我母親能用一下你的電話嗎？）。

requests: can
請求：can

5.161 ***can*** 用於直截了當地提出請求。

Can *I ask a question?* 我能問個問題嗎？
*'****Can*** *I change this?' I asked the box office lady, offering her my ticket.* "我能換這張票嗎？" 我問售票處的女士，把我的票遞給她。

requests
請求：could

5.162 ***could*** 比 ***can*** 更客氣。

Could *I have a bottle of lemonade, please?* 請給我一瓶檸檬水，好嗎？
Could *I just interrupt a minute?* 我能打攪一下嗎？

requests
請求：can't 和 couldn't

5.163 用 ***can't*** 或 ***couldn't*** 代替 ***can*** 或 ***could*** 可使請求聽上去更有說服力。例如，可以用 ***Can't I come with you?***（我不能和你一起去嗎？）代替 ***Can I come with you?***（我能和你一起去嗎？）

Can't *we have some music?* 我們不能來點音樂嗎？
Couldn't *we stay here?* 我們不能留在這裏嗎？

requests
請求：may 和 might

5.164 ***may*** 和 ***might*** 比 ***can*** 和 ***could*** 更正式。過去人們受到的教育是，請求得到某物時正確的方法是用 ***may*** 而不是 ***can***，用 ***might*** 而不是 ***could***。然而 ***can*** 和 ***could*** 現在已普遍使用。以 ***might*** 開頭的請求現在很罕見，大多數人認為已經過時。

May *I have a cigarette?* 我能抽支煙嗎？
May *we have something to eat?* 我們可以吃點東西嗎？
May *I ask what your name is?* 我可以問一下你叫甚麼名字嗎？
Might *I inquire if you are the owner?* 請問你是物主嗎？

instructions
指示：would like

5.165 在陳述句中，***would like*** 可與 ***I*** 或 ***we*** 連用提出指示或命令，後接 ***you*** 和 ***to-***不定式分句。

OK, everyone, I ***would like*** *you to get into a circle.* 好了，各位，我想要你們圍成一圈。

want 也可像 ***would like*** 這樣用。***want*** 的這種用法在 5.234 小節論述。

firm instructions 堅決的指示：will

5.166 也可在陳述句中用 ***will*** 發出指示或命令。說話者生氣或不耐煩時用這種形式。

*You **will** go and get one of your parents immediately.* 你馬上給我去把你的家長叫來。
*You **will** give me those now.* 你現在就把那些東西給我。

formal instructions 正式指示：shall

5.167 ***shall*** 有時用在陳述句中發出指示或命令。這種用法非常正式。

*There **shall** be no further communication between you.* 你們之間不允許再有任何聯繫。

imperatives 祈使式

5.168 祈使式 (imperative) 也可用於發出指示或命令。這種用法在 5.35 小節論述。

requests 請求：would like, should like

5.169 ***would like*** 或 ***should like***（僅限英式英語）可用在陳述句中提出請求 。***would like*** 和 ***should like*** 後接 ***to-***不定式分句或名詞短語。

*I **would like** to ask you one question.* 我想問你一個問題。
*I**'d like** to have a little talk with you.* 我想和你稍微談一談。
*I **should like** a list of your customers over the past year.* 我想得到一份你們去年的客戶名單。

polite additions to requests 請求的禮貌附加語

5.170 上述所有提出指示和請求的方法都可用 ***please*** 變得更客氣。

*Can I speak to Nicola, **please**?* 請問我能和尼古拉通電話嗎？
***Please** may I have the key?* 請問我可以拿鑰匙嗎？

在疑問句的句首或句末加上受話者的名字也可使請求變得更客氣。

***Martin**, could you make us a drink?* 馬丁，你能給我們弄杯飲料嗎？
*Can I talk to you, **Howard**?* 我能和你談一談嗎，侯活？

另一個使請求變得更客氣的方法是在動詞的主語後面加上 ***perhaps*** 或 ***possibly*** 之類的副詞。

*Could I **perhaps** bring a friend with me?* 我也許可以帶個朋友來嗎？
*May I **possibly** have a word with you?* 我也許可以和你說句話？

在英語口語裏，動詞的主語後面加上 ***just*** 可使請求變得更客氣。

*Could you **just** come into my office for a minute?* 你能到我的辦公室來一下嗎？

Making an offer or an invitation 作出提議或邀請

5.171 情態詞常用於作出提議或邀請。

will 或 ***would*** 與 ***you*** 在疑問句中連用，用於請求某人接受某物或作出邀請。

主動提議幫助某人時，***can***、***may***、***shall*** 或 ***should*** 可與 ***I*** 或 ***we*** 連用。這些結構中有的類似於前一小節描述的結構。

offers and invitations 提議和邀請：will

5.172　***will*** 與 ***you*** 在疑問句中連用，用於表示給某人提供某物或比較隨意地作出邀請。說話者與交談的另一方很熟悉時用 ***will***。

Will *you have a whisky, Doctor?* 要不要來一杯威士忌，醫生？
Will *you stay for lunch?* 你留下來吃午飯好嗎？

offers and invitations 提議和邀請：would 和 wouldn't

5.173　另一種更客氣地提供某物或作出邀請的方法是把 ***would*** 與一個作 ***to like*** 解的動詞連用。

Would *you like a drink?* 你想喝一杯嗎？
Would *you care to stay with us?* 你願意和我們留在一起嗎？

如果想使自己聽上去更有說服力，但不至於顯得不禮貌或太急切，可用 ***wouldn't*** 代替 ***would***。

Wouldn't *you like to come with me?* 難道你不想和我一起去嗎？
Wouldn't *you care for some more coffee?* 難道你不想再來點咖啡嗎？

offers of help 提供幫助：can

5.174　提出為某人做某事時，通常用 ***can*** 後接 ***I*** 或 ***we***。

Can *I help you with the dishes?* 我能幫你洗碗碟嗎？
Can *we give you a lift into town?* 要不要我們順便載你進城？

offers of help 提供幫助：may

5.175　***may*** 也可用於提出為某人做某事。這種用法不如 ***can*** 常見，而且相當正式和過時。

May *I help you?* 我能為您效勞嗎？
May *I take your coat?* 我可以為您拿外套嗎？

offers of help 提供幫助：shall 和 should

5.176　提出為某人做某事時也可用 ***shall*** 或 ***should***。

如果說話者能立刻做到提議的事情，或對自己的提議被接受比較有信心，可用 ***shall***。

Shall *I shut the door?* 我關上門好嗎？
Shall *I spell that for you?* 我來為你拼寫那個單詞好嗎？

如果談論的是一個不太可能或不太緊迫的情況，或者說話者對自己的提議是否會被接受沒有把握，則可用 ***should***。

Should *I give her a ring?* 我應該送她一隻戒指嗎？
Should *I put all these meetings on my calendar?* 我應該把這些會議寫在日曆上嗎？

emphasizing ability 強調能力：can

5.177　如果想強調自己有能力提供幫助，可在陳述句中用 ***can*** 提出幫助。

I have a car. I ***can*** *drop you off on my way home.* 我有一輛車。我可以在回家的路上順便送你。

*I **can** pop in at the shop tomorrow.* 我明天可以順便去一下商店。

persuasive invitations 有説服力的邀請：must 和 have to

5.178 如果想使邀請顯得有説服力，可用以 ***you*** 和 ***must*** 或 ***have to*** 開頭的陳述句。***have to*** 在美式英語裏更常見。

*You **must** join us for drinks this evening.* 你今晚一定要和我們一起喝酒。
*You **have to** come and visit me.* 你一定要來看我。

must 和 ***have to*** 的這種用法只適用於非常熟悉的人。

5.179 其他作出提議和邀請的方法在 5.42 小節論述。

Making suggestions 提出建議

5.180 情態詞在陳述句或疑問句中可用於提出建議。這種句子的主語通常是 ***we*** 或 ***you*** 。

suggesting 建議：could

5.181 ***could*** 在陳述句中或 ***couldn't*** 在疑問句中可用於提出建議。

*If the business doesn't work out we **could** sell it.* 如果企業做不下去，我們可以把它賣了。
*You **could** have a nursery there.* 那裏可以興建一個託兒所。
***Couldn't** you just build more factories?* 你們就不能興建更多工廠嗎？
***Couldn't** some international agreement be concluded to ban these weapons?* 難道就不能締結一個國際協定來禁止這些武器嗎？

suggesting 建議：should 和 ought to

5.182 提出建議時，如果説話者想表示自己確信這是個好主意，可用 ***should*** 或 ***ought to*** 。

*You **should** ask Norry about this.* 這件事你應該問諾瑞。
*I think you **should** get in touch with your solicitor.* 我認為你應該和你的律師聯繫。
*We **ought to** celebrate. Let's get a bottle of champagne.* 我們應該慶祝一下。我們拿一瓶香檳來吧。
*I think you **ought to** try a different approach.* 我認為你應該試一試別的辦法。

提出自己確信的建議的另一個方法，是在疑問句中用 ***shouldn't*** 或 ***oughtn't to*** 。

***Shouldn't** we at least give her a chance?* 難道我們不應該至少給她一個機會嗎？
***Oughtn't** we **to** phone the police?* 我們不應該給警察打電話嗎？

persuading 勸説：must

5.183 建議某人採取一個行動時，如果試圖説服對方應該去做，可用 ***must***。只有在和熟悉的人談話時，***must*** 才能這麼用。

*You **must** say hello to your daughter.* 你必須向你女兒打招呼。
*We **must** go to the place, perhaps have a weekend there.* 我們必須去那

個地方，也許在那裏度週末。

polite suggestions 禮貌的建議：might

5.184 如果想非常禮貌地提出建議，可以在陳述句中用 ***might*** 和 ***you***。***might*** 後接作 ***to like*** 或 ***to want*** 解的動詞。

*You **might** want to comment on his latest proposal.* 你可能想評論他的最新提議。
*I thought perhaps you **might** like to come along with me.* 我想也許你願意和我一起來。

要想禮貌地提出建議，也可用以 ***It might be*** 開頭的句子，後接名詞短語或形容詞加 ***to-*** 不定式分句。

*I think it **might** be a good idea to stop now.* 我覺得現在停下來可能是個不錯的主意。
*It **might** be better to wait a while.* 等一等也許更好。

suggesting 建議：might as well, may as well

5.185 表達式 ***might as well*** 和 ***may as well*** 也可用於提出建議。

might as well 用於下列情況，即所提的建議似乎是唯一的明智之舉，即使說話者對此並不十分熱心。

*He **might as well** take the car.* 他買下這輛車也無妨。
*We **might as well** call the whole thing off.* 我們不妨取消整件事。

may as well *to* 用於表示建議是否被接受對自己並不重要。

*You **may as well** open them all.* 你不妨全部打開它們。
*We **may as well** give her a copy.* 我們不妨給她一份複印件。

suggesting 建議：shall

5.186 以 ***shall we*** 開頭的疑問句可用於提出建議自己和別人可以做甚麼。

***Shall** we go and see a film?* 我們去看場電影好嗎？
***Shall** we go on to question number six?* 我們接着看第 6 個問題好嗎？
***Shall** we talk about something different now?* 我們現在談些別的事情好嗎？

5.187 提出建議的其他方法在 5.46 小節論述。

Stating an intention 表達意圖

5.188 通常在陳述句中用 ***will***、***shall*** 或 ***must*** 表達意圖。

intentions 意圖：will

5.189 表達意圖的常用方法是 ***I*** 或 ***we*** 與 ***will*** 連用。縮略式 ***I'll*** 和 ***we'll*** 很常見。

*I **will** call you when I am ready.* 我準備好以後會叫你的。
*We **will** stay here.* 我們將留在這裏。
***I'll** write again some time.* 我改天再寫信。
***We'll** discuss that later.* 我們以後討論那件事。

will not 或 ***won't*** 用於表示不打算做某事。

*I **will not** follow her.* 我不會跟着她。
*I **won't** keep you any longer.* 我不再留你了。
*We **won't** let them through the gate.* 我們不會讓他們進入大門的。

5.190 使用完整形式 ***I will*** 或 ***we will*** 並重讀 ***will*** 可表示下定決心要做某事。

使用 ***I won't*** 或 ***we won't*** 並重讀 ***won't***，或者使用 ***I will not*** 或 ***we will not*** 並重讀 ***not***，可表示下定決心不做某事。

intentions 意圖：shall

5.191 另一種表達意圖的方法是 ***I*** 或 ***we*** 與 ***shall*** 連用。

*I **shall** be leaving soon.* 我很快就要離開了。
*I **shall** make some enquiries and call you back.* 我先查詢一下然後再給你回電話。
*We **shall** continue to monitor his progress.* 我們將繼續監督他的進展。

這種用法略顯過時，並且相當正式，在美式英語裏不常見。

shall not 或 ***shan't*** 可用於表示下定決心不做某事。這種用法比 ***will not*** 或 ***won't*** 語氣更強。

*I **shall not** disclose his name.* 我不會透露他的名字。
*I **shan't** go back there.* 我絕不會回到那裏。

shan't 這個形式不用於美式英語。

intentions 意圖：must

5.192 如果想表示自己做某事是很重要的，可用 ***I must***。

*I **must** leave fairly soon.* 我必須早早離開。
*I **must** ask her about that.* 我必須問問她這件事。
*I **must** call my mum — it's her birthday today.* 我必須打電話給我媽媽，今天是她的生日。

5.193 不使用情態詞表達意圖的方法在 5.235 到 5.238 小節論述。

Expressing unwillingness or refusal 表示不願意或拒絕

5.194 在否定陳述句中使用情態詞可表示拒絕。主語通常是 ***I*** 或 ***we***，但其他人稱代詞或名詞短語也可以使用。

refusal: will not and won't 拒絕：will not 和 won't

5.195 如果想表示堅決不做某事，可用 ***will not*** 或 ***won't***。

*I **will not** hear a word said against the National Health Service.* 反對國民保健制度的話我一句都不願意聽。
*I **won't** let this happen.* 我不會允許發生這事。

也可以只說 ***I won't***。

*'Tell me your secret.' — '**I won't**. It wouldn't be a secret if I told you.'* "把你的秘密告訴我。" —— "我不會，告訴你就不是秘密了。"
*It isn't that I **won't**. I can't.* 不是我不願意，而是我不能夠。

won't 可用於表示別人拒絕做某事。

*He **won't** give her the money.* 他不願意把錢給她。

refusal
拒絕：would not

5.196 如果想表示過去拒絕做某事，可用 ***would not*** 或 ***wouldn't***。

*He thought I was a freak because I **wouldn't** carry a weapon.* 他認為我是個怪人，因為我不願意攜帶武器。

unwillingness
不願意：cannot

5.197 如果想表示有強烈的情緒阻止自己做某事，可用 ***cannot*** 或 ***can't***。

*I **cannot** leave everything for him.* 我不能把甚麼事情都留給他。
*I **can't** give you up.* 我不能放棄你。

unwillingness
不願意：couldn't

5.198 ***couldn't*** 用於表示不願意做某事的方式有兩種。

一是表示不願意做某事的原因是自己感到害怕、尷尬或厭惡。

*I **couldn't** possibly go out now.* 我現在根本不可能出去。
*I **couldn't** let him touch me.* 我不能讓他碰我。

二是表示由於自己認為這樣做不公平或不道德。

*I **couldn't** leave Hilary to cope on her own.* 我不能讓希拉里獨自應付。
*I **couldn't** take your last chocolate.* 我不能拿走你最後一塊巧克力。

5.199 表示拒絕或不願意的其他方法在 5.239 到 5.241 小節論述。

Expressing a wish 表達願望

5.200 在陳述句中使用情態詞可表達願望。

wishes
願望：would

5.201 ***would*** 後接作 ***to like*** 解的動詞可表示某人想要甚麼。這個動詞後面用 ***to-*** 不定式分句或名詞短語。

*I **would** like to know the date.* 我想知道日期。
*I **would** prefer to say nothing about this problem.* 我寧可對這個問題甚麼都不説。
*We**'d** like to keep you here.* 我們想把你留在這裏。
*Oh, I hope it will be twins. I**'d** love twins.* 哦，我希望是雙胞胎。我想要雙胞胎。

5.202 ***would not*** 可表示某人不想要甚麼。

*I **would not** like to see it.* 我不想看到它。
*We **wouldn't** like to lose you.* 我們不願意失去你。

一般來説，如果用 ***would*** 與 ***like*** 連用表示某人不想要甚麼，***not*** 放在 ***would*** 之後。如果把 ***not*** 放在 ***like*** 之後，意義略有變化。

例如，如果説 ***I would not like to be a student***（我不願意做學生），這句話的意思是説話者不是學生也不想做學生。但如果説 ***I would like not to be a student***（我想不做學生），意思則是説話者是學生但不想做學生。

*They **would like not** to have to go through all that.* 他們想不遭受這一切。

would 與 ***hate*** 連用也可表示某人不想要甚麼。

*I **would** hate to move to another house now.* 我不願意現在搬家。
*Personally, I **would** hate to be dragged into this dispute.* 就我個人來説，我不願意被拖進這場爭端。

wishes 願望：should

5.203 ***should*** 也可表示某人想要甚麼或不想要甚麼。***should*** 不如 ***would*** 常見，而且更正式一些。

*I **should** like to live in the country.* 我想住在鄉下。
*I **should** hate to see them disappear.* 我不願意看到它們消失。

preference 偏好：would rather, would sooner

5.204 ***would rather*** 或 ***would sooner*** 可用於表示某人更想要一種情況而不是另一種。

*He **would rather** have left it.* 他寧可隨它去。
*She**'d rather** be left alone.* 她寧願不受打擾。
*I**'d sooner** walk than do any of these things.* 我寧可步行也不願意做任何這種事情。

wishes 願望：would have

5.205 如果要表示某人想要某事發生，儘管事情沒有發生，可用 ***would have*** 加 ***-ed*** 分詞。

*I **would have** liked to hear more from the patient.* 我本來倒是想多聽聽那個病人的意見的。
*She **would have** liked to remain just where she was.* 她本來希望留在原地。

5.206 另一種表示某人想要某事物的方法，是使用 ***wouldn't*** 加通常用來拒絕某事物的動詞或表達式，比如 ***mind*** 或 ***object to***。

*I **wouldn't mind** being a manager of a store.* 我很願意做商店經理。
*'Drink, Ted?' — 'I **wouldn't say no**, Bryan.'* "來點飲料，特德？" —— "我不反對，布萊恩。"

regret 遺憾：would that

5.207 在非常老式的英語裏，***would*** 不帶主語表示希望情況可能會有所不同，或者對某事在過去沒有發生表示遺憾。***would*** 後接 ***that-***從句。

*'Are they better off now than they were two years ago?' — '**Would that** they were.'* "他們現在的境況是不是比兩年前好轉了？" —— "但願如此。"
***Would that** the developments had been so easy.* 進展要是有這麼容易就好了。

如果 ***that***-從句的主語是 ***I***、***he***、***she*** 或 ***it***，動詞通常用 ***were*** 而不是 ***was***。

*Would that you **were** here tonight.* 要是你今晚在這裏就好了。
*Two years ago we were told that they would be much better off by now. Would that they **were**.* 兩年前我們被告知，他們到現在境況會大大好轉。但願真的是這樣。

hopes and wishes 希望和祝願：may

5.208 在非常正式的英語裏，***may*** 用於表示希望或祝願。

*Long **may** they continue to do it.* 但願他們能長久地做下去。
***May** he justify our hopes and rise to the top.* 願他不辜負我們的期望，能夠出人頭地。

Indicating importance 表示重要性

5.209 情態詞可用於陳述句表示做某事是重要的。不同的情態詞表示不同的重要程度。

importance 重要性：must

5.210 有三種常用方法使用 ***must*** 表示做某事的重要性。

must 加上 ***you*** 或 ***we*** 用於催促某人做某事，因為說話者覺得這件事很重要。***must not*** 用於催促某人不要做某事。

*You **must** come at once.* 你必須馬上過來。
*We **must** accept the truth about ourselves.* 我們必須接受關於我們自己的事實。
*You **must not** worry.* 你不應該擔心。
*You **mustn't** let her suffer for it.* 你不應該讓她為此受苦。

have to、***have got to*** 和 ***need to*** 可代替 ***must***，用於談論做某事的重要性。這一點在 5.242 到 5.243 小節論述。

must 可用於表示某事是規則或法律所要求的。

*People who qualify **must** apply within six months.* 符合條件的人必須在 6 個月內提出申請。
*European Community standards **must** be met.* 必須達到歐洲共同體的標準。

must 也用於表示為了另一件事能夠發生，某事有必要發生或完成。

*Meadows **must** have rain.* 草坪必須有雨水。
*To travel properly you **must** have a valid ticket.* 你必須持有效客票，才能正常出遊。

necessity 必要性：will have to, will need to

5.211 如果想表示一個動作在將來是有必要的，可用 ***will have to*** 或 ***will need to***。

*They **will have to** pay for the repairs.* 他們將不得不支付維修費用。
*Mr Smith **will have to** make the funeral arrangements.* 史密夫先生將不得不安排喪禮。

*You **will need to** cover it with some kind of sheeting.* 你需要用某種薄片蓋住它。
*Electric clocks **will need to** be reset.* 電鐘將需要重新調校。

necessity 必要性：shall have to

5.212 ***shall have to*** 有時代替 ***will have to*** 用在 ***I*** 或 ***we*** 之後。

*I **shall have to** speak about that to Peter.* 我將不得不對彼得談一談那件事。

*We **shall have to** assume that you are right.* 我們將不得不假定你是對的。

這種用法略微有點正式，在美式英語裏很少使用。

importance 重要性：should 和 ought to

5.213 有三種不同的方法使用 ***should*** 和 ***ought to*** 表示做某事的重要性。

試圖通過勸告某人做某事來提供幫助時，可用 ***should*** 或 ***ought to*** 。

*Carbon steel knives **should** be wiped clean after use.* 碳鋼刀具在使用後必須擦拭乾淨。
*You **should** claim your pension 3-4 months before you retire.* 你應該在退休前的 3-4 個月申領退休金。
*You **ought to** try a different approach.* 你應該換一種方法試試。

表示做某事是合適或正確的時候，可用 ***should*** 或 ***ought to*** 。

*We **should** send her a postcard.* 我們應該給她寄一張明信片。
*The judges **should** offer constructive criticism.* 法官應提供建設性的批評。
*We **ought to** stay with him.* 我們應該和他留在一起。
*You **ought** not **to** do that.* 你不應該做那種事。

should 或 ***ought to*** 與 ***have*** 和 ***-ed*** 分詞連用，表示某事在過去是可取的，即使事情實際上沒有發生。

*One sailor **should have** been asleep and one on watch.* 本來應該一個水手睡覺，另一個值班。
*We **ought to have** stayed in tonight.* 今晚我們本來應該留在家裏的。
*A more junior member of staff **ought to have** done the work.* 本應該由一個年輕點的職員做這個工作。

還可用 ***should*** 和 ***ought to*** 表示期待某事發生。這種用法在 5.131 小節論述。

Introducing what you are going to say 引出接下來說的話

5.214 有時，情態詞後接 ***say*** 、 ***ask*** 等表示說話行為的動詞，可引出接下來要說的話。情態詞也可與 ***think*** 、 ***believe*** 等表示持有觀點的動詞結合使用。

使用情態詞的目的是為了聽上去更客氣，或表達對於接下來所說內容的感受。

在這類結構中，主語通常是 ***I*** 。有時也可用以 ***it*** 或 ***you*** 開頭的非人稱結構。例如，可以用 ***It ought to be mentioned that he had never been there*** (應該提一下，他從未去過那裏) 代替 ***I ought to mention that he had never been there*** (我應該提一下，他從未去過那裏)。

importance 重要性：must

5.215 如果強烈地覺得自己所說的內容很重要，可用 ***must*** 。

I ***must*** *apologize to you.* 我必須向你道歉。
I ***must*** *object.* 我必須反對。
It ***must*** *be said that he has a point.* 應該說他有一點道理。

importance 重要性：should 和 ought to

5.216 如果覺得說出某事是重要或合適的，可用 ***should*** 或 ***ought to*** 表示自己將說出這樣的話。

I ***should*** *explain at this point that there are two different sorts of microscope.* 在這一點上，我應該解釋說有兩種不同的顯微鏡。
It ***should*** *also be said that I learned a great deal from the experience.* 另外必須指出的是，我從這次經歷中學到了很多。
I ***ought to*** *stress that this was not a trial.* 我應當強調這不是審判。
Perhaps I ***ought to*** *conclude with a slightly more light-hearted question.* 也許我應該以一個稍微輕鬆愉快的問題來結束我的講話。

politeness 禮貌：can 和 could

5.217 如果想在討論中說某事，可用 ***can*** 禮貌地表示自己將說出這件事。

Perhaps I ***can*** *mention another possibility.* 也許我可以提一下另一種可能性。
If I ***can*** *just intervene for one moment...* 我可以打斷一下嗎……

如果想再客氣一些，可用 ***could*** 。

Perhaps I ***could*** *just illustrate this by mentioning two cases that I know of personally.* 也許我可以提一下我親身知道的兩個案例來說明這一點。
Perhaps I ***could*** *just ask you this...* 也許我可以問一問你這個……

5.218 ***can*** 和 ***could*** 也可用於提及一個觀點或描述某物的一個方法。

can 表示贊同那個觀點或描述。

Such behaviour ***can*** *be a reaction to deep emotional upset.* 這種行為可以是內心苦惱產生的反應。

could 比較中性。

You ***could*** *argue that this is irrelevant.* 你可以認為這是無關緊要的。
You ***could*** *call it a political offence.* 你可以稱之為政治罪行。

approval 贊同：may 和 might

5.219 ***may*** 和 ***might*** 可用於提及一個觀點或描述某物的一個方法。

may 表示說話者贊同那個觀點或描述，比 ***can*** 正式。

This, it ***may*** *be added, greatly strengthened him in his resolve.* 不妨補充一句，這大大增強了他的決心。

might 也表示說話者贊同那個觀點或描述。 ***might*** 用於表示說話者認為受話者有可能不同意自己的觀點。

You ***might*** *say she's entitled to get angry.* 你可能會說她有權生氣。
That, one ***might*** *argue, is not too terrible.* 有人也許會說，那還不算太糟糕。

politeness 禮貌：should 和 would

5.220 在表達自己的觀點時，可用 ***should*** 禮貌地表示自己將陳述這個觀點。

*I **should** think it would last quite a long time.* 我認為這會持續相當長一段時間。

would 的用法與此類似，但不常見。

*I **would** guess it may well come down to cost.* 我猜想這很可能歸結為成本問題。

Expressions used instead of modals 代替情態詞的表達式

5.221 有幾個普通動詞和固定表達式用於表示和情態詞相同的態度和想法。這些動詞和表達式在以下幾個小節論述。每種用法分幾個小節說明，分別對應於本章前面論述特定情形中情態詞用法的部分。

saying whether something is possible 表示某事是否可能

5.222 ***be able to*** 和 ***be possible to*** 可代替 ***can*** 和 ***could*** 表示某事是否可能。

be able to 和 ***be unable to*** 的主語通常是一個人或一群人，但也可以是任何生物，還可以是由人組織或操作的事物，比如公司、國家或機器。

be possible to 的主語永遠是非人稱代詞 ***it***。

5.223 如果想表示某人或某物有可能做某事，可用 ***be able to***。

*All members **are able to** claim travelling expenses.* 所有會員都能申領出差費。
*The college **is able to** offer a wide choice of subjects.* 這個學院能夠提供大量學科供選擇。

be able to 與否定詞連用表示某人或某物不可能做某事。

*They **are not able to** run fast or throw a ball.* 他們不能快跑或扔球。

5.224 ***be unable to*** 也可表示某人或某物不可能做某事。

*I am having medical treatment and I**'m unable to** work.* 我正在接受治療，所以我不能工作。
*We **are unable to** comment on this.* 我們對此無可奉告。

5.225 ***be possible to*** 也可與作主語的 ***it*** 連用，表示某事是可能的。這個表達式通常用於表示某事對一般的人來說都是可能的，而不是對某個個人。

*It **is possible to** insure against loss of earnings.* 投保收入損失是可以的。
***Is** it **possible to** programme a computer to speak?* 可否編寫讓電腦説話的程式？

如果 ***be possible to*** 用於表示某事對特定的人或群體來説是可能的，可在 ***possible*** 之後接 ***for*** 和名詞短語。

It is possible ***for us to*** *measure his progress.* 我們有可能衡量他的進步。
It's possible ***for each department to*** *support new members.* 每個部門都可能為新成員提供支持。

be possible to 與否定詞連用表示某事是不可能的。

It ***is not possible to*** *quantify the effect.* 不可能對效果進行量化。

5.226 ***be impossible to*** 也可用於表示某事是不可能的。

It ***is impossible to*** *fix the exact moment in time when it happened.* 想把事情發生的確切時間搞清楚是不可能的。
It ***is impossible*** *for him* ***to*** *watch TV and talk.* 他不可能邊看電視邊説話。

5.227 如果想改變 ***be able to***、***be unable to***、***be possible to*** 或 ***be impossible to*** 的時態，只需將 ***be*** 的形式變成合適的簡單時態既可。

The doctor ***will be able to*** *spend more time with the patient.* 醫生將能夠把更多時間放在病人身上。
Their parents ***were unable to*** *send them any money.* 他們的父母沒能力給他們寄錢。
It ***was not possible to*** *dismiss his behaviour as a contributing factor.* 不可能不把他的行為看作促成因素。
It ***was impossible*** *for her* ***to*** *obey this order.* 她不可能服從這個命令。

5.228 除 ***can*** 和 ***could*** 外的所有情態詞都可與這些表達式連用。

A machine ***ought to be able to*** *do this.* 一台機器應該可以做到這事。
The United States ***would be unable to*** *produce any wood.* 美國將無法生產木材。
It ***may be impossible to*** *predict which way things will develop.* 也許無法預測事情會朝甚麼方向發展。

5.229 ***used to*** 可與 ***be able to*** 和 ***be possible to*** 連用。

You ***used to be able to*** *go to the doctor for that.* 你過去能夠因那情況去看醫生。
It ***used to be possible to*** *buy second-hand wigs.* 過去可以買到二手假髮。

關於 ***used to*** 的進一步説明，參見 5.252 到 5.256 小節。

saying how likely something is
表示某事的可能性有多大

5.230 ***have to*** 或 ***have got to*** 可代替 ***must***，表示由於特定的事實或環境，説話者認為某事是如此。

'That looks about right.' — 'It ***has to*** *be.'* "這看起來還不錯。" —— "應該如此。"
Money ***has got to*** *be the reason.* 錢一定是原因。

5.231 ***be going to*** 可代替 ***will*** 表示某事肯定會發生或將來情況如此。

*The children **are going to** be fishermen or farmers.* 這些孩子將成為漁民或農民。
*Life **is going to** be a bit easier from now on.* 從現在起，生活將變得容易一些。

5.232 ***be bound to*** 或 ***be sure to*** 可強調表示某事將來肯定會發生。

*Marion**'s bound to** be back soon.* 馬里恩肯定很快就回來。
*It **was bound to** happen sooner or later.* 這必定遲早發生。
*The roads **are sure to** be busy this weekend.* 這個週末道路肯定很繁忙。

giving instructions and making requests 提出指示和請求

5.233 提出請求時可不用 ***can*** 或 ***could*** 引導疑問句，而用 ***is*** 和非人稱代詞 ***it***。在 ***it*** 後面可用 ***all right*** 等表達式和 ***to-***不定式分句或 ***if-***從句。

***Is it** all right for him to come in and sit and read his paper?* 他可以進來坐下看報嗎？
***Is it** okay if we have lunch here?* 我們在這裏吃午飯行嗎？

5.234 ***want*** 可代替 ***would like*** 發出指示或提出請求。***want*** 比 ***would like*** 更直接，但不那麼客氣。

*I **want** you to turn to the front of the atlas.* 我要你們翻到地圖集的首頁。
*I **want** to know what you think about this.* 我想知道你對此事的看法。
*I **want** to speak to the manager.* 我想和經理談談。

有時也可用 ***wanted*** ，它比 ***want*** 更客氣。

*I **wanted** to ask if you could give us any advice.* 我想問一下你們是否能給我們提點建議。
*Good morning, I **wanted** to book a holiday in the South of France.* 早晨。我希望預訂到法國南部度假的旅行套餐。

stating an intention 表達意圖

5.235 ***be going to*** 可代替 ***will*** 表達意圖。

*I **am going to** talk to Boris.* 我打算和鮑里斯談談。
*I**'m going to** show you our little school.* 我來帶你們參觀我們的小學校。

5.236 ***intend to*** 用於表達相當強烈的意圖。

*I **intend to** go to Cannes for a month in August.* 我打算 8 月份到康城逗留 1 個月。
*I don't **intend to** stay very long.* 我不打算留很長時間。

5.237 ***be determined to*** 或 ***be resolved to*** 可表達做某事的強烈意圖 。 ***be resolved to*** 相當正式。

*I**'m determined to** try.* 我決心試一試。

*She **was resolved to** marry a rich American.* 她堅決要嫁給一個有錢的美國人。

5.238 ***have to*** 或 ***have got to*** 可代替 ***must***，表示自己做某事是重要的。

*I **have to** get home now.* 我現在必須回家了。
*It's something I **have got to** overcome.* 這是我必須要克服的一樣東西。

expressing unwillingness 表示不願意

5.239 ***I am not*** 可代替 ***I will not*** 表示堅決不做某事或接受某物。***I am not*** 後接 ***-ing*** 分詞。

***I am not** staying in this hospital.* 我不願意留在這家醫院裏。
***I'm not** having dirty rugs.* 我絕不接受髒地毯。

5.240 ***refuse*** 可代替 ***will not*** 表示拒絕做某事。***refuse*** 後接 ***to-***不定式分句。

*I **refuse** to list possible reasons.* 我拒絕列出可能的原因。
*I **refuse** to pay.* 我拒絕付款。

5.241 ***unwilling*** 或 ***reluctant*** 可與 ***to-*** 不定式分句連用，表示某人不願意做某事或接受某物。

*He is **unwilling** to answer the questions.* 他不願意回答這些問題。
*They seemed **reluctant** to talk about what had happened.* 他們似乎不願意談論發生的事。

有幾個形容詞也可用在 ***not*** 後面，表示某人不願意做某事或接受某物。

*Exporters are **not willing** to supply goods on credit.* 出口商不願意提供賒購貨物。
*I'm **not prepared** to teach him anything.* 我還不準備教他甚麼。
*Thompson is **not keen** to see history repeat itself.* 湯普森不希望看到歷史重演。

indicating importance 表示重要性

5.242 ***have to*** 或 ***have got to*** 可代替 ***must*** 表示某事必要或極其重要。

*We **have to** look more closely at the record of their work together.* 我們必須更仔細檢查他們一起工作的記錄。
*This **has got to** be put right.* 這必須得到糾正。
*You'**ve got to** be able to communicate.* 你必須能夠與人交流。

5.243 ***need to*** 也可代替 ***must*** 或 ***have to***。

*We **need to** change the balance of power.* 我們需要改變力量的平衡。
*You do not **need to** worry.* 你不必擔心。

5.244 以非人稱代詞 ***it*** 引導、後接 ***is*** 和 ***important*** 或 ***necessary*** 之類的形容詞以及 ***that-*** 從句的句子，也可表示某事是重要或必要的。

It is important that *you should know precisely what is going on.* 重要的是你應該確切知道是怎麼回事。
It is essential that *immediate action should be taken.* 至關重要的是，必須立刻採取行動。
It is vital that *a mother takes time to get to know her baby.* 至關重要的是，母親必須花時間去了解自己的嬰兒。

important 和 ***necessary*** 也可後接 ***to-***不定式分句。

It's important to *recognize what industry needs at this moment.* 重要的是，應該確認甚麼是行業的目前需求。
It is necessary to *examine this claim before we proceed any further.* 在我們繼續下去之前，有必要審查一下這個要求。

5.245 ***had better*** 可代替 ***should*** 或 ***ought to*** 表示做某事是合適或正確的。***had better*** 與 ***I*** 或 ***we*** 連用表示意圖，與 ***you*** 連用表示勸告或警告。

I think I ***had better*** *show this to my brother.* 我覺得我最好把這個給我哥哥看一下。
He decided that we ***had better*** *meet.* 他決定我們應該見面。
*You****'d better*** *go.* 你最好去。

Semi-modals 半情態詞

5.246 ***dare***、***need*** 和 ***used to*** 可用作情態詞，或作其他用途。作情態詞時，它們具有其他情態詞所不具備的特點。由於這些原因，它們有時稱為半情態詞（semi-modal）。

dare 和 ***need*** 作情態詞的用法在 5.247 到 5.251 小節論述。

used to 作情態詞的用法在 5.252 到 5.256 小節論述。

dare 和 need

5.247 ***dare*** 和 ***need*** 作情態詞時的意義與後接 ***to-***不定式分句時的意義相同。但是作情態詞時，它們通常僅用於否定句和疑問句。

Nobody dare *disturb him.* 誰也不敢打擾他。
No parent ***dare*** *let their child roam free.* 沒有家長敢讓孩子到處亂跑。
He told her that she ***need not*** *worry.* 他告訴她不必擔心。
How ***dare*** *you speak to me like that?* 你怎敢這樣對我説話？
Need *you go so soon?* 你需要這麼早走嗎？

need not 常縮略成 ***needn't***。***dare not*** 在英式英語裏有時縮略成 ***daren't***，但這種縮略式在美式英語裏非常罕見。

I ***daren't*** *ring Jeremy again.* 我不敢再打電話給傑里米。
We ***needn't*** *worry about that.* 我們不必為此擔心。

inflected forms 屈折形式

5.248 與其他情態詞不同，***dare*** 有一些偶然使用的屈折變化形式。

在一般現在時中，第三人稱單數形式是 ***dare*** 或 ***dares***。

*He **dare** not admit he had forgotten her name.* 他不敢承認忘了她的名字。
*What nobody **dares** suggest is that the children are simply spoilt.* 沒人敢暗示的是，孩子們完全被寵壞了。

在一般過去時中，***dare*** 或 ***dared*** 都可用。***dare*** 比 ***dared*** 更正式。

*He **dare** not take his eyes off his assailant.* 他不敢把眼睛從攻擊他的人身上移開。
*He **dared** not show he was pleased.* 他不敢表示自己覺得高興。

need 作情態詞時沒有屈折變化。

use with other modals 與其他情態詞連用

5.249 一般來說，情態詞不能與其他情態詞連用。但是，***dare*** 可與 ***will***、***would***、***should*** 以及 ***might*** 連用。

*No one **will dare** override what the towns decide.* 沒有人敢無視這些城鎮的決定。

*I **wouldn't dare** go there alone.* 我不敢一個人去那裏。

use with do 與 do 連用

5.250 和其他情態詞不同的是，***dare*** 可與助動詞 ***do*** 連用。

*We **do not dare** examine it.* 我們不敢檢查它。
***Don't** you ever **dare** come here again!* 看你還敢再來這裏！

在日常談話中，***did not dare*** 和 ***didn't dare*** 比 ***dared not*** 或 ***dare not*** 常見得多。

*She **did not dare** leave the path.* 她不敢離開小路。
*I **didn't dare** speak or move.* 我不敢説也不敢動。
*We **didn't dare** say that we would prefer to go home.* 我們不敢説我們寧願回家。

other uses of dare and need dare 和 need 的其他用法

5.251 除了用作情態詞，***dare*** 和 ***need*** 還有其他用法，在這些用法中，它們後面不接另一個動詞的原形。兩個動詞都可後接 ***to-***不定式分句，而 ***need*** 是常見的及物動詞。

used to

5.252 ***used to*** 不能與其他情態詞連用。

*She **used to** get quite cross with Lily.* ……她過去常常對莉莉發脾氣。
*...these Westerns that **used to** do so well in Hollywood.* ……這些過去在荷李活表現良好的西部片
*What did we **use to** call it?* 我們過去叫它甚麼？

但是，***used to*** 可與助動詞 ***do*** 連用。這種用法在 5.255 到 5.256 小節論述。

used 而不是 ***used to*** 有時被視為情態詞。然後 ***used*** 被説成是後接 ***to-***不定式。

5.253 ***used to*** 用於表示某物在過去經常發生或存在，即使現在已不再發生或存在。

用於描述過去的重複動作時，***used to*** 的用法類似於 ***would***。但是，與 ***would*** 不同的是，***used to*** 還可以描述過去的狀態和情況。

*I'm not quite as mad as I **used to** be.* 我已不如從前那麼瘋狂。
*You **used to** bring me flowers all the time.* 你過去一直給我送花來的。

would 用於談論過去經常發生的事情的用法在 5.112 小節論述。

omitting the following verb phrase 省略隨後的動詞短語

5.254 如果從語境能清楚地看出談論的主題是甚麼，***used to*** 可單獨使用，不後接動詞短語。

*People don't work as hard as they **used to**.* 人們工作沒有過去那麼努力了。
*I don't feel British any more. Not as much as I **used to**.* 我再也不覺得自己是英國人了。感覺不像過去那樣強烈了。

negatives 否定

5.255 ***used to*** 不常用於否定結構。

在非正式談話中，人們有時把 ***didn't*** 放在 ***used to*** 之前作出否定陳述。這種用法有時用 ***use to*** 表示。

*They **didn't use to** mind what we did.* 他們過去一向不在乎我們做甚麼。

但是，很多人認為這種用法不正確。

另一種構成否定的方法是把 ***never*** 放在 ***used to*** 之前。

*Where I was before, we **never used to** have posters on the walls.* 在我以前逗留的地方，我們從來不在牆上貼海報。

有時 ***not*** 置於 ***used*** 和 ***to*** 之間。這種用法相當正式。

*It **used not to** be taxable.* 以前這是不需要納税的。

有些語法書把 ***usedn't to*** 或 ***usen't to*** 列為否定的縮略式。這種用法現已很罕見，並且被認為非常老式。

questions 疑問句

5.256 ***used to*** 構成疑問句時，通常在主語前加 ***did***，後接 ***used to*** 或 ***use to***。構成 ***wh-***疑問句時，***wh-*** 詞放在句首，後接 ***used to***。

***Did she used** to be nice?* 她過去人好嗎？
***What used to** annoy you most about him?* 你過去最討厭他甚麼？

構成否定疑問句時，可在主語前加 ***didn't***，主語後接 ***used to*** 或 ***use to***。

***Didn't** they **use to** mind?* 他們過去一直不介意嗎？

在比較正式的英語裏，***did*** 置於主語之前，***not*** 置於主語之後，後接 ***used to*** 或 ***use to***。

***Did** she **not use to** smile?* 她過去不常常微笑嗎？

6 Expressing manner and place: other adverbials
表示方式和地點：其他狀語

Introduction 引言

6.1　談論事件或情況時，人們有時想表達主語、動詞、賓語或補語未表達的內容。使用**狀語** (adverbial) 可實現這個目的。

狀語是一個詞或一組詞，用於表示事件或情況何時發生、如何發生、發生的程度或在何處發生。

*I was **soon** lost.* 我很快就迷了路。
*She laughed **quietly**.* 她輕輕地笑了。
*She was **tremendously** impressed.* 給她的印象極為深刻。
*He fumbled **in his pocket**.* 他在口袋裏摸索。

adverb phrases 副詞短語

6.2　狀語的兩個主要類別是**副詞短語** (adverb phrase) 和**介詞短語** (prepositional phrase)。

*He acted **very clumsily**.* 他表現得很笨拙。
*I cannot speak **too highly** of their courage and skill.* 我對他們的勇氣和能力，怎樣誇獎也不過分。
*He takes his job **very seriously indeed**.* 他對自己的工作確實非常認真。
*He did not play **well enough** throughout the week to deserve to win.* 他整個星期都打不好，沒理由取勝。

但是，副詞常常單獨使用。

*I shook her **gently**.* 我輕輕搖了搖她。
*He **greatly** admired Cezanne.* 他非常佩服塞尚。
*He **scarcely** knew his aunt* 他幾乎不認識他姨媽。
*The number will **probably** be higher than we expected.* 數字很可能會高於我們的預期。

關於副詞的進一步說明，參見 6.16 小節的開頭部分。

prepositional phrases 介詞短語

6.3　由介詞和名詞構成的狀語，比如 ***in a box*** 和 ***to the station***，稱為介詞短語 (prepositional phrase)。它們在 6.73 小節的開頭部分詳細論述。

*Large cushions lay **on the floor**.* 地板上放着大軟墊。
*The voice was coming **from my apartment**.* 說話聲從我住的寓所傳來。

noun phrases
名詞短語

6.4 **名詞短語** (noun phrase) 偶然也可用作狀語。

*He was looking really ill **this time yesterday**.* 昨天的這個時候他看來真的病了。
*I'm going to handle this **my way**.* 我會用自己的方式處理這件事的。

名詞短語作狀語時，最常用於表示時間。時間狀語在第四章闡述。表示地點、方式和程度的名詞短語分別在 6.72 小節、6.44 小節和 6.52 小節論述。

關於名詞短語的總體說明，參見第一和第二章。

adding meaning to verb phrases
給動詞短語增添意義

6.5 副詞短語提供額外信息的最常用方式是給動詞短語增添意義。

*He nodded and smiled **warmly**.* 他點點頭，熱情地微笑着。
*The report says that hospitals and rescue services coped **extremely well**.* 報告說，醫院和救援服務處理得非常好。
*I could find that out **fairly easily**.* 我很容易就能把那個查清楚。

介詞短語的意義更廣泛。

*It was estimated that at least 2,000 people were **on the two trains**.* 估計兩列火車上至少有 2,000 人。
*Kenny Stuart came second, knocking two minutes **off his previous best time**.* 肯尼・斯圖爾特獲得第二名，打破自己以前的最佳紀錄，縮短了兩分鐘。
***For the first time since I'd been pregnant** I felt well.* 自從懷孕以來，我第一次感覺良好。

很多**不及物動詞** (intransitive verb) 通常需要帶狀語。關於這些動詞的進一步說明，參見 3.10 小節。

*Ashton had behaved **abominably**.* 阿什頓表現得非常惡劣。
*She turned and rushed **out of the room**.* 她轉身衝出了房間。

有些**及物動詞** (transitive verb) 通常需要在動詞的賓語後面用狀語。關於這些動詞的進一步說明，參見 3.19 小節。

*I put my hand **on the door**.* 我把手放在門上。

adding meaning to clauses
給句子增添意義

6.6 狀語也可給整個句子增添意義，比如加上作者或說話者對句子的評論。詳見 9.56 小節開頭關於**句子狀語** (sentence adverbial) 的部分。

***Obviously** crime is going to be squeezed in a variety of ways.* 顯然，將動用各種手段打壓犯罪。
***Fortunately**, the damage had been slight.* 幸運的是，只有輕微損壞。
***Ideally** the dairy should have a concrete or tiled floor.* 從理想的角度說，奶牛場應該有混凝土或瓷磚地面。
***No doubt** she loves Gertrude too.* 毫無疑問她也愛格特魯德。

狀語也可表示一個句子和另一個句子連接的方式。詳見 10.48 小節開頭關於**句子連接詞** (sentence connector) 的部分。

The second paragraph repeats the information given in the first paragraph. ***Therefore****, it isn't necessary.* 第二段重複了第一段中所給出的信息。因此，這沒有必要。

Position of adverbials 狀語的位置

6.7 狀語在句子內部的位置很靈活，使得重點和焦點可以有許多變化。狀語通常放在句末，動詞短語之後，如果有賓語則置於賓語後面。

She packed ***carefully****.* 她仔細地打包。
They would go on talking ***for hours****.* 他們會一連説上好幾個小時。
I enjoyed the course ***immensely****.* 我非常享受這個課程。

beginning of clause for emphasis 句首用於強調

6.8 狀語置於句首主語之前可對狀語進行強調。

Gently *Fiona leaned forward and wiped the old lady's tears away.* 菲奧娜輕輕地俯身向前，為老太太抹去眼淚。
In his excitement *Billy had forgotten the letter.* 在激動之中，比利忘掉了那封信。

這種狀語常常用逗號與句子的其他部分隔開。

After much discussion*, they had decided to take the coin to the jeweller.* 經過反覆商量以後，他們決定把硬幣拿到珠寶商那裏。

在書面敍述中狀語常常放在這個位置，以把讀者的注意力引向狀語。詳見 9.70 小節。

注意，程度副詞很少用在句首。參見 6.45 小節。

between subject and verb 置於主語和動詞之間

6.9 狀語也可放在主語和主要動詞之間。這個位置比句末更強調狀語，但強調程度不如句首位置。不過，副詞比介詞短語更常用於這個位置。

I ***quickly*** *became aware that she was looking at me.* 我很快意識到她在看我。
We ***often*** *swam in the surf.* 我們常常在激浪中游泳。
He ***carefully*** *wrapped each component in several layers of foam rubber.* 他仔細地用好幾層泡沫橡膠把每一個零件包好。
He ***noisily*** *opened the fridge and took out a carton of milk.* 他乒乒乓乓打開冰箱，拿出了一盒牛奶。

注意，在含助動詞的動詞短語中，狀語仍然放在主要動詞之前。

I had ***almost*** *forgotten about the trip.* 我差點忘了旅行的事。
We will ***never*** *have enough money to provide all the services that people want.* 我們永遠不會有足夠的錢來提供人們想要的所有服務。
It would not ***in any case*** *be for him.* 這無論如何都不是為了他。

在這個位置的長狀語通常用逗號與句子的其他部分隔開。

Fred, ***in his own way****, was a great actor.* 弗雷德以其特有的方式成為一個偉大的演員。

地點狀語很少用於這個位置。關於地點狀語的進一步說明，參見 6.53 小節的開頭部分。

6.10 有些狀語常常放在主要動詞之前：

大部分不定頻率副詞（參見 4.114 小節）

always	hardly ever	regularly
constantly	never	repeatedly
continually	normally	seldom
continuously	occasionally	sometimes
ever	often	usually
frequently	rarely	

某些不定時間副詞（參見 4.41 小節）

again	earlier	first	last	recently
already	finally	just	previously	since

某些程度副詞（參見 6.45 小節），特別是強調副詞（參見 6.49 小節）

absolutely	deeply	nearly	somewhat
almost	entirely	perfectly	totally
altogether	fairly	quite	utterly
badly	greatly	rather	virtually
completely	largely	really	well

修飾動詞的焦點副詞（參見 9.67 小節）

even	merely	really
just	only	simply

注意，有些副詞置於主要動詞之前與置於句末時的所指不一樣：

*The Trade Unions have acted **foolishly**.* 工會表現得很愚蠢。
*Baldwin had **foolishly** opened the door.* 鮑德溫想也不想就愚蠢地開了門。

第一個例子的意思是工會以愚蠢的方式採取行動。第二個例子的意思是開門是個愚蠢的行為，而不是以愚蠢的方式開了門。

*Americans always tip **generously**.* 美國人給小費一向很慷慨。
*He **generously** offered to drive me home.* 他慷慨地提出來要開車送我回家。

第一個例子告訴我們美國人給小費的豐厚程度，第二個例子則表示他的提議是個慷慨的行為。

6.11　如果動詞是 ***to-***不定式，通常副詞置於其後，如果有賓語，副詞則置於賓語之後。

*He tried to leave **quietly**.* 他試圖悄悄地離開。
*Thomas made an appointment to see him **immediately**.* 湯馬斯約好了立即和他見面。

但是，有些人確實把副詞放在 ***to*** 和不定式之間，尤其是在説話時。這種用法被某些説英語的人視為不正確。

*My wife told me **to probably expect** you, he said.* 我太太要我預計你可能會來，他説。
*Vauxhall are attempting **to really break** into the market.* 沃克斯豪爾正在試圖真正打入那個市場。

但是，如果避免把副詞放在 ***to*** 和不定式之間，句子的側重點有時會改變，或聽上去比較笨拙。在這種情況下，所謂的分裂不定式現在普遍被認為是可以接受的。

*Participants will be encouraged **to actively participate** in the workshop.* 參與者將受到鼓勵積極參加工作坊的活動。
*I want you **to really enjoy** yourself.* 我希望你真正玩得開心。

注意，上述第二個例子的意思是 ***I want you to enjoy yourself very much***（我希望你玩得非常開心）。如果説成 ***I really want you to enjoy yourself***（我真的希望你玩得開心），説話者的意思是 ***It is very important for me that you enjoy yourself***（你玩得開心對我來説是重要的）。

minor points about position
關於位置的次要問題

6.12　如果一個句子有兩個狀語，一個為副詞另一個為介詞短語，則哪個先，哪個後通常沒有關係。

*Miss Burns looked **calmly at Marianne**.* 伯恩斯小姐冷靜地看着瑪麗安。
*They were sitting **happily in the car**.* 他們高高興興地坐在汽車裏。
*The women shouted **at me savagely**.* 那幾個女人向我粗野地喊叫。
*He got **into the car quickly** and drove off.* 他迅速鑽進汽車，然後開走了。

但是，如果介詞短語比較長，更常見的用法是緊隨動詞之後先給出副詞。

*He listened **calmly** to the report of his aides.* 他平靜地聽着助手們的匯報。
*She would sit **cross-legged** in her red robes.* 她常常身穿紅色禮袍盤腿而坐。

同樣，如果動詞短語後接較長的賓語，副詞則放在動詞之後、賓語之前。

*She sang **beautifully** a school song the children had taught her when they were little.* 她動聽地唱了孩子們小時候教給她的一首校歌。

manner, place, then time
方式、地點然後時間

6.13　在含一個以上狀語的句子裏，狀語的意義也可能影響它們的前後順序。通常的順序是方式狀語，然後是地點狀語，最後是時間狀語。

*They knelt **quietly in the shadow of the rock**.* 他們靜靜地跪在岩石的陰影裏。
*I tried to reach you **at home several times**.* 我好幾次打電話到你家想找你。

He was imprisoned ***in Cairo in January 1945***. 他 1945 年 1 月被囚禁在開羅。
Parents may complain that their child eats ***badly at meals***. 父母可能會抱怨他們的孩子吃飯時調皮搗蛋。
The youngsters repeat this ***in unison at the beginning of each session***. 在每節課的開始，孩子們齊聲重複這個。

但是，如果句子含有方式副詞以及 ***down***、***out*** 或 ***home*** 之類的方向副詞，通常把方向副詞放在方式副詞前面。

Lomax drove ***home fast***. 洛馬克斯迅速開車回家了。
I reached ***down slowly***. 我慢慢伸手向下。

adverbials of the same type 同類狀語

6.14 不同類別的狀語可以一起使用，有時用逗號隔開，但同一類別的狀語，比如兩個方式狀語，通常用 ***and*** 和 ***but*** 等連詞或者 ***rather than*** 等結構連接。關於如何使用連詞連接狀語的進一步説明，參見 8.188 小節。

She sang ***clearly*** *and* ***beautifully***. 她唱歌清晰動聽。
They help to combat the problem ***at source****, rather than* ***superficially***. 他們幫助從根源上解決問題，而不是敷衍了事。

changing word order after adverbials 改變狀語後面的詞序

6.15 如果句子以狀語開頭，主語和動詞的正常次序有時要改變。例如，地點狀語後面的動詞通常置於主語之前。關於地點狀語的進一步説明，參見 6.53 小節的開頭部分。

Next to it *stood a pile of paper cups.* 緊挨着它旁邊放着一堆紙杯。
Beyond them *lay the fields.* 在它們的那一頭是田野。

這種詞序改變也適用於以 ***hardly*** 和 ***barely*** 等**廣義否定副詞** (broad negative) 和其他一些**否定詞** (negative word) 開頭的句子。關於這些用法的進一步説明，參見 5.47 到 5.91 小節。

Never *in history had technology made such spectacular advances.* 技術在歷史上從未取得過如此輝煌的進步。
Seldom *can there have been such a happy meeting.* 很少能有如此開心的會面。

上述兩種情況在書面敍述中尤其常見。在其他副詞後面也可能出現改變主語和動詞的正常次序的情況，但僅限於詩歌或過時的英語。下面這個例子來自寫於 1843 年的一首聖誕頌歌：

Brightly *shone the moon that night, though the frost was cruel.* 那晚的月光皎潔，儘管寒氣襲人。

Adverbs 副詞

Types of adverb 副詞的類別

6.16 副詞有好幾個類別：

☞ **時間副詞** (adverb of time)、**頻率副詞** (adverb of frequency) 和**持續副詞** (adverb of duration)，比如 ***soon*** 、 ***often*** 和 ***always*** 。因這些副詞都與時間有關，因此在第四章詳細闡述。

☞ **地點副詞** (adverb of place)，比如 ***around*** 、***downstairs*** 和 ***underneath*** 。這些副詞在 6.53 小節開頭關於**地點** (place) 的部分論述。

☞ **方式副詞** (adverb of manner)，比如 ***beautifully*** 、 ***carefully*** 和 ***silently*** 。關於這種副詞的進一步説明，參見 6.36 小節的開頭部分。

☞ **程度副詞** (adverb of degree)，比如 ***almost*** 、 ***badly*** 、 ***terribly*** 和 ***well*** 。關於這種副詞的進一步説明，參見 6.45 小節的開頭部分。

☞ **句子連接詞** (sentence connector)，比如 ***consequently*** 、 ***furthermore*** 和 ***however*** 。這種副詞在 10.48 到 10.56 小節論述。

☞ **句子副詞** (sentence adverb)，比如 ***alas*** 、 ***apparently*** 、 ***chiefly*** 和 ***interestingly*** 。關於這種副詞的進一步説明，參見 9.79 小節的開頭部分。

☞ **廣義否定副詞** (broad negative adverb)，比如 ***barely*** 、***hardly*** 、***rarely*** 、***scarcely*** 和 ***seldom*** 。這種副詞在 5.80 到 5.87 小節的開頭部分論述。

☞ **焦點副詞** (focusing adverb)，比如 ***especially*** 和 ***only*** 。這種副詞在 9.64 小節的開頭部分論述。

Adverb forms and meanings related to adjectives 形式和意義與形容詞有關的副詞

-ly adverbs -ly 副詞

6.17 很多副詞與形容詞有關。它們之間的主要關係解釋如下。

很多副詞的構成是在形容詞的詞尾加上 ***-ly*** 。例如，副詞 ***quietly*** 和 ***badly*** 是由形容詞 ***quiet*** 和 ***bad*** 加上 ***-ly*** 構成的。

以這種方式構成的副詞大部分是**方式副詞** (adverb of manner)，因此有些人把方式副詞稱為 ***-ly*** 副詞。

Sit there ***quietly****, and listen to this music.* 安靜地坐在那裏，聽聽這音樂。
I didn't play ***badly****.* 我演奏得不算差。
He reported ***accurately*** *what they said.* 他準確地匯報了他們説的話。
He nodded and smiled ***warmly****.* 他點點頭，熱情地微笑着。

關於形容詞的進一步説明，參見第二章。

spelling 拼寫

6.18 有些 ***-ly*** 副詞的拼寫與相應的形容詞略有不同。例如 ***nastily*** 、 ***gently*** 、 ***terribly*** 、 ***academically*** 、 ***truly*** 和 ***fully*** 。關於這些副詞的説明，參見附錄的參考部分。

6.19 並非所有以 ***-ly*** 結尾的副詞都是方式副詞。有些是程度副詞，比如 ***extremely*** 和 ***slightly***。參見 6.45 小節的列表。

I enjoyed the course ***immensely****.* 我非常享受這個課程。
Sales fell ***slightly*** *last month.* 上個月的銷售額略有下降。

少數是時間副詞、持續副詞或頻率副詞，比如 ***presently***、***briefly*** 和 ***weekly***。參見第四章的列表。

At 10.15 a.m. soldiers ***briefly*** *opened fire again.* 上午 10 點 15 分，士兵們再次短暫開火。
These allegations are ***currently*** *being investigated by my legal team.* 這些指控目前正受到我的律師團隊的調查。

另外一些是地點副詞，比如 ***locally*** 和 ***internationally***；或是連接副詞，比如 ***consequently***；或是句子副詞，比如 ***actually***。關於地點副詞的列表，參見 6.53 小節的開頭部分。關於句子副詞的列表，參見第九章。

They live ***locally*** *and they have never caused any bother.* 他們住在當地，從來沒有引起過任何麻煩。
These efforts have received little credit ***internationally****.* 這些努力在國際上幾乎沒有受到讚譽。
They did not preach. ***Consequently****, they reached a vastly wider audience.* 他們沒有說教。因此，他們擁有廣泛得多的受眾。
There still remains something to say. Several things, ***actually****.* 仍然有些東西要說。實際上是好幾件事。

adverb meaning 副詞的意義

6.20 大部分以形容詞加 ***-ly*** 構成的副詞與相應的形容詞意義相似，比如 ***quietly*** 和 ***beautifully*** 與 ***quiet*** 和 ***beautiful*** 的意義相近。

She is thoughtful, ***quiet*** *and controlled.* 她體貼周到、性情平和、處事泰然。
'I'm going to do it,' I said ***quietly****.* "我這就去做，" 我輕輕地說。
His costumes are ***beautiful****, a big improvement on the previous ones.* 他的服飾很漂亮，比前幾次有了很大進步。
The girls had dressed more ***beautifully*** *than ever, for him.* 為了他，女孩們比以往任何時候穿得都漂亮。

6.21 有些 ***-ly*** 副詞與相應的形容詞意義不同。例如，***hardly***（幾乎沒有）的意思是 ***not very much***（不多）或 ***almost not at all***（幾乎沒有），不同於形容詞 ***hard*** 的任何一個意義。

This has been a long ***hard*** *day.* 這是漫長艱難的一天。
Her bedroom was so small she could ***hardly*** *move in it.* 她的臥室非常小，幾乎不能在裏面走動。

下面這些以 ***-ly*** 結尾的副詞與相應的形容詞意義不同：

barely	lately	scarcely
hardly	presently	shortly

6.22 有些 ***-ly*** 副詞與形容詞無關，比如 ***accordingly***（於是）。有些與名詞有關，比如 ***bodily***（親身地）、***purposely***（故意地）、***daily***（每天）和 ***weekly***（每週）。關於這些詞的列表，參見附錄的參考部分。

6.23 以 ***-ly*** 結尾的副詞很少由以下類別的形容詞構成：

☞ 大部分類別形容詞，比如 ***racist***、***eastern***、***female***、***urban***、***foreign*** 和 ***available***。關於類別形容詞的列表，參見第二章。

☞ 大部分顏色形容詞，雖然偶爾在文學作品中可以見到由這種形容詞構成的 ***-ly*** 副詞。

The hills rise ***greenly*** *to the deep-blue sky.* 翠綠的群山升向深藍色的天空。
He lay still, staring ***blackly*** *up at the ceiling.* 他躺着一動也不動，眼睛黑沉沉地盯着天花板。

☞ 有些很常見的表示基本性質的屬性形容詞：

big	old	tall	wet
fat	small	tiny	young

☞ 以 ***-ly*** 結尾的形容詞，比如 ***friendly***、***lively***、***cowardly***、***ugly*** 和 ***silly***。

☞ 大部分以 ***-ed*** 結尾的形容詞，比如 ***frightened*** 和 ***surprised***。關於由這類形容詞構成的常見 ***-ly*** 副詞，比如 ***excitedly*** 和 ***hurriedly***，參見附錄參考部分的列表。

same form as adjective
與形容詞的形式相同：
a fast car, drive fast

6.24 有些副詞與形容詞形式相同，意義相似。例如，***fast*** 在這個句子中是副詞：***News travels fast***（消息傳得很快），而在 ***She likes fast cars***（她喜歡速度快的汽車）這個句子中是形容詞。

...a ***fast*** *rail link from London to the Channel Tunnel.* ……從倫敦到英倫海峽隧道的高速鐵路連接線
The driver was driving too ***fast*** *for the conditions.* 司機在那種路面情況下開車太快了。

在這種情況下，副詞通常緊跟在動詞或賓語後面，很少放在動詞前面。

alike	far	long	overseas	through
downtown	fast	next	past	
extra	inside	outside	straight	

有些以 ***-ly*** 結尾的詞既是副詞也是形容詞，比如 ***daily***、***monthly*** 和 ***yearly***。這些詞與頻率有關，在 4.120 小節論述。

6.25 有幾個後置限定詞，包括 ***further***、***next***、***only***、***opposite*** 和 ***same***，與副詞的形式相同，但意義上沒有直接聯繫。注意，***well*** 既是副詞又是形容詞，但用作形容詞時通常作 ***not ill***（健康的）解，而用作副詞時通常的意思是 ***with skill or success***（出色地）。

He has done ***well****.* 他做得很好。

two forms 兩種形式：dear / dearly, hard / hardly 等

6.26 有時，兩個副詞與同一個形容詞有關。一個與形容詞的形式相同，另一個通過添加 ***ly*** 構成。

He closed his eyes ***tight****.* 他緊閉上眼。
He closed his eyes ***tightly****.* 他緊閉上眼。
Failure may yet cost his country ***dear****.* 失敗仍可能會使他的國家付出高昂代價。
Holes in the road are a menace which costs this country ***dearly*** *in lost man hours every year.* 道路上的坑洞是個威脅，每年給這個國家帶來大量的工時損失。
The German manufacturer was urging me to cut out the middle man and deal with him ***direct****.* 那家德國製造商在催促我拋開中間人和他直接交易。
The trend in recent years has been to deal ***directly*** *with the supplier.* 最近幾年的趨勢是直接和供應商進行交易。

下面這些常見副詞有兩種形式：

clear	direct	hard	thick
clearly	directly	hardly	thickly
close	easy	high	thin
closely	easily	highly	thinly
dear	fine	last	tight
dearly	finely	lastly	tightly
deep	first	late	
deeply	firstly	lately	

注意，***-ly*** 副詞的意義常不同於形式和形容詞相同的副詞。

The river was running ***high*** *and swiftly.* 河水上漲，水流湍急。
I thought ***highly*** *of the idea.* 我非常欣賞這個想法。
He has worked ***hard****.* 他工作很努力。
Border could ***hardly*** *make himself heard above the din.* 博德幾乎無法讓自己的說話聲蓋過喧鬧聲。
When the snake strikes, its mouth opens ***wide****.* 蛇在發起攻擊時，嘴巴張得很大。
Closing dates for applications vary ***widely****.* 申請的截止日期差別很大。

注意，對於有些既是副詞又是形容詞的詞來說，加上 ***-ly*** 會構成新的副詞和形容詞，比如 ***dead*** 和 ***deadly***；***low*** 和 ***lowly***。

no adverb from adjective 不構成副詞的形容詞

6.27 有些形容詞不能構成副詞，包括列在 6.23 小節的最常見的屬性形容詞，比如 ***big*** 和 ***old***。

下面是另外一些不能構成副詞的形容詞：

afraid	awake	foreign	little
alive	content	good	long
alone	difficult	hurt	sorry
asleep	drunk	ill	standard

注意，與 ***content*** 和 ***drunk*** 有關的副詞是通過在 ***contented*** 和 ***drunken*** 後面加 ***-ly*** 構成的，於是就有了 ***contentedly*** 和 ***drunkenly***。

Usage Note 用法說明

6.28 如果形容詞沒有相應的副詞，而說話者想為事件或情況提供額外的信息，這時常常可用介詞短語。

有些介詞短語涉及與形容詞有關的名詞。例如形容詞 ***difficult*** 沒有相應的副詞，但可以把相應的名詞 ***difficulty*** 用在介詞短語 ***with difficulty*** 裏作為代替。

He stood up slowly and ***with difficulty****.* 他緩慢而艱難地站了起來。

在另外的情況下，比如以 ***-ly*** 結尾的形容詞，可用 ***way***、***manner*** 或 ***fashion*** 等詞義寬泛的名詞。

He walks ***in a funny way****.* 他走路的樣子很滑稽。
He greeted us ***in his usual friendly fashion****.* 他以一貫的友好方式歡迎我們。

即使存在相應的副詞，仍可使用介詞短語，比如想要添加更詳細的信息或進行強調時。

She comforted the bereaved relatives ***in a dignified, compassionate and personalized manner****.* 她以端莊、富有同情心和個性化的方式安慰死者的親屬。
At these extreme velocities, materials behave ***in a totally different manner from normal****.* 在這些極端的速度下，材料的性能與正常情況下完全不同。

adverbs not related to adjectives 與形容詞無關的副詞

6.29 有些副詞與形容詞一點關係都沒有，時間副詞和地點副詞尤其如此。時間副詞參見第四章，地點副詞參見 6.53 小節的開頭部分。

It will ***soon*** *be Christmas.* 很快就到聖誕節了。

還有其他一些副詞與形容詞無關。

關於和形容詞無關的常用副詞列表，參見附錄的參考部分。

Comparative and superlative adverbs 比較級和最高級副詞

6.30 如果想對比某事在不同場合發生或完成的方式，或與別人或別的事物在過去完成此事的方式進行比較，可用副詞的**比較級** (comparative) 或**最高級** (superlative)。

He began to speak ***more quickly****.* 他開始説得更快了。
This form of treatment is ***most commonly*** *used in younger patients.* 這種治療形式常用於年輕患者。

大部分方式副詞 (adverb of manner，參見 6.36 小節) 有比較級和最高級。

少數其他副詞也有比較級和最高級，包括一些時間副詞 (adverb of time，如 ***early*** 和 ***late***，參見 4.71 小節)、頻率副詞 (adverb of frequency，如 ***often*** 和 ***frequently***，參見 4.114 小節)、持續副詞 (adverb of duration，如 ***briefly***、***permanently*** 和 ***long***，參見 4.123 小節) 以及地點副詞 (adverb of place，如 ***near***、***close***、***deep***、***high***、***far*** 和 ***low***，參見 6.88 和 6.60 小節)。

6.31 比較級和最高級副詞的形式和用法一般類似於形容詞。關於形容詞比較級和最高級的進一步說明，參見 2.103 到 2.122 小節。

但是和形容詞不同的是，副詞的比較級和最高級通常用 ***more*** 和 ***most*** 構成，而不是添加 ***-er*** 和 ***-est***。

The people needed business skills so that they could manage themselves ***more effectively****.* 這些人需要商業技能，這樣他們才能更有效地管理自己。

...the text that Professor Williams's work ***most closely*** *resembles.* ……與威廉斯教授的著作最相似的文本

Valium is ***most often*** *prescribed as an anti-anxiety drug.* "安定"是最常見的抗焦慮處方藥物。

irregular forms 不規則形式

6.32 有些很常見的副詞的比較級和最高級是單個的詞，而不是用 ***more*** 和 ***most*** 構成。注意，比較級不規則的副詞最高級也不規則。

well 的比較級是 ***better***，最高級是 ***best***。

She would ask him later, when she knew him ***better****.* 她以後會問他的，等她更了解他時。

I have to find out what I can do ***best****.* 我必須弄清楚我最擅長做的是甚麼。

badly 的比較級是 ***worse***，最高級是 ***worst***。

'I don't think the crowd helped her,' Gordon admitted. 'She played ***worse****.'* "我認為觀眾沒有幫到她。" 戈登承認。——"她表現更糟了。"

The expedition from Mozambique fared ***worst****.* 從莫桑比克出發的探險隊進展最不順利。

注意，***ill*** 用作副詞或形容詞時，***worse*** 和 ***worst*** 也是其比較級和最高級。

6.33 與形容詞同形的副詞，其比較級和最高級也與形容詞一樣。例如，***fast*** 有 ***faster*** 和 ***fastest***；***hard*** 有 ***harder*** 和 ***hardest***。關於常見的與形容詞同形的副詞列表，參見 6.24 小節。

They worked ***harder****, they were more honest.* 他們工作更努力，他們更誠實了。

The winning blow is the one that strikes ***hardest****.* 致勝的一拳是最猛烈的一擊。

This would enable claims to be dealt with ***faster****.* 這有助加快處理索償的速度。

*This type of sugar dissolves **fastest**.* 這類糖溶解得最快。

6.34 有些副詞有用 ***more*** 和 ***most*** 構成的比較級和最高級，但又有單個的詞構成的比較級和最高級。

*They can be built **more quickly**.* 它們可以建造得更快。
*You probably learn **quicker** by having lessons.* 你通過上課可能學得更快。
*Those women treated **quickest** were those most likely to die.* 那些最快接受治療的婦女最有可能死亡。
*The American computer firm will be relying **more heavily** on its new Scottish plant.* 那家美國電腦公司將更依賴其在蘇格蘭的新工廠。
*It seems that the rights of soldiers weigh **heavier** than the rights of those killed.* 似乎士兵的權利要比被殺者的權利重要。
*The burden fell **most heavily** on Kanhai.* 最重的擔子落在了坎海身上。
*Illiteracy weighs **heaviest** on the groups who are already disadvantaged in other ways.* 文盲對那些在其他方面已處於弱勢的群體壓力最大。

6.35 涉及比較級和最高級的結構通常對副詞和形容詞都是一樣的：

☞ ***no*** 和 ***any*** 與比較級連用：參見 2.163 小節

*He began to behave **more and more erratically**.* 他開始表現得越來越反覆無常了。
*Omoro didn't want to express it **any more strongly**.* 奧莫羅不想更強烈地表達它了。

☞ 與最高級連用時可省略 ***the***：參見 2.117 小節

*His shoulders hurt **the worst**.* 他的肩膀痛得最厲害。
*Old people work **hardest**.* 長者工作最努力。

☞ ***much*** 或 ***a little*** 之類的詞與比較級和最高級連用：參見 2.157 小節的開頭部分

*The situation resolved itself **much more easily** than I had expected.* 解決問題的情況比我預期的容易多了。
*There the process progresses **even more rapidly**.* 那裏的過程進展得還要更快。

☞ ***than*** 用於比較級之後：參見 2.106 小節

*This class continues to grow **more rapidly than any other group**.* 這一類繼續比其他組別生長得快。
*Prices have been rising **faster than incomes**.* 物價的上漲速度一直超過收入。
*You might know this **better than me**.* 你可能比我更了解這個。

☞ 重複使用比較級表示變化的程度：參見 2.161 小節

*He began to behave **more and more erratically**.* 他開始表現得越來越反覆無常了。

Adverbs of manner 方式副詞

adverbs of manner 方式副詞

6.36 人們常常想說明事情完成的方式或事件或情況的所處環境。這樣做的最常見方法是使用**方式副詞** (adverb of manner)。方式副詞提供更多關於事件或行為發生方式的信息。

He nodded and smiled ***warmly****.* 他點了點頭，熱情地微笑着。
She ***accidentally*** *shot herself in the foot.* 她意外射中了自己的腳。

how something is done 如何完成某事：sing beautifully, walk briskly

6.37 很多方式副詞用於描述做事的方式。例如，在 ***He did it carefully*** (他小心謹慎地做了這件事) 這個句子中，***carefully*** 的意思是 ***in a careful way*** (以小心謹慎的方式)。

They think, dress and live ***differently****.* 他們的思維、穿着和生活都不一樣。
He acted very ***clumsily****.* 他表現得非常笨拙。
You must be able to speak ***fluently*** *and* ***correctly****.* 你必須能夠流利正確地說話。

6.38 下面是描述做事方式的常見 ***-ly*** 副詞：

abruptly	economically	peacefully	steadily
accurately	effectively	peculiarly	steeply
awkwardly	efficiently	perfectly	stiffly
badly	evenly	plainly	strangely
beautifully	explicitly	pleasantly	subtly
brightly	faintly	politely	superbly
brilliantly	faithfully	poorly	swiftly
briskly	fiercely	professionally	systematically
carefully	finely	properly	tenderly
carelessly	firmly	quietly	thickly
casually	fluently	rapidly	thinly
cheaply	formally	readily	thoroughly
clearly	frankly	richly	thoughtfully
closely	freely	rigidly	tightly
clumsily	gently	roughly	truthfully
comfortably	gracefully	ruthlessly	uncomfortably
consistently	hastily	securely	urgently
conveniently	heavily	sensibly	vaguely
correctly	honestly	sharply	vigorously
dangerously	hurriedly	silently	violently
delicately	intently	simply	vividly
differently	meticulously	smoothly	voluntarily
discreetly	neatly	softly	warmly
distinctly	nicely	solidly	widely
dramatically	oddly	specifically	willingly
easily	patiently	splendidly	wonderfully

feelings and manner 情感和方式：smile happily, walk wearily

6.39　由描述情感的形容詞構成的副詞，比如 ***happily*** 或 ***nervously***，既表示做事的方式又表示行為人的情感。

例如，***She laughed happily***（她笑得很開心）這個句子既表示她開心地笑，又表示她感到快樂。

We laughed and chatted ***happily*** *together.* 我們在一起快樂地説笑聊天。
Gaskell got up ***wearily*** *and headed for the stairs.* 加斯克爾疲憊地站起來，向樓梯走去。
They looked ***anxiously*** *at each other.* 他們焦急地看着對方。
The children waited ***eagerly*** *for their presents.* 孩子們急切地等待着他們的禮物。
The children smiled ***shyly***. 孩子們害羞地笑了。

6.40　下面這些副詞既表示做事的方式又表示行為人的情感：

angrily	eagerly	hopefully	sadly
anxiously	excitedly	hopelessly	shyly
bitterly	furiously	impatiently	sincerely
boldly	gladly	miserably	uncomfortably
calmly	gloomily	nervously	uneasily
cheerfully	gratefully	passionately	unhappily
confidently	happily	proudly	wearily
desperately	helplessly	reluctantly	

circumstances 所處情況：talk privately, work part-time

6.41　方式副詞也可表示做某事時所處的情況，而不是做事的方式。例如，在 ***He spoke to me privately***（他私下對我說）這個句子裏，***privately*** 的意思是 ***when no one else was present***（當沒有其他人在場時）而不是 ***in a private way***（以私人的方式）。

I need to speak to you ***privately***. 我需要和你私下談一談。
He had ***publicly*** *called for an investigation of the entire school system.* 他公開呼籲對整個學校系統進行調查。
Britain and France ***jointly*** *suggested a plan in 1954.* 英國和法國在 1954 年共同提出了一項計劃。
I have undertaken all the enquiries ***personally***. 我親自進行了所有的調查工作。

6.42　下面這些副詞用於表示行為發生時所處的情況：

accidentally	commercially	illegally	involuntarily
alone	deliberately	independently	jointly
artificially	directly	indirectly	legally
automatically	duly	individually	logically
bodily	first-class	innocently	mechanically
collectively	full-time	instinctively	naturally

officially	personally	regardless	solo
openly	politically	retail	specially
overtly	privately	scientifically	symbolically
part-time	publicly	secretly	wholesale

forms 形式

6.43 大部分方式副詞由屬性形容詞構成，比如 ***stupidly*** 來自 ***stupid***，***angrily*** 來自 ***angry***。關於副詞形式的進一步説明，參見 6.17 小節。

6.44 介詞短語或名詞短語有時可代替方式副詞，為行為發生的方式或所處情況提供更多信息。

'Come here,' he said ***in a low voice***. "過來。" 他低聲説道。
I know I have to do it ***this way***. 我知道我必須這麼做。

這麼做的原因有時是由於缺乏相應的副詞，參見 6.23 小節。

Adverbs of degree 程度副詞

6.45 對行為的範圍或動作完成的程度提供更多信息時，常可用**程度副詞** (adverb of degree)。

I enjoyed the course ***immensely***. 我非常享受這個課程。
I had ***almost*** *forgotten about the trip.* 我差點忘了旅行的事。
A change of one word can ***radically*** *alter the meaning of a statement.* 改動一個詞能從根本上改變一句話的意義。

6.46 下面是程度副詞一覽表：

absolutely	extraordinarily	partly	somewhat
adequately	extremely	perfectly	soundly
almost	fairly	poorly	strongly
altogether	fantastically	positively	sufficiently
amazingly	fully	powerfully	supremely
awfully	greatly	practically	surprisingly
badly	half	pretty	suspiciously
completely	hard	profoundly	terribly
considerably	hugely	purely	totally
dearly	immensely	quite	tremendously
deeply	incredibly	radically	truly
drastically	intensely	rather	unbelievably
dreadfully	just	really	utterly
enormously	largely	reasonably	very
entirely	moderately	remarkably	virtually
exceedingly	nearly	significantly	well
excessively	noticeably	simply	wonderfully
extensively	outright	slightly	

from adjectives
來自形容詞

6.47 程度副詞常常由形容詞加上 ***-ly*** 構成。有些由屬性形容詞構成，比如 ***deeply***、***hugely*** 和 ***strongly***；有些由類別形容詞構成，比如 ***absolutely***、***perfectly*** 和 ***utterly***。

少數程度副詞由後置限定詞構成，比如 ***entirely***。

關於形容詞類別的進一步說明，參見第二章。

position in clause
句子中的位置

6.48 程度副詞可用在狀語通常出現的位置上。

*I admired him **greatly**.* 我很佩服他。
*I **greatly** enjoyed working with them.* 我很喜歡和他們一起工作。
*Yoga can **greatly** diminish stress levels.* 瑜伽能夠大幅度降低精神壓力水平。

但是，程度副詞很少置於句首。例如，通常不說 ***Greatly I admired him***。關於副詞置於句首的進一步說明，參見 9.70 小節。

少數程度副詞幾乎總是置於主要動詞之前：

almost	largely	nearly	really	virtually

例如，通常說 ***He almost got there***（他幾乎達到了目的），而不說 ***He got there almost***。

*This type of institution has **largely** disappeared now.* 這類建制現在已基本消失了。
*He **really** enjoyed talking about flying.* 他真的很喜歡談論飛行。
*The result **virtually** ensures Scotland's place in the finals.* 這個結果實際上確保了蘇格蘭在決賽中的名次。

有些程度副詞幾乎總是置於主要動詞之後：

altogether	hard	somewhat	well
enormously	outright	tremendously	

*This was a different level of communication **altogether**.* 這完全是不同層次的交流。
*The proposal was rejected **outright**.* 提議被斷然拒絕。
*I enjoyed the book **enormously**.* 我非常喜歡看這本書。

emphasizing adverbs
強調副詞

6.49 有一組程度副詞稱為**強調副詞** (emphasizing adverb)，它們由強調形容詞構成（參見 2.36 小節）。

absolutely	outright	quite	truly
completely	perfectly	really	utterly
entirely	positively	simply	
just	purely	totally	

注意，強調副詞 ***outright*** 這個同一形式也用作形容詞、方式副詞以及程度副詞。

6.50 強調副詞，比如 ***absolutely***、***just***、***quite*** 或 ***simply***，用於對動詞描述的行為進行強調。強調副詞通常置於動詞之前。

*I **quite** agree.* 我完全同意。
*I **absolutely** agree.* 我絕對同意。
*I **just** know I'm going to be late.* 我只知道我要遲到了。
*I **simply** adore this flat.* 我就是喜歡這套公寓房。

在動詞短語裏，強調副詞置於助動詞或情態詞之後、主要動詞之前。

*Someone had **simply** appeared.* 有人就這麼出現了。
*I was **absolutely** amazed.* 我的確大吃一驚。

但是，***absolutely*** 偶爾也用在動詞之後。

*I **agree absolutely** with what Geoffrey has said.* 我完全同意傑弗里說的話。

關於強調副詞的其他用法，參見 9.62 到 9.63 小節。

adverbs of degree in front of other adverbs
強調副詞置於其他副詞之前：
very carefully, fairly easily

6.51 有些程度副詞，比如 ***very*** 和 ***rather***，可用在其他副詞之前。處於這個位置的程度副詞稱為**次修飾性副詞** (submodifying adverb)。

這些副詞也可用在形容詞之前；這種用法在 2.140 到 2.168 小節論述，包括次修飾性副詞列表以及它們的含義。

*He prepared his speech **very** carefully.* 他非常仔細地準備了演講。
*He was having to work **awfully** hard.* 他當時不得不非常努力工作。
*Things changed **really** dramatically.* 情況確實發生了急劇變化。
*We get on **extremely** well with our neighbours.* 我們和鄰居相處得非常好。
*We were able to hear everything **pretty** clearly.* 我們一切都聽得相當清楚。
*The paper disintegrated **fairly** easily.* 這張紙很容易就破碎了。
*He dressed **rather** formally.* 他的穿着相當正式。
*Every child reacts **somewhat** differently.* 每個孩子的反應都有所不同。

注意，***moderately*** 和 ***reasonably*** 主要用在不以 ***-ly*** 結尾的副詞之前。

*He works **reasonably** hard.* 他工作還算努力。

少數程度副詞可用作次修飾性副詞與比較級連用：參見 2.157 小節的開頭部分。

*This could all be done **very much more quickly**.* 這一切都能以快得多的速度完成。
*I thanked him again, **even more profusely** than before.* 我又一次感謝了他，甚至比以前更一再感謝。

*I hope you can see **slightly more clearly** what is going on.* 我希望你對正在發生的事能看得稍微清楚些。

注意，***still*** 也可放在比較級之後。

*They're doing better in some respects now. Of course they've got to do **better still**.* 現在他們在某些方面做得比較好了。當然他們還應該做得更好。

other adverbs of degree
其他程度副詞

6.52 有一些特殊的程度副詞，包括 ***much*** 。在否定句裏以及在間接疑問句裏的 ***how*** 之後， ***much*** 用作程度副詞。

*She was difficult as a child and hasn't changed **much**.* 她小時候很難纏，以後也沒有太大的改變。
*These definitions do not help **much**.* 這些釋義沒有多大幫助。
*Have you told him how **much** you love him?* 你告訴了他你多麼愛他嗎？

Very much 的用法也與此類似。

*She is charming. We like her **very much**.* 她很可愛。我們非常喜歡她。

比較級副詞 ***better*** 和 ***worse*** 以及最高級副詞 ***best*** 和 ***worst*** 也是程度副詞。

*You know him **better** than anyone else.* 你比任何人都更了解他。
*It is the land itself which suffers **worst**.* 受害最大的是土地本身。

More 和 ***less*** 可用作比較級程度副詞。

*Her tears frightened him **more** than anything that had ever happened to him before.* 她的眼淚比以前發生在他身上的任何事更令他害怕。
*The ground heats up **less** there.* 那裏的地面溫度上升得小一些。

Most 和 ***least*** 可用作最高級程度副詞。

*She gave me the opportunity to do what I wanted to do **most**.* 她給我機會讓我做自己最想做的事。
*They staged some of his **least** known operas.* 他們上演了他的一些最不知名的歌劇。

比較級副詞和最高級副詞在 6.30 小節的開頭部分論述。

名詞短語 ***a bit*** 、 ***a great deal*** 、 ***a little*** 和 ***a lot*** 也用作程度副詞。

*I don't like this **a bit**.* 我一點也不喜歡這個。
*The situation's changed **a great deal** since then.* 從那以後情況已發生了很大變化。

Adverbs of place 地點副詞

6.53 副詞也可用在動詞之後提供關於地點的信息。

*No birds or animals came **near**.* 鳥和動物都沒有靠近。
*Seagulls were circling **overhead**.* 海鷗在頭頂上空盤旋。

在很多情況下，同一個詞既可用作介詞也可用作副詞。

*The limb was severed **below the elbow**.* 肘部以下的肢體被切除了。
*This information is summarized **below**.* 這一信息總結如下。

adverbs showing position
表示位置的副詞

6.54 下面這些是用於表示位置的副詞。注意，有些副詞由一個以上的詞組成，比如 ***out of doors*** 。

abroad	downwind	northward	underground
ahead	eastward	offshore	underwater
aloft	halfway	outdoors	upstairs
ashore	here	out of doors	upstream
away	indoors	overhead	uptown
close to	inland	overseas	upwind
downstairs	midway	southward	westward
downstream	nearby	there	yonder（美式英語）
downtown	next door	underfoot	

這些用作副詞和介詞的常見地點副詞有時被稱為**副詞小品詞**（adverb particle）或**狀語小品詞**（adverbial particle）。下面這些詞用作副詞表示位置，同時也可用作介詞：

aboard	beneath	in between	over
about	beside	inside	round
above	beyond	near	throughout
alongside	close by	off	underneath
behind	down	opposite	up
below	in	outside	

6.55 副詞可單獨用在動詞後面，表示地點或方向。

The young men hated working ***underground****.* 這些年輕人討厭在地底下工作。

The engine droned on as we flew ***northward****.* 我們向北飛行，發動機嗡嗡響過不停。

如果語境清楚説明了所談的是甚麼地點或方向，也可使用表示地點或方向的副詞。例如，上文可能已經談到了地點，或者副詞可能指的是説話者自己所在的位置或被談論的人或物所在的位置。

He moved to Portugal, and it was ***there*** *where he learnt to do the samba.* 他搬到了葡萄牙，在那裏他學會了跳森巴舞。

She walked ***away*** *and my mother stood in the middle of the road, watching.* 她走開了，我母親站在路中央注視着。

They spent the autumn of 1855 in Japan. It was ***here*** *that Hilary wrote her first novel.* 他們在日本度過了1855 年的秋天。正是在那裏，希拉莉創作了她的第一部小説。

Usage Note 用法説明

6.56 少數方位副詞用於表示情況存在的範圍：

globally	locally	universally	worldwide
internationally	nationally	widely	

Everything we used was bought ***locally****.* 我們使用的每樣東西都是在當地購買的。

和其他大部分方位副詞不同的是，上述副詞不能用在 ***be*** 之後表示某物的位置。

6.57 少數其他副詞用於表示兩個或多個人或物的相對位置，比如 ***together***、***apart***、***side by side*** 和 ***abreast***。

All the villagers and visitors would sit ***together*** *round the fire.* 所有村民和來訪者常圍着火堆坐在一起。
A figure stood at the window holding the curtains ***apart****.* 一個身影站在窗戶旁邊，拉開着窗簾。

adverbs of position with a following adverbial 後接狀語的方位副詞

6.58 有些方位副詞通常後接另一個方位狀語，在 ***be*** 用作主要動詞時尤為常見。

Barbara's ***down at the cottage****.* 巴巴拉在村舍那頭。
Adam was ***halfway up the stairs****.* 亞當爬到了樓梯的一半。
Out on the quiet surface of the river*, something moved.* 在平靜的河面上，有個東西動了一下。
She is ***up in her own bedroom****.* 她在樓上自己的臥室裏。

deep, far, high, low

6.59 副詞 ***deep***、***far***、***high*** 和 ***low*** 既表示位置又表示距離，通常也後接另一個方位狀語，或者以其他方式被修飾語修飾。

Many of the eggs remain buried ***deep among the sand grains****.* 許多卵仍然深埋在沙粒中。
One plane, flying ***very low****, swept back and forth.* 一架飛機飛得很低，在空中來回掠過。

deep down、***far away***、***high up*** 和 ***low down*** 常代替上述幾個單獨使用的副詞。

The window was ***high up****, miles above the rocks.* 窗戶非常高，在岩石上方好幾英里處。
Sita scraped a shallow cavity ***low down*** *in the wall.* 希塔在牆腳下挖出了一個淺坑。

far 和 ***far away*** 常被以 ***from*** 開頭的介詞短語修飾。

I was standing ***far away from the ball****.* 我站在離球很遠的地方。
We lived ***far from the nearest village****.* 我們住的地方離最近的村莊很遠。

adverbs of position: comparative and superlative 方位副詞：比較級和最高級

6.60 有些副詞有比較級和最高級形式，但其最高級形式不用於表示位置，而是具體説明談論的是幾個事物中的哪一個。

deeper、***further***（或 ***farther***）、***higher*** 和 ***lower*** 通常後接表示位置的介詞短語。

Further along the beach*, a thin trickle of smoke was climbing into the sky.* 在海灘更遠處，一縷細細黑煙慢慢爬升上天空。

*The beans are a bit **higher on the stalk** this year.* 豆子今年在稭稈上的位置高了一點。

nearer 既可用作介詞也可用作副詞（參見 6.88 小節）。***closer*** 只能用作副詞。

*The hills were **nearer** now.* 山丘現在離得更近了。
*Thousands of tourists stood watching or milled around trying to get **closer**.* 成千上萬的遊客站着觀看，或轉來轉去想靠得近一點。

anywhere, everywhere, somewhere, nowhere

6.61 有四個不定地點副詞 ***anywhere***、***everywhere***、***nowhere*** 和 ***somewhere***，它們用於談論不確定或非常籠統的位置。

*I dropped my cigar **somewhere** round here.* 我把雪茄掉在附近的甚麼地方了。
*I thought I'd seen you **somewhere**.* 我還以為我在哪裏見過你。
*There were bicycles **everywhere**.* 到處都是自行車。
*No-one can find Howard or Barbara **anywhere**.* 任何人在哪裏都找不到霍華德和巴巴拉。

nowhere 使句子變成否定。

*There was **nowhere** to hide.* 無處可以藏身。

如果 ***nowhere*** 置於句首，動詞的主語必須放在助動詞或 ***be*** 和 ***have*** 的某個形式之後。

***Nowhere have I seen** any serious mention of this.* 我哪裏也沒發現有人認真地談到此事。
***Nowhere are they** overwhelmingly numerous.* 它們在任何地方都沒有多得令人咋舌。

所有這四個副詞在美式英語裏都有非正式的變體，以 ***place*** 替換 ***-where***。它們可寫成一個或兩個詞。

*Haven't you got **some place** to go?* 你沒有可去的地方嗎？
*Video-conferencing can connect anyone, anytime, **anyplace**.* 視像會議可以隨時隨地連接任何人。

adding information 添加信息

6.62 為了提供更多信息，不定地點副詞可與幾個結構連用。可使用的結構有：

☞ 地點副詞：

*I would like to work **somewhere abroad**.* 我想去國外某地方工作。
*We're certainly **nowhere near**.* 我們肯定差得很遠。

☞ 形容詞：

*We could go to Majorca if you want **somewhere lively**.* 我們可以去馬略卡，如果你想去熱鬧一點的地方的話。
*Are you going **somewhere nice**?* 你要去一個好地方嗎？

☞ 介詞短語：

The waiter wasn't ***anywhere in sight***. 哪裏都看不到服務員。
In 1917, Kollontai was the only woman in any government ***anywhere in the world***. 1917 年，柯倫泰是世上任何地方的政府中唯一的女性。

☞ 或者 ***to-***不定式分句：

We mentioned that we were looking for ***somewhere to live***. 我們提到過我們在尋找住的地方。
I wanted to have ***somewhere to put it***. 我想有個地方放下它。

也可用關係從句。注意，關係代詞通常省略。

Was there ***anywhere you wanted to go***? 你有想去的地方嗎？
Everywhere I went, *people were angry or suspicious.* 我無論走到哪裏，人們不是憤怒就是懷疑。

different or additional places 不同的或另外的地點

6.63 ***else*** 用於不定地點副詞之後，表示不同的或另外的地點。

We could hold the meeting ***somewhere else***. 我們可以到別的地方開會。
More people die in bed than ***anywhere else***. 死在牀上的人比任何其他地方都多。

elsewhere 可代替 ***somewhere else*** 。

Gwen sat next to the window. The other girls had found seats ***elsewhere***.
格溫坐在窗戶旁邊，其他女孩在別的地方找到了座位。

6.64 ***everywhere*** 和 ***anywhere*** 也可用作動詞的主語，特別是 ***be*** 的主語。

Sometimes I feel that ***anywhere***, *just* ***anywhere***, *would be better than this.* 有時候我覺得任何地方，不管甚麼地方，也要比這裏好。
I looked around for a shop, but ***everywhere*** *was closed.* 我四處尋找商店，但到處都關了門。

Destinations and directions 目的地和方向

adverbs indicating destinations and targets 表示目的地和目標的副詞

6.65 副詞可用於表示目的地和目標。

'I have expected you', she said, inviting him ***inside***. "我在等你"，她邊説邊請他進屋。
No birds or animals came ***near***. 鳥和動物都沒有靠近。

下面這些副詞用於表示目的地或目標：

aboard	home	inwards	skyward
abroad	homeward	near	there
ashore	in	next door	underground
close	indoors	outdoors	upstairs
downstairs	inland	out of doors	uptown
downtown	inside	outside	
heavenward	inward	overseas	

比較級形式 ***nearer*** 和 ***closer*** 比 ***near*** 或 ***close*** 更常用。

Come ***nearer****.* 過來點。

deep、***far***、***high*** 和 ***low*** 也用作副詞，表示目的地或目標，但僅限於以其他某種方式得到修飾時。

The dancers sprang ***high into the air*** *brandishing their spears.* 舞蹈者騰空高高躍起，揮舞着長矛。

比較級形式 ***deeper***、***further***（或 ***farther***）、***higher*** 和 ***lower*** 以及最高級形式 ***furthest***（或 ***farthest***）也可作副詞。這些詞不必得到任何方式的修飾。

We left the waterfall and climbed ***higher****.* 我們離開了瀑布，向高處爬去。
People have to trek ***further and further****.* 人們不得不跋涉得越來越遠。

relative direction
相關的方向

6.66 副詞可用於表示與所談論的人或物的特定位置相關的方向。關於短語動詞（phrasal verb）的進一步説明，參見 3.83 到 3.116 小節。

Go ***north*** *from Leicester Square up Wardour Street.* 從萊斯特廣場沿沃德街向北走。
Don't look ***down****.* 不要向下看。
...the part of the engine that was spinning ***around****.* ……發動機正在旋轉的部件
Mrs James gave a little cry and hurried ***on****.* 占士太太輕輕叫了一聲，然後匆匆説下去。
They grabbed him and pulled him ***backwards****.* 他們一把抓住他，把他向後拖。
He turned ***left*** *and began strolling slowly down the street.* 他向左轉，開始沿着街道慢慢走下。

這種副詞也可表示某人或某物面朝與其所處位置前方有關的方向。

The seats face ***forward****.* 這些座位面朝前方。

下列副詞用於表示這種方向：

ahead	right	east	southwards
along	sideways	eastward	south-east
back	~	eastwards	south-west
backward	anti-clockwise	north	round
backwards	around	northward	up
forward	clockwise	northwards	upward
forwards	counterclockwise（美式英語）	north-east	upwards
left	down	north-west	west
on	downward	south	westward
onward	downwards	southward	westwards

movement in several directions 朝多方向的移動

6.67 副詞 ***round***、***about*** 和 ***around*** 表示在一個地點內朝多方向的移動。

Stop rushing ***about****!* 別跑來跑去！
They won't want anyone else trampling ***around****.* 他們不希望別人到處踩踏。

下列狀語表達式用於表示朝多個方向的反覆移動：

back and forth	round and round
backwards and forwards	to and fro
from side to side	up and down
in and out	

At other times she would pace ***up and down*** *outside the trailer.* 在其他時候，她會在活動房車外面踱來踱去。
Burke was walking ***back and forth*** *as he spoke.* 伯克邊説邊來回走動。

movement away 向外移動

6.68 下列副詞用於表示從某人或某物處移開：

aside	away	off	out	outward

The farmer just laughed and rode ***away****.* 那個農民笑出了聲，然後騎着馬走了。
It took just one tug to pull them ***out****.* 一拉就把它們拉了出來。

副詞 ***apart*** 表示兩個或多個事物彼此遠離。

I rushed in and tried to pull the dogs ***apart****.* 我衝了進去，試圖拉開狗。

movement along a path 沿着路徑的移動

6.69 下列副詞用於表示沿着道路、路徑或路線的移動：

alongside	downhill	uphill
beside	downstream	upstream

Going ***downhill*** *was easy.* 下山很容易。
It wasn't the moving that kept me warm; it was the effort of pushing Daisy ***uphill****.* 使我身體保持暖和的不是走動，而是用力把戴西推上山。

movement across or past something 穿過或經過某物

6.70 下列副詞用於表示穿過或經過某物：

across	over	past	through
by	overhead	round	

There's an aircraft coming ***over****.* 有一架飛機在飛過來。
'Where are you going?' demanded Miss Craig as Florrie rushed ***by****.* “你去哪裏？”克雷格小姐在弗洛麗匆忙走過時問道。

indefinite direction 不確定的方向：somewhere, everywhere, nowhere 等

6.71 如果想籠統或含糊地談論目的地或方向，可用不定地點副詞表示。

*He went off **somewhere** for a shooting weekend.* 他到某地方去打獵度週末了。
*Dust blew **everywhere**, swirling over dry caked mountains.* 灰塵吹得到處都是，在乾燥板結的山丘上空盤旋。
*There was hardly **anywhere** to go.* 幾乎沒有甚麼地方可去。
*Can't you play **elsewhere**?* 你不能到別的地方玩嗎？

nowhere 主要用於比喻，表示沒有進展。

*They were getting **nowhere** and had other things to do.* 他們毫無進展，並且有其他事情要做。

關於不定地點副詞的進一步說明，參見 6.61 小節。

adverbs after nouns 名詞後面的副詞：the man opposite, the road south

6.72 和介詞短語一樣，副詞也可放在名詞之後。

*They watched him from the terrace **above**.* 他們從上面的陽台看着他。
*The man **opposite** got up.* 對面的男人站了起來。
*People **everywhere** are becoming aware of the problem.* 各地人們都開始意識到這個問題。
*We took the road **south**.* 我們走了通向南面的路。

Prepositions 介詞

6.73 本節論述如何使用介詞短語 (prepositional phrase) 表示動作發生的地點、某人或某物所處的位置、某人或某物來自或去往何處或者移動的方向。

介詞短語 (prepositional phrase) 由介詞 (preposition) 及其賓語 (object) 組成，這個賓語幾乎總是名詞。

大部分介詞最基本的用法是表示位置和方向。

*He fumbled **in his pocket**.* 他在自己的口袋裏摸索。
***On your left** is the river.* 在你的左邊是河。
*Why did he not drive **to Valence**?* 為甚麼他不開車去瓦朗斯？
*The voice was coming **from my apartment**.* 說話聲從我住的公寓傳來。
*I ran inside and bounded **up the stairs**.* 我衝了進去，跳上樓梯。

6.74 介詞 (preposition) 使得進一步說明一個事物或動作成為可能，因為可以選擇任一合適的名詞用作其賓語。大部分介詞是單個的詞，儘管有些由一個以上的詞組成，比如 ***out of*** 和 ***in between*** 。

下面這些常見的單個介詞用於談論地點或目的地：

about	along	around	behind
above	alongside	at	below
across	among	before	beneath

beside	inside	over	towards
between	into	past	under
beyond	near	round	underneath
by	off	through	up
down	on	throughout	within
from	opposite	to	
in	outside	toward（美式英語）	

注意，***toward*** 和 ***towards*** 兩者都用於美式英語，在意義上沒有區別。

下面這些介詞由一個以上的詞組成，用於談論地點或目的地：

across from	away from	in between	next to
ahead of	close by	in front of	on top of
all over	close to	near to	out of

6.75　很多介詞也可作副詞，即可以不帶賓語單獨使用。關於這類副詞，參見 6.54 的列表。

Be Careful 注意

6.76　英語的介詞數量龐大，因此有些在意義上非常接近，比如 ***beside***、***by***、***near*** 和 ***next to***。而其他介詞，比如 ***at*** 和 ***in***，又有多個不同的意義。應盡可能在詞典裏查閱介詞的意義和用法。

6.77　介詞的後面帶**賓語**（object）。

The switch is by ***the door****.* 開關在門邊。
Look behind ***you****, Willie!* 看你的背後，威利！

注意，如果人稱代詞用作介詞的賓語，一定要用賓語人稱代詞 ***me***、***you***、***him***、***her***、***it***、***us***、***them***。

介詞還可與複合名詞短語組合在一起比較詳細地描述地點。關於 ***of*** 在名詞短語裏的用法說明，參見 2.280 小節。

I stood alone ***in the middle of the yard****.* 我獨自一人站在院子中央。
He was sitting ***towards the end of the room****.* 他坐在靠近房間盡頭的地方。
He went ***to the back of the store****.* 他走到商店的後面。

Position of prepositional phrases 介詞短語的位置

after verbs showing position 置於表示位置的動詞之後

6.78　介詞短語最常用於動詞之後。它們用在表示位置的動詞後面，以便具體說明某物在甚麼地方。

She ***lives*** *in Newcastle.* 她住在紐卡素。
An old piano ***stood*** *in the corner of the room.* 房間的角落放着一部舊鋼琴。
You ought to ***stay*** *out of the sun.* 你應該避免陽光直接照射。

下列動詞常用於表示位置：

be	lie	sit	stay
belong	live	be situated	
hang	remain	stand	

After verbs indicating movement 置於表示移動的動詞之後

6.79 介詞短語用在表示移動的動詞之後，具體說明移動的方向。

*I **went** into the kitchen and began to make the dinner.* 我走進廚房，開始準備晚飯。
*Mrs Kaul **was leading** him to his seat.* 考爾太太在帶他走向他的座位。
*The others **burst** from their tents.* 其他人衝出了帳篷。
*The storm **had uprooted** trees from the ground.* 暴風雨把樹木從地上連根拔起。
*He **took** her to Edinburgh.* 他帶她去了愛丁堡。

after verbs indicating activities 置於表示活動的動詞之後

6.80 介詞短語用於表示活動的動詞之後，具體說明活動發生的地點。

*...children **playing** in the street.* ……在街上玩耍的孩子
*The meeting **was held** at a community centre in Logan Heights.* 會議在洛根高地的一個社區中心舉行。
*He **was practising** high jumps in the garden.* 他在花園裏練習跳高。

6.81 介詞短語通常用在句末、動詞之後；如果動詞有賓語，則置於賓語之後。

*We landed **at a small airport**.* 我們降落在一個小機場。
*We put the children's toys **in a big box**.* 我們把孩子們的玩具放入一個大箱子。

at the beginning of a clause: for emphasis or contrast 置於句首：表示強調或對照

6.82 如果想把注意力集中在介詞短語上表示強調或對照，可把它放在句首。這種順序主要用於描述性的文章或報告。

***In the garden** everything was peaceful.* 花園裏一切都很平靜。
***At the top of the tree** was a brown cat.* 樹頂上有一隻棕色的貓。

at the beginning of a clause: verb before subject 置於句首：動詞在主語之前

6.83 在動詞不帶賓語的句子裏，如果表示某物位置的介詞短語置於句首，通常要改變正常的詞序，把動詞放到主語之前。

*On the ceiling **hung dustpans and brushes**.* 天花板上掛着垃圾鏟和刷子。
*Inside the box **lie the group's US mining assets**.* 盒子裏面放的是集團在美國的礦業資產。
*Beyond them **lay the fields**.* 在它們的那一頭是田野。

用作主要動詞的 ***be*** 總是置於主語之前，因此不可以說像 ***Under her chin a colossal brooch was*** 這樣的句子。

Under her chin ***was a colossal brooch***. 她的下巴下面是一個碩大的胸針。
Next to it ***is a different sign*** *which says simply Beware.* 在它旁邊是一個不同的標識，上面只是寫着“小心”。
Alongside him ***will be Mr Mitchell Fromstein***. 他的旁邊將是米切爾・弗羅姆斯坦先生。

Showing position 表示位置

6.84 下列例子中的介詞短語表示動作發生的地點，或者表示某人或某物所處的位置。

The children shouted, waving leafy branches ***above their heads***. 孩子們喊叫着，在頭頂上揮舞多葉的樹枝。
The whole play takes place ***at a beach club***. 整個比賽在海灘俱樂部舉行。
Two minutes later we were safely ***inside the taxi***. 兩分鐘以後我們安全地坐進了計程車。
He stood ***near the door***. 他站在門口。
She kept his picture ***on her bedside table***. 她把他的照片一直放在牀頭櫃上。

prepositions showing position
表示位置的介詞

6.85 下面這些介詞用於表示位置：

aboard	astride	close to	opposite
about	at	down	out of
above	away from	in	outside
across	before	in between	past
against	behind	in front of	through
ahead of	below	inside	under
all over	beneath	near	underneath
along	beside	near to	up
alongside	between	next to	upon
amidst	beyond	off	with
among	by	on	within
around	close by	on top of	

6.86 有些介詞只和有限的幾個名詞連用。

例如，與 ***aboard*** 連用的是表示某種交通運輸方式的名詞，如 ***ship***、***plane***、***train*** 或 ***bus***，或某艘船的名字、某次飛機旅行的航班號碼等等。

There's something terribly wrong ***aboard this ship****, Dr Marlowe.* 這艘船上出了一些可怕的問題，馬洛博士。
More than 1,500 people died ***aboard the Titanic***. 鐵達尼號船上死了 1,500 多人。
...getting ***aboard that flight to Rome***. ……登上飛往羅馬的那個航班
He climbed ***aboard a truck***. 他爬上一輛貨車。

下面這些名詞與 ***aboard*** 連用表示位置：

aircraft carrier	plane	train
boat	rocket	trawler
bus	ship	truck
coach	sled（美式英語）	wagon
ferry	sledge	yacht
jet	space shuttle	

astride 主要用於表示某人把腿放在某物的兩側，通常指分腿坐在或騎跨在某物上。

*He whipped out a chair and sat **astride it**.* 他一下子拿出一把椅子，兩腿分開跨坐到上面。
*He spotted a man sitting **astride a horse**.* 他看見一個男人騎跨在馬上。

如果 ***before*** 用於表示位置，其賓語通常是一個人或一群人。

*Leading representatives were interviewed **before a live television audience**.* 主要代表面對電視直播觀眾接受了採訪。
*He appeared **before a disciplinary committee**.* 他到場接受紀律委員會的質詢。

all over 的賓語通常指的是一個很大或範圍不確定的區域。

*Through the site, thousands of people **all over the world** are being reunited with old friends.* 通過該網站，全世界成千上萬的人得以與老朋友重逢。
*There were pieces of ship **all over the place**.* 到處都是船的碎片。

6.87 有些介詞是多義詞。例如，***on*** 可用於表示某人或某物處在一個水平面上或附着在某物上，或者表示某人的工作地點是一個區域，比如農場或建築工地。

*The phone was **on** the floor in the hallway.* 電話在走廊內的地板上。
*I lowered myself down **on** a rope.* 我用一根繩子把自己降了下去。
*My father worked **on** a farm.* 我父親在一個農場工作過。

prepositions with comparative forms 有比較級形式的介詞

6.88 ***near***、***near to*** 和 ***close to*** 有比較級形式，可用作介詞。

*We're moving **nearer my parents**.* 我們打算搬到離父母近一點的地方。
*Venus is much **nearer to the Sun** than the Earth.* 金星比地球離太陽近得多。
*The judge's bench was **closer to me** than Ruchell's chair.* 法官席比魯歇爾的椅子更靠近我。

more specific position 更具體的位置

6.89 如果想更確切地說明一個物體離另一個物體的哪個部分最近，或者確切地說明物體置於區域或空間的哪個位置，可用下列介詞之一：***at***、***by***、***in***、***near***、***on***、***round***。通常表示方向的 ***to*** 和 ***towards*** 也可用於表示大致的位置。

這些介詞的賓語是表示物體或地方的某個部位的名詞，比如 ***top***、***bottom*** 和 ***edge***。下面這些名詞用於表示物體或地方的某個部位：

back	top	west	mountainside
bottom	~	~	poolside
edge	east	bankside	quayside
end	north	bedside	ringside
front	north-east	dockside	roadside
left	north-west	graveside	seaside
middle	south	hillside	waterside
right	south-east	kerbside	
side	south-west	lakeside	

注意，複合方向介詞（*northeast*、*southwest* 等）的拼寫在英式英語裏既可用連字符號也可不用連字符號。在美式英語裏，則幾乎從不用連字符號。

如果所述的地點很明顯或上文已經提到，用這些名詞的單數加限定詞 ***the***。

I ran inside and bounded up the stairs. Wendy was standing ***at the top****.*
我衝進去躍上樓梯。溫迪正站在樓梯頂端。
He was sitting ***towards the rear****.* 他坐在靠近後部的地方。
To the north *are the main gardens.* 北面是主要的花園。
We found him sitting ***by the fireside****.* 我們發現他坐在火爐邊。

其他限定詞，比如 ***this*** 和 ***each***，可與 ***side***、***end*** 和 ***edge*** 等名詞連用，因為物體或地方可能有好幾個側面、端點或側邊。

Loosen the two screws ***at each end*** *of the fuse.* 鬆開保險絲兩端的兩顆螺絲釘。
Standing ***on either side*** *of him were two younger men.* 站在他兩側的是兩個年輕一點的小伙子。

如果人或物已經提到或很明顯，可用所有格限定詞。

...a doll that turns brown in the sun, except for ***under its swimsuit****.*
……一個除了泳衣下面沒有被陽光曬成棕色的洋娃娃。
There was a gate ***on our left****.* 我們的左面有一扇大門。

6.90 注意，含有 ***of*** 的雙詞和三詞介詞的所指更具體，因為 ***of*** 後面可接任何名詞。

She turned and rushed ***out of the room****.* 她轉身衝出了房間。
There was a man standing ***in front of me****.* 有一個男人站在我前面。
My sister started piling the books ***on top of each other****.* 我妹妹開始把書一本本疊起來。

specific distances 明確的距離

6.91 動作發生的地點、或某人或某物所處的位置也可用與另一物體或地方的距離表示。

具體的距離放在含 ***from*** 或 ***away from*** 的介詞短語之前。

Here he sat on the terrace ***a few feet from the roaring traffic***. 他坐在離轟鳴的車流僅幾英尺的露台上。
The ball swerved ***two feet away from her***. 球在離她兩英尺的地方突然變線。

距離也可用路程所需的時間表示。

My house is only ***20 minutes from where I work***. 我家離我工作的地方只有 20 分鐘路程。
They lived only ***two or three days away from Juffure***. 他們住在離珠富雷只有兩到三天路程的地方。

出行方式可以表達得更為精確。

It is less than ***an hour's drive from here***. 離這裏不到一個小時的車程。
It's about ***five minutes' walk from the bus stop***. 從巴士站大約要走 5 分鐘。

showing position and distance 表示位置和距離

6.92 要同時表示某物所處的位置以及離另一物體或地方有多遠，距離可放在下列介詞之前：

above	below	down	past
along	beneath	inside	under
behind	beyond	outside	up

The volcano is only ***a few hundred metres below sea level***. 這座火山只低於海平面幾百米。

距離也可在包含 ***left*** 和 ***right*** 的介詞短語或包含 ***north*** 和 ***south-east*** 等方位詞的介詞短語之前交代。

We lived ***forty miles to the east of Ottawa***. 我們住在渥太華以東 40 英里的地方。

Showing direction 表示方向

6.93 下列例子中的介詞短語表示某人或某物將要去或正在前去的地方。

I'm going with her ***to Australia***. 我要和她一起去澳洲了。
They jumped ***into the water***. 他們跳入水中。
He saw his mother running ***towards him***. 他看到母親向他跑來。
He screwed the lid tightly ***onto the top of the jar***. 他把蓋子緊緊地擰在罐子頂上。
She stuck her knitting needles ***into a ball of wool***. 她把編織針插入一團毛線。

prepositions used
所用的介詞

6.94 下面這些介詞用於表示目的地和目標：

aboard	beside	onto
all over	down	out of
along	from	round
alongside	inside	to
around	into	toward（美式英語）
at	near	towards
away from	off	up

注意，***onto*** 有時寫成兩個詞。

*The bird hopped up **on to** a higher branch.* 鳥躍上了一根更高的樹枝。

在美式英語以及英式英語的某些變體裏，可用不帶 ***of*** 的介詞 ***out*** 表示方向。

*He walked **out the door** for the last time.* 他最後一次走到門外。

介詞短語 ***to the left*** 和 ***to the right*** 也用於從自己或他人的角度表示方向 。參見 6.96 小節。

6.95 介詞的選擇有一些限制。

at 通常不用於表示動詞的主語向甚麼地方移動，而用於表示某人在看甚麼或某人使物體移向的地點。

*They were staring **at a garage roof**.* 他們盯着車房的頂部看。
*Supporters threw petals **at his car**.* 支持者向他的汽車扔花瓣。

after 用於表示某人或某物跟隨另一人或物移動，或跟隨其後在同方向移動。

*He hurried **after his men**.* 他匆匆跟在他的侍從後面。
*...dragging the sacks **after us** along the ground.* ……我們一路在地上拖着口袋

direction relative to the front
相對於前面的方向

6.96 介詞短語 ***to the left*** 和 ***to the right*** 用於表示某人或某物相對於面朝的方向正在向甚麼方向移動。

*They turned **to the left** and drove away.* 他們向左轉彎，然後開走了。

several directions
好幾個方向

6.97 介詞 ***about***、***round***、***around*** 和 ***all over*** 用於表示在一個地點範圍內向幾個方向的移動。

*I wandered **round the garden**.* 我在花園裏閒逛。
*She jumped **around the room** in front of the children as she acted out her story.* 她在房間裏跳來跳去，在孩子們面前表演故事。
*The boys began climbing **all over the ship**.* 男孩子們開始在船上到處亂爬。

round 在美式英語裏不用作介詞，總是用 ***around*** 代替。

starting point 起點

6.98 介詞短語表示作為移動起點的地點或物體。

可用的介詞有 ***away from***、***from***、***off*** 和 ***out of***。

The coffee was sent up by the caterer ***from the kitchens*** *below.* 咖啡是由飲食服務員從下面的廚房送上來的。
She turned and rushed ***out of the room****.* 她轉身衝出了房間。
He took his hand ***off her arm****.* 他把手從她的手臂上移開。

from before prepositions and adverbs 介詞和副詞前的 from

6.99 ***from*** 也用在另一個介詞或某些副詞之前，表示移動的起點。

I had taken his drinking bowl ***from beneath the kitchen table****.* 我從餐桌底下拿出了他的飲水碗。
...goods imported ***from abroad****.* ……從國外進口的商品
Thomas had stopped bringing his lunch ***from home****.* 湯馬斯已不再從家裏帶午飯來。

from 用在下列副詞之前：

above	beneath	home	overseas
abroad	downstairs	inside	somewhere
anywhere	elsewhere	next door	there
behind	everywhere	nowhere	underneath
below	here	outside	upstairs

Prepositional phrases after nouns 名詞後面的介詞短語

6.100 除了用在動詞後面以外，介詞短語還可用在名詞後面提供關於地點的更多信息。

The muscles ***below Peter's knees*** *were beginning to ache a little.* 彼得膝蓋下面的肌肉開始隱隱作痛。
The chestnut trees ***in the back garden*** *were a blazing orange.* 後花園裏的栗樹是一片火紅的橙色。
They stood and watched the boats ***on the river****.* 他們站在那裏看着河上的船隻。
...the clock ***in her bedroom****.* ……她臥室裏的鐘
...the low wall ***round the garden****.* ……花園四周的矮牆
...the black shapeless masses ***to the left and right of the road****.* ……道路左右兩側漆黑一片，看不出形狀的幾堆東西

6.101 道路、路線等後面可添加介詞短語，通過指出它們的目標或方向來詳細説明。

*...****the main road from Paris to Marseilles****.* ……從巴黎到馬賽的主幹道
*...****the road between the camp and the hospital****.* ……營地和醫院之間的道路
*...****the road through the canyon****.* ……穿越峽谷的道路

同樣，門、入口等也可加上介詞短語，表示穿過它們通向何處。

*He opened **the door to his room**.* 他打開了他房間的門。
*...at **the entrance to the library**.* ……在圖書館的入口

介詞短語也用在名詞後面，表示某人或某物來自何處。

*...a veterinary officer **from Singapore**.* ……來自新加坡的一個獸醫官
*...an engineer **from Hertfordshire**.* ……來自赫特福德郡的一個工程師

Other uses of prepositional phrases 介詞短語的其他用法

6.102 介詞還常常用於談論地點以外的其他內容，比如談論時間、做某事的方式或情感及性質。以下從 6.103 到 6.110 小節將簡要論述這些用法，並為別處更詳細的解釋提供交叉參見。

下列介詞僅用於或主要用於表示地點以外的事物：

after	despite	except	like	since
as	during	for	of	until

referring to time 表示時間

6.103 雖然介詞短語主要用於表示位置或方向，但也可用於表示時間。

*I'll see you **on Monday**.* 我們星期一見。
*They are expecting to announce the sale **within the next few days**.* 他們預計在接下來的幾天內宣佈銷售。

介詞用於表示時間的用法在 4.100 到 4.108 小節論述。

referring to the way something is done 表示某事完成的方式

6.104 介詞短語也用於進一步討論動作完成的方式或應該採用的方式。

*'Oh yes,' Etta sneered **in an offensive way**.* "噢，是啦。" 埃塔唐突無禮地說道。
*A bird can change direction **by dipping one wing and lifting the other**.* 鳥可以通過降低一隻翅膀和抬高另一隻來改變方向。
*He brushed back his hair **with his hand**.* 他用手把頭髮向後撥。

像 ***on foot*** 或 ***by bus*** 之類的介詞短語可用於表示行進的方法。

*I usually go to work **on foot**.* 我通常步行上班。
*I travelled home **by bus**.* 我坐巴士回家。

副詞表示事情完成方式的用法在 6.36 小節的開頭部分論述。

6.105 介詞短語也可用於進一步說明動作執行者的情感。

*Fanny saw **with amazement** that the letter was addressed to herself.* 芬妮吃驚地看到那封信是寫給她自己的。

like and as in comparison 用於比較的 like 和 as

6.106 介詞 ***like*** 可用於表示某人或某物的行為與另一個人或物類似。

*She treated me **like a servant**.* 她把我當傭人那樣對待。
*She shuffled **like an old lady**.* 她像個老太太那樣拖着腳步走路。

關於比較的一般性介紹，參見 2.103 小節的開頭部分。

6.107 也可用 ***like*** 和 ***as*** 表示某人或某物受到的對待與另一個人或物類似。置於 ***like*** 或 ***as*** 後面的名詞短語描述受動作影響的人或物，而不是執行動作的人或物。

My parents dressed me ***like a little doll****.* 我父母把我打扮得像個小洋娃娃。
Their parents continue to treat them ***as children****.* 他們的父母繼續把他們當孩子對待。
She treated her ***more like a daughter than a companion****.* 她待她更像女兒，而不是同伴。

like this 或 ***like that*** 之類的表達式也可用於表示做某事的特定方式。

If you're going to behave ***like this****, the best thing you can do is to go back to bed.* 如果你繼續這樣表現的話，你最好回到牀上。
How dare you speak to me ***like that****?* 你怎敢這樣對我說話？

從句中 ***like*** 和 ***as*** 的用法在 8.78 到 8.80 小節論述。

6.108 使用 ***as*** 後接副詞再加另一個 ***as*** ，可以說明一種做事方式與另一種做事方式具有相同的性質。第二個 ***as*** 後接名詞短語、代詞、狀語或分句。

The company has not grown ***as quickly as many of its rivals****.* 公司的成長不如它的許多競爭對手那麼快。
She wanted someone to talk to ***as badly as I did****.* 她和我一樣極需有個人談談。

circumstances of an action
動作的所處情況

6.109 介詞短語用於談論動作的所處情況。

'No,' she said ***with a defiant look****.* "不。" 她帶着不服的樣子說道。
...struggling to establish democracy ***under adverse conditions****.*
……在不利條件下努力建立民主

reason, cause, or purpose
理由、原因或目的

6.110 介詞短語也可用於談論動作的理由、原因或目的。

In 1923, the Prime Minister resigned ***because of ill health****.* 1923 年，首相因病辭職。
He was dying ***of pneumonia****.* 他因肺炎生命垂危。

as 用於表示某事物的功能或目的。

He worked ***as a truck driver****.* 他是一個貨車司機。
During the war they used the theatre ***as a warehouse****.* 戰爭期間他們把這個劇院當作倉庫。

Prepositions used with verbs 與動詞連用的介詞

in phrasal verbs
在短語動詞中

6.111 有些動詞總是後接介詞短語，並具有特定的含義。這種動詞稱為**短語動詞** (phrasal verb)，關於這類動詞，參見 3.83 到 3.116 小節。

*She **sailed through** her exams.* 她順利通過了考試。
*What are you **getting at**?* 你是甚麼意思？

verbs with optional prepositional phrases
非強制後接介詞短語的動詞

6.112 有些動詞可後接介詞短語代替直接賓語。關於這些動詞的進一步說明，參見 3.10 小節。

The Polish Army fought the Germans for nearly five weeks. 波蘭軍隊抗擊德國人近五個星期。
*She was fighting **against history**.* 她在對抗歷史。
We climbed the mountain. 我們爬了山。
*I climbed **up the tree**.* 我爬上了樹。

indirect objects of verbs with two objects
雙賓語動詞的間接賓語

6.113 間接賓語置於直接賓語後面時，介詞短語可用作間接賓語。

關於雙賓語動詞的說明，參見 3.73 到 3.82 小節。

如果動詞描述的動作涉及某物從一個人或物向另一個人或物的轉移，可用介詞 ***to*** 。

*I passed the letter **to my husband**.* 我把信遞給了我丈夫。
*The recovered animals will be given **to zoos**.* 康復的動物將被交給動物園。

如果動作涉及一個人為了別人做某事，可用介詞 ***for*** 。

*He left a note **for her** on the table.* 他在桌上給她留了一張字條。

with reciprocal verbs
與相互動詞連用

6.114 如果提及了另一個名詞短語，有些**相互動詞** (reciprocal verb) 需要後接介詞短語。

關於相互動詞的說明，參見 3.68 到 3.72 小節。

*Our return coincided **with the arrival of bad weather**.* 我們的歸來剛好碰上了壞天氣。
*She has refused to cooperate **with investigators**.* 她已經拒絕和調查人員合作。

with passive verbs
與被動動詞連用

6.115 介詞短語用在**被動** (passive) 動詞後面。

*Ninety men were cut off **by storms**.* 九十個人被暴風雨切斷了聯繫。
*Moisture is drawn out **with salt**.* 用鹽吸出了水分。

介詞短語置於被動動詞後面的用法在 9.14 到 9.16 小節論述。

position of prepositional phrases and adverbs after verbs 介詞短語和副詞在動詞後的位置

6.116 動詞後接介詞短語和副詞時，較長的介詞短語通常放在副詞後面。

He listened calmly ***to the report of his aides****.* 他靜靜地聽着助手們的匯報。

較短的介詞短語放在副詞之前或之後均可。

The women shouted ***at me*** *savagely.* 那幾個女人向我粗野地喊叫。
Miss Burns looked calmly ***at Marianne****.* 伯恩斯小姐平靜地看着瑪麗安娜。

Prepositional phrases after nouns and adjectives 置於名詞和形容詞後面的介詞短語

6.117 介詞短語有時置於名詞和形容詞後面，用於描述句子的主語或賓語，而不是說明動作的發生方式或情況。參見 2.275 小節的開頭部分。

...a girl ***in a dark grey dress****.* ……一個身穿暗灰色連衣裙的女孩
...a man ***with a quick temper****.* ……一名脾氣急躁的男子

particular prepositions after nouns and adjectives 名詞和形容詞後面的特定介詞

6.118 在添加信息時，有些名詞和形容詞後面可用特定的介詞。參見 2.45 到 2.50 小節以及 2.287 到 2.290 小節。

My respect ***for her*** *is absolutely enormous.* 我對她絕對非常尊敬。
Women's tennis puts an emphasis ***on technique****, not strength.* 女子網球強調的是技術，而不是力量。
He is responsible ***for pursuing the claim****.* 他負責進行索償。

comparisons with than and like 用 than 和 like 進行比較

6.119 含有 ***than*** 的介詞短語常常表示作為比較基礎的人或物。

He was smarter ***than you****.* 他比你聰明。
She was more refined ***than her husband****.* 她比丈夫更有教養。

關於比較（comparison）的進一步說明，參見 2.103 小節的開頭部分。

介詞 ***like*** 用於表示某人或某物與另一個人或物類似，但不比較任何具體性質。

The British forces are ***like permanent tourists****.* 英國軍隊就像永久的遊客。
We need many more people ***like these****.* 我們需要更多這樣的人。

of

6.120 ***of*** 可用在任何名詞後面的介詞短語裏，表示兩個名詞短語之間的各種關係，特別是所屬、佔有和聯接關係；還可用於說明某物是甚麼、含有甚麼、用甚麼製成或數量有多少。

He was a member ***of the golf club****.* 他是高爾夫俱樂部會員。
She's a friend ***of Stephen's****.* 她是史提芬的朋友。
...the Mayor ***of Moscow****.* ……莫斯科市市長

Extended meanings of prepositions 介詞的擴展意義

6.121 介詞短語表示時間和方式的用法實際上是介詞的擴展或比喻用法。這種用法涉及的介詞範圍很廣，並作為隱喻的一部分，對語言的許多其他方面都有影響。例如，在說 ***approaching a point in time***（接近一個時間點）、***a short stretch of time***（一小段時間）等時，就是在使用表示空間的詞來談論時間。

但是，也有一些擴展意義僅適用於少數介詞，或者有時只適用於個別介詞。

例如，***in*** 主要表示容器內的位置。

*What's that **in your bag**?* 你包裏的那是甚麼？
*It will end up **in the dustbin**.* 它最終會被扔進垃圾箱。

但是，***in*** 常用於和區域有關的情況，而不是容器。

*Emma sat **in an armchair** with her legs crossed.* 愛瑪翹着腿坐在單人沙發上。
*Then we were told what had happened **in Sheffield**.* 接着我們被告知在謝菲爾德身上發生的事。

in 也用於談論相對位置。

*We had to do something **in the centre** of the town to attract visitors.* 我們只好在市中心做點甚麼來吸引遊客。

但是，***in*** 還有將詞義從物理位置進一步擴展開去的用法。例如，***in*** 可用於表示某人涉入了一個特定的情況、群體或者活動。

*They were **in no danger**.* 他們沒有危險。
*The child was **in trouble** with the police.* 這個孩子和警察惹上了麻煩。
*This government won't be **in power** for ever.* 這個政府不可能永遠執政。
*Mr Matthews has remained **in office** but the island has no Parliament.* 馬太先生留任，但該島沒有議會。

in 可以比較抽象地表示包含。

*Some of her early Hollywood experiences were used **in her 1923 film**, Mary of the Movies.* 她在荷李活的一些早期經歷被用進了她在 1923 年拍的一部電影《電影中的瑪麗》。
***In any book**, there is a moral purpose.* 任何一本書都有一個道德目的。

它也可表示某物達到了一個特定階段，或者以特定方式出現。

*The first primroses are **in flower**.* 第一批報春花盛開了。
*Her hair was **in pigtails** over either shoulder.* 她的頭髮梳成辮子垂在了雙肩上。

另外幾個本義與容器有關的介詞用法與此類似，比如 ***within***、***into***、***out of***。

*Anything **within reason** should be considered.* 任何不過份的事都應該加以考慮。
*When we get those men **into the police force**, they are going to be real heroes.* 在我們讓這些人加入警察隊伍時，他們將成為真正的英雄。
*Heroines who were considered attractive by earlier generations now seem hopelessly **out of touch**.* 被前幾代人視為有吸引力的女性偶像現在似乎已格格不入。

Other ways of giving information about place
為地點提供信息的其他方法

noun phrases referring to place: place names
表示地點的名詞短語：地名

6.122 有些方位和移動動詞後接表示地點的名詞短語。這些在 3.21 小節論述。

Peel approached ***the building****.* 皮爾走近那座大樓。

6.123 除了用名詞短語表示地點以外，也可用地名。

This great block of land became ***Antarctica****.* 這一大塊土地成了南極洲。
...an island roughly the size of ***Martha's Vineyard****.* ……一個面積和馬撒葡萄園島大致相同的島嶼
Her work is on show at the ***National Museum of Film and Photography*** *in* ***Bradford****.* 她的作品正在布拉德福德的國家電影和攝影博物館展出。

verbs after place names
地名後面的動詞

6.124 大部分地名是單數名詞，雖然有些看來像是複數名詞，比如 ***The Netherlands***（荷蘭）。某些地名，比如表示群島或群山的地名，是複數名詞。與地名連用的動詞遵循正常的規則，因此單數動詞形式與單數名詞連用，複數動詞形式與複數名詞連用。

Milan ***is*** *a very interesting city.* 米蘭是一個很有趣的城市。
The Andes ***split*** *the country down the middle.* 安第斯山把這個國家在中間一分為二。

place names used for talking about people
用於表示人的地名

6.125 地名可用於表示居住在那裏的人。如果地名是單數名詞，即使表示複數概念，動詞仍然用單數形式。

Europe *was sick of war.* 歐洲已厭倦了戰爭。

國家的名字或其首都名常用於表示該國的政府。

Britain *and* ***France*** *jointly suggested a plan.* 英國和法國聯合提出了一個計劃。
Washington *put a great deal of pressure on* ***Tokyo****.* 華盛頓對東京施加了巨大壓力。

place names used for talking about events
用於表示事件的地名

6.126 地名也可用於表示在那裏發生的著名歷史事件或新近事件，比如戰役、災難、國際體育比賽、醜聞或重要的政治會議等。

After ***Waterloo****, trade and industry surged again.* 滑鐵盧戰役以後，貿易和工業再次蓬勃發展。
What was the effect of ***Chernobyl*** *on British agriculture?* 切爾諾貝爾核電站事故對英國農業有甚麼影響？
...the chain of events that led to ***Watergate****.* ……導致水門醜聞的一連串事件

place names used as modifiers before nouns
用作名詞修飾語的地名

6.127　很多地名可用作修飾語，表示事物來自何處或具備的特點以及處在甚麼位置。

*...a **London** hotel.* ……倫敦的一家酒店
*...the **New Zealand** rugby team.* ……新西蘭欖球隊

如果地名以 ***the*** 開頭，用作修飾語時 ***the*** 需要省略。

*...**Arctic** explorers.* ……北極探險者
*She has a **Midlands** accent.* 她有英格蘭中部口音。

注意，大陸和很多國家的名字不能用作修飾語，而要用相應的類別形容詞代替，比如 ***African*** 和 ***Italian*** 。

7 Reporting what people say or think
轉述他人的言語或思想

7.1　本章説明轉述他人言語或思想的不同方式。

7.2　轉述他人言語的方法之一是重複原話。

'I don't know much about music,' Judy said. "我不太懂音樂，" 茱迪説。

如此重複某人原話的方式稱為**直接引語**（direct speech）。

也可不重複茱迪的原話，而代之以 Judy said that she didn't know much about music（茱迪説她不太懂音樂）。這種方式稱為**間接引語**（reported speech，有些語法書稱 indirect speech）。

直接引語和間接引語都由兩個分句構成。主句稱為**引述分句**（reporting clause），另一個分句表示他人的言語或思想。

在直接引語（direct speech）裏，這另一個分句稱為**引語**（quote）。

*'**Have you met him?**' I asked.* "你見過他嗎？" 我問道。
*'**I'll see you tomorrow**,' said Tom.* "我們明天見，" 湯姆説。

在間接引語（reported speech）裏，這另一個分句稱為**間接引語分句**（reported clause）。

*He mentioned **that he had a brother living in London**.* 他説起他有一個哥哥住在倫敦。
*He asked **if you would be able to call and see him**.* 他問你是否能打個電話並和他見面。
*He promised **to give me the money**.* 他保證把錢給我。

注意，間接引語分句可用 ***to-***不定式引導。

7.3　在平常的交談中，使用**間接引語**（reported speech）的機會大大超過**直接引語**（direct speech），這是由於我們通常不知道或記不住某人的原話。直接引語主要用於書面敘述。

轉述某人的思想時，我們幾乎總是使用間接引語，因為思想通常不以詞語的形式存在，所以不能精確引用。間接引語可用於轉述幾乎任何一種思想。

7.4 7.5 到 7.15 小節説明用於引述分句（reporting clause）的動詞。7.16 到 7.26 小節解釋直接引語（direct speech）。7.27 到 7.71 小節論述間接引語（reported speech）。7.72 到 7.81 小節説明如何指稱直接引語或間接引語中的説話者和受話者。7.82 到 7.85 小節解釋表示某人所説的話或所談內容的其他方法。

Showing that you are reporting using reporting verbs: 表示轉述：使用引述動詞

7.5 使用引述動詞（reporting verb）表示直接引用或轉述他人的言語或思想。每一個引述分句都有一個引述動詞。

'I don't see what you are getting at,' Jeremy ***said****.* “我不明白你想説甚麼，”傑里米説道。
He looked old, Harold ***thought****, and sick.* 他看上去很老，哈羅德心想，而且有病。
They ***were complaining*** *that Guangzhou was hot and noisy.* 他們抱怨説廣州又熱又吵。

basic reporting verbs 基本引述動詞

7.6 只是轉述某人原話而不想對轉述內容添加信息，用動詞 ***say*** 。

She ***said*** *that she didn't want to know.* 她説她不想知道。

ask 可用於轉述疑問句。

'How's it all going?' Derek ***asked****.* “情況怎麼樣？”德里克問道。

showing purpose of speaking 表達説話目的

7.7 有些引述動詞，比如 ***answer***、***complain*** 和 ***explain***，表示言語的用意。例如，***answer*** 表明一句話的用意是回答問題，***complain*** 表示説話的用意是抱怨。

He ***answered*** *that the price would be three pounds.* 他答覆説價格是三英鎊。
He never told me, sir, Watson ***complained****.* 他從來沒有告訴過我，先生，華生抱怨道。
'Please don't,' I ***begged****.* “請不要，”我懇求道。
I ***suggested*** *that it was time to leave.* 我提議説是離開的時候了。

用於直接引語的某些引述動詞表示説話的方式。參見 7.19 小節。

下面這些引述動詞可用於轉述人們的言語：

acknowledge	answer	boast	concede
add	argue	call	confess
admit	ask	chorus	confirm
advise	assert	claim	contend
agree	assure	command	continue
allege	beg	comment	convince
announce	begin	complain	cry

declare	invite	promise	scream
decree	lament	prophesy	shout
demand	maintain	propose	shriek
deny	mention	reassure	state
describe	mumble	recall	stipulate
direct	murmur	recite	storm
discuss	muse	recommend	suggest
dispute	mutter	record	swear
enquire	note	refuse	teach
explain	notify	remark	tell
forbid	object	remind	threaten
grumble	observe	repeat	thunder
guarantee	order	reply	urge
hint	persuade	report	vow
imply	plead	request	wail
inform	pledge	respond	warn
inquire	pray	reveal	whisper
insist	predict	rule	write
instruct	proclaim	say	yell

Be Careful 注意

7.8 注意，動詞 ***address***、***converse***、***lecture***、***speak*** 和 ***talk*** 不能用作引述動詞，雖然它們的含義是 ***to say something***（說話）。

verbs of thinking and knowing 思考和意識動詞

7.9 很多引述動詞用於表示人的思想而不是言語。引述動詞可表示各種各樣的思想，包括信念、願望、希望、意圖以及決定，還可用於表示記憶和遺忘。

We both ***knew*** *that he was lying.* 我們兩個都知道他在說謊。
'I'll go to him in a minute,' she ***thought****.* "我馬上就到他那兒去，" 她心想。
I ***had*** *always* ***believed*** *that one day I would see him again.* 我一直相信總有一天我會再次見到他。

下面這些引述動詞可用於轉述人們的思想：

accept	feel	mean	regret
agree	figure	muse	remember
assume	foresee	note	resolve
believe	forget	plan	suppose
consider	guess	ponder	think
decide	hold	pray	understand
determine	hope	prefer	vow
doubt	imagine	propose	want
dream	intend	reason	wish
estimate	judge	recall	wonder
expect	know	reckon	worry
fear	long	reflect	

verbs of learning and perceiving
了解和感知動詞

7.10 有些引述動詞用於表示了解和感知事實。

*I have since **learned** that the writer of the letter is now dead.* 從此我知道寫這封信的人現在已經死了。
*Then she **saw** that he was sleeping.* 然後她看到他在睡覺。

下面這些引述動詞表示了解和感知事實：

conclude	gather	note	read
discover	hear	notice	realize
elicit	infer	observe	see
find	learn	perceive	sense

7.11 上表中的部分動詞，比如 ***tell*** 和 ***promise***，必須或可以後接表示受話者的賓語。參見 7.75 到 7.76 小節。

注意，有些動詞出現在了幾個列表裏，因為它們是多義詞。

indicating the way that something is said
表示説話的方式

7.12 使用直接引語或間接引語時，可在引述動詞後面加上副詞或介詞短語，來進一步説明説話的方式。

*'I've got the key!' he announced **triumphantly**.* "我有鑰匙！" 他得意洋洋地高聲説道。
*His secretary explained **patiently** that this was the only time he could spare.* 他的秘書耐心地解釋説，這是他能抽出來的唯一時間。
*I know what you mean, Carrie replied **with feeling**.* 我懂你的意思。卡麗帶着感情回答道。

可用介詞短語表示所説的內容是如何融入會話的。

*A gift from my mother, he added **in explanation**.* 我母親給我的一份禮物，他補充解釋道。

negatives in reporting clauses
引述分句中的否定詞

7.13 對於少量引述動詞來説，否定常常在引述分句而不是間接引語分句裏表示。***I don't think Mary is at home***（我認為瑪麗不在家）的意思與 ***I think Mary is not at home***（我認為瑪麗不在家）相同，***She doesn't want to see him***（她不想見他）的意思是 ***She wants not to see him***（她想不見他）。

*I **do not think** she suspects me.* 我不認為她對我有懷疑。
*She **didn't believe** she would ever see him again.* 她不相信她會再見到他。
*He **didn't want** to go.* 他不想走。
*We **don't intend** to put him on trial.* 我們不打算審判他。

下面這些引述動詞常常這樣與否定詞連用：

believe	imagine	propose	think
expect	intend	reckon	want
feel	plan	suppose	wish

reporting speech and thought in informal spoken English 在非正式英語口語中轉述言語和思想

7.14 在非正式英語口語裏，引述動詞 ***go*** 有時用於引出直接引語。含有 ***go*** 的引述分句總是置於引語之前。

*I said, 'Well, what do you want to talk about?' He **goes**, 'I don't care.'* 我說："好吧，你想說甚麼？"——他說："我不在乎。"
*I told her what I'd heard and she **went**, 'Oh, my gosh.'* 我把聽到的告訴她了，然後她說："噢，我的天哪。"
*When I heard that I'd got the job I **went**, 'Oh, no, what have I done?'* 當我聽到我獲得了工作時，我說："啊，不會吧，我做了甚麼？"

注意，***go*** 後面不能加副詞。例如，不能說 ***He went angrily, 'Be quiet!'*** 。

7.15 另一個用在非正式英語口語裏的引述結構是 ***be like***。***be like*** 既可表示言語也可表示思想。在書寫時，***be like*** 通常後面用逗號。引語有時放在引號內，有時不放。

*He got a call from Oprah, and he **was like**, 'Of course I'll go on your show.'* 他接到了奧普拉的電話，於是他說："當然我會上你的節目。"
*He**'s like**,'It's boring! I hate chess!' And I**'m like**, 'Please teach me!'* 他說："太無聊了！我討厭象棋！"然後我說："請教教我！"
*The minute I met him, I **was like**, he's perfect.* 我一見到他，我就說，他太完美了。

和其他引述動詞一樣，***be like*** 可與名詞或人稱代詞連用。例如，可以說 ***She was like***...（她說……）、***The doctor was like***...（醫生說……）或者 ***Jane was like***...（簡說……），後接她／醫生／簡所說或所想的內容。

與其他引述動詞不同的是，***be like*** 還可用在代詞 ***it*** 之後。這種結構常常用於表示言語和思想的混合或一般的情況。例如，假定有人說 ***It was like, Oh wow!***（這就像是說，哇呀！），可能誰也沒有真的說過或想過 ***Oh wow!***。相反，這句話告訴我們的是一個大致的情況，意思差不多是 ***It was amazing / surprising***（這是令人稱奇／令人驚訝的）。

*So I get back in the bus, quarter of an hour passes and **it's like**, Where's Graham?* 於是我回到巴士上，一刻鐘過後，他心想，"格萊姆在哪裏？"
*When that happened **it was like**, Oh, no, not again.* 在那件事發生的時候，就像是，哦，不，夠啦。

be like 總是置於間接引語分句之前。

Reporting someone's actual words: direct speech 轉述某人的原話：直接引語

7.16 如果想表示某人說了特定的話，可用**直接引語**（direct speech）。即使不知道或不記得所說的原話，也可用直接引語。使用直接引語轉述某人說的話時，就好像是在使用他人自己的言語。

直接引語由兩個分句組成。一個是含有引述動詞的**引述分句**（reporting clause）。

'I knew I'd seen you,' ***I said***. "我就知道我見過你，" 我説。
Yes please, ***replied John***. 好的，請，約翰回答説。

另一個部分是引語 (quote)，表示某人説的話或説過的話。

'Let's go and have a look at the swimming pool,' *she suggested.* "我們去看一看泳池吧，" 她提議道。
'Leave me alone,' *I snarled.* "別管我，" 我怒吼道。

別人説的任何話都可以直接引用 —— 陳述、疑問、命令、建議以及感歎。書寫時，在引語的首尾用引號 (單引號 ' ' 或雙引號 " "，在英式英語裏也稱 ***inverted commas*** 倒轉的逗號)。

'Thank you,' I said. "謝謝你，" 我説。
After a long silence he asked: 'What is your name?' 長時間沉默之後，他問道："你叫甚麼名字？"

注意，在書面敍述中，如果説話者已經確立或轉述者不想表示引用的是疑問、建議、感歎等，引述分句有時可以省略。

'When do you leave?' — 'I should be gone now.' — 'Well, good-bye, Hamo.' "你甚麼時候離開？" —— "我現在就該走了。" —— "好吧，再見，哈莫。"

7.17 思維有時候表現為自言自語。因此在**直接引語** (direct speech) 中可以使用一些表示思考的動詞作為引述動詞。

I must go and see Lynn, Marsha thought. 我必須去看林恩，瑪莎心裏想。

用直接引語表示某人的思想時，通常省略引語首尾的引號。

How much should he tell her? Not much, he decided. 他應該告訴她多少？不多，他下了決定。
Perhaps that's no accident, he reasoned. 也許那不是甚麼事故，他推理道。
Why, she wondered, was the flag at half mast? 為甚麼下了半旗？她心裏感到納悶。

7.18 下面這些引述動詞常常用於直接引語：

add	begin	demand	proclaim	state
admit	boast	explain	promise	suggest
advise	claim	grumble	read	tell
agree	command	inquire	reason	think
announce	comment	insist	recite	urge
answer	complain	muse	reflect	vow
argue	conclude	observe	remark	warn
ask	confess	order	reply	wonder
assert	continue	plead	report	write
assure	decide	ponder	respond	
beg	declare	pray	say	

上述動詞中有少數可以或必須和表示受話者的賓語連用。參見 7.75 到 7.76 小節。

verbs that describe the way in which something is said 描述說話方式的動詞

7.19 如果想表示說話的方式，可用 ***shout***、***wail*** 或 ***scream*** 之類的引述動詞。這類動詞通常只出現在書面敘述中。

Jump! shouted *the old woman.* 快跳！老婦人叫喊道。
Oh, poor little thing*, she* ***wailed****.* 哦，可憐的小東西，她嚎啕着說。
Get out of there*, I* ***screamed****.* 從那裏滾出去，我尖叫道。

下面這些是表示說話方式的動詞：

bellow	cry	mutter	shriek	wail
call	mumble	scream	storm	whisper
chorus	murmur	shout	thunder	yell

Be Creative 靈活運用

7.20 表示說話方式的另一個方法是使用通常表示某種動物發出的聲音的動詞。

Excuse me! *Susannah* ***barked****.* 對不起，蘇珊娜生氣地說道。

還可用 ***smile***、***grin*** 或 ***frown*** 等動詞表示某人說話時的面部表情。

'I'm awfully sorry.' — Not at all,' I ***smiled****.* "我非常抱歉。"——"沒關係，"我微笑着說道。
It was a joke*, he* ***grinned****.* 這是一個笑話，他咧嘴笑着說道。

Be Creative 靈活運用

7.21 如果想達到某種特殊效果，特別是在書面語裏，可把 ***bark*** 和 ***smile*** 這樣的動詞用於直接引語。

position of reporting verb 引述動詞的位置

7.22 引述動詞可放在多處與引語相關的位置。通常的位置是在引語之後，但也可置於引語之前或在引語中間。

You have to keep trying, he ***said****.* 你必須繼續試下去，他說。
He stepped back and ***said****, Now look at that.* 他後退一步說道，現在看看那個。
You see, he ***said****, my father was an inventor.* 你看，他說道，我父親是個發明家。

7.23 如果引述動詞在引語中間，則必須放在下列位置之一：

☞ 名詞短語 (noun phrase) 之後

That man, I said, never opened a window in his life. 那個男人，我說，一生從未打開過一扇窗戶。

☞ 呼語 (vocative) 之後，比如 ***darling*** 或 ***Dad***

'Darling', Max said to her, ' don't say it's not possible.' "親愛的，"馬克斯對她說，"不要說這不可能。"

☞ 句子副詞（sentence adverb）之後

Maybe, he said hesitantly, maybe there is a beast. 也許，他遲疑地說道，也許有一頭野獸。

☞ 分句（clause）之後

'I know you don't remember your father,' said James, 'but he was a kind and generous man.' "我知道你不記得你父親，" 占士說，"但他是個善良慷慨的人。"

7.24 大部分引述動詞可用在引語前面。

She replied, My first thought was to protect him. 她答道，我首先想到的是要保護他。
One student commented: He seems to know his subject very well. 一個學生說道，他似乎很了解他的學科。

但是，引述動詞 ***agree***、***command***、***promise*** 和 ***wonder*** 幾乎從不放在引語前面。

changing the order of the subject and the reporting verb 改變主語和引述動詞的順序

7.25 如果引述動詞置於引語之後，主語常常放在動詞之後。

'Perhaps he isn't a bad sort of chap after all,' ***remarked Dave***. "也許他始終不過是一個壞傢伙，" 戴夫說。
'I see,' said John. "我明白了，" 約翰說。
'I am aware of that,' ***replied the Englishman***. "我知道那個，" 英國人回答說。

注意，如果主語是代詞，就不能這樣用，除了在某些文學語境中。

punctuation of quotes 引語的標點符號

7.26 下列例子說明如何在英式英語裏給引語加標點符號。單引號（' '）或雙引號（" "）都可以用。置於引語開頭的叫**前引號**（opening），置於引語末尾的叫**後引號**（closing）。

'Let's go,' I whispered. "我們走吧，" 我輕聲說道。
'We have to go home,' she told him. "我們必須回家了，" 她對他說。
Mona's mother answered: 'Oh yes, she's in.' 莫娜的母親回答道，"哦，是的，她在家。"
He nodded and said, 'Yes, he's my son.' 他點點頭說，"是的，他是我兒子。"
'Margaret', I said to her, 'I'm so glad you came.' "瑪格麗特，" 我對她說，"你來了我真高興。"
'What are you doing?' Sarah asked. "你在做甚麼？" 莎拉問道。
'Of course it's awful!' shouted Clarissa. "當然這太糟糕了！" 克拉麗莎大聲喊道。
'What do they mean,' she demanded, by 'a population problem'? 她問道，"他們說 '人口問題' 是甚麼意思？"

注意，上面最後一個例子含有引語中的引語。如果主要引語用的是單引號，主要引語中的引語放在雙引號內。如果主要引語用的是雙引號，主要引語中的引語則放在單引號內。

在美式英語裏，總是使用雙引號（“ ”），除非有引語中的引語。在後面這種情況下，主要引語中的引語就放在單引號（‘ ’）內，如下面第二個例子所示。

‘What are you doing?’ Sarah asked. “你在做甚麼？” 莎拉問道。
‘What do they mean, ’ she demanded, ‘by a population problem?’ 她問道，“他們說 ‘人口問題 ’是甚麼意思？”

如果引用超過一個段落，每段開頭都要用前引號，但後引號只用在最後一段的結尾。

Reporting in your own words: reported speech 用自己的話轉述：間接引語

7.27 用自己的話而不是原話轉述他人的言語時，可用**間接引語**（reported speech）。

The woman said she had seen nothing. 那個女人說她甚麼也沒見到。
I replied that I had not read it yet. 我回答說我還沒有讀過。

間接引語結構通常用於轉述他人的思想。

He thought she was worried. 他覺得她很擔心。

間接引語（英語裏有時稱為 indirect speech）由兩個部分組成。一個部分是含引述動詞的**引述分句**（reporting clause）。

***I told him** that nothing was going to happen to me.* 我告訴他，我不會出甚麼事的。
***I have agreed** that he should do it.* 我同意他應該做那件事。
***I wanted** to be alone.* 我想要獨自一個人。

另一個部分是**間接引語分句**（reported clause）。

*He answered **that he thought the story was extremely interesting**.* 他回答說，他認為這個故事有趣極了。
*He felt **that he had to do something**.* 他覺得自己必須做點甚麼。
*He wondered **where they could have come from**.* 他納悶他們可能會來自何處。

通常引述分句在前，以便清楚表明是在轉述而不是直接說自己的話。

***Henry said** that he wanted to go home.* 亨利說他想回家。

亨利的原話不大可能是 ***I want to go home***（我想回家），即使這種可能性是存在的。 更可能的情況是，他說了類似於 ***I think I should be going now***（我覺得我該走了）這樣的話。因此轉述的更可能是他的意思，而不是他的原話。

不引用他人原話的原因有很多。通常是因為記不住原話，有時是因為原話不重要或在轉述的場合下不合適。

types of reported clause 間接引語分句的類別

7.28 間接引語分句（reported clause）有好幾種。使用哪一種取決於轉述的是陳述、疑問、命令還是建議。

大部分間接引語分句要麼是 ***that***-從句，要麼是以 ***to***-不定式開頭的分句。轉述疑問時，間接引語分句以 ***if***、***whether*** 或 ***wh***-詞開頭。***that***-從句作間接引語分句的用法在 7.29 到 7.31 小節論述。間接疑問句在 7.32 到 7.38 小節論述。***to***-不定式分句在間接引語中的用法在 7.39 到 7.48 小節論述。

Reporting statements and thoughts 轉述陳述和思想

7.29 如果想轉述一個陳述或某人的思想，可用以連詞 ***that*** 開頭的間接引語分句。

He said ***that the police had directed him to the wrong room***. 他說警察引導他走錯了房間。
He wrote me a letter saying ***that he understood what I was doing***. 他給我寫了一封信，說他理解我在做甚麼。
Mrs Kaul announced ***that the lecture would now begin***. 考爾太太宣佈講座現在開始。

在非正式口語和書面語裏，連詞 ***that*** 通常省略。

They said ***I had to see a doctor first***. 他們說，我必須先去看醫生。
She says ***she wants to see you this afternoon***. 她說她今天下午想見你。
He knew ***the attempt was hopeless***. 他知道嘗試是徒勞的。
I think ***there's something wrong***. 我認為有點不對勁。

在上述各句中，也可以使用 ***that***。例如，既可以說 ***They said I had to see a doctor first***（他們說，我必須先去看醫生），也可以說 ***They said that I had to see a doctor first***.（他們說，我必須先去看醫生）。

引述動詞僅指說話或思考行為時，***that*** 常常省略。在提供更多信息的動詞後面，比如 ***complain*** 或 ***explain***，通常要用 ***that***。

The FBI ***confirmed that*** *the substance was an explosive.* 聯邦調查局證實那種物質是爆炸物。
I ***explained that*** *she would have to stay in bed.* 我解釋說，她必須臥牀。

這種間接引語分句常常稱為 ***that***-從句，儘管很多不帶 ***that***。

注意，有些關係從句也以 ***that*** 開頭。在這種情況下，***that*** 是關係代詞，不是連詞。**關係從句**（relative clause）在 8.83 到 8.116 小節論述。

verbs used with that-clauses 與 that-從句連用的動詞

7.30 下面這些動詞常常作引述動詞與 ***that***-從句連用：

accept	allege	assume	comment
acknowledge	announce	assure	complain
add	answer	believe	concede
admit	argue	boast	conclude
agree	assert	claim	confirm

consider	guarantee	perceive	reveal
contend	guess	persuade	say
convince	hear	pledge	see
decide	hold	pray	sense
deny	hope	predict	speculate
determine	imagine	promise	state
discover	imply	prophesy	suggest
dispute	inform	read	suppose
doubt	insist	realize	suspect
dream	judge	reason	swear
elicit	know	reassure	teach
estimate	lament	recall	tell
expect	learn	reckon	think
explain	maintain	record	threaten
fear	mean	reflect	understand
feel	mention	remark	vow
figure	note	remember	warn
find	notice	repeat	wish
foresee	notify	reply	worry
forget	object	report	write
gather	observe	resolve	

注意，上表中的有些動詞只有在作某些意義解時才能用於間接引語。例如，在 ***He accepted a present***（他接受了一個禮物）這個句子裏，***accept*** 用作普通動詞。

上表中的少數動詞可以或者必須與表示受話者的賓語連用。參見 7.75 到 7.76 小節。

上表中的某些動詞，比如 ***decide*** 和 ***promise***，也可與帶 ***to-***不定式連用。參見 7.39 和 7.45 小節。

上表中的另外一些動詞，比如 ***advise*** 和 ***order***，可作引述動詞與 ***that-***從句連用，條件是 ***that-***從句含有**情態詞**（modal）或**虛擬式**（subjunctive）。這類 ***that-***從句在 7.43 小節討論。

position of reported clauses
間接引語分句的位置

7.31　通常引述分句放在 ***that-***從句之前，以便清楚地表明是在轉述而不是直接説自己的話。

I said that I would rather work at home. 我説我寧願在家工作。
Georgina said she was going to bed. 佐治娜説她要去睡了。

但是，如果想強調間接引語分句的內容，可以改變詞序先説間接引語分句，後面用逗號，不用 ***that*** 引出分句。

All these things were trivial, he said. 所有這些事都微不足道，他説。
She was worried, he thought. 她很擔心，他心裏想。

如果間接引語分句比較長，可把引述分句放在中間。

Ten years ago, Moumoni explained, some government people had come to inspect the village. 10 年前，莫莫尼解釋說，一些政府部門的人來視察過村莊。

Reporting questions 轉述問題

7.32 除了轉述某人的言語或思想外，也可轉述他人提出或想知道的問題。

間接引語中的疑問句有時稱為**間接疑問句**（reported question 或 indirect question）。

the reporting verb 引述動詞

7.33 最常用於轉述疑問句的引述動詞是 ***ask***。比較正式地轉述疑問句可用 ***enquire*** 或 ***inquire***。

*I **asked** if I could stay with them.* 我問能不能和他們在一起。
*He **asked** me where I was going.* 他問我到哪裏去。
*She **inquired** how Ibrahim was getting on.* 她詢問易卜拉欣過得怎麼樣。

Be Careful 注意

7.34 轉述疑問句時：

☞ 不使用疑問句的詞序

☞ 不使用問號。

因此 ***Did you enjoy it?***（你喜歡它嗎？）這個疑問句可以轉述為 ***I asked her if she had enjoyed it***（我問她是否喜歡它）。

疑問句在 5.10 到 5.34 小節論述。

yes / no questions yes / no 疑問句

7.35 疑問句有兩種主要類型，因此也就有兩大類轉述疑問句的間接引語結構。

一類疑問句稱為 ***yes / no*** 疑問句。這種疑問句可以簡單地回答 ***yes*** 或 ***no***。

轉述 ***yes / no*** 疑問句時，用以連詞 ***if*** 引導的 ***if-***從句，或者用連詞 ***whether*** 引出的 ***whether-***從句。

如果說話者提出一個也許為真的可能性，可用 ***if***。***Do you know my name?***（你知道我的名字嗎？）可以轉述為 ***A woman asked if I knew her name***（一個女人問我是否知道她的名字）。

*She asked him **if his parents spoke French**.* 她問他，他父母是否說法語。
*Someone asked me **if the work was going well**.* 有人問我，工作進展是否順利。
*He inquired **if her hair had always been that colour**.* 他問她的頭髮是不是一直是那種顏色。

如果說話者提出一個可能性，但不排除問題的其他可能性，則用 ***whether***。在 ***whether*** 後面可以提出另一個可能性，也可不提。

*I was asked **whether I wanted to stay at a hotel or at his home**.* 我被問到是想住在酒店還是他家裏。

She asked ***whether the servants were still there****.* 她問傭人們是否還在那裏。
I asked Professor Fred Bailey ***whether he agreed****.* 我問弗雷德・貝利教授是否同意。
A policeman asked me ***whether he could be of help****.* 一個警察問我他是否能幫上忙。

有時這另一個可能性用 ***or not*** 表達。

The barman didn't ask ***whether or not*** *they were over eighteen.* 酒吧侍應沒有問他們是否已超過 18 歲。
They asked ***whether*** *Britain was* ***or*** *was* ***not*** *a Christian country.* 他們問英國是否是基督教國家。

關於 ***yes / no*** **疑問句**（***yes / no*** question）的進一步說明，參見 5.12 到 5.14 小節。

7.36 還有其他一些動詞可用在 ***if-***從句或 ***whether-***從句之前，因為它們指的是拿不準事實或發現事實。

I didn't know ***whether to believe him or not****.* 我不知道是否該相信他。
Simon wondered ***if he should make conversation****.* 西門心裏在想他是否該主動攀談。
She didn't say ***whether he was still alive****.* 她沒有説他是否還活着。

下面是其他可用在 ***if-***從句和 ***whether-***從句之前的動詞：

consider	discover	know	say	tell
determine	doubt	remember	see	wonder

注意，***know***、***remember***、***say***、***see*** 和 ***tell*** 通常用於否定分句或疑問分句，或用於含情態詞的分句。

表中的所有動詞，除了 ***wonder***，也可與 ***that-***從句連用，參見 7.30 小節。它們還可與 ***wh-***詞引導的從句連用，參見 7.38 小節。

wh-questions
wh- 疑問句

7.37 另一類疑問句稱為 ***wh-***疑問句。這種疑問句表示某人詢問一個事件或情況。***wh-***疑問句不能用 ***yes*** 或 ***no*** 回答。

轉述 ***wh-***疑問句時，用 ***wh-***詞引出間接引語分句。

He asked ***where I was going****.* 他問我到哪裏去。
She enquired ***why I was so late****.* 她問我為甚麼遲得那麼久。
She started to ask ***what had happened****, then decided against it.* 她開始想問發生了甚麼事，然後決定不問。
I asked ***how they had got there so quickly****.* 我問他們怎麼那麼快就到了那裏。
I never thought to ask ***who put it there****.* 我從未想過要問是誰把它放在了那裏。

如果疑問句的細節在語境中已經很清楚，有時可省略除 ***wh-***詞外的所有內容。這種情況主要出現在英語口語裏，特別是使用 ***why*** 時。

I asked ***why***. 我問為甚麼。
They enquired ***how***. 他們打聽怎麼辦。

關於 ***wh-***疑問句（***wh-***question）的進一步說明，參見 5.21 到 5.34 小節。

7.38　其他動詞可用在 ***wh-***詞引導的分句前面，因為它們指的是意識到、了解或提及事件或情況的所處環境之一。

She doesn't know ***what we were talking about***. 她不知道我們在説甚麼。
They couldn't see ***how they would manage without her***. 他們看不出在沒有她的情況下，他們怎麼能應付過去。
I wonder ***what's happened***. 我很想知道發生了甚麼事。

下面是其他可用在 ***wh-***詞引導的分句之前的動詞：

decide	forget	realize	teach
describe	guess	remember	tell
determine	imagine	reveal	test
discover	judge	say	think
discuss	know	see	understand
explain	learn	suggest	wonder

注意，***imagine***、***say***、***see,***、***suggest*** 和 ***think*** 通常用於否定分句或疑問分句，或用於含情態詞的分句。

表中的所有動詞，除了 ***describe***、***discuss*** 和 ***wonder***，也可與 ***that-***從句連用，參見 7.30 小節。

Reporting orders, requests, advice, and intentions
轉述命令、請求、勸告和意圖

reporting requests 轉述請求

7.39　如果要轉述的是某人命令、請求或勸告別人做某事，可在 ***tell*** 等引述動詞後面用 ***to-***不定式。受話者，也就是將要執行動作的那個人，則作為引述動詞的賓語被提及。

He told her to wait there for him. 他叫她在那裏等他。
He commanded his men to retreat 他命令他的手下撤退。
He ordered me to fetch the books. 他命令我去把書拿來。
My doctor advised me to see a neurologist. 我的醫生建議我去看神經病學家。

關於這種結構的進一步說明，參見 3.202 到 3.206 小節。

下面這些引述動詞可用人作賓語後接 ***to-***不定式：

advise	beg	forbid	invite
ask	command	instruct	order

persuade	teach	urge
remind	tell	warn

Usage Note 用法說明

7.40 在介詞短語中提及受話者時，少數動詞可與 ***to-***不定式連用，轉述請求。

An officer shouted ***to us*** *to stop all the noise.* 一名軍官大聲叫我們不要吵鬧。
I pleaded ***with him*** *to tell me.* 我懇求他告訴我。

下面是這些動詞及與其連用的介詞：

appeal to	shout at	whisper to
plead with	shout to	yell at

7.41 在平常的交談中，請求常常表述為疑問的形式。例如，可用 ***Will you help me?***（你能幫幫我嗎？）代替 ***Help me***（幫幫我）。同樣，轉述的請求常常看上去像間接疑問句。

He asked me if I could lend him fifty dollars. 他問我能否借 50 美元給他。

轉述這樣的請求時，可同時提及請求的接受者和提出者。

She *asked* ***me*** *whether I would help her.* 她問我是否願意幫助她。

或者，也可只說請求的提出者。

He *asked if I would answer some questions.* 他問我是否願意回答一些問題。

7.42 轉述某人請求允許做某事，可在 ***ask*** 或 ***demand*** 後面使用 ***to-***不定式。

I ***asked to see*** *the manager.* 我要求見經理。

reporting suggestions 轉述建議

7.43 某人建議他人（不是受話者）做某事，可用 ***that-***從句轉述。在英式英語裏，這種分句常常含有**情態詞**（modal），通常是 ***should*** 。

He proposes ***that the Government should hold an inquiry***. 他建議政府應該進行調查。
Travel agents advise ***that people should change their money before they travel***. 旅行社建議人們應該在出行前兑換好貨幣。

注意，這種結構也可用於轉述關於受話者應該做甚麼的建議。請考慮一下這個例子：***Her father had suggested that she ought to see a doctor***（她父親建議她應該去看醫生）；她父親可能是直接向她提出了建議。

如果不使用情態詞，在英式英語裏被視為更正式。然而在美式英語裏，這是用在建議動詞後面的正常動詞形式。

Someone suggested ***that they break into small groups***. 有人建議他們分成小組。

注意，如果省去情態詞，間接引語分句中的動詞形式仍然與有情態詞時的一樣。這種動詞形式稱為**虛擬式** (subjunctive)。

It was his doctor who advised that he ***change*** *his job.* 是他的醫生建議他換工作的。
I suggested that he ***bring*** *them all up to the house.* 我建議他將他們全部帶到樓上的房子裏。
He urges that the restrictions ***be lifted****.* 他敦促取消這些限制。

下面這些引述動詞可後接含情態詞或虛擬式的 ***that-*** 從句：

advise	direct	propose
agree	insist	recommend
ask	intend	request
beg	order	rule
command	plead	stipulate
decree	pray	suggest
demand	prefer	urge

注意，***advise***、***ask***、***beg***、***command***、***order*** 和 ***urge*** 也可與賓語及 ***to-*** 不定式連用；***agree***、***pray*** 和 ***suggest*** 也可與不含情態詞的 ***that-*** 從句連用。

7.44 某人建議他人做某事，或建議自己和他人做某事，可用 ***suggest***、***advise***、***propose*** 或 ***recommend*** 等引述動詞轉述，後接 ***-ing*** 分詞。

Barbara suggested ***going to another coffee-house****.* 巴巴拉建議到另一家咖啡館去。
Deirdre proposed ***moving to New York****.* 迪爾德麗建議搬到紐約。

reporting intentions and hopes 轉述意圖和希望

7.45 轉述說話者（引述動詞的主語）打算做的動作，可用兩種方式轉述。要麼使用 ***to-*** 不定式分句，僅僅把它作為動作轉述；要麼使用 ***that-*** 從句，把它作為說法或事實轉述。

例如，承諾與動作有關（如 ***He promised to phone her*** 他答應給她打電話），但也可視為與事實有關（如 ***He promised that he would phone her*** 他答應說，他會給她打電話的）。

that- 從句中的動詞短語總是含有**情態詞** (modal)。

I promised ***to come back****.* 我答應回來。
She promised ***that she would not leave hospital until she was better****.* 她答應在身體好一點以前不離開醫院。
I decided ***to withhold the information till later****.* 我決定現在暫不發佈這個消息。
She decided ***that she would leave her money to him****.* 她決定把錢留給他。
I had vowed ***to fight for their freedom****.* 我發誓為他們的自由奮鬥。
She vowed ***that she would not leave her home****.* 她發誓不離開家。

下面這些動詞可與 ***to-***不定式或含情態詞的 ***that-***從句連用：

decide	pledge	swear
expect	promise	threaten
guarantee	propose	vow
hope	resolve	

7.46 表示某人聲稱或假裝自己是某種情況時，***claim*** 和 ***pretend*** 也可用於上述兩種結構。例如，***He claimed to be a genius***（他自稱是天才）這句話的意思等於 ***He claimed that he was a genius***（他聲稱自己是天才）。

He claimed ***to have witnessed the accident****.* 他聲稱目睹了事故。
He claimed ***that he had found the money in the forest****.* 他聲稱是在森林裏發現這筆錢的。

注意，***to-***不定式可用完成形式 ***to have*** + ***-ed***分詞，表示過去的一個事件或情況。

7.47 注意，少數表示個人意圖的動詞只能與 ***to-***不定式連用。

I ***intend to*** *say nothing for the present.* 我目前甚麼都不想説。
They ***are planning to*** *move to the country.* 他們正計劃搬到鄉下。
I ***don't want to*** *die yet.* 我還不想死。

下面是這些動詞：

intend	mean	refuse
long	plan	want

Reporting uncertain things 轉述不確定的事情

7.48 轉述某人對自己採取一個行動猶豫不決，可用 ***whether*** 引導的 ***to-***不定式。

I've been wondering ***whether to retire****.* 我一直在琢磨是否要退休。
He didn't know ***whether to feel glad or sorry at his dismissal****.* 他不知道該為自己的被解僱感到高興還是悲傷。

下面這些動詞可與這類 ***to-***不定式分句連用：

choose	debate	decide	know	wonder

注意，***choose***、***decide*** 和 ***know*** 通常用於否定分句或疑問分句，或用於含情態詞的分句。

提到行為涉及的內容時，可將 ***wh-***詞與 ***to-***不定式連用作為間接引語分句。

I asked him ***what to do****.* 我問他該做甚麼。
I shall teach you ***how to cook****.* 我來教你怎樣煮食。

下面這些動詞可與這類 ***to-***不定式連用：

describe	guess	remember	teach
discover	imagine	reveal	tell
discuss	know	say	think
explain	learn	see	understand
forget	realize	suggest	wonder

含有 ***should*** 的分句可替代上述兩類 ***to-***不定式。

I wondered ***whether I should call for help****.* 我不知道是否應該呼救。
He began to wonder ***what he should do now****.* 他開始琢磨現在該做甚麼。

上表中的所有動詞，除了 ***choose*** 和 ***debate***，也可與 ***whether*** 或 ***wh-***詞引出的普通分句連用。參見 7.35 到 7.38 小節。

Time reference in reported speech 間接引語中的時間參照

7.49 本節説明在間接引語中表示時間參照的方法。間接引語裏的時間參照常表述為一個涉及改變原話時態的簡化系統，因此現在時變為過去時，而過去時則變為過去完成時。事實上，間接引語中的時態變化受到除時間以外好幾個因素的影響，比如轉述者是否希望與轉述內容保持距離，或者是否想強調某個陳述仍然真實。

past tense for both verbs 兩個動詞都用過去時

7.50 如果轉述的是過去説過或相信過的話，或者想與他人所説保持距離，引述動詞和間接引語分句中的動詞通常都用過去時。

She ***said*** *you* ***threw*** *away her sweets.* 她説你扔掉了她的糖果。
Brody ***asked*** *what* ***happened****.* 布羅迪問發生了甚麼事。
In the Middle Ages, people ***thought*** *the world* ***was*** *flat.* 在中世紀，人們以為地球是平的。

reporting verb in other tenses 其他時態的引述動詞

7.51 如果轉述某人現時的言語或信念，用引述動詞的現在時。

A third of adults ***say*** *that work is bad for your health.* 三分之一的成年人説工作對身體有害。
I ***think*** *it's going to rain.* 我覺得快要下雨了。

但是，也可用引述動詞的現在時轉述過去説過的話，特別是轉述某人經常説的話或現在仍然為真的話。

She ***says*** *she wants to see you this afternoon.* 她説她今天下午想見你。
My doctor ***says*** *it's nothing to worry about.* 我的醫生説沒有甚麼好擔心的。

如果是預測人們的言語或思想，可用引述動詞的將來形式。

No doubt he ***will claim*** *that his car broke down.* 毫無疑問，他會聲稱他的汽車壞了。
They ***will think*** *we are making a fuss.* 他們會認為我們在大驚小怪。

tense of verb in reported clause 間接引語分句中的動詞時態

7.52 不論引述動詞用甚麼時態，間接引語分句中的動詞用的是在轉述時刻合適的時態。

如果間接引語分句描述的事件或情況發生在說話時間的過去，通常用一般過去時、過去進行時或現在完成時：***She said she enjoyed the course***（她說她喜歡這個課程）、***She said she was enjoying the course***（她說她喜歡這個課程）或 ***She said she has enjoyed the course***（她說她喜歡這個課程）。關於何時使用這些時態形式的說明，參見第四章。

*Dad explained that he **had** no money.* 爸爸解釋說他沒有錢。
*She added that she **was working** too much.* 她補充說，她工作做得太多。
*He says he **has** never **seen** a live shark in his life.* 他說他一生中從未見過活的鯊魚。

如果引述動詞用的是過去時，即使被轉述的情況仍然存在，間接引語分句中的動詞通常也用過去時。例如，可以說 ***I told him I was eighteen***（我告訴他我 18 歲），即使說話者仍然是 18 歲。這樣說是把注意力集中在所談論情況的過去時間上。

*He said he **was** English.* 他說他是英國人。

為了強調情況仍然存在，有時用現在時代替。

*I told him that I **don't eat** more than anyone else.* 我告訴他，我不比別人吃得多。

如果事件或情況存在於轉述之前，或者持續存在到轉述時，則用過去完成時：***She said she had enjoyed the course***（她說她喜歡這個課程）。

*He knew he **had behaved** badly.* 他知道自己的表現不好。
*Mr Benn said that he **had been** in hospital at the time.* 本先生說當時他在住院。

如果事件或情況仍在持續，並且引述動詞用的是現在時，那麼間接引語分句的動詞也用現在時：***She says she's enjoying the course.***（她說她喜歡這個課程）。

*Don't assume I**'m** a complete fool.* 不要以為我是個大傻瓜。
*He knows he**'s being watched**.* 他知道自己正受到監視。

如果事件或情況在轉述時尚未發生或現在仍未發生，間接引語分句中可用情態詞。參見以下 7.53 到 7.56 小節。

modals in reported clauses 間接引語分句中的情態詞

7.53 間接引語分句中使用情態詞的基本規則如下。

如果引述分句中的動詞是過去時或含有 ***could*** 或 ***would*** 作為助動詞，間接引語分句中通常用 ***could***、***might*** 或 ***would***。

在不太常見的情況下，如果引述分句中的動詞是現在時或含有 ***can*** 或 ***will*** 作為助動詞，間接引語分句中通常用 ***can***、***may*** 或 ***will***。

7.54 如果想轉述對某人做事能力的肯定或懷疑，通常用 ***could***。

They believed that war ***could*** *be avoided.* 他們相信戰爭是可以避免的。
Nell would not admit that she ***could*** *not cope.* 內爾不願意承認她無法應對。

如果想轉述關於可能性的說法，通常用 ***might***。

They told me it ***might*** *flood here.* 他們告訴我，這裏可能會被淹沒。
He said you ***might*** *need money.* 他說你可能需要錢。

如果被轉述的可能性很大，用 ***must***。

I told her she ***must*** *be out of her mind.* 我告訴她，她一定是瘋了。

如果想轉述給予或請求許可的說法，通常用 ***could***。 ***might*** 用於比較正式的英語。

I told him he ***couldn't*** *have it.* 我告訴他，他不能得到它。
Madeleine asked if she ***might*** *borrow a pen and some paper.* 馬德琳問她可否借用一支鋼筆和幾張紙。

如果想轉述預測、承諾或期待，或者轉述對將來的疑問，通常用 ***would***。

She said they ***would*** *all miss us.* 她說他們都會想念我們的。
He insisted that reforms ***would*** *save the system, not destroy it.* 他堅持認為，改革會挽救而不是破壞體制。

7.55 如果被轉述的事件或情況現在或將來仍然存在，而引述動詞用的是現在時，那麼可用 ***can*** 代替 ***could***、 ***may*** 代替 ***might*** 以及 ***will*** 或 ***shall*** 代替 ***would***。

Helen says I ***can*** *share her apartment.* 海倫說我可以合住在她的公寓裏。
I think the weather ***may*** *change soon.* 我覺得天氣很快要變。
I don't believe he ***will*** *come.* 我不相信他會來。

注意，不能用 ***can have*** 代替 ***could have*** 或 ***will have*** 代替 ***would have***。如果 ***may have*** 像 ***could have*** 一樣用於談論沒有發生的事情，則不能用 ***may have*** 代替 ***might have***。

如果想強調情況仍然存在於現在或將來，而引述動詞用的是過去時，間接引語分句中也可用 ***can***、 ***may***、 ***will*** 和 ***shall***。

He claimed that the child's early experiences ***may*** *cause psychological distress in later life.* 他聲稱，孩子的早期經歷可能在以後的生活裏造成心理痛苦。

如果用引述動詞的現在時，並且想表示被轉述的事件或情況是假設的或可能性很小，可用情態詞 ***could***、 ***might*** 或 ***would***。

I believe that I ***could*** *live very comfortably here.* 我相信我可以在這裏生活得很舒服。

7.56 如果想轉述關於義務的表述，使用 ***must*** 是可以的，但表達式 ***had to*** 更常見（參見 paragraph 5.242）。

He said he really ***had to*** *go back inside.* 他說他真的必須回到裏面去。

*Sita told him that he **must** be especially kind to the little girl.* 希塔告訴他，他必須特別善待那個小女孩。

如果被轉述的情況仍然存在於現在或將來，用 ***have to*** 、 ***has to*** 或 ***must*** 。

如果想轉述關於禁止某事的表述，通常用 ***mustn't*** 。

*He said they **mustn't** get us into trouble.* 他說他們不應該讓我們陷入麻煩。

如果想轉述強烈的推薦，可用 ***ought to*** ，也可用 ***should*** 。

*He knew he **ought to** be helping Harold.* 他知道他應該幫助哈羅德。
*I felt I **should** consult my family.* 我覺得我應該諮詢我的家人。

7.57 如果想轉述過去的習慣性動作或過去的情況，可用半情態詞 ***used to*** 。

*I wish I knew what his favourite dishes **used to** be.* 但願我知道他以前喜歡吃甚麼菜。

7.58 **情態詞** (modal) 在間接引語分句中的用法可與情態詞的普通用法相比較 (參見 5.92 到 5.256 小節)。兩者的很多功能都很相似，但有些功能很少或從不見於間接引語分句。

reporting conditional statements 轉述條件陳述句

7.59 轉述**條件陳述句** (conditional statement) 時，動詞的時態在大多數情況下與原有時態一致。但是，如果引述動詞用的是一般過去時，轉述如 ***If there is no water in the radiator, the engine will overheat*** (如果水箱裏沒有水，發動機會過熱) 之類的條件陳述句，間接引語分句中動詞的時態就會不同。這時，被轉述的條件陳述句中可用一般過去時代替一般現在時，用 ***would*** 代替 ***will*** : ***She said that if there was no water in the radiator, the engine would overheat*** (她說，如果水箱裏沒有水，發動機會過熱)。

關於條件陳述句的說明，參見 8.25 到 8.42 小節。

Making your reference appropriate 使用合適的指稱

7.60 根據說話者或說話的時間和地點的不同，人、物、時間和地點可用不同的方式指稱。例如，同一個人可稱為 ***I*** (我)、***you*** (你) 或 ***she*** (她)，同一個地點可稱為 ***over there*** (在那邊) 或 ***just here*** (就在這裏)。

如果用**間接引語** (reported speech) 轉述某人說的話，用於指稱事物的詞語必須適合轉述者、說話的時間以及地點。所用的措辭可能與原話大不一樣，但原話從說話者當時的角度看還是合適的。

referring to people and things 指稱人和物

7.61 例如，一個男人在對某人談論一個名叫珍妮的女人，然後他說 ***I saw her in the High Street*** (我在高街上看到了她)，那麼可以有好幾種方式轉述這句話。如果原說話者重複自己的話，他可以說 ***I said I saw her in the High Street*** (我說我在高街上看到了她。)。***I*** 和 ***her*** 不變，因為指的是同樣的人。

如果原受話者轉述這句話，則可以說 ***He said he saw her in the High Street***（他說他在高街上看到了她）。***I*** 變成了 ***he***，因為轉述是從第三者而不是原說話者的角度作出的。

如果原受話者向珍妮轉述這句話，***her*** 就變成 ***you***：***He said he saw you in the High Street***（他說他在高街上看到了你）。

原受話者也許會把這句話轉述給原說話者，這時候 ***I*** 必須變成 ***you***：***You said you saw her in the High Street***（你說你在高街上看到了她）。

You*'re crazy.* 你瘋了。
I told him ***he*** *was crazy.* 我對他說他瘋了。

所有格限定詞和所有格代詞與人稱代詞的變化方式相同，以便保持指稱一致。因此下列句子都可以轉述同一個疑問句：***She asked if he was my brother***（她問他是不是我弟弟）、***She asked if you were my brother***（她問你是不是我弟弟）、***I asked if he was her brother***（我問他是不是她弟弟）。原問句的可能表述為 ***Is he your brother?***（他是你弟弟嗎？）。

referring to time
指稱時間

7.62 轉述時可能需要改變 ***today***（今天）、***yesterday***（昨天）或 ***next week***（下週）之類的**時間狀語**（time adverbial）。

例如，假定一個名叫吉爾的人說 ***I will come tomorrow***（我明天來），第二天在轉述的時候可以把這句話說成 ***Jill said she would come today***（吉爾說她今天來）。再過些時候，同一句話可以轉述成 ***Jill said she would come the next day***（吉爾說她第二天來）或 ***Jill said she would come the following day***（吉爾說她第二天來）。

We decided to leave the city ***the next day****.* 我們決定第二天離開城市。
I was afraid people might think I'd been asleep during ***the previous twenty-four hours****.* 我擔心人們可能會認為我在前 24 小時內一直在睡覺。

referring to places
指稱地點

7.63 可能需要改變與位置或地點有關的詞。

例如，假定你在對一個男人談論一家餐館，他可能會說 ***I go there every day***（我每天都去那裏）。如果你在這家餐館轉述他的話，你可以說 ***He said he comes here every day***（他說他每天都來這裏）。

Using reporting verbs to perform an action
使用引述動詞來執行動作

7.64 引述動詞常用於表示人們明確指出他們的話語執行甚麼功能。這個目的是通過使用 ***I*** 加上 ***admit*** 或 ***promise*** 等動詞的一般現在時實現的。這些動詞表示用詞語所做的事。例如，可以用 ***I promise I'll be there***（我保證我會到那裏）代替 ***I'll be there***（我會到那裏），前者使語氣更強。

I suggest *we draw up a document.* 我建議我們起草一份文件。
I'll be back at one, ***I promise****.* 我馬上回來，我保證。
I was somewhat shocked, ***I admit****, by these events.* 我承認，我對這些事件感到有點震驚。

下面這些動詞可以這麼用：

acknowledge	demand	promise	swear
admit	deny	prophesy	tell
assure	guarantee	propose	vow
claim	maintain	say	warn
concede	pledge	submit	
contend	predict	suggest	

7.65 其他一些表示用言語做事的動詞後面不接 ***that***-從句。不與 ***that***-從句連用時，***I*** 加動詞的一般現在時本身起到陳述的作用，而不是對另一個陳述表達意見。

I apologize for any delay. 我對任何延誤表示道歉。
I congratulate you with all my heart. 我衷心祝賀你。
I forgive you. 我原諒你。

下列動詞常常這麼用：

absolve	baptize	defy	pronounce
accept	challenge	forbid	protest
accuse	confess	forgive	refuse
advise	congratulate	name	renounce
agree	consent	nominate	resign
apologize	declare	object	second
authorize	dedicate	order	sentence

7.66 上面兩個表格內的動詞有時稱為**施為動詞** (performative verb 或 performative)，因為它們執行本身所指的動作。

7.67 人們如果想表示強調、禮貌或遲疑，上述動詞中有些可與情態詞連用。

*I **must** apologize for Mayfield.* 我必須為梅菲爾德道歉。
*I **would** agree with a lot of their points.* 我同意他們的很多觀點。
*She was very thoroughly checked, I **can** assure you.* 她受到了徹底的檢查，我可以向你保證。
***May** I congratulate you again on your excellent performance.* 請允許我對你的優異表現再次表示祝賀。

Avoiding mention of the person speaking or thinking 避免提及說話或思考的人

7.68 如果想避免指出引述的是誰的觀點或誰的說法，有好幾種引述結構可以使用。

use of passives to express general beliefs 用被動式表示普遍的信念

7.69 如果想表示或暗示某事是未具體說明的一群人所持的看法，可用 ***it*** 作非人稱 (impersonal) 主語加引述動詞的被動式。

It is assumed that the government will remain in power. 人們認為政府將繼續執政。
In former times it was believed that all enlarged tonsils should be removed. 從前人們認為所有腫大的扁桃體都必須切除。
It is now believed that foreign languages are most easily taught to young children. 現在人們認為，教小孩子學外語最容易。
It was said that half a million dollars had been spent on the search. 據說在搜尋上面花了 50 萬美元。

下面這些引述動詞以 ***it*** 作主語採用被動式：

accept	concede	find	observe	rule
acknowledge	conclude	foresee	predict	rumour
admit	confirm	forget	propose	say
agree	consider	guarantee	realize	state
allege	decide	hold	recall	stipulate
announce	decree	hope	reckon	suggest
argue	discover	imply	recommend	suppose
assert	estimate	know	record	think
assume	expect	mention	remember	understand
believe	explain	note	report	
claim	fear	notice	request	
comment	feel	object	reveal	

這種結構與使用被動引述動詞加 ***to-***不定式分句的結構有很多共同之處。在這種結構裏，被轉述觀點中涉及的主要的人或物作為引述動詞的主語。

Intelligence is assumed to be important. 智力被認為是重要的。
He is said to have died a natural death. 據說他是自然死亡。
He is believed to have fled to France. 據消息相信他已逃往法國。

注意，最常見的 ***to-***不定式是 ***be*** 或 ***have*** 或不定式的完成時形式。

下面這些引述動詞來自上表，也用於這種結構：

agree	claim	expect	hold	understand
allege	consider	feel	know	
assume	discover	find	observe	
believe	estimate	guarantee	think	

seem* 和 *appear

7.70 如果想表示某物似乎如此，可用 ***seem*** 或 ***appear***。這兩個動詞可用作引述動詞，後接 ***that-***從句或 ***to-***不定式。這種結構可用於表達自己的觀點或他人的看法。***seem*** 或 ***appear*** 的主語是 ***it***，用作非人稱代詞。

It seemed that she had not been careful enough. 她似乎還不夠仔細。
It seemed that he had lost his chance to win. 他似乎已失去了獲勝的機會。

It appears that he followed my advice. 看來他聽從了我的建議。

或者，也可用含 ***seem*** 或 ***appear*** 加 ***to-***不定式分句的結構。似乎為真的情況中涉及到的主要的人或物用作引述動詞的主語。

She seemed to like me. 她似乎很喜歡我。
He appears to have been an interesting man. 他似乎是個有趣的人。
The system appears to work well. 該系統似乎工作得很好。

如果想提及被轉述的是誰的看法，可在 ***seem*** 或 ***appear*** 後面加上以 ***to*** 開頭的介詞短語。

*It seemed **to Jane** that everyone was against her.* 簡覺得似乎每個人都反對她。

Usage Note 用法說明

7.71 少數含非人稱 ***it*** 的表達式用在 ***that***-從句之前作引述分句，表示某人突然想到某事：***It occurred to me***、***It struck me*** 以及 ***It crossed my mind***。

***It occurred to her** that someone was missing.* 她突然意識到有人不見了。
***It crossed my mind** that somebody must have been keeping things secret.* 我突然想到，有人一定在隱瞞事情的真相。

Referring to the speaker and hearer 指稱說話者和受話者

referring to the speaker 指稱說話者

7.72 通常引述動詞用於轉述一個人的所說或所想，因此引述動詞的主語一般是單數名詞。

***Henry** said that he wanted to go home.* 亨利說他想回家。
***He** claimed his health had been checked several times at a clinic.* 他聲稱在一個診所接受了好幾次體檢。

如果轉述的是一群人的陳述、觀點、命令或疑問，可用複數名詞或集合名詞作為引述動詞的主語。

***The judges** demanded that the race be run again.* 裁判要求比賽重新進行。
***The committee** noted that this was not the first case of its kind.* 委員會注意到，這不是同類案例中的第一個。

轉述電視或廣播裏說的話，或者轉述報紙或其他文件內的文字，可把信息來源或傳播方式作為引述動詞的主語。

***The newspaper** said he was hiding somewhere near Kabul.* 該報說，他躲藏在喀布爾附近的某個地方。
***His contract** stated that his salary would be £50,000 a year.* 他的合同規定他的年薪為 5 萬英鎊。

注意，也可將 ***say*** 與作主語的 ***sign***、***notice***、***clock*** 和 ***map*** 等名詞連用。

The notice said that attendants should not be tipped. 告示上寫着，不應該給服務員小費。
A sign over the door said Dreamland Cafe. 門上方的標記寫着：夢鄉咖啡館。

The road map said it was 210 kilometres to the French frontier. 公路交通圖顯示，離法國邊境還有 210 公里。

use of the passive
被動式的使用

7.73 如 7.69 小節所述，要想避免提及說話者，可使用引述動詞的被動式。

It was said that some of them had become insane. 據說他們中的一些人已經變得精神失常。
He was said to be the oldest man in the firm. 據說他是公司裏最年長的人。

如果想避免提及發出命令或提出勸告的人，可用引述動詞的被動式，以命令或勸告的接受者作主語。

Harriet was ordered to keep away from my room. 哈麗雅特被命令不准進入我的房間。

7.74 如果想與作出的陳述保持距離，可用 ***according to*** 開頭的短語而不是間接引語，表示自己是在轉述他人說的話。

***According to Dime**, he had strangled Jed in the course of a struggle.* 按照代姆的說法，他在搏鬥過程中掐死了傑德。

referring to the hearer
指稱受話者

7.75 在有些表示言談的引述動詞後面，必須提及作直接賓語的受話者。這些動詞中最常見的是 ***tell*** 。

*I told **them** you were at the dentist.* 我告訴他們你在看牙醫。
*I informed **her** that I was unwell and could not come.* 我通知她我因身體不適不能來了。
*Smith persuaded **them** that they must support the strike.* 史密夫勸說他們必須支持罷工。

這些動詞可用被動式，以受話者作主語。

***She had been told** she could leave hospital.* 她被告知可以出院了。
***Members had been informed** that the purpose of the meeting was to elect a new chairman.* 成員們接到通知，會議的目的是選舉一位新主席。
***She was persuaded** to look again.* 她被勸說再看一看。

下面這些引述動詞與 ***that***-從句連用時，必須以受話者作直接賓語：

assure	inform	persuade	remind
convince	notify	reassure	tell

下面這些引述動詞與 ***to***-不定式分句連用時，必須以受話者作直接賓語：

advise	invite	tell
beg	order	urge
command	persuade	warn
forbid	remind	
instruct	teach	

verbs with or without the hearer as object 可帶可不帶受話者作賓語的動詞

7.76 在少數表示言談的引述動詞後面，可以選擇是否提及受話者。

I promised that I would try to phone her. 我答應嘗試打電話給她。
*I promised **Mary** I'd be home at seven.* 我答應瑪麗在 7 點到家。
The physicians warned that, without the operation, the child would die. 內科醫生們警告説，如果不進行手術，孩子將會死去。
*Thomas warned **her** that his mother was slightly deaf.* 托馬斯警告她，他母親有點聾。

下面這些引述動詞與 ***that***-從句連用時，可帶也可不帶受話者作賓語：

ask	promise	teach	warn

promise 與 ***to***-不定式連用時，可帶也可不帶賓語。***ask*** 與 ***to***-不定式分句連用，轉述對受話者做某事的請求時，必須帶賓語；但轉述請求允許做某事時，可不帶賓語 (參見 7.39 到 7.42 小節)。

the hearer in prepositional phrases 介詞短語中的受話者

7.77 對於很多其他的引述動詞來説，如果想提及受話者，可用以 ***to*** 開頭的介詞短語。

*I explained **to her** that I had to go home.* 我向她解釋説我必須回家。
*'Margaret,' I said **to her**, 'I'm so glad you came.'* "瑪嘉烈，" 我對她説，"你來了我真高興。"

下面這些引述動詞與 ***that***-從句或引語連用，提及受話者時需要用介詞 ***to***：

admit	declare	murmur	shout
announce	explain	propose	suggest
boast	hint	report	swear
complain	insist	reveal	whisper
confess	mention	say	

propose 和 ***swear*** 也可與帶 ***to***-不定式連用，但如果提及受話者，則不與 ***to***-不定式連用。

I propose to mention this at the next meeting. 我建議在下次會議上提出這項。

7.78 在描述説話者來勢洶洶地對受話者講話的情景時，可在以 ***at*** 開頭的介詞短語中提及受話者。

*The tall boy shouted **at them**, Choir! Stand still!* 那個高個子男孩對着他們大喊，詩班！站着不要動！
*Shut up! he bellowed **at me**.* 住嘴！他向我大聲吼。

下面這些引述動詞用於描述來勢洶洶的言談。如果想提及受話者，用以 ***at*** 開頭的介詞短語：

bark	howl	shriek	wail
bellow	roar	snap	yell
growl	scream	storm	
grumble	shout	thunder	

7.79 對於描述說話者和受話者共同參與言語活動的動詞來說，可在以 ***with*** 開頭的介詞短語中提及受話者。

He agreed ***with us*** *that it would be better to have no break.* 他同意我們的看法，最好不要休息。
Can you confirm ***with Ray*** *that this date is ok?* 你可以和雷確認這個日期是否合適嗎？

下面這些引述動詞在提及受話者時可帶介詞 ***with***：

agree	argue	confirm	plead	reason

7.80 對於描述某人從別人或別處獲得信息的動詞來說，可用以 ***from*** 開頭的介詞短語提及信息來源。

I discovered ***from her*** *that a woman prisoner had killed herself.* 我從她那裏了解到，一個女囚犯自殺了。

下面這些引述動詞用 ***from*** 提及信息來源：

discover	gather	infer	see
elicit	hear	learn	

reflexive pronouns 反身代詞

7.81 反身代詞有時用作引述動詞或介詞的賓語，表示某人在想甚麼。例如，***to say something to yourself***（在心裏對自己說某事）意思是在思考而不是大聲說出來。

I told ***myself*** *that he was crazy.* 我對自己說，他瘋了。
It will soon be over, I kept saying to ***myself****.* 這很快就會過去的，我在心裏不停地對自己說。

Other ways of indicating what is said 表示所說內容的其他方法

objects with reporting verbs 與引述動詞連用的賓語

7.82 ***question***、***story*** 或 ***apology*** 等名詞有時用於表示某人所說或所寫的內容。可使用引述動詞加上一個這類名詞作賓語代替間接引語分句。

He asked ***a number of questions****.* 他問了好幾個問題。
Simon whispered ***his answer****.* 西門小聲說出了答案。
He told ***funny stories*** *and made everyone laugh.* 他講了有趣的故事，把每個人都逗笑了。
Philip repeated ***his invitation****.* 菲臘再次發出了邀請。

下面這些引述動詞常常與表示所說或所寫內容的名詞連用：

accept	explain	mutter	shout
acknowledge	forget	note	state
ask	guess	notice	suggest
begin	hear	promise	tell
believe	imagine	refuse	understand
continue	know	remember	whisper
demand	lay out	repeat	write
deny	learn	report	
expect	mention	set down	

7.83 有些引述動詞可用表示事件或事實的名詞作賓語。這些名詞常常與動詞密切相關。例如，***loss*** 與 ***lose*** 密切相關，因此可以用 ***He admitted the loss of his passport***（他承認丟了護照）代替 ***He admitted that he had lost his passport***（他承認自己遺失了護照）。

*British Airways announce the **arrival** of flight BA 5531 from Glasgow.* 英國航空公司宣佈英航 5531 航班從格拉斯哥抵達。
*The company reported a 45 per cent **drop** in profits.* 公司報告利潤下降了 45%。

下面這些引述動詞常與表示事件或事實的名詞連用：

accept	doubt	mention	record
acknowledge	expect	note	remember
admit	explain	notice	report
announce	fear	observe	see
demand	foresee	predict	sense
describe	forget	prefer	suggest
discover	imagine	promise	urge
discuss	mean	recommend	

7.84 注意，***say*** 通常只帶詞義非常籠統的賓語，比如 ***something***、***anything*** 或 ***nothing***。

I must have said something wrong. 我一定說錯了甚麼。
The man nodded but said nothing. 男人點了點頭，但甚麼也沒說。

prepositional phrases with reporting verbs 與引述動詞連用的介詞短語

7.85 少數指言談或思想的動詞可與介詞短語而不是間接引語分句連用，表示言談或思考的大體內容。

*Thomas explained **about the request from Paris**.* 湯瑪斯對來自巴黎的請求作了解釋。

下面三個列表中的動詞可與表示事實或話題的介詞短語連用。第一組動詞不帶賓語，第二組動詞帶表示受話者的賓語。注意，***ask*** 和 ***warn*** 可帶也可不帶賓語。

下列動詞與 ***about*** 連用：

agree	dream	inquire	wonder	teach
ask	explain	know	worry	tell
boast	forget	learn	write	warn
complain	grumble	mutter	~	
decide	hear	read	ask	

No one knew ***about my interest in mathematics****.* 誰也不知道我對數學的興趣。
I asked him ***about the horses****.* 我向他打聽了那些馬的情況。

下列動詞與 ***of*** 連用：

complain	learn	write	inform	remind
dream	read	~	notify	warn
hear	think	assure	persuade	
know	warn	convince	reassure	

They never complained ***of the incessant rain****.* 他們從未抱怨無休無止的降雨。
No one had warned us ***of the dangers****.* 沒人警告過我們有這些危險。

下列動詞與 ***on*** 連用。這些動詞均不帶表示受話者的賓語。

agree	decide	insist	report
comment	determine	remark	write

He had already decided ***on his story****.* 他已經決定要寫甚麼樣的故事。
They are insisting ***on the release of all political prisoners****.* 他們正在要求釋放所有政治犯。

注意，***speak*** 和 ***talk*** 與 ***about*** 和 ***of*** 連用，但不與間接引語分句連用。

Other ways of using reported clauses 使用間接引語分句的其他方法

nouns used with reported clauses 與間接引語分句連用的名詞

7.86 有很多名詞表示某人的所說或所想，比如 ***statement***、***advice*** 和 ***opinion***。如此使用的名詞很多與引述動詞有關。例如，***information*** 與 ***inform*** 有關，***decision*** 與 ***decide*** 有關。這些名詞可用在轉述結構中，用法與引述動詞類似，通常後接 ***that*** 開頭的間接引語分句。

He referred to ***Copernicus' statement that the Earth moves around the sun****.* 他提到了哥白尼的主張，即地球圍繞太陽轉動。
They expressed ***the opinion that I must be misinformed****.* 他們表示，我肯定受到了誤導。
There was ***little hope that he would survive****.* 他存活的希望很渺茫。

下面這些名詞有相應的引述動詞，可與 ***that***-從句連用：

admission	conclusion	knowledge	statement
advice	decision	promise	thought
agreement	declaration	reply	threat
announcement	dream	report	understanding
answer	expectation	response	warning
argument	explanation	revelation	wish
assertion	feeling	rule	
assumption	guess	rumour	
belief	hope	saying	
claim	information	sense	

上述名詞中有些也可後接 ***to***-不定式分句：

agreement	decision	promise	warning
claim	hope	threat	wish

The decision to go *had not been an easy one to make.* 作出前去的決定並不容易。

Barnaby's father had fulfilled ***his promise to buy his son a horse****.* 巴納比的父親履行承諾，為兒子買了一匹馬。

注意，有些與引述動詞無關的名詞可後接 ***that***-從句，因為它們表示或涉及的是事實或信念。下面是其中的一些名詞：

advantage	evidence	news	story
benefit	experience	opinion	tradition
confidence	fact	possibility	view
danger	faith	principle	vision
disadvantage	idea	risk	word
effect	impression	sign	

He didn't want her to get ***the idea that he was rich****.* 他不想讓她產生他很有錢的想法。

She can't accept ***the fact that he's gone****.* 她無法接受他已經不在的事實。

Eventually a distraught McCoo turned up with ***the news that his house had just burned down****.* 到了最後，一個憂心如焚的麥庫出現了，他帶來了他的家剛剛被燒毀的消息。

8 Combining messages
句子的組合

8.1　有時人們要陳述的內容太複雜或太詳細，無法僅僅用一個單句表達。這類陳述可通過把兩個或多個分句組合成一個句子來表達。

有兩種方法可以實現這個目的。一種是把一個分句用作主句，加上其他**從屬**（subordinate）的從句。**從句**（subordinate clause）是依靠主句才能使意義完整的分句，本身不能單獨成句。由於這個原因，在某些語法書裏這種分句稱為**副句**（dependent clause）。

I came because I want you to help me. 我來是因為我想你幫助我。
I didn't like the man who did the gardening for them. 我不喜歡那個為他們做園藝工作的男人。
You have no right to keep people off your land unless they are doing damage. 你沒權禁止人們進入你的土地，除非他們是在破壞。
When he had gone, Valentina sighed. 他走後，瓦倫蒂娜歎了口氣。

另一種方法就是把分句連接起來。

I'm an old man and I'm sick. 我是個長者，而且我有病。
I like films but I don't go to the cinema very often. 我喜歡看電影，但我不常去電影院。

疑問句和命令也可由一個以上的分句組成。

What will I do if he doesn't come? 如果他不來，我該怎辦？
If she is ambitious, don't try to hold her back. 如果她有抱負，別試圖阻擋她。

分句（clause）在第三和第五章論述。

conjunctions 連詞

8.2　兩個分句組成一個句子時，用**連詞**（conjunction）連接兩者並表示它們之間的關係。

When *he stopped, no one said anything.* 當他停下來時，誰也沒說話。
They were going by car ***because*** *it was more comfortable.* 他們打算開車去，因為更舒適。
The telephone rang ***and*** *Judy picked it up.* 電話響起時茱迪去接聽。
The food looked good, ***but*** *I was too full to eat.* 食物看來不錯，但我飽得吃不下去了。

8.3　連詞有兩種。它們表示句子中分句之間的不同關係。

subordinating conjunctions 從屬連詞

8.4 **從屬連詞**（subordinating conjunction）用於添加一個分句以便擴展所述內容的某方面。

*The cat jumped onto my father's lap **while** he was reading his letters.* 我爸爸讀信時，貓跳上了他的大腿。
*He had cancer **although** it was detected at an early stage.* 他患了癌症，儘管是在早期發現的。
***When** the jar was full, he turned the water off.* 瓶滿了以後，他關掉了水龍頭。

以從屬連詞引導的分句稱為**從句**（subordinate clause）。

***When an atom is split**, it releases neutrons.* 原子分裂時會釋放出中子。
***If he had won**, he would have shared the money.* 如果他贏了，他會分享那筆錢。
*The house was called Sea View, **although there was no sea anywhere in sight**.* 那座房子名叫海景，雖然一點海也看不到。

疑問句和祈使句也可添加從句。

*How long is it **since you've actually taught**?* 你真正開始教書到現在有多長時間？
*Make a plan **before you start**.* 開始前先制定一個計劃。

含有一個主句及一個或多個從句的句子常稱為**複合句**（complex sentence）。

從句有三個主要類別：

狀語從句（adverbial clause）：這些在 8.6 到 8.82 小節論述。

關係從句（relative clause）：這些在 8.83 到 8.116 小節論述。

名詞性 *that*-從句（nominal ***that***-clause）從句：與間接引語和思想有關的稱為**間接引語從句**（reported clause），在第七章論述；與事實有關的在 8.117 到 8.128 小節論述。

8.5 如果只是連接分句，可用**並列連詞**（coordinating conjunction）。

*Her son lives at home **and** has a steady job.* 她兒子住在家裏並有一份穩定工作。
*He's a shy man, **but** he's not scared of anything or anyone.* 他是個害羞的男人，但他天不怕地不怕。

並列連詞也可放在兩個疑問句或祈使句之間。

*Did you buy those curtains **or** do you make your own?* 那些窗簾是你買的還是自己做的？
*Visit your local dealer **or** phone for a brochure.* 到你本地經銷商那裏或致電要本小冊子。

用並列連詞連接的從句稱為**並列從句**（coordinate clause）。

***She turned** and **left the room**.* 她轉身離開了房間。

含有並列從句的句子有時稱為**並列句**（compound sentence）。

關於並列從句 (coordinate clause) 的完整說明，參見 8.149 到 8.163 小節。並列連詞 (coordinating conjunction) 的其他用法在 8.164 到 8.201 小節論述。

Adverbial clauses 狀語從句

8.6 狀語從句 (adverbial clause) 有八類：

從句種類	常用連詞	章節
時間從句	when, before, after since, while, as, until	8.8 到 8.24 小節
條件從句	if, unless	8.25 到 8.42 小節
目的從句	in order to, so that	8.43 到 8.48 小節
原因從句	because, since, as	8.49 到 8.53 小節
結果從句	so that	8.54 到 8.64 小節
讓步從句	although, though, while	8.65 到 8.72 小節
地點從句	where, wherever	8.73 到 8.77 小節
方式從句	as, like, the way	8.78 到 8.82 小節

以從屬連詞引導的非限定分句 (non-finite clause) 在有關狀語從句的部分論述。不以從屬連詞引導的非限定分句分別在 8.129 到 8.145 小節討論。功能類似於非限定分句的其他結構在 8.146 到 8.148 小節敍述。

8.7 狀語從句通常置於主句之後。

I couldn't think of a single thing to say ***after he'd replied like that****.* 他那樣回答後，我想不出任何話回應。

The performances were cancelled ***because the leading man was ill****.* 表演遭取消了，因為團隊領導病了。

但是，大部分狀語從句都可放在主句之前。

When the city is dark*, we can move around easily.* 當城裏天黑之後，我們可以輕易四處走動。

Although crocodiles are inactive for long periods*, on occasion they can run very fast indeed.* 雖然鱷魚長時間不活動，但有時的確可以跑得很快。

狀語從句偶然也可放在另一個從句之中。

They make allegations which, ***when you analyse them****, do not have too many facts behind them.* 他們提出的指控，如果分析一下，背後其實沒有多少事實。

有些類型的狀語從句總置於主句之後；另外一些總置於主句之前。這種情況在討論不同類型的從句章節之中說明。

Time clauses 時間從句：When I was young, ...

8.8 **時間從句** (time clause) 通過提及一段時間或另一件事表示某事發生的時間。

*Her father died **when she was young**.* 她父親在她年幼時去世。
*Stocks of food cannot be brought in **before the rains start**.* 食品儲備不能在雨季開始前建立。
*He was detained last Monday **after he returned from a business trip overseas**.* 上星期一他從海外出差回來後遭到拘留。
***When I first arrived** I didn't know anyone.* 我剛來時誰都不認識。

時間從句可用在**時間狀語** (time adverbial) 之後。

*We'll give him his presents **tomorrow, before he goes to school**.* 我們會在明天他上學前把禮物給他。
*I want to see you for a few minutes **at twelve o'clock, when you go to lunch**.* 我想在你 12點 去吃午飯時見你幾分鐘。

時間狀語 (time adverbial) 在第四章闡述。

tenses in time clauses 時間從句的時態

8.9 談論過去或現在情況時，動詞在時間從句中的時態與用在主句或簡單句中的時態相同。

*I was standing by the window when I **heard** her speak.* 我正站在窗戶旁邊，這時我聽到了她説話。
*I look after the children while she **goes** to Denver.* 在她去丹佛的時候我照顧孩子。

但是，如果時間從句指的是將來發生或存在的某事，動詞用**一般現在時** (present simple)，不用將來時。

例如，可以説 ***When he comes, I will show him the book*** (他來的時候，我會給他看這本書)，但不説 ***When he will come, I will show him the book*** 。

*As soon as we **get** the tickets, we'll send them to you.* 我們一拿到票就送過去給你。
*He wants to see you before he **dies**.* 他想在去世前見你一面。
*Let me stay here till Jeannie **comes** home.* 在珍妮回家前讓我留在這裏吧。

如果在時間從句中提到的事件將在主句中提到的事件之前發生，時間從句中用**現在完成時** (present perfect)，不用將來完成時。

例如，可以説 ***When you have had your supper, come and see me*** (你吃完晚飯後來見我)，而不説 ***When you will have had your supper, come and see me*** 。

*We won't be getting married until we**'ve saved** enough money.* 我們儲蓄足夠的錢才會結婚。
*Come and tell me when you **have finished**.* 你結束以後過來告訴我。

8.10 時間從句中最常用的連詞是 ***when***。***when*** 用於表示某事在過去、現在或將來的一個特定時刻發生。

When *the telegram came and I read of his death, I couldn't believe it.* 電報來後我讀到了他的死訊，我無法相信。
He didn't know how to behave ***when*** *they next met.* 他們第二次見面時，他手足無措。

8.11 ***when***、***while*** 或 ***as*** 可用於提及現在或過去某事發生時所處的情況。

The train has automatic doors that only open ***when*** *the train is stationary.* 這輛列車有自動門，只有當車不動時才打開。
While *he was still in the stable, there was a loud knock at the front door.* 當他還在馬廄裏時，有人在前門大聲敲門。
He would swim beside me ***as*** *I rowed in the little dinghy.* 我在小艇內划槳時，他會游在我旁邊。

whilst 是 ***while*** 的更正式的形式。

We chatted ***whilst*** *the children played in the crèche.* 孩子們在託兒所裏玩耍時，我們聊了天。

whilst 不用於現代美式英語。

8.12 如果想強調某事在特定時間發生，可用 ***It was*** 後接 ***six o'clock*** 或 ***three hours later*** 之類的表達式，再接 ***when-*** 從句。

例如，可用 ***It was six o'clock when I left***（我離開的時候是 6 點）代替 ***I left at six o'clock***（我在 6 點離開）。

It was about half past eight ***when*** *he arrived at Gatwick.* 他到達蓋特威克時大約 8 點半。
It was late ***when*** *he returned.* 他回來時已很晚了。

這是**分裂句**（split sentence）的一個例子。分裂句在 9.25 到 9.30 小節論述。

repeated events 重複事件

8.13 如果想表示過去或現在某事總是在某種情況下發生，可用 ***when***、***whenever***、***every time*** 或 ***each time***。

When *he talks about Ireland, he does sound like an outsider.* 他談論愛爾蘭時，確實聽來像個外人。
Whenever *she had a cold, she ate only fruit.* 每當她患上感冒，她只吃水果。
Every time *I go to that class I panic.* 我每次都很害怕上那堂課。
He looked away ***each time*** *she spoke to him.* 每次她和他說話時，他總把目光轉向別處。

8.14 ***the first time***、***the next time*** 或 ***the third time*** 之類的表達式用於表示某事在一個情況出現期間發生。

The last time *we talked he said he needed another two days.* 上次我們談話時，他說他還需要兩天。
The next time *I come here, I'm going to be better.* 下次我來這裏，我會更好的。

events in sequence
依次發生的事件

8.15 也可用 ***when***、***after*** 或 ***once*** 表示一件事緊接着另一件事發生。

When *his wife left him he suffered terribly.* 妻子離開他時，他非常痛苦。
Stop me ***when*** *you've had enough.* 受不了的時候你就叫我停下來。
The turtle returns to the sea ***after*** *it has laid its eggs.* 海龜產卵後回到大海。
Once *the damage is done, it takes many years for the system to recover.* 一旦受到破壞，系統需要很多年才能恢復。

如果想表示一件事發生後多久另一件事才發生，可在 ***after*** 前面加 ***two days*** 或 ***three years*** 之類的名詞短語。

Exactly six weeks after *she had arrived, she sent a cable to her husband and caught the plane back to New York.* 她過了整整 6 個星期後，她才給丈夫發了一封電報，登上了返回紐約的飛機。

as soon as、***directly***、***immediately***、***the moment***、***the minute*** 和 ***the instant*** 都可用於表示一件事在另一件事之後很短的時間內發生。

They heard voices ***as soon as*** *they pushed open the door.* 他們剛推開門就聽到說話聲。
The minute *someone left the room, the others started talking about them.* 有人一離開房間，其他人就開始談論他們。
Immediately *the meal was over, it was time for prayer.* 一吃完飯就是祈禱時間。

directly 和 ***immediately*** 在美式英語裏不用作連詞。

8.16 如果想表示過去、現在或將來某事發生於其他事情之前，可用 ***before***。

It was necessary for them to find a home ***before*** *the cold weather arrived.* 牠們必須在寒冷天氣來到之前找到一個家。
Before *they moved to the city she had never seen a car.* 在他們搬到城裏去以前，她從未見過汽車。

如果想說明一個事件在另一個事件之前多久發生，可在 ***before*** 前面加 ***three weeks*** 或 ***a short time*** 等名詞短語。

He had a review with the second organiser, ***about a month before*** *the report was written.* 在報告起草前的一個月，他和第二個組織者一起做了一個覆核。
Long before *you return she will have forgotten you.* 在你回來以前，她早就會忘掉你。

8.17 在講故事的時候，有時想表達某情況出現時正在發生甚麼。要先説正在發生的事，再加上一個以 ***when*** 引導的從句提及這個情況。

*I had just finished my meal **when** I heard voices.* 我剛吃完飯就聽到了説話聲。
*He was having his dinner **when** the telephone rang.* 他吃飯時電話響了。

如果想表示一件事在另一件事之後很短的時間內發生，一個分句用過去完成時，後接用一般過去時的時間從句。在第一個分句中的 ***had*** 後面加上 ***no sooner*** 或 ***hardly***。

用 ***no sooner*** 的時候，時間從句以 ***than*** 開頭。

*I had **no sooner** checked into the hotel **than** he arrived with the appropriate documents.* 我剛入住酒店，他就帶着合適的文件來了。

用 ***hardly*** 的時候，時間從句以 ***when*** 或 ***before*** 開頭。

*He had **hardly** got his eyes open **before** she told him that they were leaving.* 他剛睜開眼睛，她就對他説他們要走了。

no sooner 或 ***hardly*** 可放在第一個分句的開頭，後接 ***had*** 及主語。 ***hardly*** 相對較少使用。

***No sooner** had he asked the question **than** the answer came to him.* 他剛一提出問題，他就想出了答案。
***Hardly** had he settled into his seat **when** Alan came bursting in.* 他剛在座位上坐定，阿倫就衝了進來。
***Hardly** had he got on his horse **before** people started firing at him.* 他剛跨上馬背，人們就開始朝他射擊。

8.18 如果由於新情況導致事情變成如此，可以先説結果，再加上表示新情況的從句。從句以 ***now that*** 開頭。在英式英語裏， ***that*** 可省略。

*He could travel much faster **now that** he was alone.* 由於他是獨自一人，他可以走得快多了。
*I feel better **now** I've talked to you.* 我和你談了以後感覺好了一點。

saying when a situation began
表示情況何時開始

8.19 如果想説明一個情況在過去某時間開始存在並現在繼續存在，可用 ***since*** 或 ***ever since*** 。時間從句用**一般過去時** (past simple)。

*I've been in politics **since** I **was** at university.* 我自從上大學以後一直參與政治。
*It's been making money **ever since** it **opened**.* 自開業以來，它一直賺錢。

也可用 ***since*** 或 ***ever since*** 表示一個情況在過去某時間開始存在並後來繼續存在。 時間從句用**一般過去時** (past simple) 或**過去完成時** (past perfect)。

*He had been tired **ever since** he **started** work.* 他開始工作以後就一直感到疲倦。
*Janine had been busy **ever since** she **had heard** the news.* 嘉寧自從聽到消息以後一直很忙。

提到某人在一個情況開始時的年齡，總是用**一般過去時** (past simple)。

*I was seven years older than Wendy and had known her **since** she **was** twelve.* 我比溫迪大 7 歲，從她 12 歲起就認識她了。

since 也用於原因從句 (reason clause)。這種用法在 8.50 小節論述。

saying when a situation ends
表示情況何時結束

8.20 如果想說明一個情況在某事發生時停止了，可用 ***until*** 或 ***till***。

*I stayed there talking to them **until** I saw Sam Ward leave the building.* 我留在那裏和他們説話，直到我看見山姆・沃德離開大樓。
*We waited **till** they arrived.* 我們一直等到他們到達。

也可用 ***until*** 或 ***till*** 表示一個情況將在某事發生時停止。時間從句用**一般現在時** (present simple) 或**現在完成時** (present perfect)。

*Stay with me **until** I **go**.* 我走以前陪伴我吧。
*We'll support them **till** they **find** work.* 我們會支持他們，直至他們找到工作。
*Tell him I won't discuss anything **until** I**'ve spoken** to my wife.* 告訴他，在我和妻子説以前，我不會談論任何事。

8.21 ***by which time***、***at which point***、***after which***、***whereupon*** 和 ***upon which*** 也可用在時間從句的開頭。

by which time 用於表示某事在剛提到的事之前已發生或將要發生。

*He was diagnosed in 1999, **by which time** he was already very ill.* 他在 1999 年被確診，此時他已病得很厲害。

at which point 用於表示某事緊接着剛提到的事而發生。

*The company closed in the late seventies, **at which point** he retired.* 公司在 70 年代末倒閉，此時他退休了。

after which 用於表示一個情況在剛提到的事之後開始存在或將要存在。

*The items were removed for chemical analysis, **after which** they were never seen again.* 這些物品被拿去進行化學分析，此後就再也沒有見到它們。

whereupon 或 ***upon which*** 用於表示某事緊接着剛提到的事而發生，並且是那件事的結果。這兩種用法都相當正式。

*His department was shut down, **whereupon** he returned to Calcutta.* 他的部門遭裁撤，於是他回到了加爾各答。
*I told Dr Johnson of this, **upon which** he called for Joseph.* 我對約翰遜博士説了此事，於是他打電話叫約瑟過來。

Usage Note 用法説明

8.22 以 ***when*** 引導的從句可用在 ***why*** 開頭的疑問句之後。例如，可以說 ***Why should I help her when she never helps me?*** (她從不幫我，為何我要幫她？)。但是，這不是時間從句。這個疑問句表示對所説之事的驚訝或異議，而 ***when-*** 從句表示驚訝或異議的原因。

Why should he do me an injury ***when*** *he has already saved my life?* 他已救了我的命，為何還要讓我受傷？
Why worry her ***when*** *it's all over?* 事情都過去了，為何還要煩她？

using non-finite clauses 使用非限定分句

8.23 非限定分句 (non-finite clause)，即含有 *-ing* 或 *-ed* 分詞的分句，常常用來代替限定性時間從句。

例如，可以說 ***I often read a book when travelling by train*** (坐火車旅行時我經常在看一本書)，意思是 ***I often read a book when I am travelling by train*** (我在坐火車旅行時，我經常在看一本書)；也可以說 ***When finished, the building will be opened by the Prince of Wales*** (完工後，該建築物將由威爾士親王揭幕)，意思是 ***When it is finished, the building will be opened by the Prince of Wales*** (該建築物完工後，將由威爾士親王揭幕)。

Adults sometimes do not realize their own strength ***when dealing with children***. 在和孩子打交道時，成年人有時沒意識到自己的力量。
Mark watched us ***while pretending not to***. 馬可注視着我們，卻假裝不在看。
I deliberately didn't read the book ***before going to see the film***. 在去看電影前我故意不讀原著。
After complaining of a headache for a few days, *Gerry agreed to see a doctor.* 格里訴說頭痛好幾天後同意去看醫生。
They had not spoken a word ***since leaving the party***. 離開聚會後他們一句話都沒說。
Michael used to look surprised ***when praised***. 米高過去受到稱讚時常顯出驚訝的神情。
Once convinced about an idea, *he pursued it relentlessly.* 他一旦相信一個想法，他就鍥而不捨地追求下去。

注意，只有在不需要新的主語時才能使用這樣的分句，也就是說分句和主句指的是同一件事。

using prepositional phrases and adjectives 使用介詞短語和形容詞

8.24 對某些時間陳述來說，可用含 ***when***、***while***、***once***、***until*** 或 ***till*** 的短語，後接介詞短語 (prepositional phrase) 或形容詞 (adjective)。

例如，可以說 ***When in Paris, you should visit the Louvre*** (在巴黎的時候，你應該參觀盧浮宮)，意思是 ***When you are in Paris, you should visit the Louvre*** (你在巴黎的時候應該參觀盧浮宮)。

He had read of her experiences ***while at Oxford***. 他在牛津時讀到過她的經歷。
When under threat, *they can become violent.* 受到威脅時，他們會變得狂暴。
Steam or boil them ***until just tender***. 把它們蒸或煮到稍微有點軟爛。

也可用 ***when***、***whenever***、***where*** 或 ***wherever*** 加上 ***necessary*** 或 ***possible*** 等形容詞組成的短語。

例如，可以說 ***You should take exercise whenever possible***（你應盡可能做運動），意思是 ***You should take exercise whenever it is possible***（只要有可能，你就應該做運動）。

She spoke rarely, and then only ***when necessary****.* 她很少說話，除非必要時才開口。
Try to speak the truth ***whenever possible****.* 盡可能說真話。
Help must be given ***where necessary****.* 必須給予必要的幫助。
All experts agree that, ***wherever possible****, children should learn to read in their own way.* 專家們一致同意，在可能的情況下，孩子應該以自己的方式學習閱讀。

Conditional clauses 條件從句：If I had more money, ...

8.25 如果想談論可能的情況及其後果，可用**條件從句**（conditional clause）。

條件從句用於：

☞ 談論現在或過去有時存在的情況

If they lose weight during an illness*, they soon regain it afterwards.* 如果他們生病時體重下降，他們之後很快就會恢復。
Government cannot operate effectively ***unless it is free to take its own decisions****.* 如果不能自由決策，政府無法有效運作。
If I saw him in the street*, he'd just say* ***Good morning****.* 如果我在街上看到他，他只會說早上好。

☞ 談論已知不存在的情況

If England had a hot climate*, the attitude would be different.* 假如英國有炎熱的氣候，態度就會不一樣了。
If I could afford it *I would buy a boat.* 如果我買得起的話，我會買一條船。

☞ 談論不知道是否存在的情況

If he is right *it would be possible once more to manage the economy in the old way.* 如果他是對的，就可能再次以舊方式管理經濟。
The interval seemed unnecessary, ***unless it was to give them a break****.* 這個間歇似乎沒必要，除非是為了讓他們休息一下。

☞ 談論將來可能存在的情況

If I leave my job *I'll have no money to live on.* 我如果離職就沒錢生活了。
If I went back on the train *it'd be cheaper.* 如果我坐火車回去，就會比較便宜點。
Don't bring her ***unless she's ready****.* 不要把她帶來，除非她準備好了。

8.26 條件從句通常以 ***if*** 或 ***unless*** 開頭。

if 用於說明發生某事或某種情況的結果會導致另一件事或另一種情況的發生。

If *you do that I shall be very pleased.* 如果你這樣做，我會很高興。

If *I asked for something I got it.* 我要甚麼就得到甚麼。
They will even clean your car ***if*** *you ask them to.* 他們甚至會清洗你的汽車，如果你要求他們做的話。

如果 ***if-*** 從句前置，有時在主句的開頭用 ***then*** 。

If *this is what was happening in the Sixties,* ***then*** *I'm glad I wasn't around then.* 如果這是 60 年代發生的事，那我很高興我當時不在場。

unless 的意思是 ***except if***（除非）。例如，***You will fail your exams unless you work harder***（除非你更加用功，否則考試會不及格的）意思是 ***You will fail your exams except if you work harder*** 。

There can be no new growth ***unless*** *the ground is cleared.* 如果土地不清理乾淨，就不可能長出新的東西。
Nobody gets anything ***unless*** *they ask for it.* 不提出要求的話誰也得不到任何東西。

以 ***unless*** 開頭的從句通常置於主句之後。

modals and imperatives
情態詞和祈使式

8.27 使用條件從句時，主句中常常用**情態詞**（modal）。

談論不存在的情況時，主句中總是用情態詞。

If you weren't here, she ***would*** *get rid of me in no time.* 如果你不在場，她會立刻把我趕走。
If anybody had asked me, I ***could*** *have told them what happened.* 假如有人問了我，我會告訴他們發生了甚麼事。

情態詞（modal）在 5.92 到 5.256 小節論述。

條件從句常與**祈使**（imperative）結構連用。

If you dry your washing outdoors, wipe the line first. 如果在戶外曬洗好的衣服，先要擦一下曬衣繩。
If it's four o'clock in the morning, don't expect them to be pleased to see you. 如果現在是早上 4 點，別指望他們會很高興見到你。

祈使結構（imperative structure）在 5.4 小節及 5.35 到 5.39 小節論述。

verb forms in conditional sentences
條件句中的動詞形式

8.28 條件句中的動詞使用哪個形式有特殊規則。

人們常用三個或有時四個類別（參見下面的**零條件句**，zero conditional）來描述條件結構：

☞ **第一類條件句**（first conditional）。主句中的動詞是 ***will*** 或 ***shall*** ，條件從句中的動詞用**一般現在時**（present simple）。

I'll scream if you say that again. 如果你再說一次，我就要大喊了。

☞ **第二類條件句**（second conditional）。主句中的動詞是 ***would*** 或 ***should*** ，條件從句中的動詞用**一般過去時**（past simple）。

If I had more time, I would happily offer to help. 如果我有更多時間，我會樂意提供幫助的。

☞ **第三類條件句** (third conditional)。主句中的動詞是 ***would have*** 或 ***should have***，條件從句中的動詞用**過去完成時** (past perfect)。

If I had tried a bit harder, I would have passed that exam. 要是我再努力些，我肯定已通過了那次考試。

☞ **零條件句** (zero conditional)。主句和從句中的東西都用**一般現在時** (present simple)。

Water boils if you heat it to 100°C. 水加熱到 100 攝氏度就會沸騰。

很多條件句確實遵循這些模式。但是，條件從句還有其他各種正常的時態模式，這些列在了下面的小節中。

talking about things that often happen
談論經常發生的事情

8.29 談論經常發生的事時，條件從句和主句用**一般現在時** (present simple) 或**現在進行時** (present progressive)。

If a big dog ***approaches*** *me, I* ***panic****.* 如果一隻大狗走近我，我會恐慌的。
He never ***rings me up*** *unless he* ***wants*** *something.* 他從來不給我打電話，除了要東西。
*If the baby****'s crying****, she probably* ***needs*** *feeding.* 如果嬰孩哭鬧，很可能是需要餵食。
If an advertisement ***conveys*** *information which is false or misleading, the advertiser* ***is committing*** *an offence.* 如果廣告傳遞了虛假或誤導性信息，廣告商就是在犯法。

talking about things that often happened in the past
討論過去經常發生的事情

8.30 談論過去常發生的事時，條件從句用**一般過去時** (past simple) 或**過去進行時** (past progressive)，主句用**一般過去時** (past simple) 或**情態詞** (modal)。

They ***sat*** *on the grass if it* ***was*** *fine.* 如果天朗氣清，他們就坐在草地上。
If it ***was raining****, we usually* ***stayed*** *indoors.* 下雨的話我們通常留在室內。
If anyone ***came****, they****'d*** *say* ***How are you****?* 只要有人來，他們就會說你好嗎？
If they ***wanted*** *to go out, I* ***would*** *stay with the baby.* 如果他們想出去，我就留下來照顧嬰孩。
I ***could not*** *fall asleep unless I* ***did*** *an hour of yoga.* 我無法入睡，除非我做一個小時瑜伽。

possible situations
可能的情況

8.31 談論現在可能的情況，條件從句通常用**一般現在時** (present simple) 或**現在完成時** (present perfect)，主句通常用**情態詞** (modal)。

If anyone ***doubts*** *this, they* ***should*** *look at the facts.* 如果有人懷疑這點，他們應該看看事實。
*Unless you****'ve tried*** *it, you* ***can't*** *imagine how pleasant it is.* 除非你已經試過，否則你無法想像那有多愉快。

這類 ***If-*** 從句有時用於主動提出做某事或允許別人做某事。主句用情態詞，從句由 ***if***、代詞以及 ***want***、***like*** 或 ***wish*** 構成。

*I'll teach you, **if you want**.* 如果你需要的話，我來教你。
*You can leave **if you like**.* 你願意的話可以離開。

things that might happen in the future
將來可能發生的事

8.32 談論將來可能發生的事情，條件從句用**一般現在時** (present simple)，主句用 *will* 或 *shall*。

*If I **survive** this experience, I'**ll** never **leave** you again.* 如果我這次倖免於難，我再也不會離開你了。

*Willie **will** never **achieve** anything unless he **is pushed**.* 威利將一事無成，除非有人催促他。

8.33 談論將來可能發生的情況，一種更正式的方法是在條件從句中使用 ***should***。例如，可以用 ***If anything should happen, I will return immediately*** (萬一發生甚麼事，我立刻就回來) 代替 ***If anything happens, I will return immediately***。主句用情態詞，通常是 ***will*** 或 ***would***。

*If that **should** happen, you **will** be blamed.* 若真是那樣，你會受到責備。

談論將來可能發生的情況，另一種方法是在條件從句中使用 ***were*** 以及 ***to***-不定式。例如，可以用 ***If he were to go, I would go too*** (如果他要去，我也會去) 代替 ***If he goes, I will go too*** (如果他去的話，我也會去)。主句用 ***would***、***should*** 或 ***might***。

*If we **were to move** north, we **would** be able to buy a bigger house.* 如果我們搬到北方，我們就買得起大一點的房子了。

unlikely situations
不太可能的情況

8.34 談論不太可能的情況時，條件從句用**一般過去時** (past simple)，主句用 ***would***、***should*** 或 ***might***。

*The older men **would** find it difficult to get a job if they **left** the farm.* 如果離開了農場，年長一點的男人會發現很難找到工作。
*I **should** be surprised if it **was** less than five pounds.* 如果它少於 5 磅，我會感到驚訝的。
*If I **frightened** them, they **might** run away and I **would** never see them again.* 如果我嚇怕了他們，他們會逃走，而我再也見不到他們。

條件從句中，***were*** 有時代替 ***was***，特別是在 ***I*** 後面。

*If I **were** a guy, I **would** look like my dad.* 如果我是個男人，我會像我父親。
*If I **were asked** to define my condition, I'**d** say bored.* 如果要我描述自己的狀況，我會說無聊兩個字。

what might have been
原本可能的情況

8.35 談論過去原本可能發生但並未發生的情況時，條件從句用**過去完成時** (past perfect)，主句用 ***would have***、***could have***、***should have*** 或 ***might have***。

*Perhaps if he **had realized** that, he **would have** run away while there was still time.* 也許如果他意識到了這點，他原本會趁還有時間就跑掉的。

*If she **had not been ill**, she **would** probably **have** won that race.* 要不是她生了病，她原本很可能會贏得那場比賽的。

putting the verb first 動詞前置

8.36 在正式或書面英語裏，如果 ***if***-從句中的第一個動詞是 ***should***、***were*** 或 ***had***，這個動詞有時可放在從句的開頭，而 ***if*** 省略。例如，某人可能會用 ***Should any visitors come, I will say you are not here***（如果有人來訪，我會説你不在這裏）來代替 ***If any visitors should come, I will say you are not here***。

***Should** ministers demand an inquiry, we would welcome it.* 假如部長們要求進行調查，我們表示歡迎。
***Were** it all true, it would still not excuse their actions.* 即使這些都是真的，也不能原諒他們的行為。
***Were** they to stop advertising, prices would be significantly reduced.* 如果他們停止賣廣告，價格會大幅下降。
***Had** I known how important it was, I would have filmed the occasion.* 要是我知道這多重要，我本可把那個場合拍攝下來的。

Usage Note 用法説明

8.37 有時可用由 ***if*** 後接形容詞或介詞短語構成的短語代替含有 ***be*** 的條件從句。例如，可以用 ***We will sell the car, if necessary***（如果必要的話，我們會把車賣掉）來代替 ***We will sell the car, if it is necessary***。

*This unfortunate situation is to be avoided **if possible**.* 這種不幸情況要盡量避免。
*If I were innocent, I'd rather be tried here; **if guilty**, in America.* 如果我無罪，我寧願在這裏受審；如果有罪，則在美國。
***If in doubt**, ask at your local library.* 如果有疑問，請諮詢當地圖書館。

necessary conditions 必要條件

8.38 如果想説明一個情況對於另一個情況是必要的，可用 ***provided***、***providing***、***as long as***、***so long as*** 或 ***only if***。***provided*** 和 ***providing*** 常後接 ***that***。

*Ordering is quick and easy **provided** you have access to the internet.* 下訂單又快又易，條件是你可以上網。
***Provided that** it's not too much money I'd love to come to Spain.* 只要不花太多錢，我很願意去西班牙。
*The oven bakes magnificent bread **providing** it is hot enough.* 只要溫度夠高，這個烤箱做出來的麵包非常好。
*They are happy for the world to stay as it is, **as long as** they are comfortable.* 他們樂見世界保持現狀，只要他們自己感覺舒服就行。
*These activities can flourish **only if** agriculture and rural industry are flourishing.* 只有當農業和鄉村工業蓬勃發展了，這些活動才可能興旺發達。

使用 ***only if*** 時，***only*** 可放在主句內，與 ***if*** 隔開。例如，可以用 ***I will only come if he wants me***（只有他希望我來，我才會來）代替 ***I will come only if he wants me***。

*He told them that disarmament was **only** possible **if** Britain changed her foreign policy.* 他對他們説，只有英國改變了外交政策，裁軍才是可能的。

説明一個情況對於另一個情況是必要的，另一種方法是使用由 ***if*** 後接主語、***be*** 的一個形式以及 ***to***-不定式分句構成的**條件從句** (conditional clause)。主句中用 ***must*** 表示甚麼是必要的。

*It's late, and **if I am to get any sleep** I **must** go.* 時間很晚了，如果我想睡一會覺的話，我必須走了。

***If you are to escape**, you **must** leave me and go on alone.* 如果你想逃跑，你必須離開我獨自走。

8.39 如果想説明一個情況不會影響另一個情況，可用 ***even if***。

*I would have married her **even if** she had been penniless.* 即使她身無分文，我也會娶她的。

***Even if** you don't get the job this time, there will be many exciting opportunities in the future.* 即使你這次沒有得到工作，將來仍然有很多令人興奮的機會。

even if 也可用於**讓步從句** (concessive clause)。這種用法在 8.67 小節論述。

8.40 如果想説明一個情況不會受任何兩個或更多情況的影響，可用 ***whether***。把 ***or*** 放在不同的可能性之間。

*Catching a frog can be a difficult business, **whether** you're a human **or** a bird **or** a reptile.* 捉青蛙是一件困難的事，無論你是一個人、一隻鳥還是一隻爬行動物。

***Whether** you go to a launderette **or** do your washing at home, the routine is the same.* 不管你是去自助洗衣店還是在家洗衣服，程序都是一樣的。

如果想説明已發生的事不受兩個相反情況中任何一個的影響，可用 ***whether or not*** 開頭的從句。

***Whether or not** people have religious faith, they can believe in the power of love.* 不管人們有沒有宗教信仰，都可以相信愛的力量。

*I get an electrician to check all my electrical appliances every autumn, **whether or not** they are giving trouble.* 每年秋天我都會請一個電工檢查所有電器設備，不管它們有沒有出問題。

or not 可放在從句的末尾。

***Whether** I agreed **or not**, the search would take place.* 不管我同不同意，搜索都將進行。

8.41 如果 ***whether***-從句中的動詞是 ***be***，有時用**虛擬式** (subjunctive)。使用虛擬式時，動詞用**原形** (base form)，不用第三人稱單數。在英式英語裏這被視為相當正式的用法，但在美式英語裏則很常見。

Always report such behaviour to the nearest person in authority, whether it ***be*** *a school teacher or a policeman, or anyone else.* 一定要把這種行為向最近的負責人報告，不管這個人是學校老師，是警察，還是其他甚麼人。

如果 ***whether-***從句中的動詞是 ***be***，而主語是 ***they*** 或 ***it*** 之類的人稱代詞，可省略 ***be*** 和代詞。例如，可以用 ***All the villagers, whether young or old, help with the harvest***（所有村民，不分長幼，都來幫忙收割）代替 ***All the villagers, whether they are young or old, help with the harvest***。

A fresh pepper, ***whether*** *red* ***or*** *green, lasts about three weeks.* 新鮮的辣椒，不管是紅的還是綠的，可放上三個星期左右。
They help people, ***whether*** *tourists* ***or*** *students, to learn more of our past.* 他們幫助別人，不管是遊客還是學生，更多了解我們的過去。

8.42 如果想表示某事情況如此，涉及無論是誰、甚麼地方、甚麼原因、甚麼方式或事物都無關緊要，可用 ***whoever***、***wherever***、***however***、***whatever*** 或 ***whichever***。

Whoever *wins this civil war, there will be little rejoicing at the victory.* 無論誰贏得這場內戰，都不會有甚麼勝利的喜悅。
Wherever *it is, you aren't going.* 不管在甚麼地方，你都不能去。
However *it began, the battle would always develop into a large-scale conflict.* 不管戰鬥是怎麼開始的，總會演變成一場大規模衝突。

whatever 和 ***whichever*** 或者用作限定詞，或者用作代詞。

Whatever *car you drive, keep fixing it and keep it forever.* 不管你開甚麼車，要一直維修和永遠保養它。
The deficit is extremely important this year, ***whatever*** *they say.* 今年的財政赤字非常重要，不管他們説甚麼。
Whichever *way you do it, it's hard work.* 不管你用哪種方法做，這都是艱苦的工作。
Whichever *you decide, I'm sure it will be just fine.* 不管你作出甚麼決定，我確信肯定沒問題。

表示涉及的不管是誰或甚麼事都無關緊要，另一個方法是用 ***no matter***，後接 ***who***、***where***、***how***、***what*** 或 ***which***。

Most people, ***no matter who*** *they are, seem to have at least one.* 大多數人，不管他們是誰，似乎都至少有一個。
Our aim is to recruit the best person for the job, ***no matter where*** *they are from.* 我們的目標是為這份工作招聘到最佳人選，不管他們來自哪裏。
No matter how *I'm playing, I always get that special feeling.* 不管我演得怎樣，我總有那種特殊的感覺。

Purpose clauses 目的從句：He did it in order to make her happy

8.43 如果想談論行為的目的，可使用目的從句 (purpose clause)。

下面是用於目的從句的最常見連詞：

in order that	so	so that
in order to	so as to	to

types of purpose clause 目的從句的類別

8.44 目的從句有兩種。

最常用的是含 ***to***-不定式的分句。

They had to take some of his land ***in order to extend the churchyard****.* 他們不得不佔用他的一些土地以便擴大墓地。
Farmers have put up barricades ***to prevent people moving on to their land****.* 農場主設立了路障以防止人們進入他們的土地。

這種目的從句的主語總是和主句的主語相同。

這種目的從句在 8.45 到 8.46 小節論述。

其他目的從句通常含有 ***that***。

Be as clear and factual as possible ***in order that there may be no misunderstanding****.* 盡可能做到清楚真實，以避免可能出現的誤會。

這種目的從句在 8.47 到 8.48 小節論述。

to-infinitive clauses to-不定式分句

8.45 ***to***-不定式目的分句通常以 ***in order to*** 或 ***so as to*** 引導。

They were pushing ***in order to*** *get to the front.* 他們在推擠以便到達前面。
We had to borrow money ***in order to*** *buy the house.* 為了買房子，我們不得不借錢。
We fixed up a screen ***so as to*** *let in the fresh air and keep out the flies.* 我們修好了一扇紗窗，以便讓新鮮空氣進來，把蒼蠅擋在外面。

如果想把這些分句變為否定，可在 ***to*** 前面加 ***not***。

Rose trod with care ***in order not to*** *spread the dirt.* 羅斯小心翼翼地走，以免把髒東西擴散開來。
When removing a stain, work from the edge inwards ***so as not to*** *enlarge the area affected.* 去除污漬時，要從邊緣開始向內清洗，以免擴大受影響的面積。

8.46 有些目的從句也可以只是 ***to***-不定式分句。

People would stroll down the path ***to*** *admire the garden.* 人們常會沿着小道散步閒逛，以欣賞這座花園。
The children sleep together ***to*** *keep warm.* 孩子們睡在一起取暖。
To *understand what is happening now, we need to think about what has*

been achieved. 為了理解目前發生的情況，我們需要考慮已取得的成績。

但是，這種結構不能用否定式。例如，不能説 ***We keep the window shut not to let the flies in.*** ，必須説 ***We keep the window shut in order not to let the flies in.*** (我們關上了窗戶，以免蒼蠅飛進來)。

that-clauses
that-從句

8.47 其他目的從句通常以 ***in order that***、 ***so that*** 或 ***so*** 開頭，一般含有**情態詞** (modal)。

如果主句的動詞用的是**現在時** (present) 或現在完成時 (present perfect)，目的從句中通常 用 ***can***、 ***may***、 ***will*** 或 ***shall*** 等情態詞中的一個。

*...people who are learning English **in order that** they **can** study a particular subject.* ……為了能夠研究某一學科而學英語的人

如果主句的動詞用的是**過去時** (past)，目的從句中則通常用 ***could***、 ***might***、 ***should*** 或 ***would***。

*A stranger had lifted Philip up on his shoulder **so that** he **could** see better.* 一個陌生人把菲臘舉到肩上，這樣他能看得更清楚。
*I bought six cows **so that** we **would** have some milk to sell.* 我買了 6 頭奶牛，這樣我們可賣一些牛奶。
*She wanted the meal ready at six **so** she **could** go out at eight.* 她希望在 6 點把飯準備好，這樣她可以在 8 點出去。

普通動詞偶然可用來代替情態詞，特別是在否定的目的從句中。

*Make sure you get plenty of rest, **so that** you **don't fall** asleep at work.* 確保你有足夠休息，這樣你就不會在工作時睡着了。

so that 也可用於**結果從句** (result clause)。這種用法在 8.55 和 8.56 小節論述。

8.48 在正式或舊式英語裏， ***lest*** 有時用在目的從句的開頭，表示打算防止的行為。

例如， ***They built a statue of him lest people should forget what he had done*** (他們建了一尊他的塑像，以免人們忘記他的事跡) 這句話的意思與 ***They built a statue of him so that people would not forget what he had done*** (他們建了一尊他的塑像，這樣人們就不會忘記他的事跡) 相同。

*He spoke in whispers **lest** the servants should hear him.* 他悄聲説話，以免傭人聽見。

在以 ***lest*** 開頭的從句中，既可用**虛擬式** (subjunctive) 也可用**情態詞** (modal)。

Reason clauses 原因從句：... because I wanted to win

8.49 如果想説明某事的原因，可用**原因從句** (reason clause)。

下面是用於原因從句的主要連詞：

as	because	in case	just in case	since

8.50 如果只是説明某事的原因，可用 ***because***、 ***since*** 或 ***as***。

I couldn't be angry with him ***because*** *I liked him too much.* 我無法對他生氣，因為我太喜歡他了。

I didn't know that she was married, ***since*** *she rarely talked about herself.* 我不知道她已經結婚，因為她很少談自己的事。

As *we had plenty of time, we decided to go for a coffee.* 由於我們時間充裕，我們決定去喝杯咖啡。

8.51 提到將來可能發生的情況是某人做某事的理由時，可用 ***in case*** 或 ***just in case***。原因從句中用**一般現在時** (present simple)。

Mr Woods, I am here ***just in case*** *anything out of the ordinary* ***happens****.* 伍茲先生，我到這裏是防止任何反常的事發生。

談論某人過去做某事的理由時，原因從句中用**一般過去時** (past simple)。

He did not sit down ***in case*** *his trousers* ***got creased****.* 他沒有坐下，以防褲子弄皺。

8.52 ***in that***、 ***inasmuch as***、 ***insofar as*** 和 ***to the extent that*** 用於説明為甚麼剛作出的陳述是真實的。這些都是正式的表達式。

I'm in a difficult situation ***in that*** *I have been offered two jobs and they both sound interesting.* 我現在很為難，因為有兩份工作我可以選擇，而且兩者聽來都很有意思。

Censorship is ineffective ***inasmuch as*** *it does not protect anyone.* 審查制度是無效的，因為它不保護任何人。

We are traditional ***insofar as*** *we write traditional-style songs, but we try and write about modern issues.* 就我們寫傳統風格的歌曲來説，我們是傳統的，但我們也嘗試着寫當代問題。

He feels himself to be dependent ***to the extent that*** *he is not free to make his own decisions.* 他覺得自己有依賴性，到了無法自由做決定的地步。

inasmuch as 有時寫成 ***in as much as***， ***insofar as*** 有時寫成 ***in so far as***。

8.53 人們有時使用以 ***for*** 或 ***seeing that*** 開頭的原因從句。***for*** 的意義與 ***because*** 相同，其在原因從句中的用法現在被視為已經過時。

I hesitate, ***for*** *I am not quite sure of my facts.* 我猶豫不決，因為我不很確定我的理據。

seeing that 的意義與 ***since*** 相同，僅用於非正式口語。

__Seeing that__ you're the guest on this little trip, I won't tell you what I think of your behaviour last night. 由於這次小旅行中你是客人，我不會告訴你我對你昨晚行為的看法。

now 和 ***now that*** 用於説明一個新情況是引起某事的理由。以 ***now*** 或 ***now that*** 開頭的從句作為時間從句 (time clause) 處理，在 8.18 小節論述。

Result clauses 結果從句：I'll drive you there so that you won't be late

8.54 如果想談論某事的結果，可用**結果從句** (result clause)。

結果從句總是置於主句之後。

8.55 結果從句通常以 ***so that*** 開頭。

so that 僅可用來説明事件或情況的結果是甚麼。

My suitcase had become damaged, __so that__ the lid would not stay closed. 我的手提箱損壞了，所以蓋子蓋不上了。
A storm had brought the sea into the house, __so that__ they had been forced to escape by a window. 暴風雨把海水沖進了房子，因此他們被迫從窗戶逃走。
There's a window above the bath __so that__ when I'm relaxing here I can watch the sky. 浴缸的上方有一個窗戶，所以我在這裏放鬆休息時可以觀看天空。

也可以用 ***so***、 ***and so*** 以及 ***and***。

She was having great difficulty getting her car out, __and so__ I had to move my car to let her out. 她很難把車子開出來，所以我只好移開了我的車讓她出來。
He was shot in the chest __and__ died. 他胸部中彈死了。

使用這些結果從句時，主句後面通常加逗號。

8.56 也可用 ***so that*** 説明現在或過去以某種方式做某事以達到預期的結果。

例如，***He fixed the bell so that it would ring when anyone came in*** (他修好了門鈴，這樣當有人進來時就會響起) 這句話的意思是 ***He fixed the bell in such a way that it would ring when anyone came in*** (他以這樣一種方式修好了門鈴，當有人進來時門鈴就會響起)。

Explain it __so that__ a 10-year-old could understand it. 要把這個東西解釋得讓一個 10 歲的孩子也能理解。
They arranged things __so that__ they never met. 他們安排好了事情，因此他們從來沒見過面。

使用這些結果從句時，主句後面不加逗號。

8.57 ***so that*** 也用於目的從句（purpose clause）。這種用法在 8.47 小節論述。

8.58 ***so*** 和 ***that*** 也用在一種特殊結構裏，說明一個結果的產生是由於某物具有的屬性達到了特定的程度或者由於以極端的方式做了某事。

在這些結構中，***so*** 用在形容詞或副詞的前面，然後加上 ***that-***從句。

The crowd was ***so*** *large* ***that it overflowed the auditorium****.* 觀眾多得禮堂內容納不下。
They were ***so*** *surprised* ***they didn't try to stop him****.* 他們太吃驚了，結果沒有試圖阻止他。
He dressed ***so*** *quickly* ***that he put his boots on the wrong feet****.* 他穿得太快了，結果把靴子穿錯了腳。
She had fallen down ***so*** *often* ***that she was covered in mud****.* 她跌倒的次數如此之多，弄得渾身都是泥。

有時用 ***as*** 代替 ***that***。 ***as*** 後接 ***to-***不定式分句。

...small beaches of sand ***so*** *white* ***as to dazzle the eye****.* ……白得耀眼的小塊沙灘
I hope that nobody was ***so*** *stupid* ***as to go around saying those things****.* 我希望誰也不會傻到到處講這些事的地步。

8.59 ***so*** 和 ***that*** 也可用這種方式與 ***many***、***few***、***much*** 和 ***little*** 連用。

We found ***so much*** *to talk about* ***that it was late at night when we remembered the time****.* 我們發現有那麼多話要說，等到我們想起時間來，已是深夜了。
There were ***so many children you could hardly get in the room****.* 孩子人數太多了，你幾乎無法進入房間。

8.60 如果主句中的動詞是 ***be*** 或含有助動詞，常常要改變正常詞序表示進一步強調。***so*** 放在句首，後接形容詞、副詞或名詞。***be*** 或助動詞放在主語之前。

例如，可用 ***So tiny was the room that you could not get a bed into it***（房間小得連一張牀也放不進去）代替 ***The room was so tiny that you could not get a bed into it***（房間小得連一張牀也放不進去）。

So *successful have they been* ***that they are moving to Bond Street****.* 他們取得了極大成功，因此馬上要搬到邦德街去了。
So *rapid is the rate of progress* ***that advance seems to be following advance on almost a monthly basis****.* 進步速度如此之快，幾乎每個月接踵而至。

8.61 ***such*** 和 ***that*** 也用於說明一個結果的產生是由於某物具有的屬性達到了特定程度。***such*** 放在名詞之前，然後加上 ***that-***從句。

如果用的是單數可數名詞，前面加 ***a*** 或 ***an***。

I slapped her hand and she got ***such*** *a shock* ***that she dropped the bag****.* 我打了一下她的手，結果她大吃一驚，連包都扔下了。
She was in ***such*** *pain* ***that she almost collapsed****.* 她痛苦萬分，幾乎癱倒在地。
These birds have ***such*** *small wings* ***that they cannot get into the air****.* 這些鳥翅膀太小，飛不到天上。

8.62 ***such*** 有時在類似結構裏用作形容詞，意為 ***so great***，後面緊接 ***that-*** 從句。

The extent of the disaster was ***such that the local authorities were quite unable to cope****.* 災難嚴重到這種地步，地方當局難以應付局面。

有時 ***such*** 放在句首，後接 ***be***、名詞短語以及 ***that-*** 從句。例如，可用 ***Such was her beauty that they could only stare***（她如此美麗，他們只能呆呆地盯着）代替 ***Her beauty was such that they could only stare***（她如此美麗，他們只能呆呆地盯着）。

Such *is the power of suggestion* ***that within a very few minutes she fell asleep****.* 暗示的作用如此之大，在短短幾分鐘內她就睡着了。

8.63 也可用 ***such*** 作形容詞，說明一個結果的獲得是由於特別的某事。***such*** 後接 ***that-*** 從句或 ***as*** 以及 ***to-*** 不定式分句。

The dangers are ***such that an organized tour is a more sensible option****.* 危險很大，因此有組織的遊覽是更明智的選擇。
Conditions in prison should be ***such as to lessen the chances of prisoners reoffending****.* 監獄裏的條件應該達到減少犯人再次犯罪的可能性。

可用 ***in such a way*** 表示一個結果的獲得是由於以特定方式做了某事，後接 ***that-*** 從句或 ***as*** 以及 ***to-*** 不定式分句。

She had been taught to behave ***in such a way that her parents would have as quiet a life as possible****.* 她受到的教訓是，她的行為舉止應讓父母盡可能安靜地生活。
Is it right that this high tax should be spent ***in such a way as to give benefit mainly to the motorist****?* 這種高稅收主要用在了讓開車人受益的方面，這樣做對嗎？

8.64 可用 ***otherwise***、***else*** 或 ***or else*** 說明某事不出現一個結果或狀況，是由於會發生別的事情或出現別的狀況。

例如，***Give me back my money, otherwise I'll ring the police***（把錢還給我，不然我要報警了）這句話的意思是 ***If you don't give me back my money, I'll ring the police***（如果你不把錢還給我，我就要報警了）。

I want a house I'll like, ***otherwise*** *I'll get depressed.* 我想要我喜歡的房子，否則我會沮喪的。

*I must have done something wrong, **or else** they wouldn't have kept me here.* 我一定做錯了甚麼，要不然他們不會把我留在這裏的。

Concessive clauses 讓步從句：I love books, although I don't read much

8.65 有時要陳述兩種情況，一種情況與另一種形成對照或使另一種情況顯得令人驚訝。通過使用**讓步從句** (concessive clause) 可把兩個陳述合在一個句子裏。

下面是用於讓步從句的連詞一覽表：

although	even though	much as	whereas
despite	except that	not that	while
even if	in spite of	though	whilst

contrast 對照

8.66 如果只想使兩個陳述形成對照，可用 ***although***、***though***、***even though*** 或 ***while***。

*I used to read a lot **although** I don't get much time for books now.* 我過去常常讀很多書，儘管現在我沒有多少時間看書。
***Though** he has lived for years in London, he writes in German.* 雖然他在倫敦住了多年，但他仍然用德語寫作。
*I used to love listening to her, **even though** I couldn't understand what she said.* 我以前喜歡聽她説話，即使我不明白她説的話。
***While** I did well in class, I was a poor performer at games.* 雖然我在課堂上表現很好，但在玩遊戲時表現卻很差。

也可用 ***whilst*** 和 ***whereas*** 這兩個相當正式的詞。

*Raspberries have a hairy surface **whilst** blackberries have a shiny skin.* 樹莓的表面毛茸茸的，而黑莓的表皮亮晶晶的。
*To every child, adult approval means love, **whereas** disapproval can cause strong feelings of rejection.* 對每個孩子來説，大人的贊同意味着愛，不贊同則會引起強烈的抵觸情緒。

美式英語裏不用 ***whilst***。

8.67 如果想説明可能為真的某事不影響另一件事的真實性，可用 ***even if***。

*All this is part of modern commercial life (**even if** it is an essential activity).* 所有這一切都是現代商業生活的一部分（即使這是個必不可少的活動）。
*He's beginning to be a different person, **even if** he doesn't realize it.* 他正逐漸變成了另外一個人，儘管他自己沒有意識到。

even if 也可用於**條件從句** (conditional clause)。這種用法在 8.39 小節論述。

8.68 可用 ***not that*** 代替 ***although*** 和否定詞。例如，可以用 ***I have decided to leave, not that anyone will miss me***（我已決定離開，並不是說有人會想念我）代替 ***I have decided to leave, although no one will miss me***（我已決定離開，儘管沒人會想念我）。

以 ***not that*** 開頭的從句總是置於主句之後。

He's got a new girlfriend, ***not that*** *I care.* 他有了一個新女友，這並不是說我在乎。
I think I looked very chic for the party, ***not that*** *anyone noticed.* 我認為我在聚會上看來很時髦，這倒不是說有人注意到了我。

exceptions 例外

8.69 如果想提及一個剛作出的陳述的例外情況，可用 ***except that*** 。

She treats her daughter the same as her younger boy ***except that*** *she takes her several times a week to a special clinic.* 她對女兒和小兒子一視同仁，除了她每週幾次帶女兒去一家專科診所以外。
Nobody said a thing ***except that*** *one or two asked me if I was better.* 誰也沒説一句話，除了一兩個人問我是否好點了。

這種從句有時稱為**例外從句**（exception clause）。

8.70 如果 ***though*** 引出的從句以**繫動詞**（linking verb）***be*** 或 ***seem*** 加名詞或形容詞（即**補語**，complement）結尾，補語可提到句首。例如，可以用 ***Tired though he was, he insisted on coming to the meeting***（儘管他很累，但他堅持要來參加會議）代替 ***Though he was tired, he insisted on coming to the meeting***（他雖然很累，但他堅持要來參加會議）。

Tempting though it may be to discuss this point*, it is not really relevant.* 儘管討論這一點很有吸引力，但實際上並不重要。
I had to accept the fact, ***improbable though it was****.* 我不得不接受這個事實，雖然它未必是真的。
Astute business man though he was*, Philip was capable of making mistakes.* 雖然菲臘是個精明的商人，但他也會犯錯。

如果補語是形容詞，可用 ***as*** 代替 ***though*** 。

Stupid as it sounds*, I believed her.* 儘管聽起來很笨，我還是相信了她。

如果 ***though*** 引出的從句以副詞結尾，常可把副詞放在從句的句首。

Some members of staff couldn't handle Murray's condition, ***hard though they tried****.* 有些員工對付不了默里的情況，雖然他們已經努力過。

在談論強烈的情感或願望時，可用 ***much as*** 代替 ***although*** 。例如，可以用 ***Much as I like Venice, I couldn't live there***（儘管我很喜歡威尼斯，但我不能住在那裏）代替 ***Although I like Venice, I couldn't live there***（雖然我喜歡威尼斯，但我不能住在那裏）。

Much as he admired her*, he had no wish to marry her.* 雖然他很欣賞她，但他不想娶她。

-ing participle clauses
-ing 分詞分句

8.71 ***although*、*though*、*while* 和 *whilst*** 有時用於 ***-ing*** 分詞分句 。例如，可以用 ***While liking cats, he never let them come into his house*** (儘管他喜歡貓，但他從未讓牠們進入自己的家) 代替 ***While he liked cats, he never let them come into his house*** (儘管他喜歡貓，但他從未讓牠們進入自己的家)。

While *accepting the importance of freedom of speech, I believe it must be exercised with responsibility.* 我雖然接受言論自由的重要性，但我相信，行使這種自由必須要負上責任。

despite 和 ***in spite of*** 也可用在 ***-ing*** 分詞分句的開頭。***Despite working hard, I failed my exams*** (儘管很努力，我考試還是不及格) 這句話的意思是 ***Although I worked hard, I failed my exams*** (我雖然很努力，但考試不及格)。

Sensible, interested parents still play a big part in their children's lives, ***despite*** *working long hours.* 明智、關注的父母在孩子的生活中仍然發揮重要作用，儘管需要長時間工作。
We had two more years of profit ***in spite of*** *paying higher wages than the previous owner.* 儘管支付的工資比前一任店主高，我們繼續盈利了兩年。

8.72 ***although*** 、 ***though*** 、 ***while*** 和 ***whilst*** 也用在名詞短語、形容詞短語及副詞短語的前面。例如，可以用 ***Although fond of Gregory, she did not love him*** (雖然喜歡格雷戈里，但她不愛他) 代替 ***Although she was fond of Gregory, she did not love him*** (雖然她喜歡格雷戈裏，但她不愛他)。同樣，可以用 ***They agreed to his proposal, though with many reservations*** (他們同意了他的提議，儘管帶有很多保留) 代替 ***They agreed to his proposal, though they had many reservations*** (他們同意了他的提議，儘管他們有很多保留)。

It was an unequal marriage, ***although*** *a stable and long-lasting one.* 這是不平等的婚姻，儘管穩定而持久。
Though *not very attractive physically, she possessed a sense of humour.* 雖然沒有誘人的身材，但她有一種幽默感。
They had followed her suggestion, ***though*** *without much enthusiasm.* 他們聽從了她的建議，

even if 、 ***if*** 和 ***albeit*** 也可以這樣用。 ***albeit*** 是一個正式的詞。

Other species have cognitive abilities, ***even if*** *not as developed as our own.* 其他物種也有認知能力，儘管不如我們自己的發達。
...a pleasant, ***if*** *unexciting, novel.* ……一部情節平淡但令人愉快的小說
Like mercury, lead affects the brain, ***albeit*** *in different ways.* 和水銀一樣，鉛對大腦有影響，雖然方式不同。

Place clauses 地點從句：Stay where you are

8.73 有時，如果想談論某物的地點或位置，需要用從句。所用的這種從句稱為**地點從句** (place clause)。

8.74 地點從句通常以 ***where*** 開頭。

He said he was happy ***where*** *he was.* 他說他滿意自己身處的地方。
He left it ***where*** *it lay.* 他把它放回原處。
Stay ***where*** *you are.* 留在原地不要動。

where 也用於**關係從句** (relative clause)。這種用法在 8.104 到 8.106 小節論述。

8.75 在正式或書面英語裏，***where***-從句有時放在主句前面。

Where *Kate had stood last night, Maureen now stood.* 莫林現在站在凱特昨天晚上站的地方。
Where *the pink cliffs rose out of the ground there were often narrow tracks winding upwards.* 在粉色懸崖聳立之處，常有狹窄小徑盤旋直上。

8.76 如果想說明某事物發生或將要發生在另一個事物發生的每一個地方，可用 ***wherever***。

Soft ferns spread across the ground ***wherever*** *there was enough light.* 凡有足夠光線的地面都長滿了柔軟的蕨類植物。
In Bali, ***wherever*** *you go, you come across ceremonies.* 在巴里島，不管你去哪裏，你都會遇到慶典。
Wherever *I looked, I found patterns.* 不管我看甚麼地方，我都發現有圖案。

everywhere 可原來代替 ***wherever***。

Everywhere *I went, people were angry or suspicious.* 我無論走到哪裏，人們不是憤怒就是懷疑。

8.77 ***where*** 和 ***wherever*** 有時用在 ***possible*** 和 ***necessary*** 之類的形容詞前面。這時它們作 ***when*** 或 ***whenever*** 解，而不是 ***where***。關於這種用法的完整說明，參見 8.24 小節。

Clauses of manner 方式從句：I don't know why he behaves as he does

8.78 如果想談論某人的行為或做某事的方式，可用**方式從句** (clause of manner)。

下面是用於方式從句的連詞：

as	like	just as
as though	as if	much as

the way、***in a way*** 和 ***in the way*** 也用於方式從句，用法與連詞相同。這些表達式常後接 ***that***。

saying how something is done 說明做某事的方式

8.79 如果只想談論某人的行為或做某事的方式，可用 ***like***、***as***、***the way***、***in a way*** 或 ***in the way***。

*Is she often rude and cross **like** she's been this last month?* 她是不是經常粗暴易怒，就像她上個月的表現那樣？
*I don't understand why he behaves **as** he does.* 我不明白為何他的表現會這樣。
*I was never allowed to do things **the way** I wanted to do them.* 我從沒獲准按自己的方式做事。
*He was looking at her **in a way** she did not recognize.* 他用一種她不認識的方式看着她。
*We have to make it work **in the way** that we want it to.* 我們必須令它以我們希望的方式操作。

making comparisons 進行比較

8.80 上述表達式也可用於比較不同的人或物做某事的方式。

*Surely you don't intend to live by yourself **like** she does?* 你肯定不打算像她那樣獨自生活吧？
*Joyce looked at her **the way** a lot of girls did.* 喬伊斯像很多女孩那樣看着她。

如果想表示語氣強烈的比較，可用 ***just as***。

*You can think of him and feel proud, **just** as I do.* 你可以想起他並感到驕傲，就像我一樣。

如果想表示語氣較弱的比較，可用 ***much as***。

*These tanks speed across the desert, **much as** they did in World War II.* 這些坦克車高速穿過沙漠，有點像在第二次世界大戰時一樣。

8.81 有時人們想表示做某事的方式是在某情況下會發生的方式。這時可用 ***as if*** 或 ***as though***。方式從句中用過去時。

*He holds his head forward **as if** he **has hit** it too often on low doorways.* 他的頭向前傾，彷彿他經常在低矮的門道上磕碰頭似的。
*Presidents can't dispose of companies **as if** people **didn't exist**.* 總裁不能目中無人似地處置公司。
*I put some water on my clothes to make it look **as though** I **had been** sweating.* 我在衣服上灑了一些水，使它看來像是我在出汗。
*He behaved **as though** it **was** nothing to be ashamed of.* 他表現得好像沒甚麼可羞愧似的。

as if 或 ***as though*** 也可用在 ***feel*** 或 ***look*** 等繫動詞之後。這種用法表示把某人的感覺或外貌與他們在某種情況下可能有的感覺或外貌進行比較。

*She felt **as if** she **had** a fever.* 她感覺自己像是發燒了。
*His hair looked **as if** it **had been combed** with his fingers.* 他的頭髮看來像用自己的手指梳理過。

Her pink dress and her frilly umbrella made her look ***as though*** *she had* ***come*** *to a garden party.* 她的粉色連衣裙以及荷葉邊陽傘使她看來像是來到了遊園會。

在正式的英語裏，在以 ***as if*** 或 ***as though*** 開頭的從句中，***were*** 有時用來代替 ***was***。

She shook as if she ***were*** *crying, but she made no sound.* 她顫抖着好像在哭，但她沒發出一點聲音。
I felt as if I ***were*** *the centre of the universe.* 我感覺彷彿我是宇宙中心。
You talk as though he ***were*** *already dead.* 你説話的樣子就好像他已經死了。

just 可用在 ***as if*** 或 ***as though*** 之前表示強調。

He shouldn't have left her alone, ***just as if*** *she was someone of no importance at all.* 他不該撇下她一個人，就像她是個無足輕重的人一樣。

8.82 ***as if*** 和 ***as though*** 也可用在以 ***to-*** 不定式或分詞開頭的從句之前。

For a few moments, he sat ***as if*** *stunned.* 有一陣子，他坐在那裏好像嚇呆了。
He ran off to the house ***as if*** *escaping.* 他朝房子奔去，像逃跑似的。
He shook his head ***as though*** *dazzled by his own vision.* 他搖了搖頭，彷彿給自己的想像弄得眼花繚亂。

as if 和 ***as though*** 也可用在形容詞和介詞短語之前。

One must row steadily onwards ***as if*** *intent on one's own business.* 必須穩穩地向前划船，就好像專心做自己的事一樣。
He shivered ***as though*** *with cold.* 他好像受了涼那樣身體發抖。

Relative clauses 關係從句

8.83 在句子中提及某人或某物時，常需要給他們提供進一步的信息。一種方法是使用**關係從句** (relative clause)。

關係從句直接放在表示所談論的人、物或群體的名詞之後。

The man ***who came into the room*** *was small and slender.* 進入房間的這個男人矮小瘦弱。
Opposite is St. Paul's Church, ***where you can hear some lovely music****.* 對面是聖保羅教堂，在那裏可以聆聽一些美妙的音樂。

關係從句的功能類似於形容詞，有時被稱為**形容詞從句** (adjectival clause)。

名詞性關係從句 (nominal relative clause) 的功能與名詞短語相似，在 8.112 到 8.116 小節論述。

relative pronouns 關係代詞

8.84 很多關係從句以**關係代詞** (relative pronoun) 開頭。通常關係代詞在關係從句中充當主語或動詞的賓語。

He is the only person ***who*** *might be able to help.* 他是唯一能夠提供幫助的人。
Most of them have a job, ***which*** *they take both for the money and the company.* 他們當中大部分人都有工作，他們不但為錢也為公司而接受工作。

下面是最常見的關係代詞一覽表：

that	who	whose
which	whom	

關係代詞沒有陽性、陰性或複數形式。同一個代詞可用於指稱男人、女人或一群人。

She didn't recognize the man ***who*** *had spoken.* 她沒認出那個説了話的男子。
I met a girl ***who*** *knew Mrs Townsend.* 我遇到一個認識湯森太太的女孩。
There are many people ***who*** *find this intolerable.* 有很多人覺得這無法容忍。

有些關係從句沒有關係代詞。

Nearly all the people ***I used to know*** *have gone.* 幾乎所有我過去認識的人都不在了。

這種用法在 8.90 、 8.91 和 8.96 小節論述。

types of relative clause 關係從句的類型

8.85 有兩類關係從句。

有些關係從句説明談論的是哪一個人或物。例如，僅僅説 ***I met the woman***（我遇到了那個女人），説的是誰可能不清楚，因此可能會説 ***I met the woman who lives next door***（我遇到了住在隔壁的那個女人）。在這個句子裏， ***who lives next door*** 稱為**限制性關係從句**（defining relative clause）。

Shortly after the shooting, the man ***who had done it*** *was arrested.* 槍擊發生後不久，肇事的那名男子就被捕了。
Mooresville is the town ***that John Dillinger came from****.* 穆爾斯維爾是約翰・迪林傑來自的小鎮。

其他關係從句提供的進一步信息並非是用來確定談論的是哪個人、物或群體所需要的。例如説 ***I saw Miley Cyrus***（我看見了米利・賽勒斯），很清楚説的是誰。但説話者也許想添加更多關於米利・賽勒斯的信息，因此可能會説 ***I saw Miley Cyrus, who was staying at the hotel opposite***（我看見了米利・賽勒斯，她住在對面那家酒店）。在這個句子裏， ***who was staying at the hotel opposite*** 稱為**非限制關係從句**（non-defining relative clause）。

He was waving to the girl, ***who was running along the platform****.* 他向女孩揮手，她正沿着月台奔跑。
He walked down to Broadway, the main street of the town, ***which ran parallel to the river****.* 他向前走到了百老匯，這是城市的主要街道，與河流平行。

這種關係從句主要用於書面語而不是口語。

注意，非限制關係從句不能以 ***that*** 開頭。

punctuation 標點符號

8.86 僅提供額外信息的關係從句通常前後都有逗號，除非置於句末。置於句末時就用句號。有時也用破折號代替逗號。

*My son, **who is four**, loves Spiderman.* 我兒子，他今年 4 歲，喜歡蜘蛛俠。

限制性關係從句前面從不用逗號或破折號。

*The woman **who owns this cabin** will come back in the autumn.* 擁有這個小木屋的女人將在秋天回來。

use after pronouns 代詞後面的用法

8.87 把一個名詞與其他所有名詞區分開來的關係從句可放在某些代詞後面。

這種關係從句用於 ***someone***、***anyone*** 和 ***everything*** 等不定代詞（indefinite pronoun）之後。

*This is **something that I'm very proud of**.* 這是我很引以為傲的東西。
*In theory **anyone who lives or works in the area** may be at risk.* 理論上講，在這個地區生活或工作的每個人都可能有危險。
*We want to thank **everyone who supported us through this**.* 我們要感謝支持我們度過這個難關的每個人。

有時用於 ***some***、***many***、***much***、***several***、***all*** 或 ***those*** 之後。

*Like **many who met him** I was soon in love.* 像許多遇到他的人一樣，我不久便墜入愛河。
*...the feelings of **those who have suffered from the effects of crime**.* ……那些受犯罪影響的人的感受

也可用於人稱代詞（personal pronoun）之後，但僅限於正式或舊式的英語。

***He who is not for reform** is against it.* 不贊成改革的人是改革的反對者。
*...**we who are supposed to be so good at writing**.* ……應當非常擅長寫作的我們

-ing participle clauses -ing 分詞分句

8.88 關係從句有時可以簡化為 ***-ing*** 分詞分句。

例如，可以用 ***Give it to the man wearing the sunglasses***（把它交給那個戴墨鏡的男子）代替 ***Give it to the man who is wearing the sunglasses***。同樣，可以用 ***The bride, smiling happily, chatted to the guests***（新娘開心地笑着，正在和客人聊天）代替 ***The bride, who was smiling happily, chatted to the guests***。

這些用法在 8.129 到 8.145 小節論述。另參見 2.300 和 2.301 小節。

Using relative pronouns in defining clauses
在限制性分句中使用關係代詞

8.89 以下幾個小節説明哪些代詞用於**限制性關係從句**（defining relative clause）。

referring to people 指人

8.90 指一個人或一群人時，用 ***who*** 或 ***that*** 作限制性分句的**主語**（subject）。***who*** 比 ***that*** 更常見。

*The man **who** employed me was called Tom.* 僱用我的那個人叫湯姆。
*...the people **who** live in the cottage.* ……住在村舍裏的那些人
*...somebody **who** is really ill.* ……真的生了病的某個人
*...the man **that** made it.* ……獲得成功的那名男子

who、***that***、或 ***whom*** 作限制性分句的**賓語**（object），或者根本不用代詞。

*...someone **who** I haven't seen for a long time.* ……我很久沒見的一個人
*...a woman **that** I dislike.* ……我不喜歡的一個女人
*...distant relatives **whom** he had never seen.* ……我們從未見過的遠親
...a man I know. ……我認識的一個男人

that 用作限制性分句的**補語**（complement），或者不用代詞。

*...the distinguished actress **that** she later became.* ……她後來成為傑出女演員
Little is known about the kind of person she was. 對她過去是怎樣的一種人所知甚少。

最高級（superlative）後面一般不用代詞。

He was the cleverest man I ever knew. 他是我認識的人當中最聰明的。
...the best thing I ever did. ……我所做過最好的一件事

關於**最高級**（superlative）的進一步説明，參見 2.112 到 2.122 小節。

referring to things 指物

8.91 指一個或多個事物時，用 ***which*** 或 ***that*** 作限制性分句的**主語**（subject）。在美式英語裏， ***that*** 比 ***which*** 常見得多。

*...pasta **which** came from Milan.* ……來自米蘭的意大利麵食
*We need to understand the things **which** are important to people.* 我們需要了解對人們有重要意義的事。
*There are a lot of things **that** are wrong.* 很多事情都是錯的。

which 或 ***that*** 用作限制性分句的**賓語**（object），或者不用代詞。

*...shells **which** my sister had collected.* ……我妹妹收集的貝殼
*...the oxygen **that** it needs.* ……它需要的氧氣
...one of the things I'll never forget. ……我永遠不會忘記的事情之一

much 或 ***all*** 之後用 ***that*** ，不用 ***which*** 。

*There was not much **that** the military men could do.* 軍人能做的事情沒有多少。
*Happiness is all **that** matters.* 幸福是最重要的。

Using relative pronouns in non-defining clauses
在非限制從句中使用關係代詞

8.92 以下幾個小節說明哪些代詞用於**非限制關係從句** (non-defining relative clause)。

下列從句不能沒有關係代詞。

referring to people 指人

8.93 指一個人或一群人時，用 ***who*** 作非限制從句的**主語** (subject)。

*Heath Robinson, **who** died in 1944, was a graphic artist and cartoonist.* 希思・魯濱遜死於 1944 年，他是一位平面藝術家和漫畫家。
*The horse's rider, **who** has not been named, was too distressed to talk to police.* 那匹馬的騎師——其姓名尚未透露——因過於難過無法與警方談話。

who 或 ***whom*** 用作非限制從句的**賓語** (object)。

*Brian, **who** I do not like, had no idea how to behave properly.* 布賴恩這個人我不喜歡，他不知道如何舉止得體。
*He then became involved in a row with the party chairman, **whom** he accused of lying.* 他當時捲入了和黨主席的爭吵，他指責後者撒謊。

referring to things 指物

8.94 指一個或多個事物時，用 ***which*** 作非限制從句的主語或賓語。

*The treatment, **which** is being tried by researchers, has helped a large number of patients.* 這種療法正在由研究人員進行試驗，已經為大量病人帶來了幫助。
*The company, **which** has about 160 shops, is in financial trouble.* 該公司約有 160 家門店，目前陷入了財政困難。
*He was a man of considerable wealth, **which** he spent on his experiments.* 他是個有可觀財富的人，他把財富花在了實驗上。
*...this offer, **which** few can resist.* ……這種提議，很少有人能拒絕

Using relative pronouns with prepositions
關係代詞與介詞連用

8.95 關係代詞可作介詞的賓語。通常，介詞置於從句末尾，而不在代詞之前。

*...the job which I'd been training **for**.* ……讓我一直受訓的那份工作
*...the universe that we live **in**.* ……我們生存的宇宙
*...the woman who Muller left his money **to**.* ……繼承穆勒錢財的那個女人

no pronoun 沒有代詞

8.96 在日常口語裏，常常不用代詞。

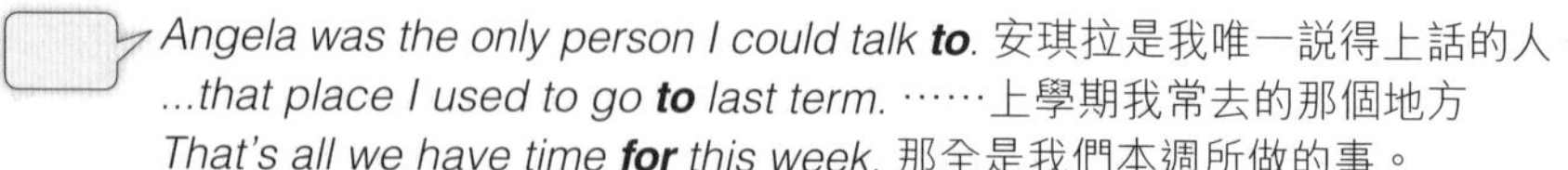

*Angela was the only person I could talk **to**.* 安琪拉是我唯一說得上話的人。
*...that place I used to go **to** last term.* ……上學期我常去的那個地方
*That's all we have time **for** this week.* 那全是我們本週所做的事。

indirect objects
間接賓語

8.97 關係代詞作動詞的間接賓語時，用 ***to*** 或 ***for***。例如，可以說 ***the man that she wrote the letter to***（她寫過信的男子），而不說 ***the man that she wrote the letter***。

...pieces of work that we give a mark ***to****.* ……我們做了標記的作品

沒有關係代詞時，也用 ***to*** 或 ***for***。

...the girl I sang the song ***for****.* ……我為她唱歌的那個女孩

formal use
正式用法

8.98 在正式的英語裏，介詞可放在從句的開頭，置於 ***whom*** 或 ***which*** 之前。

These are the people ***to whom*** *Catherine was referring.* 這些就是凱瑟琳提起的人。
...a woman friend ***with whom*** *Rose used to go for walks.* ……一個羅斯以往常結伴散步的女性朋友
...questions ***to which*** *there were no answers.* ……沒答案的問題

但是注意，介詞不能放在從句開頭的 ***who*** 或 ***that*** 之前。

phrasal verbs
短語動詞

8.99 如果關係從句中的動詞是以介詞結尾的**短語動詞**（phrasal verb），不能把介詞移到句首。

...all the things I've had to put up ***with****.* ……我不得不忍受所有東西
...the kind of life he was looking forward ***to****.* ……他期待的那種生活
There are other problems, which I don't propose to go ***into*** *at the moment.* 還有其他一些問題，我不建議現在深入討論。

8.100 ***some***、***many*** 和 ***most*** 之類的詞可放在置於非限制關係從句開頭的 ***of whom*** 或 ***of which*** 之前。

At the school we were greeted by the teachers, ***most of whom*** *were women.* 在學校我們受到了老師們的歡迎，其中大多數是女老師。
It is a language shared by several quite diverse cultures, ***each of which*** *uses it differently.* 這是一種由幾個完全不同的文化共享的語言，其中每個文化使用語言的方式都不相同。

數詞可放在 ***of whom*** 之前或之後。

*They act mostly on suggestions from present members (****four of whom*** *are women).* 他們主要根據現有成員的建議行事（其中 4 位是女性）。
There were 80 patients, ***of whom only one*** *died.* 有 80 名病人，只有一個死亡。

Using *whose* 使用 *whose*

8.101 如果想表示與所談論的人、物或群體有關的事物，可用以 ***whose*** 加名詞或名詞短語開頭的關係從句。

例如，可以用 ***I am writing a letter to Nigel, whose father is ill***.（我在給奈傑爾寫信，他父親病了）代替 ***I am writing a letter to Nigel. His father is ill***（我在給奈傑爾寫信。他父親生病了）。

whose 可用於限制性分句或非限制從句。

...workers ***whose bargaining power*** *is weak.* ……議價能力很弱的工人
...anyone ***whose credit card*** *is stolen.* ……任何信用卡被盜的人
She asked friends ***whose opinion*** *she respected.* 她向那些意見值得她尊重的朋友查詢。
...a country ***whose population*** *was growing.* ……一個人口正在增長的國家
The man, ***whose identity*** *was not released, was attacked at 10 p.m. last night.* 那名男子的身份尚未公開，昨晚 10 點他遭到了襲擊。

whose 後面的名詞可作從句中動詞的主語或賓語，或作介詞賓語。如果用作介詞賓語，介詞可放在從句的開頭或末尾。

...the governments ***in whose territories*** *they operate.* ……在其領土內運作的政府
...writers ***whose company*** *he did not care for.* ……他不屑與之為伍的作家

8.102 在書面英語裏，***of which*** 和 ***of whom*** 有時用來代替 ***whose***。這些表達式放在以 ***the*** 開頭的名詞短語之後。

例如，可以用 ***a town the inhabitants of which speak French***（一個居民說法語的小鎮）代替 ***a town whose inhabitants speak French***。

...a competition ***the results of which*** *will be announced today.* ……比賽結果將在今天宣佈
I travelled in a lorry ***the back of which*** *the owner had loaded with yams.* 我乘坐一輛貨車旅行，車的後部被主人裝滿了山芋。

Using other relative pronouns 使用其他關係代詞

8.103 另外一些表達式也可用作關係代詞。

non-defining clauses 非限制從句

8.104 ***when*** 和 ***where*** 用於非限制從句（non-defining clause，即僅僅添加額外信息的從句）。

I want to see you at 12 o'clock, ***when*** *you go to your lunch.* 我想在 12 點你去吃午飯的時候和你見面。
My favourite holiday was in 2009, ***when*** *I went to Jamaica.* 我最喜歡的假日是在 2009 年，當時我去了牙買加。
He came from Brighton, ***where*** *Lisa had once spent a holiday.* 他來自布萊頓，麗莎曾在那裏度過假。
She took them up the stairs to the art room, ***where*** *the brushes and paints had been set out.* 她帶他們上樓去美術室，那裏擺放好了畫筆和顏料。

defining clauses
限制性分句

8.105 ***when*** 和 ***where*** 也可用於**限制性分句**（defining clause，即把一個名詞與其他所有名詞區分開來的從句），但僅限於從句以特定名詞開頭的情況。

when- 從句前必須有 ***time*** 這個詞或表示一段時間的名稱，比如 ***day*** 或 ***year***。

*There was **a time when** she thought they were wonderful.* 曾經有一段時間她認為它們非常奇妙。
*This is **the year when** the profits should start.* 這是應該開始盈利的一年。

where- 從句前必須有 ***place*** 這個詞或表示某個地點的名稱，比如 ***room*** 或 ***street***。

*...**the place where** they work.* ……他們工作的地方
*...**the room where** I did my homework.* ……我做功課的房間
*...**the street where** my grandmother had lived.* ……我祖母生活過的街道

注意，***China*** 之類的地名是**專有名詞**（proper noun），因此後面不需要加限制性關係從句。

8.106 ***where*** 也可用於限制性分句，置於 ***circumstances***、***point***、***situation*** 和 ***stage*** 等詞的後面。

*Increasing poverty has led to **a situation where** the poorest cannot afford to have children.* 日益加劇的貧困使最窮的人養不起孩子。
*In time we reached **a stage where** we had more male readers than female ones.* 經過一段時間後，我們到達了一個讀者群男多於女的階段。
*There comes **a point where** it's impossible to answer.* 早晚會出現不可能回答的時候。
*Compensation was sometimes granted even in **circumstances where** no injury had occurred.* 甚至在沒發生傷害的情況下，有時也支付了補償。

8.107 ***why*** 用於限制性分句，置於 ***reason*** 之後。

*That is **a major reason why** they were such poor countries.* 那就是他們國家為何如此貧窮的一個主因。

whereby 用於限制性分句，置於 ***arrangement*** 和 ***system*** 等之後。

*...**the new system whereby** everyone pays a fixed amount.* ……每個人都支付固定金額的新制度
*Counselling is **a process whereby** the person concerned can learn to manage the emotional realities that face them.* 心理諮詢是個過程，從中當事人可以學會要管理情感的現實。

8.108 其他表達式也可用於限制性分句，代替 ***when***、***where***、***why*** 和 ***whereby***。

time 後面可用 ***at which*** 代替 ***when***。

*...**the time at which** the original mineral was formed.* ……原始礦物形成的時間

place、***room***、***street*** 以及 ***year*** 和 ***month*** 之類的詞後面可用 ***in which*** 代替 ***where*** 或 ***when***。

*...**the place in which** they found themselves.* ……他們發現自己所處的地方
*...**the room in which** the meeting would be held.* ……將在那裏舉行會議的房間
*...**the year in which** Lloyd George lost power.* ……萊德・佐治喪失權力的那一年

day 後面可用 ***on which*** 代替 ***when***。

*Sunday was **the day on which** we were expected to spend some time with my father.* 星期天是我們被指望花些時間陪伴爸爸的一天。

reason 後面可用 ***that*** 代替 ***why***，或不用代詞。

*...**the reason that** non-violence is considered to be a virtue.* ……非暴力被視為一種美德的原因
*That's **the reason** I'm checking it now.* 這就是為何我在檢查它的原因。

situation、***stage***、***arrangement*** 或 ***system*** 等後面可用 ***in which*** 代替 ***where*** 或 ***whereby***。

*...a situation **in which** there's a real political vacuum.* ……存在真正政治真空的一種情況

Additional points about non-defining relative clauses 非限制關係從句的附加說明

8.109 在書面英語裏，可用非限制從句（即僅僅提供額外信息的從句）表示一件事在另一件事之後發生。

例如，可以用 ***I gave the book to George, who gave it to Mary***（我把書給了佐治，後者把書給了瑪麗）代替 ***I gave the book to George. George then gave it to Mary***（我把書給了佐治，然後佐治把書給了瑪麗）。

*I sold my car to a garage, **who** sold it to a customer at twice the price.* 我把車賣給了一家修車廠，後者以兩倍的價錢把它賣給了一個顧客。
*The hot water ran on to the ice, **which promptly melted**.* 熱水流到冰面上，冰於是迅速融化。
*Later he went to New Zealand, **where he became a teacher**.* 後來他去了新西蘭，在那裏他成了一名教師。

commenting on a fact 評論事實

8.110 以 ***which*** 開頭的非限制從句可用於評論主句描述的整個情況，而不是評論主句中提及的某人或某物。

*These computers need only tiny amounts of power, **which means that they will run on small batteries**.* 這些電腦耗電量極少，這意味着它們可依靠小型電池運行。

I never met Brando again, ***which was a pity****.* 我從未見過白蘭度，這是一個遺憾。
Before the exam she was a little tense, ***which was understandable****.* 考試前她有點緊張，這是可以理解的。

commenting on a time or situation 評論一個時間或情況

8.111 如果想對所說內容進行補充，有時可用以介詞加 ***which*** 以及名詞開頭的非限制從句來添加額外信息。名詞常是 ***time*** 或 ***point*** 這樣的詞，或者是 ***case*** 或 ***event*** 這種表示情況的寬泛的詞。

They remain in the pouch for some seven weeks, ***by which time*** *they are about 10 cm long.* 它們在育兒袋裏留大約 7 週時間，到那時它們約 10 厘米長。
I was told my work was not good enough, ***at which point*** *I decided to get another job.* 我被告知我工作做得不夠好，於是我決定另找工作。
Sometimes you may feel too weak to cope with things, ***in which case*** *do them as soon as it is convenient.* 有時你會覺得無力應付事情，在這種情況下，就在方便的時候盡快去做。

Nominal relative clauses 名詞性關係從句：What you need is ...

8.112 在難以用名詞短語指稱某事時，有時可用一種特殊的關係從句，稱為名詞性關係從句（nominal relative clause）。

What he really needs *is a nice cup of tea.* 他真正需要的是一杯好茶。
Whatever she does *will affect the whole family.* 不管她做甚麼都會影響全家。

8.113 可用以 ***what*** 開頭的名詞性關係從句。***what*** 可作 ***the thing that*** 或 ***the things that*** 解。

What he said *was perfectly true.* 他所説的完全真確。
They did not like ***what he wrote****.* 他們不喜歡他寫的東西。
I believe that is a very good account of ***what happened****.* 我認為這很好地描述了所發生的事。
I'm ***what's generally called a dustman****.* 我是一般人所稱的清潔工。

人們常在 ***is*** 或 ***was*** 前面用 ***what-*** 從句，表示馬上要提到的是甚麼。

What I need *is a lawyer.* 我需要的是一個律師。
What you have to do *is to choose five companies to invest in.* 你必須做的就是選擇五家公司進行投資。

這些結構在 9.28 到 9.30 小節論述。

關於 ***what*** 在名詞性關係從句中的另一個用法，參見 8.116 小節。

8.114 以 ***where*** 開頭的名詞性關係從句通常用在介詞或動詞 ***be*** 之後。***where*** 的意思是 ***the place where*** 。

I crossed the room to ***where she was sitting****.* 我穿過房間走到她坐的地方。
He lives two streets down from ***where Mr Sutton works****.* 他住在距離薩頓先生工作機構有兩條街的地方。
This is ***where I crashed the car****.* 這就是我車禍出事的地點。

8.115 以 ***whatever***、***whoever*** 或 ***whichever*** 開頭的名詞性關係從句用於指稱未知或不確定的人或物。

whatever 僅用於指物。***whoever*** 用於指人。***whichever*** 用於指人或物都可以。

whatever、***whoever*** 和 ***whichever*** 可用作代詞。***whichever*** 常後接 ***of***。

I'll do ***whatever you want****.* 你要我做甚麼都行。
I want to do ***whatever I can*** *to help them.* 我想盡我所能幫助他們。
You'll need written permission from ***whoever is in charge****.* 你需要獲得任何負責人的書面許可。
People will choose ***whichever of these systems they find suits them best****.* 人們會在這些系統中選擇他們覺得最適合自己的那個。

whatever 和 ***whichever*** 也可用作限定詞。

She had had to rely on ***whatever books were lying around there****.* 她不得不依靠能就近找到的任何書籍。
Choose ***whichever one of the three methods you fancy****.* 這三種辦法當中你喜歡哪種就選哪種。

關於 ***whatever***、***whoever*** 和 ***whichever*** 的進一步說明，參見 8.42 小節。

8.116 ***what*** 和 ***whatever*** 的意義相同，都可用作代詞和限定詞。

Do ***what you like****.* 做你喜歡做的。
We give ***what help we can****.* 我們盡可能提供幫助。

what 在名詞性關係從句中的主要用法在 8.113 小節論述。

Nominal *that*- clauses 名詞性 *that*-從句

8.117 名詞性 ***that***-從句（nominal ***that***-clause）是一種功能類似於名詞的從句，用 ***that*** 引導。這種從句用於表示某人的所說或所想時（比如 ***She said (that) she was leaving*** 她說她要離開了），本語法書稱其為**間接引語從句**（reported clause）。

但是，有些動詞和形容詞指的不是所說或所想，而是後接 ***that***-從句，因為它們指的是與事實有關的動作：比如核對或證明事實。

He checked that both rear doors were safely shut. 他確定兩扇後門都已妥善關好。
Research with animals shows that males will mother an infant as well as any female. 對動物的研究表明，雄性會像任何雌性一樣養育幼子。

下表中的動詞不是言語或思想動詞，但可後接 ***that***-從句：

arrange	determine	pretend	reveal
check	ensure	prove	show
demonstrate	indicate	require	

注意，***determine*** 也可用作思想動詞，而 ***reveal*** 也可用作言語動詞。參見 7.30 、 7.38 以及 7.48 小節。

arrange 和 ***require*** 可與含情態詞或虛擬式的 ***that-*** 從句連用。***arrange*** 也可與 ***to-*** 不定式連用。

They had arranged ***that I would spend Christmas with them****.* 他們已經安排好了，我將和他們一起過聖誕節。
They'd arranged ***to leave at four o'clock****.* 他們準備好在 4 點鐘離開。

demonstrate 、 ***prove*** 、 ***reveal*** 和 ***show*** 也可後接以 ***wh-*** 詞開頭的從句，表示一個事實所涉及的情況。

She took the gun and showed ***how the cylinder slotted into the barrel****.* 她拿起手槍，演示旋轉彈膛是如何插入槍管的。

prove 、 ***require*** 和 ***show*** 也可用被動式，後接 ***to-*** 不定式。

No place on Earth can ***be shown to be safe****.* 世上沒有一個地方可以被證明是安全的。

如果想提及這些動作所涉及的另一個人，可把賓語放在 ***show*** 之後。在 ***demonstrate*** 、 ***indicate*** 、 ***prove*** 和 ***reveal*** 後面用 ***to*** ，在 ***arrange*** 和 ***check*** 後面用 ***with*** 。

The children's attitude ***showed me*** *that watching violence can affect a child's behaviour.* 孩子們的態度向我表明，觀看暴力可以影響孩子的行為。
This incident ***proved to me*** *that Ian cannot be trusted.* 這件事向我證明了伊恩是不可信任的。
She ***arranged with the principal of her school*** *to take some time off.* 她和她所在學校的校長商定休息一段時間。

8.118 如果想説明某事發生、情況如此或某事為人所知，可在 ***happen*** 、 ***transpire*** 或 ***emerge*** 後面用 ***that-*** 從句。主句的主語是**非人稱** ***it*** (impersonal ***it***)。

It often happens that someone asks for advice and does not get it. 經常發生的是，有人求教卻一無所獲。
It just happened that he had a client who rather liked that sort of thing. 碰巧他有一個客戶很喜歡那種事。
It transpired that there was not a word of truth in the letter. 後來發現信中沒有一句話是真的。
It emerged that, during the afternoon, she had gone home unwell. 情況出來了，她下午因身體不適回家了。

注意，***that-*** 從句必須用 ***that*** 引導。

adjectives with nominal that-clauses
形容詞與名詞性 that-從句連用：
I was afraid that he would fall

8.119 很多形容詞用在繫動詞之後時可跟 ***that-***從句。這個繫動詞通常是 ***be***。

mentioning the cause of a feeling
提及感情的起因

8.120 如果想表示是甚麼使某人產生特定感情，可在描述該感情的形容詞之後的 ***that-***從句中提及感情的起因。

Everybody was sad ***that she had to return to America****.* 每個人都很傷心，因為她不得不返回美國。

I am confident ***that I shall be able to persuade them to go****.* 我有信心能夠説服他們前去。

I was worried ***that she'd say no****.* 我擔心她會説不。

下面是描述感情的形容詞一覽表：

afraid	frightened	proud	upset
angry	glad	sad	worried
anxious	happy	sorry	
confident	pleased	surprised	

saying what someone knows
表示某人知道的事

8.121 如果想表示某人知道某事，可在 ***aware*** 或 ***conscious*** 等形容詞後面用 ***that-***從句。

He was aware ***that he had eaten too much****.* 他知道自己吃得太多了。

She is conscious ***that some people might be offended****.* 她明白有些人可能會受到冒犯。

下面是表示知曉的形容詞一覽表：

aware	conscious	positive	unaware
certain	convinced	sure	

aware 偶然與 ***wh-***詞引導的 ***that-***從句連用。

None of our staff were aware ***what was going on****.* 我們的員工一個都不知道發生了甚麼事。

commenting on a fact
評論事實

8.122 如果想評論一個事實，可使用描述事實的形容詞，後接 ***that-***從句。繫動詞以非人稱 ***it*** (impersonal ***it***) 作主語。

It was sad ***that people had reacted in the way they did****.* 可悲的是，人們作出了這樣的反應。

It is true ***that the authority of parliament has declined****.* 的確，議會的權威已經下降。

It seems probable ***that the world can go on producing enough food for everyone***. 世界能夠繼續生產足以養活每個人的食物，這似乎是可能的。

下面是用於評論事實的形容詞一覽表：

apparent	extraordinary	likely	sad
appropriate	fair	lucky	true
awful	funny	natural	unlikely
bad	good	obvious	
clear	important	plain	
essential	inevitable	possible	
evident	interesting	probable	

少數形容詞後面可用以 ***wh-***詞開頭的從句。

It's funny ***how they don't get on***. 真奇怪他們怎會合不來。
It was never clear ***why she took a different route that night***. 一直不清楚的是，她那晚為何走了一條不同路線。

詳見 9.43 小節。

commenting on a fact or idea
評論事實或想法

8.123 ***that-***從句可用在 ***be*** 後面指一個事實或想法。主語通常是列在 7.86 小節中的名詞之一。

The fact is ***that a happy person makes a better worker***. 事實是，快樂的人會成為更好的員工。
The answer is simply ***that they are interested in doing it***. 答案就是他們對做這件事有興趣。
The most favoured explanation was ***that he was finally getting tired***. 最受青睞的解釋是，他最後感到累了。
Our hope is ***that this time all parties will cooperate***. 我們的希望是，這次各方全都能合作。

8.124 在正式英語裏，人們想評論一個事實時，***that-***從句有時用作動詞主語。

That she is not stupid *is self-evident*. 她不笨，這是不言而喻的。
That he is a troubled man *is obvious*. 很明顯他是個苦惱的人。

在不那麼正式的英語裏，常用 ***the fact*** 加 ***that-*** 從句作主語代替簡單的 ***that-***從句。

The fact that what they are doing is dangerous *is not important here*. 他們正在做很危險的事，這一點在這裏並不重要。
The fact that your boss is offering to do your job for you *worries me*. 你老闆提出來替你做工作，這一點讓我擔心。

評論事實的正常方法是使用非人稱 ***it*** 結構。參見 8.122 小節。

8.125 人們還用 ***the fact*** 加 ***that***-從句作介詞賓語，以及作不能接簡單的 ***that***-從句的動詞賓語。

He is proud of ***the fact that all his children went to university****.* 他感到驕傲的是，他所有孩子都上了大學。
We missed ***the fact that the children were struggling to understand the exercise****.* 我們沒注意到，孩子們在辛辛苦苦地做那道練習題。

nominal use of wh-clauses
wh-從句的名詞性用法

8.126 如果想談論不肯定或不確定的事物，或者談論必須作出選擇的事物，可以使用以 ***wh***-詞或 ***whether*** 開頭的從句，就像用於**間接疑問句** (reported question) 的從句一樣。這些從句可以用在介詞後面，以及用作 ***be***、***depend*** 和 ***matter*** 等動詞的主語。

...the question of ***who should be President****.* ……誰該做總裁的問題
The teacher is uncertain about ***what she wants students to do****.* 這個老師不能確定她想要學生做甚麼。
What you get *depends on* ***how badly you were injured****.* 你獲得的賠償取決於你受傷的程度。
Whether I went twice or not *doesn't matter.* 我是不是去了兩次這無所謂。
Whether you think they are good or not *is not important.* 無論你認為他們好還是不好這並不重要。

8.127 由 ***wh***-詞加 ***to***-不定式組成的結構，表示可能的行動步驟，用於介詞之後，但通常不用作主語。

...the problem of ***what to tell the adopted child****.* ……該把甚麼告訴養子的問題
...a book on ***how to avoid having a heart attack****.* ……一本關於如何避免心臟病發作的書
People are worried about ***how to fill their increased leisure time****.* 人們擔心如何能填補他們多出來的空餘時間。

Be Careful 注意

8.128 注意，用於間接疑問句的 ***if***-從句不能用在介詞後面，也不能作動詞的主語。

Non-finite clauses 非限定分句

8.129 **非限定分句** (non-finite clause) 是含分詞或不定式的分句，不含明示的主語。

有兩類非限定分句。一類以**從屬連詞** (subordinating conjunction) 開頭。

She fainted ***while giving evidence in court****.* 她出庭作證時暈倒了。
You've got to do something in depth ***in order to understand it****.* 為了理解這個，你必須深入地做點甚麼。

這類分句在關於**狀語從句** (adverbial clauses，8.6 到 8.82 小節) 的部分論述。

另一類非限定分句不以從屬連詞開頭。

*He pranced about, **feeling very important indeed**.* 他很神氣地走來走去，覺得自己真的非常重要。
*I wanted **to talk to her**.* 我想和她説話。

這類分句有時僅由一個分詞構成。

*Ellen shook her head, **smiling**.* 愛倫微笑着搖了搖頭。
*Rosie, **grumbling**, had gone to her piano lesson.* 羅茜埋怨着去上鋼琴課了。

含分詞不以從屬連詞開頭的分句在下面的幾個小節論述。

types of non-finite clause 非限定從句的類型

8.130 本部分討論的非限定分句的功能與**關係從句** (relative clause) 類似。和關係從句一樣，非限定分句可用於將一個名詞和其他名詞區分開來，或僅僅添加額外信息。

有些從句僅添加額外信息。它們被稱為**非限制從句** (non-defining clause)，在 8.132 到 8.143 小節論述。這些從句常用於書面語，但通常不用在英語口語中。

另外一些則用於把一個名詞和其他所有可能性區分開來。它們被稱為**限制性分句** (defining clause)，在 8.144 和 8.145 小節論述。這些從句偶然在英語書面語和口語裏都可以用。

position of non-defining clauses 非限制從句的位置

8.131 非限制從句可置於主句之前、之後或中間。非限制從句通常用逗號與前後的詞語隔開。

Using non-defining clauses 使用非限制從句

8.132 非限制從句提供附加信息，這種信息無需用以指明所談論的人、物或群體。

以下 8.133 到 8.138 小節論述這些從句涉及主句的動詞**主語** (subject) 時該如何使用。在非限制從句裏不提及主語。

-ing participle: events happening at the same time -ing 分詞：同時發生的事件

8.133 如果想表示某人正在同時做或經歷兩件事，可在主句中提及其中的一件，另一件在含 ***-ing*** 分詞的分句裏提及。

***Laughing and shrieking**, the crowd rushed under the nearest trees.* 人群大笑着尖叫着衝到了最近的樹下。
*Jane watched, **weeping**, from the doorway.* 簡在門口一邊哭泣一邊注視着。
***Feeling a little foolish**, Pluskat hung up.* 覺得有點傻，布魯斯卡掛斷了電話。
***Walking about**, you notice something is different.* 走來走去時，你注意到有些不同。
*People stared at her. **Seeing herself in a shop window**, she could understand why.* 人們盯着她看。在商店櫥窗裏看見自己以後，她明白了。

Be Careful 注意

注意，***-ing***分詞始終應該描述句子主體部分的主語所執行的動作。因此，比如不應該說 ***Going to school, it started to rain***。而應該說 ***Going to school, I noticed that it had started to rain***（在去學校的時候，我注意到開始下雨了）。

-ing participle: one action after another
-ing 分詞：一個接一個的動作

8.134 如果想說明某人做完一件事之後緊接着又做另一件事，可在含 ***-ing***分詞的分句中提及第一個動作，在主句中提及第二個動作。

Leaping out of bed*, he dressed so quickly that he put his boots on the wrong feet.* 他從牀上一躍而起，很快地穿上衣服，結果把靴子穿錯了腳。

-ing participle
-ing 分詞：原因

8.135 如果想解釋某人做某事的理由或某事發生的原因，可在主句中說明發生的事情，在含 ***-ing***分詞的分句中說明原因。

At one point I decided to go and talk to Uncle Sam. Then I changed my mind, ***realising that he could do nothing to help****.* 我一度決定要去和湯姆叔叔談談。後來我改變了主意，因為意識到他甚麼也幫不了我。

The puppy would probably not live to grow up, ***being a tiny, weak little thing****.* 這隻小狗是個虛弱的小東西，很可能活不到長大。

8.136 句子的動詞後面也可直接用 ***-ing***分詞，比如 ***I stood shivering at the roadside***（我站在路邊發抖）。這種用法在 3.189 到 3.201 小節論述。

having and -ed participle: results
having 和 -ed 分詞：結果

8.137 如果想說明某人先後做了或經歷了兩件事，可在含 ***having*** 和 ***-ed***分詞的分句中提及第一件事。這種結構常表示第二件事是第一件事的結果。

I did not feel terribly shocked, ***having expected him to take the easiest way out****.* 因為預料到他會採取最簡單的出路，我沒有感到特別震驚。

Having admitted he was wrong*, my husband suddenly fell silent.* 我丈夫承認錯誤後，突然陷入了沉默。

-ed participle: earlier events
-ed 分詞：較早發生的事件

8.138 如果想說明主句所述情況或事件之前某人或某物發生了甚麼事，可在含獨立 ***-ed***分詞的分句裏說明先前發生的事。

Angered by the policies of the union*, she wrote a letter to the General Secretary.* 出於不滿工會政策的憤怒，她寫了一封信給秘書長。

mentioning the subject
提及主語

8.139 有時說話者希望使用主語和主句不同的非限制從句。這些從句在以下 8.140 到 8.143 小節論述。

8.140 在這種非限制從句中，通常必須提及主語。

Jack being gone*, Stephen opened his second letter.* 傑克走後，史提芬打開了他第二封信。

但是，如果非限制從句置於主句之後，並從語境看明顯涉及主句的賓語，則無需再次提及賓語。

*They picked me up, **kicking and screaming**, and carried me up to the road.* 他們把我抬起來，把又踢又叫的我抬往路邊。

-ing participle
-ing 分詞

8.141 含主語和 ***-ing*** 分詞的非限制從句用於：

☞ 提及與主句描述的事件或情況同時發生的另一件事。

*The embarrassed young man stared at me, **his face reddening**.* 那個尷尬的小伙子盯着我，臉漲得通紅。

☞ 提及與主句描述的事實有關的另一個事實。

*Bats are surprisingly long-lived creatures, **some having a life-expectancy of around twenty years**.* 蝙蝠的壽命長得驚人，有的預期壽命可達 20 年。

with 有時加在非限定分句的開頭。

*The old man stood up **with tears running down his face**.* 那個長者站起來，淚流滿面。

-ed participle
-ed 分詞

8.142 ***having*** 加 ***-ed*** 分詞用於提及在主句描述的事情之前發生的另一件事。

***The argument having finished**, Mr Lucas was ready to leave.* 爭論結束以後，盧卡斯先生準備走了。
***George having gone to bed**, Mick had started watching a movie.* 佐治已上牀睡覺，米高開始看一部電影。
***The question having been asked**, he had to deal with it.* 問題已經提了出來，他必須處理它。

單獨使用 ***-ed*** 分詞，說明某事在主句描述的事件或情況之前已經完成。

*He proceeded to light his pipe. **That done**, he put on his woollen scarf and went out.* 他接着點上煙斗。完了以後，他戴上羊毛圍巾出去了。

8.143 在否定的非限制從句中，***not*** 放在分詞或 ***having*** 之前。

*He paused, **not wishing to boast**.* 他停了下來，不想吹噓。
*He didn't recognize her at first, **not having seen her for fifteen years or so**.* 他一開始沒認出她，因為大概有 15 年沒見過她。
*He began to shout, **their reply not having come as quickly as he wanted**.* 他開始大叫起來，因為他們沒像他所想的那麼快回覆。

Using defining clauses 使用限制性分句

8.144 限制性非限定分句（defining non-finite clause）說明談論的是何人或何事，總是放在名詞短語的名詞後面。

*The old lady **driving the horse** was dressed in black.* 趕馬的老太太穿着黑衣服。
*The bus **carrying the musicians** arrived just before noon.* 載着音樂家的巴士就在中午前到達了。

use after pronouns
代詞後的用法

8.145 限制性分句可用在 ***anyone*** 等不定代詞之後。

Anyone ***following this advice*** *could get in trouble.* 任何聽從這個勸告的人可能會有麻煩。
Ask anybody ***nearing the age of retirement*** *what they think.* 去問一下快退休的人怎麼想。

Other structures used like non-finite clauses 與非限定分句用法類似的其他結構

8.146 不含動詞的短語有時在書面語裏的用法與非限定分句類似。

8.147 在書面語中，可在句子裏加上含一個或多個形容詞的短語。這是在一個句子裏作出兩個陳述的另一種方法。

例如，在書面語裏可用 ***Tired and hungry, we reached the farm***（我們到達農場時又累又餓）代替 ***We were tired and hungry. We reached the farm***（我們又累又餓。我們到達了農場）。

Surprised at my reaction*, she tried to console me.* 她對我的反應感到吃驚，試圖來安慰我。
Much discouraged*, I moved on to Philadelphia.* 我感到非常灰心，於是搬到費城去了。
The boy nodded, ***pale and scared****.* 男孩點了點頭，臉色蒼白，非常害怕。
He knocked at the door, ***sick with fear****.* 他敲了敲門，心裏怕得要死。
Of course, said Alison, ***astonished****.* 當然，愛禮信驚訝地説。

8.148 同樣，可用一個短語來描述與句子主語有關的一件事。這種短語由名詞後接形容詞、狀語或另一個名詞組成。

例如，在書面語裏可用 ***He came into the room, his hat in his hand***（他走進房間，手裏拿着帽子）代替 ***He came into the room. His hat was in his hand***（他走進房間。他的帽子拿在手裏）。

What do you mean by that? said Hugh, ***his face pale****.* 你那是甚麼意思？休説道，他臉色蒼白。
She stood very straight, ***her body absolutely stiff with fury****.* 她站直身，憤怒使她身體完全僵硬。
He was waiting, drumming with his fingers, ***his eyes on his napkin****.* 他等待着，手指有節奏地敲打着桌面，眼睛看着餐巾。

with 有時加在短語的開頭。

She walked on, ***with her eyes straight ahead****.* 她走了進來，雙眼直視前方。
It was a hot, calm day, ***with every object visible for miles****.* 那是炎熱無風的一天，幾英里外甚麼都看得清清楚楚。

Linking words, phrases, and clauses together 連接詞、短語及分句

8.149 說話或寫文章時，常要把同樣重要的兩個或多個分句放在一起。這可以通過使用**並列連詞**（coordinating conjunction）來實現。

*Anna had to go into town **and** she wanted to go to Bride Street.* 安娜必須進城，並且她要去新娘街。
*I asked if I could borrow her bicycle **but** she refused.* 我問可否借她的自行車，但她拒絕了。
*He was a great player, **yet** he never played for Ireland.* 他是個傑出運動員，然而他從未代表過愛爾蘭出賽。

下面是最常用的並列連詞一覽表：

and	nor	then
but	or	yet

並列連詞還用於連接詞和短語。

*The boys shouted **and** rushed forward.* 男孩子們叫喊着往前衝。
*...domestic animals such as dogs **and** cats.* ……如狗貓這樣的寵物
*Her manner was hurried **yet** polite.* 她舉止匆忙，但彬彬有禮。
*She spoke slowly **but** firmly.* 她説話緩慢而堅定。

有時兩個並列連詞可一起使用。

*The software is quite sophisticated **and yet** easy to use.* 這個軟件相當複雜，但容易使用。
*Eric moaned something **and then** lay still.* 艾力呻吟了一下，然後一動不動地躺着。

用並列連詞連接分句、詞或短語稱為**並列**（coordination）。並列連詞有時稱為**並列詞**（coordinator）。

8.150 並列連詞的不同用法在以下小節論述：

分句	8.151 到 8.163
動詞	8.164 到 8.170
名詞短語	8.171 到 8.179
形容詞和副詞	8.180 到 8.189
其他詞和短語	8.190 到 8.193

強調並列連詞的方法在 8.194 到 8.199 小節論述。

兩個以上分句、詞或短語的連接在 8.200 到 8.201 小節論述。

Linking clauses 連接分句

8.151 並列連詞用於連接兩個主語相同或不同的分句。

omitting words in the second clause
省略第二個分句中的詞

8.152 連接主語相同的分句時，並不一定需要在第二個分句中重複主語。如果連詞是 ***and*** 、 ***or*** 或 ***then*** ，通常不必重複主語。

*I picked up the glass **and** raised it to my lips.* 我端起玻璃杯，然後放到嘴唇邊。
*It's a long time since you've bought them a drink **or talked to them**.* 你很久沒給他們買杯飲料或者和他們聊天了。
*When she recognized Morris she went pale, **then blushed**.* 當她認出莫里斯時，她先是臉色發白，然後變紅。

如果連詞是 ***but*** 、 ***so*** 或 ***yet*** ，通常需要重複主語。

*I try and see it their way, **but I can't**.* 我嘗試從他們的角度看問題，但我做不到。
*I had no car, **so I hired one for the journey**.* 我沒車，所以為這次旅程租了一輛。
*He lost the fight, **yet somehow he emerged with his dignity**.* 他打了敗仗，然而他設法帶着尊嚴熬了過來。

如果連接的分句主語不同但含某些相同成分，則無需在第二個分句裏重複所有的成分。

例如，可以用 ***Some of them went to one restaurant and some to the other***（他們當中有些人去了一家餐館，有些人去了另一家）代替 ***Some of them went to one restaurant and some of them went to the other restaurant***（他們當中有些人去了一家餐館，有些人去了另一家餐館）。

*One soldier was killed **and another wounded**.* 一個士兵被殺，另一個受了傷。
*One side was painted black **and the other white**.* 一面漆成了黑色，另一面漆成了白色。

functions of coordinating conjunctions
並列連詞的功能

8.153 並列連詞可用來僅僅連接分句，也可用於進一步表示分句之間的關係。這些用法在以下幾個小節論述。

related facts
相關事實

8.154 如果只是想提及兩個相關的事實，可用 ***and*** 。

*He has been successful in Hollywood **and** has worked with such directors as Mike Leigh and Richard Attenborough.* 他在荷李活很成功，曾與導演如麥克・利和李察・阿滕伯勒等共事。
*The company will not close **and** will continue to operate from Belfast.* 公司不會倒閉，將繼續在貝爾法斯特經營。
*He gained a B in English **and** now plans to study languages.* 他英語考試得了 B，現在打算學語言。

也可用 ***and*** 表示兩件事同時發生過或正在發生。

I sat ***and*** *watched him.* 我坐在那裏看着他。

and 的其他用法在以下幾個小節論述。

sequence 順序

8.155 如果 ***and*** 用在兩個描述事件的分句之間，表示的是第一個分句描述的事發生在第二個分句描述的事之前。

She was born in Budapest ***and*** *raised in Manhattan.* 她在布達佩斯出生，在曼哈頓長大。
He opened the car door ***and*** *got out.* 他打開車門走了出來。

then 也可以這樣用，但不那麼常見。

We finished our drinks ***then*** *left.* 我們喝完酒就離開了。

two negative facts 兩個否定的事實

8.156 如果想連接兩個否定分句，通常用 ***and*** 。

When his contract ended he did not return home ***and*** *he has not been there since 1979.* 他的合同到期後，他沒有回家。而他自從 1979 年以後就沒有回過家。

但是，如果分句的主語和助動詞相同，可用 ***or*** 連接。第二個分句裏可省略主語、助動詞及 ***not*** 。

例如，可以用 ***She doesn't eat meat or fish***（她不吃肉和魚）代替 ***She doesn't eat meat and she doesn't eat fish***（她不吃肉，她也不吃魚）。

We will not damage ***or*** *destroy the samples.* 我們不會破壞或損毀樣品。
He didn't yell ***or*** *scream.* 他沒有大喊或尖叫。

也可用 ***and neither*** 、 ***and nor*** 或 ***nor*** 連接否定分句。可把 ***be*** 或助動詞放在第二個分句的開頭、主語之前。

例如，可以用 ***My sister doesn't like him, and neither do I***（我妹妹不喜歡他，我也不喜歡）代替 ***My sister doesn't like him, and I don't like him***（我妹妹不喜歡他，我也不喜歡他）。

I was not happy ***and neither were they****.* 我不高興，他們也不高興。
I could not afford to eat in restaurants ***and nor could anyone else I knew****.* 我吃不起餐廳，我認識的人當中也沒誰吃得起。
These people are not crazy, ***nor are they fools****.* 這些人沒有發瘋，他們也不是傻瓜。

也可以用 ***but neither*** 和 ***but nor*** 。

This isn't a great movie, ***but neither is it rubbish****.* 這不是一部優秀電影，但也不是垃圾。
I don't want to marry him ***but nor do I want anyone else to****.* 我不想和他結婚，但也不希望別人和他結婚。

使用 ***and*** 連接兩個否定陳述句時，可把 ***either*** 放在第二個陳述後面。

I hadn't been to a rock festival before ***and*** *Mike hadn't* ***either***. 我以前沒參加過搖滾音樂節，麥克也沒有。
Electricity didn't come into Blackball Farm until recently ***and*** *they hadn't any hot water* ***either***. 直到最近布萊克堡農場才通了電，而他們還沒有熱水。

表示強調時，可用 ***neither*** 或 ***nor*** 連接兩個否定分句。這種用法在 8.198 小節論述。

contrast
對比

8.157 添加一個對比的事實時，通常用 ***but*** 。

I'm only 63, ***but*** *I feel a hundred.* 我才 63 歲，但我感覺有 100 歲了。
It costs quite a lot ***but*** *it's worth it.* 這很貴，但很值。
I've had a very pleasant two years, ***but*** *I can't wait to get back to the city.* 我度過了非常愉快的兩年，但我急不及待要回到城裏。

如果想加上與剛提及的事實形成強烈對比的另一個事實，可用 ***yet*** 或 ***and yet*** 。

Everything around him was destroyed, ***yet*** *the minister escaped without a scratch.* 他周圍的一切都已被摧毀，可是部長卻絲毫無損地脫了險。
I want to leave, ***and yet*** *I feel I should stay.* 我想離開，然而我卻覺得我應該留下來。

通常在 ***but*** 、 ***yet*** 或 ***and yet*** 前用逗號。

alternatives
選擇

8.158 如果想提及兩個選擇，可用 ***or*** 。

We could take a picnic ***or*** *we could find a restaurant when we're out.* 我們出去時可以帶食物野餐，或者找一家餐館。
Did he jump, ***or*** *was he pushed?* 他是自己跳的還是被人推的？

Usage Note
用法說明

8.159 提出勸告時，說話者有時希望告訴某人做一件特定的事會出現的結果。要實現這個目的，可以使用祈使句後接 ***and*** 加上含表示將來時間的動詞形式的分句。

例如，可以用 ***Go by train and you'll get there quicker***（坐火車去能更快地到達那裏）代替 ***If you go by train, you'll get there quicker***（如果你坐火車去，你就能更快地到達那裏）。

Do as you are told ***and*** *you'll be alright.* 按吩咐的去做，你會沒事的。
You speak to me again like that ***and*** *you're going to be in serious trouble.* 你再這樣對我說話，那你就會有大麻煩。

提出勸告、警告或命令時，說話者有時希望告訴某人不按照所說的去做會發生甚麼結果。要實現這個目的，可以使用祈使句後接 ***or*** 加上含表示將來時間的動詞形式的分句。

例如，可以用 ***Go away, or I'll scream***（走開，要不然我會尖叫）代替 ***Go away! If you don't go away, I'll scream***（走開！如果你不走開，我會尖叫）。

Hurry up, ***or*** *you're going to be late for school.* 趕快，不然你上學要遲到了。

Don't fight ***or*** *you'll get hurt.* 不要反抗，不然你會受傷的。

8.160 在書面語裏，有時可以用並列連詞引出一個句子。這樣可使句子顯得更引人注目或更有力。有些人認為這種用法不正確。

The villagers had become accustomed to minor earth tremors. ***But*** *everyone knew that something unusual had woken them on Monday.* 村民們已經習慣了輕微地震。但是每個人都知道，星期一把他們驚醒的是某個不尋常的東西。
Do you think there is something wrong with her? ***Or*** *do you just not like her?* 你覺得她有甚麼地方不對嗎？或者你只是不喜歡她？
Go now. ***And*** *close that door.* 去吧。把那扇門關上。

8.161 在書面語裏，有時合併兩個分句可以不用並列連詞，而是在它們之間用分號或破折號。在貌似沒有合適的並列連詞時，這是在一個句子中表示兩個陳述的方法。

The neighbours drove by; they couldn't bear to look. 鄰居們開車從旁邊經過；他們都不忍心看。
I couldn't say thank you — those words were far too small for someone who had risked her life to save mine. 我不能只説謝謝你 —— 對一個冒生命危險救了我命的人來説，這些話太微不足道了。

non-finite clauses 非限定分句

8.162 並列連詞可用於連接**非限定分句** (non-finite clause)。

to-不定式分句可用 ***and*** 或 ***or*** 連接。

We need to persuade drivers to leave their cars at home ***and*** *to use the train instead.* 我們需要説服駕駛人士把車留在家裏而改乘火車。
She may decide to remarry ***or*** *to live with one of her sisters.* 她可能決定再婚，或者和她的一個姐姐一起住。

有時第二個 ***to*** 可省略。

They tried to clear the road ***and*** *remove discarded objects.* 他們試圖清理道路，把丟棄的物品清除掉。

如果第二個分句是否定的，可用 ***not*** 代替 ***and not***。

I am paid to treat people, ***not*** *to interrogate them.* 我受僱是替人治病的，不是來審問人的。

以分詞開頭的分句可用 ***and*** 或 ***or*** 連接。

She lay on the bed gazing at the child ***and*** *smiling at him.* 她躺在牀上，眼睛盯着孩子，對他微笑。
You may be more comfortable wearing a cotton dress or shirt ***or*** *sleeping under a cotton blanket.* 穿棉布套裝或裙子，或者蓋棉毯睡覺，可能感覺更舒服。

但是，如果第一個分句以 ***standing***、***sitting*** 或 ***lying*** 開頭，通常分句之間不用 ***and***。

Inside were two lines of old people sitting facing each other. 裏面兩排長者面對面坐着。

8.163 關於如何並列兩個以上分句的説明，參見 8.200 小節。

Linking verbs together 連接動詞

8.164 談論同一人、物或群體所執行的兩個動作時，可用並列連詞連接兩個動詞。

intransitive verbs 不及物動詞

8.165 並列連詞可用於連接不及物 (intransitive) 動詞。

*Mostly, they just **sat** and **chatted**.* 他們多半只是坐着聊天。
*We both **shrugged** and **laughed**.* 我們兩人都聳聳肩，一起笑了起來。

transitive verbs 及物動詞

8.166 描述涉及同一主語和賓語的動作時，可以連接兩個及物 (transitive) 動詞，賓語僅放在第二個動詞後面。

例如，可以用 ***He swept and polished the floor***（他打掃並擦亮地板）代替 ***He swept the floor and polished the floor***（他打掃地板並且擦亮地板）。

***Wash** and **trim** the leeks.* 把韭蔥洗乾淨後摘一下。

同樣，可以用 ***They walk or cycle to work***（他們步行或騎自行車上班）代替 ***They walk to work or cycle to work***（他們步行上班或騎自行車上班）。

*I **shouted** and **waved** at them.* 我對着他們喊叫揮手。

leaving out the auxiliary 省略助動詞

8.167 連接含相同助動詞的動詞短語時，第二個分句裏不必重複助動詞。

*Someone **may be killed** or **seriously injured**.* 有人可能被殺或嚴重受傷。
*Now he **is praised** rather than **criticized**.* 現在他受到了表揚而不是批評。
*He knew a lot about horses, **having lived** and **worked** with them all his life.* 他對馬匹很了解，因為他一輩子都在與馬生活和打交道。

emphasizing repetition or duration 強調重複或持續

8.168 如果想説明某人反覆做某事或長時間做某事，可用 ***and*** 連接兩個相同的動詞。

*They **laughed** and **laughed**.* 他們笑個不停。
*He **tried** and **tried**, but in the end he had to give up.* 他試了又試，但最後他不得不放棄。

8.169 在非正式口語裏，***and*** 常常用在 ***try*** 和另一個動詞之間。例如，有人可能會説 ***I'll try and get a newspaper***（我來想辦法弄份報紙）。然而，這句話的意思與 ***I'll try to get a newspaper***（我來想辦法弄份報紙）相同。

關於這種用法的進一步説明，參見 3.200 小節。

8.170 關於如何並列兩個以上動詞的説明，參見 8.200 小節。

Linking noun phrases 連接名詞短語

8.171 談論兩個人或物時，可用並列連詞連接兩個名詞短語。

8.172 在關於兩個人或物的簡單陳述中，可用 ***and***。

*There were men **and** women working in the fields.* 田地裏有男有女在工作。
*I'll give you a nice cup of tea **and** a biscuit.* 我來給你一杯好茶和一塊餅乾。
*...a friendship between a boy **and** a girl.* ……一個男孩和一個女孩之間的友誼

在 ***not*** 前用逗號代替 ***and not***。

*I prefer romantic comedies, **not** action movies.* 我喜歡浪漫喜劇，而不是動作片。

如果否定句中的兩個人或物都是動詞的賓語，則用 ***or***。

*We didn't play cricket **or** football.* 我們沒有打板球或踢足球。

alternatives 選擇

8.173 提供選擇時，可用 ***or***。

*Serve fruit **or** cheese afterwards.* 之後上水果或芝士。
*Do you have any brothers **or** sisters?* 你有兄弟姐妹嗎？

omitting determiners 省略限定詞

8.174 使用 ***and*** 或 ***or*** 談及兩個人或物時，通常重複限定詞。

*He was holding **a suitcase and a birdcage**.* 他拿着一個手提箱和一個鳥籠。

但是，如果這兩個人或物在某些方面密切相關，則不必重複限定詞。

***My mother and father** worked hard.* 我父母親努力工作。
***The jacket and skirt** were skilfully designed.* 夾克和裙子設計得很巧妙。
*...a man in **a suit and tie**.* ……一名穿西裝打領帶的男子

有時兩個限定詞都省略。

***Mother and baby** are doing well.* 母子都很好。
*All this had of course been discussed between **husband and wife**.* 所有這一切當然已經在夫妻之間討論過了。

referring to one person or thing 指一個人或事物

8.175 有時可以用 ***and*** 連接的名詞短語僅指一個人或物。

*He's a racist **and** a sexist.* 他是個種族主義者和性別歧視者。
*...the novelist **and** playwright, Somerset Maugham.* ……小說家和劇作家薩默塞特・毛姆

omitting adjectives 省略形容詞

8.176 連接兩個名詞時，第一個名詞前的形容詞通常適用於兩個名詞。

*...the **young men and women** of America.* ……美國的年輕男女
*...a house crammed with **beautiful furniture and china**.* ……塞滿了漂亮傢具和瓷器的房子

verb agreement 動詞的一致

8.177 如果句子的主語由 ***and*** 連接的兩個或多個名詞組成，可用複數動詞。

*My mother and father **are** ill.* 我父母親病了。
*Time, money and effort **were** needed.* 需要的是時間、金錢和努力。

但是，如果這些名詞指同一個人或物，則不用複數動詞。

*The writer and filmmaker Michael Hey **disagrees**.* 作家兼電影製片人米高・海伊不同意。

前面有 ***all*** 的不可數名詞，或前面有 ***each*** 或 ***every*** 的單數可數名詞，也不用複數動詞。

*All this effort and sacrifice **has** not helped to alleviate poverty.* 所有這些努力和犧牲都沒有對減輕貧困起到幫助。
*It became necessary to involve every man, woman and child who **was** willing to help.* 讓每個願意幫忙的男女和孩子都參與已變成必要。

用 ***or*** 連接兩個或多個名詞時，在複數名詞後面用複數動詞，在單數名詞或不可數名詞後面用單數動詞。

*One generation's problems or successes **are** passed to the next.* 一代人的問題或成功傳了給下一代。
*Can you say No to a friend or relative who **wants** to insist?* 你能對一個想堅持下去的朋友或親戚説不嗎？

如果用 ***or*** 連接兩個或多個名詞，而這些名詞單獨使用時需要採用不同的動詞形式，則通常用複數動詞。

*It's fine if your parents or brother **want** to come.* 如果你父母或兄弟想來，這沒問題。

linking pronouns together 連接代詞

8.178 ***and***、***or*** 或 ***not*** 可放在代詞和名詞之間或兩個代詞之間。

*Howard **and** I are planning a party.* 我和侯活在籌辦一個聚會。
*She **and** I have a very good relationship.* 我和她關係非常好。
*Do you **or** your partner speak German?* 你或者你的同伴會説德語嗎？
*I'm talking to you, **not** her.* 我在對你説話，不是對她。

談論關於自己或別人的事時，通常先説指別人的代詞或名詞，後説指自己的代詞。

*My sister **and** I lived totally different kinds of lives.* 我和我妹妹過了完全不同的生活。
*You **and** I must have a talk together.* 你我必須一起談談。
*...a difference of opinion between John **and** me.* ……約翰和我之間的意見分歧
*The first people to hear were the Foreign Secretary **and** myself.* 第一個聽見的是外交大臣和我自己。

8.179 關於如何並列兩個以上名詞短語的説明，參見 8.200 小節。

Linking adjectives and adverbs 連接形容詞和副詞

8.180 如果用兩個形容詞描述某人或某物，有時在其中間放一個連詞。這種用法在以下 8.181 到 8.187 小節論述。連詞有時也放在副詞之間。這種用法在 8.188 小節論述。

qualitative adjectives 屬性形容詞

8.181 如果在名詞前使用兩個**屬性形容詞**（qualitative adjective），可在形容詞之間用 ***and*** 或逗號。

...an ***intelligent and ambitious*** *woman.* ……一個聰明有抱負的女人
...an ***intelligent, generous*** *man.* ……一個聰明慷慨的男人

colour adjectives 顏色形容詞

8.182 如果在名詞前使用兩個**顏色形容詞**（colour adjective），可在它們之間用 ***and*** 。

...a ***black and white*** *swimming suit.* ……一件黑白色泳衣

classifying adjectives 類別形容詞

8.183 如果在名詞前使用兩個**類別形容詞**（classifying adjective），則必須確定它們屬於同一分類系統還是不同的分類系統。

例如，***geographical***（地理的）和 ***geological***（地質的）屬於同一系統，***British***（英國的）和 ***industrial***（工業的）屬於不同系統。

如果在名詞前使用兩個類別形容詞，而這兩個形容詞屬於同一分類系統，可在它們之間用 ***and*** 。

...a ***social and educational*** *dilemma.* ……一個社會和教育困境

如果兩個形容詞屬於不同的分類系統，它們之間不用 ***and*** ，也不用逗號。

...the ***French classical*** *pianists Katia and Marielle Labeque.* ……法國古典鋼琴家卡蒂亞和馬瑞爾・拉貝克
*...****medieval Muslim*** *philosophers.* ……中世紀穆斯林哲學家
...a ***square wooden*** *table.* ……一張方木桌
*...****American agricultural*** *exports.* ……美國的農產品出口

different types of adjective 不同類別的形容詞

8.184 如果在名詞前使用兩個不同類別的形容詞，比如一個屬性形容詞和一個類別形容詞，它們之間不用 ***and*** ，也不用逗號。

...a ***large circular*** *pool of water.* ……圓圓的一大灘水
...a ***beautiful pink*** *suit.* ……一套漂亮的粉色西服
*...****rapid technological*** *advance.* ……快速的技術進步

adjectives with plural nouns 與複數名詞連用的形容詞

8.185 如果在複數名詞前使用兩個形容詞以談論兩組具有不同或相反性質的事物，可在形容詞之間用 ***and*** 。

...business people from ***large and small*** *companies.* ……來自大小公司的企業家
*...****European and American*** *traditions.* ……歐洲和美國的傳統

adjectives after verbs
動詞後面的形容詞

8.186 兩個形容詞置於繫動詞 (linking verb) 後面時，可在形容詞之間用 ***and*** 。

*Mrs Scott's house was **large and imposing**.* 斯科特夫人的房子又大又氣派。
*The room was **large and square**.* 這個房間大而方正。
*On this point we can be **clear and precise**.* 在這一點上，我們可以做到清晰準確。

using other conjunctions
使用其他連詞

8.187 也可把 ***but***、***yet*** 或 ***or*** 放在形容詞之間。

連接對照形容詞時，可在它們之間用 ***but*** 或 ***yet*** 。

*...a **small but comfortable** hotel.* ……一家小而舒適的酒店
*We are **poor but happy**.* 我們雖然窮，但活得快樂。
*...a **firm yet gentle** hand.* ……一隻堅定而又溫柔的手

如果想説明兩個形容詞都適用，或者想詢問哪個形容詞適用，可用 ***or*** 。

*You can use **red or black** paint.* 你可以用紅漆或黑漆。
*Call me if you feel **lonely or bored**.* 如果你感到孤單或無聊，給我打電話。
*Is this **good or bad**?* 這是好還是壞？

如果想説明兩個形容詞都不適用，可在否定句中用 ***or*** 。

*He was **not exciting or good-looking**.* 他不令人興奮也不俊美。

另一個説明兩個形容詞都不適用的方法，是在第一個形容詞前面用 ***neither*** ，在第二個形容詞前面用 ***nor*** 。

*He is **neither young nor handsome**.* 他既不年輕也不英俊。
*Their diet is **neither healthy nor varied**.* 他們的飲食既不健康又沒變化。

linking adverbs together
連接副詞

8.188 副詞 (adverb) 之間可用 ***and*** 。

*Mary was breathing **quietly and evenly**.* 瑪麗平靜均勻地呼吸着。
*We have to keep airports running **smoothly and efficiently**.* 我們必須保持機場平穩高效地運行。
*They walk **up and down**, smiling.* 他們微笑着走來走去。

連接對照副詞時，可在它們之間用 ***but*** 或 ***yet*** 。

***Quickly but silently** she darted out of the cell.* 她迅速無聲地衝出了單人牢房。

如果想説明兩個副詞都不適用，可在否定句中的副詞之間用 ***or*** ，或者在第一個副詞前面用 ***neither*** ，在第二個副詞前面用 ***nor*** 。

*Giving birth does not happen **easily or painlessly**.* 生孩子不是一件容易或沒有痛苦的事。
*The story ends **neither happily nor unhappily**.* 故事結局既非快樂也非不幸。

8.189 關於如何並列兩個以上形容詞的説明，參見 8.201 小節。

Linking other words and phrases 連接其他詞和短語

8.190 並列連詞也可用於連接介詞 (preposition)、介詞短語 (prepositional phrase)、修飾語 (modifier) 以及限定詞 (determiner)。

linking prepositions together 連接介詞

8.191 可用 ***and*** 連接適用於同一名詞的介詞 (preposition)。

We see them on their way ***to and from*** *school.* 我們在他們上學和放學的路上看到他們。
You should take the tablets ***during and after*** *your visit.* 你應該在到訪期間和之後服用這些藥片。

linking prepositional phrases together 連接介詞短語

8.192 描述類似的動作、情況或事物時，可用 ***and*** 連接介詞短語 (prepositional phrase)。

They walked ***across the lawn and down the garden path****.* 他們穿過草坪，沿着花園的小徑向前走。
They had crumbs ***around their mouths and under their chins****.* 他們的嘴巴四周和下巴上有麵包屑。

但是，如果短語描述的是同一個動作、情況或事物，它們之間不用 ***and***。

Her husband was hit ***over the head with a mallet****.* 她丈夫被木槌打到了頭。
They walked ***down the drive between the chestnut trees****.* 他們沿着栗子樹之間的車道向前走。
...a man ***of about forty with wide staring eyes****.* ……一個眼睛瞪得大大的，年約 40 歲的男人

linking modifiers and determiners together 修飾語和限定詞

8.193 可用 ***and*** 或 ***or*** 連接修飾語 (modifier)。

...the largest ***fridge and freezer*** *manufacturer in Germany.* ……德國最大的冰箱和冰櫃生產商
This would not apply to a ***coal or oil*** *supplier.* 這不適用於煤炭或石油供應商。

可用 ***or*** 連接限定詞 (determiner) ***his*** 和 ***her***。

Your child's school will play an important part in shaping the rest of ***his or her*** *life.* 你孩子就讀的學校將於塑造他或她的未來生活裏發揮重要作用。

Emphasizing coordinating conjunctions 強調並列連詞

8.194 使用並列連詞時，有時說話者希望強調所說內容對由連詞連接的兩個詞或短語都適用。要做到這一點，通常在第一個詞或短語前加諸如 ***both*** 或 ***neither*** 之類的詞。

8.195 使用 ***and*** 時，強調所說內容適用於兩個短語的最常用方法，是在第一個短語前加 ***both***。

*By that time **both** Robin **and** Drew were overseas.* 到那個時候，羅賓和德魯兩人都已身在國外了。
*They feel **both** anxiety **and** joy.* 他們感到憂喜交集。
*These headlines **both** mystified **and** infuriated him.* 這些新聞頭條使他既困惑又憤怒。
*Investment continues **both** at home **and** abroad.* 投資在國內外繼續進行。
*The medicine is **both** expensive **and** in great demand.* 這種藥不但昂貴而且需求量很大。

另一個方法是用 ***and also*** 代替 ***and***。

*Wilkins drove racing cars himself **and also** raced powerboats.* 威爾金斯自己開跑車，並且還參加快艇比賽。
*The job of the library is to get books to people **and also** to get information to them.* 圖書館的工作是為人提供書籍，並且為人提供資訊。

8.196 為了進一步強調，可在第一個詞或短語前加 ***not only*** 或 ***not just***，在兩個詞或短語之間加 ***but*** 或 ***but also***。

*The team is playing really well, **not only** in England **but** now in Europe.* 這支球隊打得非常好，不但在英國，而目前在歐洲也是。
*Employers need to think more seriously **not only** of attracting staff **but** of keeping them.* 僱主需要更認真考慮的不僅是如何吸引員工，而是如何留住他們。

8.197 使用 ***or*** 時，強調所説內容適用於兩個詞或短語的最常用方法，是在第一個詞或短語前加 ***either***。

*Sentences can be **either** true **or** false.* 句子不是對就是錯。
*You can **either** buy a special insecticide **or** get help from an expert.* 你可以購買一種特殊殺蟲劑，或者尋求專家的幫助。
***Either** Margaret **or** John should certainly have come to see me by now.* 到現在這個時候，不是瑪嘉烈就是約翰肯定該來看我。
***Either** we raise money from outside **or** we close part of the museum.* 我們不是向外界籌款，就是關閉博物館的一部分。

以這種方法連接分句時，可用 ***or else*** 代替 ***or***。

*They should **either** formally charge the men **or else** let them go.* 他們應該正式起訴這些人，要不然就放他們走。

8.198 如果想強調否定陳述適用於兩個詞或短語，可在第一個詞或短語前加 ***neither***，在第二個詞或短語前加 ***nor***。

例如，可用 ***The girl neither spoke nor looked up***（女孩既沒有説話，也沒有抬頭）代替 ***The girl did not speak or look up***（女孩不説話也不抬頭）。

*The thought **neither** upset **nor** delighted her.* 這個念頭既沒有使她難過，也沒有讓她高興。

*She had **neither** received **nor** read the letter.* 她既沒有收到也沒有讀到這封信。
***Neither** Margaret **nor** John was there.* 瑪嘉烈和約翰都不在那裏。

注意，在單數名詞短語後用單數動詞，在複數名詞短語後用複數動詞。

*Neither Belinda nor anyone else **was** going to speak.* 無論貝琳達還是其他任何人都不想説話。
*Neither city councils nor wealthy manufacturers **have** much need of painters or sculptors.* 市政會和富有的製造商都不太需要畫家或雕塑家。

8.199 有時説話者想通過與不同事物對照的方法引起對一個句子成分的注意。一種辦法是在兩者之間加 ***but*** 連接兩個成分，在第一個成分前用 ***not***。

*I wasn't smiling, **not** because I was angry **but** because it was painful to move my face.* 我沒有微笑，不是因為我生氣，而是因為我的臉部動起來很痛。
*I felt **not** joy **but** sadness.* 我感到的不是快樂而是悲傷。
*The upright chairs were **not** polished **but** painted.* 這些直背椅沒有拋光，而是上了漆。

Linking more than two clauses, phrases, or words 連接兩個以上的分句、短語或詞

8.200 可用 ***and*** 或 ***or*** 連接兩個以上的分句、詞或短語。連詞通常只使用一次，放在最後兩個分句、詞或短語之間。其他每個成分後面用逗號。

*Harrison marched him to the door, threw him out **and** returned.* 哈里遜押着他走到門口，把他拋出門外，然後返回。
*...courses in accountancy, science, maths **or** engineering.* ……會計、理科、數學或工科課程

也可在連詞前面加逗號。這通常會使句子更容易閱讀，特別是如果分開的成分含一個以上的詞或不完全相似的話。

*Mrs Roberts cooked meals, cleaned, mended clothes, **and** went to meetings of the sewing club.* 羅拔斯太太做飯、打掃清潔、縫補衣服及參加縫紉俱樂部的聚會。

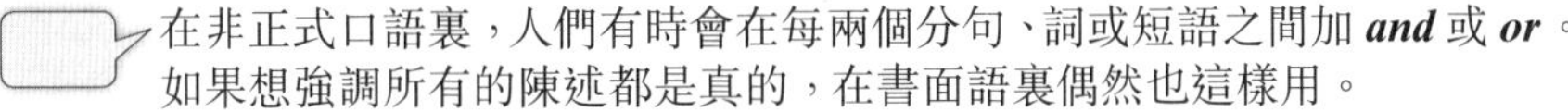

在非正式口語裏，人們有時會在每兩個分句、詞或短語之間加 ***and*** 或 ***or***。如果想強調所有的陳述都是真的，在書面語裏偶然也這樣用。

*Mrs Barnett has a gate **and** it's not locked **and** that's how they get out.* 巴內特太太有一扇大門沒上鎖，而這就是他們可以跑出去的原因。

linking adjectives together 連接形容詞

8.201 兩個以上形容詞的連接有特殊規則。

如果在名詞前使用兩個以上的**屬性形容詞** (qualitative adjective)，形容詞之間用逗號，不用連詞。

...a large, airy, comfortable room. ……一個寬敞舒適的大房間

如果在名詞前使用兩個以上的**類別形容詞** (classifying adjective)，必須確定這些形容詞是屬於同一分類系統還是不同分類系統。(這一點在 8.183 小節論述。)

如果類別形容詞屬於同一系統，在最後兩個形容詞之間用 ***and***，在其他每個形容詞之後用逗號。

...the country's social, economic and political crisis. ……該國的社會、經濟和政治危機

如果類別形容詞屬於不同分類系統，形容詞之間則不加任何東西。

...an unknown medieval French poet. ……一個無名的中世紀法國詩人

如果名詞前分別有屬性形容詞和類別形容詞，它們之間不加任何東西。

...a little white wooden house. ……一個白色小木屋

如果**繫動詞** (linking verb) 後面使用兩個以上形容詞，則在最後兩個形容詞之間加 ***and***，在其他每個形容詞之後加逗號。

He was big, dark and mysterious. 他人很高、很黑，有點神秘。
We felt hot, tired and thirsty. 我們感到又熱，又累，又口渴。

9 Changing the focus in a sentence 改變句子的焦點

Introduction 導言

9.1 陳述句的結構通常遵循 ***subject***（主語）、***verb***（動詞）、***object***（賓語）、***complement***（補語）、***adverbial***（狀語）的順序。主語是談論的對象，置於句首。如果說話者不想引起對句子任何部分的特別注意，句子成分按上述順序排列。

主語	動詞	狀語		
Donald	*was lying*	*on the bed.*		
主語	**動詞**	**賓語**	**狀語**	
She	*has brought*	*the tape*	*with her.*	
主語	**動詞**	**賓語**	**補語**	**狀語**
He	*wiped*	*the glass*	*dry*	*with a tea-towel.*

上表的例子屬於陳述式（declarative）。第五章論述如何使用陳述式（declarative）、疑問式（interrogative）以及祈使式（imperative）來表達意義。其他這些形式涉及句子成分排列的規則變化。

Is he ill? 他病了嗎？
Put it on the table. 把它放在桌上。

9.2 但是，為了表示特別強調或特別的意義，還有其他把句子成分按不同順序排列的方法。

狀語	主語	動詞	賓語
In his enthusiasm,	*he*	*overlooked*	*a few big problems.*
賓語	**主語**	**動詞**	**狀語**
The third sheet	*he*	*placed*	*in his pocket.*

這主要適用於主句（main clause）。本章闡述的是如何通過改變主句的詞序使整個句子或其中一個成分特別有力。

大多數從句 (subordinate clause) 的成分順序別無選擇 (參見第八章)。

the passive
被動式

9.3 改變詞序以改變句子焦點的方法之一是使用**被動式** (passive)。被動式讓説話者從受影響的人或物的角度談論一個事件，甚至可以避免提及執行動作的人或物。

A girl from my class ***was chosen*** *to do the reading.* 我班上的一個女孩被選中進行朗讀。

被動式 (passive) 在 9.8 到 9.24 小節論述。

split sentences
分裂句

9.4 改變句子成分順序的另一個方法是使用**分裂句** (split sentence)。有三種不同類型的分裂句。

第一類讓説話者把焦點集中在所談論的人或物上面，比如 ***It was Jason who told them*** (是賈森告訴他們的)。

第二類讓説話者把焦點集中在動作上面，比如 ***What they did was break a window and get in that way*** (他們所做的就是打破了一扇窗戶，然後就這樣闖了進去) 或 ***All I could do was cry*** (我唯一能做的就是哭泣)。

第三類讓説話者把焦點集中在動作的環境上面，例如時間或地點，比如 ***It was one o'clock when they left*** (他們離開的時候是一點鐘) 或 ***It was in Paris that they met for the first time*** (他們第一次見面是在巴黎)。

分裂句 (split sentence) 在 9.25 小節的開頭部分論述。

impersonal it
非人稱 it

9.5 如果想談論一個事實、動作或特定的狀態，可用以 ***it*** 開頭的結構，比如 ***It's strange that he didn't call*** (很奇怪他沒有打電話)、***It's easy to laugh*** (笑是很容易的) 以及 ***It's no fun being stupid*** (犯傻可不是鬧着玩的)。

也可用 ***it*** 結構來談論天氣或時間，比如 ***It's raining*** (在下雨)、***It's a nice day*** (天氣很好) 以及 ***It's two o'clock*** (現在是 2 點鐘)。

結構 (***It*** structure) 在 9.31 小節的開頭部分論述。

there with be
there 加 be

9.6 ***there*** 後接 ***be*** 加名詞短語用來介紹某物的存在或在場。這種結構使得名詞短語這個新信息成為句子的焦點。詳見 9.46 到 9.55 小節。

There is *someone in the bushes.* 灌木叢裏有人。

adverbials
狀語

9.7 還有兩類狀語可用來把焦點集中在整個句子或不同的句子成分上。其中包括**句子狀語** (sentence adverbial，參見 9.56 小節的開頭部分) 以及**焦點狀語** (focusing adverbial，參見 9.79 到 9.90 小節)。

He never writes, ***of course****.* 當然他從不寫作。
Frankly*, I don't really care what they think.* 坦白説，我真不在乎他們怎麼想。
As a child she was ***particularly*** *close to her elder sister.* 她小時候和姐姐特別親近。

Focusing on the thing affected: the passive 聚焦於受影響的事物：被動式

9.8 很多動作涉及兩個人或事物 —— 一個是動作的執行者，另一個是受動作影響者。這些動作的表示通常用**及物動詞**（transitive verb），也就是帶賓語的動詞。**及物動詞**（transitive verb）在第三章詳細論述。

在英語裏，說話者想談論的人或物通常放在句首位置作主語。因此如果想談論作為動作**執行者**（performer）的某人或某物，就把其作動作的主語，使用動詞的**主動式**（active）。另一個人或物作動詞的**賓語**（object）。

但是，說話者也許想把焦點集中在受動作影響的人或物上面，即本來是主動式動詞的賓語上。在這種情況下，這個人或物就用作**被動式**（passive）動詞的主語。

例如，轉述同一件事，可使用動詞的主動式，比如 ***The dog has eaten our dinner***（狗吃掉了我們的晚餐），也可用動詞的被動式，比如 ***Our dinner has been eaten by the dog***（我們的晚餐被狗吃掉了）。採用何種形式取決於說話者是想把焦點集中在狗還是晚餐上。

formation of the passive 被動式的構成

9.9 被動形式由 ***be*** 的合適形式後接動詞的 ***-ed***分詞組成。例如，一般現在時 ***eat*** 的被動式是 ***be*** 的一般現在時後接 ***eaten***：***It is eaten***（它被吃掉了）。

She escaped uninjured but her boyfriend ***was shot*** *in the chest.* 她逃了出來沒有受傷，但她男朋友胸部中彈。
He ***was being treated*** *for a stomach ulcer.* 他在接受胃潰瘍治療。
He thinks such events ***could have been avoided****.* 他認為這樣的事本可以避免。

關於動詞被動式的說明，詳見附錄的參考部分。

not mentioning the person or thing that performed the action 不提及執行動作的人或物

9.10 使用動詞的被動式時，可不必提及執行動作的人或物（即執行者，performer）。

這樣做的原因有以下幾種：

☞ 不知道動作的執行者是誰或甚麼

*He****'s*** *almost certainly* ***been delayed****.* 他幾乎肯定受到了耽擱。
The fence between the two properties ***had been removed****.* 兩處地產之間的柵欄已被移走。

☞ 執行者是誰或甚麼並不重要

I ***was told*** *that it would be perfectly quiet.* 我被告知，這將絕對安靜。
Such items ***should be*** *carefully* ***packed*** *in boxes.* 這些物品該用盒小心包好。

☞ 執行者顯而易見

She found that she ***wasn't being paid*** *the same salary as him.* 她發現自己沒有拿到和他一樣的工資。

*...the number of children who **have been vaccinated** against measles.*
……接種過痲疹疫苗的兒童數量

☞ 執行者已經提及

*His pictures of dogs **were drawn** with great humour.* 他畫的狗帶有很強的幽默感。

*The government responded quickly, and new measures **were passed** which strengthened their powers.* 政府迅速反應，通過了加強自身權力的新措施。

☞ 執行者是泛指的人們

*Both of these books **can be obtained** from the public library.* 這兩本書都能在公共圖書館借到。

*It is very strange and **has** never **been** clearly **explained**.* 這件事很奇怪，而且從沒有得到清楚的解釋。

☞ 説話者不希望説明是誰執行了動作，或者希望與自己的動作保持距離。

*The original **has been destroyed**.* 原件已經被毀。
*I**'ve been told** you wished to see me.* 有人告訴我你想見我。

9.11 描述過程和科學實驗時，可使用被動式而不提及執行者，因為關注的焦點是發生的事而不是促使該事發生的人或物。

*The principle of bottling is very simple. Food **is put** in jars, the jars and their contents **are heated** to a temperature which **is maintained** long enough to ensure that all bacteria, moulds and viruses **are destroyed**.* 裝瓶的原理很簡單。食品被裝入瓶裏，然後瓶及其內容物被加熱並保溫足夠長的時間以確保所有細菌、黴菌和病毒都被殺死。

9.12 如果已經很清楚所敍述的是誰的話語或想法，或者所敍述的是一般人的話語或想法，在非人稱 ***it*** 結構中常常用引述動詞的被動式。參見 9.45 小節關於非人稱 ***it*** (impersonal *it*) 結構的部分。

***It was agreed** that he would come and see us again the next day.* 大家一致認為，他第二天會再來看我們。

***It was rumoured** that he had been sentenced to life imprisonment, but had escaped.* 謠傳是他被判無期徒刑，但逃脱了。

9.13 如果泛指的人是動作的執行者，則有時使用動詞的**主動式** (active)，以**泛指代詞** (generic pronoun) ***you*** 或 ***they*** 作主語。在正式的書面語或口語中，***one*** 用作這種句子的主語。

***You** can't buy iron now, only steel.* 現在買不到鐵，只有鋼。
***They** say she's very bright.* 人們説她很聰明。
*If **one** decides to live in the country then **one** should be prepared for the unexpected.* 如果你決定住在鄉下，那你就要準備好應付突發事情。

關於**泛指代詞** (generic pronoun) 的進一步説明，參見 1.119 到 1.123 小節。

也可用不定代詞 (indefinite pronoun) ***someone*** 或 ***something*** 作主語。這讓說話者提及執行者，又不需要指明具體的人或物。關於不定代詞 (indefinite pronoun) 的進一步說明，參見 1.128 到 1.141 小節。

*I think **someone's** calling you.* 我覺得有人在叫你。
***Something** has upset him.* 有甚麼東西惹惱了他。

作格動詞 (ergative verb) 也可使說話者避免提及執行者。例如，可以用 ***The door opened*** (門開了) 代替 ***She opened the door*** (她開了門)。參見 3.59 到 3.67 小節關於**作格動詞** (ergative verb) 的部分。

mentioning the performer with by 用 by 提及執行者

9.14 使用被動式的時候，可以用 ***by*** 在句末提及執行動作的人或物。這樣就強調了執行者，因為句末是一個重要的位置。

*His best friend was killed **by a grenade, which exploded under his car**.* 他最好的朋友被一個在他車下爆炸的手榴彈炸死了。
*Some of the children were adopted **by local couples**.* 有些孩子被當地的夫婦收養了。
*This view has been challenged **by a number of workers**.* 這個觀點遭到了好幾名工人的質疑。

mentioning things or methods used 提及使用的物體或方式

9.15 如同動詞的主動式一樣，可在介詞 ***with*** 後面提及用於執行動作的某個物體。

*A circle was drawn in the dirt **with a stick**.* 用棍子在泥土裏畫了一個圈。
*Moisture must be drawn out first **with salt**.* 首先必須用鹽去除水份。

在 ***by*** 後面可用 ***-ing***形式提及執行動作的方式。

*The strong taste can be removed **by changing the cooking water**.* 這種強烈的味道可以通過烹調時換水去除。

passive of verbs referring to states 狀態動詞的被動式

9.16 有些及物動詞指的是狀態而不是動作。如果這類動詞用被動式，造成那個狀態的人或物放在介詞 ***with*** 後面。

*The room **was filled with** people.* 房間裏擠滿了人。
*The railings **were decorated with** thousands of bouquets.* 欄杆上裝飾了成千上萬的花束。

下表列出的是表示狀態的及物動詞，其被動式與 ***with*** 連用：

cover	decorate	ornament	teem
cram	fill	pack	throng
crowd	litter	stuff	

但是，有些表示狀態的動詞與 ***by*** 連用。

*The building **was illuminated by** thousands of lights.* 大樓被數以千計的燈照亮。

下表列出的是被動式與 ***by*** 連用表示狀態的及物動詞：

conceal	illuminate	occupy
exceed	inhabit	overshadow

有些動詞，比如 ***adorn*** 和 ***surround*** ，可與 ***with*** 或 ***by*** 連用。

Her right hand ***was covered with*** *blood.* 她右手全是血。
One entire wall ***was covered by*** *a gigantic chart of the English Channel.* 一整面牆上覆蓋着一副巨大的英倫海峽示意圖。
The house ***was surrounded with*** *policemen.* 那幢房子被警察包圍了。
The building ***was surrounded by*** *a deep green lawn.* 大樓四周是一片深綠色的草坪。

下表列出的是被動式既可與 ***with*** 也可與 ***by*** 連用的及物動詞：

adorn	cover	overrun
besiege	encircle	surround

還有幾個動詞與 ***in*** 連用。

She claimed that the drug ***was contained in*** *a cold cure given to her by the team doctor.* 她聲稱，這種藥物包括在隊醫給她的感冒藥裏。
Free transport ***was not included in*** *the contract.* 合同裏沒包括免費交通。
The walls of her flat ***are covered in*** *dirt.* 她公寓的牆壁上全是髒東西。

下表列出的是被動式可與 ***in*** 連用的及物動詞：

contain	embody	involve
cover	include	subsume

注意， ***cover*** 可與 ***in*** 、 ***by*** 或 ***with*** 連用。

phrasal verbs 短語動詞

9.17 由及物動詞後接副詞或介詞、及物動詞加副詞和介詞組成的短語動詞（phrasal verb）可用被動式。短語動詞的列表見 3.83 到 3.116 小節。

Two totally opposing views ***have been put forward*** *to explain this phenomenon.* 提出了兩個完全對立的觀點來解釋這個現象。
Millions of tons of good earth ***are being washed away*** *each year.* 每年數以百萬噸計的優質土壤被沖走了。
I ***was talked into*** *meeting Norman Granz at a posh London restaurant.* 我被説服和諾曼・格蘭茲在倫敦的一家豪華餐廳見面。
Such expectations ***are drummed into*** *every growing child.* 這種期望灌輸了給每個在成長的孩子。

verbs usually used in the passive
通常用被動式的動詞

9.18 有些及物動詞由於詞義的原因通常用被動式。此處動作的執行者通常被認為不值一提或無人知曉。

*He **was deemed** to be the guardian of the child.* 他被認定是孩子的監護人。
*The meeting **is scheduled** for February 14.* 會議定於 2 月 14 日召開。
*The young men **were alleged** to have rampaged through the hotel.* 這幾個年輕人被指控在酒店內橫衝直撞。

下列及物動詞通常用被動式：

be acclaimed	be disconcerted	be misdirected	be scheduled
be alleged	be dubbed	be overcome	be shipped
be annihilated	be dwarfed	be paralysed	be shipwrecked
be baffled	be earmarked	be penalized	be short-listed
be born	be empowered	be perpetrated	be shrouded
be compressed	be fined	be pilloried	be staffed
be conditioned	be gutted	be populated	be stranded
be construed	be headed	be prized	be strewn
be couched	be horrified	be punctuated	be subsumed
be cremated	be hospitalized	be rationed	be suspended
be dazed	be indicted	be reconciled	be swamped
be deafened	be inundated	be reprieved	be wounded
be debased	be jailed	be reunited	
be deemed	be mesmerized	be rumoured	

下列短語動詞通常用被動式：

be bowled over	be ploughed up	be sworn in
be caught up	be rained off	be taken aback
be handed down	be scaled down	be written into
be pensioned off	be struck off	

*They **were bowled over** by the number of visitors who came to the show.* 他們對來看戲的遊客人數感到驚歎。
*The journalists **were taken aback** by the ferocity of the language.* 記者對這種兇惡語言大吃一驚。

verbs that are rarely used in the passive
很少用被動式的動詞

9.19 有些及物動詞很少用被動式，因為受這些動詞所描述的動作影響的事物幾乎不是人們感興趣的。

下列及物動詞很少用被動式：

elude	get	like	suit
escape	have	race	survive
flee	let	resemble	

下列含及物動詞的短語動詞很少用被動式：

band together	eke out	jab at	sob out
bite back	flick over	jack in	stand off
boom out	get back	jerk out	tide over
brush up	get down	let through	wait out
call down on	give over	pace out	walk off
cast back	have on	phone back	while away
chuck in	have out	ring back	
cry out	heave up	ring out	
ease off	hunt up	sit out	

verbs with two objects 帶雙賓語的動詞

9.20 就諸如 ***give***、***teach*** 和 ***show*** 等能帶直接賓語和間接賓語的動詞來說，兩個賓語中的任何一個都可作被動句的主語。

例如，可以用 ***The key was given to the receptionist***（鑰匙交了給接待員）代替 ***He gave the receptionist the key***（他把鑰匙交了給接待員），這裏主動句的直接賓語成了被動句的主語。間接賓語可在 ***to*** 或 ***for*** 後面提及。

The building ***had been given to the town*** *by an investment banker.* 這幢大樓被一個投資銀行家捐贈了給鎮政府。
Shelter ***had been found for most people****.* 已為大部分人找到了安身之處。

有時根本不必提及間接賓語。

The vaccine ***can be given*** *at the same time as other injections.* 這種疫苗可以和其他注射針劑同時使用。
Interest ***is charged*** *at 2% a month.* 每月收取 2% 的利息。

但也可以說 ***The receptionist was given the key***（接待員得到了鑰匙），這裏主動句的間接賓語成了被動句的主語。注意，直接賓語仍在動詞之後提及。

They ***were given a pint of water*** *every day.* 他們每天得到一品脫的水。
He ***had been offered drugs*** *by an older student.* 他被一個學長提供了毒品。

關於能帶直接賓語和間接賓語的動詞列表，參見 3.73 到 3.82 小節。

transitive verbs with object complement 帶賓語補語的及物動詞：The wall was painted blue

9.21 有一組及物動詞的賓語後面可帶補語。這些動詞列在了 3.161 到 3.171 小節論述。用被動式時，補語直接放在動詞後面。

He ***was shot dead*** *in San Francisco.* 他在三藩市遭槍殺。
If a person today talks about ghosts, he ***is considered ignorant or crazy****.* 如果今天有人談論鬼，他會被認為是無知或瘋狂。

reflexive verbs 反身動詞

9.22 如果**反身動詞**（reflexive verb）的賓語是指動詞主語的反身代詞，則不用被動式。關於**反身動詞**（reflexive verb）的進一步說明，參見 3.26 小節的開頭部分。

intransitive phrasal verbs with prepositions
帶介詞的不及物短語動詞

9.23 很多不及物短語動詞可用被動式。這些動詞後接介詞和受動作影響的名詞短語。介詞的賓語可成為動詞被動式的主語。介詞仍然置於動詞之後，後面不帶賓語。

*In some households, the man **was referred to** as the master.* 在某些家庭裏，男人被稱為主人。
*Two people at the head of the line **were being dealt with** by a couple of clerks.* 隊伍前頭的兩個人正受到幾個店員的接待。
*The performance **had been paid for** by a local cultural society.* 演出費用由一個當地的文化協會支付。
*The children **were being looked after** by family friends.* 孩子們正由家人的朋友照顧。

下列與介詞連用的不及物短語動詞常用被動式：

accede to	enter into	look to	resort to
account for	frown upon	meddle with	rush into
act on	fuss over	minister to	see through
adhere to	get at	mourn for	see to
aim at	get round	object to	seize on
allow for	gloss over	operate on	send for
allude to	guess at	pander to	set on
approve of	hear of	paper over	settle on
ask for	hint at	pay for	shoot at
aspire to	hope for	pick on	skate over
attend to	impose on	plan for	stamp on
bargain for	improve on	plan on	stare at
bite into	indulge in	play with	subscribe to
break into	inquire into	plot against	talk about
budget for	insist on	point to	talk to
build on	jump on	pore over	tamper with
call for	keep to	pounce on	tinker with
call on	laugh at	preside over	touch on
care for	lean on	prevail on	trample on
cater for	leap on	prey on	trifle with
count on	light upon	provide for	wait on
deal with	listen to	put upon	watch over
decide on	long for	puzzle over	wonder at
despair of	look after	reason with	work on
dictate to	look at	refer to	
dispense with	look into	rely on	
dispose of	look through	remark on	

少數三詞短語動詞可用被動式。

*He longs to **be looked up to**.* 他渴望被人看得起。
*I was afraid of **being done away with**.* 我害怕被人殺掉。

下表是可用被動式的三詞短語動詞：

do away with	look down on	look out for	play around with
live up to	look forward to	look up to	talk down to

Usage Note 用法說明

9.24 注意，在非正式英語口語裏，***get*** 有時代替 ***be*** 構成被動式。

*Our car **gets cleaned** about once every two months.* 我們的車約每兩個月清洗一次。
*Before that, I'd **got arrested** by the police.* 在那以前，我遭警察逮捕了。

在用 ***get*** 構成的現在完成時被動句和過去完成時被動句中，美式英語用 ***gotten*** 而不是 ***got***。

*I had cheated and lied, and **I'd gotten caught**. (American)* 我曾經欺騙和撒過謊，我也被抓住過。（美式英語）

Selecting focus: split sentences 選擇焦點：分裂句

9.25 把焦點集中在句子特定部分的方法之一，是使用**分裂句**（split sentence）。這種句子要用到動詞 ***be***，不是以 ***it*** 作非人稱主語就是用關係從句等分句，或者用 ***to***-不定式分句。其他語法書有時把分裂句稱為**斷裂句**（cleft sentence）。

it as the subject it 作主語：It was Fiona who told me

9.26 如果想強調一個名詞短語，可用 ***It is...*** 或 ***It was*** 後接關係從句。

例如，説話者可能想強調佐治找到了正確答案。這時可用 ***It was George who found the right answer***（是佐治找到了正確的答案）代替 ***George found the right answer***（佐治找到了正確的答案）。

***It was** Ted who broke the news to me.* 是特德把消息透露給我的。
***It is** usually the other vehicle that suffers most.* 通常是另一輛車受損最嚴重。

同樣，可以用 ***It's clocks that Henry makes***（亨利製造的是鐘錶）代替 ***Henry makes clocks***（亨利製造鐘錶）。

*It's **money** that they want.* 他們要的是錢。
*It was **me** who David wanted.* 大衛要的是我。

other kinds of focus 其他種類的焦點

9.27 在分裂句中，通常焦點集中在名詞短語上。但是，也可以聚焦在其他句子成分甚至整個分句上。這時可用 ***that*** 開頭的關係從句。

可以使介詞短語、時間狀語或地點副詞成為分裂句的焦點，以便強調事件的環境。

*It was **from Francis** that she first heard the news.* 她最早從法蘭西斯那裏聽到這個消息。

It was ***then*** *that I realized I'd forgotten my wallet.* 就在那個時候我意識到把錢包忘了。
It was ***in Paris*** *that I first saw these films.* 我是在巴黎第一次看了這幾部電影。

如果強調的是動作，可把焦點集中在 ***-ing*** 形式上。

It was ***meeting Peter*** *that really started me off on this new line of work.* 與彼得會面才真正促使我開始從事這個新行業。

要強調某事的原因，可把焦點集中在以 ***because*** 開頭的分句上。

Perhaps it's ***because he's different*** *that I get along with him.* 也許是因他與眾不同我才和他容易相處。

what or all to focus on an action
用 what 或 all 聚焦於動作

9.28 如果想把焦點集中在某人所做的動作上，可用 ***what*** 加主語、動詞 ***do***、動詞 ***be*** 以及帶 ***to*** 或不帶 ***to*** 不定式（infinitive）組成分裂句。

例如，可以用 ***What I did was to write to George immediately***（我所做的就是立刻給佐治寫信）代替 ***I wrote to George immediately***（我立刻給佐治寫了信）。

What *I did was to make a plan.* 我所做的是制定一個計劃。
What *you have to do is to choose five companies to invest in.* 你要做的就是選擇五家公司進行投資。
What *it does is draw out all the vitamins from the body.* 它的作用是把體內的維生素全部排出。

如果想強調只做了一件事而沒做其他事，可用 ***all*** 代替 ***what***。

All *he did was shake hands and wish me good luck.* 他所做的只是跟我握手，祝我好運。
All *she ever does is make jam.* 她一天到晚老是做果醬。

focusing on the topic
聚焦於主題

9.29 以 ***what*** 作主語的分句有時用來把焦點集中在所談論的事情上。這種分句可放在動詞 ***be*** 之前或之後。例如，除了可以說 ***What appealed to me was its originality***（吸引我的是其獨創性），還可以說 ***Its originality was what appealed to me***（其獨創性是吸引我的東西）。

What *impressed me most was their sincerity.* 給我印象最深的是他們的真誠。
These six factors are ***what*** *constitutes intelligence.* 這是構成智力的 6 個因素。

focusing on what someone wants or needs 聚焦於某人所要或所需的東西：What I want is a holiday, All I need is to win this game

9.30 如果想把焦點集中在某人所要、所需或所喜歡的東西上，可用分裂句。這種分裂句由 ***what*** 加主語和諸如 ***want*** 或 ***need*** 等動詞組成。在這個分句後面用動詞 ***be*** 和表示所要、所需或所喜歡的東西的名詞短語。

例如，可以用 ***What we need is a bigger garden***（我們需要的是一個更大的花園）代替 ***We need a bigger garden***（我們需要一個更大的花園）。

What *we as a nation want is not words but deeds.* 作為一個國家，我們要的是行動而不是空談。
What *you need is a doctor.* 你需要的是個醫生。
What *he needed was an excuse to talk.* 他需要的是個對話的借口。

下表列出的是在這種結構裏可與 ***what*** 連用的動詞：

adore	enjoy	like	love	prefer
dislike	hate	loathe	need	want

如果想強調某人只想要或需要某物，可用 ***all*** 代替 ***what***，與動詞 ***want*** 或 ***need*** 連用。

All *they* ***want*** *is a holiday.* 他們想要的是只是休假。
All *a prisoner* ***needed*** *was a pass.* 犯人所需的只是一張通行證。

如果不想在上述結構中提及執行者，可在 ***what*** 或 ***all that*** 後面用動詞的被動式。

What *was* ***needed*** *was a revolution.* 需要的是一場革命。

Taking the focus off the subject: using impersonal *it* 把焦點從主語移開：使用非人稱 *it*

9.31 說話者常只想在句子裏提及一件事或一個事實。例如，說話者常想把焦點集中在通常由形容詞表達的信息上。但形容詞不能單獨用作句子的主語。呈現這類信息的一個常見辦法，是把形容詞放在 ***be*** 的後面，以 ***it*** 作主語。

如果說話者不想選擇任何句子成分作為談論的對象，則可用好幾種以 ***it*** 作主語的結構。

it 可用於：

☞ 描述地點或情況

It*'s lovely here.* 這裏很可愛。

☞ 談論天氣或說明時間。

It *had been raining all day.* 一整天都在下雨。
It *is seven o'clock.* 現在 7 點鐘。

這些用法常稱為 ***it*** 的非人稱（impersonal）用法。

9.32 在上述用法中，***it*** 並不返指口語或書面語裏已提到的任何東西，因此不同於**人稱代詞** (personal pronoun)，而後者通常返指一個特定的名詞短語：

***The ending**, when **it** arrives, is completely unexpected.* 當結局來到時完全出乎意料之外。
***Paris** is special, isn't **it**?* 巴黎很特別，是不是？

關於**人稱代詞** (personal pronoun) 的進一步說明，參見 1.95 小節的開頭部分。

注意，代詞 ***it*** 也可用於指已經描述或隱含的完整情況或事實。

*He's never come to see his son. **It**'s most peculiar, isn't it?* 他從沒來過看他兒子。這非常奇怪，是不是？
***It** doesn't matter.* 沒關係。
***It**'s my fault.* 是我的錯。

9.33 ***it*** 也用於引出對行為、活動或經歷的評論。主語 ***it*** 用於前指。

***It** costs so much **to get there**.* 實現目標要花那麼多錢。
***It** was amazing **that audiences came to the theatre at all**.* 令人驚奇的是，居然有觀眾來劇場了。

這種與 ***it*** 連用的結構讓說話者避免很長的主語，從而把談論的內容放在句末這個更突出的位置。

Describing a place or situation 描述地點或情況

9.34 如果想描述處於特定地點的經歷，可用 ***it*** 後接 ***be*** 這樣的**繫動詞** (linking verb)，再加上形容詞和**地點狀語** (adverbial of place)。

It was very hard in Germany after the war. 在德國，戰後日子很艱難。
It was terribly cold in the trucks. 貨車裏冷得要命。
It's nice down there. 下面那裏很不錯。

關於如何談論地點的進一步說明，參見 6.53 小節的開頭部分。

同樣，可用 ***it*** 加 ***be*** 後接形容詞和 以 ***when*** 或 ***if*** 開頭的分句表示對一個情況的看法。

It's so nice when it's hot, isn't it? 熱的時候真不錯，是不是？
Won't it seem odd if I have no luggage? 我沒有行李會不會很奇怪？

using it as an object 用 it 作賓語

9.35 也可用 ***it*** 作 ***like*** 和 ***hate*** 等動詞的賓語，描述對一個地點或情況的感受。

*I like **it** here.* 我喜歡這裏。
*He knew that he would hate **it** if they said no.* 他知道，如果他們說不，他會不樂意的。

下面是有這種用法的常見動詞：

adore	enjoy	like	love
dislike	hate	loathe	prefer

Talking about the weather and the time 談論天氣和時間

describing the weather 描述天氣：It's raining, It's sunny

9.36 可以用 ***it*** 作動詞的主語來描述天氣。

It's still raining. 還在下雨。
It was pouring with rain. 下着傾盆大雨。
It snowed steadily throughout the night. 雪整整下了一夜。

下面這些動詞用在 ***it*** 之後談論天氣：

drizzle	pour	sleet	thunder
hail	rain	snow	

描述天氣也可用 ***it*** 後接 ***be*** 加單個形容詞或後接形容詞加表示一段時間的名詞。

'Can I go swimming?' — 'No, it's too cold.' "我可以去游泳嗎？"——"不行，太冷了。"
It was very windy. 風很大。
It was a warm, sunny evening. 這是個溫暖晴朗的晚上。
It's a lovely day, isn't it? 今天天氣真好，是不是？

下面是用於描述天氣的常見形容詞：

bitter	cool	hot	rainy
blowy	damp	humid	showery
blustery	dark	icy	stormy
boiling	dry	light	sunny
breezy	fine	lovely	thundery
chilly	foggy	misty	warm
cloudy	freezing	muggy	wet
cold	frosty	nasty	windy

注意，可用 ***it*** 後接 ***get*** 加形容詞來描述天氣或光線的變化。

It's getting cold. Shall we go inside? 越來越冷了。我們到裏面去好嗎？
It's getting dark. 天越來越黑了。

giving times and dates 表示時間和日期

9.37 可以用 ***it*** 後接 ***be*** 加形容詞或時間名詞短語來表示幾點鐘、星期幾或日期。

It's eight o'clock. 現在 8 點鐘。
It's Saturday afternoon and all my friends are out. 現在是星期六下午，我所有朋友都外出了。
It was July, but freezing cold. 那是 7 月份，但寒冷刺骨。

emphasizing time
強調時間

9.38 用 ***It is***... 或 ***It was***... 加形容詞或時間名詞短語的結構可以組成很多時間表達式。這種結構用於強調事件發生的時間。

可以用 ***when*** 説明某事發生的時間。

It was 11 o'clock at night ***when*** *16 armed men came to my house.* 那是晚上 11 點，16 名武裝男子來到我家。
It was nearly midnight ***when*** *Kunta finally slept.* 昆塔最後睡着時，幾乎是半夜了。

可以用 ***since*** 説明某事在多久以前發生。

It's two weeks now ***since*** *I wrote to you.* 自從我給你寫信以後，已經有兩個星期了。
It was forty years ***since*** *the war.* 戰爭結束已有 40 年了。

可以用 ***before*** 説明兩件事之間的時間間隔有多長。

It was ninety days ***before*** *the search was over.* 90 天以後搜索才結束。
It was four minutes ***before*** *half-time.* 離中場休息還有 4 分鐘。

可以用 ***to*** 説明某事多久以後會發生。

It was only two days ***to*** *the wedding.* 距離婚禮只有兩天了。

Commenting on an action, activity, or experience 評論行為、活動或經歷

using linking verbs
使用繫動詞

9.39 要評論正在做或經歷的事，一個常見方法是使用 ***it*** 後接繫動詞 (linking verb) 加形容詞或名詞短語。接着後面用 ***-ing*** 分詞或 ***to***-不定式。

It's fun working for him. 為他工作很有意思。
It was difficult trying to talk to her. 很難跟她展開話題。
It's nice to see you with your books for a change. 見到你一反常態與書本為伍，這真讓人高興。
It will be a stimulating experience to see Mrs Oliver. 與奧利弗太太見面將是一次令人興奮的經歷。

如果想提及動作的執行者或經歷者，可用 ***for*** 開頭的介詞短語 (prepositional phrase) 加 ***to***-不定式。

It becomes hard for a child to develop a sense of identity. 孩子要培養身份認同感變得很困難。

要建議採取某種行動或説明某事是必要的，也可用 ***to***-不定式結構。

It's important to know your own limitations. 了解自己的局限很重要。
It's a good idea to have a little notebook handy. 手頭有本小筆記簿是個好主意。
It is necessary to examine this claim before we proceed any further. 在我們繼續下去之前，有必要審查這個要求。

using other verbs 使用其他動詞

9.40 類似的結構可與除繫動詞外的其他動詞連用。

如果想説明一個經歷對某人的影響，可用 ***it*** 加上 ***please***、***surprise*** 或 ***shock*** 之類的動詞，後接名詞短語加 ***to-***不定式。關於這些動詞的列表，參見 9.44 小節。

It *always* ***pleased*** *him to think of his father.* 想到父親他總是很高興。
It shocked *me to see how much weight he'd lost.* 看到他成功減磅，我感到震驚。
It interests *him to hear what you've been buying.* 聽到你在購買的東西，他很感興趣。

it 與 ***take*** 和 ***to-***不定式分句連用可表示某行為或活動所採用或需要的東西，比如需要的時間量或人員類別。

It takes *an hour* ***to get*** *to Northampton.* 去北安普敦需要一個小時。
It takes *an exceptional parent* ***to cope*** *with a child like that.* 對付這樣的孩子需要一個非凡的父母。
It took *a lot of work* ***to put*** *it together.* 把它裝配起來花了大量功夫。

如果還有**間接賓語**（indirect object），可直接放在動詞後面。

It took ***me*** *a year to save up for a new camera.* 我用了一年時間才賺到足夠的錢買部新相機。

如果間接賓語由介詞短語表示，通常以 ***for*** 開頭，則放在直接賓語後面。

It took some time ***for him*** *to realize what was required.* 過了一段時間他才意識到要求是甚麼。
It takes a lot more time ***for an adult*** *to pick up a language than for a child.* 成年人要學會一種語言，需要的時間遠比小孩多。

cost 可用在類似的結構中談論一個活動使用某物的數量，通常指金額。

It costs about £150 a week to keep someone in prison. 把一個人關在監獄裏每週大約要花 150 英鎊。

如果動詞是 ***find*** 和 ***think***，可用 ***it*** 作賓語，後接形容詞，加上 ***to-***不定式或 ***that-***從句。

He found ***it*** *hard to make friends.* 他發現交朋友很難。
He thought ***it*** *right to resign immediately.* 他認為立刻辭職是對的。

other ways of talking about actions 其他談論行為的方法

9.41 如果想把焦點集中在以分詞或 ***to-***不定式開頭的分句上，可把這個分句作為主句的主語代替 ***it***。例如，可以用 ***Working for him is fun***（替他工作挺有意思）代替 ***It's fun working for him***（替他工作挺有意思）。

Measuring the water correctly *is most important.* 正確測量水位是十分重要的。

在正式英語裏，有時使用 ***to-***不定式分句。

To sell your story to the papers *is a risky strategy.* 把你的故事賣給報社是個危險策略。

Commenting on a fact that you are about to mention 評論即將提及的事實

9.42 如果想評論一個事實、事件或情況，可用 ***it*** 後接繫動詞 (linking verb)、形容詞或名詞短語以及表示事實的 ***that***-從句。

It is ***strange*** *that it hasn't been noticed before.* 很奇怪它以前不受注意。
It's ***a shame*** *he didn't come.* 真可惜他沒來。
From the photographs it ***seems*** *clear my mother was no beauty.* 從照片上看，我媽媽顯然不是美女。

下面是用於這種結構的形容詞一覽表：

amazing	extraordinary	natural	strange
apparent	fair	obvious	surprising
appropriate	funny	odd	true
awful	good	plain	unbelievable
bad	important	possible	unlikely
clear	inevitable	probable	wonderful
doubtful	interesting	queer	
essential	likely	sad	
evident	lucky	shocking	

下面是用於這種結構的名詞一覽表：

disgrace	nuisance	shame	wonder
marvel	pity	surprise	

9.43 在 ***funny***、***odd*** 和 ***strange*** 之類的形容詞後面，有時用 ***how*** 開頭的從句代替 ***that***-從句，而意義保持不變。

It's ***funny how*** *they don't get on.* 真奇怪他們怎麼合不來。
It's ***strange how*** *life turns out.* 很奇怪生活會變成這個樣子。
It is ***astonishing how*** *he has changed.* 令人驚訝的是，他發生了那麼大的變化。

如果想評論動作對象，可把 ***what***-從句用在類似的形容詞後面。

It's ***surprising what*** *you can dig up.* 挖掘出來的東西多得令人吃驚。
It's ***amazing what*** *some of them would do for a little publicity.* 令人驚訝的是，他們當中部分人為了出點風頭會做出甚麼事。

如果想評論做某事的理由有多清楚，可把 ***why***-從句用在 ***obvious*** 和 ***clear*** 之類的形容詞後面。

Looking back on these cases, it is ***clear why*** *the unions distrust the law.* 回顧這些案件，工會不信任法律的原因顯而易見。

如果想評論某事是否真實，可把 ***whether***-從句用在 ***doubtful*** 和 ***irrelevant*** 之類的形容詞後面。

*It is **doubtful whether** supply could ever have kept up with consumption.* 令人懷疑的是，供應是否曾經能夠跟上消費。

other verbs 其他動詞

9.44 如果想說明某人對一個事實的看法，可用 ***it*** 後接 ***please*** 或 ***surprise*** 之類的動詞。動詞後面用名詞短語和 ***that-***從句。

***It** won't **surprise** you **that** I stuck it in my pocket.* 你不會感到意外的，我隨手把它放在口袋裏了。
***It bothered** her **that** Alice wasn't interested in going out.* 令她煩惱的是，愛麗斯對出門不感興趣。

下面這些動詞可以這麼用：

amaze	astound	distress	shock
amuse	bewilder	grieve	surprise
annoy	bother	horrify	upset
appal	delight	interest	worry
astonish	disgust	please	

passive of reporting verbs 引述動詞的被動式

9.45 如果想說明一群人所說、所想或所發現的東西，可用 ***it*** 作引述動詞被動式的主語，後接 ***that-***從句。

***It** was agreed **that** the plan should be kept secret.* 大家一致認為，計劃應該保密。
***It** was felt **that** there had been some dishonest behaviour.* 大家覺得出現了一些不誠實的行為。
***It** was found **that** no cases of hypothermia had been recorded.* 結果發現，沒有一個低體溫記錄的例子。

關於有這種用法的動詞列表，參見 7.69 小節。

Introducing something new: *there* as subject 引出新內容：*there* 作主語

saying that something exists 說明某物的存在：There are four people in my family

9.46 如果想說明某物的存在或者想提及某物的在場，可用 ***there*** 後接 ***be*** 和名詞短語。

在這種情況下，***there*** 並不指地點。在英語口語裏，區別常常更明顯，因為 ***there*** 的這種用法常不帶重音，讀作 /ðə/（美式英語 /ðər/），而地點副詞幾乎總是完整地讀作 /ðeə/（美式英語 /ðeər/）。

there 在此處論述的結構裏沒有甚麼詞義。例如，***There is a good reason for this***（對此有充分的理由）這句話的意思等於 ***A good reason for this exists***（對此存在理由充分）。

9.47 這種名詞短語通常後接副詞或介詞短語、***wh-***從句或 ***available***、***present*** 或 ***free*** 等形容詞中的一個。

There were thirty boys *in the class.* 班上有 30 名男生。
There are three reasons *why we should support this action.* 我們支持這個行動有三個原因。
There were no other jobs *available.* 沒有其他可以獲得的工作。

有關地點的介詞短語可放在 ***there*** 之前，也可放在名詞短語之後。

On a small table *there was a white china mug.* 一張小桌子上有一隻白瓷杯。
There was a box ***in the middle of the room***. 房間中央有一個箱子。

saying that something happened 説明某事發生過：There was a sudden noise

9.48 也可用 ***there*** 後接 ***be*** 加表示事件的名詞短語説明某事發生過或將要發生。

There was a knock *at his door.* 有人在他門上敲了一下。
There were two general elections *that year.* 那年舉行了兩次大選。
There will be trouble *tonight.* 今晚會有麻煩。

describing something that is happening 描述某事正在發生：There was a man standing next to her

9.49 描述一個場景或情況時，可用由 ***there*** 後接 ***be*** 加名詞短語和 ***ing*** 分詞組成的結構。

例如，可以用 ***There were flames coming out of it***（有火焰從裏面冒出來）代替 ***Flames were coming out of it***（火焰正在從裏面冒出來）。

There was a storm raging *outside.* 外面狂風大作。
There were men and women working *in the fields with horses.* 田地裏有男有女和馬同工。
There was a revolver lying *there.* 那裏放着一支左輪手槍。

verb agreement 動詞的一致

9.50 如果其後的名詞短語是複數，通常用 ***be*** 的複數形式。

There were two men *in the room.* 房間內有兩個男人。

如果列舉一連串事物，而第一項是單數或不可數名詞，則用 ***be*** 的單數形式。

There was a sofa *and two chairs.* 有一張長沙發和兩張椅子。

注意，在以 ***a*** 開頭的複數量詞短語前面，比如 ***a lot of*** 和 ***a few of***，要用 ***be*** 的複數形式。

There were a lot of people *there.* 那裏有很多人。

在以 ***a*** 開頭的數詞前面，比如 ***a hundred***、***a thousand*** 和 ***a dozen***，也用 ***be*** 的複數形式。

There were a dozen reasons *why a man might disappear.* 十幾個理由可解釋為何一個男人失蹤。

contractions with there 與 there 連用的縮略式

9.51 在英語口語和非正式的書面語中，***there is*** 和 ***there has*** 常縮略成 ***there's***；***there had*** 和 ***there would*** 縮略成 ***there'd***；***there will*** 縮略成 ***there'll***。

There's *no danger.* 沒有危險。
I didn't even know ***there'd*** *been a fire.* 我甚至不知道發生過火災。

there with adjectives there 與形容詞連用

9.52 ***there*** 也可與形容詞 ***likely***、***unlikely***、***sure*** 和 ***certain*** 等連用，表示某事發生的可能性。

There *are* ***unlikely*** *to be any problems with the timetable.* 時間表不大可能出甚麼問題。

there with other verbs there 與其他動詞連用

9.53 還有一些動詞也可放在 ***there*** 之後，用法與 ***be*** 類似。如果想說明某事似乎如此或似乎已經發生，***there*** 可與 ***seem*** 或 ***appear*** 連用，後接 ***to be*** 或 ***to have been***。

There seems to have been *some carelessness recently.* 近來好像出現了一些粗心大意的情況。
There appears to be *a lot of confusion on this point.* 在這一點上似乎有很多混亂。

to be 有時可以省略，特別是在不可數名詞前面。

There seems *little doubt that he was hiding something.* 毫無疑問，他在隱瞞甚麼。

there 有時後接引述動詞 (reporting verb) 的被動式加不定式 ***to be***，表示人們口說或心想某事物存在。關於引述動詞 (reporting verb) 的進一步說明，參見 7.5 小節的開頭部分。

There is expected to be *an announcement about the proposed building.* 預期將發佈一個關於籌建大樓的公告。
Behind the scenes, ***there is said to be*** *intense conflict.* 據說幕後有着激烈衝突。

happen 用於同樣的結構，表示情況偶然存在。

There happened to be *a roll of sticky tape lying on the desk.* 桌上碰巧放着一卷透明膠帶。

這種結構中也可用 ***tend***，說明某事通常發生或存在。

There tend to be *a lot of parties at this time of year.* 每年的這個時候一般會有很多聚會。

formal and literary uses 正式和書面用法

9.54 ***exist***、***remain***、***arise***、***follow*** 和 ***come*** 有時用在 ***there*** 後面，說明某事存在或發生。這種結構僅出現在正式的英語或文學作品中。

There remained *a risk of war.* 仍然存在發生戰爭的危險。
There followed *a few seconds' silence.* 隨後是幾秒鐘沉默。
There comes *a time when you have to make a choice.* 有時你不得不作出選擇。

9.55　另一個文學作品中常用的結構，是在句首使用與地點有關的介詞短語，後接 ***there*** 加表示位置或運動的動詞。

例如，一個作者可能會用 ***At the top of the hill there stands the old church***（小山頂上坐落着古老的教堂）來代替 ***The old church stands at the top of the hill***（古老的教堂坐落在小山頂上）。

From the hook ***there hung*** *a long black coat.* 鈎子上掛着一件黑色長大衣。
Beside them ***there rises*** *a twist of blue smoke.* 他們旁邊升起了一縷青煙。

Focusing using adverbials 使用狀語來聚焦

Commenting on your statement: sentence adverbials 評論自己的陳述：句子狀語

9.56　很多狀語用來表示説話人對自己所説內容的態度，或要使受話者對説話人所説內容採取某種態度。這些問題在 9.57 到 9.63 小節論及。

還有些狀語用於縮小陳述的範圍或把注意力集中在與陳述有關的某個事物上。這些問題在 9.64 到 9.68 論及。

所有這些狀語都稱為**句子狀語** (sentence adverbial)，因為它們適用於所處的整個句子。在其他語法書裏，有時稱之為**分離狀語** (disjunct)。

句子狀語常常放在句首。有些也放在其他位置，如以下例子所示，但通常用語調或逗號把它們與前後的詞語分開，表示它們適用於整個句子。

關於**狀語** (adverbial) 的進一步概括説明，參見第六章。

Stating what area you are referring to 陳述所指範圍

being specific 具體説明：financially,..., politically speaking,...

9.57　要清楚説明所談論的是事情的哪個方面，可使用由類別形容詞構成的句子狀語。例如，如果想表示某事在政治領域內或從政治角度看是重要的，可以説 ***politically important***。這些狀語常常置於形容詞的前面，或置於句首或句末。

It would have been ***politically*** *damaging for him to retreat.* 如果他退縮的話，會在政治上產生破壞作用。
Biologically *we are not designed for eight hours' sleep in one block.* 從生物學的角度看，我們不適合一下子睡 8 個小時。
We've had a very bad year ***financially****.* 我們這一年的財務狀況很糟糕。

下面是可指事物特定方面的狀語一覽表：

academically	constitutionally	environmentally	intellectually
aesthetically	culturally	ethically	legally
biologically	ecologically	financially	logically
chemically	economically	geographically	mechanically
commercially	emotionally	ideologically	mentally

morally	politically	sexually	superficially
numerically	psychologically	socially	technically
outwardly	racially	spiritually	technologically
physically	scientifically	statistically	visually

Be Creative 靈活運用

9.58 ***speaking*** 有時加在這些狀語後面。例如，***technically speaking***（嚴格來説）可用於表示 ***from a technical point of view***（從嚴格按字面解釋的角度）。

He's not a doctor, ***technically speaking****.* 嚴格來説，他不是醫生。
He and Malcolm decided that, ***politically speaking****, they were in complete agreement.* 他和馬爾科姆斷定，從政治上説，他們的意見完全一致。

generalizing 概括説明：basically, on the whole 等

9.59 説話者常希望避免作出堅決有力的陳述，因為意識到事實與所説的不完全一致。

要這樣做的一個辦法，是使用句子狀語，表示所説的是一個概括性的、基本或大致的陳述。

Basically*, the older you get, the harder it becomes.* 基本上來説，年紀越大就越難。
By and large *we were allowed to do as we wished.* 總的來説，我們獲准按自己的意願行事。
I think ***on the whole*** *we don't do too badly.* 我認為總體上我們做得不算太差。

下列狀語可以這麼用：

all in all	by and large	on average
all things considered	essentially	on balance
altogether	for the most part	on the whole
as a rule	fundamentally	overall
at a rough estimate	generally	ultimately
basically	in essence	
broadly	in general	

注意，也可用 ***broadly speaking***、***generally speaking*** 和 ***roughly speaking*** 等表達式。

We are all, ***broadly speaking****, middle class.* 從廣義上説，我們都是中產階級。
Roughly speaking*, the problem appears to be confined to the tropics.* 大體上説，這問題似乎只限於熱帶地區。

Be Creative 靈活運用

9.60 也可使用由類別形容詞構成的介詞短語，比如 ***in financial terms*** 或 ***from a political point of view***。用與這些形容詞有關的名詞也能構成類似的介詞短語。比如用 ***money*** 代替 ***financial***：***in money terms***、***in terms of money***、***with regard to money*** 或 ***from the money point of view***。

Life is going to be a little easier ***in economic terms****.* 從經濟上來説，生活會變得略微輕鬆些。
That is the beginning of a very big step forward ***in educational terms****.* 那是在教育方面邁出一大步的開始。
This state was a late developer ***in terms of commerce****.* 這個州在發展商業方面是個後進者。

Be Creative
靈活運用

9.61 表示 ***with regard to money*** 這樣意思的另一種説法是 ***money-wise***。後綴 ***-wise*** 加在表示所指方面的名詞之後。這麼做的目的通常是為了避免説出很長的短語。

What do you want to do ***job-wise*** *when the time comes?* 到時候在工作方面你想做甚麼呢？
We are mostly Socialists ***vote-wise****.* 在投票問題上，我們大多數是社會黨人。

Emphasizing 強調

9.62 説話者可能希望強調陳述的真實性或所述情況的嚴重性。可用下列句子狀語實現這個目的：

above all	for heaven's sake	surely
actually	indeed	to put it mildly
at all	positively	to say the least
believe me	really	truly
by all means	simply	without exception
even	so	

Sometimes we ***actually*** *dared to penetrate their territory.* 有時我們真的要敢於進入他們的領土。
Above all*, do not be too proud to ask for advice.* 最重要的是，別因自視過高不向人求教。
Eight years was ***indeed*** *a short span of time.* 8 年實際上是一段短時間。
I ***really*** *am sorry.* 我真的很抱歉。
Believe me*, if you get robbed, the best thing to do is forget about it.* 相信我，如果你遭到搶劫，最好的辦法是把它忘了。

注意，***indeed*** 常與 ***very*** 連用，置於形容詞之後。

I think she is a ***very*** *stupid person* ***indeed****.* 我認為她真是個很笨的人。

at all 用於否定句表示強調，通常置於句末。

I didn't like it ***at all****.* 我一點都不喜歡它。
I would not be ***at all*** *surprised if they turned out to be the same person.* 如果他們結果是同一個人，我一點也不吃驚。

surely 用來請求他人贊同。

Surely *it is better to know the truth.* 當然，知道真相更好一點。

*Here, **surely**, is a case for treating people as individuals.* 這想必是一個把人當作個體對待的理由。

even 放在詞或詞組的前面，把注意力引向話語中令人驚訝的部分。

__Even__ at midday the air was chilly. 即使在中午時分，空氣仍然涼颼颼的。
*Some men were **even** singing.* 有些男人甚至唱起了歌。
*There was no one in the cafe, not **even** a waiter.* 咖啡廳裏空無一人，連服務員也沒有。

表示同意或評論時，***so*** 用於引出強調句。

'Derek! It's raining!' — '__So__ it is.' "德里克！在下雨！"——"是啊。"
'He's very grateful!' — '__So__ he should be.' "他很感激！"——"他應該的。"

表示允許時，***by all means*** 用於強調。

*If your baby likes water, **by all means** give it to him.* 如果你的寶寶喜歡水，一定要給他。

for heaven's sake 用於提出請求或提問。

__For heaven's sake__, stop doing that, Chris. 看在上帝的份上，別那樣做了，克里斯。
*What are you staring at, **for heaven's sake**?* 天哪，你在盯着甚麼？

emphasizing that something is exact 強調某事的確切性：exactly, just, precisely 等

9.63 説話者可能希望強調自己的陳述，不僅總體上而且每個細節都是真的。副詞 ***exactly***、***just*** 和 ***precisely*** 可用於這個目的。

*They'd always treated her **exactly** as if she were their own daughter.* 他們一直完全把她當成自己的女兒看待。
*Their decor was **exactly** right.* 他們的裝潢恰到好處。
*I know **just** how you feel.* 我完全知道你的感受。
*The peasants are weak **precisely** because they are poor.* 正因為農民窮，所以他們弱勢。

Focusing on the most important thing 聚焦於最重要的事物

9.64 如果想把焦點放在所述話語中最重要的事情上，比如某事的主要理由或某物的主要性質，可使用某些狀語。

*I'm **particularly** interested in classical music.* 我對古典音樂特別感興趣。
*They have been used in certain countries, **notably** in South America.* 它們已在某些國家得到了使用，尤其是在南美。
*We want **especially** to thank all our friends for their support.* 我們尤其要感謝我們所有朋友的支持。

下列狀語可以這麼用：

chiefly	notably	principally
especially	particularly	specially
mainly	predominantly	specifically
mostly	primarily	

restricting 限制：only, just 等

9.65 這種狀語有些可用來強調只有一個特定事項與所述內容有關。

*The drug is given **only** to seriously ill patients.* 這種藥只用於危重病人。
*This is **solely** a matter of money.* 這只是錢的問題。
*It's a large canvas covered with **just** one colour.* 這是一塊只塗了一種顏色的巨型畫布。

下列狀語可以這麼用：

alone	just	purely	solely
exclusively	only	simply	

selecting 選擇：especially, notably 等

9.66 焦點狀語可用來添加進一步信息，表示從較大組別內挑選出一組特定的人群或事物。這些狀語可與名詞短語、介詞短語、形容詞以及分句連用。

*I enjoy the company of young people, **especially** my grandchildren.* 我喜歡年輕人的陪伴，特別是我的孫兒們。
*In some communities, **notably** the inner cities, the treatment has backfired.* 在某些社區，尤其是內城區，這種治理出現了事與願違的結果。
*They were **mostly** professional people.* 他們大部分是專業人士。
*You'll enjoy it down in LA, **especially** if you get a job.* 你會喜歡留在洛杉磯的，特別是如果你有一份工作。

position of focusing adverbials 焦點狀語的位置

9.67 在謹慎的書面語裏，焦點狀語通常直接放在有關的詞或句子成份前面，以避免產生歧義。在口語裏，根據説話者的語調通常就能分辨焦點狀語説明的是甚麼。

但是在很多情況下，焦點狀語不一定把焦點集中在緊接其後的詞或成份上。例如，在句子 ***He mainly reads articles about mechanical things***（他主要閱讀機械方面的文章），幾乎可以肯定單詞 ***mainly*** 説明的是 ***about mechanical things*** ，而不是 ***reads*** 。

焦點狀語一般不用在句首。但是， ***only*** 把焦點集中在其後的成份上時，可用在開頭引出句子。

***Only** thirty-five per cent of four-year-olds get nursery education.* 4 歲兒童當中只有 35% 接受學前教育。
***Only** in science fiction is the topic touched on.* 只有在科幻小説裏才提到了這個主題。

just 和 ***simply*** 可用在句首發出指令。

***Just** add boiling water.* 只要加入開水。
***Simply** remove the packaging, and plug the machine in.* 只需去掉包裝，為機器接通電源即可。

alone 總是用在其所聚焦的成份後面。***only*** 有時也用於這個位置。

*People don't work for money **alone**.* 人們工作不僅是為了賺錢。
*They were identified by their first names **only**.* 他們只是以名字得到了身份確認。

在非正式口語和書面語裏，別的焦點狀語有時也用在其所聚焦的成份後面。例如，可以用 ***We talked about me mostly*** （我們主要談論的是我）代替 ***We talked mostly about me*** （我們主要談論的是我）。

*We have talked about France **mainly**.* 我們主要談論了法國。
*Chocolate, **particularly**, is suspected of causing decay of the teeth.* 尤其是巧克力被懷疑會引起蛀牙。
*In the early years, **especially**, a child may be afraid of many things.* 特別是在幼年，孩子可能會害怕很多東西。

這個位置也可用於添加信息。

*He liked America, New York **particularly**.* 他喜歡美國。特別是紐約。
*She was busy writing, poetry **mostly**.* 她忙於寫作，主要是寫詩。

Usage Note 用法說明

9.68 其他一些狀語可用來把焦點集中在附加信息上。程度副詞 ***largely***、***partly*** 和 ***entirely*** 以及 ***usually*** 和 ***often*** 之類的頻率副詞可以這樣用。

*The situation had been created **largely** by the press.* 這種局面很大程度上由新聞界造成。
*The house was cheap **partly** because it was falling down and **partly** because it was in a dangerous area.* 這套房子很便宜，一是因為快要塌下來，二是因為處在危險地段。
*The females care for their young **entirely** by themselves.* 雌性動物完全獨自照顧幼兒。
*They often fought each other, **usually** as a result of arguments over money.* 他們經常打架，起因通常是為錢的事發生爭執。
*Some people refuse to give evidence, **often** because they feel intimidated.* 有些人拒絕作證，原因通常是感覺受到了威嚇。

與 ***particularly*** 意義類似的短語 ***in particular*** 可用在下列例子所示的位置。

*Wednesday **in particular** is very busy.* 星期三特別忙。
*Next week we shall be taking a look at education and **in particular** primary schools.* 下週我們將看一下教育，特別是小學教育。
*He shouted at the children and at Otto **in particular**.* 他對孩子們喊叫，特別是向着奧托。
***In particular**, I'm going to concentrate on hydro-electricity.* 我將專門集中談一下水力發電。

Other information structures 其他信息結構

Putting something first 把某事放在首位：In his pocket was a pen, Why she's here I don't know

9.69 在英語裏，陳述句第一個成份通常是動詞的主語。但如果想強調另一個成份，可將其置於句首。

出現這種情況時，有時需要改變主語和動詞的正常順序。

adverbials first 狀語放在首位

9.70 副詞和介詞短語常可放在首位。這是**句子狀語** (sentence adverbial，參見 9.56 小節) 的正常位置，所以並沒有特別強調意味。其他短語有時也放在首位，通常是為了使故事和敘述裏的描寫更引人注目或更生動。

At eight o'clock *I went down for my breakfast.* 我 8 點鐘下樓吃早餐。
For years *I'd had to hide what I was thinking.* 多年來我不得不隱瞞我的想法。

在地點介詞短語和否定狀語後面，主語和動詞常常要互換位置。

In his pocket ***was a bag of money****.* 他衣服口袋裏有一袋子錢。
On no account ***must they be let in****.* 無論如何不能放他們進來。

關於**狀語** (adverbial) 的概述，參見第六章。**否定狀語** (negative adverbial) 在第五章論述。

reported question first 間接疑問句放在首位

9.71 說明不知道某事時，可將**間接疑問句** (reported question) 放在首位。

What I'm going to do next *I don't quite know.* 我接下來要做甚麼，我自己也不十分清楚。
How he escaped serious injury *I can't imagine.* 他是怎樣避免受重傷的，我怎樣也想像不出來。

關於**間接疑問句** (reported question) 的進一步說明，參見 7.32 到 7.38 小節。

other parts of the clause 分句的其他部分

9.72 形容詞或名詞短語偶爾可放在繫動詞前面，但這並不常見。

Noreen*, she was called. She came from the village.* 她叫諾琳。她來自那個村莊。
Rare *is the individual who does not belong to one of these groups.* 一個人不屬於這些團體之一是罕見的。

動詞的賓語有時置於首位，這通常是正式文體或文學作品的用法。注意，主語仍然必須提及。

The money *I gave to the agent.* 錢我交了給代理。
If they sensed my fear, they would attack. ***This*** *I knew.* 如果他們察覺到了我的恐懼，他們會發起攻擊。這一點我是知道的。

Introducing your statement 引出自己的陳述：The problem is..., The thing is...

9.73 人們常用某種結構前指即將要説的話，並用某種方式對其加以歸類或作出標記。這種結構有時稱為**引導結構**（prefacing structure）或**導語**（preface）。

導語通常引出同一句子中的第二部分，一般是 ***that-***從句或 ***wh-***從句。但是，也可使用整個句子作為另一個句子的導語（參見 9.78 小節）。

pointing forward to the second part of sentence
前指句子的第二部分

9.74 一個常見的引導結構是 ***the*** 加名詞後接 ***is***，比如 ***The answer is...***（答案是……）。這個名詞有時被形容詞修飾，或者後面有時有以短語或分句形式出現的額外信息。最常用於這種結構的名詞有：

answer	problem	thing	wonder
conclusion	question	tragedy	
fact	rule	trouble	
point	solution	truth	

The fact is、***the point is*** 和 ***the thing is*** 用於表示即將説出來的話非常重要。

***The simple fact is** that if you get ill, you may be unable to take the examination.* 一個簡單的事實是，如果你病了，你可能無法應考。

***The point is** to find out who was responsible.* 重要的是找出誰要負上責任。

***The thing is**, how are we to get her out?* 問題是，我們怎樣才能幫她出來？

classifying
分類

9.75 這些名詞裹有的用於表示即將説出的是哪類事情。

***The rule is:** if in doubt, dry clean.* 原則是：如果有疑問就乾洗。

*Is photography an art or a science? **The answer is** that it is both.* 攝影是藝術還是科學？答案是兩者都是。

***The obvious conclusion is** that man is not responsible for what he does.* 明顯的結論是，人對自己的行為不負責任。

labelling
標記

9.76 這些名詞裹有的用於為即將談論的內容作出標記。

***The problem is** that the demand for health care is unlimited.* 問題在於對醫療保健的需求是無限的。

***The only solution is** to approach each culture with an open mind.* 唯一的解決辦法是以開放的心態對待每種文化。

***The answer is** planning, timing, and, above all, practical experience.* 答案是制定計劃、時機掌握以及最重要的是實踐經驗。

other ways of labelling 作標記的其他方法

9.77 分裂句 (split sentence，參見 9.25 到 9.30 小節) 可用於作標記。

What we need *is law and order.* 我們需要的是法治。

非人稱 ***it*** 加形容詞後接 ***that***-從句的結構，是一種強調程度較弱的引導方式 (參見 9.42 小節)。

It is interesting *that the new products sell better on the web than in shops.* 有意思的是，這些新產品在網上賣得比商店裏好。

要糾正先前所說的話時，可用句子狀語 ***at any rate***、***at least*** 和 ***rather*** 作導語。這類導語常置於 ***or*** 之後。

This had saved her life; or ***at any rate*** *her sanity.* 這救了她的命，或者至少是她的神智。

anyway 也可用作導語，通常置於糾正之後。

It is, for most of its length ***anyway****, a romantic comedy.* 不管怎樣，就其大部分內容來說。這是一部浪漫喜劇。

using whole sentences to point forward 使用完整句前指

9.78 完整的句子可用於前指其後的一個或多個句子。例如，含 ***interesting***、***remarkable*** 或 ***funny*** 之類形容詞的句子，或者含有 ***reason*** 或 ***factor*** 等一般抽象詞的句子 (參見 10.19 到 10.23 小節)，常常用作導語。

It was a bit ***strange****. Nobody was talking to each other.* 這有點奇怪。沒有人在互相交談。
This has had very ***interesting*** *effects on different people.* 這對於不同的人產生了非常有趣的效果。
There were other ***factors****, of course: I too was tired of Miami.* 當然還有其他因素：我也厭倦了邁阿密。
But there were ***problems****. How could we get to Edinburgh without a car?* 但是還有問題。沒車我們怎樣去愛丁堡？

Focusing on the speaker's attitude 聚焦於說話者的態度

9.79 有好幾種方法可使說話者把焦點集中在對所說內容及談話對象的態度上。

某些狀語表示對所說內容的態度。這種用法在 9.80 到 9.90 小節論述。

其他結構可用於表示強烈的反應或感歎。這種用法在 9.91 到 9.94 小節論述。

最後，對別人的稱呼可以說明對他們的感受以及表示與他們的關係。稱呼人的不同方式在 9.95 到 9.99 小節論述。

Indicating your attitude to what you are saying
表示對所説內容的態度

indicating your opinion 表達看法

9.80 要表明對所談論的事實或事件的反應或看法，方法之一就是使用評論狀語 (commenting adverbial)。評論狀語對句子裏提出的整個信息作出評論。

Surprisingly, *I found myself enjoying the play.* 出乎意料的是，我居然很喜歡那部戲。
Luckily, *I had seen the play before so I knew what it was about.* 幸運的是，我以前看過這部戲，因此我知道是怎麼回事。
*It was, **fortunately**, not a bad accident, and Henry is only slightly hurt.* 幸運的是 ，這不是個嚴重事故，亨利只是受了點輕傷。
Interestingly, *the solution adopted in these two countries was the same.* 有意思的是，這兩個國家採用的解決方案都一樣。

下列狀語常常這麼用：

absurdly	fortunately	oddly	true
admittedly	happily	of course	typically
alas	incredibly	paradoxically	unbelievably
anyway	interestingly	please	understandably
astonishingly	ironically	predictably	unexpectedly
at least	luckily	remarkably	unfortunately
characteristically	mercifully	sadly	unhappily
coincidentally	miraculously	significantly	unnecessarily
conveniently	mysteriously	strangely	
curiously	naturally	surprisingly	

at least 和 ***anyway*** 的用法之一，是表示説話者對某一事實感到高興，即使可能有其他不盡如人意的事實。

At least *we agreed on something.* 至少我們對某件事意見一致。
*I like a challenge **anyway**, so that's not a problem.* 我反正喜歡挑戰，所以那不是問題。

Usage Note 用法説明

9.81 有一些評論狀語用來表示對所談論內容的看法時，常後接 ***enough***：

curiously	funnily	interestingly	oddly	strangely

Oddly enough, *she'd never been abroad.* 奇怪的是，她從未出過國。
Funnily enough, *I was there last week.* 有趣的是，上星期我就在那裏。

distancing and being more specific 保持距離和更確切

9.82 好幾個評論狀語具有這樣的效果，即表示說話者不完全確認陳述的真實性。

*Rats eat **practically** anything.* 老鼠幾乎甚麼都吃。
*It was **almost** a relief when the race was over.* 賽跑結束時幾乎是一種解脱。
*They are, **in effect**, prisoners in their own homes.* 他們實際上是關在自己家裏的囚犯。
***In a way** I liked her better than Mark.* 在某程度上，我比馬克更喜歡她。

下列狀語可以這麼用：

almost	more or less	to some extent
in a manner of speaking	practically	up to a point
in a way	so to speak	virtually
in effect	to all intents and purposes	

注意，***almost***、***practically*** 和 ***virtually*** 不用在句首。

I think、***I believe*** 和 ***I suppose*** 之類的表達式也用於表示不完全確認所説內容的真實性。

indicating your point of view 表達觀點

9.83 在 ***luckily***、***fortunately***、***happily*** 和 ***unfortunately*** 等副詞之後，通過加上 ***for*** 和指人的名詞短語可表示敍述的是誰的看法。

*'Does he do his fair share of the household chores?' — 'Oh yes, **fortunately for me**.'* "他是不是做了他份內應做的家務？"——"哦，是的，算我幸運。"
***Luckily for me and them**, love did eventually grow and flourish.* 對我和他們來説幸運的是，愛最終茁壯成長起來了。

indicating a quality shown by the performer of an action 表示動作執行者的品質

9.84 另一類評論狀語用於説明説話者認為動作執行者表現出的一個品質。這些評論狀語由可以描述人的形容詞構成，常放在句子主語之後、動詞之前。

*The League of Friends **generously** provided about five thousand pounds.* 好友聯盟慷慨地提供了約 5,000 英鎊。
*The doctor had **wisely** sent her straight to hospital.* 醫生明智地把她直接送去了醫院。
*She **very kindly** arranged a delicious lunch.* 她非常親切地安排了一頓美味的午餐。
***Foolishly**, we had said we would do the decorating.* 愚蠢的是，我們説裝飾佈置由我們來做。

下列狀語可以這樣用：

bravely	correctly	helpfully	wisely
carelessly	foolishly	kindly	wrongly
cleverly	generously	rightly	

mentioning your justification for a statement 提及陳述的理由

9.85 如果説話者的陳述基於見到、聽到或讀到的某事，可用評論狀語來表示。例如，看到一個物品是用手工做的，説話者可能會説 ***It is obviously made by hand*** (這顯然是手工做的)。

*His friend was **obviously** impressed.* 他的朋友顯然印象深刻。
*Higgins **evidently** knew nothing about their efforts.* 希金斯顯然不知道他們作出過的努力。
***Apparently** they had a row.* 顯而易見他們吵了架。

下列這些常見的狀語可以這麼用：

apparently	evidently	obviously	unmistakably
clearly	manifestly	plainly	visibly

showing that you assume your hearer agrees 表示假設受話人同意

9.86 人們常使用評論狀語來説服某人同意。這樣他們表明假定自己所説的話顯而易見。

***Obviously** I can't do the whole lot myself.* 顯然我一個人做不了所有事。
*Price, **of course**, is an important factor.* 價格當然是一個重要因素。

下列狀語常常這樣用：

clearly	naturally	obviously	of course	plainly

indicating reality or possibility 表示真實性或可能性

9.87 有些狀語用於表示情況是否真實存在，或者似乎存在或可能存在。

*She seems confident but **actually** she's quite shy.* 她好像很有信心，但實際上很害羞。
*They could, **conceivably**, be right.* 他們很可能是對的。
*Extra cash is **probably** the best present.* 額外現金可能是最好的禮物。

下列狀語可以這樣用：

actually	in reality	probably	potentially
certainly	in theory	really	seemingly
conceivably	maybe	unofficially	supposedly
definitely	no doubt	~	theoretically
doubtless	officially	allegedly	undoubtedly
hopefully	perhaps	apparently	
in fact	possibly	nominally	
in practice	presumably	ostensibly	

上表的第二組狀語常用在形容詞前面。

*We drove along **apparently empty** streets.* 我們駕車行駛在清晰可見空無一人的街道上。
*It would be **theoretically possible** to lay a cable from a satellite to Earth.* 要架設一條從人造衛星到地球的電纜，理論上是可行的。

indicating your attitude 表達態度

9.88 如果說話者想清楚表明對所說內容的態度，可使用評論狀語。

Frankly, *the more I hear about him, the less I like him.* 坦白說，我了解他越多，就越不喜歡他。
In my opinion *it was probably a mistake.* 在我看來這很可能是個錯誤。
In fairness, *she is not a bad mother.* 公平地說，她不是一個壞母親。

下列這些常見的評論狀語可以這樣用：

as far as I'm concerned	in fairness	on reflection
frankly	in my opinion	personally
honestly	in my view	seriously
in all honesty	in retrospect	to my mind

using infinitive clauses 使用不定式分句

9.89 另一個表示說話者在作出何種陳述方法，是用 ***to be*** 後接一個形容詞，或用 ***to put it*** 後接一個副詞。

I don't really know, ***to be honest***. 說實話，我真的不知道。
To put it bluntly, *someone is lying.* 說坦白話，有人在撒謊。

politeness 禮貌

9.90 如果提出請求的人希望顯得有禮貌，可用副詞 ***please***。

May I have a word with you, ***please****?* 請問我可以和你說句話嗎？
Would you ***please*** *remove your glasses?* 請把眼鏡脫下來好嗎？
Please *be careful.* 請小心。

Exclamations 感歎語

9.91 **感歎語** (exclamation) 是強調表示說話者反應的詞和結構。在口語中通常用語調表示，在書面語裏則在句末用**感歎號** (exclamation mark，美式英語通常稱 exclamation point) 表示，即使常常被句號代替。如果感歎語只是句子一部分，則用逗號將其與句子的其他部分分開。

showing your reactions 表示反應

9.92 有各種不同方法表示對正在經歷、正在看着或剛聽到的事物的反應，其中之一是用感歎語，比如 ***bother***、***good heavens***、***oh dear*** 或 ***ouch***。

Ow*! That hurt.* 啊喲！很痛。
*'Margaret Ravenscroft may have been responsible for the fire.' — '****Good heavens****!' said Dr Willoughby.* "瑪嘉烈—雷文斯克羅夫特可能要對火災負責。" ——"天哪！" 威洛比醫生說道。
*'She died last autumn.' — '****Oh dear****, I'm so sorry.'* "她去年秋天死了。" ——"哎呀，我真難過。"

有些感歎語僅用於表示反應。下面是其中一些常見的：

aha	good grief	oh	well I never
blast	good heavens	oh dear	what
blimey	good lord	ooh	whoops
bother	goodness me	oops	wow
bravo	golly	ouch	yippee
crikey	gosh	ow	you're joking
damn	hallelujah	really	yuk
eek	honestly	sheesh	
good gracious	hurray	ugh	

other clause elements
其他句子成分

9.93 其他句子成分或句子也可用在感歎語裏。

名詞短語有時用於表示對某事物的反應。有些名詞，比如 ***rubbish*** 和 ***nonsense*** ，可單獨使用，表示強烈的不同意。

*'No-one would want to go out with me.' '**Nonsense**. You're a very attractive man.'* "誰也不願意和我一起出去。" —— "別胡說。你是個很有魅力的男人。"

前置限定詞，尤其是 ***what*** ，常用在名詞前面。

***What** a pleasant surprise!* 真驚喜啊！
***Such** an intelligent family!* 多聰明的一家人啊！
***Quite** a show!* 表演真精彩！

屬性形容詞有時單獨使用，或前面加 ***how*** ，通常表示對陳述的肯定反應。

*'I've arranged a surprise party for him.' — '**Lovely**.'* "我為他安排了一個驚喜聚會。" —— "太好了。"
*Oh! Look! **How sweet**!* 噢！看哪！多甜蜜啊！

帶 ***of*** 的介詞短語可用於明確指人，而 ***to***-不定式分句用於指動作。

*How **nice of you** to come!* 你能來真是太好了！
*How **nice to see** you.* 見到你真高興。

含 ***how*** 加形容詞或副詞的句子，或含 ***what*** 加名詞短語的句子，也可用作感歎語。形容詞、副詞或名詞短語置於主語之前。

***How nice** you look!* 你真好看！
***How cleverly** you hid your feelings!* 你多巧妙地隱藏了你的感情啊！
***What an idiot** I am.* 我真是個白癡。
***What negative thoughts** we're having.* 我們多少都有些消極想法啊。

how 可放在普通句子的首位，表示感受或行為的激烈程度。

***How** I hate posters.* 我非常討厭海報。
***How** he talked!* 他多麼能言善道！

questions that do not expect an answer 不指望回答的疑問句

9.94　人們常用提問方式作出評論或感歎，而不指望得到回答。這類疑問句稱為**反問句** (rhetorical question)。

如果想鼓勵別人同意自己的看法，可使用否定的 ***yes / no-***疑問句。

*Oh Andy, **isn't** she lovely?* 哦，安迪，難道她不可愛嗎？
***Wouldn't** it be awful with no Christmas!* 沒有了聖誕節豈不糟透了！

在非正式英語裏，可用肯定的疑問句。

*'How much?' — 'A hundred million.' — '**Are you crazy?**'* "多少錢？" —— "1 個億。" —— "你瘋了嗎？"
***Have you no shame**!* 你難道不知道羞恥！

也可以使用 ***wh-***疑問句，特別是含情態詞的疑問句。

***How** on earth should I know?* 我怎可能知道？
***Why** must she be so nasty to me?* 為何她要對我這樣兇？
***Why** bother?* 何必費心呢？

關於**疑問句** (question) 的進一步說明，參見第五章。

Addressing people 對人的稱呼

9.95　和別人說話時，可用名字稱呼他們，或者更正式地用頭銜加姓來稱呼，比如 ***Mr Jones*** 或 ***Mrs Matthews***。有時，稱呼方式表示說話者對他人的感受或與他們的關係。例如，說話者可能會用 ***darling*** 或 ***idiot*** 這樣的詞來稱呼別人。如此使用的詞稱為**呼語** (vocative)。

position 職位

9.96　用於稱呼別人的名字常放在句子或分句的末尾。在書面語裏，呼語前面通常加逗號。

*Where are you staying, **Mr Swallow**?* 你在哪裏暫住，斯沃洛先生？
*That's lovely, **darling**.* 這很漂亮，親愛的。

為了在說話前引起某人注意，呼語可放在句首。

***John**, how long have you been at the university?* 約翰，你上大學多久了？
***Dad**, why have you got that suit on?* 爸爸，你為何穿那套西裝？

titles 頭銜

9.97　用比較正式的方式稱呼他人時，可用他們的**頭銜** (title) 加姓。關於頭銜的說明參見 1.55 到 1.57 小節。

*Goodbye, **Dr Kirk**.* 再見，柯克先生。
*Thank you, **Mr Jones**.* 謝謝你，鍾斯先生。
*How old are you, **Miss Flewin**?* 你多大了，弗盧因小姐？

表示特殊資格、身份或工作的頭銜可單獨使用。

*What's wrong, **Doctor**?* 有甚麼問題，醫生？
*Well, **professor**?* 嗯，教授？

Be Careful 注意

9.98 ***Mr***、***Mrs***、***Miss*** 和 ***Ms*** 這些頭銜通常只和姓氏連用。不用姓氏正式稱呼某人，可用 ***sir*** 和 ***madam***（美式英語裏通常縮略為 ***ma'am***），尤其是員工稱呼顧客或客戶時。在美式英語裏，兩者也用於稱呼姓名不詳的人及年齡看來比說話者大的人。

*Good afternoon, **sir**. How can I help you?* 下午好，先生。我能怎樣幫你？
*Would you like to see the dessert menu, **madam**?* 你想看看甜品菜單嗎，女士？
*Can I help you with something, **ma'am**? (American)* 我能幫你甚麼嗎，女士？（美式英語）

other ways of addressing people
其他稱呼方法

9.99 名詞短語可用於表示對某人的看法。表示不喜歡或蔑視的名詞短語前面常用 ***you***。

*No, **you fool**, the other way.* 不，你這個笨蛋，另外一個方向。
*Shut your big mouth, **you stupid idiot**.* 閉上你的大嘴，你這個笨白癡。

表示愛意的呼語通常單獨使用，但 ***my*** 有時用在舊式或幽默的語境裏。

*Goodbye, **darling**.* 再見，親愛的。
*We've got to go, **my dear**.* 我們要走了，親愛的。

指家庭成員或社會關係的名詞短語可用來稱呼他人。

*Someone's got to do it, **mum**.* 必須有人去做，媽。
*Sorry, **Grandma**.* 對不起，祖母。
*She'll be all right, **mate**.* 她會沒事的，同伴。
*Trust me, **kid**.* 相信我，小伙子。

呼語偶然可用複數。

*Sit down, **children**.* 坐下，孩子們。
*Stop her, **you fools**!* 抓住她，你們這群笨蛋！

注意，***ladies***、***gentlemen*** 和 ***children*** 只用複數。

***Ladies** and **gentlemen**, thank you for coming.* 女生們先生們，謝謝你們光臨。

10 Making a text hold together 語篇構成

10.1 人們在說話或寫作時，常希望與正在說或寫的其他內容作一些銜接。使用語言將整個語篇連成一氣並賦予其意義的方法有好幾種。

最常見的方法是返指已經提及的內容。**返指**（referring back）的不同方法在 10.2 到 10.39 小節論述。

還有些方法是**前指**（referring forward）即將要說的內容。這些用法在 10.40 到 10.47 小節論述。

要在剛說過的和即將要說的內容之間建立聯繫，另一個方法是使用**句子連接詞**（sentence connector）。詳見 10.48 到 10.59 小節。

人們在返指時常避免重複。這種用法在 10.60 到 10.81 小節論述。

Referring back 返指

10.2 說話或寫作時，常要返指已經提及的內容，或者與其建立聯繫。

pronouns 代詞

10.3 返指某事物的一個常見方法是使用**人稱代詞**（personal pronoun），比如 ***she***、***it*** 或 ***them***，或使用**所有格代詞**（possessive pronoun），比如 ***mine*** 或 ***hers***。

Andrew found an old camera in a rubbish bin. ***He*** *cleaned* ***it*** *up and used* ***it*** *to win several photography awards.* 安德魯在一個垃圾箱裏發現一部舊相機。他把相機清洗乾淨，用它獲得了好幾個攝影獎。

Tom and Jo are back from Australia. In fact I saw ***them*** *in town the other day.* ***They*** *were buying clothes.* 湯姆和喬從澳洲回來了。事實上，前幾天我在城裏看見了他們。他們當時在買衣服。

I held ***her*** *very close. My cheek was against* ***hers****.* 我緊緊抱着她。我的臉頰貼着她的臉頰。

人稱代詞（personal pronoun）在 1.95 到 1.106 小節論述。**所有格代詞**（possessive pronoun）在 1.107 到 1.110 小節論述。

還有其他一些代詞可用於返指，包括與不定代詞同形的 ***another*** 和 ***many*** 等代詞。詳見 1.154 小節。

...programs that tell the computer to do one thing rather than ***another****.* ……告訴電腦做一件事而不是另一件事的程式。

也可使用**量詞短語**（quantity expression）或**基數詞**（cardinal number）。

The women were asked to leave. ***Some*** *of them refused.* 婦女遭要求離開。她們當中一些人拒絕了。
These soldiers were ready for anything. ***Many*** *of them had already been involved in fighting.* 這些士兵做好了一切準備。他們當中很多人已參與了戰鬥。
...the Guatemalan earthquake which killed 24,000 people and injured ***77,000****.* ……造成 24,000 人死亡和 77,000 人受傷的危地馬拉地震

量詞短語 (quantity expression) 在 2.175 到 2.207 小節論述。**數詞** (number) 在 2.208 到 2.231 小節論述。

determiners
限定詞

10.4 另一個返指某事物的常見方法是在名詞前使用**定指限定詞** (definite determiner)，比如 ***the*** 或 ***its***。

A man and a woman were walking up ***the*** *hill.* ***The*** *man wore shorts, a t-shirt, and sandals.* ***The*** *woman wore a blue dress.* 一對男女步行上山，男的穿短褲 T 衪休閒鞋，女的穿藍色連衣裙。
Thanks, said Brody. He hung up, turned out the light in ***his*** *office, and walked out to* ***his*** *car.* 謝謝，布羅迪説。他掛斷電話，關掉辦公室裏的燈，然後出去走向他的車。

定指限定詞 (definite determiner) 在 1.162 到 1.212 小節論述。

某些**不定指限定詞** (indefinite determiner) 也可用於返指某事物。

A dog was running around in the yard. Soon ***another*** *dog appeared.*
一隻狗在院裏跑來跑去。不久另一隻狗出現了。

下列不定指限定詞可用於返指某事物：

another	each	every	other
both	either	neither	

不定指限定詞在 1.223 到 1.250 小節詳述。

10.5 如上所述，用於返指的代詞和限定詞在第一章闡述，其中也論述了別的代詞和限定詞。

指示詞 (demonstrative) ***this*** 和 ***that*** 常用於返指整個句子或語段。這些用法在以下部分 (10.7 到 10.17 小節) 展開討論。同一部分也論述了用於特定返指的其他詞語。

other ways of referring back
返指的其他方法

10.6 還有其他幾個方法用於返指已經提及的內容，包括：

☞ 用不同的名詞返指語段

詳見 10.18 到 10.23 小節。

☞ 用 ***so*** 和 ***not*** 代替說話者希望避免重複的幾類詞語或結構

so 和 ***not*** 的這種用法在 10.24 到 10.27 小節論述。

☞ 用 ***such***、形容詞和副詞與已經提及的內容作比較。

這種用法在 10.28 到 10.39 小節論述。

Referring back in a specific way 特定返指

demonstratives referring to things 指事物的指示詞

10.7 ***this*** 和 ***that*** 及複數形式 ***these*** 和 ***those*** 用於清楚返指已經提及的一個事物或事實。

指示詞既可用作代詞也可用作限定詞。

*More and more money is being pumped into the educational system, and we assume **this** will continue.* 越來越多的錢投入到了教育系統，我們預期這情況會繼續下去。
*I did a parachute jump a few months ago. **This** event was a lot more frightening than I had anticipated.* 幾個月前我跳了一次傘。這件事比我預期的可怕得多。

注意，***this*** 和 ***that*** 不常作代詞用於指人。如果用於指人，兩者只能置於動詞 ***be*** 的前面。

*'A kind young man helped me to my seat.' — '**That** was John.'* "一個好心的小伙子把我扶到了座位上。" ——"那是約翰。"

10.8 使用 ***this*** 或 ***these*** 時，説話者在把自己和所指的事物聯繫在一起。

*After you've decided on your goals, make a list. Anything that is worth doing should go on **this** list.* 目標鎖定之後，做一份清單。所有值得做的事都必須列在這份清單上。
*Only small trees are left. Many of **these** are twisted and stunted.* 只剩下了小樹。其中許多都是扭曲和發育不良的。
*Over 2 million animals were destroyed. The vast majority of **these** animals did not need to die.* 只有 200 萬頭動物被撲殺。這些動物之中絕大部分沒必要死。

相比之下，使用 ***that*** 或 ***those*** 時，説話者在使自己與所指事物略微保持一點距離。

*There's a lot of material there. You can use some of **that**.* 那裏有很多材料。你可以用其中一部分。
*There's one boss and **that** boss is in France.* 有一個老闆，而那個老闆在法國。
*There were only strangers around to observe him, and not many of **those**.* 只有陌生人在周圍觀察他，而且人數也不多。

10.9 雖然 ***this*** 和 ***that*** 是單數代詞，但它們可代替複數代詞用於返指剛提及的若干事物或事實。

*He's got a terrible temper, but despite all **this** he's very popular.* 他脾氣很壞，但即使如此，他很受歡迎。

He had played rugby at school, and had briefly been a professional footballer. ***That*** *was to his favour when the job came up later.* 他在學校打過欖球，一度還做過職業足球員。後來這份工作出現時那些經歷對他很有利。

demonstratives referring to sentences 指句子的指示詞

10.10 指示詞也可以作返指一個或多個句子的代詞或限定詞。

*'You're the new doctor, aren't you?' — '**That**'s right.'* "你是新來的醫生，對嗎？" —— "是的。"
'I'll think about it,' said Mum. ***That*** *statement was the end of most of their discussions.* "我會考慮一下的，" 媽媽説。那句話是他們大部分討論的結尾。
I accept neither of ***these*** *arguments.* 這幾個論點我都不接受。

注意，如果 ***these*** 和 ***those*** 作代詞返指整個陳述，則只能用在動詞 ***be*** 前面。

It was hard for me to believe ***these*** *were his real reasons for wanting to get rid of me.* 我很難相信這些是他想拋棄我的真正原因。
She put her arms around him. Thanks, Ollie. ***Those*** *were her last words.* 她摟住他。謝謝，奥利。這是她最後説的話。

previous

10.11 也可以將形容詞 ***previous*** 用在名詞前面，返指一個語段。

As explained in the ***previous*** *paragraph, the bottle needs only to be washed in cold water.* 正如前一段落所解釋的，瓶子只需要在冷水中清洗。
I think we can now answer the question posed at the end of the ***previous*** *chapter.* 我認為我們現在可以回答前一章末尾提出的問題。

above

10.12 在書面英語裏，也可以用 ***above*** 返指剛提及的內容。***above*** 可放在名詞之前或之後。

I have not been able to validate the ***above*** *statement.* 我沒能證實上述説法。
...the figures discussed in the paragraph ***above****.* ……在上一段落裏討論的數字

也可以用 ***the above***，後面不跟名詞短語。

Keep supplies of rice and spaghetti. Also, to go with ***the above****, Parmesan cheese and tins of tomatoes.* 保持米和意大利麵條的供應。同時，還有與上述物品配套的帕爾馬乾酪和蕃茄罐頭。

former 和 latter

10.13 剛剛分別提到兩個或兩組事物時，前者可用 ***the former*** 表示，後者可用 ***the latter*** 表示。這兩個表達式主要用於正式的書面英語。

It used to be said that the oil exporting countries depended on the oil importing countries just as much as ***the latter*** *depended on* ***the former****.* 過去人們常説，石油出口國對石油進口國的依賴就像後者對前者的依賴一樣。

*I could do one of two things — obey him, or get my own protection. I chose **the latter**.* 我可以做兩件事之一 —— 服從他或保護自己。我選擇了後者。

former 和 ***latter*** 也可作形容詞，總是置於名詞之前。

*You have the option of one or two bedrooms. The **former** choice allows room for a small bathroom.* 你可以選擇一臥房或兩臥房。前者讓你有一個小浴室的空間。
*Guy had studied Greek and philosophy at Oxford and had continued to have an interest in the **latter** subject.* 蓋伊在牛津學過希臘語和哲學，並且繼續對後一個科目感興趣。

Usage Note 用法說明

10.14 如果想泛指與剛提到的內容相似的一類事物，可以說 ***things of this kind*** 或 ***things of that kind*** 。或者可以說 ***this kind of thing*** 或 ***that kind of thing*** 。

*We'll need a special new application to deal with payments, invoices, and things **of that kind**.* 我們需要一個新的專門應用程序來處理支付、發票及諸如此類的東西。
*Most of us would attach a great deal of importance to considerations **of this kind**.* 我們大部分人非常重視這種考慮。
*I don't see many advantages in **that kind of** education.* 我在那種教育中看不出有多少優勢。
*All arts theatres have **that type of** problem.* 所有藝術劇院都有那類問題。

如果指的是兩個或多個類別的事物，在 ***kinds*** 、 ***sorts*** 或 ***types*** 前面用 ***these*** 和 ***those*** ，後接 ***of*** 和名詞。

*Both these countries want to reduce the production of **these kinds of weapons**.* 這兩個國家都希望減少這類武器的生產。
*There are specific regulations governing **these types of machines**.* 有具體規定對這些類型的機器進行管理。
*Outsiders aren't supposed to make **those kinds of jokes**.* 局外人不該開那類玩笑。

也可用 ***such*** 返指剛提到的同類事物。這種用法在 10.28 到 10.32 小節論述。

time 時間

10.15 副詞 ***then*** 用於返指剛提到或討論過的時間。

*In ancient times poetry was a real force in the world. Of course the world was different **then**.* 在古代，詩歌是世上一種真正的力量。當然那時候的世界是不一樣的。

place 地點

10.16 副詞 ***there*** 用於返指剛提到的地點。

*I decided to try Newmarket. I soon found a job **there**.* 我決定試一試紐馬克特。不久我就在那裏找到了一份工作。

I hurried back into the kitchen. There was nothing ***there****.* 我急忙回到廚房。那裏甚麼也沒有。

manner
方式

10.17 描述完一種做事的方式或某事發生的方式以後，可用副詞 ***thus*** 返指。***thus*** 是一個正式的詞。

Joanna was pouring the drinks. While she was ***thus*** *engaged, Charles took the guests' coats.* 喬安娜在倒飲料。在她忙於此事時，查理斯接過客人的外套。
It not only pleased him to work with them, but the money ***thus*** *earned gave him an enormous sense of importance.* 與他們共事不僅使他很高興，而且這樣賺來的錢給了他一種巨大的重要感。

注意，***in this way*** 或 ***in that way*** 常用來代替 ***thus***。

Last week I received the Entrepreneur of the Year award. It's a privilege to be honoured ***in this way****.* 上星期我獲得了年度企業家獎。獲得如此榮譽是一種榮幸。

Referring back in a general way 泛泛地返指

10.18 有多種名詞詞組用於泛泛地返指已經說過的內容。它們指的是口語或書面語文本中的整個段落。

referring to spoken or written texts
指口語或書面語文本

10.19 常可用名詞來返指已經說過的話。這種名詞把返指的內容歸類為一種言語行為，比如承認、建議或提問。

'Martin, what are you going to do?' — 'That's a good ***question****, Larry.'* "馬丁，你打算做甚麼？"——"這問題問得好，拉里。"
'You claim to know this man's identity?' — 'I do.' — 'Can you prove this ***claim****?'* "你聲稱知道這個男人的身份？"——"是的。"——"你能證明這個說法嗎？"

這樣用於返指的名詞不僅指的是文本，而且表示說話者對此的看法。例如，如果用名詞 ***response*** 返指某人對某事的回答，這表示說話者對此答覆的看法是很中性的；但如果用名詞 ***retort*** 返指，則表示說話者對此答覆有更強烈的感受。

下面是把返指的文本歸類為言語行為的名詞：

account	appeal	compliment	definition
accusation	argument	concession	demand
acknowledgement	assertion	condemnation	denial
admission	assurance	confession	denunciation
advice	boast	contention	description
allegation	charge	correction	digression
announcement	claim	criticism	disclosure
answer	comment	declaration	discussion
apology	complaint	defence	endorsement

excuse	plea	refusal	stipulation
explanation	point	remark	story
exposition	prediction	reminder	suggestion
gossip	promise	reply	summary
information	pronouncement	report	tale
judgement	prophecy	request	threat
lie	proposal	response	verdict
message	proposition	retort	warning
narrative	protest	revelation	
objection	question	rumour	
observation	reference	statement	

注意，這些名詞裏很多與引述動詞有關。**引述動詞** (reporting verb) 在第七章論述。

*People will feel the need to be **informed** and they will go wherever they can to get this **information**.* 人們會覺得有必要了解情況；為了得到這個信息，他們甚麼地方都願意去。
*'I don't know what we should do about that.' This **remark** was totally unexpected.* "我不知道對此我們該做些甚麼。" 這句話完全出乎意料之外。
*She **remarked** that she preferred funerals to weddings.* 她說，與婚禮相比，她更喜歡葬禮。

referring to ideas 指想法

10.20 同樣，也可用名詞返指說話者知道或認為某人具有的想法，這個名詞同時也表示說話者對這些想法的態度。例如，如果用名詞 ***view*** 返指某人的想法，這表示說話者對此想法的態度是很中性的；但如果用名詞 ***delusion*** 返指，則表示說話者的態度帶有強烈感情色彩。

*His opinion of marriage is that it can destroy a relationship. Even previously unmarried people can hold **this view** if they experienced the break-up of their parents' marriage.* 他對婚姻的看法是，婚姻會破壞戀愛關係。即使以前沒結過婚的人，如果他們經歷過父母婚姻破裂，也會持這種觀點。
*There is nothing to cry for. They cannot keep me there against my will. Secure in this **belief**, he hugged her reassuringly and went out.* 沒甚麼好哭的。他們不能違背我的意願把我留在那裏。堅守這個信念而感到踏實，他寬慰地擁抱了她，然後走了出去。

下列名詞返指想法，同時表示說話者對這些想法的態度：

analysis	concept	evaluation	inference
assessment	deduction	fear	insight
assumption	delusion	finding	interpretation
attitude	diagnosis	guess	misinterpretation
belief	doctrine	hope	notion
conclusion	doubt	idea	opinion
conjecture	estimate	illusion	picture

plan	scheme	thinking	vision
position	supposition	view	wish
reasoning	theory	viewpoint	

referring to what is mentioned 指已經提及的內容

10.21 也可以用表示情緒的名詞返指行為和事件。例如，如果使用名詞 ***incident*** 返指一個核電站發生的事故，這只是對事件的一般描述；但如果使用名詞 ***disaster*** 返指，這就表示說話者對事件的反應。

Gwen was not the kind to make a fuss. In any event, she could handle the ***situation****.* 格溫不是那種大驚小怪的人。不管怎樣，她能夠對付這個情況。

I believed the press would cooperate on this ***issue****.* 我相信報界會在這個問題上合作的。

Parents may complain that their child does not eat a variety of healthy food. This ***problem*** *doesn't arise because the parents have been lenient about food in the past.* 父母可能會抱怨孩子不吃各種健康食品。這個問題的出現，並不是因為父母過去對食物的態度較寬鬆。

下列名詞指事件並且通常是中性的：

act	episode	method	result
action	event	move	situation
affair	experience	phenomenon	state
aspect	fact	position	state of affairs
case	factor	possibility	subject
circumstances	feature	practice	system
context	incident	process	thing
development	issue	reason	topic
effect	matter	respect	way

下列名詞指事件並且表示態度：

achievement	debacle	feat	predicament
advantage	difficulty	fiasco	problem
answer	disadvantage	gaffe	solution
catastrophe	disaster	nightmare	tragedy
crisis	exploit	plight	

Be Creative 靈活運用

10.22 返指已經說過或提到的內容時，幾乎指任何文本、想法、事件、有時甚至指人的名詞都可以使用。所用的名詞可使說話者準確表達對所指事物的反應。例如，可用 ***tragedy*** 或 ***farce*** 等名詞指足球比賽的失敗，也可用 ***row*** 和 ***battle*** 等名詞指一場爭論。

referring to pieces of writing 指一段文字

10.23 說話者能夠以中性的方式指前面提到的一段文字。

As explained in the previous ***paragraph****, the bottle needs only to be*

washed clean. 正如前一段所解釋的，瓶子只需要洗乾淨。
*We have seen in this **chapter** how the tax burden has increased fastest for households with children.* 在本章裏我們已經看到税收負擔怎樣對有孩子的家庭增長最快。

下列名詞用於指一段文字：

chapter	paragraph	section	table
example	passage	sentence	text
excerpt	phrase	statement	words
extract	quotation	summary	

Substituting for something already mentioned 替代已經提及的事物：使用 *so* 和 *not*

so as a substitute for an adjective 用 so 替代形容詞

10.24 在正式英語裏，***so*** 有時用於替代已經提及的形容詞。

*They are wildly inefficient and will remain **so** for some time to come.* 他們效率極其低下，並且在未來一段時間內仍會如此。
*They are just as isolated, if not more **so**, than before.* 他們仍像以前一樣孤立，即使沒有更孤立的話。

so and not after if if 後的 so 和 not

10.25 如果所談論的行為或情況已經提及，可用 ***so*** 代替 ***if*** 後面的分句。

*Will that be enough? **If so**, do not ask for more.* 那夠了嗎？如果夠了，就別再要了。

not 用於代替否定的分句，表示與已提及情況相反的情況。

*You will probably have one of the two documents mentioned below. **If not**, you will have to buy one.* 你可能會獲得下面提到的兩份文件之一。如果得不到，你就必須購買一份。

so and not with reporting verbs so 和 not 與引述動詞連用

10.26 在一些常見的引述動詞後面，***so*** 和 ***not*** 也用於代替分句。此外，***so*** 和 ***not*** 還可用在 ***I'm afraid*** 後面，轉述一個不受歡迎的事實。

*'Are you all right?' — 'I think **so**.'* "你沒事吧？" —— "我想是的。"
*'You're a sensible woman' — 'I've always said **so**.'* "你是個通情達理的女人。" —— "我一直是這樣説的。"
*'You think he's failed, don't you?' — 'I'm afraid **so**.'* "你認為他失敗了，對嗎？" —— "恐怕是的。"
*'It doesn't often happen.' — 'No, I suppose **not**.'* "這不常發生。" —— "對，我想是的。"
*'You haven't lost the ticket, have you?' — 'I hope **not**.'* "你沒丟票，對嗎？" —— "我希望沒丟。"

下面這些引述動詞可後接 ***so*** 和 ***not***：

believe	hope	say	tell
expect	imagine	suppose	think

注意，***not*** 作替代詞與 ***think***、***expect*** 和 ***believe*** 連用是罕見或正式的用法。***not*** 偶然與 ***say*** 連用時，***say*** 的前面有情態詞。

'Is this a coincidence?' — 'I ***would say not****.'* "這是巧合嗎？" —— "我會說不。"

so 偶然用在分句的首位。這常具有對有關事實的真確性產生懷疑的效果。

Everybody in the world, ***so*** *they say, has a double.* 世上每一個人，反正大家都這樣説，都有一個替身。

so 也可用在分句開頭表示**強調** (emphasis)。這種用法在 9.62 小節論述。

do so

10.27 ***do so*** 用於表示 ***perform the action just mentioned***（執行剛提到的動作）。動詞 ***do*** 的各種形式都可使用。這種結構相當正式。

A signal which should have turned to red failed to ***do so****.* 本該變為紅色的信號沒有變。
Most of those who signed the letter ***did so*** *under pressure from their bosses.* 那些在信上簽名的人大多數是迫於老闆的壓力才做的。
She asked him to wait while she considered. He ***did so****.* 她在考慮的時候要他等着。他照着做了。
Individuals are free to choose private insurance, and 10% of the population ***have done so****.* 個人可自由選擇私人保險公司，有 10% 的人口已經這麼做了。

Comparing with something already mentioned 與已經提到的事物作比較

10.28 可以通過幾種方式利用 ***such*** 使整個語篇前後連貫。如果想表示某事物與已提到的事物屬於同一類別，可用 ***such***。這個詞的語法模式獨一無二，可以作**限定詞** (determiner)、**前置限定詞** (predeterminer) 及**形容詞** (adjective)。

such as a determiner
such 作限定詞

10.29 ***such*** 可作限定詞，返指已經提到的某事物。

Most of the state's electricity comes from burning imported oil, the highest use of ***such fuel*** *in the country.* 這個州的電力大部分來自於燃燒進口的石油，是該國使用這種燃料最多的。
New business provides the majority of new jobs. By their nature, ***such businesses*** *take risks.* 新企業提供了大多數的新工作。就其本質而言，這樣的企業是要冒風險的。

such as a predeterminer
such 作前置限定詞

10.30 ***such*** 可用作前置限定詞 (predeterminer，參見 1.251 小節)，返指已經提到的某事物。其位置在限定詞 ***a*** 或 ***an*** 前面。

They lasted for hundreds of years. On a human time scale, ***such a period*** *seems an eternity.* 它們持續了數百年。在人類的時間尺度上，這似乎是一段永恒的時間。
On one occasion the school parliament discussed the dismissal of a teacher. But ***such an event*** *is rare.* 有一次校務委員會討論了解僱一個教師。但這種事很罕見。

such as an adjective
such 作形容詞

10.31 ***such*** 可作形容詞，返指已經提到的某事物。

He can be very cruel. This was ***one such occasion****.* 他有時會很殘忍。而這就是這樣的一個場合。
'Did you call me a liar?' — ' I never said ***any such thing****!'* "你説我是個騙子？"——"我從來沒説過這樣的話！"
Mr Bell's clubs were privately owned. Like ***most such clubs*** *everywhere, they were organizations of people who shared a certain interest.* 貝爾先生的俱樂部是私有的。就像大多數這類俱樂部一樣，它們是有某種共同興趣者的組織。
I hated the big formal dances and felt very out of place at the ***one or two such events*** *I attended.* 我討厭大型的正式舞會；在我參加過的一兩次這種場合，我覺得格格不入。

adjectives 形容詞

10.32 有些形容詞用來與已經提到的事物作比較、對照或建立聯繫。

same

10.33 形容詞 ***same*** 用作定語，強調返指的是剛提及的事物。

A man opened the door and said Next please. About ten minutes later, the ***same*** *man returned.* 一個男人打開了門，然後説"請下一位"。大約 10 分鐘以後，同一個男人回來了。
He watched her climb into a compartment of the train, and he chose the ***same*** *one so he could watch her more closely.* 他看着她爬進了一節火車的車廂，於是他選擇了同一節車廂，這樣可以更仔細地監視她。

注意，如果 ***same*** 用在名詞或代詞之前，則幾乎總是置於 ***the*** 之後，但偶然也用在其他定指限定詞後面。

These same *smells may produce depression in others.* 這些同樣的氣味可能會使別人產生抑鬱。

10.34 如果想表示某事物在各方面都與已經提到的事物類似，***same*** 也可用在繫動詞後面。此時 ***same*** 總是置於 ***the*** 之後。

The Queen treated us very well. The Princess Royal was just ***the same****.* 女王對待我們很好。大公主也一樣。
My brothers and myself were very poor, but happy. I think other families were ***the same****.* 我弟弟和我都很窮，但很幸福。我認為其他家庭也是一樣的。

10.35 也可用後面不跟名詞的 ***the same*** 作分句的主語或賓語，返指剛提到的某事物。

The conversion process is very inefficient. ***The same*** *is true of nuclear power stations.* 轉化過程的效率非常低。核電站的情況也是如此。
'I've never heard of him.' — 'I wish I could say ***the same****.'* "我從來沒有聽說過他。" —— "但願我也能這樣說。"

the same thing 的用法與 ***the same*** 完全相同，作主語或賓語。

He was stopped and sent back to get a ticket. On the return journey ***the same thing*** *happened.* 他被擋住並遣回買票。在返回的路上發生了同樣的事。
I learnt how to cheat and win every time. And I'm not proud of the fact that I taught a number of other people to do ***the same thing****.* 我學會了怎樣作弊，並且每次都能成功。我還教了許多其他的人做同樣的事，而我對此不感到驕傲。

opposite 和 reverse

10.36 形容詞 ***opposite*** 和 ***reverse*** 用於表示某事物與已經提到的事物盡可能不同，通常置於 ***the*** 之後。

It was designed to impress, but it probably had ***the opposite*** *effect.* 它的設計目的是想引人注目，但效果可能適得其反。
In the past ten years I think we've seen ***the reverse*** *process.* 在過去 10 年裏，我認為我們看到的是相反的過程。

如果 ***opposite*** 用在名詞之前，偶然前面會加 ***an*** 。

Other studies draw ***an opposite*** *conclusion.* 其他研究得出了相反的結論。

有時可用不跟名詞的 ***the opposite*** 和 ***the reverse*** 返指某事物。

The police officer said that we would have to learn to live with crime. I think ***the opposite*** *is true; we have to learn not to live with crime.* 那個警官說，我們必須學會與犯罪共存。我認為情況正好相反，我們必須學會不容忍犯罪。
He is well known for saying one thing and doing ***the opposite****.* 眾所周知，他是說一套做一套的人。
Older males are often desirable to women but ***the reverse*** *is not usually true.* 年紀較大的男性常常合女性的心意，但反過來通常並非如此。
It hasn't happened. ***The reverse*** *has happened.* 它還沒有發生。相反的情況倒是發生了。

other adjectives 其他形容詞

10.37 也可用其他各種形容詞說明某事物與已經提到的事物相似、不同或有關形容詞。其中有些只能用在名詞前面，另外一些也可用在繫動詞後面。

She wore a red dress with a red ***matching*** *hat.* 她穿一條紅色連衣裙，戴一頂與之匹配的紅帽子。

West Germany, Denmark and Italy face declines in young people. We are confronted with a ***contrasting*** *problem.* 西德、丹麥和意大利面臨年輕人人口下降的問題。我們面對的是一個截然相反的問題。
That's what I would say. But his attitude was ***different*** *altogether.* 那就是我想說的。但他的態度完全不同。

下列形容詞只能用在名詞之前進行返指：

adjacent	contrasting	matching
conflicting	corresponding	opposing
contradictory	equal	parallel
contrary	equivalent	

下列形容詞既可用在名詞前也可用在繫動詞後進行返指：

analogous	different	separate
comparable	identical	similar
compatible	related	unrelated

adverbials 狀語

10.38 要說明一個動作或做事方式與剛提到的情況相似，可用 ***in the same way*** 、 ***in a similar way*** 、 ***similarly*** 或 ***likewise*** 。

She spoke of Jim with pride. And presumably she spoke to him of me ***in the same way****.* 她引以為傲地說起占。而她跟他說起我時大概也是以同樣的方式。
Sam was engaged in conversation; Richard and Patrick were ***similarly*** *occupied.* 山姆正在交談。李察和帕特里克也是如此。

10.39 要表示一個動作或做事方式與剛描述的情況不同，可用副詞 ***otherwise*** 和 ***differently*** 。

I thought life was simply splendid. I had no reason to think ***otherwise****.* 我覺得生活就是光輝燦爛的。我沒理由不這樣想。
She was ashamed of her actions, but she had been totally incapable of doing ***otherwise****.* 她為自己的行為感到羞恥，但她完全沒辦法不這樣做。
My parents were very strict, but I'm going to do things ***differently*** *with my kids.* 我父母非常嚴格，但我對自己的孩子會採取不同做法。

Referring forward 前指

10.40 有多種方法前指即將提到的事物。這些方法常涉及列在 10.18 到 10.23 小節中的名詞，後者更常用於返指某事物。

this 和 these

10.41 用 ***this*** 返指某物的方法在 10.7 到 10.10 小節論述。也可用 ***this*** 或 ***these*** 前指即將要說的內容。兩者既可作代詞也可作限定詞。注意， ***these*** 是主語時只能作代詞。

Well, you might not believe ***this*** *but I don't drink very much.* 嗯，你可能不相信，但我酒喝得不多。
Perhaps I shouldn't say ***this****, but I did on one occasion break the law.* 也許我不該說，但我確實有一次觸犯了法律。
This *chapter will follow the same pattern as the previous one.* 本章將遵循與前一章相同的模式。
These *were the facts: on a warm February afternoon, Gregory Clark and a friend were cruising down Washington Boulevard in a Mustang.* 這些是事實：在二月一個溫暖的下午，格雷戈里・克拉克和一個朋友開着一輛福特野馬沿着華盛頓大道穩步前行。
On the blackboard ***these*** *words were written: Reading. Writing. Arithmetic.* 黑板上寫着這些字：閱讀，寫作，算術。

10.42 ***this*** 和 ***these*** 用作限定詞前指某事物時，與指一段文字的名詞連用最常見（參見 10.23 小節）。有時這兩個詞與表示所說內容的名詞連用（參見 10.19 小節），以及與表示想法的名詞連用（參見 10.20 小節），偶然與表示動作或事件的名詞連用（參見 10.21 小節）。

following 10.43 也可把形容詞 ***following*** 用在名詞前指即將提到的事物。此時 ***following*** 與表示文本、想法以及語段的名詞連用（參見 10.19 、 10.20 和 10.23 小節）；在極罕見的情況下，可與表示動作和事件的名詞連用（參見 10.21 小節）。

After a while he received the ***following*** *letter: Dear Sir, The Secretary of State regrets that he is unable to reconsider your case.* 一段時間後，他收到了以下來信：親愛的先生，國務大臣很遺憾他無法重新考慮你的情況。
The ***following*** *account is based on notes from that period.* 下面的敘述基於那個時期的筆記。
They arrived at the ***following*** *conclusion: children with disabilities are better off in normal classes.* 他們得出了以下結論：殘疾兒童在普通班級裏更快樂。

也可單獨使用 ***the following*** ，後面不接名詞短語。

...a box containing ***the following:*** *a packet of tissues, two handkerchiefs, and a clothes brush.*
…… 包含下列物品的一個盒子：一包紙巾、兩塊手帕和一把衣刷

next 10.44 形容詞 ***next*** 常和表示一段文字的名詞連用進行前指。

In the ***next*** *chapter, we will examine this theory in detail.* 我們將在下一章詳細研究這個理論。

below 10.45 也可用 ***below*** 前指即將提到的事物。這種用法的 ***below*** 置於表示文本和語段的名詞後面（參見 10.19 和 10.23 小節）。

For full details, see the report ***below****.* 欲知詳情，請閱讀以下報告。

*The figures can be seen in the table **below**.* 數字可在下表裏看到。

below 偶然可與表示動作和事物的名詞連用進行前指。此時 ***below*** 置於像 ***given***、***shown*** 或 ***set out*** 這樣的詞後面。

*The report **given below** appeared in the Daily Mail on 8 August 1985.* 下面的報告刊登在 1985 年 8 月 8 號的《每日郵報》上。

such

10.46 ***such*** 有時用作前置限定詞，指緊隨其後在 ***as*** 開頭的短語或分句中具體説明的一類事物。

*You might think that in **such** a book **as this**, there is no need to deal with these matters.* 你可能會認為，在這樣一本書裏沒必要處理這些問題。

such 有時也用於後置修飾一個名詞，後接一個 ***as*** 開頭的説明性短語或分句。

*...a general rise in prices **such as occurred in the late 1960s**.* ……諸如 20 世紀 60 年代末出現的物價普遍上漲

*Try putting the items under headings **such as I've suggested**.* 設法把這些項目放在我建議的主題詞下面。

other ways 其他方法

10.47 還有其他一些前指事物的方法，也涉及把焦點集中在所指事物上。這些方法裏有**分裂句** (split sentence)，參見 9.25 到 9.30 小節的論述；還有 ***there*** 開頭的句子，參見 9.46 到 9.55 小節的論述。

Showing connections between sentences 表示句子之間的聯繫

10.48 下面這個部分論述各類連接表達式或**句子連接詞** (sentence connector) 的功能。句子連接詞用於表示一個句子和另一個句子之間存在的聯繫。

indicating an addition 表示添加

10.49 在説話或寫作的過程中，可以用下列狀語之一引出相關的評論或額外的強調信息：

also	at the same time	furthermore	on top of that
as well	besides	moreover	too

*I cannot apologize for his comments. **Besides**, I agree with them.* 我不能為他的評論道歉。再說了，我同意這些意見。

***Moreover**, new reserves continue to be discovered.* 此外，新儲量不斷被發現。

*His first book was published in 1932, and it was followed by a series of novels. He **also** wrote a book on British pubs.* 他第一本書於 1932 年出版，隨後是一系列小説。他還寫過一本關於英國酒吧的書。

The demands of work can cause gaps in regular attendance. ***On top of that****, many students are offered no extra lessons during the vacations.* 作業的要求會導致正常出勤率的差距。除此之外，很多學生在假期沒有獲得額外的課程。

注意，***too*** 通常不放在句首。

He was hard-working, and honest, ***too****.* 他勤奮且誠實。

indicating a similar point
表示類似的觀點

10.50 要表示所添加的事實與剛提到的事實說明同樣觀點，或表示一個建議具有相同基礎，可用下列狀語之一：

again	equally	likewise
by the same token	in the same way	similarly

Being a good player doesn't guarantee you will be a good manager, but, ***by the same token****, neither does having all the coaching badges.* 作為一名優秀的運動員並不能保證你能成為一名好的主教練，但是基於同樣的道理，擁有全部教練證書也不能。
Never feed your rabbit raw potatoes that have gone green — they contain a poison. ***Similarly****, never feed it rhubarb leaves.* 千萬不要給兔子餵變綠的生馬鈴薯 —— 它們有毒。同樣，也絕對不要餵大黃葉子。

contrasts and alternatives
對照和選擇

10.51 如果想添加與前一句形成對照或提出另一種觀點的句子，可用下列狀語之一：

all the same	instead	still
alternatively	nevertheless	then again
by contrast	nonetheless	though
conversely	on the contrary	yet
even so	on the other hand	
however	rather	

He had forgotten that there was a rainy season in the winter months. It was, ***however****, a fine, soft rain and the air was warm.* 他忘了在冬季的幾個月裏有一個雨季。不過，下的是濛濛細雨，空氣也很溫暖。
Her aim is to punish the criminal. ***Nevertheless****, she is not convinced that imprisonment is always the answer.* 她的目的是懲罰罪犯。然而，她不確信監禁總是解決的辦法。
Her children are hard work. She never loses her temper with them ***though****.* 她的孩子們很難帶。然而她從不對他們發脾氣。

如果提出的是另一個選擇，可用 ***instead***、***alternatively*** 或 ***conversely***。

People who normally consulted her began to ask other people's advice ***instead****.* 通常向她諮詢的人轉而開始詢問其他人了。
The company is now considering an appeal. ***Alternatively****, they may*

submit a new application. 公司正在考慮上訴。或者他們可能會提交新的申請。

causes
原因

10.52 如果想說明提到的事實的存在是因為前面給出的事實，可用下列副詞之一連接兩個陳述：

accordingly	consequently	so	therefore
as a result	hence	thereby	thus

Oxford and Cambridge have a large income of their own. ***So*** *they are not in quite the same position as other universities.* 牛津和劍橋有自己的大量收入，因此它們和其他大學的情況並不完全相同。
It isn't giving any detailed information. ***Therefore*** *it isn't necessary.* 這沒有提供任何詳細信息。因此，這是沒有必要的。
We want a diverse press and we haven't got it. I think ***as a result*** *a lot of options are closed to us.* 我們希望有一個多元的新聞界，但我們沒有。所以我認為很多選擇對我們是封閉的。

showing sequence in time
表示時間順序

10.53 有些時間狀語用於表示某事在已經提到的事件之後或之前發生，或與之同時發生：

afterwards	first	presently	subsequently
at the same time	in the meantime	previously	suddenly
beforehand	last	simultaneously	then
earlier	later	since	throughout
ever since	meanwhile	soon	
finally	next	soon after	

Go and see Terry Brown about it. Come back to me ***afterwards****.* 去找特里・布朗談談這件事。然後回來見我。
Published in 1983, the book has ***since*** *gone through six reprints.* 自從 1983 年出版以後，這本書重印了 6 次。
Never set out on a journey without telling someone ***beforehand****.* 千萬不要在不告訴別人的情況下出去旅行。
We look forward to the Commission studying this agreement. ***In the meantime*** *we are pressing ahead with our plans.* 我們期待着委員會去研究這份協議。與此同時，我們在繼續推進計劃。

putting points in order 把要點按順序排列

10.54 在正式書面語和口語裏，人們常想表示說和寫到了甚麼階段。通過使用下列句子連接詞可達到這個目的：

first	secondly	finally	then
firstly	third	in conclusion	to sum up
second	thirdly	lastly	

What are the advantages of geothermal energy? ***Firstly****, there's no fuel required, the energy already exists.* ***Secondly****, there's plenty of it.* 地熱能有甚麼優點？首先，不需要燃料，能源已經存在。第二，地熱能的量很大。***Finally****, I want to say something about the heat pump.* 最後，我想說一說熱泵。

conjunctions 連詞

10.55 人們在非正式說話或寫作時，常會通過用連詞 ***and***、***but***、***yet***、***or*** 和 ***nor*** 之一引出一個新句子的方法以添加一個額外信息。

He's a very good teacher. ***And*** *he's good-looking.* 他是個很好的老師。而且他長得很英俊。
I think it's motor cycling. ***But*** *I'm not sure.* 我認為這是摩托車運動。但我不能肯定。
It's not improving their character. ***Nor*** *their home life.* 這沒有改善他們的性格。也沒有改善他們的家庭生活。

sentence connectors after and or but and 或 but 後面的句子連接詞

10.56 句子連接詞常放在置於分句或句子首位的連詞 ***and*** 或 ***but*** 之後。

That will take a long time ***and besides*** *you'd get it wrong.* 這將需要很長時間，而且你會出錯。
They were familiar ***and therefore*** *all right.* 他們是熟人，因此沒問題。
Her accent is not perfect. ***But still****, it's a marvellous performance.* 她的口音並不完美。不過這仍是精彩的表演。

如果連接的是兩個否定句或否定分句，***either*** 可放在第二句的句末。

I can't use it, but I can't bear not to use it ***either****.* 我不能用它，但是不用它我也受不了。

Linking parts of a conversation together 連接會話的各部分

10.57 在改變話題或開始談論話題的另一個方面時，人們有時希望避免唐突。可通過使用一組特殊的句子連接詞來實現這個目的。

下列狀語常起這種作用：

actually	incidentally	okay	well
anyhow	look	right	well now
anyway	now	so	well then
by the way	now then	then	you know

這些狀語通常置於句首。但是，如果想停頓或把注意力集中在引出的新話題上，其中少數狀語可用在句子的其他位置。

actually、***anyhow***、***anyway***、***by the way***、***incidentally*** 和 ***you know*** 可用在句末。***by the way***、***incidentally*** 和 ***you know*** 可用在主語後面或動詞短語的第一個詞後面。

下面是一些説明句子連接詞用於改變會話話題的例子：

Actually*, Dan, before I forget, she asked me to tell you about my new job.* 事實上，丹，趁我還沒忘記，她要我告訴你我的新工作。
Well now*, we've got a very big task ahead of us.* 好吧，我們面前有一項非常大的任務。

下面的一些例子説明了句子連接詞用於開始談論同一話題的另一個方面：

What do you sell there ***anyway****?* 你在那裏究竟賣甚麼？
This approach, ***incidentally****, also has the advantage of being cheap.* 這個方法，順便説一句，還有廉價優勢。

then 不單獨用在句首，僅用在句末。

That's all right ***then****.* 那沒問題了。
Are you fond of her, ***then****?* 那你喜歡她嗎？

10.58 有些句子連接詞用在句首引出一個事實，且是糾正剛作出的陳述；也可用在句末及其他位置，對事實進行強調。

actually	as it happens	indeed
as a matter of fact	I mean	in fact

注意，在這裏 ***actually*** 用來為同一個話題添加信息，而在前一小節則用來表示改變話題。

Actually*, I do know why he wrote that letter.* 其實，我的確知道他為何寫那封信。
He rather envies you ***actually****.* 實際上他相當羨慕你。
I'm sure you're right. ***In fact****, I know you're right.* 我相信你是對的。其實我知道你是對的。
There's no reason to be disappointed. ***As a matter of fact****, this could be rather amusing.* 沒理由感到失望。事實上，這可能會相當好玩。
They cannot hop or jump. ***Indeed****, they can barely manage even to run.* 他們不能單足或雙足跳躍。事實上，他們甚至幾乎無法快跑。

you see 用於引出或指出一個解釋。

'Are you surprised?' — ' No. ***You see****, I've known about it for a long time.'* "你感到意外嗎？" —— "不。你瞧，我了解這個已有很長時間。"
He didn't have anyone to talk to, ***you see****.* 要知道，他沒有可以説話的人。

after all 用於引出或指出剛才所説內容的原因或理由。

*She did not regret accepting his offer. He was, **after all**, about the right age.* 她不後悔接受了他的求婚。他畢竟年齡相近。

10.59 介詞短語有時用於引出一個新話題或同一話題的另一個方面。***as to*** 或 ***as for*** 可用在句首，引出一個略有不同的話題。

***As to** what actually transpired at the headquarters, there are many differing accounts.* 至於究竟在總部發生了甚麼事，有很多不同說法。
*We will continue to expand our business. **As for** our competitors, they may well struggle.* 我們將繼續擴大我們的業務。至於我們的競爭對手，他們很可能會舉步維艱。

with 和 ***in the case of*** 有時用於提及與之前提到的一種情況有關的另一件事。

***With children**, you have to plan a bit more carefully.* 有了孩子，你就必須計劃得更仔細一點。
*When the death was expected, the period of grief is usually shorter than **in the case of** an unexpected death.* 當死亡是意料之內的，悲傷的時間通常比意外死亡的情況要短。

Leaving words out 省略詞語

10.60 在英語裏，人們常省略而不是重複詞語，這稱為**省略** (ellipsis)。省略有時出現在用 ***and***、***but*** 或 ***or*** 等詞語連接的分句以及並列的詞組中。詳見 8.152 到 8.176 小節。

本部分論述如何在分句、單句以及並列分句中省略詞語。第二個分句或句子可以是同一人所說或所寫的話，也可以是另一人的回答或評論的一部分。會話中某些詞語的省略在 10.74 到 10.81 小節論述。

contrasting subjects 對比主語

10.61 如果剛描述過一個動作或狀態，而說話者只想引出一個新主語，就不需要重複句子其餘部分，而用**助動詞** (auxiliary) 即可。

*There were 19- and 20-year-olds who were earning more than I **was**.* 有比我賺錢更多的 19 歲和 20 歲年齡的人。
*They can hear higher sounds than we **can**.* 它們能聽到的聲音頻率比我們高。

contrasting the verb form or the modal verb 對比動詞形式或情態動詞

10.62 如果只是想改變動詞形式或情態詞，可用一個新助動詞，而主語指的是同一個人或事物。

*They would stop it if they **could**.* 他們要是有能力就會阻止它。
*Very few of us have that sort of enthusiasm, although we know we **ought to**.* 我們當中只有極少數人具有那種熱情，雖然我們知道我們應該有。
*I never went to Stratford, although I probably **should have**.* 我從沒去過斯特拉福德，雖然可能我應該去。
*This topic should have attracted far more attention from the press than it **has**.* 這個話題該受到報界比現在多得多的關注。

do

10.63 如果不選擇其他助動詞，則通常用 ***do***、 ***does*** 或 ***did***。

You look just as bad as he ***does****.* 你看來和他一樣糟糕。
I think we want it more than they ***do****.* 我認為我們比他們更想得到它。

be as a main verb
be 作主要動詞

10.64 但是，繫動詞 ***be*** 可用適當的形式加以重複。例如，***I was scared and the children were too***（我很害怕，孩子們也是）。

'I think you're right.' — 'I'm sure I ***am****.'* "我認為你是對的。" —— "我肯定是對的。"

如果第二個動詞短語含有情態詞，通常把 ***be*** 放在情態詞後面。

'I'm from Glasgow.' — 'I thought you ***might be****.'* "我來自格拉斯哥。" —— "我剛才就想你可能是的。"
'He thought that it was hereditary in his case.' — 'Well, it ***might be****.'* "他覺得在他那種情況下可能是遺傳。" —— "嗯，有可能是的。"

但是，如果第一個動詞短語也含有情態詞，則不必這麼做。

*I'****ll*** *be back as soon as I* ***can****.* 我會盡快回來。

be 有時用在第二個分句中的情態詞後面，與另一個繫動詞如 ***seem***、 ***look*** 或 ***sound*** 等形成對照。

'It ***looks*** *like tea to me.' — 'Yes, it* ***could be****.'* "我覺得這像是茶。" —— "是的，有可能是茶。"

have as a main verb
have 作主要動詞

10.65 如果第一個動詞是主要動詞 ***have***，有時用 ***have*** 的一個形式代替 ***do*** 的一個形式。

She probably has a temperature — she certainly looks as if she ***has****.* 她很可能發燒了 —— 她確實看上去像是。

leaving words out with not
用 not 進行省略

10.66 通過在助動詞後面加上 ***not***，可使第二個動詞短語變成否定。在非正式口語和書面語中，這些組合被縮略成 ***don't***、 ***hasn't***、 ***isn't***、 ***mustn't*** 等等（參見列在 5.59 小節的這些縮略式，contractions）。對疑問句的否定回答也用同樣的形式。

Some managed to vote but most of them ***didn't****.* 有些人成功地投了票，但大部分人沒有投。
'You're staying here!' — 'But Gertrude, I ***can't****, I* ***mustn't****.'* "你就在這裏留着！" —— "但是格特魯德，我不能，我不應該！"
'And did it work?' — 'No, I'm afraid it ***didn't****.'* "那管用嗎？" —— "不，恐怕不管用。"
Widows receive state benefit; widowers ***do not****.* 寡婦獲得州救濟金，鰥夫則沒有。
He could have listened to the radio. He ***did not****.* 他本可以聽收音機的。他沒有聽。

10.67 就被動式來説，情態詞後面常常但並非總是保留 ***be*** 。

He argued that if tissues could be marketed, then anything ***could be****.* 他主張説，如果人體組織可以出售，那任何東西都可以。

但是，對於完成時的被動式，只需用助動詞 ***have*** 或 ***has*** 即可。例如，可以説 ***Have you been interviewed yet? I have.***（你接受面試了嗎？我已面試過了。）。

注意，如果情態詞與 ***have*** 一起用於被動式或進行時動詞短語，***been*** 不能省略。

I'm sure it was repeated in the media. It ***must have been****.* 我肯定這在媒體上重複提起過。一定是的。
She was not doing her homework as she ***should have been****.* 她不在做她該做的功課。

10.68 如果第二個動詞短語含有助動詞 ***have*** 的任何形式，英式英語使用者有時會加上 ***done*** 。例如，他們有時用 ***He says he didn't see it but he must have done.***（他説他沒有看見，但他肯定看見了。）代替 ***He says he didn't see it but he must have.***（他説他沒看見，但他肯定看見了。）。

He hadn't kept a backup, but he ***should have done****.* 他沒有保留備份，但他本來應該保留的。

美式英語使用者只重複助動詞 ***have*** 。

He hadn't kept a backup, but he ***should have****.* 他沒有保留備份，但他該保留的。
It would have been nice to have won, and I ***might have done*** *if I had tried harder.* 如果贏了那就好，而我如果更努力可能會贏。

同樣，英式英語使用者有時在情態詞後面用 ***do*** 。

He responded almost as a student ***might do****.* 他幾乎像一個學生一樣作出了反應。

美式英語使用者不在情態詞後面用 ***do*** 。

注意，如果用於第一次提到動作或狀態的動詞是主要動詞 ***have*** ，在第二次提到時情態詞後面常常用 ***have*** ，而不用 ***do*** 。

'Do you think that academics ***have*** *an understanding of the real world?' — 'No, and I don't think they* ***should have****.'* "你認為大學老師了解現實世界嗎？"——"不了解，而我認為他們不需要。"

10.69 通常，省略詞語的分句置於用主要動詞完整提及動作或狀態的分句後面；但是，為了故意達到某種效果，偶然可放在完整提及動作或狀態的分句前面。

The problems in the economy are now being reflected, as they ***should be****, in the housing market.* 經濟上的問題現在理所當然地反映在房地產市場上。

repeating the main verb 重複主要動詞

10.70 如果想表示強調，可重複主要動詞，而不是把它省略掉。

*It was the largest swarm of wasps that had ever been seen or that ever would be **seen**.* 這是曾經看到過或者所能看到的最大一群黃蜂。

contrasting objects and adverbials 對比賓語和狀語

10.71 注意，如果想對比受一個動作影響的兩個不同事物，或對比兩個不同因素或狀況，可把新的賓語或狀語與助動詞或 ***be*** 的一個形式一起放在第二個分句裏。

*Cook **nettles** exactly as you **would spinach**.* 用和煮菠菜一樣的方法煮蕁麻。
*You don't get as much bickering **on a farm** as you **do in most jobs**.* 農場上沒有大部分工作地方裏那麼多的爭執。
*Survival rates for cancer are twice as high **in America** as they **are in Britain**.* 癌症患者在美國的生存率是英國的兩倍。
*No one liked being young **then** as they **do now**.* 那時沒有人像現在這樣喜歡年輕。

但是，有時要重複主要動詞。

*Can't you at least **treat me** the way you **treat regular clients**?* 你難道不能像對待舊客戶一樣對待我嗎？

Usage Note 用法說明

10.72 在半情態詞 ***dare*** 和 ***need*** 後面可以省略動詞，但僅限於否定句。

*'I don't mind telling you what I know.' — 'You **needn't**. I'm not asking you for it.'* "我不介意告訴你我所知道的，"——"你不必了，我不是問你這個。"
*'You must tell her the truth.' — 'But, Neill, I **daren't**.'* "你必須告訴她真相。"——"但是，尼爾，我不敢。"

同樣，情態表達式 ***had rather*** 和 ***would rather*** 用在否定句裏時，後面的動詞才可省略。但是，***had better*** 後面有時省略動詞，即使用在肯定句裏。

*'Will she be happy there?' — 'She**'d better**.'* "她在那裏會幸福嗎？"——"她應該會。"
*It's just that I**'d rather** not.* 只是我寧願不。

10.73 ***to***-不定式分句中的詞語也可省略。如果已經提到了動作或狀態，動詞後可以僅用 ***to***，而不是完整的 ***to***-不定式分句。

*Don't tell me if you don't want **to**.* 你不想説就別告訴我。
*At last he agreed to do what I asked him **to**.* 最後他同意做我要他做的。

會話中也可這麼用。

*'Do you ever visit a doctor?' I asked her. — 'No. We can't afford **to**.'* "你去看過醫生嗎？"我問她。——"沒有，我們看不起。"

注意，有些動詞，比如 ***try*** 和 ***ask***，也常不接 ***to*** 單獨使用。

*They couldn't help each other, and it was ridiculous to **try**.* 他們無法互相幫助，而且嘗試也是可笑的。

I'm sure she'll help you, if you ***ask***. 我肯定她會幫你，只要你開口問。

In conversation 在會話中

10.74 在會話時，人們常省略提問和回答中的詞語。出現這種情況時，可用上面解釋過的方法省略主要動詞（參見 10.60 到 10.73 小節）。省略常見於表示說話者感到某人所說的內容很有趣或意外的疑問句裏，或者見於表示說話者不同意對方的疑問句裏。這些疑問句總是以代詞作主語。

'He gets free meals.' — ' ***Does he****?'* "他吃飯免費。" —— "是嗎？"
*'They're starting up a new arts centre there.' — '****Are they****?'* "他們正在那裏創建一個新藝術中心。" —— "是嗎？"
*'I've checked everyone.' — '****Have you now****?'* "我檢查過每個人。" —— "你已經查過了？"

leaving words out in questions 疑問句中的省略

10.75 如果語境使得語義清楚明確，疑問句中的詞語常常可以省略。這種疑問句可僅由一個 ***wh-*** 詞構成。

'Someone's in the house.' — ' ***Who****?' — 'I think it might be Gary.'* "房子裏有人。" —— "誰？" —— "我認為可能是加里。"
*'But I'm afraid there's more.' — '****What****?'* "但恐怕還有更多。" —— "甚麼？"
*'Can I speak to you?' I asked, undaunted — '****Why****?' — 'It's important.'* "我可以和你說話嗎？" 我無所畏懼地問道。—— "為甚麼？" —— "這很重要。"
*'We're going on holiday tomorrow.' — '****Where****?' — 'To Majorca.'* "我們明天去度假。" —— "去哪裏？" —— "馬略卡島。"

注意，也可用 ***why not***。

*'Maria! We won't discuss that here.' — '****Why not****?'* "瑪莉亞！我們在這裏不討論那個。" —— "為甚麼不？"

另外應注意，引述動詞後面可以用 ***wh-*** 詞，特別是 ***why***。

I asked ***why***. 我問是甚麼原因。
They enquired ***how***. 他們詢問怎麼辦。

10.76 如果語境使語義清楚明確，別的疑問句也可僅由很少幾個詞構成。這種簡短的疑問句常用於表示吃驚或主動向某人提供某物。

*'Could you please come to Ira's right away and help me out?' — '****Now****?'* "你能馬上到艾拉家來幫我嗎？" —— "現在嗎？"
*'****Tonight****?' — 'It's incredibly important.'* "今天晚上嗎？" —— "這至關重要。"
*'He's going to die, you see.' — '****Die****?'* "他快要死了，你看。" —— "死？"
*'****Cup of coffee****? — Lionel asked, kindly.* "來一杯咖啡？" 萊爾親切地問道。
*He drank the water and handed me the glass. '****More****? — 'No, that's just fine, thank you.'* 他把水喝完，然後把玻璃杯遞給我。"還要嗎？" —— "不，夠了，謝謝你。"

leaving words out in replies 回答中的省略

10.77 對 ***wh-***疑問句作出回答時，常可使用一個詞或一組詞，而不用一個完整句子。這樣做的目的是為了避免重複使用疑問句中的詞語。例如，如果有人問 ***What is your favourite colour?***（你最喜歡甚麼顏色？），正常回答是一個詞，比如 ***blue***（藍色），而不是像 ***My favourite colour is blue***（我最喜歡的顏色是藍色）這樣的一個句子。

*'What's your name?' — '**Pete**.'* "你叫甚麼名字？" —— "皮特。"
*'How do you feel?' — '**Strange**.'* "你覺得怎麼樣？" —— "奇怪。"
*'Where do you come from?' — '**Cardiff**.'* "你來自哪裏？" —— "加的夫。"
*'Where are we going?' — '**Up the coast**.'* "你到哪裏去？" —— "沿海岸北上。"
*'How long have you been out of this country?' — '**About three months**.'* "你離開這個國家多久了？" —— "約 3 個月了。"
*'How much money is there in that case?' — '**Six hundred pounds**.'* "那個箱子裏有多少錢？" —— "600 英鎊。"
*'Why should they want me to know?' — '**To scare you**, perhaps. Who can tell?'* "為何他們希望我知道？" —— "也許是為了嚇你。誰知道呢？"

wh- **疑問句**（*wh-*question）在 5.21 到 5.34 小節論述。

10.78 回答 ***yes / no-*** 疑問句時，常可以使用**句子狀語**（sentence adverbial）或**程度副詞**（adverb of degree），而不用句子。

*'Do you think you could keep your mouth shut if I was to tell you something?' — '**Definitely**.'* "如果我告訴你一件事，你覺得你能守口如瓶嗎？" —— "絕對可以！"
*'Do you think they're very important?' — '**Maybe**.'* "你認為它們很重要嗎？" —— "也許。"
*'Do you enjoy life at the university?' — 'Oh yes, **very much**.'* "你喜歡大學生活嗎？" —— "哦，是的，非常喜歡。"
*'Are you interested?' — '**Very**.'* "你感興趣嗎？" —— "非常。"
*'Are you ready, Matthew?' — '**Not quite**.'* "你準備好了嗎，馬太？" —— "還沒。"
*'Is she sick?' — '**Not exactly**.'* "她病了嗎？" —— "不完全是。"

10.79 回答 ***yes / no-*** 疑問句時，也可用代詞加表達原問題的動詞短語。回答中不用 ***not*** 表示的是 ***yes***，用 ***not*** 則表示 ***no***。

*'Does Lydia Walker live here?' — '**She does**.'* "莉迪亞・沃克住在這裏嗎？" —— "是的。"
*'Have you taken advantage of any of our offers in the past?' — '**I haven't**.'* "你過去利用過我們的優惠嗎？" —— "我沒有。"

yes / no- **疑問句**（*yes / no*-question）在 5.12 到 5.14 小節論述。**句子狀語**（sentence adverbial）列在第九章（9.56 到 9.68 小節）。**程度副詞**（adverb of degree）列在第二章（2.140 到 2.156 小節）和第六章（6.45 到 6.52 小節）。

leaving words out when you are agreeing
表示同意時的省略

10.80 如果想表示同意剛提到的某事，或說明剛提到的某事也適用於別人或其他事物，常可省略詞語。方法之一是在助動詞或 ***be*** 的一個形式後面使用 ***too*** 。

*'I like baked beans.' — 'Yes, I do **too**.'* "我喜歡吃烘豆。" —— "是的，我也是。"
*'I failed the exam.' — 'I did **too**.'* "我考試不及格。" —— "我也是。"

另一個方法是使用 ***so*** ，後接助動詞或 ***be*** 的一個形式，再加主語。

*'I find that amazing.' — '**So do I**.'* "我覺得這令人驚訝。" —— "我也一樣。"

注意，這種形式也可用在一個句子裏，說明某人或某物情況也是如此。

*He does half the cooking and **so do I**.* 他做一半的飯，我也做一半。

10.81 如果想表示同意剛提到的否定事物，或說明剛提到的否定事物也適用於別人或其他事物，也可以省略詞語。方法之一是用助動詞或 ***be*** 的一個形式，後接 ***not*** 和 ***either*** 。

*'I don't know.' — '**I don't either**.'* "我不知道。" —— "我也不知道。"
*'I can't see how she does it.' — '**I can't either**.'* "我不明白他是怎樣做的。" —— "我也不明白。"

另一個方法是使用 ***nor*** 或 ***neither*** ，後接助動詞或 ***be*** 的一個形式，再加主語。

*'I don't like him.' — '**Nor do I**.'* "我不喜歡他。" —— "我也不喜歡。"
*'I'm not going to change my mind.' — '**Nor should you**.'* "我不會改變主意。" —— "你也不應該改變。"
*'I'm not joking, Philip.' — '**Neither am I**.'* "我不是開玩笑，菲臘。" —— "我也不是。"

注意，在一個句子裏也可這樣用。

*I don't know what you're talking about, Miss Haynes, and I'm pretty sure **you don't either**.* 我不知道你在說甚麼，海恩斯小姐，而我敢肯定你自己也不知道。
*I will never know what was in his head at the time, **nor will anyone else**.* 我將永遠不會知道當時他腦子裏在想甚麼，其他人也不會。
*I can't do anything about this and **neither can you**.* 我對此無能為力，而你也是。

Reference Section
參考部分

Pronunciation guide 發音指南

R1　下面是英語的音標符號：

英式英語的元音

/ɑː/ heart, start, calm.

/æ/ act, mass, lap.

/aɪ/ dive, cry, mine.

/aɪə/ fire, tyre, buyer.

/aʊ/ out, down, loud.

/aʊə/ flour, tower, sour.

/e/ met, lend, pen.

/eɪ/ say, main, weight.

/eə/ fair, care, wear.

/ɪ/ fit, win, list.

/iː/ feed, me, beat.

/ɪə/ near, beard, clear.

/ɒ/ lot, lost, spot.

/əʊ/ note, phone, coat.

/ɔː/ more, cord, claw.

/ɔɪ/ boy, coin, joint.

/ʊ/ could, stood, hood.

/uː/ you, use, choose.

/ʊə/ sure, pure, cure.

/ɜː/ turn, third, word.

/ʌ/ but, fund, must.

/ə/（在下列單詞中的弱元音）butter, about, forgotten.

美式英語的元音

/ɑ/ calm, drop, fall.

/ɑː/ draw, saw.

/æ/ act, mass, lap.

/ai/ drive, cry, lie.

/aiər/ fire, tire, buyer.

/au/ out, down, loud.

/auər/ flour, tower, sour.

/e/ met, lend, pen.

/ei/ say, main, weight.

/e^{ər}/ fair, care, wear.

/ɪ/ fit, win, list.

/i/ feed, me, beat.

/ɪ^{ər}/ cheer, hear, clear.

/ou/ note, phone, coat.

/ɔ/ more, cord, sort.

/ɔi/ boy, coin, joint.

/ʊ/ could, stood, hood.

/u/ you, use, choose.

/jʊ^{ər}/ sure, pure, cure.

/ɜr/ turn, third, word.

/ʌ/ but, fund, must.

/ə/（在下列單詞中的弱元音）about, account, cancel.

輔音

/b/ bed

/d/ done

/f/ fit

/g/ good

/h/ hat

/j/ yellow

/k/ king

/l/ lip

/m/ mat

/n/ nine

/p/ pay

/r/ run

/s/ soon

/t/ talk

/v/ van

/w/ win

/x/ loch

/z/ zoo

/ʃ/ ship

/ʒ/ measure

/ŋ/ sing

/tʃ/ cheap

/θ/ thin

/ð/ then

/dʒ/ joy

下面這些是元音字母：

a e i o u

下面這些是輔音字母：

b c d f g h j k l m n p q r s t v w x y z

輔音 ***y*** 置於音節的中間或末尾時，具有和元音一樣的地位以及一系列和 ***i*** 類似的讀音。

Forming plurals of countable nouns 可數名詞複數的構成

R2 關於哪些名詞有複數形式的説明，參見第一章（1.14 到 1.193 小節）。

R3 在大部分情況下，複數加 ***s*** 。

hat	→	hats
tree	→	trees

R4 在 ***sh*** 、 ***ss*** 、 ***x*** 或 ***s*** 之後，複數加 ***es*** ，讀作 /ɪz/ 。

bush	→	bushes
glass	→	glasses
box	→	boxes

bus	→	buses

ch 讀作 /tʃ/ 時，複數也加 es ，讀作 /ɪz/ 。

church	→	churches
match	→	matches
speech	→	speeches

R5　置於 /f/ 、 /k/ 、 /p/ 、 /t/ 或 /θ/ 等輔音之後的 s 讀作 /s/ 。

belief	→	beliefs
week	→	weeks
cap	→	caps
pet	→	pets
moth	→	moths

R6　置於 /s/ 、 /z/ 或 /dʒ/ 等輔音之後的 s 讀作 /ɪz/ 。

service	→	services
prize	→	prizes
age	→	ages

R7　有些以 /θ/ 發音結尾的名詞，比如 ***mouth*** ，複數詞尾讀作 /ðz/ 。其他一些名詞，比如 ***bath*** 和 ***path*** ，複數詞尾既可以讀作 /θs/ 也可以讀作 /ðz/ 。必要的話可在詞典中查閱這種詞的讀音。

R8　在其他多數情況下， s 讀作 /z/ 。

bottle	→	bottles
degree	→	degrees
doctor	→	doctors
idea	→	ideas
leg	→	legs
system	→	systems
tab	→	tabs

R9　以輔音字母加 ***y*** 結尾的名詞，用 ***ies*** 代替 ***y*** 構成複數。

country	→	countries
lady	→	ladies
opportunity	→	opportunities

以元音字母加 ***y*** 結尾的名詞，構成複數時只加 ***s*** 。

boy	→	boys
day	→	days
valley	→	valleys

R10　有少量以 ***f*** 或 ***fe*** 結尾的名詞，構成複數時用 ***ves*** 代替 ***f*** 或 ***fe*** 。

calf	→	calves
elf	→	elves
half	→	halves
knife	→	knives
leaf	→	leaves
life	→	lives
loaf	→	loaves
scarf	→	scarves
sheaf	→	sheaves
shelf	→	shelves
thief	→	thieves
wife	→	wives
wolf	→	wolves

R11　很多以 ***o*** 結尾的名詞，構成複數時只加 ***s*** 。

photo	→	photos
radio	→	radios

但是，下列以 ***o*** 結尾的名詞用詞尾 ***oes*** 構成複數：

domino	embargo	negro	tomato
echo	hero	potato	veto

下列以 ***o*** 結尾的名詞，既可用 ***s*** 也可用 ***es*** 構成複數：

buffalo	ghetto	memento	stiletto
cargo	innuendo	mosquito	tornado
flamingo	mango	motto	torpedo
fresco	manifesto	salvo	volcano

R12 下列英語名詞有特殊的複數形式，通常含有不同於單數形式的元音音素：

child	→	children
foot	→	feet
goose	→	geese
louse	→	lice
man	→	men
mouse	→	mice
ox	→	oxen
tooth	→	teeth
woman	→	women

R13 大部分指人並且以 ***man***、***woman*** 或 ***child*** 結尾的名詞，其複數以 ***men***、***women*** 或 ***children*** 結尾。

postman	→	postmen
Englishwoman	→	Englishwomen
grandchild	→	grandchildren

R14 除了上面提到的名詞以外，還有一些外來詞，尤其是來自拉丁語的詞彙，仍然根據源語的規則構成複數。其中很多是專業術語或正式用語，有些列在下面的詞彙在非專業或非正式語境中也用規則的 ***s*** 或 ***es*** 詞尾構成複數。必要的話可查閱詞典。

R15 有些以 ***us*** 結尾的名詞，其複數詞尾是 ***i***。

cactus	→	cacti
focus	→	foci
nucleus	→	nuclei
radius	→	radi
stimulus	→	stimuli

R16 有些以 ***um*** 結尾的名詞，其複數詞尾是 ***a***。

aquarium	→	aquaria
memorandum	→	memoranda
referendum	→	referenda
spectrum	→	spectra
stratum	→	strata

R17　大部分以 ***is*** 結尾的名詞用 ***es*** 代替 ***is*** 構成複數。

analysis	→	analyses
axis	→	axes
basis	→	bases
crisis	→	crises
diagnosis	→	diagnoses
hypothesis	→	hypotheses
neurosis	→	neuroses
parenthesis	→	parentheses

R18　有些以 ***a*** 結尾的名詞，構成複數時在詞尾加上 ***e***。

larva	→	larvae
vertebra	→	vertebrae

有些名詞，比如 ***antenna***、***formula***、***amoeba*** 和 ***nebula***，也有以詞尾 ***s*** 構成不太正式的複數。

R19　其他名詞以別的方式構成複數。其中一些有兩種複數形式，一種用加 ***s*** 構成，另一種以別的方式構成。通常以 ***s*** 構成的複數用在不太正式的英語中。

appendix	→	appendices 或 appendixes
automaton	→	automata 或 automatons
corpus	→	corpora 或 corpuses
criterion	→	criteria
genus	→	genera
index	→	indices 或 indexes
matrix	→	matrices
phenomenon	→	phenomena
tempo	→	tempi 或 tempos
virtuoso	→	virtuosi 或 virtuosos
vortex	→	vortices

Forming comparative and superlative adjectives 形容詞比較級和最高級的構成

R20　關於如何使用形容詞比較級（comparative）和最高級（superlative）的說明，參見第二章（2.103 到 2.122 小節）。

R21 形容詞比較級的構成，可以在形容詞的原形後面加 ***er***，也可以在前面用 ***more***。最高級是通過在形容詞詞尾加 ***est*** 或在前面用 ***most*** 構成。

選擇加 ***er*** 和 ***est*** 還是用 ***more*** 和 ***most*** 通常取決於形容詞的音節數量。

最高級前面通常用 ***the***.

R22 單音節形容詞通常在原形的詞尾加 ***er*** 和 ***est***。

tall	→	taller	→	the tallest
quick	→	quicker	→	the quickest

下面是常見的單音節形容詞，通常在詞尾加 ***er*** 和 ***est*** 構成比較級和最高級：

big	dull	large	proud	strong
bright	fair	late	quick	sweet
broad	fast	light	rare	tall
cheap	fat	long	rich	thick
clean	fine	loose	rough	thin
clear	firm	loud	sad	tight
close	flat	low	safe	tough
cold	fresh	new	sharp	warm
cool	full	nice	short	weak
cross	great	old	sick	wet
dark	hard	pale	slow	wide
deep	high	plain	small	wild
dry	hot	poor	soft	young

注意，有些形容詞加 ***er*** 和 ***est*** 時，其拼寫需要改變。

形容詞構成比較級和最高級時的拼寫變化方式在 R27 小節論述。

R23 以 ***y*** 結尾的雙音節形容詞通常加 ***er*** 和 ***est***，比如 ***funny***、***dirty*** 和 ***silly***。

happy	→	happier	→	the happiest
easy	→	easier	→	the easiest

注意，此處有拼寫變化，詳見 R27 小節。

其他一些不以 ***y*** 結尾的雙音節形容詞，通常也可用 ***er*** 和 ***est*** 構成比較級和最高級。

下面是常見的雙音節形容詞，其比較級和最高級通常按上述方式構成：

busy	funny	lucky	simple
dirty	happy	pretty	steady
clever	heavy	quiet	tiny
easy	lovely	silly	

R24 其他一些雙音節形容詞通常用 ***more*** 和 ***most*** 構成比較級和最高級：

careful	→	more careful	→	the most careful
famous	→	more famous	→	the most famous

下面這些常見形容詞通常用 ***more*** 和 ***most*** 構成比較級和最高級：

careful	handsome	obscure	sudden
common	likely	pleasant	
famous	mature	polite	

R25 很多雙音節形容詞既可用詞尾 ***er*** 和 ***est*** 構成比較級和最高級，也可用 ***more*** 和 ***most***。在很多情況下，***er*** 和 ***est*** 形式更常見於名詞前的位置（定語位置，attributive），而 ***more*** 和 ***most*** 形式更常見於 ***be*** 或 ***become*** 等繫動詞後的位置（表語位置，predicative）。關於**定語形容詞**（attributive adjective）和**表語形容詞**（predicative adjective）的進一步説明，參見 2.42 到 2.52 小節。

*...major hurricanes such as Katrina, the **costliest** disaster in U.S. history.*
……諸如卡特麗娜這樣的大型颶風，美國歷史上損失最慘重的災難

*Energy is becoming **more costly** and supplies are drying up.* 能源正變得更貴，供應也正在枯竭。

*Less space seemed to make for a **friendlier** neighbourhood feeling.*
小一點的空間似乎產生更友好的鄰里感。

*We are encouraging employers to be **more friendly** to the local environment.* 我們正在鼓勵僱主對當地環境更友好。

下列常見形容詞有兩種比較級和最高級形式：

angry	friendly	remote	stupid
costly	gentle	risky	subtle
cruel	narrow	shallow	

R26 三個和三個以上音節的形容詞通常用 ***more*** 和 ***most*** 構成比較級和最高級。

dangerous	→	more dangerous	→	the most dangerous
ridiculous	→	more ridiculous	→	the most ridiculous

但是，有些三音節形容詞是在其他形容詞詞首加 ***un*** 構成的。例如，***unhappy*** 與 ***happy*** 有關，***unlucky*** 與 ***lucky*** 有關。這些三音節形容詞的比較級和最高級既可加 ***er*** 和 ***est*** 構成，也可用 ***more*** 和 ***most***。

*He felt crosser and **unhappier** than ever.* 他覺得比以前更憤怒、更不快樂。

R27 形容詞加 ***er*** 或 ***est*** 時，有時還需要對其詞尾作另一個變動。

如果單音節形容詞以單個元音字母加單個輔音字母結尾，在加 ***er*** 或 ***est*** 時需要雙寫輔音字母。

big	→	bigger	→	the biggest
hot	→	hotter	→	the hottest

但是，雙音節形容詞則不必這麼做。

clever	→	cleverer	→	the cleverest
stupid	→	stupider	→	the stupidest

如果形容詞以 ***e*** 結尾，在加 ***er*** 或 ***est*** 時需要去掉 ***e***。

wide	→	wider	→	the widest
simple	→	simpler	→	the simplest

注意，以 ***le*** 結尾的形容詞，其比較級和最高級有兩個而不是三個音節。例如，***simpler***（由 ***simple*** /'sɪmpəl/ 構成），讀作 /'sɪmplə/。

如果形容詞以輔音字母加 ***y*** 結尾，在加 ***er*** 或 ***est*** 時需要用 ***i*** 替換 ***y***。

dry	→	drier	→	the driest
angry	→	angrier	→	the angriest
unhappy	→	unhappier	→	the unhappiest

注意，***shy***、***sly*** 和 ***spry*** 按常規方式加 ***er*** 和 ***est***。

R28 ***good*** 和 ***bad*** 有特殊的比較級和最高級，不是通過加 ***er*** 和 ***est*** 構成，也不用 ***more*** 和 ***most***。

good 的比較級是 ***better***，最高級是 ***the best***。

*There might be **better** ways of doing it.* 可能有比這更好的辦法來做這件事。
*This is the **best** museum we've visited yet.* 這是我們參觀過最好的博物館。

bad 的比較級是 ***worse***，最高級是 ***the worst***。

*Things are **worse** than they used to be.* 情況比過去更糟糕了。
*The airport there was the **worst** place in the world.* 那裏的機場是世上最糟糕的地方。

注意，***ill*** 沒有比較級形式，所以用 ***worse*** 代替。

*Each day Kunta felt a little **worse**.* 昆塔感覺一天比一天糟糕。

R29 形容詞 ***old*** 有規則的比較級和最高級形式，但此外還有 ***elder*** 和 ***the eldest*** 兩個形式。這些形式僅用於談論人，通常指親屬。

*...the death of his two **elder** brothers in the First World War.* ……他的兩個哥哥在第一次世界大戰中的去世
*Bill's **eldest** daughter is a doctor.* 比爾的大女兒是個醫生。

注意，與 ***older*** 不同的是，***elder*** 後面從不用 ***than***。

R30 在標準英語裏，***little*** 沒有比較級和最高級，儘管兒童有時會說 ***littler*** 和 ***the littlest***。如果想進行比較，要用 ***smaller*** 和 ***the smallest***。

R31 複合形容詞的比較級和最高級通常由形容詞前加 ***more*** 和 ***most*** 構成。

self-effacing	→	more self-effacing	→	the most self-effacing
nerve-racking	→	more nerve-racking	→	the most nerve-racking

有些複合形容詞的第一部分是形容詞。這些複合形容詞的比較級和最高級有時用形容詞的比較級和最高級構成。

good-looking	→	better-looking	→	the best-looking

同樣，有些複合形容詞的第一部分是副詞。它們的比較級和最高級有時用副詞的比較級和最高級構成。

well-paid	→	better-paid	→	the best-paid
badly-planned	→	worse-planned	→	the worst-planned

副詞的比較級和最高級（comparatives and superlatives of adverbs）在 R150 到 R154 小節論述。

The spelling and pronunciation of possessives 所有格的拼寫和發音

R32 關於名字和其他名詞所有格形式的用法，參見第一章（1.211 到 1.221 小節）。

R33 名字或其他名詞的所有格形式通常由詞尾加一撇 ***s*** 構成。

Ginny's *mother didn't answer.* 金尼的母親沒有回答。
Howard came into the ***editor's*** *office.* 霍華德走進編輯部。

R34 如果用以 ***s*** 結尾的複數名詞指所有者，只需加一撇 ***s*** 即可。

I heard the ***girls'*** *steps on the stairs.* 我聽見女孩們上樓的腳步聲。
We often go to ***publishers'*** *parties in Bloomsbury.* 我們常去參加出版商在布魯斯伯里舉行的聚會。

但是，如果用的是不以 ***s*** 結尾的不規則複數名詞，則在其詞尾加一撇 ***s***。

It would cost at least three ***policemen's*** *salaries per year.* 這每年至少要花去三名警察的工資。
The Equal Pay Act has failed to bring ***women's*** *earnings up to the same level.* 同工同酬法案未能把婦女的收入提高到同一水平。
*...****children's*** *birthday parties.* ……孩子們的生日會

R35 如果某物屬於一個以上的人或物，並且其名稱由 ***and*** 連接，那第二個名稱後面用一撇 ***s***。

*...****Martin and Tim's*** *apartment.* ……馬田和添的公寓
*...****Colin and Mary's*** *wedding.* ……科林和瑪麗的婚禮

R36 如果想說明兩個人或事物各擁有一組事物的一部分，兩者名稱的後面都加一撇 **s**。

*The puppy was a superb blend of his **father's and mother's** best qualities.* 這隻小狗完美結合了雙親的最好品質。

R37 如果用的是已經有詞尾 **s** 的名稱，可只加一撇，比如 ***St James' Palace***（聖占士宮），也可加一撇 **s**，比如 ***St James's Palace***（聖占士宮）。這兩種拼寫讀音不同。如果只加一撇，讀音不變；而如果加一撇 **s**，所有格讀作 /ɪz/。

R38 一撇 **s** 在不同的單詞中讀音不同：

☞ 在音素 /f/、/k/、/p/、/t/ 或 /θ/ 之後讀作 /s/。

☞ 在音素 /s/、/z/、/ʃ/、/ʒ/、/tʃ/ 或 /dʒ/ 之後讀作 /ɪz/。

☞ 在所有其他音素之後讀作 /z/。

R39 如果用的是複合名詞，一撇 **s** 加在最後一項上面。

*He went to his **mother-in-law's** house.* 他去了岳母家。
*The parade assembled in the **Detective Constable's** room.* 遊行隊伍聚集在偵緝警員的房間裏。

R40 縮略詞和首字母縮略詞上面加一撇 **s** 的方法和其他詞一樣。

*He will get a majority of **MPs'** votes in both rounds.* 他在兩輪投票中都將獲得多數議員的投票。
*He found the **BBC's** output, on balance, superior to that of ITV.* 他發現英國廣播公司的節目，總的來説，比獨立電視台的要好。
*The majority of **NATO's** members agreed.* 北約大部分成員同意了。

Numbers 數詞

R41 **基數詞**（cardinal number）、**序數詞**（ordinal number）以及分數（fraction）的用法在第二章（2.208 到 2.249 小節）論述。序數詞表示日期的用法在 4.88 小節論述。數詞表以及數詞和分數的説法和寫法在下面詳細説明。

Cardinal numbers 基數詞

R42 下面是基數詞表。該表説明了大於 20 的數詞構成模式。

0	zero, nought, nothing, oh	**23**	five
1	one	**24**	six
2	two	**25**	seven
3	three	**40**	eight
4	four	**50**	nine
5	ten	**60**	sixty
6	eleven	**70**	seventy
7	twelve	**80**	eighty
8	thirteen	**90**	ninety
9	fourteen	**100**	a hundred
10	fifteen	**101**	a hundred and one
11	sixteen	**110**	a hundred and ten
12	seventeen	**120**	a hundred and twenty
13	eighteen	**200**	two hundred
14	nineteen	**1000**	a thousand
15	twenty	**1001**	a thousand and one
16	twenty-one	**1010**	a thousand and ten
17	twenty-two	**2000**	two thousand
18	twenty-three	**10,000**	ten thousand
19	twenty-four	**100,000**	a hundred thousand
20	twenty-five	**1,000,000**	a million
21	forty	**2,000,000**	two million
22	fifty	**1,000,000,000**	a billion

R43 如果在口頭或書面用詞語表示大於 100 的數目，在最後兩個數字前用 ***and***。例如，203 説或寫成 ***two hundred and three***，2,840 説或寫成 ***two thousand, eight hundred and forty***。

Four hundred and eighteen *men were killed and* ***a hundred and seventeen*** *wounded.* 四百一十八個人被殺，一百一十七人受傷。

美式英語裏常常省略 ***and***。

*...**one hundred fifty** dollars.* ……一百五十美元

R44 如果在口頭或書面用詞語表示介於 1,000 和 1,000,000 之間的數目，有多種方法可以使用。例如，數字 **1872** 可用文字說或寫成：

☞ eighteen hundred and seventy-two

☞ one thousand eight hundred and seventy-two

☞ one eight seven two

☞ eighteen seventy-two

注意，第二種方法不能用 ***a*** 代替 ***one***。

第三種方法常用於表示房間號碼之類的事物。說電話號碼時，總是像這樣每個數字分開來說。

最後一種方法用於表示日期。

R45 與其他一些語言不同，英語裏超過 9,999 的數目用數字寫下來時，通常在倒數第四和第七個數字之後用逗號，以此類推，從而把數字分成三個三個一組。例如，15,500 或 1,982,000。對於 1,000 和 9,999 之間的數字，有時逗號用在第一個數字後面。例如，1,526。

如果數字含有句點，句點後面的數字表示分數。例如，2.5 等於 two and a half。

Ordinal numbers 序數詞

R46 下面是序數詞表。該表說明了大於 20 的序數詞的構成模式。

1st	first	**12th**	twelfth
2nd	second	**13th**	thirteenth
3rd	third	**14th**	fourteenth
4th	fourth	**15th**	fifteenth
5th	fifth	**16th**	sixteenth
6th	sixth	**17th**	seventeenth
7th	seventh	**18th**	eighteenth
8th	eighth	**19th**	nineteenth
9th	nineth	**20th**	twentieth
10th	tenth	**21st**	twenty-first
11th	eleventh	**22nd**	twenty-second

23rd	twenty-third	**61st**	sixty-first
24th	twenty-fourth	**70th**	seventieth
25th	twenty-fifth	**71st**	seventy-first
26th	twenty-sixth	**80th**	eightieth
27th	twenty-seventh	**81st**	eighty-first
28th	twenty-eighth	**90th**	ninetieth
29th	twenty-nineth	**91st**	ninty-first
30th	thirtieth	**100th**	hundredth
31st	thirty-first	**101st**	hundred and first
40th	fortieth	**200th**	two hundredth
41st	forty-first	**1000th**	thousandth
50th	fiftieth	**1,000,000th**	millionth
51st	fifty-first	**1,000,000,000th**	billionth
60th	sixtieth		

R47　正如上表所示，序數詞可以寫成縮略形式，比如在日期和標題中，或用在非正式書面語裏。在數字之後寫上序數詞的最後兩個字母。例如，***first*** 可寫成 ***1st***、***twenty-second*** 寫成 ***22nd***、***hundred and third*** 寫成 ***103rd*** 以及 ***fourteenth*** 寫成 ***14th***。

...on August ***2nd****.* ……在 8 月 2 日
...the ***1st*** *Division of the Sovereign's Escort.* ……君主衛隊第一師

Fractions and percentages 分數和百分數

R48　分數可用數字書寫，比如 ½、¼、¾ 以及 ⅔。這些分別對應於 ***a half***、***a quarter***、***three-quarters*** 以及 ***two-thirds***。

R49　分數常用百分之幾這特殊形式表示。這種分數稱為**百分數** (percentage)。例如，***three-hundredths***（百分之三）寫成百分數就是 ***three per cent***；也可寫作 ***three percent*** 或 ***3%***。***A half***（二分之一）可寫成 ***fifty per cent***、***fifty percent*** 或 ***50%***。

About ***60 per cent*** *of our students are women.* 我們學生裏約 60% 是女性。
Ninety percent *of most food is water.* 大部分食物裏 90% 是水。

Before 1960 ***45%*** *of British trade was with the Commonwealth.* 1960 年以前，英國 45% 的貿易是和英聯邦國家進行的。

如果所指清楚，百分數可單獨用作名詞短語。

Ninety per cent *were self employed.* 百分之九十的人是自僱人士。
...interest at ***10%*** *per annum.* ……年利率 10%

Verb forms and the formation of verb phrases 動詞形式和動詞短語的構成

R50 動詞有好幾種形式。這些形式可單獨使用，也可與稱為**助動詞** (auxiliary) 的特殊動詞結合在一起使用。一個動詞或一個動詞與一個助動詞組合在一起用在句子裏時，就稱為**動詞短語** (verb phrase)。動詞短語可以是**限定** (finite) 的，也可以是**非限定** (non-finite) 的。如果動詞短語是限定的，就有時態 (tense)。**非限定** (non-finite) 動詞短語含以不定式、***-ed***分詞 (***-ed*** participle) 或 ***-ing***分詞 (***-ing*** participle) 形式出現的動詞。

動詞短語用來指動作、狀態以及過程。句子中運用動詞短語進行陳述的方法在第三章闡述。

R51 動詞短語可以是**主動式** (active)，也可以是**被動式** (passive)。如果側重於動作的執行者，可用主動式動詞短語；如果側重於受動作影響的人或物，可用被動式動詞短語。關於被動式動詞短語用法的進一步說明，參見第九章 (9.8 到 9.24 小節)。

R52 規則動詞有下列形式：

☞ 原形，比如 ***walk***

☞ ***s***形式，比如 ***walks***

☞ ***-ing***分詞，比如 ***walking***

☞ 過去式，比如 ***walked***

動詞原形是用於不定式的形式，是詞典裏解釋動詞時首先給出的形式，也是本語法書在詞表中列出的形式。

動詞的 ***s***形式由原形在詞尾加 ***s*** 構成。

-ing分詞通常由原形在詞尾加 ***ing*** 構成，有時稱為**現在分詞** (present participle)。

動詞的過去式通常由原形在詞尾加 ***ed*** 構成。

規則動詞的過去式用於過去時，也用作 ***-ed***分詞。後者有時稱為**過去分詞** (past participle)。

但是，很多不規則動詞有兩種不同的過去形式 (參見 R72 小節)：

☞ 過去式形式，比如 ***stole***

☞ ***-ed*** 分詞形式，比如 ***stolen***

有關於動詞不同形式的拼寫規則，具體根據動詞詞尾而定。詳見 R54 到 R70 小節。

某些動詞，特別是常見的動詞，有不規則的形式。這些列在了 R72 到 R75 小節。

助動詞 ***be***、***have*** 和 ***do*** 的形式見 R80 小節。

R53　每個動詞形式都有各種各樣的用法。

原形用於現在時、祈使式和不定式，也用在情態詞後面。

s 形式用於現在時第三人稱單數。

-ing 分詞用於進行時、***-ing*** 形容詞、***-ing*** 名詞以及某些分句。

過去式用於一般過去時以及規則動詞的 ***-ed*** 分詞。

-ed 分詞用於完成時、被動式、***-ed*** 形容詞以及某些分句。

R54　動詞的基本形式已在 R52 小節描述過。以下幾個小節解釋動詞的各種形式的拼寫，並詳細說明動詞的不規則形式。助動詞 ***be***、***have*** 和 ***do*** 的形式在 R80 到 R88 小節分開討論。

R55　大部分動詞的 ***s*** 形式由原形在詞尾加 ***s*** 構成。

sing → sings

write → writes

s 在音素 /f/、/k/、/p/、/t/ 或 /θ/ 之後讀作 /s/。

break → breaks

keep → keeps

s 在音素 /s/、/z/ 或 /dʒ/ 之後讀作 /ɪz/。

dance → dances

manage → manages

在其他多數情況下，***s*** 讀作 /z/。

leave → leaves

refer → refers

R56　原形以輔音字母加 ***y*** 結尾的動詞，用 ***ies*** 替換 ***y*** 構成 ***s*** 形式。

try → tries

cry → cries

R57　以 sh、ch、ss、x、zz 或 o 結尾的動詞，原形後面加 es 而不是 s。加在輔音音素上時，es 讀作 /ɪz/，加在元音音素上時，則讀作 /z/。

diminish → diminishes

reach	→	reaches
pass	→	passes
mix	→	mixes
buzz	→	buzzes
echo	→	echoes

R58 以字母 ***s*** 結尾的單音節動詞，通常加 ***ses***。在美式英語裏，用一個 ***s*** 的形式更常見。

bus	→	busses	→	buses
gas	→	gasses	→	gases

R59 大多數動詞的 ***ing*** 分詞由原形加 ***ing*** 構成，過去式由原形加 ***ed*** 構成。

paint	→	painting	→	painted
rest	→	resting	→	rested

在所有的 ***-ing*** 分詞中，***ing*** 都作為一個單獨的音節發音：/ɪŋ/.

原形以音素 /f/、/k/、/p/、/s/、/ʃ/ 或 /tʃ/ 結尾的動詞，***ed*** 過去式讀作 /t/。例如，***pressed*** 讀作 /prest/，***watched*** 讀作 /wɒtʃt/。

原形以音素 /d/ 或 /t/ 結尾的動詞，***ed*** 過去式讀作 /ɪd/。例如，***patted*** 讀作 /pætɪd/，***faded*** 讀作 /feɪdɪd/。

所有其他動詞的 ***ed*** 過去式讀作 /d/。例如，***joined*** 讀作 /dʒɔɪnd/，***lived*** 讀作 /lɪvd/。

R60 以 ***e*** 結尾的大多數動詞，其 ***-ing*** 分詞用 ***ing*** 替換詞尾的 ***e*** 構成。同樣，用 ***ed*** 替換詞尾的 ***e*** 構成過去式。

dance	→	dancing	→	danced
smile	→	smiling	→	smiled
fade	→	fading	→	faded

R61 少數以 ***e*** 結尾的動詞，按正常方式在詞尾加 ***ing*** 即可構成 ***ing*** 分詞。過去式則仍然用 ***ed*** 替換 ***e*** 構成。

singe	→	singeing	→	singed
agree	→	agreeing	→	agreed

下面列出的是這些動詞：

age	canoe	eye	glue
agree	disagree	flee	knee
binge	dye	free	queue

referee	singe	whinge
see	tiptoe	

R62 以 ***ie*** 結尾的動詞的 ***ing*** 分詞用 ***ying*** 替換 ***ie*** 構成。

tie	→	tying

注意，這種動詞的過去式是規則的，依照 R60 小節中描述的模式。

R63 以輔音字母加 ***y*** 結尾的動詞，其過去式用 ***ied*** 替換 ***y*** 構成。

cry	→	cried

注意，這種動詞的 ***-ing*** 分詞是規則的，依照 R59 小節中描述的模式。

R64 如果動詞原形只有一個音節並且以一個元音字母加一個輔音字母結尾，先雙寫最後的輔音字母然後加 ***ing*** 構成 ***-ing*** 分詞或加 ***ed*** 構成過去式。

dip	→	dipping	→	dipped
trot	→	trotting	→	trotted

注意，如果最後的輔音字母是 ***w***、***x*** 或 ***y***，則不適用上述規則。

row	→	rowing	→	rowed
box	→	boxing	→	boxed
play	→	playing	→	played

R65 有些雙音節動詞的第二個音節以一個元音字母加一個輔音字母結尾並且重讀，其末尾的輔音字母也要雙寫。

refer	→	referring	→	referred
equip	→	equipping	→	equipped

R66 在英式英語裏，以一個元音字母加一個 ***l*** 結尾的雙音節動詞，即使最後一個音節不重讀，也要先雙寫 ***l*** 然後再加 ***ing*** 或 ***ed***。

travel	→	travelling	→	travelled
quarrel	→	quarrelling	→	quarrelled

少數其他動詞末尾的輔音字母也要雙寫。

program	→	programming	→	programmed
worship	→	worshipping	→	worshipped
hiccup	→	hiccupping	→	hiccupped
kidnap	→	kidnapping	→	kidnapped
handicap	→	handicapping	→	handicapped

R67 在美式英語裏，除了 ***handicap*** 以外，R66 小節中描述的所有動詞構成 ***-ing*** 分詞和過去式時都可以用一個輔音字母拼寫。

travel	→	traveling	→	traveled
worship	→	worshiping	→	worshiped

R68 下表列出的動詞，其詞尾輔音字母在加 ***ing*** 和 ***ed*** 前在英式英語和美式英語中都要雙寫：

ban	flip	nip	skip	throb
bar	flop	nod	slam	tip
bat	fog	pad	slap	top
beg	fret	pat	slim	trap
blot	gas	peg	slip	trek
blur	gel	pen	slop	trim
bob	glut	pet	slot	trip
brag	grab	pin	slum	trot
brim	grin	pit	slur	vet
bug	grip	plan	snag	wag
cap	grit	plod	snap	wrap
chat	grub	plug	snip	~
chip	gun	pop	snub	abet
chop	gut	prod	sob	abhor
clap	hem	prop	spot	acquit
clog	hop	rib	squat	admit
clot	hug	rig	stab	allot
cram	hum	rip	star	commit
crib	jam	rob	stem	compel
crop	jet	rot	step	confer
cup	jig	rub	stir	control
dab	jog	sag	stop	defer
dam	jot	scan	strap	deter
dim	knit	scar	strip	distil
din	knot	scrap	strut	embed
dip	lag	scrub	stun	emit
dot	lap	ship	sun	enrol
drag	log	shop	swab	enthral
drop	lop	shred	swap	equip
drug	man	shrug	swat	excel
drum	mar	shun	swig	expel
dub	mob	sin	swot	incur
fan	mop	sip	tag	instil
fit	mug	skid	tan	occur
flag	nag	skim	tap	omit
flap	net	skin	thin	outwit

patrol	rebut	refer	repel	transmit
propel	recap	regret	submit	~
rebel	recur	remit	transfer	handicap

注意，由前綴加上述動詞之一構成的動詞，比如 ***re-equip*** 和 ***unclog***，也要雙寫詞尾的輔音字母。

R69 下表列出的動詞，其詞尾輔音字母在加 ***ing*** 和 ***ed*** 前在英式英語裏需要雙寫，但在美式英語裏不一定雙寫：

bedevil	funnel	model	shrivel
cancel	gambol	panel	snivel
channel	grovel	pedal	spiral
chisel	hiccup	pencil	stencil
dial	initial	program	swivel
duel	kidnap	pummel	total
enamel	label	quarrel	travel
enrol	level	refuel	tunnel
enthral	libel	revel	unravel
equal	marshal	rival	worship
fuel	marvel	shovel	yodel

R70 以 ***c*** 結尾的動詞，通常加 ***king*** 和 ***ked***，而不是 ***ing*** 和 ***ed***。

mimic	→	mimicking	→	mimicked
panic	→	panicking	→	panicked

R71 大量動詞有不規則形式，不是通過在原形上加 ***ed*** 構成。

規則動詞的 ***-ed*** 分詞與過去式相同。但是，有些不規則動詞的這兩種形式不一樣。

R72 另一頁上的表格列出了不規則動詞及其變化形式。

注意，***read*** 的過去式和 ***-ed*** 分詞的拼寫與原形相同但讀音不同。原形讀作 /ri:d/，過去式和 -ed 分詞讀作 /red/。關於動詞不規則形式的讀音，可參見詞典。

R73 有些動詞有不止一種過去式或 ***-ed***分詞形式。例如，***spell*** 的過去式和 ***-ed***分詞可以是 ***spelled***，也可以是 ***spelt***；而 ***prove*** 的 ***-ed***分詞可以是 ***proved***，也可以是 ***proven***。

*He **burned** several letters.* 他燒掉了好幾封信。
*He **burnt** all his papers.* 他燒毀了自己所有的文件。
*His foot had **swelled** to three times normal size.* 他的腳腫脹到了正常大小的三倍。

*His wrist had **swollen** up and become huge.* 他的手腕腫起來了，變得非常大。

R74 有些動詞有兩種形式可用作過去式和 ***-ed***分詞。下面列出的是這些動詞。先給出的是規則形式，儘管不一定更常用。

所有以 ***t*** 結尾的不規則形式在英式英語比在美式英語常見得多，而後者通常採用這些動詞的規則形式。

burn	→	burned, burnt
bust	→	busted, bust
dream	→	dreamed, dreamt
dwell	→	dwelled, dwelt
fit	→	fitted, fit
hang	→	hanged, hung
kneel	→	kneeled, knelt
lean	→	leaned, leant
leap	→	leaped, leapt
light	→	lighted, lit
smell	→	smelled, smelt
speed	→	speeded, sped
spell	→	spelled, spelt
spill	→	spilled, spilt
spoil	→	spoiled, spoilt
wet	→	wetted, wet

R75 下列動詞有兩個過去式：

bid	→	bid, bade
wake	→	waked, woke
weave	→	weaved, wove

下列動詞有兩個 ***-ed***分詞形式：

bid	→	bid, bidden
mow	→	mowed, mown
prove	→	proved, proven
swell	→	swelled, swollen
wake	→	waked, woken
weave	→	weaved, woven

在美式英語裏，通常用 ***gotten*** 代替 ***got*** 作 ***get*** 的 ***-ed***分詞。但是，在兩種常見的結構裏美式英語總是用 ***got*** 而不用 ***gotten***：***have got***（作 ***own*** 或 ***possess*** 解）以及 ***have got to***（作 ***must*** 解）。

Have you got change for the parking meter? 你有用於停車計時器的零錢嗎？
You have got to start paying more attention to deadlines . 你必須開始多關注截止日期。

在美式英語裏，這些結構的過去式從來不用 ***had got***，而是用 ***have*** 的過去式。

Did you have change for the parking meter? 你當時有用於停車計時器的零錢嗎？
She said I had to start paying more attention to deadlines. 她說我必須開始多關注截止日期。

注意，有些動詞在上述兩表中都出現，因為它們有不同的過去式和 ***-ed*** 分詞形式，而且每個都有不止一個形式。

原形	**過去式**	***-ed* 分詞**	**原形**	**過去式**	***-ed* 分詞**
arise	arose	arisen	buy	bought	bought
awake	awoke	awoken	cast	cast	cast
bear	bore	borne	catch	caught	caught
beat	beat	beaten	choose	chose	chosen
become	became	become	cling	clung	clung
begin	began	begun	come	came	come
bend	bent	bent	cost	cost	cost
bet	bet	bet	creep	crept	crept
bind	bound	bound	cut	cut	cut
bite	bit	bitten	deal	dealt	dealt
bleed	bled	bled	dig	dug	dug
blow	blew	blown	dive	dove (***Am***)	dived
break	broke	broken	draw	drew	drawn
breed	bred	bred	drink	drank	drunk
bring	brought	brought	drive	drove	driven
build	built	built	eat	ate	eaten
burst	burst	burst	fall	fell	fallen

原形	過去式	*-ed* 分詞	原形	過去式	*-ed* 分詞
feed	fed	fed	leave	left	left
feel	felt	felt	lend	lent	lent
fight	fought	fought	let	let	let
find	found	found	lose	lost	lost
fit	fit (***Am***)	fit (***Am***)	make	made	made
flee	fled	fled	mean	meant	meant
fling	flung	flung	meet	met	met
fly	flew	flown	pay	paid	paid
forbear	forbore	forborne	put	put	put
forbid	forbade	forbidden	quit	quit	quit
forget	forgot	forgotten	read	read	read
forgive	forgave	forgiven	rend	rent	rent
forsake	forsook	forsaken	ride	rode	ridden
forswear	forswore	forsworn	ring	rang	rung
freeze	froze	frozen	rise	rose	risen
get	got	got	run	ran	run
give	gave	given	saw	sawed	sawn
go	went	gone	say	said	said
grind	ground	ground	see	saw	seen
grow	grew	grown	seek	sought	sought
hear	heard	heard	sell	sold	sold
hide	hid	hidden	send	sent	sent
hit	hit	hit	set	set	set
hold	held	held	sew	sewed	sewn
hurt	hurt	hurt	shake	shook	shaken
keep	kept	kept	shed	shed	shed
know	knew	known	shine	shone	shone
lay	laid	laid	shoe	shod	shod
lead	led	led	shoot	shot	shot

原形	過去式	*-ed* 分詞	原形	過去式	*-ed* 分詞
show	showed	shown	stride	strode	stridden
shrink	shrank	shrunk	strike	struck	struck
shut	shut	shut	string	strung	strung
sing	sang	sung	strive	strove	striven
sink	sank	sunk	swear	swore	sworn
sit	sat	sat	sweep	swept	swept
slay	slew	slain	swim	swam	swum
sleep	slept	slept	swing	swung	swung
slide	slid	slid	take	took	taken
sling	slung	slung	teach	taught	taught
slink	slunk	slunk	tear	tore	torn
sow	sowed	sown	tell	told	told
speak	spoke	spoken	think	thought	thought
spend	spent	spent	throw	threw	thrown
spin	spun	spun	thrust	thrust	thrust
spread	spread	spread	tread	trod	trodden
spring	sprang	sprung	understand	understood	understood
stand	stood	stood	wear	wore	worn
steal	stole	stolen	weep	wept	wept
stick	stuck	stuck	win	won	won
sting	stung	stung	wind	wound	wound
stink	stank	stunk	wring	wrung	wrung
strew	strewed	strewn	write	wrote	written

R76　在某些情況下，不同的過去式或 ***-ed***分詞形式與動詞的不同意義或用法有關。例如，動詞 ***hang*** 的過去式和 ***-ed***分詞通常是 ***hung***。然而，***hanged*** 也可用，但意義不同。動詞的不同意義可查閱詞典。

An Iron Cross ***hung*** *from a ribbon around the man's neck.* 一枚鐵十字勳章用絲帶掛在這個男人的脖子上。
He had been found guilty of murder ***hanged****.* 他被判謀殺罪處以絞刑。

*They had **bid** down the chemical company's stock.* 他們壓低了那家化工公司的股票價格。
*He had **bidden** her to buy the best.* 他吩咐她購買最好的。

R77 有些動詞由一個以上的詞構成，比如，***browbeat*** 和 ***typeset***。有些由前綴加動詞構成，比如，***undo*** 和 ***disconnect***。

*His teachers **underestimate** his ability.* 他老師低估了他的能力。
*We are always trying to **outdo** our competitors.* 我們一直在試圖超越競爭對手。
*The figures show that the government has **mismanaged** the economy.* 數據顯示，政府對經濟管理不善。

R78 由一個以上的詞構成的動詞，或前綴加動詞構成的動詞，屈折變化通常與構成其後半部分的動詞相同。例如，***foresee*** 的過去式是 ***foresaw***，***-ed*** 分詞是 ***foreseen***；***misunderstand*** 的過去式和 ***-ed*** 分詞是 ***misunderstood***。

*I **underestimated** him.* 我低估了他。
*He had **outdone** himself.* 他超越了自己。
*I had **misunderstood** and **mismanaged** everything.* 我誤解了一切並處理不當。
*She had **disappeared** into the kitchen and **reappeared** with a flashlight.* 她消失在廚房，然後拿着一個手電筒又出現了。

R79 這類動詞很多由兩個部分組成，但這並不影響其形式，它們仍然遵循通常的拼寫規則。

下列動詞的第二部分是不規則動詞：

browbeat	undergo	overrun	mistake
broadcast	outgrow	re-run	overtake
forecast	overheat	foresee	retake
miscast	mishear	oversee	undertake
recast	behold	outsell	foretell
typecast	uphold	resell	retell
overcome	withhold	beset	rethink
undercut	mislay	reset	overthrow
outdo	waylay	typeset	misunderstand
overdo	mislead	outshine	rewind
undo	remake	overshoot	unwind
withdraw	repay	oversleep	rewrite
overeat	misread	misspell	underwrite
befall	override	withstand	
forego	outrun	hamstring	

注意下列動詞的過去式和 ***-ed*** 分詞，構成其第二部分的動詞分別有兩種過去式和 ***-ed*** 分詞。

refit	→	refitted	→	refitted
overhang	→	overhung	→	overhung
floodlight	→	floodlit	→	floodlit

下列複合動詞的第二部分是不規則動詞：

bottle-feed	spoon-feed	proof-read
breast-feed	baby-sit	sight-read
force-feed	lip-read	ghost-write

R80　助動詞 ***be***、***have*** 和 ***do*** 的不同形式總結在下表。

<table>
<tr><th></th><th colspan="2">be</th><th colspan="2">have</th><th>do</th></tr>
<tr><td rowspan="3">一般現在時：
與 I 連用
與 you、we、they
及複數名詞詞組連用
與 he、she、it
及單數名詞詞組連用</td><td>am</td><td>’m</td><td rowspan="2">have</td><td rowspan="2">’ve</td><td rowspan="2">do</td></tr>
<tr><td>are</td><td>’re</td></tr>
<tr><td>is</td><td>’s</td><td>has</td><td>’s</td><td>does</td></tr>
<tr><td rowspan="2">一般過去時：
與 I、he、she、it
及單數名詞詞組連用
與 you、we、they
及複數名詞詞組連用</td><td colspan="2">was</td><td rowspan="2">had</td><td rowspan="2">’d</td><td rowspan="2">did</td></tr>
<tr><td colspan="2">were</td></tr>
<tr><td>分詞：
現在分詞
-ed 分詞</td><td colspan="2">being
been</td><td colspan="2">having
had</td><td>doing
done</td></tr>
</table>

R81　***be*** 的現在式通常可縮寫並加到動詞的主語上，不管主語是名詞還是代詞。這種形式常見於英語口語或非正式的書面語。

I’m *interested in the role of women all over the world.* 我對世界各地的女性角色很感興趣。
You’re *late.* 你遲到了。
We’re *making some progress.* 我們正在取得一些進展。
It’s *a delightful country.* 這是一個令人愉快的國家。
My ***car’s*** *just across the street.* 我的車就在街對面。

be 的縮寫形式列在了上表內。

R82 肯定陳述句的末尾不用 ***be*** 的縮寫式，而要用其完整形式。例如，可以說 ***Richard's not very happy but Andrew is*** (理查德不高興，但安德魯很高興)。不能說 ***Richard's not very happy but Andrew's***。

但是，如果 ***be*** 的後面有 ***not***，否定句的句末可用其縮寫式 。例如，***Mary's quite happy, but her mother's not*** (瑪麗很高興，但她母親不高興)。

R83 如果 ***be*** 用在否定句中，要麼縮寫動詞，要麼縮寫 ***not***。關於否定句中縮寫式的進一步說明，參見 5.59 到 5.60 小節。

R84 ***have*** 的現在時和過去時形式也可縮寫，這通常是在 ***have*** 用作助動詞的情況下。

I've *changed my mind.* 我改變主意了。
This is the first party ***we've*** *been to in months.* 這是好幾個月以來我們參加的第一個聚會。
She's *become a very interesting young woman.* 她變成了一個非常有趣的年輕女子。
I do wish ***you'd*** *met Guy.* 我真的希望你遇見了蓋伊。
She's *managed to keep it quiet.* 她設法讓牠安靜了下來。
We'd *done a good job.* 我們做得很好。

have 的縮寫式列在 R80 小節的表內。

R85 ***'s*** 可以是 ***is*** 的縮寫，也可以是 ***has*** 的縮寫；看其後面的詞就可分辨。如果 ***'s*** 代表 ***is***，後面跟 ***-ing***分詞、補語或狀語。如果代表的是 ***has***，通常後接 ***-ed***分詞。

She's *going to be all right.* 她會沒事的。
She's *a lovely person.* 她是一個可愛的人。
She's *gone to see some social work people.* 她去看幾個社工。

R86 以 ***'s*** 結尾的名詞也可能是**所有格** (possessive)。在這種情況下，緊隨其後的是另一個名詞。關於所有格的進一步說明，參見 1.211 到 1.221 小節。

R87 ***is*** 和 ***has*** 在以 ***x***、***ch***、***sh***、***s*** 或 ***z*** 結尾的名詞後面用完整形式書寫，儘管在口語裏 ***has*** 在這些名詞後面有時讀作 /əz/。

R88 ***'d*** 可以是 ***had*** 的縮寫，也可以是 ***would*** 的縮寫。看其後面的詞就可分辨。如果 ***'d*** 代表 ***would***，後面跟動詞原形。如果代表的是 ***had***，通常後接 ***-ed***分詞。

We'd have *to try to escape.* 我們必須想辦法逃脫。
*'**It'd be** cheaper to go by train,' Alan said.* "坐火車去比較便宜，"阿倫說。
At least ***we'd had*** *the courage to admit it.* 至少我們有勇氣去承認。

***She'd bought** new sunglasses with tinted lenses.* 她買了帶有着色鏡片的新墨鏡。

The formation of tenses 時態的構成

R89 限定性動詞短語 (finite verb phrase) 是與主語連用的動詞短語類型。它含有**主要動詞** (main verb，即用於傳達意義的動詞) 的一個形式，並常常有一個或多個**助動詞** (auxiliary)。

限定性動詞短語的結構如下：

(情態詞) + (have) + (be) + (be) + 主要動詞

括號內成分的取捨依不同因素而定。比如，談論的是過去還是現在，注意力集中在動作的執行者還是受其影響的事物上。括號中的成分稱為**助動詞** (auxiliaries)。

如果想表示可能性，或說明對受話者或自己所說內容的態度，可用一類稱為**情態詞** (modal) 的助動詞。情態詞必須後接動詞原形 (不帶 ***to*** 的不定式)。情態詞的用法在第五章闡述 (5.92 到 5.256 小節)。

*She **might see** us.* 她可能會看到我們。
*She **could have** seen us.* 她可能已經看到我們了。

如果想使用完成形式，就要用 ***have*** 的一個形式，後面必須接 ***-ed***分詞。

*She **has seen** us.* 她看到我們了。
*She **had been** watching us for some time.* 她注視我們已有一段時間。

如果想使用進行時，就要用 ***be*** 的一個形式，後面必須接 ***-ing***分詞。

*She **was watching** us.* 她正在注視我們。
*We **were being** watched.* 我們正被人注視着。

如果想使用被動式，就要用 ***be*** 的一個形式，後面必須接 ***ed*** 分詞。

*We **were seen**.* 我們被看到了。
*We were **being watched**.* 我們正被人注視着。

如果主要動詞前有助動詞，主要動詞就要用如上所述的合適形式。如果沒有助動詞，主要動詞就用合適的簡單形式。

簡單形式的動詞 ***do*** 也可用作助動詞，但僅限於疑問句、否定陳述句以及否定祈使句，或者用於強調，後面接主要動詞的原形。關於 ***do*** 的用法的詳細說明，參見第五章。

***Do** you want me to do something about it?* 你想我對此做點甚麼嗎？
*I **do** not remember her.* 我不記得她了。
*I **do** enjoy being with you.* 我的確喜歡和你在一起。

R90 限定性動詞短語永遠有**時態** (tense)，除非以情態詞開頭。**時態** (tense) 表示動詞形式與所指時間之間的關係。

本部分論述使用主要動詞和助動詞構成不同形式的方法。4.7 到 4.69 小節討論了用特定形式表示相對於說話時間或事件發生時間的特定時間的方法。

R91 動詞的**簡單形式**（simple form），即**一般現在時**（present simple）或**一般過去時**（past simple），只由一個詞構成，即主要動詞的一個形式。

*I **feel** tired.* 我感覺累了。
*Mary **lived** there for five years.* 瑪麗在那裏住了 5 年。

進行時（progressive）和**完成時**（perfect）由一個或多個助動詞與主要動詞組合構成。

*I **am** feeling reckless tonight.* 我感覺今晚很魯莽。
*I **have** lived here all my life.* 我一輩子都住在這裏。

R92 限定性動詞短語的第一個詞必須和句子的主語保持一致。這一點適用於一般現在時以及其他所有以 ***be*** 的現在時或過去時引導的形式，或者以 ***have*** 的現在時引導的形式。

例如，如果形式是現在完成時，主語是 ***John***，那麼助動詞 ***have*** 的形式就必須是 ***has***。

*John **has** seemed worried lately.* 約翰最近似乎憂心忡忡。
*She **likes** me.* 她喜歡我。
*Your lunch **is** getting cold.* 你的午飯快涼了。

R93 本部分所舉的例子是陳述句。疑問句的詞序與陳述句不同。關於這一點，參見 5.10 到 5.34 小節。

R94 **進行形式**（progressive form）用助動詞 ***be*** 的合適時態加 ***-ing*** 分詞構成。構建這些形式的方法在下面詳細介紹。關於進行形式的用法，詳見 4.7 到 4.69 小節。

R95 主動句的構成在下面介紹。被動式的構成在 R109 到 R118 小節介紹。

R96 動詞的**一般現在時**（present simple）形式與動詞原形相同，與第三人稱單數主語連用時除外。

*I **want** a breath of air.* 我要呼吸一點新鮮空氣。
*We **advise** everyone to call half an hour before they **arrive**.* 我們建議大家在到達前半小時通電話。
*They **give** you a certificate and then **tell** you to get a job.* 他們給你一張證書，然後要你去找一份工作。

第三人稱單數形式就是 ***s*** 形式。

*Flora **puts** her head back, and **laughs** again.* 弗洛拉把頭向後一仰，又笑了起來。
*Money **decides** everything, she thought.* 金錢決定一切，她心裏想。
*Mr Paterson **plays** Phil Hoskins in the TV drama.* 佩特森在電視劇裏扮演菲爾•霍斯金斯。

R97　現在進行時 (present progressive) 由 ***be*** 的現在時加主要動詞的 ***-ing*** 分詞構成。

*People who have no faith in art **are running** the art schools.* 沒有藝術信仰的人在開辦藝術學校。
*The garden industry **is booming**.* 園林行業正在蓬勃發展。
*Things **are changing**.* 情況正在發生變化。

R98　規則動詞的一般過去時 (past simple) 由規則動詞原形加 ***ed*** 構成。

*The moment he **entered** the classroom all eyes **turned** on him.* 他一走進教室，所有的眼睛就都轉向了他。
*He **walked** out of the kitchen and **climbed** the stairs.* 他走出廚房，爬上樓梯。
*It was dark by the time I **reached** East London.* 我到達倫敦東部時，天已黑了。

R99　過去進行時 (past progressive) 由 ***be*** 的過去時加主要動詞的 ***-ing*** 分詞構成。

*Their questions **were beginning** to drive me crazy.* 他們的問題開始讓我發瘋。
*We believed we **were fighting** for a good cause.* 我們相信我們是在為高尚的事業而戰。
*At the time, I **was dreading** the exam.* 在那個時候，我很害怕考試。

R100　現在完成時 (present perfect) 由 ***have*** 的現在時加主要動詞的 ***-ed*** 分詞構成。

*Advances **have continued**, but productivity **has fallen**.* 進展還在持續，但生產率下降了。
*Football **has become** international.* 足球已成為國際體育運動。
*I **have seen** this before.* 我以前看見過這個。

R101　現在完成進行時 (present perfect progressive) 由 ***be*** 的現在完成時加主要動詞的 ***-ing*** 分詞構成。

*Howard **has been working** hard over the recess.* 在議會休會期間侯活一直在努力工作。
*What we **have been describing** is very simple.* 我們一直描述的非常簡單。
*Their shares **have been going up**.* 他們的股票價格一直上漲。

R102 過去完成時（past perfect）由 ***had*** 加主要動詞的 ***-ed*** 分詞構成。

*The Indian summer **had returned** for a day.* 小陽春已回來了一天。
*Everyone **had liked** her.* 人人都喜歡她。
*Murray **had resented** the changes I **had made**.* 默里很討厭我作出的改變。

R103 過去完成進行時（past perfect progressive）由 ***had been*** 加主要動詞的 ***-ing*** 分詞構成。

*She did not know how long she **had been lying** there.* 她不知道自己在那裏躺了多久。
*For ten years of her life, teachers **had been making up** her mind for her.* 她生命裏有 10 年時間，老師們一直在替她做主。
*I **had been showing** a woman around with her little boy.* 我帶着一個女人和她的小兒子一起參觀。

R104 英語裏指將來的方式有好幾種。一般將來時由情態詞 ***will*** 或 ***shall*** 加動詞原形構成。

*It is exactly the sort of scheme he **will like**.* 這正是他所喜歡的那種方案。
*My receptionist **will help** you choose the frames.* 我的接待員會幫你選眼鏡架的。
*Don't drop crumbs or we **shall have** mice.* 別把麵包屑掉在地上，我們會有老鼠的。

在英語口語裏，通常用縮寫形式 ***'ll*** 代替 ***will*** 或 ***shall***，除非說話者想進行強調。

*Send him into the Army; **he'll** learn a bit of discipline there.* 把他送去當兵；他會在那裏學會一點規矩的。
*As soon as we get the tickets **they'll** be sent out to you.* 我們一拿到票就發送給你。
*Next week **we'll** be looking at the history of dance.* 下星期我們將講述舞蹈史。

R105 動詞主語不是 ***I*** 或 ***we*** 時，如果要用完整形式，通常用 ***will***。如果主語是 ***I*** 或 ***we***，有時用 ***shall***，否則就用 ***will***。

*Inflation is rising and **will** continue to rise.* 通貨膨脹在上升，並且還將繼續上升。
*I **shall** be away tomorrow.* 我明天將外出。

R106 將來進行時（future progressive）由 ***will*** 或 ***shall*** 加 ***be*** 和主要動詞的 ***-ing*** 分詞構成。

*Indeed, we **will be opposing** that policy.* 事實上，我們會反對那個政策。
*Ford manual workers **will be claiming** a ten per cent pay rise.* 福特的工人將要求加薪 10%。

*I **shall be leaving** soon.* 我快要離開了。

R107 將來完成時 (future perfect) 由 ***will*** 或 ***shall*** 加 ***have*** 和主要動詞的 ***-ed***分詞構成。

*Long before you return, they **will have forgotten** you.* 在你回來以前，他們早就忘了你。
*By next week I **will have reached** the end of the book.* 到下週我可以看完這本書了。
*By that time, I **shall have retired**.* 到那個時候，我將退休了。

R108 將來完成進行時 (future perfect progressive) 由 ***will*** 或 ***shall*** 加 ***have been*** 和主要動詞的 ***-ing***分詞構成。

*By March, I **will have been doing** this job for six years.* 到 3 月份，我做這份工作快滿 6 年了。
*Saturday week, I **will have been going out** with Susan for three months.* 到下星期六，我將和蘇珊相戀滿 3 個月。

R109 被動式由 ***be*** 的合適時態加主要動詞的 ***-ed***分詞構成。被動式的構成在下面詳細説明。

R110 一般現在時被動式 (present simple passive) 由 ***be*** 的一般現在時加主要動詞的 ***-ed***分詞構成。

*The earth **is baked** by the sun into a hard, brittle layer.* 泥土被太陽烤成了堅硬易碎的一層。
*If you are on a full-time course you **are treated** as your parents' dependent.* 如果你讀的是全日制課程，你就被當作受父母撫養者對待。
*Specific subjects **are discussed**.* 對具體題目進行了討論。

R111 現在進行時被動式 (present progressive passive) 由 ***be*** 的現在進行時加主要動詞的 ***-ed***分詞構成。

*The buffet counter **is being arranged** by the attendant.* 快餐櫃台正由服務員在整理。
*It is something quite irrelevant to what **is being discussed**.* 這是和正在討論的內容毫不相干的東西。
*Jobs **are** still **being lost**.* 工作崗位還在減少。

R112 一般過去時被動式 (past simple passive) 由 ***be*** 的一般過去時加主要動詞的 ***-ed***分詞構成。

*No date **was announced** for the talks.* 會談日期還沒宣佈。
*The walls **were covered** with pictures of actors.* 牆上貼滿了演員的照片。
*Several new cottages **were built** on the land.* 那塊地上建起了好幾幢新鄉間別墅。

R113 過去進行時被動式 (past progressive passive) 由 ***be*** 的過去進行時加主要動詞的 ***-ed***分詞構成。

*The stage **was being set** for future profits.* 未來的盈利條件正在建立。
*Before long, machines **were being used** to create codes.* 不久以後，機器就被用來創建代碼。
*Strenuous efforts **were being made** last night to end the dispute.* 為了結束爭論，昨天晚上付出了艱苦的努力。

R114 現在完成時被動式 (present perfect passive) 由 ***be*** 的現在完成時加主要動詞的 ***-ed***分詞構成。

*The guest-room window **has been mended**.* 客人房間的窗戶已修好。
*I think real progress **has been made**.* 我認為取得了真正的進步。
*The dirty plates **have been stacked** in a pile on the table.* 髒盤子在桌上摞成了一堆。

R115 過去完成時被動式 (past perfect passive) 由 ***had been*** 加主要動詞的 ***-ed***分詞構成。

*They **had been taught** to be critical.* 他們被教導要有批判精神。
*They **had been driven** home in the station wagon.* 他們被人用旅行車送了回家。

R116 將來時被動式 (future passive) 由 ***will*** 或 ***shall*** 加 ***be*** 和主要動詞的 ***-ed***分詞構成。

*His own authority **will be undermined**.* 他自己的權威將受到削弱。
*Congress **will be asked** to approve an increase of 47.5 per cent.* 國會將被要求批准增加 47.5 個百分點。

R117 將來完成時被動式 (future perfect passive) 由 ***will*** 或 ***shall*** 加 ***have been*** 和主要動詞的 ***-ed***分詞構成。

*Another goal **will have been achieved**.* 另一個目標將會實現。
*The figures **will have been distorted** by the effects of the strike.* 數據將受到罷工影響而扭曲。

R118 將來進行時被動式和完成進行時被動式很少使用。

R119 下表是主動式和被動式的總結。標有星號的被動式很少使用。

	主動	被動
一般現在時	He eats it.	It is eaten.
現在進行時	He is eating it.	It is being eaten.

現在完成時	He has eaten it.	It has been eaten.
現在完成進行時	He has been eating it.	It has been being eaten.*
一般過去時	He ate it.	It was eaten.
過去進行時	He was eating it.	It was being eaten.
過去完成時	He had eaten it.	It had been eaten.
過去完成進行時	He had been eating it.	It had been being eaten.*
將來時	He will eat it.	It will be eaten.
將來進行時	He will be eating it.	It will be being eaten.*
將來完成時	He will have eaten it.	It will have been eaten.
將來完成進行時	He will have been eating it.	It will have been being eaten.*

R120　有些動詞通常不用於進行時，而有些動詞的一個或幾個主要詞義不用於進行時。

下列動詞通常不用進行時：

astonish	contain	last	satisfy
be	deserve	matter	seem
believe	envy	owe	suppose
belong	exist	own	suspect
concern	have	possess	understand
consist	know	resemble	

這類動詞有時稱為**狀態動詞**（stative verb）。可用於進行時的動詞有時稱為**動態動詞**（dynamic verb）。關於**狀態動詞**（stative verb）的進一步說明，參見 4.69 小節。

還有其他一些動詞傳統上被描述成狀態動詞，但有時可用於進行時，在不太正式的語境中尤其如此。關於這些動詞的進一步說明，參見 4.69 小節。

R121　***be*** 作主要動詞與表示永久性特徵的形容詞或與行為無關的屬性連用時，一般不用於進行時。但是，***be*** 可用於進行時表示某人在特定時刻的行為。

*He **is** extremely nice.* 他人非常好。
*He **was** an American.* 他是美國人。
*You're **being** very silly.* 你這時候表現得很傻。

have 作主要動詞表擁有義時，不用於進行時；但如果表示某人正在做某事，有時可用於進行時。

*I **have** two dinghies.* 我有兩艘小艇。
*We **were** just **having** a philosophical discussion.* 我們只是在討論哲學。

R122 某些動詞有不能用於進行時的非常特殊的詞義。例如，***smell*** 作 ***to smell something***（聞某物）解時常常用於進行時，但作 ***to smell of something***（聞起來有某種氣味）解時則很少用於進行時。請比較 ***I was just smelling your flowers***（我只是在聞你的花）和 ***Your flowers smell lovely***（你的花很好聞）這兩個句子。

下列動詞在作括號內的意義解時，通常不用於進行時：

appear (seem)	measure (have length)
depend (be related to)	recognize (identify a person)
feel (have an opinion)	smell (of something)
fit (be suitable / be the right size)	taste (of something)
hear (be aware of a sound)	weigh (have weight)
mean (have a particular meaning)	

R123 動詞的**祈使式**（imperative）被視為限定形式，因為它可以作為主句的動詞。但是，祈使式不像其他限定性動詞短語那樣表示時態。它總是以動詞原形出現。關於**祈使式**（imperative）的用法，參見 5.35 到 5.39 小節。

***Stop** being silly.* 別犯傻了。
***Come** here.* 過來。

Infinitives and participles 不定式和分詞

R124 不定式和 ***-ing*** 分詞用在某些動詞後面，比如 ***stop***、***like*** 和 ***want***（參見 3.182 到 3.212 小節），而 ***-ing*** 和 ***-ed*** 分詞還常常用在某些從句（subordinate clause，參見第八章關於從句的部分）內。不定式和 ***-ing*** 分詞還用在某些**非人稱** ***it***（impersonal *it*，參見 9.31 到 9.45 小節）結構中。

to-不定式也用在某些名詞和形容詞後面（參見 2.293 到 2.302 小節和 2.51 到 2.62 小節）。***-ing*** 分詞也可用作介詞的賓語。

分詞和不定式可以帶賓語、補語或狀語，就像有時態的動詞一樣。以 ***to-*** 不定式開頭的分句稱為 ***to-*** 不定式分句，以 ***-ing*** 分詞開頭的分句稱為 ***-ing*** 分詞分句，以 ***-ed*** 分詞開頭的分句稱為 ***-ed*** 分詞分句。

R125 助動詞的詞序與有時態的動詞一樣（參見 R89 小節）。

R126 ***to-***不定式（*to*-infinitive）的主動式由 ***to*** 加動詞原形構成。這有時簡稱為不定式（infinitive）。

*I want **to escape** from here.* 我想從這裏逃走。
*I asked David **to go** with me.* 我請大衛和我一起去。

R127 不帶 ***to*** 的不定式（infinitive without *to*）的主動式由動詞原形構成。這有時被稱為原形不定式（bare infinitive）。

*They helped me **get** settled here.* 他們幫我在這裏安頓下來。

R128 其他主動不定式偶然也可以用。

現在進行時不定式（present progressive infinitive）由 ***to be*** 或 ***be*** 加 ***-ing*** 分詞構成。

*It is much better for young children **to be living** at home.* 小孩子住在家裏要好得多。

完成時不定式（perfect infinitive）或過去時不定式（past infinitive）由 ***to have*** 或 ***have*** 加 ***-ed*** 分詞構成。

*Only two are known **to have defected**.* 已知只有兩個人叛逃了。
*She must **have drowned**.* 她肯定已經淹死了。

完成進行時不定式（perfect progressive infinitive）或過去進行時不定式（past progressive infinitive）由 ***to have been*** 或 ***have been*** 加 ***-ing*** 分詞構成。

*I seem **to have been eating** all evening.* 我好像整晚都在吃東西。

R129 還有被動不定式（passive infinitive）。通常的被動不定式（passive infinitive）由 ***to be*** 或 ***be*** 加 ***-ed*** 分詞構成。

*I didn't want **to be caught** off guard.* 我不想措手不及。
*He let it **be known** that he would be home all evening.* 他讓大家都知道他會整晚在家。

完成時被動不定式（perfect passive infinitive）或過去被動不定式（past passive infinitive）由 ***to have been*** 或 ***have been*** 構成，後接 ***-ed*** 分詞。

*He seems **to have been** completely **forgotten**.* 他似乎已被完全遺忘。

R130 下表是不定式的總結。標有星號的被動不定式很少使用。

	主動	**被動**
	(to) eat	(to) be eaten
現在進行時	(to) be eating	(to) be being eaten*
完成時	(to) have eaten	(to) have been eaten
完成進行時	(to) have been eating	(to) have been being eaten*

R131 ***-ing*分詞 (*-ing* participle) 用作動詞短語，通常帶主動義。**

*You could play me a tune, said Simon, **sitting** down.* 你可以為我演奏一曲，西門邊說邊坐了下來。
*He could keep in touch with me by **writing** letters.* 他可以通過寫信和我保持聯繫。

R132 偶然也使用以 ***having*** 開頭的詞組。

完成時 (perfect) 或過去時 (past) 的 ***-ing***形式由 ***having*** 加 ***-ed***分詞構成。

*Ash, **having forgotten** his fear, had become bored and restless.* 阿什忘了恐懼，變得無聊和不安。

R133 還有以 ***being*** 和 ***having*** 開頭的詞組，這些含被動義。

通常的被動 ***-ing*** 形式 (passive ***-ing*** form) 由 ***being*** 加 ***-ed***分詞構成。

*...fears that patients would resent **being interviewed** by a computer.* ……對病人會討厭接受電腦採訪的擔憂

完成時 (perfect) 或過去時 (past) 的 ***-ing***形式由 ***having been*** 加 ***-ed***分詞構成。

***Having been declared** insane, he was confined in a prison hospital.* 他被宣佈為精神失常後，被關進了監獄醫院。
*They were taken to hospital after **having been wounded** by gunshot.* 他們遭槍擊受傷後被送往醫院。

R134 下表是 ***-ing***形式的總結。標有星號的 ***-ing***形式很少使用。

	主動	被動
	eating	being eaten
完成時	having eaten	having been eaten
完成進行時	having been eating	having been being eating*

R135 ***-ed* 分詞 (*-ed* participle)** 也可用作動詞短語，帶被動義。

***Stunned** by the attack, the enemy were overwhelmed.* 敵人被攻擊嚇倒了，被打得潰不成軍。
*When **challenged**, she seemed quite surprised.* 受到挑戰時，她似乎相當吃驚。

Forming adverbs 副詞的構成

R136　副詞的用法在第二、第四、第六和第十章論述。

R137　大多數副詞在形式上與形容詞有關，而且在意義上也常常有關。它們由形容詞加 ***ly*** 構成。關於哪些形容詞可加 ***ly*** 的説明，參見 6.17 到 6.27 小節。

sad	→	sadly
cheerful	→	cheerfully
private	→	privately
accidental	→	accidentally
surprising	→	surprisingly

R138　有時副詞的構成略有不同。

以 ***le*** 結尾的形容詞，用 ***ly*** 替換 ***le*** 構成副詞。

suitable	→	suitably
terrible	→	terribly
gentle	→	gently

注意，***whole*** 有相應的副詞 ***wholly***。

R139　以 ***y*** 結尾的形容詞，用 ***ily*** 替換 ***y***。

easy	→	easily
satisfactory	→	satisfactorily

注意，以 ***y*** 結尾的單音節形容詞一般按正常方式在詞尾加 ***ly***。

wry	→	wryly
shy	→	shyly

注意，與 ***dry*** 相應的副詞可拼寫成 ***drily*** 或 ***dryly***。

R140　以 ***ic*** 結尾的形容詞，在詞尾加 ***ally***。

automatic	→	automatically
tragic	→	tragically

注意，***public*** 有相應的副詞 ***publicly***。

R141　少數以 ***e***（不是 ***le***）結尾的形容詞，用 ***ly*** 替換 ***e***。

due	→	duly
true	→	truly

undue	→	unduly
eerie	→	eerily

R142 ***full*** 和 ***dull*** 的詞尾只加 ***y*** 。

full	→	fully
dull	→	dully

R143 注意，***ly*** 通常不加在以 ***ed*** 結尾的形容詞上構成副詞。但是，下表列出的是在 ***ed*** 後加 ***ly*** 構成的副詞：

absent-mindedly	delightedly	half-heartedly	single-handedly
admittedly	deservedly	heatedly	supposedly
allegedly	determinedly	hurriedly	undoubtedly
assuredly	distractedly	light-heartedly	unexpectedly
belatedly	doggedly	markedly	unhurriedly
blessedly	exaggeratedly	pointedly	wholeheartedly
contentedly	excitedly	repeatedly	wickedly
crookedly	fixedly	reportedly	
decidedly	frenziedly	reputedly	
dejectedly	guardedly	resignedly	

R144 少數以 ***ly*** 結尾的副詞與名詞有關。

其中包括一些時間副詞。

day	→	daily
fortnight	→	fortnightly
hour	→	hourly
month	→	monthly
quarter	→	quarterly
week	→	weekly
year	→	yearly

注意 ***daily*** 的拼寫。這些副詞本身也用作形容詞。與名詞有關的其他副詞如下所示。

name	→	namely
part	→	partly
purpose	→	purposely
body	→	bodily

R145 少數以 ***ly*** 結尾的副詞與形容詞或名詞無關。

accordingly	jokingly	manfully
exceedingly	longingly	presumably

R146 下面這些副詞的形式與形容詞相同：

alike	free	long	quick
all right	freelance	loud	right
alone	full	low	slow
clean	full-time	next	solo
deep	further	non-stop	still
direct	hard	off-hand	straight
even	high	only	tight
extra	just	outright	well
far	kindly	overall	wide
fast	last	part-time	wrong
fine	late	past	
first	little	pretty	

注意，副詞有時與同形的形容詞在意義上沒有關係。可在詞典裏查閱相關詞義。

這些詞中有一些還有相應的以 ***ly*** 結尾的形式。

cleanly	firstly	justly	rightly
directly	freely	lastly	slowly
deeply	fully	lately	tightly
evenly	hardly	loudly	widely
finely	highly	quickly	wrongly

注意，這些 ***ly*** 形式有時與其他副詞形式同義，有時不同義。

小節 R144 裏提到的以 ***ly*** 結尾的時間狀語也與形容詞同形。

R147 注意，**序數詞** (ordinal number) 既用作修飾語也用作副詞，也有相應的以 ***ly*** 結尾的副詞。

R148 下列副詞與形容詞無關：

afresh	either	meanwhile	somehow
alas	enough	more	somewhat
alike	forthwith	moreover	therefore
almost	furthermore	much	thereupon
aloud	half	nevertheless	though
also	hence	nonetheless	thus
altogether	hereby	otherwise	together
anyhow	however	perhaps	too
anyway	indeed	quite	very
apart	instead	rather	whatsoever
besides	likewise	regardless	
doubtless	maybe	so	

R149 時間狀語和很多地點副詞也與形容詞無關。參見第四章和第六章中這些副詞的列表。

Forming comparative and superlative adverbs 比較級和最高級副詞的構成

R150 關於副詞的比較級（comparative）和最高級（superlative）的用法說明，以及哪些副詞有這些形式的說明，參見第六章（6.30 到 6.35 小節）。

R151 副詞的比較級通常由 ***more*** 加副詞的原形組成。

freely → more freely

appropriately → more appropriately

R152 副詞的最高級通常由 ***most*** 加副詞的原形組成。

commonly → most commonly

eagerly → most eagerly

R153 少數常用副詞的比較級和最高級是單個的詞，不用 ***more*** 和 ***most*** 構成。

well 的比較級是 ***better***，最高級是 ***best***。

*She would ask him later, when she knew him **better**.* 她以後會問他的，等她更了解他時。

*I have to find out what I can do **best**.* 我必須弄清楚我最擅長的是甚麼。

badly 的比較級是 ***worse***，最高級是 ***worst***。

*She was treated far **worse** than any animal.* 她受到的待遇比任何動物還要糟糕得多。

The manufacturing industries were hit ***worst****.* 製造業遭受的衝擊最嚴重。

形式與形容詞相同的副詞，其比較級和最高級與形容詞相同。例如，副詞 ***fast*** 的比較級和最高級是 ***faster*** 和 ***fastest***；副詞 ***hard*** 的比較級和最高級是 ***harder*** 和 ***hardest***。

Prices have been rising ***faster*** *than incomes.* 物價上升的速度一直比收入快。
You probably learn ***quicker*** *by having lessons.* 你通過上課可能學得更快。
The older people work ***the hardest****.* 年長一點的人工作最努力。
The ones with the shortest legs run ***the slowest****.* 腿最短的那些跑得最慢。

R154 下面這些時間狀語和地點副詞有比較級和最高級形式。參見第四章（4.70、4.114 和 4.123 小節）以及第六章（6.60 小節）。注意，其中少數有不規則的比較級和最高級。

early	→	earlier	→	earliest
late	→	later（無最高級）		
soon	→	sooner（無最高級）		
long	→	longer	→	longest
deep	→	deeper	→	deepest
far	→	farther, further	→	farthest, furthest
near	→	nearer	→	nearest
close	→	closer	→	closest

The grammar of business English
商業英語語法

Introduction 引言

有些語言特點在某些生活與活動領域內比其他領域更常見。例如，醫生和工程師在與工作相關的交流中常使用非常專門的詞彙。

除了專業詞彙以外，還有些語法模式在特定語境裏的使用頻率更高。這一節探討在商貿領域中的常用形式。如何使用語言例子分為四個方面：

☞ 建立關係

☞ 洽談

☞ 陳述

☞ 會議

當然在很多情況下，所描述語言的使用可不限於上述一種話題範圍。

Networking 建立關係

Making social and business arrangements 社交和商業安排

下列例子是可能發生在兩人之間的一個對話類型，他們想安排在以後的某個時間見面。

A *Do you want to meet up for lunch sometime next week?* 你想下週找時間見面吃個午飯嗎？

B *Yes. That would be nice. We can talk about the FCL deal. I'm not in on Monday. I'**m going to work** from home. **How about** next Tuesday?* 可以，很好。我們可以談一談那筆 FCL 交易。星期一我不在辦公室，我要在家裏工作。下星期二怎麼樣？

A *Let's see. No, I can't. I'**m taking** some clients to the riverside development. **What about** Wednesday?* 讓我想想看。不，我不行。我要帶一些客戶去河濱房產開發區。星期三怎麼樣？

B *I'**m going** to Germany on Wednesday. My flight **leaves** around five so I don't need to get away until after lunch. Is that okay?* 星期三我要去德國。我的航班 5 點左右起飛，所以我不需要在午飯前離開。這樣可以嗎？

A Fine. ***Let's*** *meet at one.* 好的，那我們 1 點鐘見。

use of verb forms with future meaning 使用具有將來意義的動詞形式

可以用現在進行時（present progressive，參見 4.60 小節）談論會在日誌裏記下來的未來安排。通常這些安排涉及其他人。

*We'****re having*** *a meeting to discuss the proposal next Tuesday.* 我們下星期二開會討論這個提議。

The people from ILC ***are coming*** *for lunch at two.* ILC 公司的人 2 點鐘來吃午飯。

如果未來的安排不是確定的計劃，但說話者打算讓其發生，可用 ***be going to*** 加不定式（參見 4.58 小節）。

*I'****m going to have*** *an early night because I'm tired.* 今晚我打算早點睡，因為我累了。

*We'll have some time after the meeting so we'****re going to explore*** *the old part of the city.* 會後我們有一些時間，所以我們準備去探尋老城區。

一般現在時（present simple）用於談論日程安排表上的事件，比如交通時間表或會議議程。（參見 4.60 小節）。

Our flight ***leaves*** *at six and gets in at eight.* 我們的航班 6 點起飛，8 點到達。

The morning plenary session ***starts*** *at nine thirty.* 上午的全體會議 9 點 30 分開始。

expressions for making suggestions 用於提出建議的表達式

有好幾種方法可用於提出說話者自己及他人應該做甚麼的建議。

可用 ***let*** 加 ***us*** 的縮寫形式 ***let's***（參見 5.39 小節）。

Let's have *a break and go for a coffee.* 我們休息一會，去喝杯咖啡吧。
Let's stay *in contact.* 讓我們保持聯繫。

可用 ***shall we*** 開頭的疑問句（參見 5.186 小節）。

Shall we *meet outside the restaurant?* 我們在餐館外見面好嗎？
Shall we *reward ourselves with a little lunch?* 我們要不要吃一頓午飯慰勞一下自己？

可用 ***why don't we*** 開頭的疑問句（參見 5.46 小節）。

Why don't we *have a working breakfast in the hotel?* 我們為甚麼不在酒店吃工作早餐？
Why don't we *stay an extra day?* 我們為甚麼不多住一天呢？

可在名詞短語前用 ***what about*** 或 ***how about*** 開頭的疑問句（參見 5.46 小節）。

How about *a drink after the meeting?* 會議結束後喝一杯怎麼樣？
How about *next Sunday?* 下星期天怎麼樣？
What about *the twentieth of March?* 三月二十日怎麼樣？

Asking for and confirming information 詢問和確認信息

要構成英語中不同類型的常用疑問句，可以用多種結構，其中詞序和助動詞的用法有時會令人混淆。下面是可能發生在兩個人之間討論訂單細節的一次電話交談。

A *Hello. I'm phoning about an order. The ID number is 28443AB.* 喂，你好。 我打電話來詢問一份訂單。訂單號是 28443AB。

B ***When did you place the order** please?* 請問你甚麼時候下的訂單？

A *Last week.* 上個星期。

B *Sorry. **What was the order number again**?* 對不起，請再説一次訂單號碼。

A 28443AB.

B *Oh yes, it was for some switcher units, **wasn't it?*** 哦，有了。訂的是一些轉換器元件，對嗎？

A *That's right. Can you tell me if it's been processed yet?* 沒錯。你能告訴我訂單是否已經處理了？

B *Yes. They were out of stock but we got some in yesterday. **Didn't you get an email?*** 好的。這些本來是缺貨的，但我們昨天拿到了一些貨。你沒收到電子郵件嗎？

A *Er, no. **Haven't they been sent off yet?*** 呃，沒有。貨已經發出了嗎？

B *They went off this morning.* 今天早上發的。

A *So **do you have any idea when we can expect delivery?*** 那你知道甚麼時候可以交貨？

B *They should be with you tomorrow.* 明天應該能到你們手上。

A *Okay. Thanks.* 好的，謝謝。

yes / no questions
yes / no 疑問句

如果用 ***be*** 的一般現在時或一般過去時形式，只需把動詞放在句首，後接主語即可 (參見 5.14 小節)。

***Are you** with me so far?* 到現在為止你明白我的意思嗎？
***Is Simon** up to the job?* 西門能勝任這份工作嗎？
***Were they** at the meeting?* 他們出席會議了嗎？

如果動詞不是 ***be***，則需要用助動詞 (或 ***do***、***does***、***did***)，後接主語加主要動詞 (參見 5.12 到 5.13 小節)。

***Is he staying** here tonight?* 他今晚住在這裏嗎？
***Do you work** in a team?* 你在一個團隊中工作嗎？
***Did they want** to talk to me?* 他們想和我説話嗎？
***Will they accept** that?* 他們會接受嗎？
***Have you got** the figures with you?* 你手頭有那些數字嗎？

如果有一個以上助動詞，第一個助動詞置於句首，後接主語，然後加其他助動詞以及主要動詞。

Has the problem been reported*?* 問題已經報告了嗎？
Have they been waiting *long?* 他們已經等了很久了嗎？

wh-questions
wh-疑問句

如果用 ***be*** 的一般現在時或一般過去時形式，動詞置於 ***wh-*** 詞之後主語之前（參見 5.24 小節）。

How was your meeting*?* 你們的會議開得怎樣？
Where is the customer*?* 客戶在哪裏？
So ***where were your auditors*** *during all of this?* 那你們的審計員全程都在哪裏？

如果用的是除 ***be*** 以外任何動詞的一般現在時或一般過去時，則把 ***do***、***does*** 或 ***did*** 放在主語前面（參見 5.24 小節）。

Which department ***did you want****?* 你想要哪個部門？
Who ***do you work*** *for?* 你為誰工作？
How ***did she make*** *the decision?* 她是如何作出決定的？
What ***does he*** *really* ***think*** *about the deal?* 他對這筆交易到底是怎麼想的？

如果 ***wh-*** 詞是動詞的**主語**（subject）或構成主語的一部分，句子的詞序與**肯定句**（affirmative clause）相同（參見 5.23 小節）。

Who invited you*?* 誰邀請了你？
What happened *earlier on?* 早些時候發生了甚麼事？
Which bid won*?* 哪個投標勝出了？

other types of question
其他疑問句類型

為了表示更禮貌，可用 ***Can you tell me***、***Could you tell me***、***Do you know*** 以及 ***Have you any idea*** 之類的間接疑問句。

對於 ***yes / no*** 疑問句，可用 ***if*** 或 ***whether***，後接肯定句詞序的分句。

Can you tell me ***if he got my message****?* 你能告訴我他是否收到了我的短信？
Do you know ***whether the units have arrived****?* 你知道那些元件是否已經到達了？

對於 ***wh-*** 疑問句，可用 ***wh-*** 詞，後接肯定句詞序的分句。

Could you tell me ***what you've got on today****?* 能告訴我今天你終於做了甚麼嗎？
Have you any idea ***what it would cost****?* 你知道這要花多少錢嗎？

要請求確認某事是真實的，可先進行陳述，然後加上 ***isn't it?*** 或 ***doesn't she?*** 之類的**附加疑問句**（question tag）（參見 5.15 到 5.20 小節）。

They work on Saturdays, ***don't they****?* 他們在星期六工作，不是嗎？
You can park there, ***can't you****?* 你可以把車停在那裏，可以嗎？

否定疑問句（negative question）可用於表示對一個情況感到驚訝。

Didn't you arrange *to meet them at the airport?* 你沒有安排人到機場去接他們嗎？
Wasn't *the meeting at nine?* 會議不是在 9 點開嗎？
Haven't you finished *yet?* 你還沒做完嗎？

talking about experience 談論經歷

talking about the present 談論現在

談論永久的事實或慣例可用**一般現在時** (present simple)（參見 4.9 到 4.11 小節）。

We ***offer*** *a wide range of services for the bio industry.* 我們為生物產業提供範圍廣泛的服務。
Every week, Susan ***drives*** *to Edmonton for a meeting with the factory manager.* 每個星期，蘇珊開車去愛德蒙頓與工廠經理見面。
The first thing we ***do*** *is a site survey.* 我們做的第一件事是網站調查。

如果想強調情況是暫時的或説話時正在進行中，可用**現在進行時** (present progressive，參見 4.17 到 4.19 小節) 談論目前的情況。

We ***are updating*** *our flight rules to adapt to the new scenario.* 我們正在更新我們的飛行規則，以適應可能發生的新情況。
Users ***are looking*** *at other ways of financing IT projects.* 用戶正在考慮為信息技術項目融資的其他途徑。
*He****'s staying*** *there as the guest of our Taiwan-based supplier.* 作為我們總部設在台灣的供應商的客人，他目前正住在那裏。

talking about finished past situations 談論過去已完成的情況

如果想談論發生在過去某一時間且已結束的情況或事件，可用**一般過去時** (past simple)。指過去已結束的時間段的時間表達式，比如 ***last week*** 和 ***a year ago***，可用於闡明時間參照（參見 4.27 到 4.29 小節）。

Ballmer ***flew*** *to California last week and proposed the merger.* 鮑爾默上週飛往加利福尼亞，提出了合併建議。
After Harvard, he ***studied*** *at Oxford University.* 從哈佛畢業後，他就讀於牛津大學。
Ms. Caridi previously ***worked*** *in the legal department at Lehman Brothers.* 卡里迪女士之前曾在雷曼兄弟公司的法律部門工作。

要強調正在進行的動作或為事件提供背景語境，可用**過去進行時** (past progressive)（參見 4.31 到 4.32 小節）。

The company ***was losing*** *money, so he decided to sell.* 公司正在虧損，所以他決定賣掉。
The plant ***was making*** *a profit of $250,000 a year and the market* ***was growing*** *steadily.* 工廠每年的利潤是 25 萬美元，而市場正在穩步增長。

talking about past situations in relation to the present
談論與現在有關的過去情況

一般現在完成時 (present perfect simple) 可用於談論：

☞ 不說明具體時間的經歷

☞ 始於過去持續到現在的事件和情況

☞ 對現在有直接影響的事件和情況。

yesterday 、 ***last year*** 或 ***at Christmas*** 之類的時間表達式不能與一般現在完成時連用 (參見 4.33 到 4.35 小節)。

*Yes, I**'ve bumped** into him a number of times.* 是的，我偶然見過他好幾次。
*We**'ve met** with all the major shareholders.* 我們和所有主要股東都見了面。
*Spending **has risen** steadily since the beginning of the year.* 支出自今年年初以來已穩步上升。
***Have** you **brought** the report with you?* 你帶了報告來嗎？

現在完成進行時 (present perfect progressive) 用於：

☞ 希望談論始於過去、可能完成也可能未完成，但說話者認為是暫時性的事件和情況

☞ 希望強調持續性 (參見 4.36 小節)。

*We **have been looking** for a European partner for some time.* 一段時間以來我們一直在尋找一個歐洲合作伙伴。
*The company **has been working** hard to reduce its overhead.* 公司一直在努力減少其日常開支。

talking about a particular time in the past
談論過去的特定時間

如果想表示一件事發生在過去的另一件事之前，可用過去完成時 (past perfect) (參見 4.37 小節)。

*When people left the meeting, they were more enthusiastic than when they **had arrived**.* 人們離開會議時，比來的時候更充滿了熱情。
*Before the negotiations started, they **had decided** to give employees a 4% pay rise.* 談判開始前，他們決定給員工加薪 4%。

Negotiating 洽談

Making and modifying proposals 提出和修改建議

softening the message 使語氣溫和

說話者可用比較級（comparative）表示準備就某一點進行協商（參見 2.103 到 2.111 小節）。

*We need a **more flexible** arrangement.* 我們需要一個更靈活的安排。
*I'm looking for figure **closer** to three dollars sixty a unit.* 我在考慮更接近於每件 3.6 美元的數字。
*Would you be **happier** with a fixed rate?* 你對固定費率是否會更滿意？

可用情態詞（modal）***would***、***could***、***may*** 和 ***might*** 使語氣不那麼直接。

*We **might** be able to drop the price.* 我們也許能夠降低價格。
***Could** we look at that side of your proposal later?* 我們可以稍後考慮你建議的那個方面嗎？
***Would** you consider reducing discounts?* 你們會考慮降低折扣嗎？

thinking about possible future events and exploring possibilities 思考將來可能發生的事及探索可能性

情態詞（modal）***could***、***may*** 和 ***might*** 也可用於説明一個特定結果或情況是可能的（參見 5.124 小節）。

*There **may** be a slight delay.* 可能會有一點延誤。
*Yes, that **might** be possible.* 是，那是有可能的。
*Yes, I can see that this **could** have great potential.* 對，我看得出這可能有巨大的潛力。

條件句（conditional sentence）可用於假設性地討論可選項及探討可能性（參見 8.25 到 8.42 小節）。

***If you could give us exclusivity**, we can settle this now.* 如果你能給我們獨家專賣權，我們現在就可以把這個定下來。
*The discount could be bigger **if you increased the quantity**.* 如果你增加購買數量，折扣可以更多。
***If I drop the price**, have we got a deal?* 如果我降價，我們可以成交嗎？
***Unless you can show a bit of flexibility**, we might as well call it a day.* 除非你能表現出一點彈性，否則我們就只好到此為止。

Rejecting ideas and proposals 拒絕想法和建議

distancing yourself from a situation 使自己與情況保持距離

為了讓自己與一個觀點保持距離從而聽起來不那麼直截了當，可用 ***it*** 作非人稱（impersonal）主語加引述動詞（reporting verb）的被動式（passive，參見 7.69 小節）。

***It was understood that** if we were successful in securing the takeover, Sarong would become a part of International Latex.* 如果我們成功進行收購，薩朗公司顯然會成為國際乳膠公司的一部分。
***It is assumed that** share prices will rise as a result of the operation.* 這次交易據稱會導致股價上升。
***It was agreed that** the details would remain confidential.* 大家一致同意細節仍將保密。

being diplomatic 婉轉得體的表達

可用諸如 ***a little***、***a bit*** 或 ***rather*** 等後置修飾語 (qualifier) 使否定語氣顯得不那麼強烈 (參見 2.162 小節)。

*That sounds **a little** expensive.* 那聽來有點貴。
*They may be **a bit** late, I'm afraid.* 恐怕他們會遲一點。
*Unfortunately, we were **rather** disappointed with the quality of the last delivery.* 遺憾的是，我們對最近一批貨的質量相當失望。

使用 ***not very***、***not totally***、***not completely*** 和 ***not entirely*** 等表達式後接積極形容詞比用消極形容詞聽來更婉轉得體。

*We are**n't totally convinced** by the idea of using road transport.* 我們對使用公路運輸的想法還不完全信服。
*I would**n't** be **very happy** with that arrangement.* 我對那樣的安排不很滿意。
*You do**n't** seem **absolutely certain** about that.* 你似乎對此不絕對肯定。

過去進行時 (past progressive) 可用於使陳述更婉轉，從而顯得客氣 (參見 4.31 到 4.32 小節)。

*We **were expecting** to hear a new proposal today.* 我們期待着今天聽到一個新方案。
*I **was aiming** to establish a framework for further discussion.* 我的目標是為進一步的討論建立一個框架。
*We **were hoping** to reach agreement about this before we go.* 我們希望在離開之前對此達成協議。

Presenting 陳述

Describing change 描述變化

the past compared to the present 過去與現在相比

可用**一般現在完成時** (present perfect simple) 談論現在仍然重要的事件或情況 (參見 4.33 小節)。

*The FTSE Index **has strengthened** further since this morning.* 富時指數從今早起進一步表現堅挺。
*We **have made** changes based on your concerns and feedback.* 我們根據你們的關切和反饋作出了更改。

the present moment 此時此刻

要談論此刻仍在進行中的變化，可用**現在進行時** (present progressive，參見 4.19 小節)。

*The economy **is growing**, but if we look closer there are some worrying trends.* 經濟正在增長，但如果我們仔細觀察，還是存在着一些令人擔憂的趨勢。
*In the country's major cities, the quality of life **is improving**.* 在該國的大城市中，生活質量正在提高。

Making predictions 作出預測

opinions about the future 對將來的看法

如果對一個將來的情況有把握，可用 ***will*** (參見 4.53 小節)。

*The cuts **will** certainly have a negative effect on the economy.* 這些削減肯定會對經濟產生負面影響。

*I believe this attitude **will** soon become the norm.* 我認為這種態度很快將成為常態。

也可用 ***be going to*** 代替 ***will*** 作出預測 (參見 4.58 小節)。

*She predicts that earnings **are going to** come down sharply.* 她預測利潤將大幅回落。

*We are trying to decide whether the economy **is going to** go into recession.* 我們正試圖判斷經濟是否會陷入衰退。

expressing a negative opinion about the future 表示對將來的否定看法

如果想作出否定的預測，用 ***I don't think*** 這樣的短語引出一個肯定句比用否定句聽來更禮貌。

***I don't think** this will go down well with the union.* 我不認為這會受到工會的歡迎。

***I don't think** it's going to be a great success.* 我不認為這會取得巨大成功。

degrees of certainty about the future 對未來的肯定程度

could、***may*** 或 ***might*** 可用於表示某事有可能發生 (參見 5.124 小節)。

*These economic problems **could cause** huge problems for the rest of Europe.* 這些經濟問題可能會對其他歐洲國家造成巨大困難。

*New technology **might be able to halve** the amount of water we use.* 新技術也許可以減少我們用水量的一半。

*The market **may eventually accomplish** what environmentalists want.* 市場可能最終實現環保主義者所希望的。

可用 ***be likely*** 後接 ***to-***不定式說明某事很可能會發生。

*Emerging economies **are likely to face** continuing problems.* 新興經濟體可能面臨持續的問題。

可用 ***be bound*** 後接 ***to-***不定式，強烈説明某事在將來肯定會發生 (參見 5.232 小節)。

*The pressure on margins **is bound to make** success difficult.* 盈利的壓力勢必使成功變得非常困難。

Contrasts and comparisons 對照與比較

concessive clauses 讓步從句

用連詞 ***while***、***although***、***in spite of*** 和 ***despite*** 等可使兩個想法形成對照 (參見 8.66 小節)。

*Until now, only 8,000 people have registered with the site, **although** the company said the number is still increasing.* 到現在為止，在網站註冊只有 8,000 人，即使公司説數量還在增加。

***In spite of** the crisis, sales are actually up on last year.* 就算發生了危機，銷售額實際上仍比去年上升。

*Retail sales are plummeting, **while** consumer prices are rising.* 零售銷售額正在暴跌，而消費品價格正在上漲。

whilst 和 ***whereas*** 更正式。

*In France there was a small improvement, **whereas** there was no change in Germany.* 在法國有了一點小改進，在德國卻沒有任何變化。
*Micro's online store is almost empty, **whilst** Azar's has nearly 50,000 products.* 麥克羅的在線商店幾乎是空的，而阿扎的商店有近 50,000 種產品。

making comparisons 進行比較

要進行比較，可在形容詞詞尾加 ***-er*** (***cheaper***, ***older***)，或在形容詞前面用 ***more*** (***more expensive***, ***more interesting***) 後面接 ***than***（參見 2.103 到 2.111 小節）。

*The chip is **more economical than** a dedicated system.* 這種芯片比專用系統更經濟。
*Kondex is **bigger than** Gartex in terms of sales.* 在銷售方面，康德克斯超過了佳泰克斯。

也可用 ***not as…as*** 或 ***not so…as*** 對事物進行比較（參見 2.128 小節）。

*Our factories are still **not as efficient as** the car plants in Japan.* 我們的工廠仍然沒有日本汽車廠的效率高。
*Traditional forms of advertising are **not as effective as** they used to be.* 傳統廣告形式不如以前那麼有效。

emphasizing degrees of difference 強調差異的程度

可在形容詞比較級前面用 ***much*** 、 ***a lot*** 或 ***far*** 強調一個巨大的差異。

*Manufacturers are **much more cautious** than before about investment plans.* 製造商對投資計劃遠比以前更謹慎。
*The job provides her with a **far greater** challenge than ordinary office work would.* 這份工作為她提供了比普通辦公室工作大得多的挑戰。

可用 ***slightly*** 、 ***a bit*** 或 ***a little*** 強調差異小。

*The first-quarter increase was **slightly higher** at 1.2 %.* 第一季度的增長率略高，達到了 1.2%。
*If anything, European and Pacific Rim executives are **a little more aggressive** than the Japanese.* 若要説出有甚麼不同，歐洲和太平洋西岸地區的主管比日本的略更積極強硬。

要用 ***not as…as*** 結構強調差異小，可加上 ***quite*** 。

*But by other measures, oil is **not quite as expensive as** it seems.* 但從另一個角度衡量，石油其實並沒有看起來那麼貴。

Linking ideas 連接想法

使用句子連接詞可表示兩個句子之間的聯繫。在報告時，這些連接詞使聽眾對接下來要説的內容有思想準備。

adding strength to your argument 增強論點的説服力

像 ***on top of that*** 和 ***at the same time*** 這樣的連接詞可增強論點的説服力。在書面語裏，或在更正式的語境裏，可用 ***moreover*** 或 ***furthermore***（參見 10.49 小節）。

The financial crisis continues. ***On top of that****, exceptional weather has devastated crops.* 金融危機仍在繼續。除此之外，異常的天氣摧毀了農作物。
Unemployment has grown rapidly. ***At the same time****, there is low demand for existing skills.* 失業率增長迅速。與此同時，對現有技能的需求很低。
Experts predict that the downturn will be less severe than expected. ***Furthermore****, banks plan to lend more freely in the next three months.* 專家預測，經濟低迷將沒有預期那麼嚴重。此外，銀行計劃在接下來的三個月內更寬鬆地放貸。

contrast 對照

如果想給出另一個觀點，可用 ***however***、 ***on the other hand*** 或 ***nevertheless*** 之類的連接詞。（參見 10.51 小節）。

If you want job security, this is not the post for you. ***On the other hand****, the salary is good.* 如果你想獲得工作保障，這個職位不適合你。但另一方面，薪酬很不錯。
There was a fall in sales last month. ***However****, revenue from digital products rose by nearly 20% in the first half.* 上個月銷售額出現了下跌。然而，上半年數碼產品的收入增長了幾乎 20%。
It is necessary for foreign currency traders to think quickly and accurately. ***Nevertheless****, mistakes do occasionally occur.* 外匯交易員必須思維快而準。然而，錯誤確實偶然會發生。

cause and effect 因果關係

如果想表示正在説起的事實或情況是剛提到內容的結果，可用 ***so*** 或 ***as a result*** 等連接詞引出陳述。如果想聽起來更正式，可用 ***consequently*** 或 ***therefore***（參見 10.52 小節）。

Another 3,100 jobs were lost last year. ***So*** *people no longer trust the company.* 去年又裁減了 3,100 個工作崗位。因此人們已不再信任該公司。
We lost sight of what our customers wanted. ***As a result****, sales slumped.* 我們忽略了顧客的需求。結果銷售額大幅度下降。
Confidence is still low. ***Consequently****, firms are not willing to make new investments.* 信心仍然很低。因此，企業不願意進行新投資。

Distancing yourself 保持距離

the passive 被動式

要把注意力集中在行為、觀點和決定上，而不是執行動作的人身上，可用被動式（參見 9.8 到 9.24 小節）。被動式經常用於報道，更常見於英語書面語。

In 2006, 18.3% of the world's electricity ***was produced*** *using renewable sources.* 2006 年，全世界 18.3% 的電力是用可再生能源生產的。

*When materials **were coated** in the substance, the plating remained stable at room temperature.* 材料用這種物質塗覆以後，鍍層在室溫下保持穩定。

被動式常常和 ***first***、***second***、***then*** 和 ***finally*** 等附加狀語一起用於描述過程，與 ***finally*** 一起用於表示順序（參見 10.54 小節）。

***First**, the raw data **is collated** in tables. It **is then prepared** for processing. **Finally**, the data model **is produced**.* 首先，原始數據匯集在表格內。然後為處理進行準備。最後，產生數據模型。

Meetings 會議

Interrupting 打斷

can, could

在參加會議時，可用 ***can I*** 和 ***could I*** 禮貌地打斷別人。***could*** 比 ***can*** 更禮貌。

***Can I** ask a question here?* 在這裏我能問個問題嗎？
***Could I** just interrupt here for a minute?* 我這裏可以打斷一下嗎？

Making suggestions 提出建議

也可用 ***can*** 和 ***could*** 提出建議。

***Could we** maybe develop a new payment system?* 或許我們可以開發一個新的付款系統？
***Can we** ask Network Solutions to help?* 我們可以請網絡方案公司幫忙嗎？

為了聽起來更具説服力，可用否定疑問句。

***Couldn't we** ask them to come in for a demonstration?* 我們不能請他們過來做一次演示嗎？
***Can't we** do this later?* 我們不能過些時候做這個嗎？

Let's..., Why don't we...

也可用 ***Let's...*** 和 ***Why don't we...*** 提出建議。

***Let's** call it a day.* 今天就到這裏吧。
***Why don't we** move on to the next point on the agenda.* 我們何不接着討論議程的下一個議題？

Making requests 提出請求

Can you...?, Could you...?

可用 ***can you...*** 或 ***could you...*** 請求某人做某事。***could*** 比 ***can*** 更禮貌。

***Can you** summarize the main points, please?* 請你總結一下要點，好嗎？
***Could you** explain that again?* 你可以再解釋一下嗎？

Would you mind...

也可用短語 ***would you mind*** 後接 ***-ing***形式提出禮貌的請求。

Would you mind going *back to the previous graphic?* 請你回到前面那個圖片好嗎？

Would you mind just waiting *a minute while I answer that?* 你稍等一下，我先回覆那個，你不介意吧？

conditional sentences 條件句

也可在疑問句裏用各種條件句禮貌地引導會議的進行。

Would it be all right if we go over that again? 我們再仔細檢查一次，可以嗎？

Is it okay if we leave this till later? 我們是否可以把這個留到以後再説？

Do you mind if we start with a few introductions, please? 請問我們開始時先做一些介紹可以嗎？

Would you mind if I investigate this a little further? 我對此稍作進一步探討，你不介意吧？

Disagreeing politely 禮貌地表示不同意

Yes, but...

如果想表示不同意而不冒犯別人，可先表達同意後用 ***but***。

Well, ***I agree but*** *I see it slightly differently.* 嗯，我同意，但我對此看法略有不同。

I see what you mean but *I still don't think it's possible.* 我明白你的意思，但我仍然認為這是不可能的。

I take your point about the costs but *we could still do it.* 我接受你關於成本的觀點，但我們仍然能做到。

think, believe

如果想反駁某人，或説出別人可能不同意的話，為了避免聽起來粗魯，可用一個引述動詞，比如 ***I think...***（或 ***I don't think...***）或 ***I believe...***（或 ***I don't believe...***）。

I think *it's time we stopped.* 我想我們該停下來了。

I don't think *that's actually the case.* 我認為實際上不是那樣的。

I don't believe *we committed ourselves to maintaining the price.* 我相信我們沒有致力於維持價格。

seem, appear

使用 ***seem*** 或 ***appear*** 可避免聽上去對自己的信息絕對肯定。

This ***seems to be*** *the only possible solution to the problem.* 這似乎是該問題唯一可行的解決方法。

It ***appears that*** *the cost of the new system would be minimal.* 看來新系統的成本將會最小。

The grammar of academic English
學術英語語法

Introduction 引言

在學術語境中説話或寫作時，重要的是：

☞ 清楚地知道自己想要説甚麼

☞ 連接和排列信息

☞ 恰當地與讀者建立關係

所選擇的語言與文本的目的有關。這將根據下列情況而有所不同：(i) 傳達信息的形式；(ii) 受眾。

講座（lecture）或**研討會**（seminar）提出信息，並指出有分歧的領域。講座往往有肯定的基調，但會提出可以探索的問題。研討會是一個提出觀點並進行討論的場合。發言者常使用 ***you*** 和 ***we*** 。

文章（essay）或**作業**（assignment）歸集並討論信息。**學位論文**（dissertation）或**期刊論文**（journal article）對一個專題進行研究。這些文本是正式的，語氣一般是客觀的。

教科書（textbook）提供教學和參考的信息：它告訴讀者已知的內容，其語氣表示的是確定性。

Being clear about what you want to say: noun and verb phrases
清楚知道自己想説甚麼：名詞和動詞短語

學術演講和寫作的目的是準確傳達信息，而不使用過多詞彙。為了實現這個目的，講者和作者把信息主要集中在名詞和動詞短語上。

學術研究需要調查和分析一個主題。這意味着用在學術文本裏的名詞和動詞短語常與過程和概念有關。

Nominalization 名詞化

為使讀者注意力集中在概念或思想而不在動作上，動詞常被名詞化（即轉變成名詞）。例如：

動詞	名詞
demonstrate	demonstration
discover	discovery
measure	measurement
assess	assessment
assist	assistance
maintain	maintenance

*The **demonstration** of brain mechanisms at work is not proof that rehabilitation has been achieved.* 大腦機制在運作的演示不能作為康復了的證明。
*In 1898 Marie and Pierre Curie announced their **discovery** of a new element.* 1898 年，瑪麗和皮埃爾・居里宣佈，他們發現了一種新元素。
*After an initial **measurement** of the patient's blood glucose, they are given 50g of soluble lactose to drink.* 對病人的血糖進行初步計量後，給他們喝下了 50 克可溶性乳糖。
*They base their **assessment** of risk on available scientific evidence.* 他們以現有的科學證據為基礎進行風險評估。
*The **maintenance** of blood pressure is achieved less rapidly as we age.* 隨着我們年齡的增長，維持血壓穩定的速度會下降。
*Laboratory technicians can provide **assistance** when required.* 實驗室技術員可以在需要的時候提供幫助。

The noun phrase: Premodifying noun phrases 名詞短語（1）：前置修飾名詞短語

前置修飾可以使大量信息集中在名詞短語上。名詞短語可按下列方式構成：

☞ 名詞 + 名詞（+ 名詞）

*...a **food preservation process**.* ……食品保存方法

☞ 副詞 + *-ed* 分詞 + 名詞 + 名詞（+ 名詞）

*...a **recently developed food preservation process**.* ……最近開發的食品保存方法
*...**strongly motivated history students**.* ……有強烈積極性的歷史系學生
*...a **well-organized advertising campaign**.* ……組織良好的廣告宣傳活動

☞ *-ed* 形容詞

有些 *-ed* 分詞（參見 2.77 到 2.93 小節）含有某事已經完成的意思。

*...**finalized** plans. (= plans that have been agreed)* ……最終確定的計劃
*...a previously **exhibited** work of art. (= a work of art that has been shown previously)* ……先前展出過的藝術作品
*...a **closed** case. (= a case belonging to the group of cases that have been solved)* ……已經完結的案件

*...a recently **completed** project.* (*= a project that has recently been finished*) ……最近完成的一個項目

☞ 副詞 + ***-ed*** 分詞 + 形容詞 + 名詞 + 名詞 (+ 名詞)

*...a **recently developed cost effective food preservation process**.*
……最近開發的高效低成本的食品保存方法

*...a **newly discovered major oil field**.* ……新發現的一個大油田

☞ ***-ing*** 形容詞

-ing 形容詞（參見 2.63 小節）用於描述效果或過程，或描述延續一段時間的狀態。

*Further changes may well bring **diminishing** returns.* 進一步的變革很可能帶來收益的遞減。

*...measures to control the **rising** cost of living.* ……控制生活費上漲的措施

使用 4 個以上前置修飾語會使名詞短語難以理解，特別是全部由名詞構成的前置修飾語。 例如：

*...the **school team game playing area**.* ……校隊的比賽場地

在這種情況下，最好使用介詞短語。（參見下列介詞短語， prepositional phrase）。

*...playing areas **for school team games**.* ……校隊的比賽場地

The noun phrase: Postmodifying noun phrases 名詞短語（2）：前置修飾名詞短語

如果需要使名詞短語更精確，或為讀者提供更多信息，可用關係從句、分詞或不定式分句，或使用介詞短語。

為了確指主語，可用關係代詞引導的**限制性關係從句**（defining relative clause）。（參見 1.146 到 1.150 小節）。學術英語裏最常見的關係代詞是 ***which***：

*A magnet is **a device which** strongly attracts certain metals.* 磁鐵是一個強烈吸引某些金屬的裝置。

reducing the relative clause 簡化關係從句

在學術性寫作中，常要簡化關係從句。關係從句可用下列方式進行簡化。

☞ 省略關係代詞（當限制性關係從句指句子的賓語時）

The hard drive was erased because of the confidential information (~~which~~) it contained. 因為含有保密信息，硬盤被刪除了。

☞ 使用分詞分句

分詞分句（participle clause）把關係從句簡化成 ***-ing*** 分詞（***-ing*** participle）或 ***-ed*** 分詞（***-ed*** participle）。

*...one of the hundreds of Internet entrepreneurs (~~who are~~) **launching***

startups in Palo Alto. ……數以百計在帕羅奧圖開辦初創公司的互聯網企業家之一
They recommend four to twelve doses (~~which are~~) ***given*** *a few days apart.* 他們推薦每隔幾天服 4 到 12 個單位劑量。

其他用於簡化關係從句的常見動詞有 ***use***、***base***、***cause***、***make*** 和 ***concern***。

☞ 使用不定式分句

不定式分句 (infinitive clause) 的使用頻率低於分詞分句。不定式分句常常表示做某事是重要的。

A problem ***to watch for*** *is loosening of the joints at the top of the legs.* 一個需要注意的問題是腿的頂部關節放鬆。
(代替 *A problem* ***which you should*** *watch for is…*)
There are some basic psychological principles ***to bear in mind****.* 有一些基本心理學原則需要牢記在心。
(代替 *There are some basic psychological principles* ***which you should*** *bear in mind.*)

☞ 用介詞短語替換關係從句。

如果關係從句含有 ***have***，可用 ***with*** 把它簡化成介詞短語：

Parliament is a national governing body ***with*** *the highest level of legislative power.* 議會是一個具有最高立法權的國家管理機構。

(代替 *…a national governing body* ***which has*** *the highest level…*)

如果關係從句含有 ***is*** + 介詞，可把它簡化成簡單的介詞短語：

A second central concept (~~which is~~) ***at*** *the core of much developmental research is…* 處於大量發展研究核心地位的第二個關鍵概念是……

☞ 添加說明性名詞短語

使用描述或說明性名詞短語可以對某人或某事物提供進一步的信息 (參見 2.302 小節)。

The Marianas Trench, 11,034 m at its deepest point*, is deeper than the height of Mount Everest.* 馬里亞納海溝，其最深點為 11,034 米，深度超過了珠穆朗瑪峰的高度。
A quicker alternative, a simple search program*, makes it easier to search the corpus.* 另一個更快的方法，即一個簡單的搜索程序，使搜索語料庫變得更容易。

在介紹或解釋首字母縮寫詞、縮略語或專業術語時這很常見。

*The Scientific Advisory Committee on Nutrition (****SACN*** *) has issued a draft report.* 營養科學諮詢委員會 (*SACN*) 發表了一份報告草案。

non-defining relative clauses 非限制性關係從句

非限制性關係從句 (non-defining relative clause) 並非是用來確定談論的是哪一個人、物或群體所需要的，而是為讀者提供更多關於主語的信息，或對主語進行評估或評論 (參見 8.85 小節)。

*Dark matter, **which may be invisible** for many reasons, has become increasingly important.* 暗物質 —— 出於很多原因可能是不可見的 —— 已經變得越來越重要。

The verb phrase 動詞短語

一般而言，學術英語不太關注事件，而更關注從事件中瞭解到了甚麼。因此，句子的焦點從動詞短語轉移到了名詞短語。動詞常常被名詞化（即轉變成名詞）—— 參見名詞化（nominalization）。

學術英語中使用的時態範圍比日常英語更有限：動詞的簡單形式使用頻率較高；進行形式、過去完成時以及將來完成時的使用頻率較低。

所用的時態表示說話者以及別人對主語的態度，例如表示一項研究或一個想法是否仍然被普遍接受。

the present simple 一般現在時

一般現在時（present simple）通常用在下列方面：

☞ 指說話者相信仍然有效的事物

*The two theories **are** known as 'ridge push' versus 'slab pull' respectively.* 兩個理論分別被稱為"中脊推擠"和"板塊拖拉"。

☞ 陳述持續的目標

*The aim **is** to direct the energy of the radiation to kill the cancerous cells.* 目的是指引輻射能量來殺死癌細胞。

☞ 描述普遍原則或規律

*When water **freezes**, it **expands**.* 水結冰時會膨脹。

☞ 解釋或討論數據或結果

*The results **show** that only a portion of world trade is affected.* 結果表明，只有一部分世界貿易受到了影響。

☞ 提及或敘述文學作品、電影等中的事件

*Shakespeare, in King Lear, **emphasizes** the social causes of madness.* 莎士比亞在《李爾王》裏強調了瘋狂的社會原因。

the present perfect 現在完成時

現在完成時（present perfect）通常用在下列方面：

☞ 對研究進行述評

*There is a vast literature looking at development issues, the main elements of which **have been reviewed** here.* 有大量文獻探討發展問題，其中的主要部分在本文作了綜述。

☞ 對某個領域內研究活動的狀態作一般性陳述

*Little research **has been done** on microscopic plastics.* 對微小塑料顆粒的研究幾乎沒有。

☞ 總結一個文本

*In light of the evidence that **has been reviewed** thus far in this book…* 根據到目前為止在本書中審查的證據……

the past simple 一般過去時

一般過去時 (past simple) 通常用在下列方面：

☞ 表示某事在過去發生過或在過去的一個特定時間是真的，但今天可能已不那麼有效。

*The almost universal view **was** that the liver was the main organ in the blood system.* 以前幾乎普遍一致的看法是，肝臟是血液系統中的主要器官。

☞ 描述樣本和程序

*A full study **was** conducted with a sample of managers from the UK head office.* 對來自英國總部的經理人樣本進行了一次完整研究。

☞ 報告結果

*Their research **showed** that over half of all cancer cases could be prevented.* 他們的研究表明，所有癌症病例一半以上是可以預防的。

will

will 用於表示意圖。

*This study **will** examine the effects of depression.* 本研究將探討抑鬱症的影響。

will 常與副詞一起出現，比如 ***often*** 或 ***probably***，因為學術作者必須避免暗示他們個人的想法和理論是事實。

*The desert regions **will probably** become more extensive.* 沙漠地區可能會變得範圍更廣。

*Changes in practice **will often** be the result of a long political process.* 實際的變化往往是一個長期政治進程的結果。

linking verbs 繫動詞

繫動詞 (linking verb) 用於描述情況或性質，所以在學術英語中出現的頻率很高。學術英語中常用的連繫動詞有 ***be***、***become***、***look***、***remain***、***seem***、***appear***、***prove*** 和 ***represent***（參見 3.126 到 3.181 小節）。

*At first glance, the system **seems** overwhelmingly complex.* 初看之下，這個系統似乎複雜至極。

*Scientists fear that some viruses may **prove** challenging to deal with.* 科學家們擔心，對付某些病毒可能具有挑戰性。

*The source of the information must **remain** anonymous.* 信息來源必須保持匿名。

常見的補語包括：

☞ 名詞

*The results of this experiment **remain a secret**.* 這個實驗的結果仍然是一個秘密。

Their decision ***represents a turnaround****.* 他們的決定代表了一個 180 度的轉變。

☞ 形容詞

The patients ***appeared*** *to be* ***immune*** *to the HIV virus.* 這些病人似乎對愛滋病病毒具有免疫力。
Predictions for next year ***look*** *increasingly* ***uncertain****.* 對明年的預測看來越來越不確定。

☞ 賓語補語

某些及物動詞的賓語後面可用名詞補語或形容詞補語。這種補語描述的是賓語，稱作**賓語補語**（object complement）。

They cannot ***keep*** *the options of both politics and terrorism* ***open****.* 他們不能對政治和恐怖主義都不表態。
Television scored significantly higher amongst those who ***found*** *politics* ***interesting****.* 在那些認為政治很有趣的人中間，電視的得分顯著較高。
Some analysts do not ***consider*** *it* ***a virus****.* 一些分析師並不認為這是一種病毒。

Ordering and connecting your message 排列和連接信息

使用語言將整個語篇連成一氣並賦予其意義的方法有好幾種。第一步是把內容排列成可辨認的樣式。在計劃一項工作或談話時，可用下列模式排列自己的想法：

描述情況 → 列出問題 → 提出解決方案 → 提供評價。

下面的幾個小節描述了確保所説或所寫的內容前後連貫、並確保意圖和信息清晰無誤的方法：

☞ 使用語法結構和詞彙標示意圖

☞ 返指和前指

☞ 提供連接語段的連接詞

Using grammatical structures and vocabulary to signpost your intention 使用語法結構和詞彙標示意圖

有幾種方式可以在一段文字內使用語法結構和詞彙表達下列概念：

☞ 事件的時間安排

☞ 過程（即某事是如何完成的）

☞ 原因和結果

☞ 比較和對照

☞ 優點和缺點

arrangement of events in time
事件的時間安排

如果想表示一件事在另一件事之後不久發生，可在主句中用限定動詞，在從句中用 ***-ing*** 分詞。

They ***headed*** *rapidly for the Channel ports,* ***showing*** *their passports at the barriers.* 他們迅速走向英倫海峽港口，在關卡處出示了護照。

也可用序數詞和副詞表示事情發生的順序，比如 ***first***、***then***、***later*** 等。

Later*, in December 1985, the committee decided...* 後來在 1985 年 12 月，委員會決定……

procedure
過程

同樣的結構——主句中用限定動詞，從句中用 ***-ing*** 分詞——可用於表示某事是如何完成的。

Researchers ***determined*** *the size of each machine,* ***taking*** *into account the properties of the material.* 研究人員根據材料的性能確定了每台機器的大小。

cause / effect
因 / 果

同樣的結構可用於表示一件事因另一件事而發生。

Many of the men ***returned*** *home,* ***causing*** *local unemployment.* 許多男人回到家，造成了當地失業。

注意，也可用諸如 ***cause***、***lead to*** 或 ***result in*** 等動詞或諸如 ***effect***、***result*** 或 ***outcome*** 等名詞在主句中表示原因和結果。

The consumption of an excessive number of sweets can ***cause*** *obesity.* 食用過多的糖果可能導致肥胖。
The ***effect*** *of the famine in 1921 — 22 was devastating.* 發生在 1921 至 1922 年間饑荒的影響是毀滅性的。

comparison and contrast
比較和對照

可按下列方式比較和對照信息。

☞ 使用句子連接詞

Conversely*, the effect of intravenous administration of the drug is immediate.* 反之，靜脈注射藥物的效果立竿見影。

By contrast*, the more recent publication is more straightforward.* 相比之下，新近出版物更直接。

☞ 使用比較級副詞

Owner-controlled companies performed ***better*** *than those subject to management control.* 所有者控制的公司，業績比那些受管理者控制的公司好。

☞ 使用動詞

The aim of this report is to ***compare*** *and* ***contrast*** *these two business structures.* 本報告的目的是比較和對比這兩個業務結構。
We will ***compare*** *our own findings with those of Mortimore et al. (1988).* 我們將把自己的研究結果與莫迪默等人（1988）的進行比較。

*These findings **contrast** strongly with those from other tests.* 這些發現與其他實驗結果形成強烈對照。

for and against 贊成與反對

可按下列方式提供引出結論的評價。

☞ 使用形容詞

*This method of production is **preferable**.* 這種生產方法更可取。

☞ 使用動詞

*Consumers **prefer** our products for their quality and finish.* 消費者更喜歡我們產品的質量和外觀。

☞ 使用名詞

*This type of surgery has the **advantage** that no abdominal incision is needed.* 這類手術的優點是不需要腹部切口。

☞ 使用原因或目的狀語從句

*This type of organization should be much smaller, **since it will not need personnel concerned with line management**.* 這種類型的組織應該要小得多，因為不需要一線管理人員。

*You must take as much care as possible, **in order to avoid accidents**.* 你必須盡可能謹慎小心，以避免事故的發生。

Referring back and referring forward 返指和前指

使語篇前後連貫的最常見方法是通過使用代詞、指示詞、限定詞和形容詞來返指已提到的內容（參見 10.2 到 10.39 小節）。前指也很常見，尤其是在較長的文本中（參見 10.40 到 10.47 小節）。

referring back 返指

this 和 ***those*** 常見於學術文本：

*...they had commissioned a specific piece of research. **This** came somewhat late.* ……他們委託進行了一項特定研究。這來得晚了點。

*There were, however, wide differences of opinion about party chances. Some of **those** differences...* 然而，關於黨的機會的看法存在着巨大差異。其中一些差異是……

注意，指示詞常與名詞相連指：

☞ 口語事件

That*'s a good question.* 那問題問得好。

☞ 看法

***This** view is also held by Rey and Stiglitz (1988).* 這也是雷伊和斯蒂格利茨（1988）所持的觀點。

☞ 行為和事件

*During **this** process, cracks appeared in the limestone.* 在這個過程中，石灰岩中出現了裂縫。

***This** situation continued for almost two decades.* 這種情況持續了近二十年。

☞ 篇章

*As **this** research has shown, customer brand loyalty is very hard to achieve.* 本研究表明，顧客的品牌忠誠是很難做到的。

such 可用作限定詞和前置限定詞進行返指（參見 9.29 到 9.30 小節）。

*They generally agree on which aspects of police work they like and dislike. **Such** a consensus was originally explained as...* 對於警務工作哪些方面他們有好惡，他們的看法大體一致。這種共識最初被解釋為……
*The report highlights the high level of overcrowding in some prisons. In **such** circumstances...* 報告強調了某些監獄內擁擠度過高。在這種情況下……

其他用於返指的詞和表達式有 ***previous***、***above*** 和 ***the former...the latter***。

*The **previous** arguments have pointed to two ways in which the system might be improved.* 前面的論點指出了系統可以改進的兩種方式。
*What is said **above** gives the background to what follows.* 上面所說為下面的內容提供了背景。
*The French have two words for citizenship: 'citoyenté' and 'civisme', **the former** describing the status, **the latter**, attitude and behaviour.* 法語有兩個詞指公民身份：*'citoyenté'* 和 *'civisme'*，前者描述的是狀態，後者是態度和行為。

referring forward 前指

前指語段可以採用：

☞ 作形容詞的 ***following*** 或 ***the following*** 指文本、想法和語段（參見 10.43 小節）

*Symptoms of the condition may include any of **the following**: chest pains, headache, difficulty breathing, and joint pain.* 病情的症狀可能包括下列任何一種：胸部疼痛、頭痛、呼吸困難以及關節疼痛。
*The **following** passage summarizes Schmidt's views:...* 下面一段總結了施密特的觀點：……

☞ 副詞 ***below***，通常置於指文本和語段的名詞之後（參見 10.45 小節）

*The trade blockade with India, described **below**, resulted in severe energy shortages.*
對印度的貿易封鎖 —— 這將在下面描述 —— 導致了嚴重的能源短缺。

sentence connectors 句子連接詞

句子連接詞表示兩個句子、從句或語段之間的關係。下列連接詞在學術演講和寫作中尤為常見：

功能	句子連接詞
表示進一步的論點	additionally, in addition, also, furthermore, moreover
表示類似情況	again, equally, likewise, similarly
表示對照	alternatively, in contrast, conversely, even so, however, nevertheless, nonetheless, on the contrary, on the other hand, although
表示原因	accordingly, as a result, as a consequence, consequently, hence, thereby, therefore, thus
表示目的	in order to, so that, lest

The style of your message 話語的風格

一旦確定了想表達的內容，就需要把它構思好，以便達到自己想要實現的效果。呈現信息的常用方法描述如下。

Distancing 保持距離

用客觀的語氣呈現文本。這使説話者可把焦點集中在話題而不是所涉及的人上面。以下結構對避免使用 ***I*** 特別有用。

impersonal it 非人稱 it

用非人稱 ***it*** 可把焦點從人上面移開（參見 9.31 到 9.45 小節）。

It *is almost an occupational hazard accepted by virologists.* 這幾乎是被病毒學家認可的一種職業性危害。

如果所陳述的是未具體説明的一群人所持的看法，可用非人稱 ***it*** 加引述動詞的被動式（參見 7.69 到 7.73 小節）。

It is *widely* ***believed*** *that this substance is harmful.* 人們普遍認為，這種物質是有害的。
It is acknowledged *that resources are unevenly distributed.* 大家都承認，資源分配不均。

注意，也可用引述動詞的被動式後接 ***to-***不定式（參見 7.69 小節）。

This substance ***is believed to be*** *harmful.* 這種物質被認為有害。
UVB and UVA ***are*** *both* ***reported to cause*** *skin cancer.* 據報導，紫外線 B 和紫外線 A 都會導致皮膚癌。

there is, there are

如果想説明某事物存在，或介紹某個新事物，可用 ***there*** 作主語（參見 9.46 到 9.55 小節）。

There *are several claims to be considered in relation to this perspective.* 有好幾個與這個觀點有關的主張需要考慮。
There *are no fewer than thirteen different species of otter.* 有不少於 13 種不同的水獺。

research or text in subject position 在主語位置的研究或文本

在結論或例證中，不要寫 ***I have discovered…***，而要把 ***findings*** 或 ***results*** 之類的詞放在主語位置。

*These **findings** suggest that there are two different processing methods.* 這些發現表明有兩種不同的加工方法。
*The **results** show that this problem is widespread.* 結果表明這個問題很普遍。

the passive 被動式

如果不需要具體説明動作的執行者，可用不帶 ***by*** 的被動式描述過程。

*The tissue sample **was removed**, analysed and stored.* 取下了組織樣本，加以分析後保存了起來。
*The engine **was re-tested** after the malfunction.* 發動機出現故障後重新做了測試。

注意，重要的是不要過度使用被動式，因為被動式會使文章難以讀懂。

verbs that indicate a change of state 表示狀態變化的動詞

可用 ***continue***、***decrease*** 和 ***increase*** 動詞描述涉及狀態變化的事件（參見 3.59 到 3.67 小節）。

*The situation **continues** to be a cause for concern.* 情況仍然令人擔憂。
*The rate of change **slowed** in the second half of the year.* 變化速度在下半年減慢了。

狀態變化的結果可在以 ***-ing***形式開頭的從句內顯示（參見 8.141 小節）。

*Prices rose, **leading to** a fall in demand.* 價格上漲，造成需求下降。
*Appetite is lessened, **resulting in** weight loss and dietary problems.* 食慾減少，導致體重減輕和飲食問題。

Reporting 引述

學術演講和寫作的一個重要方面涉及轉述（或引用）其他學者的著述。

引用可用於解釋自己工作的基礎、支持和説明自己的論點，或把自己的觀點與其他作者的理論進行對比。

引用有時採取直接引語的形式；但是，轉述的信息通常用自己的語言總結。

下列引述動詞常用在學術英語中引出所引用的材料（參見 7.5 到 7.11 小節）。

下列動詞表示轉述的活動類型：

如果活動是：	與研究相關的	心理的	言語的
使用：	measure	think	state
	calculate	believe	write
	estimate	consider	define
	find	focus on	challenge
	obtain		

*Nuttall and Gipps (1982) **estimate** that the direct cost of the APU was £800,000 per year.*
納托爾和吉普斯（1982）估計，輔助動力裝置的直接成本為每年 80 萬英鎊。

*Collins and Ellis (2001) also **challenge** the traditional concept of the individual.*
科林斯和艾利斯（2001）也對傳統的個體概念提出了挑戰。

注意，動詞的使用取決於學科。與研究相關的動詞更常見於技術和科學寫作；心理和言語活動動詞更常用於人文及社會學科。

下列動詞表示對引用材料的態度：

如果認為材料是：	有效的	無效的	中立的
使用：	show	fail to	discuss
	establish	overlook	respond
	demonstrate	ignore	comment
			suggest

*Wenger's data **show** that 43 percent of elderly people named as a confidant someone they had known for at least 50 years.* 溫格的數據顯示，43% 的老年人指定了一個他們至少認識了 50 年的人作為知己。
*This evidence **fails to** acknowledge the importance of the children's diet.* 這個證據未能確認兒童飲食的重要性。

下列動詞表示被引用的作者對材料的態度：

如果作者的態度是：	肯定的	否定的	中立的	試探性的
使用：	argue	refute	state	suggest
	maintain	object	write	believe
	see	challenge	discuss	imply
	hold		comment	allude to

*Both Smith and Goodman (2000) **maintain** that skilled adult reading is far from error-free.* 史密夫和古德曼（2000）都堅持認為，熟練的成人閱讀遠非準確無誤。
*Bly **argues** that the process of initiation into adulthood is easier for women than for men.* 布萊認為，女性進入成年的過程比男性更容易。

注意，表示態度的動詞更常用於人文及社會學科。

Expressing degrees of certainty 表達肯定的程度

思想要表達的信息時，需考慮語氣多強烈。不同結構可表達不同的肯定程度，若被批評時可辯解自己立場。例如，為以下陳述辯解是可能的：

***Certain** researchers have **attempted** to show that **some** underprivileged children cannot engage in play.* 某些研究人員試圖表明，一些貧困兒童不能參與遊戲。

以下觀點則很難辯護：

~~*Researchers have shown that underprivileged children cannot engage in play*~~.

not being precise 不確切的表達

如果現有信息不精確，可用以下副詞。

數量	頻率	程度	限制
roughly	often	rather	predominantly
approximately	frequently	quite	mostly
around	occasionally	somewhat	partly
	seldom		
	rarely		partially

*Increased risk of infection is **predominantly** linked to poor sanitation.* 增加感染的風險主要是與惡劣衛生條件有關。

cautious language 謹慎的語言

認為其他人可能不同意自己的說法時，或想表示未能肯定一個主張是否真實，可用更謹慎的語言。這可能是因為說話者真的不肯定，或想為讀者創造自行判斷的機會。

下表列出的是常用於使陳述聽起來更謹慎的結構。

情態動詞	半情態動詞	副詞	介詞短語	形容詞
could	seem	possibly	in some respects	uncertain
might	appear	seemingly	in a sense	possible
may		arguably	in most cases	
can		likely	in general	
		apparently	in principle	
		evidently		
		generally		
		normally		
		typically		

*There is, **arguably**, a common thread in all these positions.* 可以說，所有這些立場裏有一條共同主線。

As will be seen later, current models are inadequate ***in some respects****.* 如同後面將要看到的那樣，目前的運作模式在某方面是不夠的。

注意，如果表現出太多不確定性，或一再表明不能肯定某事是否真實，所述內容的價值就會下降，而且將變得難以解讀。

Emphasizing 強調

在普通英語裏，可用語氣強烈的詞強調某一點。在學術英語裏，則常要通過改變陳述的正常詞序表示強調。

subordinate clause in first position 在首位的從句

在學術文本裏，從句通常出現在首位。主句承載新的或最重要的信息。

以下結構可用於表示某件重要的事將在句末宣佈。

☞ 名詞性關係從句（參見 8.112 到 8.116）

What is now required *is a systematic investigation of the data.* 現在需要的是對數據進行系統調查。

☞ 引導結構（參見 9.73 到 9.78 小節）

The question we now need to consider is *whether the dosage should be reduced.* 我們現在需要考慮的問題是要不要減少劑量。

☞ 分裂句（參見 9.25 到 9.30 小節）

It was this declaration *which triggered the events that followed.* 正是這個聲明引發了隨後的事件。

Index 索引

注：**黑體**條目是語法術語；*斜體*條目是詞項。某些條目（例如，nouns 名詞和 verbs 動詞）可查語法術語表，有助快速查到所有主要類別。以 R 開頭的數字表示參考部分的條目。

A

B

D

I

J

L

M

O

P

Q

R

T

U

V

W

X Y Z